较量

2015 典藏中篇小说

THE EXCELLENT
CHINESE LITERATURE

中 国 好 文 学

总主编●李敬泽　主编●孟繁华

江苏凤凰文艺出版社
JIANGSU PHOENIX LITERATURE AND
ART PUBLISHING, LTD

图书在版编目（CIP）数据

较量 / 孟繁华编. — 南京：江苏凤凰文艺出版社，2016
（中国好文学）
ISBN 978-7-5399-9537-3

Ⅰ.①较… Ⅱ.①孟… Ⅲ.①中篇小说－小说集－中国－当代 Ⅳ.①I247.5

中国版本图书馆 CIP 数据核字(2016)第 176617 号

书　　名	较量
编　　者	孟繁华
责 任 编 辑	王一冰
出 版 发 行	凤凰出版传媒股份有限公司
	江苏凤凰文艺出版社
出版社地址	南京市中央路 165 号，邮编：210009
出版社网址	http://www.jswenyi.com
经　　销	凤凰出版传媒股份有限公司
印　　刷	江苏凤凰通达印刷有限公司
开　　本	880×1230 毫米 1/32
印　　张	15.625
字　　数	445 千字
版　　次	2016 年 9 月第 1 版　2016 年 9 月第 1 次印刷
标 准 书 号	ISBN 978-7-5399-9537-3
定　　价	38.00 元

（江苏凤凰文艺版图书凡印刷、装订错误可随时向承印厂调换）

目 录

序:在现实与不那么现实之间 ………………… 孟繁华(1)

梅子和恰可拜 …………………………………… 董立勃(1)
地球之眼 ………………………………………… 石一枫(58)
芳邻 ……………………………………………… 林那北(149)
较量 ……………………………………………… 荆永鸣(188)
西北偏北之二三 ………………………………… 林　白(241)
老知青的故事 …………………………………… 陈应松(272)
午夜蝴蝶 ………………………………………… 胡学文(311)
他乡 ……………………………………………… 朱文颖(360)
三人二足 ………………………………………… 鲁　敏(408)
阅读与欣赏 ……………………………………… 刘建东(440)

序：在现实与不那么现实之间
——2015年中篇小说选评

孟繁华

中篇小说创作的稳定性，在2015年再次得到证实。或者说当下作家不仅在中篇小说创作中积累了丰富的经验，而且他们对这个文体本身也确实有了很深刻的体会。需要指出的是，这里选评的几篇作品，无论题材还是风格都非常不同。但有趣的是，这几篇作品都是在人心的层面展开，所谓世道人心、内心事务、灵魂思想，应该是文学一直处理的辖区或问题。当然，我更感兴趣的是这几位作家具体的讲述方法：荆永鸣的平实、董立勃的白描、石一枫的飘逸、林白的诗意等，部分地构成了中篇小说在2015年特有的风采。

一、承诺与等待：《梅子与恰可拜》

董立勃的《梅子与恰可拜》，表面看是"一个女人和三个男人的故事"：镇长、黄成和恰可拜与梅子的故事。梅子在乱世来到了新疆，一个十九岁的女知识青年，她的故事可想而知。梅子虽然长得娇小，但她有那个时代的理想，于是成了标兵模范。在一个疲惫至极的凌晨，险些被队长、现在的镇长强奸。但这却成为梅子此后生活转机的"资源"：改革开放初期，很多人想利用公路边一个废弃的仓库开酒官，但镇长都不批。梅子提出后，镇长不仅批了而且还给她贷了两万元的款；当梅子后来有了孩子需要一间房子时，梅子又找到镇长，镇长又给了梅子一间房子。镇长当年的一时失控成了他挥之不去的噩梦。这件事情梅子只和一个叫黄成的大学生说过。黄成是一个还没毕业的大学生，在文革中因两派武斗，失败后从下水道逃跑，一直流落到新疆。他救起了当时因遭到凌辱企图自杀的梅子,于是两人相爱并怀上了孩子。黄成试图与梅子在与世隔绝的边地建构世外桃源,过男耕女织的生活。但黄成还是被发现了,他被几个带着红袖章的人拖进了一辆大卡车。在荒无人烟的荒野里,恰可拜看到——

　　转过了脸的男人,不但是想让他记住他的长相,更想让恰可拜记住他的话。他听到那个男人朝着他大声喊着,兄弟,请帮个忙,到干沟去,把这些吃的,带给我的女人。你还要告诉她,说我一定会回来,让她等着我,一定等着我,谢谢你了。

　　起初恰可拜还以为他是喊给另一个人听的。他朝四下看看,发现空旷的荒野上,除了他再没有别的人了,他这才明白那个男人把一件很重要的事托付给他了。

　　不等他作出回答,他们就把那个男人扔进了汽车。不过那个男人被扔进去,又爬起来,就在车子开动时,把头伸出了车厢外,对他喊着,拜托你帮我照顾一下她,她有了身孕了,兄弟,求你了,兄弟……

　　大卡车走出很远了,兄弟两个字还在空旷的大戈壁里回荡着。

　　走过去,拾起了那个男人扔下的口袋。看到里面装的尽是吃的。

　　翻身骑到马上,接着一行猝然中断的脚印,向干沟的方向走去。

这是小说最关键的"核儿"。"承诺和等待"就发生在这一刻。于是,恰可拜"一诺千金",多年践行着他无言的承诺,他没有任何诉求地完成一个素不相识人的托付,照顾着同样素不相识的梅子。梅子与黄成短暂美丽的爱情也从此幻化为一个"等待戈多"般的故事。黄成仅在梅子的回忆中出现,此后,黄成便像一个幽灵一样被"放逐"出故事之外;镇长因对梅子强奸未遂而一直在故事"边缘"。于是,小说中真正直接与梅子构成关系的是恰可拜。恰可拜是一个土著。他是一个猎人,更像一个骑士,他骑着快马,肩背猎枪、挂着腰刀,一条忠诚的狗不离左右。从他承诺照顾梅子的那一刻起,她就是梅子的守护神。一个细节非常传神地揭示了恰可拜的性格:他每天到酒官送来猎获的猎物,然后喝酒。但是,他"一杯伊犁大曲牌的烧酒,他每回就喝这么些决不再多也决不再少。"恰可拜的自制自律,通过喝酒的细节一览无余。这确实是一个可以而且值得托付的人。

　　梅子是小说中有谱系的民间人物:她漂亮、风情,甚至还有点风骚。但她也刚烈、决绝。她是男人的欲望对象,也是女人议论或妒忌的对象。她必然要面对无数的麻烦。但这些对梅子来说都构不成问题,这是人在江湖必须要承受的。重要的是那个永远没有消息的幽灵般的黄成,既是她生活的全部希望又是她的全部隐痛。等待黄成就是梅子生活的全部内容,这漫长的等待,是小说最难书写的部分。但是,董立勃耐心地完成了关于梅子等待的全部内容。当然也包括梅子几乎崩溃的心理和行为。她迷乱中把恰可拜当作黄成的一段描写,也可以看成是小说最感人的部分之一。因此,黄成在小说中几乎是一个幻影,他与梅子短暂生活的见证就是有了一个女儿;但是,恰可拜与梅子几乎每天接触,人都是这样,就是日久生情。恰可拜后来也结了婚,但很快就离了。无论是那个女人还是恰可拜心里都清楚是什么原因导致他们离异的。因此,后来恰可拜进城找黄成久久不归时,梅子从等一个男人变成了等两个男人。而且小说最后写到可不知为什么,这个时候,在南方女人梅子的内心深处,如果有人要问她,她更希望走来的这个人是谁时,她一定会说,非要在两个人中选一个的话,她更希望走来的这个人并不是黄成,而是恰可拜……

　　这里的合理性是不言自明的。当然,如果不是梅子说出这句话,让读者去猜想可能会更好。无论梅子还是恰可拜,等待与承诺的信守都给人一种久违之感。这是一篇充满了"古典意味"的小说。小说写的"承诺和等待"在今天几乎是一个遥远甚至被遗忘的事物,我们熟悉的恰恰是诚信危机或肉欲横流。董立勃在这样的时代写了这样一个故事,显然是对今天人心的冷眼或拒绝。在他的讲述中,我们似乎又看到了那曾经的遥远的传说或传奇。

二、习而不察的发现:《地球之眼》

如果说董立勃是在追怀一种情怀或操守,追怀一种已经远逝的可以托付的人心,那么,石一枫的《地球之眼》呈现的恰恰是当下世风日下的道德危机。小说也是在人心的层面展开的。这应该是三个男人的故事:我——庄博益、安小男和李牧光,三人是同学关系。不同的是安小男是理工男,学的是电子信息和自动化。安小男一出场就是一个"异类":一个学理工的学生,一定要和历史系的庄博弈讨论历史问题,并且异想天开地要转系,要把历史系的课从本科听一遍。转系风波还导致了历史系与电子系"杠"上了。这时历史系的"名角"商教授出场了,这个轻佻的教授尽管见多识广,但他在安小男"历史到底有什么用""研究历史是否有助于解决中国的当下问题"的追问下王顾左右时,安小男一字一顿地说:"我认为您很无耻。"

接着,安小男便抬起了一只手,手指尖利地指着商教授的鼻子,开始了滔滔不绝的大鸣大放大批判。他质问道,中国社会已经沦落到了怎样的一个地步,难道您没有看到吗?难道您不忧虑吗?如果是一般的人也就罢了,但您作为一个学者,一个在公共领域拥有话语权的知名人士,居然选择了鸵鸟策略甚至是睁着眼睛说瞎话,这是何种用心?安小男还说,他之所以对历史产生了浓厚的兴趣,正是由于认为比起中文、哲学和社会学等等其他人文学科,历史最有希望解决他的"核心问题",但今天看来他错了。中国的历史学家并没有他所希望的那样高大,他们归根结底还是一群"没用"的家伙。

谁能想到,安小男的历史研究之路沿着汤因比、费正清和布罗代尔等等大师绕了一圈儿,又绕回了在那个盛夏之夜和我讨论的领域。他挥斥方遒地发表了十来分钟的演说,直到商教授也面色铁青地溜走了,会场上空无一人,才喘息着停下来。据说此时的他已是满脸热泪,他居然哭了。

这个木讷、羞怯甚至有些自卑的安小男,真诚而天真地希望通过历史来解决他的困惑,而他一直纠缠当下道德问题不是没有原因的,当然这是后话。安小男没有转系当然他也不可能转了。他虽然在文科同学那里名声大噪,但他的处境和心情可想而知。

李牧光一入学就与众不同,这朵"奇葩"痴迷地热爱睡觉,能够进入名校学习不是因为他嗜睡的天才。历史系一个被灌醉的老师起了底:"他父亲是东北一家重工业大厂的一把手,专门在厂里为我们学校设立了一个理工科的"创新基地",说白了就是赠送一块地皮,供学校在当地开办形形色色的收费班,贩卖注水文凭;而这么做的条件,是学校要给李牧光一个免试入学名额,并且保证他顺利毕业。"李牧光出手阔绰,性情随和,除了嗜睡没有让人不愉快的毛病。于是大家相安无事。他与讲述者庄博益上下铺,真正发生关系是大四快毕业的时候:嗜睡的李牧光终于也有睡不着的时候了,他父亲又如出一辙地通过"慈善款项"安排他去美国继续读书,虽然不用考试但必须交一篇专业论文。李牧光出两万元钱请庄博益帮忙。庄博益利用安小男和自己的前女友郭雨燕,一个写一个翻译,各给五千元,庄博益自己落下一万元本来就皆大欢喜了,毕业就是各奔东西。但是三人的关系恰恰是毕业之后又了不解之缘:庄博益几经折腾去了一家地方电视台下属的节目制作公司,在拍"校漂"纪录片时,庄博益与安小男又不期而遇。这时的安小男租了挂甲屯破旧的一间房子,身世也逐渐清楚了:安小男十岁出头的时候,父亲去世了,母亲在肉联厂洗猪肠子。天长日久,母亲的手已经被碱水烧坏了,眼睛也被熏得迎风流泪,视力大不如前。庄博益虽然口无遮拦满嘴胡吣,但他有口无心心地很善良,他很想帮助安小男。这时李牧光从天而降——他从美国回来了。从美国回来的李牧光已经是一家玩具批发公司的老板了。几经周转,安小男终于成了李牧光在中国雇佣的雇员。他为李牧光监控远在美国的仓库,他的专业和敬业受到李牧光极大的赞赏。安小男自然也改变了落魄的处境。但是,安小男通过监控录像发现了李牧光巨大的问题:李牧光的玩具生意根本不赚钱,他的巨大财产是其父转移到国外贪污的巨款,李牧光是利用国际贸易洗钱。巨大的问题终于暴露了。这时对三个人都是一场巨大的考验:李牧光要庄博益阻止安小男的进一步行动能够实现吗？庄博益偏软的底线是否能守得住？安小男是否一定破釜沉舟？

安小男如此希望解释道德问题是事出有因:安小男的父亲曾是一位土木工程师。他十岁以前,家里的日子很好。父亲很年轻就被提拔成了公司的副总,但噩运从此也来了。进了管理层之后,他发现公司的几个领导没有一个不贪的。他们把钢筋的标号降低,用来路不明的劣质水泥代替品牌货,居然连地基的深度也敢改,克扣下来的钱都揣进个人腰包里了。那些人还拉他入伙他不敢答应,然后成了众矢之的。后来终于出事儿了,他们公司承建的一个会展中心发生了垮塌,砸死了几个工人。事故的原因是使用了不合格的建筑材料,可那几个领导却买通了监察部门,还走了上层关系,硬把责任扣到了这位工程师头上,说是他的设计方案不合理导致的。父亲就地免职,还被公安局的人监控了起来。最后父亲从十九层办公楼跳了下去。父亲临死前和安小男最后的一句话是:"他们那些人怎么能这么没有道德呢？"于是,一个巨大的困扰在安小男那里挥之难去:

> 刚开始我和我妈一样,恨的只是我爸生前的那些领导和同事。但后来渐渐就变了,我觉得我爸所说的"他们"并不是那几个具体的人,而是世界上的所有人;我爸讲到的"道德"也不是一件事情上的对与错,而是笼罩着整个儿地球的神秘理念。但道德究竟是什么呢？它既然那么重要,为什么又会被人轻而易举地忘却和抛弃呢？一看到这个词我就想哭,一说到这个词我的心就会发抖,在我看来,我爸不是死于自杀也不是被人害死的,他是为一个浩浩荡荡的宏大谜团殉葬了……为了解开这个谜,我曾经求助于历史和人文学科,可最后还是失败了。你还记得我写过的那篇文章吗？我在里面说中国人已经没有道德可言了,但那只是在承认失败,是为了让自己认命。其实我不是那么想的,因为那种痛彻骨髓的感觉仍然存在。在没有道德的社会里,怎么会有人为了道德而疼痛呢……

这是安小男一直追究道德问题的来自内心深处的隐痛和动因。他追究李牧光的问题，还与李牧光投资邯郸的项目要拆迁的民居有关，那恰好是安小男母亲居住的地段，母亲就要居无定所，安小男又没有能力安置母亲。他内心流血的疑问是："怎么有人活得那么容易，有人就活得那么难呢……"因此，安小男追究的道德问题，从一开始就不是一个纯粹的理论问题，它与个人的身世、经历以及生存状况都密切相关。至于安小男能做到哪一步那是另一个问题。但通过安小男的追究和行动，我们不止看到了一个青年知识分子因艰难困苦造就的孤傲偏强性格，而且通过安小男也看到了社会众生相。因此，这篇貌似写青年群体当下截然不同状况的小说，本质上恰恰是一篇社会问题小说：高校教授没有节操的无耻、学校见利忘义的没有原则、社会腐败弥漫四方的无孔不入等等。另一方面，事情也诚如庄博益所想的那样：

晚上回到家，躺在床上之后，我却还是不由自主地想着安小男这个人。在我看来，他虽然口口声声地宣称着"道德"，然而他是否能对这个词汇做出一个哪怕是个人主观意义上的定义呢？恐怕是做不到的。他敌视李牧光的"道德"和本科时怒斥商教授的"道德"是一码事吗？这两者是否又和他拒绝银行行长的"道德"一脉相承？安小男想必给不出答案。"道德"让他在二十年来备受煎熬，却又在他的脑海中长久地面目模糊。虽然他曾经用他那理科天才的大脑去剖析研究过它，但归根结底不过是被他爸死前的一句感慨蛊惑了，催眠了。按照我惯有的那种嘲讽性的、自以为世事洞明的思路，安小男的生活可以被定义为一场怪诞的黑色喜剧，而我也可以一如既往地从几声苦涩的冷笑中重新获得轻松。

安小男可以将他监测的"眼睛"安放到地球的任何一个角落，他可以守株待兔地洞悉地球上任何风吹草动。但是，他能够解决他内心真实的困惑吗？安小男不能解决的困惑和问题，也就是我们共同不能解决的困惑和问题。小说当然也不负有这样的功能。我深感震动的是，石一枫能够用如此繁复、复杂的情节、故事,呈现了当下社会生活的复杂性,呈现了我们内心深感不安、纠结万分又无力解决的问题。一个耳熟能详的、也是没有人在意的关乎社会秩序和做人基本尺度的"道德"问题,就这在《地球之眼》中被表达出来。因此,《地球之眼》是一篇在习而不察中发现危机的作品。2014年,石一枫发表了中篇小说《世间已无陈金芳》。小说发表后大有一时洛阳纸贵之势。陈金芳大起大落的命运令人唏嘘不已,那里的诗情和最后人物的彻底轰毁,给我们留下了挥之难去的印象。它同《地球之眼》一起,构成了当下中篇小说瑰丽的奇观。

三、疾病的隐喻:《较量》

荆永鸣一直写外地人在北京,他写的北京比现在有些北京作家还像北京。荆永鸣虽然是"外地人",但他接受的文学传统显然还是北京的文学传统,比如老舍以降的 p"京味小说"。他"文如其人",小说无论是人物、情节,还是故事,鲜有怒发冲冠或剑拔弩张。他的小说在行云流水的讲述中,在充满了市民生活的气息里透着温婉、善意和顺其自然的品性和人生态度。这也是荆永鸣小说备受读者和批评界青睐的原因之一。

但是,读了他新近发表的中篇小说《较量》,发现荆永鸣笔锋一转,他离开了自己一直书写的生活领域,他从北京的市民生活转向了更复杂、更丰富当然也更隐秘的人的心理和魂灵世界。这是一个更加难以把握、难以表达的领域。但是,这却使他的小说更吸引人,更有力量,更具社会批判性当然也更具当下性。值得注意的是,关于这一领域的书写,我们在现代派或后现代小说中经常遭遇,人的心理或灵魂世界的隐秘性、不确定性,可能在多种表达方法那里更适于展现。比如卡夫卡的《变形记》、加缪的《局外人》、萨特的《恶心》等,这类作品在西方文学中和中国80年代的小说中占有很大的比重。但是,荆永鸣的《较量》仍然坚持他的写实主义的方法,他没有用诸如意识流、荒诞、夸张以及变形等手法讲述的他的人物和故事。这也使荆永鸣的《较量》实现了在变中有不变、不变中有变的探索性。

《较量》写的是一家市级医院的两个业务骨干——谈生和钟志林从

友谊到交恶的故事。钟志林希望自己能够成为一个纯粹的技术知识分子，做一个专业意义上的医生。因此，在老院长即将退休的时候，他谢绝了老院长试图提升他当院长的美意，年届五十依然选择了去美国进修；谈生则顺理成章地当上了院长。矛盾从钟志林回国后逐渐发生并升级。这里当然有谈生的问题，这是个世故老道、心机极深、处事游刃有余的技术官僚。两人的矛盾由他引起，他却坐观风云起，毫发未损。所以《较量》不是官场的较量。小说集中写的是医生钟志林。这是个有知青背景的医生，专攻与心理疾病有关的专业，曾系统地研究过森田正马的理论体系，对"森田疗法"耳熟能详；他有良好的口碑，精湛的医术，良好的道德和职业操守。但他首先是一个人。小说一开始就写了他因各种琐事而迟到的情节。这些琐事是一个强迫症病人的病症：

  出于职业经验与敏感，从近期发生在自己身上一连串的事情上看，他意识到自己的神经出了问题。虽不能说就是OCD或是强迫症，但至少也是一种神经质了。一个曾经治愈过无数患者的精神科专家，自己却遭遇了神经质。

当然，这只是钟志林患有心理疾病的开始。从美国回来后，他看不惯谈生的颐指气使、见利忘义的个人品行和所谓"改革"。也不能容忍谈生皮里阳秋、不阴不阳对自己的侮辱和歪曲：自己做公益讲座，被谈生认为是以个人名义到社会进行学术交流，帮助其他医院分文不取的会诊，被谈生指认为"走穴"，而且还有"泄露商业秘密，挑拨医患关系，煽动社会情绪"等问题。谈生试图通过自己的权术将书生钟志林湮灭在另一种目光和议论中。起初——

  钟志林没有抗拒，封杀就封杀。我又不是什么影视明星，我是个医生，没想靠嘴皮子去出名，去捞取外快，更没想用一把手术刀去解剖社会，我没有那个野心，也没有那个能力。我只是出于一个医生的人格与良心说了我应该说的话。此后，钟志林再也没去做过什么学术交流或专题报告。奇怪的是，他也没再接到过任何部门的邀请。

事情爆发于一个穷困潦倒的患者王二甲的"逃单事件"。王二甲住院刚有好转便不辞而别，住院七天花了一万多元钱。谈生不依不饶，一定让责任医生和责任护士追回欠款。但是，当钟志林等终于找到王二甲家里时他们惊呆了。他们从来没有见过如此贫困的家庭。不仅没有追回欠款，反而几人凑了两千多元钱留给了王二甲。作为院长的谈生的态度可想而知。于是矛盾爆发升级。钟志林终于逐渐将个人精力集中在搜集谈生的"材料"上。他屡次状告到有关部门，但因材料"不具体"而没有结果。这更激起了钟志林越挫越勇屡败屡战的决心。小说还有一个艳体插曲：年轻、貌美、风骚的护士苏丽娅毫不掩饰地表达过对钟志林的爱慕。但是，钟志林弃绝了个人的身体欲望——这意味着他的力比多必须找到另一个宣泄渠道。他真的找到了——这就是与谈生的战斗。遗憾的是，慑于院长谈生的权力，没有人愿意向钟志林透露任何情况。当钟志林获得了某些证据后，他找政府，政府不管他找信访局——

钟志林与周围的人越来越格格不入。在许多人眼里，他不再是一位权威的主任医师，而是一个喜欢告状的人。在信访局，他仍然是一个异类。在这里，没有一个上访者像他那样，穿着一身讲究的西装，并优雅地系着领带；没有一个上访者像他那样温文尔雅，甚至像个领导。因此，他一旦出现在上访的人群里，就会立即成为众人瞩目的中心，以至让一个初次上访的老太太闹了个天大的误会，一见到钟志林，竟然抱住他的大腿哇哇大哭。

作为著名医生的钟志林，"最初，信访人员对钟志林也是肃然起敬的，他毕竟是个谁都有可能用得上的医生。可'敬'过几次之后，他还来，总是唠唠叨叨地讲他那点事。他这个医生就不是那么回事了，他贬值了，没多久，信访工作人员谁见到他都烦。"一个被人尊重的权威医生，就这样沦落到了这一地步。而且他终于病得住了医院。住院期间——谈生"不但亲自来看望钟志林,他还背着手,淡定的神态中浮现出亲切的笑容,仿佛他们彼此之间根本就不存在什么矛盾,或者有过矛盾也已经达成了谅解。至此钟志林才发现,他和谈生的摩擦与较量,如同一场旷日持久的马拉松比赛,只是赛场上却只有他一个人在跑——他跑得气喘吁吁,疲惫不堪——而对手却只是站在原点,以微笑的姿态等着他。"

小说以两人的共同退休结束。当钟志林明白了这多无谓争斗的时候,一切都成为过去了。小说似乎是对人生的一声悠长的感慨或叹谓,大有过来人"何必当初"的慨叹。但是,《较量》不是一部宗教小说,既不是劝善惩恶,也不是明清白话小说的喻世明言。它首先是一部社会批判小说,是一部用"越轨的笔致"介入当下社会生活,揭示社会整体病态的小说。他延续的是鲁迅先生"所以我的取材,多采自病态社会的不幸的人们中,意思是在揭出病苦,引起疗救的注意"的传统。如果是这样的话,那么,我认为荆永鸣即便仅写了这一部小说,他也是一个了不起的作家。

四、练达与悲悯:《西北偏北之二三》

林白,是这个时代最具浪漫气质的小说家之一。她早年的《一个人的战争》是女性小说,但说它是浪漫主义小说也未尝不可。近年来,她的《北去来辞》《长江为何如此远》等,其浪漫主义气质仍未褪去,甚至更为鲜明。这篇《西北偏北之二三》进一步证实了我的看法并非虚妄。在我看来,林白的小说是最"没有章法"的小说,她似乎兴之所至信马由缰,这种表面的"没有章法",恰恰是她的"章法"。她的那些看似闲笔枝蔓的笔致,恰如神来之笔为她的小说平添了一种妖艳和妩媚,犹如女人不经意的一个手势或回眸一笑。

《西北偏北之二三》,写一个曾经的诗人赖最峰要去内蒙的额齐纳,去寻找失踪的暗恋的女人春河,也乘机出去换一下个人的心境。于是他踏上了漫漫长途。行走,是一个常见的小说讲述方式,浪漫主义小说更是精于此道。但是,重要的是赖最峰在这个过程中遇到了什么。赖最峰是诗人,但他喜欢的都是女性诗人,茨维塔耶娃、阿赫玛托娃、狄金森、普拉斯、毕巧普等,作家也是喜欢女的——麦卡勒斯、弗兰纳里·奥康纳。于是作为男性的他便不再写诗。更有趣的是,赖最峰一路上发生关系的,也都是女性:他寻找的是失踪女友春河,第一个认识的是北京驴友兼志愿者齐援疆,在小饭馆吃饭邂逅服务员翘儿。一个孤旅男人的故事从女性开始也结束于女性。小说前半部几乎没有故事,它更像是一篇没有完成的关于旅途的散文:夜晚看星星、白天观赏胡杨林、吃当地食物,西北的自然景观和风情风物尽收眼底。

故事真正开始是赖最峰遇到了小饭馆服务员翘儿。而翘儿才是小说真正的主角儿:这是一个经历远远超出年龄的女孩,因为年轻,复杂的经历没在脸上写满沧桑,苦难在她的讲述中亦犹如他人。她笃信赖最峰是好人,把自己的身体也给了赖最峰。女孩儿唯一的资本只有自己的身体,她报答好人的方式也只能是"以身相许"。赖最峰当然不是坏人,他要帮助翘儿也只能是多付钱给她。这一切结束后可以相安无事,但翘儿一定跟着赖最峰去北京,去北京是为了找妈妈,她已经九年没见到妈妈了。一辆在暗夜中奔跑的列车上,通过翘儿的讲述,底层生活的状貌点滴地呈现出来。林白善于运用"闲聊"的方式(她曾写过《妇女闲聊录》),看似漫不经心,但每个细节显然都经过精心设计——

赖最锋说,我要把你卖了怎么办呢?翘儿说,有本事你就卖呗。她又说,又不是没被卖过。这话听得赖最锋心中一震,一个人的黑暗经历,他人无从知晓。拐卖,逃跑,到达遥远的额济纳,来历不明的张哥,叫姑姑的老板娘。赖最锋试图把这些已知的点连成一道稍稍清晰的线,他马上发现,这并不是件容易的事,每个点,你碰到它的时候它都会肿胀成一块巨石,像铁一样沉,它缠着那些飘忽的线飞速坠入深渊。

翘儿小小年纪的经历可能远远超出了人到中年的诗人赖最峰的经历。他在感慨自己鲜有"嫖"的经历时候,翘儿十一岁就被人强奸了,他要通过旅行换一下心境,翘儿已经被迫几经辗转,她的人生之旅可能永无终点。但她还没有学会体验和倾述苦难,她有限的记忆资源,每每想起都如节日,她讲到华桂、张哥、爷爷还有多筷。翘儿的妈妈还会见到翘儿吗?但所有的读者都见到了翘儿。林白的这篇小说写得练达又充满了悲悯,生活不过如此,只因见得多了。每个人都有自己的命运,不必大惊小怪。即便如此,心潮仍然未平。小说结束时——

> 四面黑沉沉的。旅客人人都睡着觉,只有赖最锋一人坐在黑暗中。他在窗玻璃上抹了一把,看见外面下起了雪。大雪落在,我锈迹斑斑的气管和肺叶上,/今夜,我的嗓音是一列被截停的火车,/你的名字是漫长的国境线。是帕斯捷尔纳克写给茨维塔耶娃的诗。诗句猝不及防地冒出来,如同春河的名字和面容。她也浮在黑暗中,浮在雪中。你的名字是漫长的国境线,无论经历的是星空还是肉体,你的名字仍是无法拔除的一根刺。赖最锋在黑暗中费劲地回忆这首诗的其他句子,最终,他想起了结尾的两句:我歌唱了这寒冷的春天,我歌唱了我们的废墟/……然后我又将沉默不语。

小说结束于帕斯捷尔纳克写给茨维塔耶娃的诗。林白没有将底层的苦难写得泪水涟涟、痛不欲生。但她通过赖最峰的只身孤旅钩沉出的"西北偏北"那遥远一隅的故事,已将一种悲悯隐含在小说的字里行间,翘儿当然不会理解"你的名字是漫长的国境线"意味着什么,但我们分明深切感到,作家在这个大雪纷飞夜晚的无尽思绪,一如那辆列车,尖利地划过暗夜呼啸而来。

这几部中篇小说无疑是 2015 年比较优秀的作品,他们讲述的无一不是中国故事。我们的优秀作家都在密切关注中国现实的土地上都在发生着什么或期待发生什么。这个传统是五四以来至今未变的主流传统,这当然很好。而且这几部作品是如此的不同。无论写当下、写过去,写得的都是看到的或希望看到的。但我要说的是,在更多的作品那里包括中篇小说,它的题材、人物以及关注的问题,都会给我们以巨大震动或感动;但是,这些作品都与现实胶着得难以分开大概就是问题了。我总觉得小说也应该是飞翔的文体形式,它和现实的关系应该在似与不似之间,它要写可能性,但它更要写不可能性。这一点上述几部小说就显得与众不同,它们写得是不可能性,写了诗性也写了诗性对面的事物,而不是沉浸在极端个人主义的所谓"诗性"里。当然,任何看法的坚持都会导致它的反面,而我要说的是,希望我们已经站在当代中国文学高端的中篇小说,能够更多姿多彩而不是一个面貌。

梅子和恰可拜

董立勃

那一年,很乱。可以说是乱世。乱得城里人全往乡下跑,什么地方都去。那么远的西部,西部西边的新疆,新疆西边的戈壁滩上,也来了不少人。其中一个人叫梅子,是个女的。是从南方来的。南方什么地方的,并不重要。南方女人,都差不多。有些娇小,却很能干。这一点,从梅子身上,也能看出来。

那一年以前,这块戈壁滩上早就有人了,不过,人有些少。少得有时骑上马走上一天,都遇不到个人。这些很少的人,一般来说用不着种地,光是戈壁滩上的植物和动物,就能让他们活下去,并且还会活得不错。比如说,有一个人叫恰可拜的男人,先祖是匈奴人,一直生长在这里。他在马背上长大,又在马背上生活,当然,还会带着刀和枪。只是他的刀和枪,主要不是为了对付人的,而是对付野兽的。

谁都没有想到,连他们自己也没有想到,在那一年以后的某一天,南方女人梅子,会和匈奴人的后人恰可拜相遇,并且有了一段故事。这到底是个什么故事呢,读到最后你就会明白了。

梅子刚来那年刚刚十九岁。属于从内地来到边疆的知识青年。但不属于第一批,也不是属于最后一批。只是属于他们中普通的一个。不过,就算是普通的一个,也是一样怀着为革命愿意献出生命和青春的理想,来到荒野上的。

虽然发了军装,也说了是兵,可发到手上的,不是枪,而是农具,一种常用的叫坎土镘的农具。

干着种地的活,还是像战士一样编成了班排。

没谁还会想到你是南方姑娘,生得娇嫩,别让风雨吹着了,别让重活累着了,给你什么特别照顾。

都是女人,不管是北方的,还是南方的,不管是胖的还是瘦的,不管是身体壮的,还是身体弱的,全都会一样对待,革命队伍讲的就是公平。

既然来了,得到了一个垦荒者,也称军垦战士的名义,就不能白得,你得用汗水,用力气,证明你是个好的劳动力,是个能战天斗地的好同志。

梅子明白,登上西去的火车时就已经明白。

明白了,便羡慕起别的女人身体的粗和壮。

从镜子里看自己一张脸,白得如涂了粉,很是恼火,恨不能从锅底抹一把灰,涂遍腮帮额际。

如今说起来很可笑,可当时真愁坏了梅子。

听说冰雪水洗脸,皮肤会粗糙,每落下一场雪,梅子就跑到门外,端一盆子白雪放到炉子上融化。没有雪,就到大渠里挖一块冰,用那浑黄的水,揉搓头发,擦洗身子。

仿佛是故意和梅子作对,浴过冰雪水的头发,更柔软更光滑,皮肤也更细腻。搞得别的女子以为梅子是用这个方法让自己变好看了,回去后纷纷效仿,也用冰雪水洗头洗澡。

梅子只得又改换法子。

西部夏天的骄阳毒得烤裂石头。开荒的人都戴着草帽,梅子却把发的草帽挂在墙上。

别人田间歇息,全往树的凉荫里躲。她却脸朝天,躺在刚犁过的松软的土地上,让火一样的阳光照晒。

皮终于被风和日光揭去了一层,但新换的,反而更白嫩了。

硬晒不黑。

气死梅子了。

都有些小看梅子,说看她的样子,柔弱娇小,干活肯定不太行。

一直想有个机会,证明给别人看,自己不是个娇小姐。

一次割麦子大会战,雪亮的镰刀扫落时,碰到了小腿肚,顿时皮肉绽开。喷溅的鲜血染红了一只鞋,又打湿了一捆麦。梅子哼也没有哼一声,更没有掉一滴泪。撕下衬衣的一角,裹住了伤口。

晚上集合开会,队长表扬了梅子。

第一次受表扬,梅子不知有多高兴。

也是这个事后以后,大家不再因梅子腰细脸白而小看梅子了。

血没有白流。成立铁姑娘班,公布的光荣榜上写着梅子的名字。

授予旗帜时,全部姑娘列队上台,梅子当然也上了主席台,接受着场部领导的握手祝贺。

还让梅子代表姑娘们表示了决心。这也成了梅子一生中最荣耀的时刻,后来确实也再没过。

那以后,又过了一些年,梅子还是那个梅子,只是少女变成了少妇,姑娘变成了老娘。还有胆子和性格,主要还是她的人生经历,已经和当初的那个梅子完全不一样了。

小镇上第一个私人酒馆,就是梅子开起来的。

起名就叫梅子酒馆。

当时才刚刚改革开放,好多事没有人敢干,也不让干。梅子开酒馆,成了下野地很轰动的事。

那会儿,在小镇的还没有铺上沥青的土路上,梅子骑着三轮车,上面装满了酒馆用的青菜鲜肉酒水以及其他各种物品。

骑车骑得快,带起了风,扯得她的头发乱飘,衣襟也被往后拽,仿佛要故意突出她的脸子和胸脯。

要用劲,大小腿得一块用劲,随着脚踏子的上下变动,圆鼓的屁股不得不有节奏地幅度很大地扭动。

梅子骑三轮车成了一道风景。只要一出现,不管是谁,都会睁大了眼睛去看。

男人们看着骑在三轮车上的她,看了她的前面,又扭过头追着她的后面看。直到看不见了,才继续做自己的事。大多什么话也不说,默默地埋着头,但心里的滋味如喝了一口好酒。

自己也是女人的女人,见了梅子也要仔细看。因为是一块流过汗的,熟识得很,脸对着脸,就笑嘻嘻,说梅子真是会长,越长越水灵了越丰润了,也难怪,刚来时还小,还没有长开,女大十八变,就是指长开了。

等梅子背过身,走出去好长一段路了,对着那条仍是美妙的背影子,忽地沉下了脸,一口存积了很久的唾沫,被舌尖极脆地弹出,又像是唾沫会溜跑似的,忙一脚上去狠狠地踏住。

牙缝里挤出一句,不要脸。

莫说仅仅是嫉妒,什么事都要有个行为道德规范吧?你要是不遵守,就不能不让别人说包括骂。做人是要有原则的嘛,并且每个年代的原则都会有些不同,梅子好像是也确实有可以让别人骂的方面。

过去的不说了,就拿眼前那个开得正红火的酒馆来说吧。知道梅子是怎么开起来的吗?哼,你还蒙在鼓里呢,现在,听我告诉你吧……

最先想着开酒馆挣钱的并不是梅子,而是几个想尽快致富的男人,他们没有事坐在那儿聊天,想喝个酒都没有地方去,说要是开个酒馆生意一定会好。正好梅子去井台挑水,从旁边路过,无意中听到了。

刚开始改革开放,都想富起来。男人们不但说了,也去做了。看上了公路边一个仓库,没有用了,开个酒馆,正合适。仓库是公家,得镇长同意。去找镇长,镇长没有给。镇长一直受党教育,时代变化,可很多事上,还没有转过弯来。不给房子,给点钱也行啊。这么多年一直过得穷日子,谁的口袋里都没有几个钱。买个日常家用的东西,都要算来算去,哪有钱来开酒馆呢?公家有钱,可这钱不可能支持私人去开酒馆。镇长大骂几个男人,是半夜做梦娶媳妇,尽想好事。

梅子口袋里也没有钱。可她真的是想这个酒馆了。因为她有一个女儿,这个女儿在南方上学,一直很需要钱。想让女儿更有出息,还需要更多的钱。

那天,梅子和往常一样去挑水,但在挑水时,想到了一些往常没有想到的事。

把水挑到家里后,放下了水桶。他走出了门,走向了场部。准确点说,是直直奔向那间镇长的办公室。

两个小时后,梅子拿到了开酒馆的营业执照,并且还从公家那里借到了两万元的消息,就传遍了小镇的每个角落。

许多人不信,跑来问梅子。

梅子点了点头。

够了,这已足够说明问题了,不需要多再多问什么了。

几个男人辛苦奔波数日没有得到的东西,一个女人两个小时就全部拿到手了。凭什么?她没有一点所谓的后门和社会关系,新疆连她的一个远房亲戚都没有,也没有提什么贵重的礼品,许多人亲眼见她是空着手走进办公室的。她什么也没有,有的就是她的脸和屁股。况且她原本就是一个名声不好的女人。这可不是瞎说,是有事实根据的。

任何一个稍有想象力的人,都不难从中设想出个结论,并且还很容易就设想出了大致相同的情节。

梅子不聋,散发着臭味的流言灌进耳朵里。梅子不哑,可她没有对任何一个人分辩半句。她知道,如果她把那天办理开酒馆手续的过程说出来,在这个小镇上,是不会有一个人相信的。

他们不会相信事情的过程会是那样的简单,简单到枯燥无味。

反正说了也没有人信。梅子便不说。

那天梅子直接去了镇长办公室。

看见门是虚掩的。敲了两下,不等里面有人回话,便推开了。

镇长正在丢盹,光脑袋一点一点的,竟还带着节奏。

故意把门使劲关,碰出的响声,把镇长惊醒了。

看到了梅子,惊醒的镇长一下子站了起来。

梅子却平静地在桌前的木椅上坐下。对镇长说,你坐下吧。

听到梅子说让他坐下,镇长才坐下了,好像是个很听话的孩子。可坐下来的镇长,脸上的表情并没有跟着放松下来。

实际上这位镇长已五十出头了,也出入过炮火纷飞的战场,光死人的样子也不知见过多少种了,按说这样的场合里是没有道理慌乱的,一个女人怎么也不会比一个敌人更可怕吧,况且这个女人还是他的部下。

对着梅子竟一时找不到话说,因为他还没有猜出梅子的来意。

倒像是梅子的位置比他还高,是他的领导,说话的语调也显得沉着威严。

我要开一个酒馆。

开酒馆?

就在镇上开,有人向你提出过。

可我没批。

这我知道。

你还是回南方吧,只要你同意,我们负责联系安排。

这个问题我早回答过了。

再商量商量。

还是商量开酒馆的事吧。

你看,别人开,我没有让开,再让你开……

这么说,你也是打算不让我开了?

我想,是不是再等等政策更明朗一些。

梅子不再说话,站起来要走。

不再说话,可比说了话还厉害。这个话,没有声音,可镇长听得见。

行行,我批,我批,不让别人开,让你开。

梅子又坐了下来,拿出了报告,让他在上面签字。

他拿过了桌子上的蘸水笔,手有些抖。

那个空着的仓库,让我来用。

行,让你用。我还需要贷款。

还要给公家借点钱。

借多少?

一万吧。

这么多呀?

我算过,得这么多。

行,借给你。

又接着往下写。梅子的目光触到他那光秃秃的脑门,发现上面结了一粒粒汗珠,便不由得皱了皱眉,把脸转向窗户。

窗子半开着,红色的窗帘被风吹得飘飘摇摇。

接过签过字作了批示的报告后,梅子飞快地扫了一眼后,便起身拉开门走了出去。

连声谢谢都没有说。

砰的一声脆响,门在身后迅速而坚决地隔绝了送她的目光。

镇长像挨了一击,身子随着靠椅往后仰。不过没有摔倒,只是椅子靠背的尖角在石灰墙上划出了深深的一道印子。

手在光脑门上抹了一下,抹下了一把汗。

要理解上面这个场景,寻出简单背后的复杂,也难,也不难。

其实在门哗的一下推开直到又砰的一下关上,无论是来了又离去的梅子,还是一直坐在椅子里的镇长,都想到了同一件事。

她和他都不愿去想,可没有办法,不愿想本身就已经在想了。

看起来是完全不同的两件事,并且相隔已有十几年了,但两人都明白,之所以刚刚进行的这件事能顺利结束,在很大程度上是依赖于另一件记忆里的事。尽管谁也不曾提半个字,甚至连一个神秘的暗示都没有。

这里边分明是藏着什么秘密。

是的,藏在心里的,不能看到也不能听到。失去了判断的真实依据,人们只能按常情常理解释,问题是生活里充满了许许多多意想不到的东西。

比如那个夏夜,谁也不会想象到在快要破晓的荒野里会发生这样的一幕……

队长,现在的镇长就是原来的队长,一个对工作很负责任的干部。

队长有个习惯,醒得早了,干脆起床,拿上手电筒到地里转转,既可了解庄稼生长的情况,又可以检查一下上夜班的农工,如喂马的、看场的、耕地的、浇水的的工作情况。看看他们中是不是有擅离职守偷睡懒觉的。

于是,这天早上,他穿过了还在静悄悄酣睡的农场的营地,往正在灌浆的小麦田走去。

说真的,他忘了新成立的铁姑娘班的丫头子,也干起了过去只有男人才干的浇水的活,并且像男人一样也上夜班,加了个铁字就该比男人还能干。

他更没有想到此时顺着水渠流向麦田里的水,正是由一个叫梅子的南方姑娘管理着的,具体安排谁来浇水是由班排长负责的,用不着队长管。

他迈着平常惯有的步子,一只手把握着的一个淡黄色的光柱,在他身前身后无规则地晃动着。

看到一道毛渠垮了口子,一股水正悄悄地跑进荒地,他心疼起来了。

为了把天山上的雪水引过来,曾有多少战士被累垮累病,还有人甚至流了血付出了生命的代价,有他手下就有两个人,一个被塌方的冻土块砸伤,一个被砸死。

他喊了两声,没有人回应,就更火了,决心找到这个浇水的,他知道这个家伙一定在偷睡懒觉,得狠狠地臭骂一顿。

于是,电筒射出来的光柱就有了明确的目的。

梅子本是很灵醒的,因为初次浇水没有啥经验,扛了个大坎土镘东掘西挖,这里堵缺口,那里放闸门,几乎一夜没有停闲过。

再铁,再想干好,也是姑娘啊,到了天快亮时,终于熬不住了。

想着只是坐下歇一会儿,结果屁股一挨地,身子就歪倒了,脑袋直接枕到了田埂上。

睡得太沉了,完全像死了过去一样,所以队长的两声喊,一点儿也没有听到。

电筒的光柱经过一会儿摸索,终于照到了她。

队长本来是想上去先踢一脚的,右脚都抬起来了,正好这时光柱落到了梅子睡熟的脸上。

队长一下子愣住了。右脚不但没有踢出去,连准备骂出口的一句脏话也咽进了肚里。

可糟糕的是,梅子由于干活干得太猛了,淌下了许多汗,不想受闷热的罪,就把已经很单薄的衬衣的扣子全解开了,想着透透风凉再系上,反正是夜里,四周也没有别的人,可还没有来得及再系上,就睡着了。

不巧的是那侧睡的姿态,又偏偏使那鼓圆的雪白的乳房完全地暴露在了手电的光照里了。

四周是漆黑的,没有一点动静,似乎世界上什么也没有了,只有一个刚长开了,长圆了长大了,像花蕾开放了的胸脯了。

才刚四十出头的队长,霎时间热血便涌上了头脑。整个人昏了,晕了,完全失去了控制。

人一失去了控制,就有点不像个人了。队长变成了一只狼,一只饿狼。他这会儿看梅子,就像是看到了一只绵羊。

他一点办法都没有,除了扑过去,只能还是扑过去。

粗野的动作撞醒了梅子。她几乎是在昏昏沉沉的状态中推挡着躲闪着。

寂静中不时响起棉布的刺耳的撕裂声。

说真的,最初她并不完全明白是发生了什么,只是本能地拼命抗拒着。

待她清醒过来了,已经没有力气了。尽管身体还在扭动,但几乎完全地被队长压在了身子底下。

天微微有些亮了。

一张宽大的脸急促地喷着热气凑到了她的脸上,梅子的眼睛一下子睁大了,不能相信地朝上望着,试图摆脱压迫的双腿也在同时停止了反抗。

队长。

她拼着力气喊了一声,尖利带些嘶哑显得十分凄惨。

宁静即刻被划得破碎,随即又哇的一声爆发出嚎叫般的痛哭。

这喊声和哭声已不单是为了面临的侮辱而发出的。在听镇长讲创业故事时,她的眼睛睁得好大,连眨一下都不肯。她在日记本上写下了队长是我最佩服最崇敬的人的话。

大约是这尖利的哭声和叫喊声,刺进了他的心,也许还有另外别的什么原因。反正就在梅子不再反抗,他完全可以为所欲为的时候,他后退了,像害怕死亡的胆小鬼,这还是头一次一样,面对着梅子他不断地后退着,险些被一道土埂绊倒。

而梅子腾的一下跃起,连看也没有看他一眼,捂着脸回过身向荒野深处逃去。

不能遮掩住身体的碎布条飘动着,一会儿,苍白而且湿沉的雾便把她吞没了,又过了一会儿,连她的一息哭声也听不见了。

队长低着头站在那里,像个泥胎。

手电筒扔在脚旁的野草丛里,电门还开着,光团昏暗。

这件事梅子只对一个男人讲,他的名字叫黄成。

梅子也曾想对另一个男人也讲一讲。但她发现这并不是一个只要听听便肯罢休的男人,他没准会惹下什么大乱子,使已经糟了的事情更糟。于是有好几次话到了嘴边又咽了回去。

想把这件事告诉而又没有告诉的那个男人,是一个猎人。

他的名字叫恰可拜。

和许多小镇上的人不同,恰可拜不是从外地来的,他已经不知道他的家族在这里生活了多少辈了。他们有着和内地人不一样的长相,属于另外一个种族,还说着不一样的语言,属于突厥语系。但这不影响他们许多内地的移民在一块土地上生活,并且有了密切的交往,形成了很深的感情,他与梅子的故事也许就是一个小小的证明。

每每太阳从西边斜斜地照着酒馆,在白墙上淡淡抹下柔和的桔红色时,远处的地平线,就会以荒野为背景,由模糊而渐渐清晰地,如电影慢镜头一样慢慢推出一个人和一只狗。

狗有时跑在前头有时又落在后面,有时还毫无道理地离开主人钻到灌木丛里转一圈,再急匆匆奔回来。

不管狗如何,恰可拜的脚步决不乱,始终保持着不变的节奏,一步步踏在没有路的野地上。

由于土质有硬有软,留下的皮靴子的印迹就有深有浅。

他没有戴帽子,头发粗但不长,所以是乱乱地盘缠竖立在头顶上。

鬓角处几绺自然地打出了几个小卷。

脸色黑里透着亮,一看就是太阳曝晒的结果。

眼睛浅蓝色的,像晴朗的天空一样,没有飘荡的乌云。

虽然服饰上,除了脚上的皮靴和腰间匕首外,其他装扮和西部汉人没什么不同,但只要随便地望他一眼,就能立刻判断出这个身材高大的男人,是传承了另外种族的血脉。

梅子酒馆开起来后,他差不多每天都会去酒馆坐一会儿,也会帮着做些可以做的事。

只要是恰可拜朝酒馆走过来,这时正在酒馆内忙碌的梅子不管手中干着什么活,都会蓦地一下仰起脸,让目光穿过厚厚的墙壁,看着恰可拜一步步走近。

为了证明这不是幻视,她会凝神仄起耳朵去聆听。

果然有踢踏踢踏的脚步声从地面上传递过来。

好有力的声响,她感到小酒馆的房屋微微晃动了起来。

屋里别的人没有一个可以听到他的脚步声,究竟是什么让梅子在恰可拜离酒馆还有几百米时,就准确地知道了恰可拜又来了,连梅子自已也说不清。

这时正在忙碌的梅子不管手里正干着什么活,都会搁到一边。

拿起抹布把墙角的一张桌子擦拭干净,端上一盘切得极薄的牛肉和一碟油炸的花生米,再放上一杯伊犁大曲牌的烧酒,他每回就喝这么些决不再多也决不再少。

待一切刚刚准备好,梅子回过身,正好看见恰可拜掀开门帘走进来。

他们并不多说什么,一般连一句话也不说。恰可拜会把带来的野鸡野兔或别的野味递给梅子,梅子也不会客气地说什么,只是伸手接过来,放到一个合适地方。

往往是梅子对他浅浅一笑,算是打了招呼,而他则是微微一点头,算是回应,人与人之间太熟悉了,就不会说什么客气话了,有什么客套的举止了。

接着两人错身而过,梅子总是闻到一股从荒野上带来的青草的新鲜气息,他自然也会闻到另外一种荒野上没有的香味,梅子回到厨房或者去招呼另外的客人,他便坐下喝酒。

只是猎狗不老实,在恰可拜脚旁卧一会儿,就站起身凑近梅子,用头蹭蹭梅子的脚或者用舌尖舔舔梅子的手。这时梅子会把一块新鲜的牛羊肉扔给它。它只吃梅子给的肉,对那些顾客随手扔来的骨头它是从来不去理睬的。

他坐在墙角,那是一个容易被目光和灯光忽略的位置。但那又是一个一眼就能把酒馆动静尽收眼底的位置。

慢腾腾地拈一粒花生或一片牛肉扔进嘴里,不慌不忙地嚼着。吞下去后再端起酒杯用双唇啜一小口,似乎有些拘谨还有些小心。

放下酒杯后,难免打量一下那些正在大吃大喝的过客,脸上似有似无现出的神情,仿佛心已离开酒馆,正在一个极遥远的荒凉的地方漫游。

一群刚刚钻完了一口勘探井的男人从沙漠深处走了出来。

远远看见了梅子酒馆便欢呼起来。

载着井架以及各种装备的大型特种车在梅子酒馆前面停下。

门不是被推开而是被撞开的。

他们带着沙漠的燥热涌进酒馆,立刻改换了里面的空气。小酒馆里温度急剧升高,仿佛划一根火柴,就会烧起一场大火。

一个留着长发的大胡子青年,走到正在播送着新疆民歌的录音机前,咔的一下关住,换上了自己的一盘磁带,并且把音量开到了最大,顿时桌子面都颤动起来。

狂热的迪斯科摇滚舞曲用狂乱的节奏和声响把某种被压抑的欲望淋漓尽致地展示出来了。他们立即发出噢噢的尖叫,从口袋往外掏着钞票,让梅子上最好的酒和菜。

梅子先端上酒。

又端上菜。

让梅子倒酒。梅子就挨着把每个碗斟满,他们喝酒像喝白开水一样,仰起脖子咕咚咕咚地一口气干完。

倒完了酒,梅子刚要离去,手被扯住了。大胡子青年要梅子陪着他跳舞。

梅子说不会,挣脱出被握住的手,往厨房走。

别走,跳一圈十五元,老子想乐乐。

回过头,看了大胡子青年一眼,觉得他的样子和话语挺滑稽,不由得从嘴角透出一些笑意。

见梅子笑了,以为她是欣然同意了,忙伸出双臂做出跳舞的姿势。

但梅子收起了笑,转过身去,给了他一个冷冷的后背。

大胡子青年被梅子这样对待,自尊心大遭伤害。

一时火气冲至脑门,竟不顾是在光天化日之下,两步并成一步跨上前,从后面抱住了梅子的腰。

一张喷着酒臭气的嘴顺着梅子后脖颈,粗鲁地凑向那白净光滑的脸颊。

差一点就要触到的时候,大胡子的额头像是突然撞到了一块坚硬的岩石,只觉得头晕目眩眼冒金星,连着向后退,一屁股墩在地上。

惹出哄的一片大笑。

睁开眼,看到一条大汉立在眼前。

大汉像打量一只死兽一样,毫无表情地看着他。

他涨红了脸,一跃而起,嚎叫着冲上来。

又像是碰撞一块黑色的巨石,这回是碰在脸上,好惨,口鼻都往外蹿血。

他蹲在地上捂住了脸。

伙伴们不笑了,全站了起来,朝大汉围过来。

恰可拜扫了他们一眼,还像是看死兽,同时,随便地拍了拍手掌,像是要把上面的灰拍掉。

猎狗从恰可拜叉开的两腿间钻出来,朝着那些围过来的男人,伸出了血红的舌头,露出了两排嚼碎过黑熊骨头的锋利牙齿。

他们不得不停下了脚步,望着这只不知有多么厉害的狗,样子简直和狼没有区别。

梅子这时从恰可拜身后站出来,脸上依旧是挂着淡淡的笑。

恰可拜回到墙角那张桌子旁,转过身时他们看见了他腰间的刀,像是什么事也没有发生过,慢慢地举起了小酒盅。

类似的冲突还发生过几次,起因结果都大致相同。渐渐地,大家就明白了一些道理。这酒馆虽是一个女人开的,却也是不能随便胡来的。语言可以放肆一点,但行为必须限制在一个范围里,不允许有丝毫的超越。

懂得了这些,一些人再到酒馆,自然就有了规矩,特别是看见墙角坐着的那个模样凶野的男人,更是只能在心里有些放肆,行为和言语上不敢有什么造次。

尽管对恰可拜有万般的嫉恨,但不敢有一点的流露,更不要说故意向他挑衅了。

只是在离开酒馆后,凭借自己的经验,编造着极肮脏的异族男人和南方女人的风流故事,既解了心头之恨,又得到一点无聊心理的满足。

其实他们对恰可拜恶毒糟践时,心里头不知对他充满了多少羡慕。也会对自己说,我要是有这么个相好,我也会像他一样护着。

下野地四下都流传着一种说法,说梅子酒馆的女老板,有一个情夫,是个荒野上的猎手,厉害得很,谁也不敢惹。不光打架厉害,在床上也很厉害,这一点,看他的样子也能看出来。

是情夫,光听人说。不敢惹,却是亲眼见。

对这个风流的故事,至今只有偶尔过往的路人才会觉得新鲜有趣。小镇的人要是听到了,会说这是个老故事,听过不知多少遍了,用不着再听了。

十几年前,当消失了快一年多的梅子再次出现在小镇上时,就有了这个故事。

那是一个平常的中午,太阳毒毒地烘晒着。人们不得不在树荫里吃饭,吃罢饭就铺一张芦苇席子在树荫里歇息。

看。

先是一个爬到了树上的少年喊叫起来。接着大人们因为想知道发生了什么,就坐了起来,或者站了起来,往少年指的方向看。

白花花的阳光水浪似的乱闪,虚虚的,过一会儿才能把想看的看清。

待看清了,就不能再躺下睡了,竟连太阳晒也不怕了,离开了树荫站到了路边。

许多人听到了动静也从屋子里跑了出来。

路两边挤满了人,形成了农场小镇难得的一次人群夹道迎接的场面。

真是梅子,从她失踪后,小镇上关于她的各种流言,一直没有停止过。

可现在,丢了的梅子又回来了。联系到那些流言,大家不能不关注她的现身。

梅子坐在马鞍上,身上穿了件男式军装,头发没有梳成小辫,散开着随风飘扬,脸还是那样白,似乎瘦了点,但显得更精神,表情上,看不出有什么悲伤,相反却给人一种坚定,似乎还有些骄傲的感觉。

看来她没有遭什么罪,传说她被人抢了,被人害了,被人杀了,还说她跟人私奔了。

天啊,她身后还坐着一个男人,相貌好凶啊,可身材魁梧极了。

梅子骑在马上能稳稳当当的,全仗他的扶持。

可不,梅子是紧紧靠着他的。

啊,她的肚子好像有些鼓起了,难道说她已经怀上孩子了?

他戴了一顶草帽,檐子低低压在眉上。

没错,不是个汉人,是个当地民族的人,他们身上总是散发着一种怪怪的浓烈的和野牛野马相似的气味。

瞧,他肩上还挎了一只枪,枪身闪着一明一灭的光亮。

是个打猎的,那不是吗,身后还有一条猎狗跟着呢。

就在他们还骑在马上,马蹄扬起的干燥的尘灰还在飞扬的时候,一个几乎谁都不能不信的故事基本完成了,并且开始从一个人的嘴巴传向了另一个人……

梅子和恰可拜 | 15

正在田埂上走,一匹马从浓雾里飞奔而来,没等梅子明白过来,只觉一阵旋风刮过,便被一条粗壮的胳膊拦腰抱起……

后来,马在深深的胡杨林里站住,浑身蒸笼一般冒着热气。梅子吓呆了,被拖进了屋里……

后来,把她放到床上,他就要脱她的衣服,梅子拼着全身力气反抗着……

后来,梅子没有力气了,昏了过去……

后来,梅子就被脱得一丝不挂了……

后来,那男人说了好多好话,打回了黄羊烤熟了炖熟了,喂梅子吃……

后来,梅子发现这个男人并不坏,而且他是那样的健壮……

后来,梅子也就很情愿地和他睡觉了……

自然,女人和男人愿意睡觉了,就会怀上男人的孩子了,肚子就会隆起……

后来这个故事越说越长越说越详细,看说的人的认真的样子仿佛是亲眼见了似的。不管怎样,这还是个很够味道的故事版本。所以它就在小镇流传了相当长一段日子,真正做到了家家都知道,人人都晓得。那天,梅子和恰可拜骑着马一块出现在小镇上,好多人都看到了。只要是看到的人,一直会记着那个场景。

一男一女一马一狗,迎着燃烧的阳光和一片猜疑的目光,沿着小镇最宽的一条土路默默地移动着。

他们像是没有看见两边比树还要密集的人群一样,脸正正地朝着前面,好像站在的路两边的真的全都是树,而不是人。

离小镇最高大的那座房子,一个两层小楼的农场办公机关越来越近了。

但在马蹄叩响房子前砖铺的地面前,沿着人们翻动的大小厚薄不同的嘴唇传递着那个像真的一样的故事已破门先入了。

没等听完,镇长就一下子站起来,冲到窗口,隔着玻璃,他看见了驮着一男一女的一匹马正不慌不忙朝着他这个方向走过来。

他呆住了。

一个月前,他从队长变成了镇长,他正沉醉在升官的喜悦中。

可是这一会儿,喜悦没有了,变成了紧张和害怕。他连屁股下的凳子还没有坐热乎,他的好日子就似乎就要结束了。

关于梅子消失的真相只有他知道。他起初认为她是自杀了,并且有点希望她已不在这个世界上,这样有一个秘密也会随着死去,不再被人知道。但到了晚上一闭上眼,就看见一个披头散发的女鬼来挖他的心肝。本来他就迷信,相信善恶总有报应。如果她死了,自己就会又加一重罪,到时候他偿还不完还要子孙来偿还,这样一想他又希望她不要死。可她不死,她给别人讲或者去上级那里告他的状,他又该怎么办呢?不说镇长当不成了,很有可能还会坐大牢,强奸未遂也一样可以判刑。战争期间,他曾亲手枪毙过一个奸污了农家女的士兵。这些剧烈的内心活动,使他很快地消瘦了,头顶的头发也每日一撮撮地脱落。

马站住了。

男人用两只手托着梅子的腰,把她轻轻从马背上抱到地上。

他弯腰时,那闪动着幽蓝光亮的猎枪,刺眼地惊醒了还在发呆的镇长。

来复仇的,这个女人知道自己身单力薄,找了个强壮的男人当帮手。

决不会有错。镇长几乎没有再思索,转身离开窗口,冲向自己的办公桌,拉开抽屉,取出一支手枪,压上子弹打开机头。动作之熟练和迅速,是在一眨眼间完成的,不愧是个老兵。

握枪的一只手连同枪一起放在半开的抽屉里。对面的人只能看到他的胳膊,不会发现他真正的用意。

心怦怦乱跳,打过那么多仗还没有这么慌乱过。

吱的一声响,门开了。

梅子走了进来,带入一片金属般的阳光。强烈的光立即显出了屋内空气里的纷乱的灰尘颗粒。

梅子和恰可拜 | 17

注视她的背后,越过她窄小的肩头,等待着。捏枪的手出汗了。

给我一间房子。梅子说。

他没有听到。

给我一间房子。梅子又说。

他没有听清,看了她一眼后仍然注意着门口。

给我一间房子。梅子又重复了一遍。

他听见了,可没有回答,脸上的肌肉仍在紧张地抽搐。

我有孩子了。

梅子拍了拍微微有点隆起的肚子,一个字一个字咬着对他说。

握枪的手松开了。

想开口问问门口那个挎枪的男人是怎么回事,可没有这个勇气。对他来说,只要快让梅子从眼前离开怎么都行。因为脸颊那块抽搐的肌肉总也不停,把他的心拽得难受极了。

给你一间房子。他对她说。

听到了这句话,梅子转过身走出了门。

一会儿门口又响起了踏踏的马蹄声。

关上半开的抽屉,队长知道,他没有事了,或者说暂时没有事了。看梅子的样子,她似乎并不想让别人知道那天早上在麦地里发生的事,也是的嘛,又不是什么有面子的事,说出去,对她有也没有一点好处,她为什么要说呢?

除了梅子,全镇只有一个人知道那个带有传奇色彩的风流故事是瞎胡编的。可他一点也不想阻止它的流传,甚至希望它就是真的,更不愿用真正的细节去纠正。

他用沉默帮助了这个故事的传播。镇长都信了,肯定不会有假。

但如果谁老在耳边嘀咕这件事,他又会猛地一摇手,让对方住嘴。

可如果说他知道事情全部真相也是假的。因为梅子消失在白雾以后的近一年多里,究竟发生了什么他也弄不清楚。他也不得不根据那个传说的故事版本提出自己的疑问。

肚子里的孩子是谁的? 如果是那个猎人的,他们又是怎样认识的?

并且怎么有了不同寻常的关系？既然已有了孩子,为什么两个人还不结婚？虽是不同民族,但在西部,汉族女孩子人嫁给别的民族的男人,并不算什么稀罕的事,如果她要是提出,他肯定会批准的。是什么又妨碍了他们？

按说,他有这个权力也有这个责任把梅子叫来问问,必要时也可以问问那个猎手。可他没有。甚至有些干部向他请示,是不是要去管管梅子,因为她还没有结婚就要生孩子了,这可不是一般的错误,并且和一个异族男人关系不清不白,在群众中造成了很坏的影响。也被他坚决地阻止了。他的原则是和梅子尽量减少来往,最好是一点来往都没有,更不要说去主动惹她了,惹不好,她万一把那个夏夜的事扯出来他就完蛋了。

可以说,镇长为了保护自己,而不得不去保护她。这让梅子就算是没有结婚就有了孩子,却没有受到什么组织上的追究。在这个社会,只要组织上不去追究,就不会有太大的麻烦。

有了自己的一间小屋,梅子在里面生了一个孩子,是个小女孩。

那天,小女孩嘹亮的啼哭声传遍了小镇每个角落。

人们都仄起耳朵听,听了一会儿又口溅白沫地说,一个女人还没有结婚就生了孩子是件很有说头的事。

只是远远地看着那间孤独的小房子,没有人走进去,不知人们是怕什么,或者说是嫌什么,那个有枪的男人看起来真的有点凶恶,很像传说中的土匪和强盗。

那段日子,可以经常看见一匹马在荒野和小镇,准确说是梅子的小屋之间跑来又跑走。

马停下来以后,会栓在门口一根木桩上,马上的人会先从马背上跳下来,再从马鞍子上的取下鼓鼓囊囊的袋子。

里面装的是红糖、野山鸡和鱼,还有一皮口袋刚挤的鲜羊奶或鲜牛奶。

没有谁觉得怪,这更证明了大家的猜测不是没有根据的,谁的女人和孩子谁心疼呀。

几乎每天都要来一趟,多是早晨太阳升出时,人们就可以听到马蹄

梅子和恰可拜

响,看到他出现在小镇上。

而什么时候离开就说不上了,这要看他在梅子屋子会待多长时间了。不过,不管待多久,也不会待到天黑,最晚到了太阳快落山,他肯定会骑马离开,奔向荒野深处,消失在远方的柔和的暮色里。

过了一些日子,梅子从小屋里走出来,面色和体态得了滋养,竟越发好看了。

脸上闪着做了母亲的幸福光彩,像有意炫耀似的在暖和的时分抱了孩子出来晒太阳。

见了熟识的女人路过,竟也极从容地报以淡淡的微笑。

女人便凑近了,看那躺在她怀里裹在黄色斗篷里的孩子,把那小小的脸盘包括眼睛鼻子嘴巴眉毛都一一仔细地看。

看过了,嘴里连连地念叨着,好看好看,长大一定俊俏。心里却想着另外一个问题。

都觉得怪。怎么会没有一点点地方像那个骑马挎枪的男人?他的头发有点卷曲,眼窝子有些深,鼻子却很高,还带一点点的鹰勾。

一块来的女青年,多数都变成了娘们。不过,人家成了娘们,都有一个大家知道的丈夫为前提。梅子成了娘们,大家却不知道梅子的丈夫是谁。

起先都以为是那个骑马的猎人,在确定了不是他以后,反而会更想知道梅子的那个他是谁了。

一块儿从内地来的女伴忍不住跑来问她。

孩子他爸是谁?

是个男人。

他在哪里呀?

快回来了。

你们结婚了吗?

没结婚这孩子从哪来?

领结婚证了?

没领。

没领怎么算结婚?

我们举行过仪式。

这么说,你在等他?

当然了,丈夫出门了,老婆能不等吗?

回答得干脆利索,早知道会有人怎么问,也早想好了,怎么去回答。

回答了也等于没有回答。梅子明白这个世界上许多发生了的事情不能说,而许多说着的事情实际上并不存在。

说了什么其实并不重要,重要是做了什么和正在做什么。

知道了梅子是有丈夫的,只是在另一个地方,干什么的不太知道,可都知道很快就要回来了。

于是都在等着她丈夫回来,并且大家在一起不止一次地说到这个事,不是为梅子着急,也不是为梅子担心,而是在猜想,那个真正的丈夫如果回来了,会和那个骑马的男人之间发生什么事。并且都认定,不管是个什么事,一定会是个很有意思的事。

这个猜想让大家也和梅子一样天天在盼着一个男人的出现。

谁都没有想到这个等待会这么久。

女儿会跑了,会说话了,会自己捧着碗吃饭了,梅子才又下地干活了。

这以后,梅子以孩子太小,要养孩子为理由,总是不好好下地干活。别人也没有办法,因为镇长不管,别人也就没法管了。再说了,干活又不是给哪个人干的,是给公家干的,公家不管,愿意给她发工资,别人也就不想瞎操心了。

不好好干活,三天打鱼,两天晒网。在大家眼里,梅子不但作风不好,工作也不好,还是个骚女人,是个落后分子。工资虽然没有少给,可是到了年底,要评先进了,却不会有她的份。

再后来,女儿上学了。嫌农场的教学质量不太好,梅子把女儿送回了南方老家。

梅子和恰可拜

不用在女儿身上投入那么多时间和精力了,梅子还是不肯把心思用在干活上。老是和那个长相怪异像个强盗的男人骑着马去荒野上,不知去干什么。

什么不知道呀,想也想得出来呀,一男一女,都那么年轻力壮,到了别人看不见的地方,还能干什么呀?

不过,也有人说,梅子一个人住一间房子,真要干什么,也用不着跑到戈壁滩上去呀。

算了,管人家干啥,镇长都不管,咱们管她干啥?女人只要不要脸皮了,反正是什么事都能干得出来的。

大返城。结了婚的,政策规定嫁给了当地男人的女支边青年不能回城,特别是嫁给了当地男子的南方姑娘后悔得一个劲儿跺脚,全羡慕起了梅子,说她原来是早有远见。

不解释。

不少女人,支边青年和知识青年扔了丈夫扔了孩子,跑回了南方。

梅子无牵无挂,至少表面看是这样,却还是留在那间孤单的小土屋里。

她似乎是最该回南方的,也是最有条件的,好多南方女人为了回城,硬是把西部的丈夫给抛弃了。因为,那会儿有个政策,只要是没有成家的知青,马上可以办回城手续。

一直到开了酒馆,梅子也没有一点回去的意思。真是让人想不明白,如果她真嫁给了恰可拜大家也就不说什么了,可她是一个人啊。甚至有人怀疑梅子是不是脑子缺了点什么。

酒馆并不是日日都敞开着门。门上挂锁的日子也并不固定。然而到了这一天,应该是六月的某一日,不管出现了什么情况,梅子都会把门关上,去做一件事。

这一天,一大早,恰可拜会骑一匹马再牵一匹备好鞍子的马,来到酒馆门前。

早做好了准备的梅子从屋里走出来,穿着一双平时不穿的黑色女式马靴,显得比平时高了,踩着铁蹬双手扳着鞍桥用力一跃,跨到马脊背上拽住了勒着马嘴巴的缰绳。

这时的梅子要比系着白围裙在酒馆忙碌的梅子看着迷人。

转过脸朝着正在上升的太阳凝望。

在一片灿烂的光色里,她的姿态像梦一样虚幻。一缕头发被风吹得从耳际飘到嘴角,她干脆轻轻地咬住。尔后脚后跟抚摸般碰了一下马肚子,马便在她没有察觉的时候向前走了。

马蹄踏在青草上沙土上没有声息。

梅子觉得自己离开现实很远很远,正穿行在往事的画廊,并且全是非常逼真的油画,一幅又一幅连接起来好长好长。

而每一幅又都是值得看了再看的。

有意落在她的后面,恰可拜和猎狗循着另一匹马的蹄印,大约离她有五六十米。他知道她现在正独自待在她的联想里,不喜欢有别的什么打扰。

而梅子会想到什么,有些他知道,有些他并不知道。他从不向梅子打听她的过去,但如果梅子说给他听,他也不拒绝,而是很认真地听,听了就会永远记住。

从很小,恰可拜就记住了老人传下来的一句话,别人不想说的,别逼着人说,别人对你说的,不要像风一样让它从耳边溜过。

前面,梅子勒住了马。马前面是一条深沟,也叫干沟。

干沟是雪山下来的洪水长期冲刷而成,戈壁滩上有许多条这样的干沟。

洪水过后会在沟底形成一个连着一个的大水坑大沼泽。

从很深的淤泥中长出的芦苇,又粗又高又密的芦苇像墙一样围绕着水坑,挡住了风,挡住了黄沙,让水变得很清很平。清得像镜子,平得也像镜子,天上飞过一只小鸟也能照出影子。

第一次见到,梅子好喜欢,觉得它是个天然的大澡盆,自到了农场,她没有全身泡在水里痛快地洗过身子,恨不得立刻跳进去洗个痛快。可

梅子和恰可拜　23

跟在身边的老兵们,马上拉住了她,说你不想要命了吗?

于是她就听到了一个故事。

垦荒最初的日子,有两个战士见了这水,以为是同南方的和北方的河一样,便欢笑着跳了进去。水深才到腰间,可淤泥又稀又粘谁也不知有多厚,很快就让他们陷了进去。他们越挣扎下沉得越快。很快,两个鲜活年轻的生命就这样从泥沼中消失了。

梅子一听,吓坏了。再看那泥泽,一会儿鼓起一个泡,叭的一响又破了,像是泥水里藏了个什么鬼怪,正在阴险地呼着气。

那以后她不再接近这干沟里的芦苇泥沼。

谁能想到那个大雾弥漫的早晨,她从正在灌浆的麦田里逃出后,并没有想到往哪里跑,完全是本能驱使着,让她只想快快从一种恐惧里逃出来。

当她不知跑了多久,猛一下刹住了脚,把捂着脸的手放开时,看到了前面黑乎乎的芦苇泥沼。

她忽然不再害怕了,明白了她跑到这里决不是偶然的巧合,完全是老天的安排。

不错,没有失去所谓处女的贞洁,甚至连一块皮也没有碰破,只不过是衣服撕破了,可这又算什么,只要把破衣服一脱换上一身新衣服,反正换衣服是常事,梅子还不是和过去一样,完全可以像什么事情都没有发生一样。

只是像什么事情都没有发生一样,指的只是外表呀。可是梅子的内心呢,她也能像换衣服一样,把破衣服换掉,把那看不见的被撕碎的东西也换掉吗?有时心灵遭到伤害比肉体遭到伤害更难以补救,更具有毁灭性。

不是仅仅因为险遭污辱而悲痛欲绝,如果换一个人,她也许不会那样号啕大哭,更不是因为衣服撕碎裸露了身子被人看见了。重要的是,她内心的偶像被玷污了弄脏了,她当作的革命英雄前辈的男人原来竟是个色鬼流氓,让她怎么还相信她的理想?

心里头的血液不再流动，像冬天的河一样结了厚厚的冰。信念一旦崩溃，生命就像纸灰一样没有了分量，实在感觉不到还有什么珍惜的必要，不如轻轻快快交给随便吹来的一股风吧。

想着想着，不知不觉已经步入泥沼中。

整个身体开始往下沉。乌黑的淤泥沿白皙的小腿肚子往上翻涌，一种畅快的凉意渗进毛孔向全身扩散。

她不由得闭上了眼睛，像是要尽情品尝什么滋味似的，脸上显出了异常安宁的神色。

淤泥翻出水面，一片清净的水面马上被污染了，变得浑浊不堪。那种腐烂的臭味也随之浓烈起来。她感到一阵阵恶心，想把心里的什么东西呕吐出来，可又没有这种力气，胸口也越堵越厉害……

不愿再想了，回过头，看见恰可拜也勒住马了，离她有十几米远。

见她回过头，他策马走过来，走到她身边，和她一齐望着沟底翻滚着的芦苇的绿浪。

都不说话。

这会儿没有雾，可那天雾很大。

他看见梅子时，梅子只有一个脑袋还露在水面，她的长发已像水藻一样浸在水中。他用身体压倒了一片芦苇铺出一条不会沉陷的道。把梅子从泥里往外拖时，他几乎用完了全身的劲。要知道，他两天没有吃东西了。

在芦苇草上歇了一会儿，他又开始拖梅子。他没有劲抱起她，也没有劲背起她。他只能拖着她的胳膊在沼泽地上爬行。

只有几十米宽的沼泽地爬了有一个多小时。

终于到了沟边，梅子还没有醒过来，他也快昏过去了。

他脱下自己的黄军衣盖在你身上后，便也像死的一样软软地躺在一堆虚土上了。

太阳升起来，先晒干了梅子的衣服，又晒热了梅子的皮肤，当暖意透到胸脯里后，梅子就醒过来了，睁开了眼睛……

梅子和恰可拜　25

他叫什么名字？恰可拜问。

黄成。

是城里来的？

是的。

不等恰可拜再问，梅子自己就会不停地往下说。

他说他是某个大学的大学生，马上就要毕业时，文化大革命爆发了。他成了一个红卫兵，还是个什么勤务员，是个头头。他们的总部大楼被另一派包围了。先是扔石头，顶着桌子往上攻，攻不下来就把消防队的救火车开来了，高压水龙头往上喷，全是汽油。楼烧起来了，好多人被烧死了，还有些人从楼上跳下去，摔死了。他不想死，是从下水道里钻出来的。城里待不住，就跑到戈壁滩上来了，一直跑到了下野地的这条干沟里……

边说着，边扯动了缰绳，两匹马并排着顺着沟的边缘行进。

和黄成的故事，这么多年，梅子只讲给恰可拜一个人听过。不知讲过多少遍了，可每次讲起来，都像是第一次说到这个事。讲的人和听的人，都会有一些激动。

每年的这一天，也就是梅子被黄成救起，也是他们相识相爱的这一天，梅子都要来到这里纪念她的爱情。

不要以为，恰可拜同梅子一起来到这里，只是为了陪着梅子，为了保护她。对恰可拜来说，这个地方对他的意义，也一样是很重要的，尽管它和爱情没有什么关系。

大致，人们都有这种感受，一件事发生了，非常突然，没有一点先兆，完全出乎预想之外，使你觉得实属巧合，是偶然机缘的结果。可是过后再把这件事仔细想想，包括最微小的声响和颜色都别忽略，反复地琢磨，反复地推敲，特别是考虑到它产生的效果，你就会越发感到这件事的发生是早就安排好的，无法变更和躲避的，像一条环形链条上的一个节扣，没有它就会断裂，并且随着时间的推移，你的这种感觉就更加强烈，以至使你确信不疑当时只能是那样而决无别的选择。

比如猎手恰可拜今天回忆起十几年前的那件事就是这样的感觉。

他不再相信让他进入这个故事并负担起责任的纯是一种偶然的巧合。

很难有一种什么说法能够解释那天他所遇到的事。

的的确确,过去这片地方野兔子四处乱窜,坐到土包上也能随便打到几只,可这天恰可拜却连个兔子尾巴也没碰见。

有点生气的他靠着棵胡杨歇息。没有想到却从前面的芨芨草丛里悄悄钻出一只狐狸。

以为眼花了,揉了揉眼睛。再看,果然是只大狐狸,好漂亮的一身毛,像软缎子一样在太阳底下闪烁着。

它也望到了他,却并没有惊恐地逃窜。

他的闷气消散了,抑制住因激动而乱跳的心,慢慢地把猎枪往上抬。

狐狸似乎察觉到了他的用意,不高兴了,转身朝东南方向跑去。

只有笨蛋才会眼看着猎物从手中逃掉呢。恰可拜毫不犹豫地紧紧追了上去。

这只狐狸真狡猾,既不从他的视线里消失,又决不落入他的枪弹的射程内。这带有明显嘲弄意味的举止惹得他有些火了,不由得加快了双腿的摆动。

前面一个不高的土坡,狐狸上了坡回头看了一下,便下了坡。

赶忙到了坡上,朝下面的一片开阔地望去,他呆住了。狐狸连影子都没有了,却有一个年轻的男人背了一个口袋在离土坡五十米处朝着他走过来。他低着头,脚步很急。

恰可拜想大声问问他,见到有一只狐狸往哪里跑了吗,可没等话出口,像是从地底下冒出来的,五六个戴红袖章的男人从两旁的红柳丛里跳出来,眨眼间把那低着头的男人按在地上。

等恰可拜刚缓过神,那男人已被绳索横横竖竖捆紧,几只胳膊把他架起来,朝着不远处的路上拖去。

一辆大卡车停在一条土路,当时还是荒野便道,后来才铺了柏油,成了国家公路,立起了一个个路碑上。

看着几个男人拖着一个男人,往路上的车子跟前走,恰可拜没有太当个事。

梅子和恰可拜 | 27

这样的事那个年月里常发生,恰可拜没有理由去问去管。对他来说,这会儿,他想的还是那只消失的狐狸,他要集中精力捉住这只狐狸。光是一只狐狸皮,就可以换到五只羊。

就在恰可拜打算转身离开时,那个捆着的男人突然转过脸,让他看到了一张他再也无法忘记的清秀但倔强的脸。

没有想到转过了脸的男人,不但是想让他记住他的长相,更想让恰可拜记住他的话。他听到那个男人朝着他大声喊着,兄弟,请帮个忙,到干沟去,把这些吃的,带给我的女人。你还要告诉她,说我一定会回来,让她等着我,一定等着我,谢谢你了。

起初恰可拜还以为他是喊给另一个人听的。他朝四下看看,发现空旷的荒野上,除了他再没有别的人了,他这才明白那个男人把一件很重要的事托付给他了。

不等他作出回答,他们就把那个男人扔进了汽车。不过那个男人被扔进去的,又爬起来,就在车子开动时,把头伸出了车厢外,对他喊着,拜托你帮我照顾一下她,她有了身孕了,兄弟,求你了,兄弟……

大卡车走出很远了,兄弟两个字还在空旷的大戈壁里回荡着。

走过去,拾起了那个男人扔下的口袋,看到里面装的尽是吃的。

翻身骑到马上,接着一行猝然中断的脚印,向干沟的方向走去。

本来想着只要把那句话和那个口袋捎给梅子,他就可以去干自己的事了。

可是她听完那句话还没有来得及接过口袋,就昏倒在地上。

他不能不守在她身边,并用带在身边的马奶子酒,像喂药一样喂进了她的嘴里,让她慢慢地醒过来。

他不得不用马驮起她,把她送回存放着她的户口的小镇。因为她一个人在干沟的洞穴里是没法生活下去的。

按说把她送到了小镇上,这时候他已完了嘱托,完全可以拍马远去,永不再回来。可是他知道了她已经有怀了孩子,而那个男人又不在她的身边。他不能明明知道需要他去做的是什么而又故意躲避。那个男人喊了他兄弟,还拜托了让他照顾她的。

他当时虽然没有说话,可他没有说不,就等于答应了。答应了人家,就要做到。并且还要做好。

后来他明白他已经做的和将要做的都是他必须要做的。

他要和那这个女人一块等那个男人回来,他要告诉那个男人,你交给兄弟的事,兄弟做到了。

就这样过了一年又一年。

猎狗叫起来了。

挺直了身,朝远处草滩上看,一只火红的狐狸疾速掠过,在浅绿的草浪上,划出一道漂亮的弧线。

恰可拜取下猎枪。

被梅子抓住。

别开枪。

看了梅子一眼。

答应我,永远别朝狐狸开枪。

恳求的语调软得像水。

我们互相搀扶着走进那个洞穴,都饿得没有力气了。

我们像死了一样躺在地上,只睁着眼睛,连话都懒得说。

两只狐狸从洞的深处走出来,在我们身边站了一会,就出去了。

后来你猜怎么样?一只狐狸衔了一只老母鸡,扔到我们身边,那鸡的脖子还在滴着血……

你信不信?梅子问。

恰可拜点点头。心里想,我一辈子再也不会向狐狸开枪了。

就是这个洞。

是地壳运动形成的天然洞穴,在沟壁下面,洞口呈不规则三角形,往里望还可以看到一捆散开作床铺用的芦苇,不过上面落了一层厚厚的尘灰,印满了狐狸凌乱密集的足印。洞壁上烟熏火燎的痕迹像是远古刻在石头上的神秘图案和文字。虽不能读懂,却能让人看了以后产生丰富的联想。

至少面对着它的梅子不能不被触动。

身子紧紧贴在洞壁上,让头触到粗糙的岩面,默默地闭起眼睛,一会儿,长睫毛便湿了。

快乐吗?
嗯。
还想死吗?
不了。
不再分开。
你不回城了?
不了。
跟我去小镇?
好,反正在哪都要上山下乡。
啥时候?
你说,听你的。
这里真好,还想住在这。
那就住在这。
……

生活真是变幻无常难以预测。先是让一个人的信念毁灭,逼得她走向死亡,可等她就要迈进地狱的门槛时,又把她一把拽回来,推进爱情的天堂,让她在巨大的快乐里头晕目眩,醉得不愿再醒来。

当她陶醉在幸福中,享受着人生难得的欢愉,生活又忽然一下变了脸,伸出了无情的手,把她的幸福残酷地夺走,扔到寂寞的大荒野上。却又故意不让她完全死心,留下那么一线希望,像早上地平线上的一抹光亮,让她甘心情愿地等待,等待,等待着太阳的重新升起。

那个太阳的名字就叫黄成。

梅子就是被生活这样安排的许多人中的一个。谁也没有办法改变在这个天然坑洞里的有一块大石头,下边压着梅子写的一封信。信很简单,只是告诉看到信的人,去什么地方就可以找到她。

每过一段日子都来看看信还在不在,已经不知换了多少封信了。信是纸的,在石头下放久了,就会潮湿,会破碎,就会没有了。

那个叫黄成的男人要来找她,一定会来坑洞里来找。只要进了坑洞,就会看到那个大石头,只要看到大石头,就会看到那封信,只要看到那封信,就可以找到她。

我好像有了?
有什么了?
傻瓜。
你是说,我们有孩子了。
我想是的。
太好了。
我有点怕。
有我在,不怕。
我饿了。
我去弄吃的。
我想吃酸东西。
你等着,我去给你找。
你要快去快回来呀。
放心,找到吃的,我就回来。

那天,他找到吃的了,可他却没有能回来。他让一个人,就是恰可拜把找到的东西,酸的东西有酸白菜和西红柿送了过来,他却消失了。

没有比等待更难以忍受而又不得不忍受的事了。

重返小镇的梅子,虽然样子不曾有什么变化,但都说梅子是新换了一个人。那个害羞的爱笑的柔弱的小姑娘消失了。新的梅子是沉默的高傲的什么都不害怕的女人了。

不过，和恰可拜在一起时，她好像又变了回去。有些着急，不知该怎么办，有点像小妹妹看到了大哥哥一样。

仰着头，和他一比，她显得要矮许多，瞪着大眼经常问恰可拜。

他真的能回来吗？

他说他要回来。

他是这样说的吗？

是这样说的。

他到底是怎么说的？

他让我告诉你，让你等着他，他一定会回来找你的。

他要不回来怎么办？

男人说话都是算数的。

真怕他会不回来。

不用怕，我和你一块等他。

怎么能让你一块等？

我和他是兄弟。

他好像比你大一岁。

那你就是我嫂子了。

可我又比你小。

那你就是妹妹了。

我没有哥哥。

以后你就有了。

不管什么事，有一个人和你一块做，你就不会轻易做到一半停下来，更不会不去做。等待一个人也是一样。它不但需要你自己内心的力量来坚持，同样也需要别人的支持，哪怕只是肯定地说几句话，都会产生一种意想不到的作用。

可恰可拜很少说话。或者说他也说话，只是不用嘴巴说话。

每天都要做饭，需要柴火。这里的冬天很长，一年里有六个月都要靠烧火墙取暖，更是需要的大量的柴火。每家的门口，都码了一大垛的柴火。去戈壁滩打柴火背柴火,成了每个人要做的重要事情。

带着女儿的梅子,根本没有时间和精力去做这个关系到生存的事情。但这么多年来,从来没有去打过柴火背过柴火的梅子,却从来没有缺少过柴火。

恰可拜成了梅子家的柴夫。

梅子没有丈夫,各家的打柴的事都由丈夫负责,可梅子家的柴垛比别人家的又大又高。

可以想象得出来,一个没有结婚的女人生孩子,在这个半军事化管理的农场,会承受什么样的压力,没有一个人愿意接近梅子和帮助梅子。坐月子期间,是恰可拜不断地给她送来可以催生奶水的东西。为了能捕到鱼,他掉进了冰窟窿,差一点被淹死和冻死。有一阵子全国人民生活都困难,可梅子和女儿却经常能吃到肉,因为过上几天,恰可拜就把他打到的野味送来,周围的邻居为此对她是又羡慕又嫉妒。

还有一次女儿发了高烧,农场连队的卫生员治不了,让梅子转到师部去。正赶上那几天下大雪,所有的道路都被封住了。恰可拜赶到了,用他的马拉着雪爬犁,又用他的羊皮大衣把孩子裹了起来,连夜送到了师部医院。医生后来对梅子说,这个孩子再晚送来几个小时,就算不会失去生命,也会烧成肺炎或者是脑膜炎,肯定会落个小儿麻痹之类的残疾。想一想这个事,梅子不知道有多么后怕。

再说那个酒馆,要不是有恰可拜经常送些野味来,哪能吸引那么多顾客?要不是他像个保安一样,自觉地负责起了酒馆的治安,梅子一个人女人怎么可能对付得了那些想来找茬子闹点事的痞子们?怎么可能让酒馆一直红红火火?要不是酒馆挣了钱,哪能供得起女儿从高中一直上到大学?开酒馆以前,梅子没进过银行的门,不是不想进,是没有钱可以存啊。现在,每过几天,就要去银行一趟,给在内地上学的女儿存钱。

这是多大的情啊,又用什么可以还呀。而要想让恰可拜不要再为梅

梅子和恰可拜 ■ 33

子和女儿操那么多心,付出了那么多,只能在心里一遍遍地呼唤黄成,呼唤他快一点快一点出现,担负起一个男人,一个丈夫一个父亲的责任。

每个早晨,当她离开床铺走向窗户把厚厚的窗帘拉开,让瀑布般的阳光冲荡着苏醒的身体时,一句话便像那远方升起的太阳一样荡旋起绚丽的回声,等着我,我一定回来。

而那窗外正在消散的雾和树叶上的露珠,无不是在向她暗示,就在今天,他会回来的,会回来的。

于是她的心厉害地跳。

仿佛他马上就要进来似的。梅子像第一次迎接情人的少女,脸上立即泛起羞涩的红晕,手忙脚乱地不知该去做什么了,一点也不像个也算是饱经风雨的女人。

先把地面扫得干干净净,再把床铺拾掇整齐。那些妇女用的小玩意,他见了会不好意思的,一古脑儿地塞进床头柜。

把香烟,精装的红双喜、烟灰缸还有打火机摆到茶几上,她想起他把干枯的芦苇叶子揉碎了当烟的情景,她不抽烟,是为他准备的。

把衣架上的一个挂钩空出来以便放置他穿的外套,她猜不出他是穿西装还是风衣。

收拾完房子又收拾起自己。

坐到梳妆台前,端详着大镜子里的自己。

依然是白嫩的。农场的好多女人,也和过去不一样了,也会买一些很好的化妆品打扮自己了。梅子还是用着一种便宜的润肤霜。不是买不起,是觉得在脸上涂上一层白粉,把嘴巴画得像喝了人血,实在是一点儿也不好看。再就是她的脸用不着涂那些乱七八糟的东西,也还是经起得仔细去看。

至于腰肢和胸脯由于天生就细圆就丰满,而许多年都没有什么变化,无论从前面看,还是从后看,她的女人味还是那么浓厚,这样的女人实在很少有,而梅子恰恰是这很少有中的一个。

梅子天生的女人味,又总是不变,好像是梅子用了什么特别的方法把它留在了自己的身上,因此自然招来不少闲话。

说梅子是故意显摆自己的脸蛋子和大奶子,用它们来吸引那些没有一个不好色的男人们,的确,不想喝酒的进了酒馆见了她也不得不掏钱买一杯酒喝。

有的干脆就说梅子酒馆生意兴隆赚了许多钱,是因为梅子不但卖酒也卖那玩意儿,大约说这话的人恨不得梅子真能这样。

你说没有,那么你给解释解释,一个开酒馆的没有丈夫的寡妇,为什么还要总是把自己的收拾得让别人一看就心动的模样呢?她的穿着确实不华丽,却是恰到好处地让她的女人味得到充分体现。

有谁能知道梅子的心呢?

不能不这样,既然他今天一定要来,太阳告诉她的又不一定是哪一个时刻,可能是上午中午下午来。梅子只能在每天的时时刻刻都准备好了迎接他。

其实梅子想得很简单,就是想让他头一眼看见的她,还是那么干净,那么好看,那么有味,或者说性感。

全没顾及到别人会怎么想,会怎么说。

因为随着太阳一起来到的希望也像太阳在内心照耀,整个人从里到外都焕发着神采。

心情不一样,做起来事也会不一样。手脚格外地机敏而不知劳累。极利索地就准备好了一日营业用的酒菜。

对掀开门帘进来的顾客自然也是热情周到的,仿佛要让他们分享她的期待的幸福。

所有进门的顾客见梅子没有丈夫帮忙,一个人忙里忙外没有一分钟闲着,还是春风满面毫无一点忧怨,都有些想不通。

也难怪呀,人们只能看到白天的梅子,看见那个怀有希望在酒馆里忙碌的梅子,而看不见在黑夜里的梅子,看不见那个等了一天只剩下一个人的梅子。

最后一个顾客也打着饱嗝跨出门坎走了。

磁带也转到最后一段用红色标示出的空白处,放音键啪的一声自动跳起,切断了电源。

邓丽君也似乎唱累了,要歇歇了,不再唱了。

喧闹的酒馆一下子宁静了。静得让梅子不由得往四面墙壁望望,仿佛是它们把所有的声音一下子藏起来了。

把门关上插上铁闩时,她的动作迟缓,转过身疲惫地靠着门板立一会,脸上的神彩在昏暗的灯光下再寻不到了,往卧室走动时,脚在地板上拖出咝咝啦啦的声音,像是有什么粘住了鞋底,决不仅仅是劳累。

想躲开或者是忘掉外面的黑夜,在卧室里安装了六十瓦的日光灯管。但那惨白的光团没有热情没有暖意,像冬天的雪一样堆满了每一个角落。

梅子穿着睡衣,有时把带子系起,有时让带子垂在两旁并不系来回走动,觉得这些光照在身上冷冷的,干脆一伸手拉掉了一下电灯的开关。

但待在漆黑的寂静里更难以忍受。只得打开电视机,希望画面的歌声,音乐或者故事或者是富有特色的地方戏曲,最好是沪剧和越剧把她的心思转移到另一个方面去,即使能暂时摆脱黑暗的纠缠也好。

不知是画面上本身缺乏吸引力,还是那些被美化夸张的悲喜剧总是触动她的想象,反正电视机非但不能帮她忘掉黑夜,反而让她在一种鲜明的对比中更加明确了所处环境的悲凉氛围。

结果还是关掉了电视机拉亮了日光灯。

离开沙发坐到桌子前面拉开抽屉,拿出一叠装订得整整齐齐的厚厚的信。

全是女儿的照片和信。

从女儿一满月,就去照相馆给她照了相,从此,每年她的生日那一天,都会给她照一张相,只想着有一天可以拿给黄成看,让他知道孩子是怎么长大的。

现在女儿考上了大学,几乎每个月都要她写一封信来。

好像知道母亲读她的信时,会有一种幸福感,女儿就经常会把一封信写得很长很长,最长的信有十几页。

女儿大了,懂事了,女儿的话梅子不能不去重视了,不能看完后淡淡一笑便可搁置一边不管了。

比如女儿在信上这样会这样写,妈妈别再等爸爸了,她没有一点隐瞒,把她和黄成的故事全告诉给女儿了,还给女儿起了个名字叫黄媛,如果他能回来早就该回来了。

读到女儿的这番劝告,她觉得难以回信答复女儿。

读女儿的信的确会使她暂时进入母亲的愉悦中,但不能维持太久。因为很快一叠信就读完了,而黑夜不过才开始。她又没有一点困乏的意思。

放下那些至少读过一百遍的信后,忍不住把镜子拿过来让背面朝着她,上面夹着一张女儿放大的彩色照片。女儿的确很漂亮,比她要漂亮许多,女儿取了父亲高挺的鼻子和浓黑的眉毛的优点,又取了妈妈的细嫩和白净的长处,不管法律承认不承认都不能改变这个事实。

流着有他血液的女儿,有一部分长得极像他,所以梅子看着照片,看着看着就不由自主地要想起他,想起两个人在荒野干沟里度过的时光。

上小学时,女儿问,妈妈,别人都有爸爸,我怎么没有?

梅子说,谁说你没有,你爸爸她出差了,出远门了。

女儿又问,爸爸什么时候回来呀?

梅子说,快了,快了,很快就会回来的。

可过了很久,还没有回来,女儿又会问,怎么过了这么久了,爸爸还不回来?

梅子说,爸爸的事,没有办完,办完就会回来了。

为了让女儿知道爸爸长得什么样子,商量好了,要一块去照个相,可没有能来得及,梅子请了个画家,把你的样子描绘给他听,他再根据梅子说的,把黄成画在了纸上。画好了以后,让恰可拜看,下野地除了她,只有他见过黄成看了。他说画得很像。真的是很像黄成,梅子把这个画像拍成了照片,放大了挂在家里边的墙上,经常指给女儿看,告诉她,看,你爸爸长得多英俊啊。

上了中学,女儿懂道理了。带着女儿去了干沟。

站到了那个芦苇沼泽前,给女儿说,妈妈差一点死在里边,是你爸爸救了我。

再带着女儿进了那个天然的洞穴,从大石头下取出了她写的那张留给黄成的纸条,亲爱的成,你要是回来,请去小镇的梅子酒馆找我和女儿。

梅子告诉女儿,就是在这里,我和你爸爸举行的婚礼,也是在这里有了你。

女儿说,妈妈,你和爸爸的故事,有点不像真的,像是书里边才有的。

梅子说,有时候,想一想,我也觉得像是在做梦,可只要来到这里,看到那个沼泽,看到这个山洞,我就不再觉得是个梦了。

女儿大学毕业了,说在上海浦东找了一份很好的工作,并且租了一套房子,她让母亲来和她一块住,并说再不用花她的钱了,她不但要养活好自己,还会照顾好母亲。

上了大学的放假回来,已经读了很多书的女儿,和梅子说起来话,完全没有了孩子气,像个大人一样。

妈妈,你不要再等了。

为什么?

你已经有白头发了。

早就有了。

你应该再找个男人结婚呀。

那你爸爸呢?

你还相信他会回来?

当然了。

就算他回来了,他也不会说什么,你等了他这么多年,你对得起他了。

可他一直在站在妈妈心里头,他太大了,把妈的心全占了,别的男人挤不进来啊。

我真的不能理解你。

等有一天,你从骨子里爱上了一个男人,你就会明白妈妈了。

男女之欢,转瞬即逝,男女之爱,却可能会比天长,比地久。

梅子和那个叫黄成的男人,在干沟里那个天然的洞穴里,不知有多少次一块想象着他们的以后的日子。

他说看到了许多大学的年轻的同学,在一夜之间成了敌人,并且相互厮杀。亲眼看到了同学的鲜血流成河,尸体遍山野,他对这场文化大革命,准确说,应该叫大革文化的命的所谓革命,一下子厌恶了憎恨了。

他说遇到了梅子,就是遇到了带领他走出红尘的女佛。他要和她男耕女织,远离纷纷扰扰的社会动乱,在这桃源一般的荒野上,开始一种返朴归真的散发着浓厚泥土气息的生活。

你看,这里的土地多肥沃。
还没有开垦过呢。
肯定种什么就长什么。
当然了,种瓜得瓜,种豆得豆嘛。
两个人都笑了,同时想起了小学生时学过的一篇课文。
咱们开几亩地。
种菜,还要种粮食。
咱们盖一间小屋。
要四面都有窗子的。
咱们再生两个孩子。
不行。
为什么?
太少了,我要生六个七个八,生一大群。
好啊,等他们大了,再结婚,再生孩子,用不多久,这里就会变成一个村庄。
那我就成了老祖奶奶了。
那我们就是子孙满堂了。

黄成他不但这么说了,并且说了以后马上就开始做了。他带着梅子在干沟找到了一个湖,还在湖边找到了一块没有盐碱的草地。他们已经

梅子和恰可拜　39

商量着先在冬天来到以前,把小房子盖起来,到了明年春天就把地开出来。

到了夜里,他们躺在地上,看到满天星星,想着以后的好日子。太激动了,忍不住马上就耕种了起来。只是这个时候,梅子成了一块肥沃的地,黄成变成了一台拖拉机,紧硬的铧犁翻起了潮湿的泥浪……

看着女儿的信和照片,看着看着,由女儿的脸就变成了他的脸。

由鼻子眉毛想到他的有着一圈茸毛的嘴唇,想到他的吮吸,想着让她快要窒息的搂抱。

想到在他宽厚而且结实的怀抱里,她急促地心跳地和着他狂放有力地撞击,带给她战栗和晕眩。

想到他没有老茧却灼热的手,先是轻轻地把她披散在额头前的长发分开梳拢到耳朵后面,再像按摩一样抚摸遍了她身体上的每一个关节,让她没有一点拘谨和束缚,舒展开整个的身心。

她完全变成了一片云在灿烂的星空不受限制地随意飘荡。

想到他让她趴在他的胸膛上在她的耳边说的一些喃喃细语……

像做梦一样,梦得越美醒来后带来的失望就越大。闭着眼睛的梅子分明看见他温柔地将脸和胸脯贴向了她,激动地展开双臂去迎接却拥抱了一个虚空。

睁开眼去寻找,屋里空荡荡的只有日光灯燃烧的声音。窗帘却一飘一摇的,像是刚有人动过。

莫不是他调皮,跳到窗外黑夜里藏起来了?干沟里他经常干这样的事,故意躲起让她着急地四处寻找。这么一想,赶紧三步并了两步冲到窗口一把拽开窗帘。

探出半个身子寻找着。

除了永远不可企及的星星和月亮外,再什么也看不见。

可怕的是正吹拂着她的凉风和包围着她的沉寂的夜色,不但不能扑灭她那由想象燃起的烈火,反而更助长了一种让她的感官和精神都无法承受的焚烧。

那样的折磨比疼痛更厉害百倍。

她拼命把睡衣的衣襟往两边撕扯着,手指在白嫩的胸脯上划出了一条条带血的印子。

不知有多少次,她想大声地喊叫,却又竭力地压抑住。

终于,在一天夜里,她喝了大半瓶子烈性的白酒后,她再也没有力气把她想喊的声音压制了。

一道尖利又带着嘶哑的叫喊声冲出了嘴唇,冲出了窗户。

像一把滴血的刀子,把夜空的寂静一下子被划破了。

完整的夜空被割成了无数蓝色的碎片,星星像密集的流光弹正纷乱地四处飞窜。

荒野上,一只猎狗不安地叫了起来。

躺着毡房里的恰可拜一下子醒了过来,他跑出了毡房,跑向了拴在树上的枣红马。

本来他是该去很远的地方打猎的。那些珍贵的飞禽走兽都藏在人迹罕至的山谷和荒原上。可是他已经好多年没有去那些地方了,只是因为心里边放不下梅子。

他常常是和猎狗一直在草垛上守到天亮。就是怕万一出了什么事,他会因为没有听到动静,不能及时地赶到。他对她说过,如果遇到了什么别忘了大声喊叫。他总是活动在猎狗能听到喊声的范围内,特别是在夜里。

马的缰绳来不及解了,直接用刀子割断了。

枣红的马儿像一支箭向黑夜,射向了小镇,准确说是射向了梅子的酒馆。

门是插住的,但他用肩膀使劲一推,铁条就像面条一样软了从扣眼里滑出。

他在跑动时握在手上的匕首一前一后地晃动,尽管夜很黑,也一样掩不住它雪一般的寒光。

卧室的门本来就是虚掩着的,几乎不用推,他带进来的风就把它吹开了。

皮靴急促地越过门坎落地时发出的声响,让立在窗口刚喊叫过但并未摆脱焚烧感的梅子身子震了一下。

她克制着恍恍惚惚的思绪,慢慢将靠着窗台的身子转了过来。

睡衣没有系带子,觉得太热的缘故,很松垮地用两个肩头支撑着,仿佛轻轻一碰便会立即滑脱,敞开的胸脯半遮半裸着,在日光灯的灯光里,显得更加白润。

凝望着恰可拜,目光迅速变幻着,先是期望,再是不能相信的惊奇,之后又就是无法抑制的欢喜。

并且随着她的目光的变化,双脚,拖鞋稍稍影响了一点速度的移动也由慢变快,最后几步简直就是跑了起来。

梅子朝恰可拜扑过去。

尽量把目光躲开或绕开梅子半掩半露的身体,他往四周看着,并大声地问着梅子,坏人在哪里,快告诉我。

梅子回答了。

却是软绵绵的一句,你回来了,你终于回来了。

还没有等恰可拜他弄明白这句话的意思,两条柔软却火热的胳膊从两边的肩膀上面绕过去,缠住了他的脖子。

紧接着,在他胸口处,传出低声颤抖的抽泣,她把整个脸埋进了他的怀里,并夹杂着破碎的言语。

可以听得出来她断断续续话语的意思。大约是埋怨他怎么过了这么久才回来,让她等得头发都白了,这次她再也不让他离开了,他们要永远永远在一起,一起过在干沟里想象了无数次的那种日子。

并非悲伤的泪水滴落在他的胸脯上,把他烫了一下,他终于稍稍有些迟钝地明白过来了。

明白过来后,他马上轻轻地把抱着他的梅子推开,并且轻声对她说,我不是他,不是他,我是恰可拜,我不是他。

说这些话时,他的目光不能直对着梅子,因为被他推开但又离得很近的梅子的睡衣只有一小片还挂在肩膀上。

他不得不把脸仰起一些,让视线掠过她乌黑的头发伸向那同样乌黑的窗洞。

睫毛上挂着泪花的眼睛睁大了,眨也不眨地端详着他的脸,仿佛在证明刚才听到的话是真的还是假的。

她的神情是认真的甚至可以说是严肃的。

怎么会不是呢?瞧瞧这浓黑的眉毛高挺的鼻子还有嘴巴四周黑茸茸的胡子,在干沟的洞穴里她时常埋怨它们太扎了,可又喜欢让它们扎。

对了,特别是这双眼睛,它不是一样的深沉,一样的明亮,一样放射着善良坚强的光芒吗?

是啊,话可以有真有假,可以说谎,但眼睛是骗不了人的。

没有错,是他,就是他,他就是黄成。

于是梅子又一次扑向恰可拜,不过这一次搂得更紧,贴得更紧。她重新感受到了因相隔太久而已陌生的那种富有热力的气息,正从被她拥抱的躯体里火一样扑卷过来。

多么好闻的味道啊,和她第一次被黄成亲近时所闻到的是一样的,从第一次以后她坚信除了一个男人,任何别的男人都不会散发出这样美妙的气息。

啊啊啊啊,你还是这样调皮,十几年还没有改,你想试试我能不能认出你了,故意说不是你,告诉你,这么多年的日日夜夜,我就是为了等待这一时刻的到来而活着的,我怎么会让这一时刻错过呢?快把我搂紧啊,快一点呀。我听到了,你的心跳得好响好急呀,来,抱住我,抱住我,嗯……

他听到了她那受伤羊羔一样的呻吟,他不由得把昂着的头低了下来。

他看到了她兴奋的泛着鲜亮桃色红晕的脸庞。

看到了睡衣滑落后白净浑圆的肩膀和胸脯。

他的额头沁出了汗珠,他的周身掠过的燥热一阵比一阵猛烈。

他的嗓子包括整个心被一种干渴纠缠着,而恰在这时那湿漉漉的一个嘴唇慢慢地凑近,像是走在燃烧的沙漠中遇到了一眼清泉。

他的呼吸急促了,握着刀的手松开了,当啷一声落在地板上。

粗壮的臂膀不由得弯曲了起来,朝前伸去。

手掌在触到梅子的腰部时哆嗦了一下,似乎被烫了一下想挪开,但仿佛还有一股更大的力量压住和握住了他的手,让他完全不由自主……

一道如雷的声音响起,兄弟,告诉干沟里的那个女人,让她等着我,我一定会回来的。兄弟,拜托你照顾她,谢谢你了。

如雷的声音轰轰隆隆地滚过他的脑海,惊得他把那快要挨到她嘴唇的脸一下子仰了起来。

他仿佛看见了那黑洞洞的窗口亮了一个闪电。

耀眼的光团里,一个被绳子捆住,但毫无畏惧的男人的影子极鲜明地再现了,当然瞬时也消失了。

但恰可拜听到了那句话,也看见了那个的影子。

他迅速地收缩双臂,对着梅子的肩膀使劲一推,此时的神情像是被地上的那把匕首刺中了一样,他的眉头痛苦地抽搐着。

被推到沙发上的梅子还没有从昏醉中醒来,她仍然满面迷离,用可怜哀伤的目光望着他,好像在说,你怎么可以这样对我呀,我可是你的女人啊。

不,不行,不能这样,不能这样,他会回来的。他说过会回来的,就一定会回来的。会回来的会回来的会回来的……

他挥动着拳头,像是朝着梅子又像是朝着自己,还像是朝着虽没有在屋里但实际上存在的另一个人喊叫着。

只是声音不断由高变低由大变小,后来简直是喃喃低语了。

拳头挥动的幅度也是随之变化,直到僵僵地垂吊在身体两则。

他低下头不再看梅子,而梅子却如在呓语一样重复着他那句话的最后四个字。会回来的会回来的会回来的……

突然呓语变成了哈哈的大笑,过后又变成了抽泣,她的身子弯了下来把脸埋在手中。

恰可拜听到了她的低语、她的笑声和哭声后仍然没有抬起头,只是保持着原来的姿势站了一会儿,转过身走出了门外。

　　他顺手把梅子的房门紧紧地关上了。

　　夜很深了。

　　与往常并无什么不同。接近破晓的时候因一轮月儿离去和星星的减少,反而让天黑得更厉害了。

　　也更静了,便是一颗露珠从草叶上滑落,也能显出跌碎的声音。

　　天亮时梅子醒来,梅子走进浴室,站到莲花喷头的雨淋里。

　　当清净的水大雨点般落在赤裸的身体上时,混混沌沌的意识才从模糊纷乱的状态中挣脱出来。

　　她把双臂抱在胸前一动不动地任清水冲洗着,也正是在这清洗中,她记起了昨天夜里发生的事情。

　　一幕幕像照片一样清晰地在眼前闪过。

　　脸上不由得一阵阵发烧,说不出是害羞,是惭愧,还是自责,心里乱乱的,不知该如何处理这已经发生的事情。

　　该是穿衣服去出门去菜市场给酒馆买东西了。

　　可她傻傻地呆呆地站在那里一动不动,她感觉这件事将打乱她过去的生活秩序,其实已经打乱。

　　想起了那个叫恰可拜的男人,她的不安就更加厉害了。

　　她猜不出他离开这间房子会想些什么,做些什么。

　　猜不出瞎猜。

　　也许他冷静下来会后悔当时不该退怯,她觉得这猜测太卑鄙立即又换了一个。

　　也许他为自己能战胜男人最难抵挡的诱惑而骄傲和自豪,她又觉得这太简单了。

　　也许他正在大骂一个女人的无耻和放荡,过去却把她看得像女神一样圣洁不可侵犯,而时时刻刻守护着她。

　　这个猜测把她吓了一跳,倒不是因为怕自己的形象在他的心目中发生了变化而会失去什么,重要的是在这一瞬间她想起了十几年前那多雾的早晨自己所亲身经历的。

不错,昨天晚上的行为并没有超越过所谓的实质性界限。也就是说在肉体上没有什么伤害。可这又能说明什么,那天早晨几乎把她推入绝地的也并不是肉体的毁坏。

和昨天晚上是多么的相像啊,不过是男女又方换了位置,把粗暴强迫改成了温柔的引诱。

也许把这样两件事联系到一起是荒唐的,没有道理的。

梅子也不愿这样想。所以想到了以后,便觉得事情严重了,便有些慌乱了。

可是再一想,恰可拜怎么会和一个脆弱的女孩子一般见识呢?

他是在能拔掉大树的暴风中连腰都不弯的,是曾掐住了狼脖子挤出它的眼珠子的,是翻越过连山鹰也不敢栖息的冰大坂的男人。

他肯定会以西部荒野汉子大戈壁一样宽广的胸怀把这件事放在一个极不起眼的位置上,他会像宽容一只一时迷乱了方向的小羊羔一样仍旧像过去一样对待她,一样在每个黄昏里都来她的酒馆里坐坐,永远也不多也不少地只喝那么一小怀酒。

可这也是她的猜测,她对这件事结果的希望并没有什么把握,也没有什么证据。

于是在这整个一天里,她都在紧张地等一个时刻的到来。

早早就准备好了一盘牛肉和一碟花生米还有一杯酒。她想好了,她还像过去一样,连表情都不能有一点改变,对着他淡淡地一笑,她要让他感到一切都和过去一样,他们之间什么也没有发生过。用不着多费一句言语,决不能解释,那会更糟,做到了这些,大家就会和过去一样照原来的样子把时光打发下去。

表上的指针终于对着那个钟点了。

注意听,没有听到往常这个时刻都能听到的脚步声。

心紧了一下,仄起耳朵再听,仍是没有动静。

正发愣,腿被什么碰撞,低下头,先是一惊,后是一喜。

狗。他的猎狗来了。

猎狗抬起头用舌尖舔着她的手。

这么说他也来了,还是来了。

抬起头,注视着门帘,等着它被一只粗大的手掀起。

等了一会儿,不见门帘动。

等不及了,干脆出去迎接,猎狗紧随身后。

站在门口,往一条细细弯弯的小路上望,望到小路的尽头,仍是没有望到想望到的。

低下头,看看狗,狗也看看她。

想问问狗,想好没有吐出口,只是轻轻地摸了狗的头。

不会是病,他是强壮的男人,从来没有生过病,哪怕是一次轻微的感冒受凉。他的身体就像铁打的一样。

那他这会儿到底在哪儿,在想什么,在干什么?

梅子的心一下子没有了底,一个劲往下沉……

顾不上那么多了,梅子反身把酒馆的门关上并挂上了锁。

连围裙都忘了解,便沿着小路走去,开始只是碎碎的快步,走一会嫌太慢了,干脆小跑起来。猎狗也跟着跑起来,不然就会被她拉下的。

跑上了开满野玫瑰的草滩。

夕阳里翻滚彩色的草浪里看不到一个人的影子。

梅子把双手握成喇叭状放到嘴巴上,尔后用最大的嗓门喊着恰可拜的名字。

那名字像一只失群的孤雁在天空焦急地悲哀地飞着,在苍茫寂静的空旷里投下一重重影子般的回声。

在喊了十几遍恰可拜的名字以后,像是从那浑圆的落日里弹出来的一样,一匹马从西边的地平线上奔驰而来,枣红色的皮毛在火一样的夕照里,像一个划破黑夜的火把极耀眼地跃动着。

马儿站住,从马背上跳下一个牧羊少年。

他走到梅子面前看了一会儿说,恰可拜大哥早晨的时候在公路上搭了一辆车进城去了。他说他到城里去找一个人,他让我来告诉你,让你等着他,他一定会回来,还会把要找的那个人的找到,一块带回来,让你等着,他让你帮他照顾好看猎狗。

说罢,牧羊少年又跃上马背,用脚踢了一下马肚子,又朝着来的方向飞去。

猎狗没有跟着少年离开,它走到了梅子身边,卧了下来。

梅子明白了,他果真离开了,但是这样一种离开,却是梅子没有想到的。

他是为她去了城里,经历了昨天晚上的事后,他没有选择了,必须亲自为她去找那个叫黄成的男人了。

他同样是为了她,又把狗留下了,怕她太孤单又怕她真的会遇到什么事,让狗来陪伴她,来保护她。

蹲下来抱住猎狗的脖子,把脸贴着柔软的细毛来回擦着。

一颗晶亮的泪珠从梅子的眸子里滚出,滚到了细长的睫毛上,悬挂了一会儿,又无声地落到了地上的一朵正在开放的野玫瑰上。

关于去找黄成的事,梅子和恰可拜不知讨论了多少次。

恰可拜也是不知多少次向梅子提出过,他要去城里把黄成给她找回来。

让我去找他吧,我一定会把他找回来的。

你怎么找?

我见过他。

你没有在城市生活过,你不了解城市,一个人在城市里,就像是一滴水在河里。一滴水掉进河里,你怎么再能把它找出来?

他在哪个单位?

那个时候,他还是学生,没有单位。

那他在哪儿住?

那会儿,只想着天天在一起,哪想到会分开,根本就说他住在哪里。

我见过他。

二十多年了,不知会变成什么样子了,就算和你走个对面,你都不一定能认出来。

我拿着他的照片,一家一家地问。

你这个样子,没有人敢给你开门。

没准,一去找,就去找到了。

要是真能去找到,我也不会等到现在了。

没有去试,怎么知道找不到呢?

有些事,不用去试,想也想得出结果来。还是让我们等吧,说不定明天他出回来了。

过了一些天,还是没有黄成的影子,梅子和恰可拜见了面,又会说到黄成。

我好好想了想,觉得还是要去找黄成。

为什么?

他要是能来,早就来了,一定是出了什么事,来不了。

是的,我也知道,肯定是出了什么事。

我们应该知道他出了什么事。

要是能知道出了什么事,那不就找到他了吗?

是啊,所以要找到他,只要找到他,才能知道他出了什么事。

说的也是,不管他是喜欢上了别的女人变心了,还是生了重病不能走路了,还是穷困潦倒成了叫花子无脸见我了,还是当了大官发了大财看不上不要我了,就算是遇到了天灾人祸没有了命了,也得有个坟墓有一个骨灰盒让我去烧烧纸吧。总不能一点音讯都没有,让我们活得不明不白,天天在等待中受折磨吧?

所以你还是让我赶紧去找黄成吧。

让我想想。

想了两天,还是没想好。恰可拜等不及了,跑来问梅子。

还是不能让你去。

为什么?

城里的路太乱,你会迷路。

鼻子下有嘴,我会问。

城里的车太多,会撞着你。

我会小心的。

城里坏人多,你会受欺负。

我有刀子,没人敢惹我。

城里人心眼多,你会受骗。

我什么都没有,骗不走东西。

城里人看不起乡下人,没人会理你。

我会客客气气地问他们的。

不行,反正我是不会让你一个人去,真要去,我们就一块去。

你不能去,你是去了,万一他来了,找不到你,可怎么办呀?

没想到你会这么细心,那我们就都不要去了,还是在这里等他吧,相信老天会让他出现的。

恰可拜从来都是很听梅子的话的,梅子不让他去,他就是再想去,也不能去。

没想到这一次恰可拜不听梅子的话了,真的自己跑到了城里,去找黄成了。

梅子无心再来做酒馆的生意了。她把酒馆转租了出去。

听说梅子不开酒馆了,好多人都想不通。虽然在这些年,小镇连着开了十几家酒馆饭馆,都没有一家有梅子酒馆红火。

也是从这一天开始,梅子的日子和以前不一样了。

早上起来,简单吃过了早饭,梅子就会准备出门了。

出门前的准备要比吃早饭的时间还要长,因为她要不停地做好几件事情。

先是要在一个铜锅里放上水和酱油盐巴还有茶,再把鸡蛋洗干净了，一个个地放进去，一般来说放二十个左右。

再把烧好的一壶开水灌到暖瓶里，还有一个带封口的塑料桶也要装上凉水。

再把茶叶，她把南方的亲人给她寄来的新鲜的春茶和茶具装到了个柳条编的篮子里，茶杯是瓷的容易碰碎。

所有的东西准备好了，再一件件搬到三轮车上，还是她老早骑的那辆上。

三轮车经过改装，上面有个煤气炉子可以烧水烧茶煮茶叶蛋。

骑着三轮车走在小镇的柏油路上，几乎没有土路了，看到她的人们会想起当年那个头发被风吹起，像旗子一样飘扬的的少妇。

同时又不免会感慨，日子像流水，再闪亮的青春也会被淹没啊。

不能再把三轮车蹬得像追风一样了，可梅子一下又一下却是沉着有力的，并且看得出来，方向和目的也是很明确的。

道路两边不管是出现了什么新鲜的有意思的事物，她都不会停下来去像别人一样围着看。

不再年轻的梅子还是像年轻时一样，不管什么时候都显得充满心事，并且要去做什么，早就有了主见。

跟在三轮车旁边的是那只大猎狗，它一会儿跑在前边，像是给梅子探路，又一会儿又跑到后边，好像要给梅子当护卫。

大猎狗跟在梅子身边，太阳照过来时，让梅子印在地上的影子，不再只是一个了。

本来是没有带那么多茶叶蛋和茶水的，一开始只是带去自己吃自己喝的。

有一天正坐路边吃着喝着，停下了一辆车，下了两个人拿出钱来，说饿了渴了，要买她的茶叶蛋和茶水。

再去公路边，就多带了一些，反正也没有什么事，正好遇到饿了的渴了的，可以给别人解决困难，自己也有了一点收入，她不缺钱，开酒馆时挣的钱，这一辈子她花不完。

边买茶水和茶叶蛋边等，会让她等起来，不会那么太着急。

摆摊的地点,就选在了一百零五公里的路碑前,恰可拜说,黄成就是在这里被人拖上一辆大卡车的。

有了茶水和茶叶蛋,停下来的车也就多了。在路边的树上,她用一块蓝布在上面写了两个字:梅子。

写了梅子名字的蓝布挂在树上上,车子离得很远,车子里的人就能看见。

车子停下来,车上人过来喝茶或吃茶叶蛋,就会顺便问一句,写这两个字干啥。

梅子说,这是我的名字。

人家又问,把自己的名字挂起来有啥意思?

这要说起来,几句话可说不清楚。

说不清楚,干脆就淡淡一笑,什么话都不说了,让别人去猜去。

车上下来的人,看到她,会想到,这个女人,年轻时的样子,不知会有多迷人,就是这个时候看起来,还能看出年轻时的风韵。

看看她,并不会多看。一个摆茶摊的,有点上了年纪的女人,是用不着多去看的。

别人看她,她也看别人。只看男的,不看女的,有时车上的人注意到了她的目光,男的就会想,她好像认识我,可我并不认识她啊,女的就会有些吃惊,说这个女的,别看长得那么端庄,看起男人还有些色哟。

有几次,梅子干脆问起人家姓什么。也就是说,这几个男人长相有些共同处,多少有长得有点像黄成。

人家有些不解,回答过了,又问她是不是有什么事情。她还是淡淡一笑说,没什么的,随便问问。

还有些人,从茶摊前经过,看到了梅子,认出了她,本来想停下来的,反而不停了,马上像逃一样跑掉了。比如说,那个好干部镇长。

他在当了几年镇长后,调到了县里当了副县长,马上就要退休了。考虑到他在边疆干了一辈子还没有去过北京,组织上就安排去首都参加一个会议。这让他很是兴奋和激动。

小车送他去乌鲁木齐坐飞机,恰好要经过一百零五公里的路碑,走在这条平坦宽阔的国家一级公路上。目光不断地投向窗外,大约是想从两旁的大片绿浪翻滚的田野里寻找到他能享受这一荣誉的当之无愧的理由吧。

远远看到了那个茶摊,让司机放慢了车速,这里是自己战斗过的地方,在这里摆摊的人一定是自己的部下了。不妨停下来,跟这个人说上几句话,让小镇的人也知道他要去北京开会了。

只是车子放慢了,刚要停下时,他看到了挂在树上的布标还有站在路边的梅子,马上像被黄蜂刺了一下,叫喊着不让司机停车,快点往前开。

同时,不能不想到过去的往事,他很有些后悔自已当初怎么会那样糊涂,这样的自责他已记不清有多少次了。确实,除了那个多雾的夏日早晨的那件事以外,他完全可以称得上是一个清清白白为革命尽了一辈子力的好党员好干部。

车子从茶摊开过去以后,司机问他为什么不停下喝杯茶了。他说这个地方怎么会有好茶,有什么可喝的,还是去北京喝吧。

只要是从公路上驶过的每一辆车,都会有意无意地看一眼,想看到想看见的那个人,似乎透过了一辆飞快驶过的小轿车的玻璃窗,她看到了一张脸挺熟悉的。想了一会儿记起很像镇长的脸。不知为什么这些年来她常觉得自己有些对不起镇长,想起他每次看见她的那种慌乱的样子,心里竟涌起了对他的可怜和同情。她想如果下一次见到他,一定要对他笑一笑,并且问问他的身体近来可好,总之不要使他紧张,要让他放松一些。

梅子这个时候,似乎有些忘了,如果不是他,她的生活肯定不是现在这个样子,不是他,她不会跑到干沟,不会遇到黄成,也就不会有孩子,不会苦苦等他,甚至连恰可拜都不会认识。。

那么不是这个样子,又该是个什么样子呢?怕是没有一个人可以说的出来了,很多偶然的事过去多年再看好像就成了必然的,必然的事又怎么是一个简单对错可以判断的呢?实际上到了这会儿,连梅子也不知道是该恨那个队长,还是该感谢那同是一个人的镇长了。

小镇上和梅子熟识的别的女人,遇到梅子会硬拉着梅子说一会儿话。

说梅子,你是不是脑子进水了,放着那么一个挣钱的酒馆不开了,非要到公路边卖什么茶水茶叶蛋,你傻了吗?是不是挣钱挣够了?

梅子说,你还真说对了,我真是挣够了。

别人说,谁信呀,只要是人,挣钱就没个够。

梅子说,天底下什么人都有,我就是那个能挣够的人。

别人说,有了钱,你还待在这里干吗,南方多好啊,风景好,吃的住的都好,像天堂一样。

梅子说,可我的天堂不在那里。

别人说,你可真是个怪人,一直都那么怪。

给女儿回信,梅子说,女儿,不要租房子,租的房子住起来不踏实,要活得自在,不能没有自己的窝,妈给你钱,买一套。妈有钱,她是小镇上第一个万元户,也是第一个百万户,妈的钱,留着也没有用,早晚都是你的。既然是你的,你就拿去用吧,你用了,妈高兴,不心疼。再有啊,房子买好了,给妈留一间。不过,妈现在可不会去住。妈在等你爸,等你爸回来了,我和你爸一块去住。别说你爸不回来了。这话我可不爱听。你不了解你爸,不知道他是个多好的人,你要是见了他,肯定会也喜欢得不行。别人的话,可以不信,他的话,咱可不能不信。要知道,他是我的丈夫,是你的父亲,是这个世界上最亲的人,你说,咱不信他,还信谁呀?

不要说,没有领结婚证,不能算是正式的夫妻。

那个夜晚,他们一起跪了下来。

向天拜过,向地拜过,向祖宗先人拜过,向父母双亲拜过。

他们的手握在一起,握成一个拳头,举起来发了誓。

无论是遇到了什么事情,他们都不抛不弃不离,海可枯,石可烂,他们的爱情不会变。

参加了他们的婚礼并为他们证婚的,是天上的月亮和无数的星星。

如果这样的仪式,不能算是结婚,如果这样的结合,不能算是夫妻,那么那个轻如鸡毛的结婚证,又能说明什么呢?

有一年,恰可拜和一个草原部落里的姑娘领了结婚证。
是梅子催着他去领的。
那时候恰可拜三十岁了,还没有结婚,整天为梅子母女忙碌。
梅子说,你要是再不结婚,你就再不要来了,我也不要再看到你,我也不再是你妹子,你也不再是我哥。
梅子为恰可拜张罗着,一个毡房里的所有东西,都是梅子花钱买的。
可梅子对恰可拜说,这个钱,是你的钱。
恰可拜说,我没有那么多钱。
梅子说,这个酒馆是你和我一块开的,挣的钱有你的一半。
梅子专门给恰可拜开了个账号,写着他的名字,每个月她都会给他往里存些钱,没有更好的方式回报,只能这样做了。
可是恰可拜和那个姑娘的婚姻只维持一年多,两个人就分手了。
问恰可拜为什么要离婚?
恰可拜说,我喜欢一个人,自由自在。
梅子说,你不能没有个家。
恰可拜说,荒野就是我的家。
可梅子总觉他离婚,和自己有点关系。她去过恰可拜的毡房,见过那个女人。那个女人,对她很冷淡。
关于她和恰可拜的流言满世界都在传,说他们是一对不知羞耻的奸夫奸妇,她不可能一点儿也不知道。梅子曾经想跟那个女人解释一下自己和恰可拜的关系,可见了那个女人后,就不想再解释了。因为那个女人已经把她当敌人了,不能怨这个女人不好,换了谁,都不可能不对梅子和恰可拜的关系不在乎的。
离了婚的恰可拜,又和原来一样了,像是什么都发生过一样。只是梅子看见他,心里的内疚又多了一份。
没有再逼恰可拜再找个女人结婚。男女的情份,自有天注定,该来的,挡不住,不该来的,抢不来。顺其自然,比什么都好。
没有爱的婚姻,不如没有。

梅子已经欠了恰可拜太多太多,而他的离去,去城里帮梅子找黄成的举动,更是让梅子感觉到了今生今世无法偿还的压力,这世间最重的债,最难还的债就是人情债啊。

梅子心里在说,恰可拜啊,如果你真的是想帮助我,想让我活得更好一些,那你就赶快从那个充满了凶险和意外的城市里回来吧。黄成的一去不归已经让我饱受折磨,而你的不辞而别更是雪上加霜,让我心如刀割。等待一个人已经让我难以承受,好在还有你陪着我一块等待,可现在又要我等待两个人,并且只有一个身单力薄的我,你知道我是多么想看到你,想让你站在我身边,哪怕是什么话都不说,我也会觉得自己是有力量的,是不用害怕什么的。这种感觉在你离开后变得更加强烈了。

梅子想,我究竟是做了什么恶,上苍要这样的方式来惩罚我呢?为什么我生命中最重要的两个人男人先后都远离了我,是不是我真的是做错了什么?

梅子在心里喊着,恰可拜,还有黄成,你们听到我的呼喊了吗?如果你们听到了,你们就赶紧收拾起你们简单的行装,去汽车站坐车。往下野地来的班车每天都有三四趟,不管你们坐哪一趟都能顺利到达。你们知道吗,我会每天都在公路边等你们的,不管等多久,我都会等,一直等到你们出现,当然最好是你们两个能一块出现,尽管一点这种可能性都没有,我还是会这么想。

据说,在亲人之间,不管离得有多远,都会相互有感应的。也就是说,黄成和恰可拜是完全有可能听到梅子的呼喊的。

不用怀疑,只要他们听到了梅子的呼喊,他们是不可能不马上朝梅子奔来的,除非发生了什么谁都意想不到的事情,连做梦都不会梦到的事。

他们究竟是遇到了什么样的事情呢?

梅子想知道,谁都想知道,可她除了等待好像什么都做不了。

又是一年过去了。

都说时间会改变一切，可在下野地国道上的一百零五公里路碑旁边，有一幅画面，像是被岁月凝固住了一样，一直没有变过。

一个茶摊，一个女人，还有一只猎狗。

茶叶蛋还是那么好吃，春天的新茶还是那么好喝，只是卖茶叶蛋和茶水的女人头上的白头发，看起来又多了一些。

还有卧在她的身边的那只猎狗，也不爱到处乱蹦乱跳了。它似乎有等得有些不耐烦了，有些生气了，主人走的时候，可是对它说了，让它不要着急，说很快就会回来的。它觉得是主人骗了他。

看出猎狗的心情不好，梅子就会轻轻地拍着它的头，安慰它说，不要着急，恰可拜没有骗你，他可是个说话数算的男子汉，他说了会回来，肯定会回来的，你看，又一辆车开过过来，没准呀，他就在这辆车子里。

好像梅子的话，让猎狗明白它是错怪主人了。它有点不好意思地站了起来，抬起了头，朝着开过来的车子，汪汪地叫了几声。

这时车子真的停了下来。

真的从车子走下来一个男人。

远远的，虚虚的，烈日下，公路上水汽如蒸雾缭绕，看不清楚，但那模模糊糊的影子，却分明有些熟悉。

会是谁呢？

会是黄成吗？

会是恰可拜吗？

梅子闭上了眼睛，她的心跳得厉害，她不敢看。

不管是谁，只要真的是他们中的一个，梅子都会跪在地上，给上苍连叩十八个响头。

可不知为什么，这个时候，在南方女人梅子的内心深处，如果有人要问她，她更希望走来的这个人是谁时，她一定会说，非要在两个人中选一个的话，她更希望走来的这个人并不是黄成，而是恰可拜……

2014年7月再改于乌鲁木齐

［原载《小说月报》（原创版）2015年第1期］

地球之眼

石一枫

1

在我大学时认识的那些狐朋狗友里,后来混得最差的叫安小男,混得最好的叫李牧光。这本来没有什么值得多说的,人嘛,都有混得好的和混得不好的。尤其是如今这个年头,两个阵营之间的差距越拉越大,几乎有变成两个物种的趋势了。不过我想指出的是,混得最差的安小男原来可没有那么差,相应的,混得最好的李牧光原来也没有那么好。他们在学校里的状况和后来的境遇恰好相反。当然,这也没什么奇怪的。社会嘛,通行的标准肯定不是上学时的那一套,否则"混"这个词也就没有那么准确而传神了。

那么我想说的究竟是什么呢?恐怕是安小男和李牧光之间那段奇特的雇佣关系。

还是先介绍一下安小男。他本来跟我不是一个系的,念的是"电子信息和自动化",但是宿舍离我很近,就隔着一个水房。对于理科生,我们这些读文科的往往有一种偏见,认为他们大脑发达但是思维狭隘,生活很没有情趣。当我们像孔雀开屏一样每天不知道瞎咋呼些什么的时候,他们却在实验室里吭哧吭哧地埋头干活,课余时间也就是守在电脑前面打游戏或者下"毛片"。埋头干活是为了拿学分,打游戏是为了放松大脑,下载毛片是为了在右手的帮助下抚慰肉体,他们所做的一切事情都有着简单而明确的目的。也就是说,做什么事情都必须要"有用",这是他们普遍信奉的生活哲学。然而安小男却好像和大多数理科生不一样,他跟我熟起来,恰恰是通过讨论一些"没用"的话题。

当时正是在盛夏天气,学校的考试季快到了,我闲散了一个学期,如今只好捧着复印来的笔记到图书馆里死记硬背。这种工作是很折磨人的,往往还没有背上两条名词解释,我就会不停地打哈欠,流眼泪,然后不得不跑到楼下去抽一颗烟。一颗不够就两颗,两颗不够就三颗,其间还要喝汽水买零食,再瞄两眼穿得比较暴露的女同学,一个晚上下来,浪费的时间肯定要比背书的时间长得多。有一次正坐在水泥台阶上发呆,背后忽然有人叫了我一声:

"这位同学。"

一回头,便看见一张又瘦又黄、胡子拉碴的脸,让人想起北京人用来搓澡的老丝瓜。我想了想,似乎是在宿舍楼道里见过这人的,便问他:"有事儿吗?"

"你是历史系的吧?"

"是啊,咱们共用一个厕所。"

"你对中国历史一定很有见解。"

"至今还比较懵懂……期末考试可能会挂。"

他又说:"那么就是说,你主要在研究中国社会的当下问题喽?"

我有点儿被搞晕了,但也只好敷衍道:"这就更不是区区不才所能关心的啦。"

这人却热情地一拍我的肩膀:"你太谦虚啦——咱们谈一谈怎么样?"

说完就一屁股坐在了我身旁的台阶上,瘦膝盖尖锐地顶到下巴上,脸却四十五度角上扬,呈现出一幅很有情怀的样子。我更加惶惑了,同时还稍微有了一点不安,不自觉地把身体往另一侧挪了挪,问他:"你想谈什么呢?"

"谈一谈中国的历史、现状,以及中国会向何方去。"

"这也太宏大了吧。"

"那么就谈谈中国人的道德问题好了。你觉得当前的形势是不是很严峻,我们这个社会的道德体系是不是失效了?"

面对他那诚恳而热情地目光,我吭哧了半天,说:"这又太抽象了。

就算我想谈,你又让我从何说起呢?"

"怎么会抽象呢?我的问题非常具体,而且离每个人都并不遥远。"他说着,突然把手往半空中的某个方位一扬,"比如说那里,很可能就存在着严重的道德缺失。"

我顺着他的手,也朝斜上方四十五度角望了过去。我看到远处的围墙之外,一幢碉堡般的建筑物耸立入云。那是我们学校的"三产",一个在中关村乃至全北京都很著名的电脑城,里面每天川流不息着形形色色的高科技二道贩子。而现在已经是晚上八点来钟,电脑城通体黑黝黝的,只留下顶端的一圈儿航空警示灯正在有规律地明灭着,仿佛这幢大楼正在呼吸。分明是指路明灯,他是怎么看出道德问题来的呢?

"恕我肉眼凡胎……"

那人一拍膝盖,"咳"了一声,语速飞快地对我讲解起来:"国家规定,离地高度 90 米以上的建筑物航空警示灯,其闪光频率应为每分钟 20 至 60 次之间,有效光强不低于 1600 坎德拉——坎德拉也就是一种光学上的计量单位。然而根据我的实地测量,这幢大楼上的警示灯是每四秒钟才闪烁一次,也就是说每分钟只有 15 次。更危险的是,光强也根本没有达标,在下雨或者大雾天气,很难对几百米上空的飞机起到提示作用。我还查了一下,国内生产信号灯的厂家很多,达到法定标准也并不需要多么先进的技术,那么采购的人为什么非要选择这种不合格产品呢?这分明就是拿了回扣嘛……这不是腐败又是什么?而腐败的根源难道不是道德败坏吗?"

作为一个高中"分科"以后就没有再翻过物理课本的人,我固然对他的那些技术用语感到糊涂,而好不容易听明白大概意思之后,糊涂的感觉却越发加剧了。我仍然想不出来几盏劣质信号灯有什么值得大书特书的。说句不好听的,就是真有一架飞机晕头转向地撞上了我们学校的电脑城,那儿离我睡觉的宿舍也还远着呢。进而,我不得不把眼前这位仁兄归入了"校园神经病"的行列。在我们这所号称兼收并蓄的大学里,这类人还是比较常见的。其中的女神经病症状倒还温和,顶多是到比较英俊、比较有风度的老师(比如中文系的一位著名诗人)课上去发发春,当堂朗诵几首题为"翡冷翠"或者"我底爱人"之类的诗歌什么的。男神经病就要激烈得多，我在上"中国思想史"这门课的时候，曾经见过一个长相很像弗拉基米尔·伊里奇的"超实用主义民间哲学家"，他提出了一个论调，说的是应该把社会上那些"没用的人"统统消灭，肉做成罐头，脂肪用来生产力士香皂，皮拿去做鞋。他宣称，如果国务院采纳了他的建议，那么中华民族的伟大复兴也就指日可待了。然而所谓"校园神经病"大多数是一些半流浪状态下的旁听生，还有那些考了几年研究生都没考上的落榜者，年龄也都在三四十岁上下，而这人明明是个热门专业的在校生，他发哪门子神经啊？

更加让我纳闷并且懊恼的是，图书馆门口进进出出这么多人，他干吗非要找我来"谈一谈"呢？难道我看起来比别人精神不正常吗？

于是我截断了他的话头："打住打住，我可没功夫听你瞎咧咧。"

"我知道你是个谦虚而低调的人。"他居然露出了委屈的神色，"如果你觉得我的分析不够深入，没有触及本质，你可以反驳我，但不能把我扔下不管呀。我确实很想听听你的见解。"

听起来好像我对他、对中国社会负有多大的责任似的。我差点儿急了："凭什么呀？你想跟我聊天我就必须得陪你聊吗？这不是牛不喝水强按头吗？你把我当什么了？三陪？你给我钱了吗？"

对于我的一连串问话，眼前这人却不慌不忙，从随身携带的旧帆布包里拿出一摞书来。上面的几本分别是《中国大趋势》《中国可以说不》《中国何以说不》，而压在底下的那本则名叫《谁敢不让中国说不》。看到那色调花花绿绿，仿佛刚拍扁了一只老鼠的图书封面，我突然傻了眼，又好像明白了什么。

"这难道不是你的著作吗？我在楼道里见过你连夜整理书稿。"

他没说错，那本跟风烂书的确出自我手，但这么说又有点不全面。事实的情况是，我在上个学期想和女朋友郭雨燕去九寨沟旅游，顺便在路上把她给"办了"，便经人介绍从一个书商那儿领了这个活儿，打算用挣来的钱支付路费、门票和宾馆的房费。书里面的内容全是我到网上扒下来，再胡乱拼贴到一块儿的，至于署名，我给自己取了个颇有"民国范儿"也颇有自知之明的笔名，叫"老放"——比起"老舍"和"老残"，我所干的事儿和通篇放屁也没什么区别。顺便说一句，这本《谁敢不让中国说

地球之眼　61

不》刚一上市,雇了我的书商就破产跑路了,说好的报酬也没给我。又过了没多久,郭雨燕认为我这个人既无能又言而无信,一怒之下把我给踹了。真是陪了夫人又折兵,还导致我在考试的紧要关头遭到"热心读者"的滋扰,这都是什么事儿啊?

与此同时,我又想到了前女友郭雨燕那小狐狸般的眉眼和一对大胸,不免感到了真诚的哀伤。我站起来,茫然四望,想找个由头甩开身边这人。恰好这时,我的身后又扬起了一个清脆的声音:

"咦,你怎么会认识他这种怪胎?"

我再次回头,看到的却是我的表妹林琳。她是比我低两级的数学系学生,长了一张白白嫩嫩的娃娃脸,眼睛又黑又亮,眼窝还有点儿异族风情的凹陷,看起来好像用气枪"砰砰"两声,把两颗葡萄打进了一坨奶油里。兄妹两人都考进了同一所著名的大学,这很可以被传为一段佳话,也说明我们家族的基因比较优秀——可能主要来源于我姥爷那边儿,他当过"反动学术权威"嘛。然而我这个表妹自打入校伊始,就对我鼻子不是鼻子眼睛不是眼睛,几乎见面如仇人。当然,我也有做得不对的地方,我曾经以林琳为诱饵,勒索那些暗恋她的傻小子们请我泡酒吧、打台球、到小西天的中影公司放映厅看进口大片,甚至还打算召集全体有姐姐妹妹的男同学,组建一个"换亲俱乐部",把"因为太熟而不能下手的资源"转化为"可以下手的资源"。林琳在毫不知情的状态下,已经被我同时许配给七八个人了。

而这时,我的第一反应是,难道林琳也认识这人,并且也认为他是一个怪胎吗?可再一打量,她说话时的眼神明明是看向我身旁那人的。也就是说,她在向对方宣布我是一个怪胎。我不由得气哼哼地说:"我好歹也是你哥。"

"狗屁哥。"林琳同样气哼哼地说,"摊上你这种哥,我算是倒了血霉啦。"

然后忽闪着大眼睛对那人说:"你是安小男吧?我在去年的高数冬令营里见过你。你解开那道函数方程的思路,我一直都没有想明白……"

那人却露出了和刚才的我如出一辙的惶惑,然后又转换成了乏味。他把我的著作和其他几本书一起放进包里,站起来说:"问我也没用,我也讲不明白。你自己查查书去吧。"

说完拍拍屁股就走了。

作为一个长期被本系男生像狗似的围着"嗅"的漂亮女孩,林琳遭受到这种待遇,恐怕还是破天荒头一回。我心里升起了古怪的快意,顺便问她这个安小男是什么来头,脑子到底有没有被驴踢过。林琳却鄙夷地瞥了我一眼,说:"就你,还看不起人家呢?"

据林琳介绍,安小男的确是个"神人",这里的"神"是神奇的"神",而非神神叨叨的"神"。他简直可以被称为近几届理科生中的传奇:高中曾经获得过奥林匹克数学竞赛的金牌;从来没上过高等数学、理论物理的专业课,但考试的时候随随便便一写就是满分;可以背诵小数点后一千多位的圆周率……他还是个电脑高手,不管多复杂的计算机编程语言,只要看一遍就无师自通。据说电子系的系主任,一位年近七十的老院士曾经摩挲着他的脑袋,笃定地说:

"这里面装着半个硅谷!"

这话说的,倒令我感到那位"民间哲学家"的思想应该修正:需要活体利用的其实是安小男这样的奇才,只要把他的大脑像杏仁豆腐一样一勺一勺地挖出来,就够中科院之类的单位忙活上几十年的了。

林琳又问我:"他找你做什么?"

我矜持地说:"事实上,他有一些问题向我请教。"

林琳的眼神更加鄙夷了,仿佛在看《围城》里自称"被罗素请教过几个问题"的野鸡哲学家褚慎明。而我也的确疑惑起来:安小男为什么会对《中国可以说不》《中国何以说不》以及《谁敢不让中国说不》这样的狗屁玩意儿感兴趣呢?经过一番思索,我的答案是:这恰恰可能是因为他太聪明了。作为一个不世出的奇才,"自然科学"这个确定性的、答案一望可知的领域令安小男感到了乏味,而"人文思想"的本质则是混乱的、含糊的,想不明白的东西更能容纳他那无穷无尽的智力,也就更让他觉得有意思。就像老鼠特别爱啃桌子腿一样,是因为桌子腿好吃吗?不不不,只是由于老鼠的牙齿过于发达。这样一想,我在感到滑稽的同时,又有了那么一点肃然起敬。

总而言之,经过那天晚上的一面之交,我和安小男就熟悉了起来。

一个楼道里低头不见抬头见,我在此后又被他频频骚扰,请教一些历史学以及有关于"中国社会"的问题。他的请教常常发生在厕所里,有时我们正在并排尿着,他突然就撇过来一句:

"农耕文明是否终将被海洋文明打败?"

或者我正在蹲坑,他从隔板外面撇过来一句:"官僚体制是否扼杀了中国社会的创新能力?"

他那虚心向学的态度令我越来越不好意思了,而在这期间,又发生了一个让人哭笑不得的小插曲:我表妹林琳写了一封信,逼我转交给安小男。那封信我毫不犹豫地拆开来偷看了,内容很简洁,说的是她有几道数学难题一直没解开,想请安小男帮她讲解一下;还说希望安小男能和她结成"对子",在晚自习期间一起探讨、共同进步。言辞虽然纯洁,可是其心昭昭——对于文科生而言,恋爱的发端是借书,对于理科生就变成解习题了。

"你是不是对他有'意思'啦?"我直截了当地问林琳。

林琳还想抵赖:"你管得着吗?"

"当然要管,狗屁哥也是哥嘛。"我苦口婆心地劝她:"我知道在你看来,安小男有很大的优点,这个优点就是聪明。可是找男朋友又不是数学比赛,聪明不是唯一的标准,否则你直接找台586去谈情说爱不就得了吗?对于男朋友,还是需要看看长相,看看性格,看看他有没有……魅力嘛。"

"可我恰恰觉得他有魅力。"林琳涨红了脸说,"他那副呆头呆脑的样子再配上聪明得冒尖儿的脑袋,让我觉得帅极了。"

这个小书呆子,对男性的口味也真够古怪的。我劝她不动,只好冷笑两声,抱着看热闹的心态把信交给了安小男。而安小男自然是看不出林琳的潜台词的,他吭叽了几声,极不情愿地说:"我是看你的面子才去的。"

当晚他便离开了男生宿舍,到理科楼后面的小自习室去和林琳会面了。这个两个家伙待在一起会闹出什么样的笑话呢?我躺在下铺饶有兴致地猜测着。到了晚上九点多钟,安小男回来了,他敲开门告诉我"任务已经完成",我表妹的数学难题全被他解开了。

"除了数学题,你还解开了别的什么没有?"我相当下流地问。

他好像没听懂一样,继续汇报道:"不过其他的事情,她让我很为难。"

我更加好奇并且焦急了:"她让你干吗了?"

安小男说:"我们从自习室出来的时候,她突然对我说,大家都是爱学习的人,所以不要在勾勾搭搭上浪费时间,如果我喜欢她,那么就亲她一下好了。"

"你怎么做的?"

"她把脸一仰,眼睛一闭,我就趁机跑了……这不直接回来了么?"安小男摊摊手说。

我"咳"了一声,穿鞋出门往外就跑。安小男居然把一个向他求吻的漂亮女孩孤零零地扔在了大街上,这他妈的是人干的事儿吗?好找歹找,我总算在食堂斜对面的冷饮店里找到了林琳,这时候她已经咕噜咕噜地喝下去了三瓶酸奶。好在林琳并没有因为羞辱而大哭,她只是眼神儿发直地盯着呈等边三角形排列的瓷瓶,幽幽地说了一句:

"他比我更不愿意浪费时间。"

后来,林琳就再没动过谈恋爱的念头,一心念书,考 GRE,没过两年就出国留学去了。而经过这件事情,我对安小男倒有了点儿模模糊糊的好感,对于他在人文学科方面的兴趣,也不得不郑重对待了起来。为了不至于误人子弟,我劝他扔掉从地摊儿上买来的"说不"系列,转而到图书馆里找几本"有营养"的书籍进行深入学习,比如汤因比的《历史哲学》、斯塔夫利阿诺斯的《1500 年以后的世界》和费正清的《剑桥中国史》之类的。那些书,我只是听说过却压根儿没看过,但是既然被公认为名著,那么想来应该是不错的。况且它们还有一个共同的优点,就是厚,都是能压弯一根勃起的阳具的大部头,这有利于更多地消耗安小男的时间和精力,让他少来烦我。

在这么做的时候,我本人也承受着一定的思想压力。我有时会想,我间接地助长了安小男把他那得天独厚的大脑浪费在"没有用"的事情上,这会不会导致我们国家错失一个诺贝尔奖,甚至让整个儿人类的科技进步都将蒙受巨大的损失呢?再举个历史八卦作为例子,抽水马桶是英国女王伊丽莎白一世的侍臣哈灵顿爵士发明的,但如果女王在当时勒令爵士先生去研究点儿别的,那么我们今天就还得忍受厕所里的臭气熏天。但我也安慰自己:万一安小男本来会变成一个邪恶的科学家,发明出一种能够毁灭地球的机器、电磁场或者计算机程序呢？那么我的所作所为就相当于把全世界人民给救了。

在跟安小男的接触中,我倒是越来越有科学精神了。

就这样又熬过了一个学期,暑假来了又走,我们这茬儿学生迎来了大四学年。重新回到学校之后,我特地昼伏夜出了好几天,为的是躲开安小男。躲他有着另外的原因:按照他的认真劲儿以及智力水平,那几本大部头应该全都"啃"完了吧,如果他再来缠着我"谈一谈",而我却一问三不知怎么办？那个人可就丢大了。事实上,随着阅读的深入,他上学期间的那些问题已经让我越来越头疼了。身为安小男在人文领域的指路明灯,我既感受到了荒唐的虚荣,又不知不觉地心虚了起来。我担忧自己这个"伪劣产品"会像电脑城顶端的引航灯一样,被他有理有据地揭穿。

然而躲是躲不过的,我总得拉屎撒尿嘛。那天晚上十点多,我夹着本书溜出了宿舍,正好在厕所门口撞上同样夹着一本书的安小男。只不过我手里的书是看了第三遍的《笑傲江湖》,而他的则是法国历史学大师布罗代尔的《十五至十八世纪的物质文明、经济和资本主义》。狭路相逢,我心下一凛,在那一瞬间多么希望他考一考我东方不败的男朋友叫什么名字,或者华山派共有几人为了修炼《葵花宝典》而把自己给阉了。

那当然不太可能。安小男的眼神依然热切,拉住我说:"跟你说个事儿。"

"你问吧。"我又瞥了瞥他的书,心里绝望地打着鼓。

安小男却说:"我想从低年级的专业课听起,把历史系的所有课程都听一遍,你说怎么样？"

我吃了一惊:"你图什么呀？"

"当然是解决问题喽。"他用食指指了指太阳穴,但那动作却像是朝着自己的脑袋开了一枪,"你给我推荐的那些书我全读了……都很好。但是对于我心里的那些疑问,它们似乎都说了点儿,但又都没说清楚。

再来问你呢？恐怕也不是个事儿。说句不怕得罪你的话，你和我一样年轻，和你探讨一下问题，共同进步是可以的，但要想答疑解惑，恐怕还得求助于教过你的那些老师。他们都是真正的专家，我想我有必要系统地接受一下他们的思想。"

也许安小男已经看出我是个不学无术的混混儿了？他的话让我一阵失落，同时却又感到释然。但随后，我却真切地为他担忧了起来："可是咱们都已经大四了啊，马上就要找工作或者考研究生了，哪有时间去听外系的课呢？况且你还要听全本儿的。"

"那就申请延期毕业嘛。"安小男挥了挥手说，"实在不行我就转系，从历史系的大一开始念起。我查了学校的规定，这在理论上来说是可行的。"

他那既淡然又决然的态度，简直让人想起弃医从文的鲁迅先生。也许一个天才的脑袋，就是和我们这样的俗人不同。但我仍然本着一个俗人的善意，继续劝解着他：

"这恐怕有些不妥……你应该三思而后行。没必要为了爱好把专业都扔了啊，那可是你将来吃饭的手艺。"

安小男却说："我意已决。"

说完，他就错开身子走了出去，而我也没再说些什么。这一来是因为我感到自己至今仍然缺乏和他这样一个"神人"沟通的能力，二来则是因为我已经快憋不住了，再废话裤衩上就要多出一个柿饼来了。后来不出我所料，安小男的延期毕业和转系申请果然闹出了不小的风波，他本人也成了我们毕业季里一桩奇闻的主角。

首先是安小男的母亲，一个肉联厂洗肠工，从河北邯郸赶到了北京。她冲进我们学校的校务办公室，怒斥有关责任人"没有抓好学生的思想教育工作"，导致她的儿子眼看就要自毁大好前途，去钻研"连猪屎都不如的没用学问"。她质问校方，如果安小男真的转了系，那么谁能为他注定穷酸到底的未来负责？又有谁能为一个含辛茹苦的寡妇的晚年生活负责？如果只是学生家长闹一闹，那还不算什么，但是经由这一闹，安小男的问题就演变成了电子系和历史系两个团伙之间的矛盾。没过几天，电子系的系主任，曾经断言安小男的脑袋"装着半个硅谷"的老院士也向学校施加了压力。他表示,一般的学生倒也罢了,但是如果把安小男埋进了故纸堆,那实在是一种资源的浪费。老院士的言辞固然委婉,但也使得我所在的历史系深受侮辱,老师们抗议说,身为一个知识分子的楷模,怎么说话的逻辑也像家庭妇女一样呢?这不还是在说历史作为一个冷门学问,不如电子、信息、自动化之类的"格致之学"有用吗?进而不又是在说人文学科的人不如理工科的人有用吗?你们这些理工科也太欺负人了,盖大楼你们先盖,拿项目经费你们比我们多几十倍上百倍,连买汽车都能从项目里面报销,到了这时候还不忘踩我们一脚,让不让人活了?

本来是一个学生的一厢情愿,只要稍有阻力,那么说不要也就可以不要的,但是本着不争馒头争口气的精神,历史系的老师却怂恿历史系的领导,跟电子系"杠"上了。他们向校方递交了一份意见:学生选择专业,本是个人自由,又所谓失之东隅,收之桑榆,焉知损失"半个硅谷",换不来一个范文澜、陈寅恪或者钱穆?进而又大谈历史学乃至全体人文学科之重要性,并上升到了国家民族的高度。搞文科的人都是善于言辞之士,那份意见写得冠冕堂皇,让校方也不好反驳,于是决定破例为安小男举行一个多方面试,大家来决定一下这个学生到底待在哪个系比较好。

没成想,那个面试会议又把风波推向了新的高潮。在会上,电子系的班主任先代表老院士发了言,说的还是人尽其才那一套。安小男表情呆滞,无动于衷。接下来,历史系颇有名气的商教授便闪亮登场。我们系的老师里,能在学校外面混得开的人物不多,这位商教授就是其中之一。他入选了好几个政府机关的参事,为不少级别相当高的领导干部写过讲话稿,隔三差五还会在党报的头版"刷"上一篇社论;而给他带来最大名气的事儿,当然还是登上过央视的"百家讲坛",讲的好像是"中国宦官干政考"。大家公推这样一位人物出面,可见是想先声夺人,让对方知道我们历史系也不全是碌碌鼠辈。

商教授保持着他在电视机里的一贯做派,先轻轻胡撸了一下毛泽东风格的大背头,又抖了抖西门庆风格的"五彩洒线揉头狮子"对襟唐装,然后才循循善诱地开了口。他问道:"这位同学,你贵姓?"

"姓安。"

"那么我可以叫你小安子吗?"

不得不指出,这话说得实在有些轻佻。而商教授这个人,向来的确是轻佻的。对于轻佻,他还专门发表过一番解释:既然我们这个社会的风气,就是把轻佻当有趣,而人在任何时代都在追求有趣,都在尽量活得不那么沉重,那么轻佻一下又何妨呢?他还引证说,许多历史上的名士,譬如阮籍、金圣叹和唐寅,骨子里都是些轻佻的人。这么一说,他的轻佻好像就有了传承与深度。再加上这套做派在电视上和领导干部的圈子里都很受欢迎,那么商教授更可以理直气壮地插科打诨下去了。

果不其然,商教授一开口,原本凝重、尴尬的会场气氛登时轻松了下来,许多人脸上不知不觉地泛上了一丝笑意。有些人就是有这样的本领,他们很善于改变周遭的"气场"。现在,全体教职工都在等着欣赏这位电视名人的表演了。

对于商教授的问话,安小男的反应是愣了几秒钟,然后磕磕巴巴地说:"这不妥吧。"

过了一会儿又补充道:"您又不是慈禧。"

此言一出,现场的人们就真的忍俊不禁了。不要说学校教务处的领导,就连电子系那两个满脸"常量函数"的教师代表都互相看了一眼,嘴里扑哧一声。本来嘛,地球又不是围着一个学生转的,搞得那么兴师动众干什么?而得到了安小男不经意间的"配合",商教授就更加胸有成竹了,他笑容一敛,将谈话引入了正题:

"还是说说你平时都看一些什么书吧——我指的是在课余时间里。"

安小男便将我开给他的书目一一报上名来。要知道,这些书连许多历史系的研究生都是没有读完的,就像很多中文系的研究生却没有读过《红楼梦》一样。商教授眼睛一亮,有些惊奇也有些技痒,便当堂考问起安小男的学问来。

一考之下,令人惊奇,安小男对答如流。他不仅能够把商教授提到的具体章节精确地复述下来,而且对于关键的段落还能全文背诵。他原本是木木讷讷的模样,一谈到书本却像插了电一样,眼珠子里往外喷射的全是精光。如果不是商教授及时打住,那么他可能会孜孜不倦地说下去,直到两个嘴角下方越积越多的白沫流到脖子里去。

"大家都看到，情况已经很清楚了。"商教授轻轻地吁了一口气，转向了校方代表，"这位小安……同学在历史方面达到了相当的造诣，虽然他的阅读稍嫌不成系统，还有点凌乱，但是他对重要著作的熟悉程度已经超出了我的想象。兴趣才是最好的老师，我想如果不是对历史有着浓厚的兴趣，他是不可能付出这么多的时间与精力的。而学校作为一所人才培养机构，为什么要扼杀学生的兴趣呢？这是不负责任的。当然，搞教育的都有爱才之心，电子系诸位同仁的心情，我们历史系也能理解。不如由我个人来提一个折衷的方案：我们给予小安同学电子系和历史系的双重学籍，他继续在电子系读研究生，同时还可以到历史系来念本科，由我本人亲自担任辅导老师。现在的大学教育不是提倡打通，提倡跨学科吗？历史上那些真正的大师也都是通才：笛卡尔既是一名数学家，同时也是一位哲学家；爱因斯坦发现了相对论，同时也热衷于演奏小提琴；杨振宁获得了诺贝尔物理奖，同时也爱好着古典诗词以及翁帆女士……"

商教授好不容易正经了片刻，终于又在发言的结尾流于轻佻。但这轻佻却是恰倒好处的轻佻，它让在座的众人哄堂一笑，有了皆大欢喜之感。既把安小男的人留在了电子系，又保全了历史系的面子，多么完满。只要这种长袖善舞的人物在场，那么什么问题都不是问题。校方的领导们满意地点了点头，宣布"再回去研究一下"，假如对学生好，对学校好，"特事特办也是可以的"。

大家欠起屁股，已经准备离席了。但没想到，安小男却在这时候又开了口。他的话是对商教授说的："我还没决定去不去历史系。"

难道今天的会不是为了你转系才开的吗？这时候说这种话，不是消遣人吗？商教授不免一愣："什么意思？"

"我是说，在系统学习历史之前，我想再问您一个问题。"安小男说。

"你也想考考我吗？"商教授饶有兴致地笑了，"一个问题够吗？"

"就一个。"

"那你说。"

"历史到底有什么用？"

商教授又一愣，但过了半响，笑容便重新圆熟起来："历史当然不如电子有用啦。但是兴趣嘛，喜欢嘛，如果再纠缠于有用没用，是不是有点儿俗了呢?"

"您没听懂我的意思,可能我没表述清楚。"安小男舔了舔嘴唇,直视着商教授说,"研究历史是否有助于解决中国的当下问题?"

"比如说什么问题?"

"比如说中国人的道德缺失问题。"

"明史鉴今当然也是一种思路……但是我想,没必要把历史学理解得这么直接吧。"

"可是有些问题明明是绕不过去的。或者我再换一种问法,您对中国社会的腐败和道德缺失有什么看法?想过怎么解决它们吗?"安小男说。

"这就是另一个问题了。"商教授的眼神便开始迷离了。他一定感到了和我当初一样的惶惑。

"在我看来,这是一个问题。"

在安小男的锲而不舍之下,商教授又吁了口气,看了看与会者中有着领导头衔的那些人。历史系的党委书记还没有走出门去,据说这人有可能要提成主管文科教学的副校长了。于是商教授陷入了另一种逻辑,这种逻辑就是容不得轻佻,但也容不得过分郑重的了。

"你可以去看一看上个月《新华文摘》上的一篇文章,是我今年刚写的,其中也有一部分谈到了知识分子应该如何面对今天的现实。"商教授说,"我认为我们应该分清主流和支流,比起繁荣的、蓬勃的历史主旋律,这样那样的问题都是小小不言的。"

"也就是说,可以不关心吗?"

"我们更应该关心的是主流,或者潜心于自己的专业……"

安小男一字一顿地说:"我认为您很无耻。"

他说话的声音并不大,但在会场上却有如炸雷。一些人被定住了,另一些人则逃也似的加快了脚步离开。商教授着实是懵了,他半张着嘴,瞪着安小男,僵在了原地,连话也说不出来。

接着,安小男便抬起了一只手,手指尖利地指着商教授的鼻子,开始了滔滔不绝的大鸣大放大批判。他质问道,中国社会已经沦落到了怎样的一个地步,难道您没有看到吗?难道您不忧虑吗?如果是一般的人也就罢了，但您作为一个学者，一个在公共领域拥有话语权的知名人士，居然选择了鸵鸟策略甚至是睁着眼睛说瞎话，这是何种用心？安小男还说，他之所以对历史产生了浓厚的兴趣，正是由于认为比起中文、哲学和社会学等等其他人文学科，历史最有希望解决他的"核心问题"，但今天看来他错了。中国的历史学家并没有他所希望的那样高大，他们归根结底还是一群"没用"的家伙。

谁能想到，安小男的历史研究之路沿着汤因比、费正清和布罗代尔等等大师绕了一圈儿，又绕回了在那个盛夏之夜和我讨论的领域。他挥斥方遒地发表了十来分钟的演说，直到商教授也面色铁青地溜走了，会场上空无一人，才喘息着停下来。据说此时的他已是满脸热泪，他居然哭了。

毫无疑问，转系的事儿被彻底搞砸了，而安小男也在文科生之中出了大名。再顺便说一句，那位商教授曾经把我们折腾得不善，他自己忙于上电视和走穴，基本上不给学生上课，但到了考试的时候却摆出铁面无私的架势，把题目出得非常难，一定要"挂"掉一批人才过瘾；他还把系里比较漂亮的几个女生招致麾下，通宵达旦地为他整理新一期百家讲坛栏目《中国秽乱宫闱考》的讲义。基于这个情况，大家虽然认为安小男有可能疯了，但也不得不感到大快人心。一时间，大家争相到电子系的宿舍去瞻仰、声援安小男，每天都有人隔着门帘对他挥挥拳头：

"干得漂亮！"

按照众人的理解，安小男之所以突然发飙，正是因为那个"小安子"的玩笑——那让他觉得受到了侮辱，进而失去了自控能力。再细一想，他对商教授的指责虽然突兀，但又来得多么刁钻，多么让对方无所适从。一个研究过西方现代主义思潮的同学阐释道，按照福柯的理论，疯子虽然和正常人驴唇不对马嘴，但是他们的思维其实有着严密的内部逻辑，一旦进入那个逻辑，正常人的经验和智慧便丧失了作用，甚至也有可能会被搞疯掉。这也是以商教授之机智老辣，却被一个小毛孩子诘问得张口结舌的原因。

在这种时候，我却越发感到自己有必要躲开安小男了。作为一个骨子里很"怂"的人，我对于那些具有狂暴因素的人与事，向来抱以本能的敬而远之。然而还得怪学校宿舍的布局以及我们排泄系统的生物钟,躲了一阵,我终于又被安小男堵在了厕所里。

那是一个清晨,我刚冲完水,正迈着发麻的两腿从隔扇里挪出来,正好撞上安小男也站在小便池前。他迅速抖了一抖,提上裤子拦住了我的去路,眼里满是悲伤。

我抠了抠眼屎,仍旧不知说什么才好。安小男却先开了口:"我想,你应该理解我。"

"理解你什么?"

"我的初衷并不是想去故意捣乱,更没有针对商教授个人的意思。"他的一只嘴角抽搐了两下,"我很真挚,的确是希望历史学,希望研究历史的人能够帮助我解决困惑。"

"对不起,我们都让你失望了。"

"怪我,我不该强人所难……我太幼稚了。"

安小男说完,抛下我转身走了。而我却沉默地站在原地,生出了一种类似于羞愧的心态。那感觉,就好像急匆匆地方便完了,才发现自己闯进了一间女厕所一样。

2

相比于安小男,后来混得最好的李牧光虽然和我是一个系的,住得也离我近得不能再近,但我对这个人的印象却一度是模糊的。这倒不是说他没有特点,恰恰相反,李牧光正是由于特点太过鲜明了,才导致我最初和他的交流极其有限。

第一次见到他,是在新生入校的时候。因为我属于北京生源,所以不必提前几天赶过来安家,而是卡在了录取通知书上规定的最后一天,才背着铺盖卷走进了宿舍。当时屋里看似没有人,大家或许都去参加"入学教育"了。我草草铺好了褥子,又到水房涮了涮脸盆,突然瞥到窗台上摆着一只"爱华"牌双卡收录机,还是那个年代最新的款式呢。我一时手欠,便按了播放键,喇叭里随即传出了鼻音浓重的"牛津腔"英语:

约翰先生,今天的培根煎得怎么样?

爱丽丝小姐,我们来跳一曲华尔兹吧。

看来这台收录机主人还真爱学习。我无言地笑了笑,把机器关了,这时却听见一声呻吟从我床铺的上方传来。然后,上铺的被窝里钻出了一个人脑袋:

"哥们儿,几点了?"

这人一嘴东北腔,同样也是鼻音浓重。刚才居然没发现自己的脑袋顶上就躺着一个活人,这让我先被小小地吓了一跳,随后便不好意思起来。人家正在睡觉,我却在宿舍里东搞西搞,太不合适了。

我抬手看了看表:"下午四点多了……吵到你了吧?"

"没事儿没事儿。"那人长得倒还周正,是一张东北人里常见的国字脸,肤色也颇为白嫩,只不过睡得有点儿肿胀了;他把一条光溜溜的胳膊也拔了出来,指了指双卡收录机,"你要听就接着听,抽屉里还有磁带,音乐的也有,相声小品二人转的也有。"

看来他是那台机器的主人,我就更不好意思了:"那多吵呀,你怎么睡觉?"

"我不怕吵,在哪儿都睡得着。"他说完,把身子往被窝里一蜷。

我看了看他杂草丛生的天灵盖,又扭脸望了望窗外,轻声叫他:"那我先出去,你知道别的同学在哪个教室吗……哥们儿,哥们儿?"

上铺无声无息,这人居然一转眼就又睡着了。

到了晚上,和宿舍里的其他同学见了面,才知道我上铺这人名叫李牧光,是从赵本山的故乡"铁岭那疙瘩"来的。同学们又啧啧称奇地介绍道,自从到校以来,他就一直在睡觉,已经连睡了两天两夜了。何以要睡这么长时间?这时李牧光终于不情愿地起了床,他一边睡眼惺忪地刷着牙,一边对大家解释,这是因为报到之前,他们家人带他到欧洲和澳大利亚玩儿了一圈儿,偏巧地球又是圆的,纵横几万里,时差把他的生物钟统统搞乱了,所以需要用睡觉调整过来。这个理由有些牵强,但却暴露了李牧光的另一个情况,就是他的家庭条件很不错。我考上大学以后,父母只是给我买了块手表,并且还不是瑞士的,而是日本"精工",就算"以资鼓励"了;其他两个来自广西和贵州的兄弟更惨,拿到录取通知书之后的第一件事情就是走亲串邻地借债。再瞧瞧人家这日子过的。

一个同学问:"欧洲什么样?"

李牧光打了个哈欠说:"上车睡觉,下车拍照,全忘了。"

有一个同学问:"你爸是老板吧?"

"算不上,也就是给国家打工的。"

说到这儿,李牧光咂巴咂巴嘴,又从柜子里拽出一只沉重的纸箱子来。嚯,那里面真是五花八门:真空包装的酱鸡腿、卤牛肉、整只鸭子,进口蛇果、红提、山竹和哈密瓜……这些大概是李牧光的父母给他留下来的,难道他们怕儿子吃不饱饭吗?李牧光嚼了两块饼干,然后又看了看我们,招招手说:

"愣着干吗,大伙儿一块儿呗。"

我们这些没出息的家伙便一拥而上,吭唧吭唧地吃了起来。这个聚餐会刚进行到一半,李牧光突然又伸了个懒腰说:"你们慢用,我就不陪了。"说完爬上床,不到半分钟,又没声儿了。

谁也没见过这么爱睡觉、这么能睡觉的人。此后的日子里,我更加为李牧光在睡眠方面的造诣而惊叹。每天早晨大家出门去上课,他正在被窝里酣睡;中午大家回来,他仍在被窝里酣睡;勉强被我们拽起来,极不情愿地到食堂扒拉两口饭之后,他总算有了一点精神,于是便会在园子里东逛逛西逛逛,到球场去看人家打会儿篮球,但才过晚饭点儿就又困了,火急火燎地跑回来睡觉,好像刚上了一个大夜班似的。课,他自然是不怎么上的,不管是本专业还是公共课,考勤表上缺席的记录都占了大多数。大二的时候,全体学生被拉出去军训,李牧光正在太阳底下站着"军姿",突然就像一段枕木一样拍在地上,不省人事了。教官被吓了一跳,以为他中暑了,休克了,然而我们几个同宿舍的人却一点儿也不着急。我们知道,他只是睡着了。

这基本上就是李牧光大学生活的常态。套用一句伟人的名言来说,一个人能睡觉不难,能天天睡觉也不难,但要是能天天都睡得像李牧光这样惊世骇俗,那可就难了。日子久了,对于宿舍里永远有一个人在睡觉,我们从不适应到适应,又从适应过度到胡思乱想,甚至还有了一种恐怖的感觉。大家都担心突然有一天,李牧光会无声无息地睡死在被窝里。于是我提议,每天早上出门之前,都要有一个人去探一探他的鼻息,如果不幸真的发生了,那就赶紧通知校医院的太平间。我们不能允许他臭在屋里。

这个习惯一直保持到了大学毕业。

我也不免好奇:难道李牧光一直都是这么嗜睡吗?假如中学时代也是这么睡过来的,他又是如何考进我们这所赫赫有名的大学的呢?难道他像电子系那个传说中的安小男一样,也是一个天才型的人物,而学校为了保护天才,才特批了他不需要上课、写论文,甚至不需要考试吗?

事实当然并非如此,天才怎么会像那些抱着小孩卖黄色光盘的妇女一样,你走到地铁 A 口冒出一个,走到地铁 B 口又冒出一个?有一次班级聚餐,我们的班主任老师被灌醉了,才吐露了李牧光背后的真相:他父亲是东北一家重工业大厂的一把手,专门在厂里为我们学校设立了一个理工科的"创新基地",说白了就是赠送一块地皮,供学校在当地开办形形色色的收费班,贩卖注水文凭;而这么做的条件,是学校要给李牧光一个免试入学名额,并且保证他顺利毕业。换句话说,李牧光虽然不是天才,但是他爸却是天才——搞钱的天才,搞关系的天才,而那些天才要比智力上的天才更加畅通无阻。

不过这个信息流露出来,我们虽然在理性上感到了不公,但却对事不对人。再看到李牧光安然高卧的时候,并没有谁会真正地讨厌他。平心而论,李牧光其人除了舍生忘死地爱睡觉之外,身上并没有一点儿"各色"的、让人不愉快的东西。他的脾性随和极了,压根儿没显露出过公子哥儿的骄娇二气。有的时候大家闲得无聊,就用报纸卷成小棍,去捅他的鼻子,捅得他喷嚏连天的,但人家却一点儿也不生气,打完喷嚏哼哼两声"不要搞我,想吃什么柜子里有",然后就继续睡过去了。还有一次,我对面床上那位兄弟也不知怎么弄的,把半壶热水浇到了李牧光的被子上,他被烫得嗷的一声坐了起来,愣了片刻,憨笑道:

"我尿炕了吗?"

除此之外,自然还有物质上的收买。如前所述,李牧光那装满了吃食的百宝箱,大家是可以随意享用的;他那台"爱华"牌双卡收录机也早被宿舍里的两个英语狂人霸占,练听力用了。世纪之交,个人电脑在学生中间普及了起来,别的宿舍都是大家凑钱集体购买,还有为了你掏多点我掏少点而打架的,李牧光却大手笔地一人买了两台,一台厢式机,一台笔记本。这两台电脑,他这个长睡不醒的人几乎从来没有摸过,而我们却可以用台式机打游戏时用笔记本下毛片,或者用笔记本打游戏时台式机下毛片。

基于李牧光其人,我又产生了一个奇怪的理论:如果那些有权有势的人的后代,都是像他一样的废物,或者干脆就是一些满下巴哈喇子的二傻子,那倒是国家民族之大幸。他们能做的无非是吃了睡,睡了吃,浪费一些粮食,制造一些大便,但起码对于别人是无害的。而如果这些人都像他们的父辈一样精明透顶,野心勃勃,满脑子"拼搏奋斗"之类的邪教思想,我们这种普通人还有活路吗?还是按照那个民间哲学家的思路,为了社会公平,对于一定级别以上的干部和一定资产以上的富翁,应该用强辐射来破坏他们的睾丸,保证他们生出来的都是痴呆。

还是不要跑题,继续讲回大学时的往事。说来也惭愧,我吃着李牧光的,用着李牧光的,心里还不止一次地嘲弄和诋毁过李牧光,但整整四年,我却从来没跟这个人进行过深入的交谈,更别提交心了。我对他说过的话,仅限于"你果然还在睡""你居然也会醒"和"给我用""给我吃"这样的层面,而他的回答则基本上是"哦""嗯""好"以及无声无息。我毫不怀疑,只要大学一毕业,我就会把李牧光给忘了,就像他同样会在睡梦中把我也给忘了。然而临到毕业时的一件事,却使得李牧光认定我是他"最好的朋友",而交到我这样一个朋友,是他大学期间唯一的收获——当然,作为一个永远长眠的人,他也不可能有别的收获。

那又是在盛夏季节,我再次迎来了一年中最繁忙的时候。只不过以往是忙于应付考试,这时却在忙于投简历、找工作。我们历史系的毕业生可比不得理工科,到各大招聘会上稍微一扫听,就会发现自己的出路少得可怜。而我的成绩本来就不怎么样,又不是党员和学生干部,形势便更加不容乐观,也就更加需要勤勉。有一天夜里十二点,我才刚刚结束了一个位于昌平县城的企业面试,坐着长途车赶回城里。这时宿舍已经熄灯了,屋里充满了此起彼伏的鼾声和臭脚丫子味儿,我本想直接脱了衣服上床,却忽然听到咯吱一响,李牧光的脑袋探了下来。

"小庄……庄博益,你睡了吗?"他问我。

四年以来,我只见过李牧光在不该睡觉的时候闭着眼,可从来没见过他在该睡觉的时候睁开过眼。我不由得哆嗦了一下,甚至觉得天有异象,马上就快地震了:

"你他妈的要吓死我?"

"对不住对不住。"李牧光的眼睛在黑暗中闪闪发亮,"不过我的确睡不着……也有个事儿想找你帮个忙。"

难道李牧光也在为找工作的事儿发愁吗?我没好气地说:"我能帮你什么忙?你应该找你爸说去。"

"这事儿他也帮不了我,只能找咱们同学。"他的语气突然变得可怜巴巴的,"我也问过宿舍里的别人,可他们都不愿意。"

"别人不愿意,我为什么会愿意呢……到底什么事儿?"

李牧光就磕磕巴巴地说了。原来他爸按照很多成功人士的育儿之道,决定送他去美国留学。为了办这事儿,老头子亲自跑了趟德克萨斯,给他联系了一所州立大学,并且以慈善家的身份留下了一笔不菲的捐款。按说这已经足够把路"蹚"平了,然而快办手续的时候,外国佬那种特别"死性"的毛病却又犯了。他们提出,李牧光就算可以不参加入学考试,但总得提交一篇本专业领域的论文,否则没法儿向所谓的"学术委员会"交代。

"你们学校的委员会,难道不是归你们这些校领导管的吗?实在不行我就跟你们书记谈。"李牧光他爸什么时候受过这种刁难,他一怒之下,简直口不择言了。

对方表示,那个委员会还真是有权把任何学生拒之门外的;而他们已经对李牧光很宽松了,如果不是因为这两年财政吃紧,哪能随便糊弄一篇文章就可以入学?至于"书记"这个说法,对方问道:"那是什么东西?"

于是压力就转嫁到了李牧光的头上。他爸打来电话,让他火速"攒"出一篇论文来,再翻译成英文。这让李牧光感到很无辜:"我又没想出国,是他们非逼着我去的。这时候事情没有完全搞定,却又来折腾我,有这么不负责任的父母吗?"

我只好顺着他说:"就是,他们太不知道心疼你了。"

"可是我也只好给他们擦屁股。"李牧光又说,"我这个着急呀,上火上得牙床子都疼了。今天我已经问了好几个人,但他们都说正在找工作,根本没时间替我动笔。"

"可我也在找工作呀,我的牙床子也在疼。"我说。

"别人不管我可以,但你可不能不管我。"李牧光急道,"谁让你是我的下铺呢,咱俩睡得最近,交情也就应该最深。再说我不会让你白干的……我给你钱。"

"不要说得这么赤裸……"我眨眨眼,"多少钱?"

他说了个数:"两万够吗?"

我仰着头,像一只坐井观天的青蛙,和李牧光对视着。过了半晌,我说:"够了。"

我之所以答应了李牧光,首先是因为两万块钱对于一个学生来说,实在是一笔无法抗拒的巨款,而第二个原因,就是我突然想到,那篇文章其实并不需要我来写——再说我也不认为自己有能骗过美国佬的水平。说定之后,我和李牧光分头安然入睡。第二天他照常没有起床,而我则披上衣服,蹲在厕所门口守候安小男。

七点来钟的时候,安小男果然出现了。这时候却是我追着他问了:"你对历史还有兴趣吗?"

"实话实说,已经没有了。"

"话不能这么说。"我开导他说,"你其实只是对历史系以及历史系的那些人没有兴趣了,但对于历史本身,你一定仍然是乐于思考的……否则也不能解释你为什么一口气读了那么多书啊。"

"可我正是因为历史系的人而对历史丧失了兴趣,我不认为那些人所搞的学问,能够解释我的困惑。"安小男把逻辑拽回到自己的轨道上,然后看了看我说,"你到底想说什么?"

"我想说的是,凡事应该有始有终,你可以写一篇文章,谈一谈你前段时间研究历史的心得。"我进而扯起了谎话,"我正在给出版社编辑另一本书,是《谁敢不让中国说不》的姊妹篇,名叫《中国想说不,谁也拦不住》。你对历史学的思考,是我见过最独特也最终极的,仆未尝闻有为道德而研究历史者。我认为这本书里如果没有你的文章,那么将是一大

地球之眼 79

遗憾。"

安小男的眼神陡然凝聚起来:"你真这么认为?"

我点了点头,他也随之点了点头。

然后我补充道:"对了,稿费五千。"

半个月后,安小男果然交给我一篇洋洋洒洒,长达几万字的雄文。那篇文章我大概扫了一眼,所用的材料和大多数论点都注明来自我向他推荐过的那些书,但安小男对它们进行了重新整合,从而指向了一个终极的天问:中国人的道德水准是如何不断降低的?他从秦王扫六合、五胡乱华和竹林七贤一直写到了"五四运动",写到了"文化大革命"。在他看来,中国原本是有道德的,但中国的历史却是一个不断击穿道德底线的过程。一穿再穿,时至今日,我们的民族已经相当于穿着开裆裤上街了。客观地说,安小男的文章存在着严重的硬伤。首先,他将历史解释成了一个有目的、有意志(也即消灭道德)的过程,这已经近乎阴谋论了。要知道,吾国吾民除了败坏道德之外,还在春种秋收,男耕女织,需要忙活的事儿多着呢,谁那么有闲心专门和道德这个劳什子较劲?其次,他絮絮叨叨地说了八百多遍"道德",但却并没有对道德进行起码的辨析——是儒家道德还是法家道德?内心道德还是社会道德?在他看来,"道德"似乎是一种先验的天成之物,在人类的蒙昧阶段保存完好,一进入文明社会就腐化变质了。但据我所知,原始社会不说别的,起码婚姻制度的基本形态是:看上哪个女的就"给丫一闷棍",哥儿几个把她扛到山洞里轮流上——这道德吗?

看来天才也是有局限性的,安小男在理工科方面的智慧并没有平移到人文社科领域。或者说,他那种一根筋、特别"轴"的性格恰恰说明老院士制止他转系是正确的。我有些担忧这样一篇文章是否能够通过美国学校的审查,但转念一想,我又何必替李牧光那么尽职尽责呢?再说了,也许美国人会非常喜欢这种中国人自爆家丑的态度——就像他们很喜欢张艺谋的《大红灯笼高高挂》一样。于是我没有耽误,又拿着文章找到我的前女友,外语学院的郭雨燕,请她将其翻译成英文,翻译费五千元。挟着巨款之威,我顺便企图和郭雨燕重修旧好,并且再次提起了去九寨沟旅游的计划,但是郭雨燕干脆利索地请我滚蛋:

"你这种人，一起玩玩儿倒是挺有乐趣的，过日子就太靠不住了。"

"谁也没说要奔着过日子去呀。"我说着"香"了她一记，又揽住了她的腰，"我们就是玩玩儿也可以嘛，纯娱乐。"

郭雨燕脸色泛红，一对大胸起伏了两下，但随即却嘤咛一声，将我推开。她正色道："这就是你的爱情观吗？太不道德了。"

他妈的，怎么又是道德？安小男不是已经得出结论，中国人早就全无道德可言了吗？可见他那篇文章的确是大谬特谬。

随着我的彻底失恋，我们这茬儿学生也最终毕了业。朋友或仇人们像狂风里的杂草一样飞向天南地北，转眼之间大部分都成了陌路人。李牧光如愿以偿地拿到了美国的入学通知书，连最后的聚餐都没参加就上了飞机。临走之前，他给我们留下了两台电脑、一台双卡收录机、几身簇新的西服，还单独交给我一个装满了钱的厚信封。我有点好奇，帮助他通过审查的，究竟是安小男那篇旁征博引的文章呢，还是郭晓燕那流利而精确的英文翻译？抑或这两者都不重要，美国佬既然拿了他爸的钱，所谓提交论文仅仅是走个过场罢了？当然，对于既成事实，我们也没有必要像历史学家那样一味追寻原因，否则生活将会变得更让人疲倦，也更让人难以适应。

讽刺的是，出国之后的李牧光倒是与我交往得日益密切了起来，并且真的发展成了他所谓的"朋友"。恨不得刚一下飞机，他就开始给我写信，告诉我自己在美国的见闻和生活状况。这也能够理解，人毕竟是需要回忆的，到了陌生的环境里，往事就会焕发出原先所不具备的温馨色彩。而李牧光的大学四年几乎都在睡觉，可供他回忆的，似乎只剩下了和我之间的那点儿交往。于是他美化了我们的一手交钱一手交货，将我给他"攒"文章说成了两肋插刀的朋友之义，又把他给我两万块钱说成了自己的仗义疏财。他的信上没有一点儿美国气息，反而发散着越来越浓厚的东北味儿：

咋说呢？咱们兄弟就啥也不要说了。

自从我有了手机之后，他和我的沟通方式就变成了打越洋电话。每周起码一次，一打就是一个小时，先声称"啥也不要说了"，然后说的话却比我们睡在上下铺的四年还要多。这个期间，李牧光的谈话主题变成了抱怨。他抱怨美国的白人看不起他,黑人居然也看不起他;中国留学生里比他更富的看不起他,那些穷得连二手"丰田"都买不起的家伙居然也看不起他。作为一个肤色、体格和智力都不占优势的外乡人,他在美国可真是受够了委屈。更加让他忍受不了的,是他在中国都可以尽情享受的自由,在美国却受到了粗暴的干涉:

"他们还不让我睡觉。"

"谁?"

"我那个印度导师,还有美国房东。"说到这儿,李牧光都快哭了,"有一次我在屋里睡了三天,房东就报警了。他们说这是病,必须得治。"

我想了想,第一次给了他真诚而善意的忠告:"我也认为你应该配合治疗。"

再后来,也许是度过了初来乍到的不适应阶段,李牧光的电话总算渐渐少了下来,每次通话的时间也变短了。但这并没有影响到我们的"交情",当他父母来北京,我总会跑一趟他们下榻的豪华饭店,为他们磕磕巴巴地讲解一遍美国补药的说明书——都是李牧光寄过去的,其实也就是些深海鱼油和褪黑素什么的,想来"吃错了药"也没什么危险;而过了两年,我的表妹林琳考入了美国名校斯坦福大学,我指派李牧光开着他的"凯迪拉克"横穿了几个州,去接林琳入学、给她安顿住处、采购生活必需品并且由他买单。能交上这么一位有钱有闲,又傻乎乎地热心肠的朋友,这也是我在表妹面前唯一一件有面子的事儿了。

林琳专门打电话感谢我,说的话和《围城》里赵辛楣对方鸿渐的评价刚好相反:"你这人虽然讨厌,但还有点儿用处。"

3

直到这个阶段,安小男和李牧光之间还没有发生直接的交集。我想介绍的发生在他们之间的雇佣关系,指的也绝非安小男那篇被我克扣了大半稿费的文章。一个"枪手"有什么稀奇的呢?在我毕业之后,找到的头一份差使,是在一个市属机关当秘书,工作内容就是给副局长写发言稿。而像我这样的编制内"枪手",在各级单位里面数不胜数。

再说一个笑话,我所"跟"的那位副局长本来是一平谷桃农,普通话不太标准,总是把"我们"说成"碗们",而恰好我们的局长又姓郭,于是他朗读稿件的时候就变成了:

"碗们要团结在锅的周围,坚决解决好老百姓的副食供应问题。"

这份工作我干到第二年,就死活坚持不下去了。坐在单位的会议室里,我感到自己真的是一只碗,叮当乱响地空空如也,只等着从锅里分出一点肉汤来。然而锅身边积极踊跃的碗又太多了,他们有的会往锅里倒米,有的是从更大的锅里空降下来的,还有的镶着金边妩媚多姿,并且不惮于随时和锅跳到同一个水槽里去洗澡。看起来,我这只缺了口的破瓷碗是很难熬到出头之日了,于是我咬了咬牙,放弃了这条许多人眼里的"人间正道",跳槽去了一个地方电视台下属的节目制作公司。

随着广电系统的市场化改革,如今的制作公司完全采用项目制,拍一个片子拿一份钱,不想干活的时候,在家躺半个月也没人管你。虽说碗们和锅的关系仍然颠扑不破地存在着,但在这个管理相对松散的单位,我的生活状态总算轻快了一些。我先是当记者,跑了一段时间的社会新闻,然后又转入了编导岗位,很快混上了一个导演的头衔。只可惜我这个导演和动画片导演、动物世界导演一样,都是没机会和女演员们"深入说戏"的。我干的是纪录片,所表现的内容不是边远山区的孩子走几十里路去上学,就是挺着大肚子的女支书都"破水"了还坚持带领乡亲们抢修养猪场。

斗转星移地又过了几年,我的某部主旋律片子蒙上了一个政府奖,进而和公司签订合同,成立了自己的工作室。随着财务上的宽裕,我在通州买了房子,接手了一个朋友的二手"大切诺基",染上了把玩檀木佛珠和沏功夫茶的爱好;为了让自己时时刻刻"更像个导演",我还留起了络腮胡子,每天出门之前都给自己扣上一顶镶有红五星的绿帽子。总而言之,我终于变成了自己既向往又厌恶的那般模样——一个满嘴跑火车的文化混混儿。

大概是北京刚开完奥运会的时候,我的不知第几任女朋友,一位社会学专业的在读研究生向我建议了一个新选题:中关村和学院路一带的"校漂"人群。这个群体和那两年受到大量关注的"蚁族"又有不同,他们之所以不是学生还赖在大学周边,原因是多种多样的:有人纯粹是毕业之后收入低,贪图食堂的价格便宜;有人是因为还保持着华而不实的精神追求,喜欢隔三差五去听听讲座什么的;还有人是因为怎么也跨越不了从学生到社会人的心理转变,索性就拒绝长大了。凭着直觉,我感到这些人里也许能挖出点儿什么东西,弄不好还能再骗个国际上的二流奖呢。况且,我也迫切需要拓宽题材。像现在这样一天到晚接的都是主旋律的活儿,我已经看见正派人就想吐了,这对我的心理健康也很不利。

说做就做,我"撒"出去几个聘来的实习生,让他们为我搜集汇总了一批"校漂"的典型人物,然后带着摄像扛着长枪短炮,逐一进行采访。工作进行得出奇的顺利,那些"素材"形形色色,但有一个共通的特点,就是都不把自个儿当凡人,表现欲也特别强。他们对着镜头手舞足蹈,或抒情或明志,令我不得不该临时调整思路,将一部绷着块儿装深刻的纪录片改换成了喜剧风格。我还特地留心寻找了一下当年见过的那个"民间哲学家",很可惜,留校任教的同学告诉我,那人因为偷窃了几十件女生内衣,已经被移交公安机关了。

几天以后,前期采访工作大致告一段落,我在母校的留学生餐厅请全组人员吃了顿饭,准备回去整理录音。但在席间,一个比较负责任的实习生小张告诉我,在她搜集到的采访对象中,还有一个没有"采"到。

"不是都没落下吗?"我翻了翻名单说。

"那个人比较孤僻,不愿意透露自己的名字,也死活不愿意上镜。"小张说,"不过我总觉得这人身上有故事。他没工作,也从来不到学校的课堂去听课,每天就是在学生宿舍里串来串去,保安把他当成捡破烂的,往外撵了好几回,但每次撵出去,没两天他又回来了……"

"没准真是个捡破烂的呢?或者在倒卖偷来的自行车?"

"我见过他一次,绝对不像。"小张笃定地说。

我时常觍着脸教育手下的孩子们,干活儿一定要有始有终,哪怕一个镜头没拍到也不能收工。我也对他们说过,真正有意思的素材往往是锲而不舍地"抠"出来的,而非随便拍一拍就能捕捉到的。小张的态度倒好像将了我一军,于是我让其他人先吃,自己跟着她走出了餐厅。

小张所说的那人的住处,就在我们学校西门外的"挂甲屯"一带。那儿的居民把平房加盖成摇摇欲坠的简易小楼,再按间甚至按床位租给住户。这么多年过去了,这个城中村仍然又脏又破,熙熙攘攘,土路的两侧摆满了卖鸡蛋灌饼、麻辣烫和羊肉串的摊子,不时有带着厚厚的眼镜、满脸木然的年轻人夹着书本匆匆而过。小张带我穿街过巷,拐进了靠近圆明园西路的一个小院儿。她在一扇紧闭的门上敲了敲,半天无人应声,又不甘心地透过窗帘缝往屋里打量。

"干吗的?"一个穿花睡裤的矮胖女人拎着一网兜蔬菜进来,警觉地看着我们。她大概是小院儿的房主。

"这儿的住户不在家吗?"我指指那扇门说。

"我出门的时候还在呀。"房主说,"难道又被抓走了吗?"

"什么人抓他?警察?"

"不是警察,是学校里的人。"房主撇撇嘴,"给我惹了不少麻烦呢,要不是看他孤苦伶仃的挺可怜,早把他撵出去了。"

我对小张努了努嘴,和她走出了小院儿。院儿门对面,是一间污水横流的公共厕所,从刚才起,那股恶臭已经把我熏得很烦躁了。我没好气地对她说:"八成就是个小偷什么的。我上学的时候,就在宿舍里撞上过一个,哥儿几个撵着他满学校乱跑,最后差点儿没跳湖了。"

小张却瞪大了眼睛,朝我身后望去,同时抬起了随身携带的微型摄像机:"就是他就是他。"

我不由得回过头,看见一个又黄又瘦的人,随即联想到了搓澡用的老丝瓜。他的头发长可及肩,脏得都打绺了,身上穿了件分不出颜色的双排扣西服,脚踩一双塑料拖鞋。他的手里攥着一卷卫生纸,卫生纸耷拉下来一截,随风摆动着,倒是这人周身上下唯一鲜亮的颜色了。

我像被什么奇异的情绪击中了,半晌没说出话来。他却在红五星绿帽子和络腮胡子之中努力地辨认着我的脸,片刻之后,眼睛里流露出了单纯的、近乎天真的惊喜:

"你是庄博益?"

"安小男?"

他扭头看了看小张,伸出一只因干枯蜕皮而处处斑驳的手,急促地摆动着:"念及同学的情分,你就别拍我了行吗?"

真没想到,我和安小男久别重逢,居然又在厕所门口。我让小张关了摄像机先回去,自己跟着他走进了那间小平房。房屋低矮,进门时必须得低头,否则会蹭一脑门子灰;屋里有一床一桌一椅,看起来都是二手市场淘来的旧货,此外再无他物。坐在二十五瓦灯泡的下方,安小男便显得更加肮脏,也更加瘦弱了,但如小张所言,他绝不像个捡破烂的和小偷。如果让我说,他倒像个八十年代的流浪诗人兼过度手淫犯。

他那手足无措、局促不安的模样也让我心酸。要知道,我们可是名牌大学的毕业生;作为改革的同龄人,我们虽然没占到什么改革的便宜,但是比起那些更年轻的后辈,吃改革的亏也还算吃得比较少的——起码找个相对体面的工作不难做到。那些和我一样不学无术的家伙都已经有资格在办公室里大搞性骚扰了,而安小男可是理科生里公认的天才,脑袋里据称"装着半个硅谷",他怎么会混到这般田地?

因为害怕刺激到他,我没有直接发问,而是延续拍纪录片的思路,迂回着和他谈起了眼下的学校生活——都是些琐碎细节。安小男告诉我,学生第一食堂那著名的冬菜包子已成绝唱,图书馆地下室的录像厅也停业了;原来被我称为"肉香阁"的澡堂子却还开着,尤其是女部,飘出来的香味儿越来越浓了,"但洗澡的早已不是原来的人了吧",他咂巴了一下嘴说,那一瞬间居然显得有些风趣了。

总之,学校是雕栏玉砌应犹在,我是前度刘郎今又来,安小男则已经乡音不改鬓毛衰。看到他的状态倒还平和,我终于开口:"毕业之后就再也没见过面……我还以为你留在电子系读研究生了呢。"

"也是命,也是活该。"安小男垂下头去苦笑了一声,"我还得感谢你呢,当初刚毕业的时候,是你那五千块钱帮我在北京安了家。"

我扫了一眼他的"家",脸上发起了烧。幸好安小男没有察觉,他自顾自地讲了下去。当初本科毕业以后,他固然没有进入历史系,而电子系力邀他继续读研究生,还开出了免试英语政治的条件,却也被他拒绝了。之所以做出这样的决定,和兴趣、追求之类的东西无关,起作用的只是一个简单的因素:生计。在安小男十岁出头的时候,父亲就去世了,他是靠母亲在肉联厂洗猪肠子拉扯大的。天长日久,母亲的手已经被碱水烧坏了,眼睛也被熏得迎风流泪,视力大大下降,眼瞅着这份活计都做不下去了;幸亏熬到了儿子大学毕业,手里攥着的又是一份热门专业的文凭。供养安小男上学读书,在他母亲看来就是为了改变家里的生活状况,只要能实现这一目标,那么就算回了本儿,含辛茹苦没有白费;相反,如果不能立竿见影地赚出真金白银,那么再多的头衔也是扯淡。

"我真是干不动活儿了。"他母亲对他说,"手像咬了几千只蚂蚁,这我能忍,但眼睛要是瞎了,拖累的反而是你。"

在此后的择业过程中,也是母亲的意见起了主导作用。安小男没有进入对口的通讯公司或者大型国有电子管厂,他母亲的理由是,前者不是有保障的铁饭碗,而后者的效益不好,工资太低。选来选去,她主张让安小男去银行上班。一个纯粹的理工科,到银行又能做什么呢?这是因为刚好在这期间,金融机构开始大力推进数字化办公,他们需要安小男这样的人才提供"技术支持",说白了也就是当局域网的设备管理员。

于是安小男穿上了黑西服,胸口别了一只镀金领带夹。本来这份工作还是很实惠的。首先工资可观,旱涝保收;其次活儿也不多,办公室里遇到的技术问题在他看来都是小儿科,最麻烦的不过是重装系统和恢复硬盘,实在不行还可以开单子重买一台电脑,反正单位有的是钱。那段时间,安小男的生活过得相当滋润,他在西单附近分到了一间精装修的宿舍,宿舍里堆着工会发的鱼、肉、水果、成袋的大米,他还能每月定期往家里寄一笔钱,不仅足够母亲在邯郸衣食无忧,而且还能攒下来"将来结婚用"。

但是变化发生在三年以前。某一天的午休时间,安小男所在的那个支行行长突然打来了电话,想约他谈谈。这还是他头一次受到顶头上司的单独召见呢,安小男有点懵懂,但还是准时推开了行长办公室的大门。

支行行长正在屋里看文件,他抬起手来向里摆了摆,示意安小男进屋,又向外摆了摆,示意安小男把门关上。安小男把半个瘦屁股坐在写字台对面的沙发上,眼巴巴地看着领导给他倒了杯茶,给他拿出了一包中华烟,又将写字台上那只沉重的水晶烟灰缸放在了他身旁的沙发扶手上,这才意识到了什么。他立刻跳起来,慌乱地躬着腰说:

"我不渴,我也不会抽烟……要不您喝吧,您抽吧。"

行长被他那拘谨的样子逗得哈哈大笑:"我就喜欢你们这些搞技术

的人——实诚,心里没那么多道道儿。"

然后又草草问了安小男的工作以及生活情况。安小男一一答了:"谢谢您的关心。"

支行行长话锋一转:"向你咨询一个技术问题。"

安小男说:"您说。"

支行行长说:"通过你那台主机,能否掌握行里每个人的电脑数据,以及他们都用电脑干了些什么——比如聊天、转账、炒股……"

安小男说:"从理论上来说,只要使用特定的软件,那么就是可以做到的。因为行里的网络是通过我这台服务器对外连接的,这就相当于我这里是公共汽车的调度站,每一辆车的行驶速度快慢虽然有差别,但是路线和停靠站点全都被我记录着。"

支行行长满意地点了点头:"那么交给你一个任务吧。"

安小男说:"什么任务?"

"去搞一个你说的那种软件,花多少钱我给你报。"支行行长说着,又把一张打印纸递到他面前:"这个名单上的人,你从今以后把他们上班期间收发的所有邮件、用通讯软件和别人说的话都保存下来,每周拷贝给我过目。"

安小男就傻了。他不知道行长让他做这个是为了什么。这是在严肃工作纪律,落实考勤制度吗?可门口分明已经安装了指纹打卡机,办公室里也设有不留死角的摄像头,总行还会定期派出检查人员,一旦发现谁用单位的电脑玩儿游戏或者炒股票,立刻通报批评。再说所谓的纪律和制度,说到底都是执行给上面的人看的,又何必那么较真儿,非得将监控细致到每一封邮件和每一段聊天记录呢?

"我当时首先的反应,是这个领导吃饱了撑的,多此一举。"安小男对我说。

"你太稚嫩了。"我笑着回答他,"他给你的那个监控名单上都是什么人?肯定有一个是单位的其他领导,比如副行长什么的吧?剩下的都是这个领导的直接下属或者有裙带关系的员工吧?这哪儿是执行纪律,明明就是在搞人嘛。你们行长想要通过你的技术优势,把他的对头们搞串联的动向掌握在手里,如果还能抓到什么黑材料,那就更好了……"

"还是你聪明。"安小男由衷地说,"我当时就没有想到这一点。"

"后来想明白了吗?"

"想明白也晚了。"

"你是怎么答复你们那位行长的呢?"

安小男当时的举动是——凝视了行长片刻,像垂死的鱼一样"波"地吐了个泡儿,然后说:"您这么干很不道德。"

行长同样凝视了安小男片刻,然后抬起手来,往外挥了挥,示意他出去,又向里挥了挥,示意他把门关上。但是我也猜到,事情当然不可能这样过去。在行长眼里,安小男就算没被对立面提前收买,也已经属于那种"知道得太多的人",如果不能加入自己的阵营,那么就万万留不得了。没过多久,上面来了一纸调令,将安小男调离了技术部门,发配去总行直属的信用卡中心做推销员了。

而我突然问道:"对了……那个时候,你是不是还在看书呢?"

"什么书?"

"历史书。还有那些思想神棍写的骗人玩意儿。"

"当然不了。"安小男说,"不是告诉过你吗,我已经对历史学失望了。"

"那你又何苦扯什么道德啊?"

"我也不知道。"安小男在昏黄的光线下垂下了脑袋,油毡一般的长发散发出一股霉味儿,"我当时只是觉得特别别扭,特别难受,好像被人掐着脖子,往肚子上擂了两拳,如果再不说点儿什么就要喘不过气来了。于是我就说了。"

我又想起了他在商谈转系事宜时,对商教授的那次发飙。安小男虽然对历史学失去了兴趣,但促使他去研究历史学的终极目标,也即"中国人的道德问题",却还像华老栓的那包洋钱一样,往腰间一摸,硬硬的还在。调动了工作岗位之后,他的生活就走上了下坡路。信用卡中心属于新组建的市场部门,人员构成大多是编制外的合同工,效益考核也纯粹是计件工资,拉进来一个客户算一份钱。为了多拿提成,大家各显其能,有到各种展会门口摆摊的,有到人多密集的场所扫街的,还有像出租车司机一样隔三差五到机场趴活儿的。但无论在什么地点面对什么人,你都必须要放得开,要有一张好嘴皮子,让目标客户在极短的时间内对你产生亲和感。而这恰恰是安小男的劣势,他实在不知道应该和那些人说些什么,更不知道如何让人对一样他不感兴趣的东西产生兴趣。他也曾经把同事们的那套推销词汇记在心里,一蹴而就地对着目标客户全文背诵,但还没等他把书背完,人家却早已带着莫名其妙的表情走开了。连续几个季度的考核下来,安小男始终是单位里的最后一名,他不仅工资被扣得所剩无几,还要遭受同事们的奚落乃至敌视,因为他的推销成绩严重地拖了别人的后腿,连累大家一块儿跟着挨批评、扣奖金。

终于,在信用卡中心新一轮的竞聘组合即将展开时,安小男又一次承蒙领导单独谈话了。这次仍然有茶,有中华烟,有水晶烟灰缸,而当他再一次如梦方醒地客气起来时,领导的话却是:"两条道儿你自己选:要不你自己走,要不我们请你走。咱们这儿任务太重,竞争也激烈,不是养大爷的地方。"

就这样,安小男被迫从银行辞了职。

"然后你没再找别的工作?"我问他。

"找了,但没找着。推销的岗位肯定是干不了了,我说我还能做技术,但人家都不信,因为原先那个行长给我写的鉴定是'业务水平无法胜任'。"

"那么你回到学校来,是打算重新考研究生吗?"

"考上也念不起呀。"

"你现在靠什么生活呢?"

"感谢母校,还是有办法。"

安小男告诉我,他失业之后,单位的宿舍自然也没了,于是便来到这里租了间小平房。茫茫北京,他真正熟悉的地方只有学校,走投无路之时也只能回到学校附近。几乎所有的学生在上学期间都恨过自己的学校,但毕业之后一旦混得不如意,却又把学校当成了避风港。他们甚至是在自我欺骗,感觉只要回到当初的状态,那么生活就还有希望。这也是我在拍摄这部"校漂"的纪录片时总结出来的共性。总算是天无绝人之路,安小男闲散了半年,手头的一点积蓄差不多快花光了,却意外地发现了一个在学校里靠山吃山的新门路。以前银行的人事干部给他打来

了电话,吞吞吐吐地求他代替自己十九岁的儿子参加高等数学考试:

"我看过你的成绩单,理科全是满分,所以请你千万不要谦虚。"

前同事愿意为"这一单活儿"支付"市价",也即五千块钱,恰好和我当初把李牧光的论文"转包"给安小男的价格是一样的。由此可见,那时候的李牧光的确是一个睡糊涂了的冤大头,想找枪手也不先打听打听行情,从而给我留下了巨大的利润空间。没过几天,安小男拿到了用自己照片制作的假学生证,走进了考场。他第一次干这种勾当,固然紧张得满头大汗,但实际的操作过程却波澜不惊。公共课都是好几个系的学生混考,几百人的阶梯教室里基本上谁都不认识谁;况且大家都在埋头答题,即便是同班同学之间,也不会留意谁该来没来,谁不该来却来了。他只用了半个小时就做完了卷子,并故意答错了几道题——这是出于雇主的要求:

"我们只要七八十分就够了,太高了容易暴露目标。"

有了良好的开头,后面的路也就平坦了。通过成绩不好的学生们的口口相传,安小男变成了中关村一带几所大学中赫赫有名的"枪手",雇主们对他的评价普遍是:待人诚恳,业务精湛,要价合理,不留后患。还有人在校内论坛上主动为他打广告:小男小男,考试不难。他的名气甚至传到了外地,就在去年,一个上海富商的孩子专门为他买了头等舱的机票,请他过去为其斩获了复旦大学微积分竞赛第一名的奖杯。这个行当的经营周期和地坛庙会上卖羊肉串的有相似之处,都属于干三天顶一年,安小男只会在期末的考试季里马不停蹄地赶场,其他的时间则都在学校周边闲逛,或者干脆窝在屋里。

不过作为一个枪手,安小男也有着明显的缺点。首先是他的穿着和外貌越来越不修边幅了,身上还散发着呛人的霉味儿,这导致他很容易在考场上引起怀疑;其次就是他过于注重"售后服务"这个环节,每次从考场出来拿到钱,都要苦口婆心地把考试题目向对方讲解一遍,然后再进行一通思想教育:

"连这都不会,你对得起父母吗?"

听到这里,我不禁哑然失笑,但才笑了一声就生生咽住了。我看到安小男的脸上浮现出了货真价实的痛苦,他讲到自己的失业和窘迫困境时都是心平气和的,但现在却两眼湿润了起来。如果只看那双眼睛,你甚至会把安小男当成一个不慎失足的纯情少女。

"我知道你觉得我虚伪,我也知道替人代考本身就是弄虚作假。"他打着磕巴说,"所以我每次劝那些学生好好学习的时候都是真心的,如果他们都能用功点儿,也就不用把父母的辛苦钱花在这种事情上了……"

"那样的话,你就连这碗饭也吃不上了。"我打断他,扯开了话题,"你妈怎么样?"

"暂时还过得去。"安小男舔了舔嘴唇告诉我,他的代考收入除了维持最基本的生活开销,其余全部寄回了邯郸,并且是分月寄的。他至今没有把失业的消息告诉母亲,因此反倒庆幸母亲的眼睛越来越不好,已经没法儿坐火车来北京看他了。而每年春节回家的时候,只要临时换一身西服,也能大致搪塞过去。这么大的事儿,居然被他瞒了个严实。

"所以说嘛,别再把道德什么的当压力。"我顺势替他开脱道,"道德的标准也不是绝对的,得视情况而定。你的处境是饥寒交迫而不是衣食无忧,你面对的又是赤裸裸的生活而不是宗教审判,况且你还有一个母亲要赡养——凭什么要求你的灵魂像那些有钱人的后脖颈子一样雪白呢?那反而不道德也不公平。"

"你真是这么想的?"

"那当然,而且一直都是这么实践的。"我说,"这年头,就算苍天有眼也被马路上的摄像头给取代了,只要警察不来找你的麻烦,那你就是一理直气壮的良民。日子已经过得不容易了,咱们都得活得尽量轻松一点儿,也务实一点儿,对吧?"

安小男这时却咧开了嘴:"可是警察没准儿已经盯上我了,上次替人家考完力学出来,有个助教带着保安跟了我一路,还把我叫出去盘问了半天……他们说以后再看见我就报警。"

"那也不用怕,咱们再想想别的出路。"

那天一直聊到了傍晚,我带着安小男离开挂甲屯,到以前开在学校东门外的胡同里、后来又移师到海淀体育场一侧的"千鹤"餐厅吃了顿日本菜。没有想到,如今的安小男也开始喝酒了,而且量还不小,我们一共要了五六瓶糯米酿制的清酒,差不多都被他一个人给喝了。酒足饭饱,我又提出找个地方"咯吱咯吱洗干净",便强拽着他打车去了一个洗浴中心。酒劲儿被冷风吹上了头,安小男的情绪也终于开朗了一些,他踉跄着走在门口的几个"罗马人"中间,手四处乱指着,像小孩儿一样卖弄着学识:

"这孙子叫屋大维,这孙子是凯撒。"

他身上的泥都快结成壳儿了,搓澡师傅表示必须得收双倍费用。趁他正在搓着,我便穿好衣服走出了洗浴中心,到街拐角的自动提款机上取钱。先取了一万,这是当年我利用安小男的文章从李牧光那儿赚的;又加到一万五,这是把给我前女友郭雨燕的那份儿也添了进去;最后又加到了两万,这是每天的提款上限。我从脚边捡了个塑料袋,将那摞钱胡乱包了,揣进洗浴中心里递给安小男。

他正坐在休息间,赤身裸体地摩挲着两扇瘦排骨,好像一只洗干净又褪了毛,只等下锅的菜狗。看到袋子里的是钱,他惊慌地推回来:"这怎么使得……你已经对我够好的了。"

我感到了辛酸,脸上再次发烧,硬是将钱推回去:"都是同学,客气什么。你先换一个像样点儿地方去住,再给我留个联系方式,我看看能不能帮上你。"

安小男的嘴像鲶鱼一样一瘪一瘪的,似乎马上又要哭了。我的心里五味杂陈,不禁动情地胡噜了一下他的满头杂毛,又用力搂了搂他的肩膀。这个举动倒惹得旁边两个膀大腰圆的汉子好奇地打量了过来,在他们眼里,我们也许很像一对正在上演爱情悲剧的同性恋人。

4

在此之后,我又断断续续地找过安小男几次,有时候请他吃顿饭,有时候给他送几件剧组里配发的工作装。那两万块钱他没有用于换房子住,而是都寄回了邯郸,支付他母亲治疗眼病的费用了。他继续住在挂甲屯厕所边上的平房里,等待着下一个考试季的来临,并提心吊胆会不会被校方抓个现行。

我也帮他找过工作。很遗憾,我们那个工作室的经费非常有限,因此只能剥削那些"有志于艺术"的实习生,而要想添加一个全职的岗位基本上是不可能的。况且我那儿的业务对于安小男来说又完全不对口,把他雇来做什么呢?扛机器吗?那还不如在学校里当枪手呢。至于我问过的其他同学那里,情况就比较气人了。那些家伙平常都吹得天花乱坠的,可是真赶上事儿,却一个比一个缩得快,给我的答复不是"能力不济",就是"掣肘奈何",还有人反过来开导我:

"为了那么一个人,你犯得着吗?"

仿佛在他们眼里,一个人如果没混出人样儿,那就变成了一个扫把星、晦气鬼,会变成一块传染疾病的烂疮,是必须得及时避开的。这固然也没什么不正常的,世上有贫贱之交,有富贵之交,但最让人无法想象的就是富贵与贫贱之交。大家能混到今天也都不容易,所以都希望能把资源用于和同一层面的人互通有无,而不愿意无端地被打了秋风。

他们甚至对我的义举感到了不忿。"上次我想在你的片子里插俩'软广',你张嘴就要十万,这时候却他娘的扮演起了爱心大使——"一个自己开了个小公司的同学刻薄地挤兑我说,"告诉你,就你兜里那俩钢蹦儿,想沾染真正的富人癖好还早着呢。"

更让我不适应的,反而是和安小男的交往本身。他看我的眼神已经不对劲了,刚开始是羞怯和感激的,后来就渐渐地变成了崇敬。那崇敬之中似乎又藏着什么严肃、高远的东西,仿佛崇敬的并非我这个人,而是我所代表的某种抽象观念。他不会认为我对他的关切是出于什么伟大的情怀,进而把我看成"道德"的楷模了吧?

"我在大学期间所做的最正确的一件事,你知道是什么吗?"在五道口一个挤满了韩国人、"西巴"之声不绝于耳的串儿吧里,安小男奋力地用嘴撸着一根烤火腿肠,喷散着酒气问我。

"是当众痛斥了商教授吗?"

"不不不,是那天在图书馆门口和你打了个招呼。"

"这实在不敢当。"我躲着他的目光说,"事实证明,我帮助你学习历史什么的,明明都是浪费时间。"

"那些都是鸡毛蒜皮的小事儿,不值一提。"安小男用竹签子"点"了我一记,"我的意思是,我很庆幸能交到你这个朋友,这让我不再那么孤独了。"

我忍不住打了个寒战。正如我对他所言，常年以来，我都在尽力活得轻松点儿，务实点儿，因此刻意回避着与那些令人血压增高、内分泌紊乱的"大词儿"发生关系。我更害怕自己变成一个性格极端的人，从而把现有的生活搞砸了，变成安小男那副鸟样子。因此当他用仰望星空的悠远眼神儿看着我，嘴巴嘟嘟囔囔不知所云时，我总有一种冲动，那就是向安小男坦白，我之所以愿意帮助他只是因为"黑"过他的钱，如今心里突然过意不去了——假如非得把这种情绪称为"负罪感"的话，其性质也仅仅类似于一个立志减肥的胖子在酒足饭饱之后的后悔与自责。

但我每每又在话要脱口之际憋住了。告诉他实情又有什么用呢？结果只会让安小男更加失落。况且即使当初我把李牧光的钱全给了他，也并不能改变他后来的生活走向。现在的当务之急，是寻找到一条门路，改变安小男的处境。按照我的经验，人的心态总是和现实环境互为因果的，越是"轴"的人就越容易被生活逼到墙角，而生活越是逼迫，他的思维模式也就会变得越"轴"。这是一种恶性循环。但反之，要是生活有了转机，心态也会豁然开朗的吧。假如我出于朋友之义，想为安小男做些什么，那就是迅速促使他"跳出来"。

恰恰是在这个当口上，另一个曾经把我视为"唯一的朋友"的人空降到了北京。以我为轴，安小男与李牧光就此建立了横跨太平洋的雇佣关系。

李牧光回国之前并没有通知我，但降落之后的第一件事，就是给我打了电话。从那鲸鱼腹腔一样拥挤、杂乱的波音777机舱内，我先是听到了乱糟糟的美式英语、澳洲英语、印度英语和粤语、上海话，随后，在一片全球化的南腔北调之中，一个东北铁岭口音抑扬顿挫地宣布：

"惊喜不？我南霸天又回来啦。"

事实上，我已经有两三年没怎么和李牧光通过信儿了，偶尔在网上聊两句，也是浮皮潦草地匆匆而散。看起来，李牧光已经完全适应了美国的生活。他建立起了新的交往圈子和业余爱好，更重要的是，看似弄明白了自己在那边应该干点儿什么，以及能够干点儿什么。而这样一想，他能够念及旧情，首先找到我，就足以令我受宠若惊了。

我立刻放下手头的事儿,奔向机场接他。在一群因为不熟悉新航站楼而晕头转向的海外赤子中,我一眼就发现了李牧光。他正穿着一身八十年代华侨风格的白西服和花衬衫,精神矍铄地东张西望。看见我之后,他高呼了一声小沈阳味儿的"long time no see",张开双臂将我淹没在"迪奥"男士香水的气息中。

"先看看这几个宝贝吧,他们是贝贝晶晶欢欢莹莹和妮妮。"我被呛得喉咙发痒,挣脱出来指着远处广告牌上的五个"福娃"介绍道。这就有点儿没话找话的意思了:我突然对眼前这个李牧光感到陌生。

"网上不是说还有丫丫么,她没来?"

"这不你丫来了么……"

李牧光哈哈大笑,用力地拍着我的肩膀:"兄弟,你还是那么风趣。"

开车回城的路上,我递给他一张剧组长包的酒店房卡:"还没订房的话就先到我那儿歇会儿吧,想必你也累了……"

"不累不累。"李牧光挥着手说,"我在飞机的头等舱里都没睡,好几年没回国了,太兴奋。"

我惊愕地张大了眼睛。难道李牧光还有睡不着觉的时候吗?睡不着觉的李牧光还是李牧光吗?突然间,我总算反应过来他哪里令我感到不对劲了。一个一天到晚都在睡觉的人是萎靡的、淡漠的,就算站着,好像也已经完全垮塌了;过去的他就是这种样子。而今天的李牧光却是如此的亢奋、躁动和兴致勃勃,身上除了香水味儿之外,还散发着既强烈又炽热的能量。他俨然已经脱胎换骨了。

我自然问到了他是怎么治愈嗜睡症的:"他们电你了吗?给你注射什么药了吗?"

"电倒是没电。药吃了不少,不过也没什么用。"李牧光不堪回首地摇了摇头,随后又笑了,"倒也真奇了,本来所有人都觉得我那毛病是治不好的,但是突然有一天,我自己反而不想睡觉了。好像我已经把一辈子的精神都养足了,突然就想去吃,想去玩儿,想去找女人,想去干点儿事业了。"

"就那么自然而然地——好了,没有什么具体的契机吗?"

李牧光歪了歪脑袋,好像思索了一会儿:"如果说契机,可能是我爸退休吧。退休了也就是没权力了嘛,我妈打电话告诉我的时候都哭了,说他们不能再像以前那样什么事儿都照顾我了,还说我也该长大了,以后就得靠自己了……他们还给我寄了笔钱,让我学着投资去做点儿生意。打这之后,我总感觉身后有一群狗撵着我,日子过得快了,人也有精神了。"

这倒是个合理的解释:地无压力不出油,人无压力爱犯困。别说李牧光了,我们所有人身上的精气神,又何尝不是被狗撵出来的?只不过在有些人屁股后面追着咬的,是一群得了狂犬病的疯狗,个中滋味就与李牧光这种公子哥儿不同了。不管怎么说,我还是要祝贺他,并且尽量利用好和他的交情——从那身"阿玛尼"西服和"瑞摩瓦"旅行箱看出来,他很可能已经是个相当成功的买卖人了。

随后的几天,在李牧光的要求下,我开车带着他满北京地找乐子。这些年,从世界各地尤其是欧美窜回来的中国人越来越多,我身边的不少朋友都会隔三差五地接待一批外国还乡团,并且把这种事情当成了负担。他们抱怨说,有一类从海外回来的人很难伺候,那些家伙既像原来一样爱面子,又新学会了斤斤计较,既什么都没见过,又要装作什么都见过,既要蹭吃蹭喝从来不掏钱,又要指桑骂槐地暗示国内的种种不好。总而言之,他们同时具备着中国人与外国人的双重没出息和双重不满意。但李牧光可绝不是这样的人,他的做派与其说像个海归,倒不如说像个土财主:

"只要是国内有而在美国享受不到的,你就尽管带我去。"

于是我们去了"大三元"吃佛跳墙,去了朝阳公园的"八号公馆"做泰式按摩,还去了昆仑饭店附近那家当时尚未查封的夜总会喝了场花酒。每次折腾完,都是李牧光抢着结账,我和他争过两回,他差点儿跟我急了:

"看不起我是不是?看不起美国人民是不是?"

还训斥我:"别以为世界上的钱都被你们中国人挣了。"

我问他:"你入了美国籍吗?"

"那当然,现在国家荣誉感正强着呢。"

能够这样爱美国,可见李牧光的确在那边混得很开。几天吃吃喝喝下来，我便开始打探他"发的是哪一路财"，这一趟回来又是做什么的。

"中国人在美国还能做什么生意，无非是老三样：餐馆、洗衣房、倒买倒卖。"李牧光爽快地回答我，"我是最后一样，只不过玩儿得比一般人大一点儿。刚开始，我在洛杉矶的一家玩具批发公司干活儿，老板是我爸的朋友，他带了我两年，教会了我一些门道，然后就收手不干，搬到迈阿密去享受生活了。我趁机买下了他的公司，又扩大规模，在一个'帽儿'里新开了家玩具城，占了整整一层楼。这趟回来当然是跑货源，中国是世界工厂嘛。我过两天就要到义乌去了，如果能跟那边的商业协会谈好，绕过中间商直接发货，一个芭比娃娃就能省下十美元呢。"

我仿佛看到成千上万个芭比娃娃身穿着一模一样的花裙子，浩浩荡荡地跨过太平洋，前往天使之城，走进了李牧光的玩具大观园。接着，他又向我介绍了正在经手的各种玩具的产地、价钱和受欢迎程度：小丑鱼尼莫、机器人瓦力、凯蒂猫、胡迪和巴斯光年……看来他这个老板的管理风格是亲历亲为，事无巨细都要了解和掌握的。他谈论起生意的精明劲儿，也让我再次感到恍惚，怀疑眼前这人和当年在我头顶长睡不醒的李牧光究竟是不是一个人。

也就是在这时候，我动了把安小男引荐给李牧光的念头。我尚未想明白在李牧光的生意里，安小男那样一个人到底能有什么用处，但既然李牧光看起来不像大多数同学那样势利，又"做人正在兴头上"，那么就算他不能帮安小男谋个职位，出于同学之谊施以援手也是很可能的。但我并没有立刻采取行动，而是鞍前马后地送走了李牧光，又耗过了一个多星期，等到他从义乌回来，才打电话约上了安小男。

那天算是我为李牧光回美国而设的送行宴，除了安小男之外，还叫上了以前历史系的几个同学。大家都惊愕于李牧光的巨变，但也旋即就适应了全新的李牧光，进而拿出场面上那一套，驾轻就熟地和他套起"瓷"来。在纷飞的名片和酒杯中，安小男表现得比那天面对摄像机时还要无所适从。他佝偻着腰，深陷在沙发椅里，下巴都快与桌面齐平了，歪着脑袋一会儿看看这个，一会儿看看那个。别人说话他插不进嘴，别人问他什么也完全接不上茬儿。或许他一直搞不明白我把他弄到这种场合是为了什么。

"这哥们儿不是那个——那个谁么?"菜走了大半,李牧光仿佛才发现了饭桌上还有一个安小男。他睥睨着,把酒杯举了过去。

"咱们着实不认识。"安小男颤颤巍巍地举起酒杯,却没跟李牧光碰,径自干了。我知道,他的举动并非有意失礼,只是因为面对陌生人的紧张。

"庄博益的兄弟就是我的兄弟。"李牧光不以为意地笑着,又问,"哥们儿在哪儿发财呢?"

"失业。"安小男小声地如实答道。

"实业救国吗?具体是哪一行?"

"不是实业是失业,没工作。"

"那就是自由职业者嘛——你太会开玩笑了。"李牧光还替他打了个圆场。

但安小男认真地纠正道:"的确是失业。"

他的态度好像在和谁负气,更加与酒桌上的气氛格格不入了。旁边的几个人侧目而视,已经不加掩饰地冷笑了起来。李牧光倒被闹了个大红脸,讪讪地起身去了卫生间。

我趁此机会跟了上去,在走廊里拦住他:"刚才那人,你觉得怎么样?"

"哪人?"

"失业那人啊。"

"他失业也不能赖我……不过看起来倒是个老实人,不像其他几个人那么滑头。"

"这就对了,你果然是块干事业的料,很有识人之明。"我恭维了一句,随后介绍起安小男这个人来:他是我们的同级校友,他是理科天才,他恰恰是因为太"老实"才被打压成了一个失业人员,他还要供养一个两眼昏花的母亲……自然,我略去了李牧光去美国学校的入学论文是安小男捉刀这一环节。现在再提这事儿,对我们三个人都没什么好处。

"那么你的意思是……"李牧光迟疑着问我。

"能不能扶他一把,帮他撑过这个难关。"

"这种事儿干吗找我?你也知道,我是个买卖人,不是开粥棚的。"

"但你是我所认识混得最好的人。"我赤裸地说。

这恐怕也是我能想出的最义正词严的理由了。我说完,就像真的站在了某种道义那一边,以审视的眼神直勾勾地看着李牧光。自从在心理上变成了一个成年人以来,我就很少如此诚恳而郑重地对人说过什么事儿了。

李牧光却淡淡地笑了。

"你这不是要挟我么?"他耸了耸肩膀说,"我招谁惹谁了,混得好什么时候也成罪过了。"

在那个瞬间,我很想向他阐述一个逻辑:如果这个世界的运行规则就是零和游戏,那么混得好也许还真是有罪的。就像墙角里只有一撮面包屑,胖老鼠吃了,瘦老鼠只能眼巴巴地看着;还像这两只老鼠只够一只猫填饱肚子的,黑猫吃了,白猫便只能饿肚子。但李牧光那慵懒的笑容又让我心虚了一下,随后换上了习以为常的、漫无边际的微笑。这可能是条件反射,但也可能是深思熟虑的结果——前面说过,我很害怕变成一个偏激的人。我还怀疑自己是不是被安小男身上那种既沉郁又凄凉的气质给催眠了,这可不是个好现象。

于是,我们寡淡地咂巴了一下嘴,肩并肩地回到席上,继续吃,继续喝。那天的晚饭一直持续到了夜里,很多人都喝得语无伦次了,安小男则是自己把自己灌高了。他到卫生间里吐了两趟,皱巴巴的衬衫上粘着来历不明的液体,脸却越来越白,两只眼睛泛出血丝来。幸好有两个人的老婆打来了电话,异口同声地威胁他们"再不回来就甭回来了",李牧光这才把杯中酒一干,瞥了瞥我说:"就这么着吧?"

大家出了餐馆的大门,又在几根朱红的仿古柱子之间疯癫地熊抱了一番,口中说的无非是"何日君再来""常回家看看"或者"狗富贵,猪相忘"之类的套话。等别的鸟兽都散了,我凑近李牧光,拍了拍他的肩膀:"再去喝壶茶?"

"要喝就到我那儿喝去吧,别再单找地方了。"李牧光仍然懒洋洋地笑着,又对不远处正在发怔的安小男歪歪下巴,"你要叫上他也可以。"

李牧光的确变得很精明,他已经料到了我接着想要做些什么,而他的意思分明是那桩事情还"有缓儿"。我欣慰了一下,赶紧过去拉住安小男。

"我就算了吧……"安小男两眼往地上溜着说。

我硬生生地扯着他:"你就权当再陪陪我吧。"

李牧光的住处离餐馆不远。我们溜溜达达,影子被路灯拉长复又缩短了几个来回,一起走进了长安街畔的那家老牌五星酒店。记得李牧光的父母来北京的时候,常住的也是这一家。喝了两杯客房服务送来的"锡兰伯爵茶",大家很快气定神闲下来。抓住这难得的清静时刻,我又把话头拽回到刚才的主题上,对李牧光反复强调安小男是多么的需要帮助,又是多么的值得帮助。但我已经学了乖,不再企图论述这种帮助是一种责任,而是将它渲染成了一种乐善好施、一种只有李牧光这个级别的成功者才配拥有的美德。我的有些话已经说得很肉麻了,就连"你拔一根毛比我们的腰都粗"这样的名句都引用了出来。

"哪个部位的毛呢?"李牧光还在打哈哈,脸上却泛上了颇为享受的神色。

"任何部位。"我一挥手说,"只要你舍得拔。"

说这些话的时候,我是一点羞耻之心也没有的。反正我是在替安小男央求着李牧光,出卖的也不是我的自尊心。而安小男的头却一再地低下去,几乎低到了地毯的羊毛里去。他的手还在用力地抠着皮沙发的边角,发出轻微的啵啵响声。他的这副样子让我觉得自己有点儿残忍,但又不得不时时扼杀着自己那令人反胃的同情心。

说到底,我是为了他安小男好。

终于,李牧光逗够了闷子,瞥了安小男一眼:"别光人家说呀,你的态度呢?"

安小男歪头看了我一眼,没有说话。他站起来,为李牧光把茶杯斟满,又从写字台上拿过一只"高希棒"牌南美雪茄,连同水晶烟灰缸一起放到了李牧光的手边。这是安小男在社会上混了那么一遭,学会的唯一的"礼数"。做完这些,他对李牧光近乎羞惭地笑了。

李牧光点燃了那根狼烟弥漫的屎状物,轻轻地感叹了一句:"你呀,还真是个老实人。"

"咱们谁也不忍心看着老实人受委屈,对吧?"我赶紧说。

李牧光点点头,站起来说:"再说了,庄博益的面子我也不能不给。"

"你的意思是——"

"给我看仓库,你能吗?"李牧光对安小男说。

我心里升起的悬念顿时坠落了下去,甚至觉得李牧光是在开一个恶意的玩笑了。我一个没忍住,叫了起来:"这也太屈才了吧?要看仓库你找一老头儿找一残疾人不就行了吗,用得着找安小男吗?再说了,你在国内又没有厂子,你让他到哪儿看去,把他带到美国去吗?"

"你听我解释嘛。"李牧光摇着雪茄,不紧不慢地娓娓道来,"我说的看仓库,可不是一般的看仓库,而且正因为不用去美国,所以才非得找个过硬的技术人员不可。还是从头说起吧,我公司的仓库有两个篮球场那么大,地方就在洛杉矶港口附近的一个物流基地里,是一次签了几年的合同整租下来的,不光我的货得从这儿进出,同时还租给其他人用。这么重要的产业,当然得找人看着啦,但是美国那鸟地方,劳动力的质量实在令人堪忧,所有的穷人都是被宠坏了的家伙,又懒又滑。我曾经一次性地雇了两个黑人,一个白人和一个墨西哥人,让他们两人一组双班倒,结果差点儿被气死。有一次物流基地里闹水老鼠,他们却喝多了睡大觉,导致几箱芭比娃娃被啃得七零八落的,简直像遭到了集体奸杀似的;还有一次,他们居然串通一伙越南流氓,把我的一批玩具给偷出去卖了……就这样的货色,我他娘的居然还要给他们发福利、上保险,而且要像伺候大爷一样伺候他们。尤其是那俩老黑,连训也不敢训他们一句,否则他们就要上法院去告我种族歧视。这他妈的是什么世道,还有没有天理呀?比来比去,还是咱们自己的同胞靠得住,世界上再没有人比中国人更勤劳勇敢的民族了,所以我下定决心,一定要把仓储这一块的业务外包到国内来。"

说到这儿,李牧光的语调就激愤了起来。但我仍然没听出个所以然来,忍不住插嘴问道:"你的意思是把仓库挪到国内来吗?"

"那怎么可能。"李牧光像看傻子一样扫了我一眼,"我的玩具都要在美国卖,吃饱了撑的在中国盖什么仓库?仓库还在美国,但看仓库的人要在中国。"

"这怎么可能?"

"这并不难。"一直像闷葫芦一样的安小男这时却突然开了口,"我们只要通过互联网建立一套可视系统,把摄像头安装在美国的仓库里,监视器则设置在中国,完全可以实现远程监控。不光是监控,如果把电子报警器和美国的保安公司、警察局对接,一旦仓库里出了什么意外,报警也完全可以通过网络来实现。"

"对啦。"李牧光一拍巴掌,激赏地看了一眼安小男,继续对我说,"在这方面,他就比你灵光得多。其实我这个想法也是受别人的启发,现在美国的很多行业已经这么干了——比如那些推销电话,常常就是雇了一帮印度阿三从新德里打过来的;还有我前些天新换了一辆林肯车,号称有真人实时导航系统,结果接通了一听,妈的,马来西亚口音。一个马来西亚土鳖教我在美国怎么开车去比弗利山庄参加安吉丽娜·朱莉出席的新款服装发布会,多神奇。不过我在美国也咨询过专家,他们说如果要实现我的这个创造性计划,就必须在中国找一个技术过硬的人,因为这边的监控终端得由他来建立和调试——你行不行?"

他的最后一句话就是问安小男的了。而安小男眨了眨眼睛还没说话,我就已经代为回答了:

"当然行。"

"那么恭喜你。"李牧光笑着向安小男伸出了手,"从今以后,你就是外企雇员了。"

5

随后的两天,李牧光痛快地和安小男签订了劳务合同,然后又痛快地和我告别,登上如同鲸鱼插了翅膀的波音777,返回美国了。没过多久,他往国内汇了一笔钱,让安小男租房子、买设备,将他们商量好的那个"监控中心"的中国分部建立了起来。他还专门给我打了个电话,让我帮他"看着点儿那小子":

"如果他想从我这儿揩油的话,那就打错主意了。美国的财务制度和你们中国可不是一码事儿。"

这个态度令我隐隐地感到不快,但也只好担保道:"安小男你又不是没见过,那就是一榆木脑袋,让他在钱上做手脚还得现教呢。再说你让我监督他,但又焉知我是不是个老实人呢?"

"知人知面不知心啊。我爸他们单位以前有个干部,日子过得节俭极了,连过年也舍不得炖一锅肉,可后来一查才知道,人家在北京和上海买了七八套房子——那钱又是从哪儿来的呢?"李牧光哼哼冷笑两声,但大概听出了我的不满,又安抚我说,"至于你,我是一百个放心的,咱们是朋友嘛。"

他干净利索地挂了电话,却把我留在一派类似于懊恼的情绪里,莫名其妙地生了会子闷气。在和李牧光接触的这些日子里,我一边重新对他熟悉起来,一边却又感到他比以前更加陌生了。他的神态和语气里有了一种毫不掩饰的倨傲之气,并轻而易举地重新定位了和以往故交的关系,把人与人之间的平视一律改为俯视,那架势不言而喻——我和你们不是一个阶级的。与此同时,他又展示出了令人直打寒战的精明。就以他和安小男之间的雇佣关系为例吧,这个念头李牧光也许早就盘算好了,但他一直不说,而是在我反复央求之后才以施舍的姿态答应,如此一来,便可以顺理成章地开出那些苛刻的、对他大为有利的条件了:安小男是拿不到各种保险的,如果需要加班也没有加班费,工资更是只有李牧光原先雇佣的一个黑人保安的三分之二,仅为区区一千美元出头而已。李牧光对此的解释是,黑人看仓库是需要上夜班的,而安小男人在中国,美国的夜晚恰好就是中国的白天,夜班补助也就可以免了。这样算下来,安小男每个月就要替他省下几千美元的人工成本,李牧光真是赚大了。

当然,我并没有把李牧光的这些变化理解为加入美国籍的结果。决定人身上某些特性的,往往不是国籍而是阶级。在全世界的无产者联合起来之前,全世界的资产者已经率先联合了起来,他们的嘴脸也大抵如出一辙。试想换成一个中国富人同学,就会对我保持平等,对安小男出手大方吗?情况恐怕更甚。所以不管怎么说,我还是应该替安小男感谢李牧光,正是因为他的创意和实践精神,才让安小男重新有了工作。再考虑到中美两国之间货币以及"人"本身的价格差异,这份工作甚至称得上差强人意。

如今的安小男终于搬离了挂甲屯,结束了校漂生活。在我的帮忙张罗下,他在中关村以北的上地附近租下了一个写字楼里的开间。房间大概有三四十平米,里屋的墙上挂着七八台液晶屏幕,此外还有保证时时畅通的网线以及高性能电脑主机;外屋则是洗手间和一张单人床,他下了美国的班,足不出户就可以睡中国的觉。在设置那套监控系统的时候,安小男再次显露了一个理科高才生的素养。他指挥李牧光那边的技术人员将摄像头安置在最合理、最精确的位置,保证偌大的仓库不留一个死角;他还修改了软件程序,升级出一套可以迅速切换视角的操作方法,这样一来,同一个屏幕可以分别显示几个摄像头的视角,当某一个摄像头损坏或者被挡住之后,它附近的摄像头也能及时填补空白。总之,这套系统的精髓正是:让安小男像身临其境一样,在那两个篮球场大的空间里明察秋毫。

监控屏幕里每天显示着什么样的内容呢?无非是一个又一个庖丁解牛般的黑白图像:水泥地、墙角、货架、通向走廊的安全门……把这些切片拼合起来,就得到了仓库的全貌。只不过是一个单调呆板的巨大长方体而已,但再一想到这个长方体位于太平洋的彼岸,位于上万公里以外的我们的脚下,就不由得让人心里生出一种奇妙的感觉。

在高清晰的微观摄像头里,我还见过工人们往玩具包装盒上打价签:一个芭比娃娃14.99美元,一个哈罗凯蒂16.99美元,一个会摇头晃脑的机器猫略贵一些,是19.99美元。美国的物价的确令我们眼红,我曾经给一个亲戚的孩子买过一模一样的"进口"芭比和凯蒂,国内商场的售价几乎高了一倍不止。而据我所知,我们国家东南沿海的打工妹们忍受着化学原料的毒气,冒着手指和整张头皮被机器绞掉的危险,生产出了这些人见人爱的小玩意儿,出厂价也就是二十几块人民币。

很显然,安小男非常珍视这份工作。他几乎变成了一个网上所说的"技术宅",周一到周五的整个儿白天都坐在监控台前,两眼聚精会神地盯着美国夜晚的仓库。这其实不是一个轻松的活儿,那些图像几乎永远是寂静的、一成不变的,我曾经替上厕所的安小男盯过一会儿,才不到五分钟就心烦意乱地走起了神儿。别说是水泥地和货架子了,就是换成哪位性感女演员的艳照,让你直愣愣地盯上几个钟头,恐怕也得看吐了。

但是安小男却能做到绝对的忠于职守,永远不会审美疲劳,并且很快就立下了一件奇功。那是在一个中国的正午美国的子夜,一个弯腰驼背的白人老头儿溜进了仓库,先是蹦脚乱跳地自言自语了一阵,然后又哆哆嗦嗦地拿出一只打火机,企图引燃货架上的纸箱子。安小男利用网络报警系统接通了物流港的保安室,片刻就有两个屁股像八仙桌面一样大的胖子冲了进来,上演了美国警匪片里才有的场面:掏枪顶着嫌疑人的后脑勺,将其按倒在地双手背后拷成了一条肉虫子。

"那人就是被安小男顶替的老保安,因为失业了,所以丫疯了,妄想报复我。"李牧光兴冲冲地给我打电话,"这套监控太管用了,所以我总是说,干活儿还是中国人靠得住。"

我向安小男传达了李牧光的褒扬,但对被抓住的那个老头儿的身份,我却缄口不言。

这事儿过后,安小男的工作积极性更高了。当他再坐到那排昆虫复眼一般的监控屏幕对面时,脸上几乎泛起了少女怀春般的红晕。他是如此的专注和激动,就连呼吸都变得沉重了。这人从来就没在人际关系中扮演过强势的一方,更没有支配、掌控过谁,但通过这套监控系统,他一定获得了巨大的心理满足——那也是一种权力的滋味。

俯瞰一切,全知全能。毫不夸张地说,在那个仓库里,安小男扮演的角色简直可以比拟上帝。

这一切也令我获得了莫大的成就感。安小男其人能够重新走上正轨,和我对他的关心不也是密不可分的吗?再扯得远一点儿,我所从事的纪录片工作,说起来是以"记录人生,改变社会"为宗旨的,我们这个行当的人假如说还有一点儿职业理想的话,也应该是给寒冷者以温暖,给绝望者以希望。但这个观念几乎没有实现过,在操作的过程中,我所做的无非是不停地退让、妥协、谄媚,乃至于一个庙一个庙地拜菩萨,从那些头面人物的手指头缝儿里抠出一点项目经费来,说白了和要饭也差不多。然而在安小男身上,我却意识到自己还有着影响别人生活的力量,意识到自己似乎还是一个有用的人。在这种信心的激励下,我或许也将有勇气去结婚,生孩子,承担起一个家庭的责任来——当然,前提是得在那些急功近利的小娘们儿里发掘出一个值得我"爱"的。

而当安小男的状态彻底安定下来之后,我便不得不离开北京,到外地跑了一圈儿。"校漂"那部片子粗剪完成,有个教育主管机构提出了意见,说我的作品里"亮色"太少,然后拨了笔钱,让我着力反映一下几个近年新建的"大学城"的风貌,从而和方兴未艾的"教育产业化"改革挂上关系。对于那纸批文,我在同行圈子里极尽嘲弄之能事,但一扭脸就包了辆"依维柯"摄像车,叫上组里的几个得力人手准备动身。

"你怎么竟依了?"一块儿去的实习生小张问我。

"你不晓得他们的力气有多大。"我和她对了句鲁迅在《祝福》里的台词,然后无耻地辩解道,"反正我不答应,他们也会收买别人,这种好处与其便宜了那帮王八蛋,还不如自己抢在手里。"

出发之前,我专门到上地的办公室看了看安小男,给他带了一盒从楼下"屈臣氏"商店买的眼药水:"敬业归敬业,也不要太废寝忘食。"

安小男"嗯"了一声,捋了捋仍如乱草一般,但总算干净了一些的头发,从怀里掏出一个牛皮纸信封递给我:"里面是这两个月的工资,李牧光给我打过来的是美元,我已经换成了人民币。你路过河北的时候,能不能顺便弯到邯郸一趟,把这些钱给我妈带过去?她眼睛不好,去银行取钱很不方便。"

我自然一口答应,并在两天之后就把这事儿给办了。紧邻邯郸不远,就有一片刚刚竣工的大学城。那儿基本上就是一块镶嵌在华北平原上的水泥疙瘩,到处都是明晃晃的道路和操场,连一棵树也见不着。大学城里聚集着省内几所三流学校的低年级本科生,他们因为被发配到这种地方而心情颓丧,像一群走错了门的鸡一样仓皇地闲逛。在取景的时候,我们还遇到了一个突发情况:几个农民工攀登上大学城的主楼,悲愤地呼号着什么,频频作势欲往下跳。一打听,才知道是开发商一直没给建筑方付清尾款,导致他们的工钱也被拖欠了。但在当地政府工作人员的陪同下,这样的场面肯定是没法抓拍的。

晚上又被几个头头脑脑拉进宾馆狠"搓"了一顿,到了晚上九点左右,我才有了空暇,下楼拦了辆出租车开往邯郸的老城区。这地方在很久以前还作过一个诸侯国的国都,并流传下来诸如"纸上谈兵""一枕黄粱"等等名声不太好听的成语,但如今已经看不出一点儿王城的气象了,

地球之眼 107

整个儿就是一个巨大的工厂宿舍区。安小男家坐落在一条格外破旧的巷子里,车都开不进去。我下车步行,因为没有路灯,几乎在坑坑洼洼的土路上崴了脚。

由于提前打了电话,安小男他妈并未惊讶,热情地接待了我。这个当年勇闯校办公室的肉联厂洗肠工衰老得很厉害,头发像七八十岁的人一样苍白而稀疏,软塌塌地贴在天灵盖上。她的眼睛一翻一翻的,明显是在努力地看却又看不清楚,在狭窄的斗室里必须摸索着桌沿才能行走。

我把装钱的信封放在桌上,本想客气两句就走,但她却死活不依,非要让我喝壶茶。她摸到厨房去烧水的时候,我便只好歪在塌陷的布面沙发里,打量这间兼做客厅和卧室的房间。像所有独居的老年人一样,安小男他妈在屋里摆满了杂七杂八的破烂儿,床脚的夹缝里居然塞着一台竹制的老式婴儿车,难道她正期待着用它给安小男看孩子吗?而在一只矮柜上方的白灰墙上,我看到了密密麻麻地悬挂着的奖状和照片。

"你是有出息的人,能拍电视……"安小男他妈的声音从满是中药味儿的厨房传来。

"安小男更不赖,挣的都是美元了。"我敷衍着她,起身踱到那扇墙边端详。

红底黄边儿的奖状自然都是安小男获得的,来自五花八门的数学和物理竞赛;照片则是他们一家人在过往的不同时期拍摄的,在昏黄的灯光下具有浓郁的复古意味。有两张八寸的合影吸引了我的注意,照片的主角是一位四十上下的男人,穿着笔挺的西装,带着一副金边眼镜,长相也很精神。他不是在主席台上领奖,就是正向某位年迈的大人物进行讲解,俨然是那个时代报纸上频繁报导的"青年改革家"或"科技标兵"什么的。这人无疑是安小男他爸。在另一张生活照里,他正在给儿子过生日,父子俩一人捧着一块奶油蛋糕,满嘴白胡子明媚地笑着。

我突然想:如果这男人还活着,那么一家人的生活就不会是现在这副模样吧,或许安小男的脾性也不会发展成后来那样。从心理学上讲,许多性格有明显缺陷的人,都是少年时代没能生活在一个完整的家庭里造成的。

安小男他妈沏好茶,又絮絮叨叨地拉着我聊了很久。她感谢我这么长时间来一直照应着安小男,并让我提醒安小男除了埋头干活儿,还得注意和领导、同事搞好关系。"他现在跳槽到美国公司去了,我觉得挺好,听说那种地方的人际关系单纯一些,更适合他这样的人……他爸当年就是在这方面吃了亏。"说到这儿,安小男他妈的神色有些凄然,又有些恍惚,但马上岔开话题:

"他也该找对象结婚了——还有你也是。别光顾着挣钱,多少钱也买不来一个家。"

我走的时候,她还给我带上了好几张下午烙好的糖饼,让我路上吃。她坚持将我送出门外,又陪着我在漆黑的巷子里走了一小段,走的时候手扒着墙,小步慢慢挪着,仿佛每一步都不知道应该先迈左脚还是右脚。

那是我第一次以辛酸的感情理解了"邯郸学步"这个成语。

离开安小男家后,我们的剧组一路南下,途经郑州、武汉、长沙,边走边拍,终于在深圳结束了工作。至此已经在外面奔波了两个月有余,每个人都蓬头垢面,乍一看很有漂泊感。在这期间,我的生活发生了两个小小的变化,一是原先那个女朋友跟着一个搞金融的跑了,二是我导致了组里的实习生小张受孕。奇妙的是,这两件事之间并不存在逻辑上的因果关系,所以我们三个当事人谁也不觉得亏欠了谁。小张的妊娠反应很强烈,才两周就开始哇哇大吐,恨不得把苦胆都清空了,而且还有小产的迹象。到了深圳之后,我只好让剧组里的其他人就地解散,自己陪着她到医院保胎。我们已经商量好,等她一毕业就结婚,把孩子生下来。做出这个决定之后,我的心情倒是颇为激荡,乃至于充满了初为人父的悲壮之感。记得夜里躺在宾馆的床上,我拉着她的手说了好多煽情的话,有几次把自己都快感动哭了。

小张一句话就戳穿了我:"不要试图给自己的每个举动寻找意义——累不累啊?我和你别的那些女人相比,唯一的特殊性就是恰好在你即将折腾不动了的节骨眼上插了进来,相当于击鼓传花的最后一棒。"

比我们小十岁的那代人都是天生的现实主义者,早早儿就把什么都看透了。她们让我欣慰,也让我惭愧。

又拖拖拉拉地磨蹭到北方的天气暖和了,我才带着小腹微微隆起的未婚妻回到了北京,但也不再出去和各路魑魅魍魉厮混,而是把自己那套房子好好布置了一番,过起了深居简出的生活。小张的研究生论文答辩在即,一旦通过就可以和我去"扯证儿"了。她在正式上任之前便已经很进入状态,不但把我饲养得越来越肥嫩,而且还严格地限制了我能跟什么人交往、不能跟什么人交往。她也算在我那个圈子里混过,对我周围人的品行相当了解,好几个德高望重的老艺术家都被列入了黑名单。

"你那群所谓的朋友里,也就安小男还算个老实货色。"她如是评价道。

但即便是这个老实货色,我也有很长日子没见面了。就连美国仓库放假休息的周六周日,他也忙得团团转,根本没功夫出来和我消磨时间。正所谓天将降大任于斯人,安小男在沉沦数年之后,终于迎来了事业的"黄金期",这还得益于李牧光那敏锐的商业嗅觉:他让安小男为洛杉矶那个物流港里的每一间仓库、每一条过道和每一间办公室都设计好"跨国监控系统",再由自己出面推销给附近的企业主们。他还有个长远而宏大的计划,就是把那些设备贴牌批量生产,行销到所有人力成本高昂的国家和地区去。不管在中国还是美国,什么东西一旦沾上了"高科技"又沾上了"国际化",利润都会像苹果手机一样打着滚儿地往上蹿,李牧光迅速地在玩具生意以外拓展出了新的滚滚财源。而在这一轮的雇佣关系里,他对安小男也变得仁慈多了,答应每售出一套监控系统,便返给他五千美元的提成,当然这也只是整个儿销售额里的小小零头罢了。

安小男甚至不必前往美国进行实地考察,只需要对着那些房间的 3D 图形,把监控系统的设计方案做好,再用网络传给李牧光就算大功告成。至于监控终端设在哪个国家、哪个地区,也可以由购买系统的美国老板们自行决定。在短短的几个月时间里,地球的各个角落如同雨后春笋一般,冒出了十几二十个和安小男干着同样工作的人,他们端坐在印度、马来西亚、菲律宾、墨西哥或者中国的电脑屏幕之前,注视着美国一隅的风吹草动。闭着眼睛想一想,这是多么壮观的场景啊。

"不要老说我们美国人在监控全世界,"李牧光给我打电话时说,"全世界人民也在监控着美国嘛。"

又过了不到两个月,李牧光再次乘坐着鲸鱼一般的波音 777,声势浩大地空降到了北京——对于这种行程,他现在已经不再称之为"回国",而是改口叫作"访华"了。仍旧是到了机场,他才给我打了电话,但这一次却不再叫我出去鬼混。跟在他身旁东跑西颠的人变成了安小男。

他们先是结伴去了西安的高新区,然后又依次到华北的几个大中型城市溜了一圈儿,此行的目的是为投资建厂选址,有可能的话还要跟当地政府洽谈一系列相关事宜。既然监控系统已经打开了销路,就需要找一个国内的厂家进行规模化生产,把采购来的摄像头和主机贴上统一的商标。美国发明出来的玩意儿总是要在中国制造,这条法则就像地球总是自西向东旋转一样不言自明。然而我却想不明白,要建厂干吗不去东北啊?那儿是李牧光的老家,他爸虽然退了,但想必余威还在,再加上和他们家沾亲带故的人非官既商,办起事情来总是要方便得多。

"恰恰因为父母和亲戚都在那边,所以才多有不便嘛。"对于我的疑问,李牧光解释道,"越是家门口越要注意影响——你这个人还是幼稚。"

我也算在中国的江湖混迹过一些年头的人,如今却被一个美国人训斥为"幼稚",这不免让人啼笑皆非。而没过两天,又有一个消息传了过来:李牧光为厂子初步选定的地址就在邯郸。这就不能不说是一个巧合了。据说当地的官员常年苦恼于经济发展和钢铁绑定在一起,污染大不说,这几年的销路也不大好,一吨钢材才赚十几块钱。他们早就叫嚣着要"转型升级",却拉不来合适的项目,如今正好和李牧光一拍即合,不光口头承诺了税费方面的优惠,而且就连地皮也是可以低价出让的。李牧光他们在邯郸盘桓的时候,我特地打了个电话,请他去安小男家里拜访一下,最好再拉上一两个政府里的干部作陪。我的用意很简单,是想让安小男的母亲见证到儿子的确"出息了",而且对老人以后的日子也有好处——哪怕能招徕一伙儿学雷锋标兵,逢年过节给她刷锅刷碗擦擦玻璃也是好的。

"这个也不用你说。"李牧光回答我,"你这朋友既然跟着我干,我就亏待不了他。"

但不久之后,安小男却先一个人回来了。打电话时一问才知道,他到邯郸只是作为"技术总监"走个过场,向当地的有关领导"汇报"一下监控系统的功能以及原理。而当洽谈涉及到股权、地皮和人员安置等等关键阶段时,就得李牧光亲自出面了——那想必是个漫长而艰难的扯皮过程,尤其是在李牧光打定主意让自己的叔叔出任新厂长的前提下。

我再次见到安小男,就是在自己的婚礼上了。小张的肚子已经骇人地鼓了起来,如果再不早点儿办事儿,恐怕将来就得让亲儿子来给我们当伴童了。好在现在的婚庆公司很高效,服务也很周全,还能订做用钢丝把裙子高高地撑起来的孕妇婚纱。婚礼的地点是在一个酒店的露天花园里,我与小张并肩走过草坪,感觉自己正挽着一只雪白的蘑菇。来宾们自然对着她那奉子成婚的肚子指指点点,被请来当证婚人的一个"央视"春晚副导演更不靠谱,他摇头晃脑地指导我们互相戴上戒指,然后宣布:

"祝福你们仨!"

好歹把仪式进行完,我还得在人群中不停地穿梭寒暄,被人打趣。转到同学的那一桌时,我一眼就看见了被几个人勾肩搭背地簇拥着的安小男。人们对他的态度明显变了,那副亲热劲儿就好像在对待熟识已久的老朋友。这也是可想而知的。安小男"咸鱼翻身"的消息经我添油加醋地扩散出去,几乎成为了一个现实中的小小奇迹,一个美国梦的中国翻版。

"啊呀呀,你放了道台了,还说不阔?"有个家伙正狠捶着安小男的肩胛骨说。而安小男一定还不习惯这样的恭维,他双手交叉抱在胸前,茫然失措地四处望着。直到看见了我,他的眼睛才亮了一下。

我过去和那帮人喝了杯酒,解围地把安小男揽出了人堆儿,在一蓬浓郁的月季花边聊了起来。

"李牧光还在邯郸吗?"

安小男舒了口气说:"还在。他投资的条件挺苛刻,两边还在僵持。"

我又说:"你怎么不趁机在老家多待两天?你妈还好吗?她烙的糖饼料真足,咬一口能烫后脑勺。"

"你要喜欢吃,下次让她再给你做……我爸活着的时候,每次听完高英培的相声都要吃糖饼。"安小男笑了笑,又吸溜了一下鼻子,"李牧光让我先回来,一是因为公司的仓库还得有人看,二是让我再改进一下那套监控器材,现在的成本还有点儿高。"

"得加班吧?"

"昨天又熬到三点多钟。"

李牧光果真是疑人不用,一旦用了就往死里用——还是那句话,他们那个阶级的人大凡如此。这时我如果斥责他"剥削",反倒显得矫情了。于是我说:"累点儿无所谓,能挣着钱就行。既然荣升了什么总监,他给你的工资也该涨了吧? 他答应的那些提成兑现了吗?"

安小男近乎难为情地点了点头。

"那就好。"我说,"手头宽裕的话就赶紧买套房子,现在北京的房价涨得厉害,人家都说晚买俩月白干一年……还有,你妈让我劝你找个对象。我老婆有几个同学正好闲着呢,比如那个,我看就还行——"

我朝隔壁桌边一个把自己涂抹得如同雕花萝卜的姑娘指了指。那姑娘正在奋力地对付着一堆冷盘,看见我们灿然笑了,嘴里差点儿蹦出俩潮州肉丸子。

我也扑哧了一声,正想认真地寻觅出两个可以被称为"果儿"的姑娘,安小男忽然说:"你结婚了,给你备了份礼。"

"搞那么'虚'干吗,"我笑道,"要是钱的话就直接塞前台那捐款箱里吧,美元也收。"

"除了钱还有别的。"安小男匆匆跑回座位,从桌子底下抱着一个纸箱子出来,"我亲手做的,你们的孩子生出来之后也许用得着。"

这时小张也好奇地凑了过来,我们两个打开箱子,看见里面分门别类地绑着几个摄像头和数据线什么的。分明是一套仓库监控系统的具体而微者嘛。

"这有什么用呢?"我不免感到荒诞。

安小男解释起来:"你想呀,你很忙,小张学历这么高,也不可能不出去工作吧? 到时候孩子放在家里,只能请保姆来照顾。可现在信得过的保姆太不好找了,她万一要是不给孩子按时喂奶呢? 要是给孩子吃安眠药呢? 所以我就专门给你们设计了这套婴儿用的监控系统,环绕着小床三百六十度无死角,而且还有体温遥感器,孩子发烧的话也能报警。你们在外面一开电脑,就可以随时掌握孩子的情况了……"

他那认真的样子让我们同时哈哈大笑了起来。小张向安小男道了谢,然后又指着我说:"你还不如帮我把他也上了监控呢,他那个行当里不三不四的女的太多了,这人意志又不坚定,他每天上班我都提心吊胆的。"

"这就是所有正房的通病——刚扶了正就过河拆桥,也不想想当初是怎么'扑'我的。"我笑着跟小张"逗","但是归根结底还得怪我,魅力太大了无法抵挡。"

小张反唇相讥:"咱俩谁'扑'谁呀?谁在器材间里痛哭流涕地哀求人家'暖一暖我的灵魂'呀?当时就应该把这段儿给你录下来。"

我们两个你一言我一语,但安小男却茫然地抬起了眼睛,看向了北京阴沉沉的天空。他好像正在走神,从周围的气氛里"间离"了出去。小张便有点儿讪讪的,对安小男说了句"多喝点儿",然后就挺着肚子找她那帮女伴去了。

我拍了拍安小男的肩膀,换上了诚恳而体贴的口吻:"谢谢啊——看到你能越过越好,我也很高兴。"

但这时,安小男却舔了舔嘴唇,说出了一句让我目瞪口呆的话:"我不想干了。"

6

安小男的话虽然让我惊诧,但却又有似曾相识之感,就像一出彩排了几遍的拙劣话剧。只不过第一次和他演对手戏的是商教授,第二次是那个银行行长,第三次就变成了我。但我招他惹他了?我可以说是唯一真心想帮他的人啊,他怎么就这么不让我省心呢?

"为什么啊?"带着近乎委屈的情绪,我叫了出来。

"我有心理负担……"安小男的眼神游移起来,仿佛正在斟酌词句。

我突然想到了被安小男协助逮捕的那个酒鬼老头儿:"难道你是因为不忍心抢了美国老弱病残的工作吗?这就是妇人之仁了。咱们第三世界国家人民哪儿配同情美国人啊?那国家的福利好得很,当个失业的穷人幸福着呢。"

"不是这个原因。"他说。

"那么就是李牧光逼你干过什么事儿……比方说除了仓库以外,还监视监听什么人?"

"也没有。"

"那你抽什么疯啊?你的心理负担是从哪儿来的?"我索性任由酒劲儿发作,指着安小男的鼻子质问道,"别身在福中不知福了,你这份儿工作多让人羡慕自己知道么?挣钱多少都不提了,姑且谈谈尊严,谈谈人生价值吧。你知道咱们那些坐机关的同学十年如一日打水扫地擦桌子上级放个屁都得叫好越讨厌谁越得冲谁乐乐得脸都抽筋了是什么滋味吗?你知道我为了拍个片子骗完项目骗赞助骗完审查骗观众这活儿干得有多没劲吗?——制片人都改叫'只骗人'了。再跟你说个玄的,我有个前女友是开皮草行的参观了一次活剥水貂皮就开始夜夜做噩梦梦见自己也被开了个口子然后'啵'的一声从皮里拽了出来,因为这事儿她信了佛结果还让一假冒'仁波切'财色通吃了。谁没压力呀,谁活得容易呀?也就是你这种干高科技的,一不用缺德造孽二不用自毁人格站着就把钱挣了——你还有什么不知足的?"

对于我这番泄愤式的长篇大论,安小男似乎无话可说地点了点头。但他随后却又说道:"工作本身当然没有问题,只不过……"

"只不过什么?"

安小男猛然直视我,目光炯炯,"你知道李牧光的钱是哪儿来的吗?"

"不是卖玩具挣的吗?"

安小男的口齿也加快了,但却远比我要冷静、清晰得多:"我看过他的入库单和出货单,他那个公司处于整个儿玩具流通环节的末端,利润已经被其他公司瓜分得差不多了。就以一个芭比娃娃为例,中国出厂价大约三美元,到他手里已经涨到了将近十五美元,而他还要应付税收、场租和每个季度一轮的打折促销,再刨除美国那昂贵的人工成本,能打个平手就算万幸。还记得他曾经跑到义乌,想要绕开代理商低价拿货的事情吗?当地的商会害怕得罪几家垄断性的贸易组织,根本没敢答应他。总而言之,李牧光靠他玩具生意的营收,根本不可能赚出现在这么多的钱——你知道他在邯郸谈的那个项目投资有多少?连厂房带地皮他都想买,起码要拿出几千万人民币。"

我尽力跟着安小男的思路,大概听懂了他的意思,突然又含糊了一下,打断他问道:"你说你……看过李牧光的流水单据?"

安小男"嗯"了一声。

"他怎么会让你看这种东西?你一个技术人员,他吃饱了撑的才会请你查公司的账。"

"说起来也是凑巧。那些材料李牧光本来是不可能给我看的,他每次核对完货物,都会把单据放回仓库旁边的办公室里。但这一阵他不是回国了吗?他待在邯郸而我又回了北京的那几个白天——也就是美国的夜里,我继续在办公室监控着仓库。恰好这期间,公司到了一批货,是他手下的一个业务经理接收的,那人大概比较马虎,签完字就顺手把一摞单据都扔在了货架上,结果被风卷了一地。而等到我上班打开摄像头的时候,看见仓库里乱七八糟都是纸张,还以为出了什么事儿呢,赶紧把用摄像头的放大功能拉近了看,结果就大概了解了李牧光公司的经营情况。"

我这个技术方面的白痴又提出了新的疑问:"摄像头都在天花板上,那些进货单和出货单上的字迹想必又很小,离得那么远能看清楚吗?"

"对于专用的高清摄像头来说不是问题。"安小男笑了笑,"没听说过吗?在伊拉克战争期间,假如一个萨达姆军营里的士兵正在吃橘子,美国卫星能够清楚地拍到他手里的橘子有几瓣。类似的技术早就开始转入民用了。"

"再过两年,我们剧组的器材没准儿也该更新换代了。"我跑题道。

但安小男板起脸来问我:"咱们还是说回李牧光吧,既然现在的公司利润很薄,他的钱到底是哪儿来的呢?"

"也许是他在开玩具公司以前挣的呢?"我含糊道,"再说李牧光家里也给了他一笔启动资金……"

"可他告诉过我——你一定也知道,李牧光在做玩具生意之前患有神经性疾病,他一直在被强制治疗嗜睡症。"安小男敏捷地打断了我,"倒是你说的后一件事情可以作为解释,但那恰恰是让我怀疑的地方:李牧光的父母再怎么混得好,也是国企干部,他们的收入保证全家丰衣足食并不奇怪,然而聚积出那么大的一笔财富就说不通了。"

"你的意思是……"我几乎是在明知故问了。

"这里面有问题。"安小男笃定地抿了抿嘴,"道德问题。"

时隔多日,我再次听到他的嘴里迸出了那两个字。此时给我的感觉,"道德"这玩意儿简直就像一种罕见的隐疾,它蛰伏于宿主体内,无形无迹,但一有机会就会不可避免地发作。在这喜庆的、觥筹交错的婚礼现场,我从安小男身上嗅出了前所未有的不合时宜的气味,仿佛他不是地球上的一个活生生的人,而是从哪个遥远的、未知的世界流窜过来的。他站在草坪上,却好像两脚悬空,只是一个飘飘然的人影。

接着,我的心里升起了一团厌恶。这厌恶并非针对安小男,但恰恰因为没有具体指向而让我格外恼火。我瞪着安小男,一字一顿地说:"你这是病,得找个心理医生看看。"

"你说的是道德吗?"

"不是道德,而是你这种把一切都和道德扯上关系,再和一切较劲的怪癖。这和卫道士有什么区别?搁一百年前你是不是也得哭天喊地地阻止女人天足寡妇改嫁呀?你刚过上几天安稳日子啊,这么快就好了伤疤忘了疼了?"我冷笑了一声又说,"而且你刚看出李牧光他们家有问题呀?告诉你,我早就看出来了,从他刚一入校上大学就看出来了。但我们能怎么办——你又能怎么办?不为他那五斗米折腰吗?那好,你要有骨气的话就抡圆了抽丫一大嘴巴,搬回你的小平房里去,你妈的眼睛也干脆甭治了省得看着你糟心……我也懒得再管你了,我管够了。"

在我的逼视下,安小男的脑袋便低了下去。他的嗓子里发出了"吭吭"的声音,好像一个挨了批评正在啜泣的小学生。片刻以后,他才重新扬起脸来,表情却很平静,甚至称得上淡漠:"你说得也对。"

我乘胜追击道:"我对在哪儿了你错在哪儿了——不要口是心非,要深刻反省。"

"日子得过下去,而且得好好儿过下去,你说的就是这个意思吧?"他嗫嚅道,"可我老管不住自己,成天都在乱想……我辜负了你对我的好意,我以后不这样了。"

他的声音很细小,让我一下子就心软了。于是我不知是叹了还是舒了一口气,搂住了安小男的肩膀。我挟着他往人群中走去,路上调整情绪，又掀起了一轮场面上的高潮：

"请允许我敬你们一杯！"

"为什么不呢？"大家雀跃着拥了上来，间或还有砰砰的开香槟酒的声音在半空中回荡。

那天我用七八种酒连续干了无数杯，但不知为何根本没有喝多。和身边那热火朝天的气氛相反，我的心里只感到空寂、落寞，甚至有一丝寒意在周身游走，让我不时像刚撒完尿似的打个哆嗦。安小男大概提前走了，不知何时我一回头，就发现他的座位上已经没有人了。到了下午三点多钟，折腾够了的宾客们才零零落落地散了个干净，我终于也疲了，叉着两腿坐在椅子上一边抽烟一边看着满地狼藉发呆。小张则在当场开箱盘点收上来的份子钱，不时向我通报一声谁给多了下次得找机会把人情还上，谁比较"鸡贼"红包里的票子还不够自助餐的人头费呢。

过了一会儿，她走到我面前，递过来一个沉甸甸的纸包："你看看这个，也没写名字。"

我打开一看，里面居然是美元，而且都是百元大钞。小张说她大致点了点，足有五千之多。

这五千美元大概是安小男从监控系统上获得的第一笔提成收入，而他也没换个信封，就给我送来了。我把纸包还给小张："甭管谁的，来则收之，收则花之。你不是一直想出国玩儿一圈儿么？留着那时候用吧。"

"我是真没看出来，你们那群人里面居然还有这么值钱的友谊。"

"要是友谊，犯得着用钱来衡量吗？"我惨笑道，"也许这是宣布跟我绝交呢。"

这之后的很长一段时间，我便再没见过安小男，就连电话也没通过一个。他仍在上地附近的那个写字楼里为李牧光工作着，同样没有再来找过我。分析一下我们互相敬而远之的心态，从我这边来讲，是因为他那顽冥不化的"道德感"令我感到疲惫和无所适从，而他呢，则是为了不得不继续端着眼下这个饭碗而羞愧，并害怕来自我的冷嘲热讽吧。所以说人啊，真没必要把自个儿的调子定得太高，除非你已经做好准备和生活决裂了——这也是义士们只有在刑场上的那两句豪言壮语才具有说服力的缘故——没有功德圆满的最后一枪，其他时候再怎么喊也做不得数。

实话实说,我这些年也没少"掰"过朋友。有些人是因为利益上的纠葛而翻了脸,还有些人也没什么具体的冲突,仿佛突然之间就话不投机了,然后互相在背后说对方"俗"。我本想用以往的经验来处理和安小男的疏远,宽慰自己"谁离了谁活不了",但我居然没有做到。每当看到什么有关于我们母校的新闻,甚或在夜阑人静无法入睡之时,安小男那张老丝瓜般的脸总会无声无息地浮现出来,不动声色地搓着我心里的某个污痕累累的部位,搓得我的灵魂都疼了。安小男如芒在背,安小男如鲠在喉。但这样的感受我也不好意思对任何人提起,就连和小张都没说过,因为我无法接受自己对安小男的古怪感情被她往"基情"方面引申——这丫头怀孕期间闲得没事儿,看了不少日本电视剧,特别热衷于在男人与男人之间捕风捉影。按照她现在的理论,世界上根本就不存在同性的交情这码事儿,远到陈胜吴广,近到希特勒和墨索里尼,无不是尽心竭力"卖腐"的结果。

"你注意点儿胎教行不行,我们家可是三代单传。"我怒斥她,"再说对于龙阳这事儿,你不认为教唆和歧视一样可耻吗?"

又挨了些日子,我们的儿子终于顺利出生并且满月了。四面八方的闲杂人等咸来相贺,我索性又到外面摆了几桌,给了他们凑在一起说吉利话的机会。小张的奶水很足,那天饭还没吃到一半就又快喷了,于是赶紧抱着孩子离席。我也愈发觉得正常的繁殖能力似乎没什么可值得显摆的,对那些有口无凭的祝福更是提不起道谢的兴致,便默默地喝起了闷酒。我就这么成了一个孩子的父亲,但是除了把他制造出来之外,我还为他做了些什么呢?我是否曾经尝试过使他大驾光临的这个世界变得更美好一点呢?这样的疑问让我感到沮丧,越发地不想搭理人了。

正在低着头若有所思,身边似乎有人站了起来,朝着包间大门的方向打招呼:"你怎么才来?"

"这么大的喜事儿,你也不早点儿告诉我。"进来的人热情地嗔怪我。

我抬起头来,赫然看见了李牧光。他穿着一身簇新的西服,越发显得身材高壮挺拔,方脸上挂着温润的笑。我赶紧对他解释:"也不知道你是在外地还是外国……"

"甭管在哪儿也得专程来一趟——我可不像你那么薄情寡义,觉得我这朋友可有可无。"李牧光在我身边坐下,从皮包里掏出一样东西,"给咱们儿子的。"

他递过来的是一枚巴掌大的纯金长命锁,我一接,被那分量吓了一跳——居然是实心的。这些金子足够换一辆越野车的了。

我下意识地推让着:"太重了,这要挂上对小孩儿颈椎不好。"

"没劲了啊,看不起我是不是?"

我只好把那块金疙瘩揣进兜里,和他寒暄了起来。除了这份大礼,今天李牧光的态度也让人觉得奇怪:他那种居高临下的语气不见了,哼哼哈哈的样子几乎可以称得上谄媚,全然不像一个少年得志的国际"新贵"。我打量着他,他也打量着我。我们的屁股一个比一个沉,直到把所有的客人都耗走了,李牧光站起身来,把门关上,回来后掏出烟来,双手笼着火儿为我点上。

我还在没话找话地试探他:"邯郸那厂子筹备得怎么样了?"

"还行,土地批文已经快拿到了,他们还准备以我的这个厂子为试点,在邯郸城区打造一个高新产业园。"李牧光宣告着好消息,语气里却陡然没了喜色。

"那应该恭喜你才是——可惜我拿不出那么厚的礼。"我作势要举杯。

他摇了摇手,两眼迟疑地眨了眨:"但我有点儿别的事儿想请你帮忙。"

帮什么样的忙能值得上偌大一个金锁呢?我郑重起来:"什么事儿?"

"安小男的事儿。"

我心里怦然一跳,说:"我也很久没跟他联系了。"

"但这种事儿还非得你去跟他谈谈不可。"李牧光下意识地往别处瞥了瞥,压低了声音说,"我怀疑他正在查我。"

"查你什么了?你什么时候发觉的?"

"就在最近。以前我觉得他就是一傻乎乎的理科生,现在才发现这人太阴了。自打我从邯郸回到北京,他就老套我的话,问的全是他不该问的事儿,比如我在美国的哪个银行存过钱,我洛杉矶的房子是全款还是贷款,还有我和供货商的结算周期。这还不算最过分的,就在上个星期,东北那边的亲戚突然告诉我,他居然还在刺探我们家里的情况……"

"他跑到东北去了吗?"

"那倒没有。他通过电话和网络联系上了咱们分配到辽宁工作的那些校友,还拐弯抹角地找到了我上高中时的几个朋友,说什么他是公司人力资源部的,要为我建立信息档案。这借口也太他妈拙劣了,美国是最尊重个人隐私的地方,哪个外企的人事部门需要掌握老板他爸担任过什么职务、交往过什么人、经常到哪个球场打高尔夫打完球到哪个会所洗澡啊?好在我这人平日里手面还算大方,因此那些人就算嫉妒我也不愿意得罪我,扭脸就把这事儿告诉了我……而我一猜就猜到了是安小男。我爸都退下来有些日子了,除了他,早已经没人对我们家的事儿感兴趣了。"李牧光越讲越激动,又烦躁地咬了咬牙,咀嚼肌像马一样涌动着隆起,"到现在我都不知道这孙子这么干究竟有什么目的,而身边潜伏着这么一个人,实在太让人难受了。就跟裤裆里盘了条蛇似的,谁知道它哪天不高兴了会照着你最要命的地方咬上一口。我已经好几天都没睡好觉了,早上醒来一把一把地往下掉头发……你知道我现在最怀念的是什么时候吗?就是大学的时候躺在你上铺——完全没有烦心事儿,想睡多久就能睡多久……"

这时候我突然想,也许李牧光治愈了嗜睡症真不是一个明智之举。人醒了就要折腾,从而把自己折腾进无穷无尽的麻烦之中,但折腾一圈儿的结论,往往不还是那句"浮生若梦"吗?早知如此,何必要醒?然而我也知道,现在可不是抒发那些旧式文人感想的时候。又不知是怎么搞的,李牧光所说的事情让我产生了某种暧昧、含混的好奇,但他那火燎屁股般的焦虑模样却引不起我丝毫的同情。

于是我盯着他的眼睛说:"这有什么难办的?你是老板他是员工啊。如果他让你不舒服,让他卷铺盖卷儿滚蛋不就得了么?也不必在意我的面子,我对他已经仁至义尽了。"

李牧光嘟囔道:"事儿恐怕还不能这么说……我现在还不好解雇他。"

"为什么呢？"

"一句半句也说不清。"

"你该不会是怕打草惊蛇吧？"我嘿嘿干笑了两声，仿佛是在为自己那极其有限的逻辑推理能力而得意，"可不可以这样理解，安小男没准儿已经掌握了你——或许还有你家里——的什么事儿，而这些事儿又是不大适宜让太多的人知道的，所以你既讨厌安小男又害怕安小男，怕他被惹急了反倒会把事情捅出去。至于你想让我帮的忙呢，自然就是说服安小男别找你的麻烦，你甚至还打算让我出面替你收买他，用钱堵住他的嘴……"

李牧光的额头上冒出一排虚汗，他抬手擦着，趁势挡着眼睛说："可以这么理解。"

"那么好了，"我两手一摊，"你还应该告诉我，你害怕被安小男知道的到底是什么事儿。"

"有这个必要吗？怎么你也调查起我来了？"李牧光梗了梗脖子，白了我一眼。

我不慌不忙地又对他说："你要搞清楚情况，你既然想请我帮忙，那么总得对我坦诚一点儿吧，把我蒙在鼓里当枪使算怎么回事儿？再打个不一定恰当的比方，犯人的作案过程可以瞒着法官，但绝不能对他的辩护律师说假话。"

李牧光张开手指顶着太阳穴，好像在忍受头痛，喉咙里忽然发出了小狗一般的呜咽声。现在我算看出来了，这人从来就不是一个心理强悍的狠角色，他曾经摆出来的精明和傲慢，只不过是仗着有钱虚张声势罢了。只要面临足够大的外部压力，他便会像孩子一样乱了分寸。果然，李牧光又磨叽了两下，随后便吞吞吐吐地向我交代了起来。正如安小男所推测的，他从来就没在玩具生意里赚到过什么钱，而他也并没指望靠做正经买卖发家致富；开那个公司只是个幌子，其作用是把他爸积累下来的财富转移到美国去，说白了就是利用国际贸易来"洗钱"。而追根溯源，李牧光家里的钱又是从哪儿来的呢？积累财富的过程往往要比转移财富更加简单粗暴：无非是提成回扣、资产贱卖那一套，相当一部分曾经辉煌过的国有大厂都是被这些人生生玩儿垮的。

当然,这都不是什么新鲜事情。就连李牧光也委屈地说:"不是好多人都这么干?"那语气就好像我的询问都是多此一举似的。但我的心里却冒出了一种酣畅的、简直可以称之为快意的情绪。这倒不是因为曾经不可一世的李牧光终于又在我面前服软认小,而是因为,这是我第一次听到在中国发了不义之财的那一小撮儿人亲口认账——此前从来没有过。

"该知道的你也知道了,那么你是不是可以……"李牧光满脸胀红地问我。

我眯着眼睛看了看他,缓缓地把那枚金锁拿出来,咚的一声拍在桌上。然后,我尽量铿锵地对自己做了个评价:"我这个人吧,缺点是做人的底线偏低,但优点是还有点儿底线。"

李牧光反而笑了:"真没想到,咱俩的交情这么不牢靠。"

"在这种事儿上你跟我扯交情,本来就显得居心叵测。"我用贾惜春的台词反诘他,"我清清白白一个人,不想被你这样的人带坏了。"

我的态度不仅坚决,而且颇有几分豪壮。按照我的脚本,李牧光应该窘迫地、耻辱地离开,或者当场撕破脸,对我大发雷霆也可以。而不管哪种情况,我都将会成为某种意义上的胜利者——就像上中学时戒除手淫一样,哪怕满脑子里肉体横飞,可我最终"守住了也就光荣了"。

但没想到,李牧光非但屁股纹丝不动,而且把身子往椅背上一靠,坐得更加舒展了。他又点上了一颗烟,透过浓郁的烟雾似笑非笑地打量着我。他的神色反倒让我不由自主地感到了虚弱,并且对刚才的那番表态自我反省了起来:我有想象中的那么昂然而坚定吗?我把李牧光"崩儿"回去,是出于自己的本意吗?另外,难道我在潜移默化中受到了安小男的洗脑,因此处事态度也开始"安小男化"了?

我正在颠三倒四地踌躇着,李牧光却幽幽地撒过来一句话:"就算咱们两个人的交情不值什么,你还是要考虑一下三个人的交情嘛。"

"怎么成了三个人的事儿……还有谁?"

"你表妹林琳啊。"他轻巧地说。

我的眼睛仿佛往外鼓了一鼓:"跟她有什么关系?"

"我们已经结婚了,就在我上次回美国期间。"李牧光再次对我亲热地笑了,"论起亲戚来,我现在得管你叫表舅子了,难道林琳没告诉过你吗?"

没想到会插进来这么一个突然性的消息,我的头都大了,猛地抓住了李牧光的衣领子:"她从来没跟我提过……这丫头只跟我说过,她正在斯坦福大学读博士。你妈的王八蛋,居然敢勾引我表妹。"

"都是一家人了,别把话说得那么难听。"李牧光把我的手拨开,脸却凑得离我更近了,"再说我也没勾引她啊,是你表妹自己来找我的,她哭着喊着想嫁给我,拦都拦不住。"

"别扯淡了,我表妹是个女学霸,她怎么可能看上你这种暴发户?"

"可我是个国际暴发户啊,拥有美国国籍。"李牧光说,"说白了吧,林琳除了一门心思念书之外,还一门心思想留在美国,而她的留学签证又马上就要到期了,所以她突然找到我,想要跟我假结婚——你也不要太吃惊,这种事情很常见,唐人街还有专门的中介在做这种生意呢,只不过给留学生们介绍的都是美国孤寡老人。所以说,哪怕是名义上的丈夫,林琳能找上我还算不错呢,且不提钱,哥们儿起码体健貌端,比那些肯德基上校似的洋老头儿可强多了。"

难道不找他李牧光,我表妹就要嫁给肯德基上校和麦当劳叔叔吗? 我憋着口气说:"照你的说法,你娶了她还是帮她的忙啦?"

"这首先当然是看在你的面子上喽。而且我也不是白帮忙,如果林琳成了我的妻子,我可以用她的名义开个银行户头,用来处理我的那些……款项。她家底清白,无论是中国还是美国政府都不会怀疑到她头上。"李牧光说,"还是说回你表妹的情况吧。我再给你普普法,按照美国的现行规定,结婚之后必须通过两年的审核期而不被移民局发现破绽,她才能拿到独立绿卡。而这期间如果我向美国政府揭发她,会发生什么情况呢? 对于我这个美国人来说无非是罚点儿款,大不了再交点儿律师费罢了,而她呢,驱逐出境都是轻的,并且还有可能因为婚姻欺诈而被判一年监禁——你可以自己到网上去查,最近有一拨儿串通美国水兵假结婚的东欧女人就被这么处理了,这案子在美国很有名。"

我都快听不下去了:"李牧光,你他妈的威胁我是不是?"

"我是想提醒你血浓于水,不过你要是把这理解为要挟也无所谓。"

说到这儿,李牧光终于露出了优雅的、全然无耻的笑容,"我知道我的做法有点儿不地道,但对于你来说,眼下的当务之急应该是和我这个妹夫搞好关系,否则你表妹的苦日子可就来了。试想林琳要是真坐了牢,你们一家人尤其是你姥爷得有多伤心啊……据我所知他老人家都八十多了,这两年身体还不太好。而我想让你做的事也并不难,你对安小男有恩,他又把你看成唯一的——朋友,你的话他一定听得进去。"

接着,李牧光伸出两根指头,轻柔地推着那枚长命锁,让它像一只金光灿灿的小乌龟一样爬到了我的近前。我低头盯着那坨金子,看得头晕目眩,而李牧光却拍了拍我的肩膀,再没说什么就走了。

那天回家之后,我所做的第一件事就是尝试着联系林琳,但她在美国的手机居然停机了,再打她在斯坦佛附近租住的公寓电话,一个外国老太太告诉我,她几个月之前就搬走了。于是我又去找林琳她爸,我的前姨父。这儿要补充一句,我表妹的父母早就离婚了,她爸娶了自己的女秘书,她妈没过多久就心肌梗塞去世了,我们一家人都认为林琳她妈是被她爸给气死的。而那位老花花公子对女儿的情况知道得比我还少,他连林琳进了哪所大学读博士都没搞清楚:

"她在斯坦福吗……这么说我女儿和克林顿的女儿还是校友啊。"

"嗯,您和克林顿也有相同的爱好。"我说。

把亲戚们问了一圈儿,居然是从我姥爷家固话的来电显示里找到了林琳的新手机号码。她曾经给我姥爷打过一个电话,也没提她结婚的事儿,只是简短地问了个安。但或许是"隔辈亲"的心灵感应吧,我姥爷一口咬定林琳是心事重重的,并让我一定要劝她"凡事看开点儿,实在不行就回来"。我哼哼哈哈地答应着,出门用手机拨通了林琳的电话。

电话通了,中国的傍晚连接了美国的黎明。林琳半晌才开口,她这一次没叫我"怪胎",也没叫我"混混儿",而是低低地唤了一声:

"哥。"

记得我最后一次见到林琳,还是在机场送她去留学呢,那时她还是个俏皮的小甜姐儿,临走前狠狠地扯住我的耳朵揪了一记。而现在,她连个招呼也没打,就把自己给嫁了。我也沉默了一会儿,才说:"才知道你结婚的事儿,但你别指望我会恭喜你。"

"李牧光告诉你了？"

"嫁得好呀，挑了个有钱的主儿。"

"你应该知道，我和他结婚可不是为了钱。"林琳的口气随着我一起变冷了，"再说他对婚前财产做过了公证，就算我们离了，我也分不到他一毛钱。"

"只为了个美国户口，就把自个儿嫁了？"

"可以这么说。美国经济不景气，大学和研究所的预算都削减了一大截，我熬了八年才熬到一个博士学位，可还是找不到工作，要想继续留下也只能通过结婚办个身份了……比起雇来的人，你这个同学还算靠得住，更重要的是愿意帮我的忙……我想，干脆就别浪费时间了。"

林琳的话让我想起了当初她与安小男的那场约会闹剧。"别浪费时间"，那时候她也是这么说的。她到底是聪明还是傻呀？

我问她："然后你允许他使用你的名字去开账户什么的？"

"反正我名下也没钱，随他怎么使去。"

"你这是图什么呀？混不下去了回来不就得了吗？"我恶狠狠地说，"是不是人一到那边脑子都变笨了？现在不比以前了，美国有的中国也有，这边儿挣钱的机会没准儿比那边儿还要多呢。别跟我说你是为了民主自由才死乞白赖留在那儿的，在国内的时候也没见你好过那一口儿……"

林琳却没跟我吵，而是缓缓地对我说："我也有我的难处。家里的情况是一方面，我没妈了，爸也等于没有了，当初之所以决心要走，就是这个原因。其实快毕业的时候也不是没想过回国，但事到临头又犹豫了。我已经不年轻了，回去的话得重新习惯中国空气、交通，得重新学习那些明规则潜规则还有想想就让人头疼的人际关系，还得打起精神来和那些比我年轻得多的孩子们竞争，这对我来说实在是太难了……我是个两头不靠的人，如果回去的话仍然没找到出路，那就算彻底失败了，可我承受不了失败，只能硬着头皮在美国扛下去……站在我的处境想一想，你说我还能有什么办法？"

说着说着，林琳就抽泣了两声。我和她隔着一个太平洋，却仿佛看到了她的眼泪亮晶晶地滑落了下来。我又想起了我们小的时候，因为家里大人都忙，一到寒暑假就被送到姥爷家相依为命。那时候林琳老和我大吵大闹，还曾经为了半根糖葫芦把我的脸挠出过一片血道子，但我要是真的烦她了，不跟她说话了，她就会一声不吭地跟在我身后，脸上默默地滚着泪水。她说我不理她就是欺负她。

我的鼻子一酸，对林琳说："不管怎么说你也是我妹。如果李牧光趁机欺负你，你就告诉我，我他妈坐着飞机到美国跟他拼命去。"

林琳更加响亮地抽了抽鼻子，想对我格格笑两声，但却完全笑跑了调。她又说："别担心我和李牧光的关系。假结婚嘛，我们只是走了个手续，其实还是互不相干，更没在一块儿住。我已经搬到了西雅图，在这边的大学里找了份短期代课的工作，而且跟他说好了，一旦拿到绿卡，就跟他离婚。"

我愕然了一下："你还挺坚贞。"

"我只是求他帮忙，但绝不想把这事儿变成卖淫。"林琳说。

7

再引申一下我对李牧光所说的那句自我评价：假如我这人的优点是还有点儿底线，那么缺点却是底线偏软，随便被什么外力一捅，往往便汤汤水水、乌七八糟地漏了一地。既然不仅低而且软，那么再奢谈底线不仅形同放屁，而且还会给自己带来许多不必要的困扰。和李牧光的那番对峙反倒令我更加明确了这个道理，因此受他之命去说服安小男的时候，我尽量把自己调整成了漠然的就事论事的心态。我一再提醒自己不要再被安小男的情绪所蛊惑——难道他钻进了牛角尖，我也要陪着他去做痛苦的无用功吗？

随着北京路面的大拆大建，上地那地方几乎变得令我认不出来了。原先窄小、坑洼的柏油路被大幅度拓宽，路边新增了许多奇形怪状的建筑，有一栋大楼竟然像是正在缓缓降落的飞碟。越来越多的高科技公司把总部搬到了这里，原先的那些近郊农民则摇身一变成了房东，和新迁入的外来者们既互相羡慕又互相蔑视着。安小男所在的那幢写字楼显得旧了一些，但他的办公环境却经过了扩充和改造，面积达到了一百多平方米,俨然是个相当正规的跨国企业驻华办事处了。毛玻璃门上悬挂着李牧光公司的名头,屋里的空间分成两块,一块仍是联通着美国仓库的值班室,另一块则是"产品研发部",还新雇了两个技术员,在安小男的带领下对监控设备作进一步的调试。

我推门走进办公室的时候,安小男正举着一只摄像头,对一个二十多岁的小伙子讲解着什么。这场面倒令我对完成任务有了信心:看起来他仍然是很在乎这个饭碗的,那么也就不会真想和李牧光撕破脸吧。或者李牧光所谓的"被调查",只是他自己做贼心虚、过度敏感呢?然而当安小男扭过头来,我们的见面还是不免尴尬——毕竟相互冷落了不少日子,这时都不知道该怎么打招呼了。

我搓了搓手,讪笑道:"正好到这边来办事,想到好久没见你了……"

"我挺好。"安小男僵着脸说,"你也挺好?"

"瞧瞧你,真像个领导了。"

"卖出去的产品得做售后,李牧光怕我一个人忙不过来,就又找了两个帮忙的。"安小男放下手里的东西,抄起工作台上的外套说,"这儿太乱,咱们到楼下的咖啡馆聊吧。"

"不用专门招待我,给我杯白水就行……"

他却没理我,径直领我走出了办公室,来到电梯间。铁门合拢,短暂的失重感从下半身袭来,他忽然又说:"我怀疑那些人是李牧光派来监视我的。"

员工和老板之间互相提防到了这个地步,所以才会苦了我这个中间人。我感到自己就像三明治里的那片奶酪,在两块面包之间夹得紧紧的,横竖躲不过被咬一口的厄运。而酝酿好的那些话却不知从何说起了。

在咖啡馆里坐定之后,安小男直接抛过来一句:"你也是李牧光请来的吧?"

他再怎么不通人情世故,但果然还是个聪明人。我坦诚地点了点头。

安小男又问:"他让你劝我别跟他做对?"

我再次点头,反问他:"你真在调查李牧光?"

安小男没说话,这就等于了默认。

我说:"何苦来哉呢?"

"最开始就是因为好奇吧。"安小男说,"你也知道我这人有点儿……怪癖,对什么事儿都爱刨根问底。"

我问到了关键性的地方:"那么你掌握了什么……信息了吗?"

安小男清脆地嗑了一记牙花子:"很抱歉,这就不能告诉你了。"

他那警惕的样子,明显是彻底把我当成李牧光的人了。我脸上红了红,但也只好硬着头皮继续说:"我知道你眼里揉不得沙子,特别有原则和——道德,我本来以为这样的人都是书本里编造出来的,认识了你之后才知道在身边也有。和你这样一个人做朋友,也让我觉得很荣幸。我以前说你有病,那是话赶话锵锵出来的,你就当我是胡吣,千万别当真。我这人没什么骨气,但是非好歹还是分得清楚的,李牧光和他家里的人我也看不上,他们居然能发财,我也觉得这世道出了问题——但现实是世道已经这样了,我们又能怎么办呢?跟丫死磕,磕得头破血流吗?我明确告诉你那改变不了什么。我们这样的人生下来不是为了当英雄当斗士的,我们被赋予的职责只是当一个合格的儿子、丈夫和爹。我们要吃饭,我们的家人也要吃饭,能把这个问题解决好了就不容易了,那些无关的事儿我们管不起也犯不着管……让那些家伙富去吧,反正他们黑的是全国人民的钱,平摊到咱们头上顶多相当于俩钢镚儿掉下水道里了,不值得心疼。再说个你举过的例子,咱们学校电脑城楼顶上的那圈儿灯,它就算不合格,大楼不还在那儿戳着么?可见个人觉得天大的事儿,其实并不影响世界照转,全体人民蝇营狗苟也碍不着生活欣欣向荣……"

"处在你这个位置,当然可以事不关己高高挂起了。"安小男突然打断我,"但你有没有想过,一旦李牧光那样的人祸害到我们头上会怎么样?谁能承受得起啊?"

"你……具体指的是什么呢?"

安小男说:"上次参加完你婚礼之后,我也用你的话劝过自己。但事情随后的进展,让我再也不能放任李牧光那么干下去了。你知道他在邯郸的厂子选定了哪块地址吗?就是我妈现在住的那片宿舍区。政府早

地球之眼 129

就想要拿那块地方开发房地产了，正愁找不到由头，恰好他的项目就来了。他们的计划是把附近几平方公里的民房统统拆掉，一小部分用来建科技产业园，其余的都盖成商品楼往外卖。可原先住在那里的居民大部分都是老厂子里的退休工人，连工资都发不全的，谁有钱在原地买那些单价比拆迁款高出两三倍的商品房啊？他们只能被赶到郊区的安置房里去，那里基本上就是一片孤零零的荒地，连公共汽车都不通，上医院要徒步走上十几公里。用你们北京人的话说，这些老工人招谁惹谁了？他们苦哈哈地干了一辈子，许多人都落下了一身病，结果却像没用的牲口一样被人赶到野外自生自灭，这公平吗？而这都是因为李牧光……"

原来还有这样一层关系。大约安小男想做的事，是找出破绽并停掉李牧光的投资项目，从而保全那一片老宿舍区。这样的行为几乎具有古典意味的侠义风范，但恰因如此，在我眼里却显得越来越不真实了。我注视着安小男，又像在看着一个脚不沾地、游离于我们生活之外的人了。

"客观地说，拆迁的事情对你的影响其实并不大……"我继续找着说辞，"你现在的收入不低，完全可以给你妈在邯郸城区买一套像样的房子，哪怕就是接到北京来也行，这边的医疗条件更好。如果手头实在紧的话，我还可以替你去跟李牧光谈谈，他肯定能答应给你一笔……"

"但我们家的那些邻居呢？"安小男再次打断了我，"我能管我妈，谁来管他们呀？那些人待我们一家不薄，我爸死得早，我妈的身体又不怎么好，自从我们退掉了以前的房子，搬到那片宿舍，就一直受到邻居们的照顾。记得高考之前我从楼梯上滚下来摔折了腿，还是邻居们用三轮车把我拉到考场的。现在我是不为钱发愁了，但却把他们抛下不管，这道德吗？"

安小男再次说出了"道德"这个字眼，但这一次，质问的对象却变成了他自己。他的手臂横放在桌子上，面前那杯一口没动的咖啡里，泛起了一圈又一圈的涟漪。可见他的身体正绷得紧紧的，他激动得浑身发抖。安小男的眼眶也空洞地撑大了一圈儿，好像突然坠入黑暗之中的夜盲症患者。这时我的心里已经很清楚，对这个状态的人是没法"讲理"了。或者说，我这种人根本没资格与他理论。

可是李牧光不容我退缩回去。我今天出门之前，还接到了他的电话:"等着你的好消息。"然后他又对我说,美国移民局已经开始对他和林琳的婚姻进行核实审查了。于是,我换上了那种饱含感情但实则无赖的口吻:"安小男,我对你也不错吧。"

"你对我有恩,这我忘不了。"他简短地说。

"那么我求你为我考虑一次,就权当是你报答我了好不好?"在羞愧和感伤的双重情绪下,我的嗓子居然哽咽了。这到底是真情流露,还是在进行某种夸张的表演呢?我本人也说不清楚。接着,我就把我表妹林琳和李牧光的那场非事实婚姻告诉了安小男。如果李牧光不高兴了,便会把林琳送进监狱,他真有这样的权力,也有这种狠劲儿。讲完之后,我又补充道:

"林琳你还记得吧?这么多年以来,只有一个女孩曾经表示喜欢过你,那就是她。"

安小男半张着嘴,点了点头。

"我知道这是个不情之请,也知道我的要求不那么……道德。"我接着说,"但我实在没办法了。今天这件事提得太突然,我不指望你能现在就答复我,只希望你再做什么事情的时候,还记着有我这么个朋友,好吗?"

说完,我就低下了头,看着自己面前那半杯咖啡里的涟漪。水波一圈又一圈儿地扩大,仿佛地球正在蠕动。在斯皮尔伯格的电影里,这样的波纹总是预兆着什么惊天动地的危险,比如将会蹿出一头恐龙,或者火山快要喷发了。然而很遗憾,时间不知过去了多久,当我恍然地抬起头来,安小男还是我对面那个木然的安小男。我们的世界未曾发生任何改变。

我叹了口气,欠起身来叫服务员结账。但这时,安小男却摆了摆手,示意我继续坐下。他干哑、迟疑地开了口:"有件事我也一直想告诉你,但始终没说……是关于我爸的。"

我疑惑了一下:"我见过他的照片……"

"搬到现在那片宿舍区之前,我们三口人住在当地一家建筑公司的家属院儿里,我爸是那单位的土木工程师。"安小男断断续续地讲了起来,声如锉铁,但音调悠远,"记得十岁以前,家里的日子还是挺好过的,福利好，房子大，更没为钱犯过难。因为有个设计方案受到了省里领导的表扬，我爸很年轻就被提拔成了公司的副总，但没想到厄运从此就来了。以前他只管埋头画图纸，并不过问工程的具体进度，但进了管理层之后，却发现公司的几个领导没有一个不贪的。他们把钢筋的标号降低，用来路不明的劣质水泥代替品牌货，居然连地基的深度也敢改，克扣下来的钱都揣进个人腰包里了。那些人还拉我爸入伙，表示可以把赃款分给他一部分，我爸不敢答应，他们先是笑话他傻，后来还集体排挤他……这也好理解，假如所有人都在贪的话，不贪的那个就破坏了生态，成了众矢之的。为了避开这些人，我爸提出不再参与公司层面的决策，回到原来的岗位上继续画图纸，但那些人仍然没放过他……后来终于出事儿了，他们公司承建的一个会展中心发生了垮塌，砸死了几个工人。事故的原因是使用了不合格的建筑材料，可那几个领导却买通了监察部门，还走了上层关系，硬把责任扣到了我爸头上，说是他的设计方案不合理导致的。我爸被就地免职，还被公安局的人监控了起来，死者的家属也一天到晚上门来闹，说要让他一命还一命，我和我妈连家门也不敢出……"

咖啡杯里的涟漪忽然停了。安小男的身体离开了桌子，直直地靠在了沙发座的椅背上。他闭上了眼睛，我张了张嘴却没发出声音。

漫长的几秒钟之后，安小男重新开始说话："刚才讲的那些，是我后来才听说的事实。而我记得最清楚的，还是最后一次见到我爸时的情形。当时是晚上，我正趴在客厅的餐桌上做奥数题，看见我爸打开他书房的门走了出来。自从出了那件事，他在几天之内老了十几岁，连头发都白了大半，在日光灯下银光闪闪的。我抬头望望我爸，没敢说话，我爸却破天荒地朝我笑了笑，低头看看作业本，问我学到了哪一课，有什么不明白的东西没有。我就一道题接着一道题地对他讲了起来，他歪着脑袋好像在听。等我讲完了，我爸忽然俯下身子抱住了我，问了我一句和数学题不相干的话。他说：他们那些人怎么能这么没有道德呢？这个问题我根本听不懂，当然没法回答，而我爸说完，就慢慢地走出了家门。他走得弯腰驼背，连头也没有回……二十分钟之后，单位保安敲我们家门，告诉我妈，我爸从十九层办公楼的顶端跳下去了。"

说到这儿,安小男再次闭上了眼,如同正襟危坐地睡觉。无需他再做什么解释,我已经明白了他的意思,甚而可以说终于明白了他这个人。他爸那句关于"道德"的感慨如同天问,在安小男的心里种下了缠扰毕生的魔咒。从此他一直致力于求解那道难题,仿佛一旦解开,父亲就能死得其所。

"刚开始我和我妈一样,恨的只是我爸生前的那些领导和同事。但后来渐渐就变了,我觉得我爸所说的'他们'并不是那几个具体的人,而是世界上的所有人;我爸讲到的'道德'也不是一件事情上的对与错,而是笼罩着整个儿地球的神秘理念。但道德究竟是什么呢?它既然那么重要,为什么又会被人轻而易举地忘却和抛弃呢?一看到这个词我就想哭,一说到这个词我心就会发抖,在我看来,我爸不是死于自杀也不是被人害死的,他是为一个浩浩荡荡的宏大谜团殉葬了……为了解开这个谜,我曾经求助于历史和人文学科,可最后还是失败了。你还记得我写过的那篇文章吗?我在里面说中国人已经没有道德可言了,但那只是在承认失败,是为了让自己认命。其实我不是那么想的,因为那种痛彻骨髓的感觉仍然存在。在没有道德的社会里,怎么会有人为了道德而疼痛呢……"

这时,安小男神态毫无过渡地变得暴烈,他的一只手还在胸口撕扯着,手肘撞到了桌角发出闷响,使得咖啡中的涟漪变成了海浪,热腾腾地泼了出来。接着,安小男便哭了,头两声凄厉如狼嚎,被邻桌的两个女孩惊异地看了一眼之后,就变成了汩汩不息的呜咽。他的眼泪在脸上奔涌着,像个受了天大委屈的孩子。

这人几乎完全失控了。我赶紧掏出张钞票压在杯子底下,走到桌子对面,试图扶着他站起来。我们撕扯挣扎了一会儿,才踉踉跄跄走出了咖啡馆。马路上是明朗的艳阳天,铺天盖地的光线之中,卡车扬起的尘埃像海里的微生物一样漂浮着。一家饭馆里走出了三个同样脚下拌蒜的男人,他们中的那个胖子喝多了,正豪迈地发表演讲,呕吐物就顺着他的嘴汹涌地漫过了胸膛。一个小个子男人被胖子夹在腋下,同病相怜地对我投来一笑。

"怎么有人活得那么容易,有人就活得那么难呢……"安小男已经哭得浑身抽搐了起来,两脚在路面上毫无方向地漫舞着。

我没再和他说话,近乎坚忍地把他架回了"监控室"里,扶到窄小的单人床上躺下。那两个小伙子关切地过来询问,我把他们都推了出去,反手拉上了门,将安小男关在了里面。整理着被他浸湿揉皱的外套往外走时,我突然想,随着这次说客任务的结束,我和安小男的友谊也可以寿终正寝了吧。不管他以后是继续与李牧光为难,还是因为我而隐忍下去,都不是我能够管得了的事情了。我们已经互相摊了牌,他不可能再对我这种混混儿高看一眼,我也无法理解一个幼年丧父之人的创痛。我们从骨子里就不是一条道儿上的人,道不同不相为谋。

但晚上回到家,躺在床上之后,我却还是不由自主地想着安小男这个人。在我看来,他虽然口口声声地宣称着"道德",然而他是否能对这个词做出一个哪怕是个人主观意义上的定义呢?恐怕是做不到的。他敌视李牧光的"道德"和本科时怒斥商教授的"道德"是一码事吗?这两者是否又和他拒绝银行行长的"道德"一脉相承?安小男想必给不出答案。"道德"让他在二十年来备受煎熬,却又在他的脑海中长久地面目模糊。虽然他曾经用他那理科天才的大脑去剖析研究过它,但归根结底不过是被他爸死前的一句感慨蛊惑了、催眠了。按照我惯有的那种嘲讽性的、自以为世事洞明的思路,安小男的生活可以被定义为一场怪诞的黑色喜剧,而我也可以一如既往地从几声苦涩的冷笑中重新获得轻松。

但我没能做到。夜已经深了,窗外的天空静谧、幽深,连风的声音都没有。孩子吃饱了奶,和保姆睡在隔壁,小张正靠着枕头看书,脸色在台灯下分外光洁。在这安详得暄软的氛围里,我却感到了浩大无比的悲怆,仿佛肉体以外的东西都被震成了粉末。

随后的几天,我到一家贵金属商场卖掉了李牧光送的金锁,又将一份还没到期的理财产品赎了出来,然后把那些现金换成了美元。如果安小男真的和李牧光决裂的话,那么我应该提前为林琳做打算。据我所知,美国请律师打官司是很贵的,这点儿钱恐怕还是远远不够,但我能做的似乎也只有这么多了。

然而日子一天接一天地过去,无论中国还是美国都风平浪静,并没有什么突发消息传来。一个多月以后,一直没跟我联系过的李牧光终于

打来了电话,他的腔调又恢复了原先的志得意满:

"还是你行,帮了我的大忙了。"

李牧光告诉我,根据多方打探以及安插在公司里的"眼线"的汇报,安小男已经彻底放弃了对他的调查。不仅如此,安小男的工作态度也比以前更加任劳任怨了,每天除了监视仓库,就是坐在电脑前废寝忘食地调试修改那些监控器材的操作程序。随着他从李牧光的心腹大患变回了左膀右臂,量产版的跨国保安系统定型在即,而邯郸那片厂区的兴建计划也通过了主管部门的审批,只等着半年以后正式开工了。"现在还有一点小小的麻烦,以前那些居民不想搬走,纠集起来静坐示威了几次。但是梅花欢喜漫天雪,冻死苍蝇未足稀,"美国人李牧光居然引用了两句毛主席诗词,"这些小打小闹能成什么气候?在你们国家,政府决定的事情是不能阻挡的,大不了抓几个判几个,推土机就轰隆隆地开过去了。"

接着,他专门提到了我的表妹:林琳已经拿到了婚内绿卡,一年多以后就可以升级为独立绿卡,有资格在美国定居下来。届时他也将信守承诺,和林琳离婚。至于我,他表示已经和邯郸市的一家文化公司达成协议,拍摄一部宣传他这个"华人企业家"的专题片,并请我担任导演:"费用你可以随便提。"

"另请高明吧,我手头还有俩别的片子没剪完。"我说。

"你挂名也行……我就是想谢谢你。"李牧光故技重施地说,"你要不答应就是看不起我。"

"那不敢,我他妈配看不起谁呀?"我不由自主地衰颓了下去。

与我相反,李牧光的声调陡然高亢了起来:"你也不必跟我打马虎眼,我知道你是怎么想的。你觉得我的钱来得不干净,觉得我这人不那么……道德,对不对?这些我都承认,但我还想向你说明一点,钱来得不干净不等于用得不干净,更不等于以后永远来得不干净。佛教里不是还说放下屠刀立地成佛吗?还有西方那些倍儿光明倍儿灿烂动不动就绷着块儿维护普世价值的国家,不也是从羊吃人从奴隶贸易干起来的吗?所以别纠缠于我以前干了什么,还得看看我以后会干什么。一直以来,我就想找一个合适的项目,把手头的钱投到光明正大的生意里去,我亏过本也被人骗过,现在总算抓住了机会……当然这还得感谢安小男。为

地球之眼 135

了生产监控设备,我已经注册了新公司,等它一旦开始盈利,我就不是从前的我了,我会变成下一个比尔·盖茨、乔布斯和扎克伯格……"

李牧光说得如此诚恳,如此梦幻,仿佛手中握有不容辩驳的信念与真理。但我的脑子更乱了,同时还感到了累,累得连听人说话都成了一种莫大的负担。我嘟囔了一句:"随你大小便吧……反正我是不想掺和你们的事儿了。"说完便挂了电话。

就此,我与安小男和李牧光都断了往来,而他们也不约而同地没再打搅我的生活。随后的一段日子里,我的工作也发生了一些变化。我放弃了"体制内"的身份,从电视台的节目制作中心跳槽到了一家才上线没多久的视频网站。新东家并没有给我提供更高的工资和制作经费,但却不会粗暴地干涉我的拍摄题材。很多过去一直酝酿着的构思终于得以实施,居然在小范围内获得了不错的声誉。与此同时,我的儿子也在茁壮成长,当我在外地拍片子的时候,小张会打开结婚时安小男赠送的那套微缩版的监控设备,让儿子在摄像头前为我表演种种人类奇观:翻身、打哈欠、乱哭乱叫、第一次坐立,第一次尝试爬行,第一次学大人做鬼脸……

在这种时刻,我才会想起那两个曾经的朋友。半年的时间一眨眼便快过去了,邯郸的科技园是不是即将正式动工了呢?看来老宿舍区已经无可避免地面临拆迁,而安小男终于没有做出让李牧光担心的举动。他是彻底无能为力了呢,还是被我说服了?我的"恩情"能对他起得了那么大的作用吗?也不知为何,我总是隐隐觉得我们三个的事情还没完,就像人已散曲未终,仍然有一股潜流在我们之间流淌,酝酿着冲出地表的爆发。

虽然早有预感,但那一天终于来临时,还是让人猝不及防。当时是中秋节前后,我正带着剧组在江苏拍摄化工厂排污造成的海鸟灭绝,突然接到了李牧光的电话。这一次,他一句寒暄也没有,劈头就问:"安小男去哪儿了?"

我反问他:"他不是在你公司上班吗,你问我干吗?"

"他跑了,一个招呼也没打,我让人找了好几天都没找到。"李牧光咬牙切齿地说,"说实话,是不是你把他藏起来的?"

我突然火了:"你他妈什么意思?他在的时候你找我,他不见了你还找我?我又不是专业给你擦屁股的。"

"反正我要是出了事儿,你表妹就别想在美国待下去了。"李牧光又骂了句脏话,摔了电话。

我一头雾水,同时心里窝火,但还是从手机电话簿里找出安小男的号码,拨了过去。电话没通,一个电子娘们儿告诉我:"您所拨打的电话已停机。"

这之后的两天,我心里一直都是惶惶然的。而到了第三天,小张突然也打了一个电话过来。她还没开口却先呜咽了两嗓子,然后喊叫着让我立刻回家。

我还以为是儿子生了病呢,便道:"别怕别怕,有事儿慢慢说。"

"你在外面得罪什么人了?要不就是安小男,他干吗要连累你?"小张说。

我心里咯噔一下:"到底怎么了?"

小张顺了几口气,才把事情说清楚。原来就在刚才,有三个东北口音的男人来我们家敲门,声称是网站派来给我送月饼的,没想到小张才一开门,他们就闯进屋里来,不仅把每个房间都逛了一遍,还恶狠狠地问我们"把安小男藏到哪儿了"。这几个男人虽然没有身穿整齐划一的黑西装,但是有的剃着个大光头,有的领口地下露出一根龙或者带鱼的尾巴,看起来很像"道儿上"的人。小张自然被吓得魂不附体,抱着儿子只是摇头。好在小区的物业恰好上来收物业费,他们才一声不吭地走了。

我费了好大口舌让小张放心,又建议把她姐叫到家里住两天,总算把她安抚下来。随后我又给安小男打电话,但仍然是停机。这个时候,我已经猜到了什么,便克服着烦躁又给李牧光打,没想到他的电话也关了,听筒里传出一片忙音。

两个人都找不着了,让我像没头苍蝇飞进了微波炉,沉浸在随时会被烤熟的危机感之中。这一天剩下的时间里,我也无心干活儿了,草草让大家收了工,把自己憋在宾馆里坐一会儿,卧一会儿,又打开电脑到网上溜达一会儿,总之是安生不下来。一晃到了晚上九点多钟,一条已经被转发了两万多次的微博辗转出现在我的页面上,标题像所有热门消息

地球之眼　　137

一样耸人听闻:贪官家族转移财产,芭比娃娃惨遭肢解。内容则是一组连环画似的高清照片,图中的男人在大部分时间里侧对着镜头,只露了半张脸;他从货架上搬下了一箱玩具,拿出里面的数十个芭比娃娃,然后粗暴地扭断了她们的脊椎,导致她们的胳膊腿散落一地。从娃娃们的腹腔里,则掏出了一捆一捆的钞票,估摸是大面额的美元,此外居然还有十来根金条……图下配了说明,指出这组照片是在美国洛杉矶的一家仓库里拍到的,照片里的主人公名叫李牧光,身份既是美国人,又是一名东北国企退休领导的儿子。我又放大一张图片看了看,在右下角的角落里,发现了截屏过程中留下的时间标记。照片拍摄在几个月以前,正是李牧光对安小男最为寝食难安、提心吊胆的那个阶段。具体时刻则是中国的黎明、美国的傍晚,仓库里的美国搬运工人已经下班离开,中国电脑屏幕前的安小男又还没有上班。在不是人来人往就是被摄像头严密监控的仓库里,只有这段时间是个空档。

　　微博是用"天眼"这个网名发出的,一经推送便呈几何级数扩散。网友们除了一如既往地调侃、骂街,还人肉出了李牧光及其家人的各种背景资料,并推理再现了他们利用玩具贸易洗钱的全过程:随着我们国家反腐力度的加强,领导干部的账号已经被严密监控,这使得他们不敢再像过去那样通过金融渠道大摇大摆地转移资产,手里的钱也成了烫手的山芋;比起那些把现金在家里堆积如山、放到发霉的贪官们,李牧光一家的手法倒是独辟蹊径,他们在国内把钱和金条塞进了即将出口的玩具体内,再把这些玩具的批次和箱号告诉李牧光,一旦在美国接了货,剩下的事情就方便了。这么干不光安全隐蔽,而且还省去了被洗钱机构抽头的烦恼呢。

　　不出所料,安小男终于"出手"了。李牧光费劲心力地要挟我去说服他,只不过把事情往后拖延了不到半年而已。邯郸的科技园用地应该还没有正式开工吧?考虑到这桩丑闻的恶劣影响,那个项目八成是会被临时叫停的,老宿舍区从而也避免了拆迁。至于跑到我家去找安小男的那些男人,我倒认为不太可能是李牧光指使的,而是他爸或者哪个气急败坏的叔叔伯伯所为。他们这么做,当然是想用威胁的方法逼迫安小男删掉微博,但这个想法却太幼稚,太不了解今天的互联网了。一条信息只要发出,就会和它的主人毫无关系,它更像是游弋在宇宙中的一颗彗星,到底是在茫茫的时空里销声匿迹,还是天崩地裂地把地球撞出一个大洞,都不是人能够决定的了。

而我随后的一个反应,则是得赶紧去一趟美国。在事情的连锁反应里,林琳是那条被殃及的池鱼,就算救不了她,我也要看她一眼。

8

这几十年以来,最多中国人前往的国家就是美国了。无数有志之士像不远万里前去交配的信天鸥一样飞跃太平洋,摇身一变成了遍地精英或者遍地土鳖。然而"去美国"这个行为却又存在着一个悖论:最多人去的地方有可能是最难去的地方,甚至要比越狱还难。因为那里不是中国的旅游目的地国家,我申请下来护照之后还得到大使馆面前,结果没聊两句就被"毙"了,原因是我声称前去游览,却说不出几个风景名胜,支支吾吾了半天才憋出了一句"要看湖人队的比赛"。对面那洋人和蔼地告诉我:

"在家看转播吧。"

但我总不能告诉他们,我表妹马上就要坐美国的牢了,我是去试图营救她的。排在我前面的一个老头儿更活该,他被儿子儿媳叫过去看孩子,可提出申请理由的时候不说"我孙子在美国"或者"我孙子是美国人",而是说:"美国人是我孙子。"这种故意颠倒的语序让精通中文的签证官大为不爽,随便扣了顶"有移民倾向"的帽子便撵了出来。

老头儿一边往外走一边愤愤地说:"孙子才想当美国人呢。"

经此一拖,时间又过去了一个月。这期间我着急上火,又给安小男、李牧光和林琳轮番打了无数个电话,但却一个人也找不着。我还开车奔波几百里,去了一趟安小男在邯郸的家,可把门拍得山响又在楼道里守了大半天,也没见着半个人影。后来还是一个穿着秋裤出门倒垃圾的邻居告诉我,安小男好像悄悄回来过一趟,连夜把他妈接走了。至于去了哪儿,就没人知道了。

"他是不是欠债了?除了你之外,还有几个东北人来找过他,模样凶得很。"邻居唏嘘道，"这孩子小时候多老实啊，怎么看也不像出格的人……"

我无法解释，便岔开话题又问："这片儿不拆迁了？"

"你也听说了？拆迁公司都进驻了，但又突然停了。"穿秋裤的大叔说，"为了这事儿，我们还在楼道口放了挂炮呢。"

微博事件正在飞速发酵，不久之后网上有了正式的消息，李牧光他爸已被"双规"并接受调查，而他本人却凭借美国国籍继续逍遥法外；由于中美两国尚未签订引渡条款，流失的国有资产被追回的希望非常渺茫。这条新闻也让人们对那些给外国人当了爹的官员们产生了更大的愤怒。到了那年冬天，事情总算有了转机。我拐弯抹角地联系上了同样定居美国、正在波士顿"中美文化交流中心"供职的前女友郭雨燕，请她把我塞进了一个"文物保护考察团"的名单里。于是再次面对签证官的时候，我的理由就变成了"到你们国家看看我们的宝贝。"

也是有缘，在这个考察团里同行的还有一位故人，正是历史系的商教授。此人与时俱进，最近靠"歪批历史"从电视明星转型成了网络红人，因而轻佻的风格愈演愈烈。自打坐进飞机的头等舱，他就招猫逗狗地和空姐打哈哈，唯恐别人认不出他来，浪费了胸前那杆"万宝龙"签字笔。听说我这个过去的学生混成了导演以后，他还纡尊降贵地莅临了一帘之隔的经济舱，和我探讨了许多90后才感兴趣的时新话题，并隐晦地暗示我，可以把范曾、余秋雨和他并列在一起，拍摄一套名为"当代大儒"的传记片。

飞机已经升空，我们的屁股下面是浩瀚的太平洋。看着这位在三万英尺高空乱舞的恩师，我蓦然生出了何似在人间的荒谬感。商教授侃得兴起，我忽然打断他问道：

"您还记得安小男吗？"

"记得记得。"商教授热忱地呼应着我，"也是媒体圈儿的对吧？我还看过他对文怀沙做的访谈，问题问得特犀利……你们是不是老管他叫小安子？"

除了外号，没有一样对得上的。我苦笑了一声，没再答茬儿。谁想商教授却又反过来问我："对了，你们那些同学里，是不是还有一个叫李牧光的?"

我瞪大了眼睛:"是啊,您认识他?"

"当然不认识。"商教授摆了摆手,脸上浮现出一丝高深莫测的得意,"前些天突然有网站的'推手'发过来一条微博,让我转一下,说的好像就是国企领导往海外转移资产什么的。现在这种事还真吸引眼球,我和别的几个大V动了动鼠标,一转眼就成了新闻,听说还在东北那边揪出来一个窝案……又过了一阵才知道那个李牧光以前也是历史系的学生,可我怎么一点儿印象也没有啊?"

"他从来没上过课。"

"怪不得。"商教授又说,"后来他们家的亲戚还找到了我,说要给我十万块钱,让我把帖子撤了。"

"您答应了吗?"

商教授昂了昂下巴,愤慨地说:"这些蠢虫——居然想用一点小钱想收买我,我有那么无耻吗?"

万里奔波到了美国,落地之后的行程倒是非常简单。我们被拉到一个不知名的小博物馆亮了个相,就算完成了出资机构的任务,此后的时间尽可以自由玩耍。商教授在国内当够了华威先生,到了美国却执意"追求内心的宁静",非要到梭罗隐居过的瓦尔登湖去"度过一个沉思的午后"。他这么一提议,其他几条大尾巴狼纷纷响应,而我则趁机脱了队,先去找郭雨燕。

我的前女友如今住在波士顿郊区的一个小农场里,她每天要开车去"downtown"上班,是她的白人老公接待了我。这个富裕农民长得像个结结实实的肉球儿,大脑袋下面连接着一根名副其实的红脖子。他大概听说了我和郭雨燕以前的关系,对我的态度热情而又存有芥蒂,一再套我的话,还警告我不要对"Swift"存有什么念头。可见中国人在美国的名声也不怎么样,几乎成了乱搞男女关系的代名词——就像当年的美国人在中国一样。我被问得泼烦,便用结结巴巴的英文回答他说,我和郭雨燕不仅现在很清白,而且当年也很清白,"连睡都没睡过一觉,就原装出口到你这儿来了"。

那家伙登时放心了,居然还说:"多么遗憾。"

然后他邀请我一起进行他最喜爱的运动:端着双筒猎枪到他的农场里去打土拨鼠。看到那些可爱的啮齿类动物刚一探头就被轰得血肉模糊,我实在是胆寒肝儿颤,而郭雨燕的老公却兴奋得又蹦又跳,简直像个迷恋暴力的呆傻儿童。他还请我喝了地窖里封存了几十年的波本威士忌。

好容易等到门外传来停车的声音,郭雨燕从一辆巨大的凯迪拉克汽车里跳了出来。朱颜辞镜花辞树,她也和我的大多数女性同龄人一样,不可避免地显老了:小狐狸脸上涂着厚重而斑斓的妆,变成了刚遭了三昧真火的狐狸精;一对大胸倒是越发蓬勃,可惜看不出肉的质感,分明是用钢丝撑起来的。

她进门也不看我,径直搂着丈夫响亮地接吻。我则直言不讳地用中文问道:"你怎么找了这么个二傻子?"

郭雨燕一翻白眼:"你们这帮中国男的又好在哪儿啊——看着倒是一个比一个精,其实成天琢磨的还不是吃亏占便宜那点儿烂事儿?没劲。"

郭雨燕的老公问:"你们在说什么呢?"

郭雨燕回答他:"他说你可真是一个 tough guy。"

肉球儿鼓着胸脯子说:"那当然。"

接下来,她便谈起了我这趟来美国的主要目的。郭雨燕已经在办公室联系了北美地区的几个中国同学会,打听到了林琳现在在哪儿:"她已经不在西雅图了,而是搬到了加利福尼亚……听说她遇到了麻烦,正在那儿打官司。"

看来最坏的事情还是发生了,我心里一凛,问:"是移民局把她告了吗?"

"那倒没有。移民局的程序不是起诉而是直接遣返。"郭雨燕说,"听洛杉矶的一个同学说,好像是她把她刚结婚没多久的老公告了。"

这个信息让我始料未及。按理说,林琳的绿卡捏在李牧光的手里,只要对方翻脸,她就完全处于被动地位,拿什么和人家打官司啊?难道李牧光在气急败坏之余,还对林琳使用了家庭暴力吗?这让我更加揪心了。

还好,郭雨燕虽然对我的态度冷嘲热讽,但帮起忙来总算热心。她给了我林琳的新地址,又上网为我订好了机票,并让肉球儿开着他的福特皮卡送我去机场。当天晚上,我就从美国的东海岸飞到了西海岸,又换乘了曾经载着杰克·克鲁亚克横穿大半个美国的"灰狗"巴士,来到了距离洛杉矶城区几十公里的一个小镇。

此时天已彻底黑了,镇上一片寂静,只有酒吧和中餐馆还灯火通明。我循着落满了阔叶的街道找到了林琳的住处。那是一幢红砖垒砌的二层小楼,楼前像许多美国人家一样,有草坪装点门面。我按了门铃,一个华人老太太开了门,用粤语问我"雷海冰果"。

接着,像有心灵感应一样,林琳便从老太太身后的走廊里走了出来。很没出息,我的眼睛湿了一下,令她的面貌在瞬间变得模糊。当我眨了眨眼,林琳已经站到了我的面前。她竟然没什么变化,还是洋娃娃般的皮肤和又大又黑的眼睛,更让我意外的,是她的脸上一片笑吟吟的,完全看不出身处水深火热之中的样子。

"你现在不是个搞艺术的吗?怎么肚子鼓得跟个腐败干部似的?"这是我表妹在分别多年之后对我说的第一句话。

"你倒驻颜有术,用了什么神奇的化妆品吗?"我说。

"读书读的——人在学校里都不会变老。"林琳说着,便把我领进了她租住的那个小套间。

"我很担心你。"我进门之后说。

"我知道……谢谢你。"林琳低了低头,好像抽了抽鼻子,但旋即又笑了,"你来得倒巧,下个星期我就不在这儿了。"

"去哪儿……"

"伦敦。"她说,"还没来得及告诉你,我已经被帝国理工学院录取了,准备到那儿去读为期六年的自动化专业,拿第二个博士学位。"

我惊讶得几乎跳了起来,简直觉得她是在存心开玩笑。但是再看看屋里,的确有几个大箱子堆放在地板上,外面剩的不过是笔记本电脑和几件日用品。

我扯着嗓子问:"你不是正在打官司吗?"

"官司打完了,我胜诉了。"林琳说,"李牧光答应跟我离婚,还赔给我一笔损失费,支付在英国的学费和生活费绰绰有余。"

"这到底是怎么回事儿……我的脑子有点儿乱。"

林琳便又笑了,但这一次,她笑得若有所思:"说实话,我也没闹清楚是怎么回事儿。我只知道我重新自由了。"

林琳把她这半年多来所经历的事情告诉了我。在和李牧光结婚之后,他们保持着相安无事的两地分居,只有在移民局例行问话的时候才一起去做做样子。李牧光这个名义上的"丈夫"在美国和中国忙得团团转,也压根儿没功夫去滋扰林琳。但是一个多月以前,突然有其他留学生警告林琳,李牧光可能"出了事儿",让她加点儿小心,而林琳这个书呆子又不会去上国内的网,她下意识地去查了查自己的银行户头,却发现账号里的钱已经统统被转走了。接着,李牧光醉醺醺地找到了她,宣布要和她离婚,还要向移民局告发她。他还告诉林琳:"要恨就恨你那个流氓假仗义的表哥吧,谁让他和别人一起串通起来搞我——这对他又有什么好处?他他妈的就是嫉妒我。"林琳也听不出个所以然来,但还是对方那副丧心病狂的样子吓坏了,并且为有可能到来的牢狱之灾忧心忡忡。然而就在这个时候,匪夷所思的事情发生了:一封匿名邮件发到了林琳的信箱里,内容是数十张李牧光和不同肤色女人做爱的艳照。

"那些女人一看就是妓女,他们的样子别提多恶心了。"林琳做了个呕吐状说,"幸亏我不是和这种人真结婚。"

"照片在哪儿呢?"我问。

"我电脑里就有——我是不要再看了。"

我打开林琳的电脑,找到了那组照片。拍摄场所是一间敞亮、整洁的办公室,那里有宽大的写字台,旋转大班椅,还有一圈锃光瓦亮但几乎空空如也的书柜。至于那些蝶乱蜂狂的场面,就和办公室的环境很不搭调了:李牧光或者全身赤裸,或者穿着一件皮质小内裤,或者嘴巴里塞着一只粉红色的小塑料球;他有时趴在桌子上被东欧女人用皮鞭打屁股,有时像狗一样被拉美女人用锁链牵着满地爬,有时被亚裔女人绑在一根钢管上。真没想到这哥们儿在性生活方面有着如此离奇的爱好。而这些照片都是从同一个角度居高临下拍摄的,显然来自安置在天花板边缘的摄像头。

林琳继续告诉我,她虽然不知道这些照片是谁发来的,但却条件反射地想到了应该怎么利用它们。她雇了一个律师,抢先一步对李牧光提出了离婚诉讼,理由是对方婚内不忠,生活放荡。自然,李牧光也图穷匕见,揭出了他们假结婚的事实,但这时候形势已经发生了逆转:结婚是真是假还需要移民局进一步调查,照片上的淫乱场面却是铁证如山;法院还怀疑他是在为了逃避责任而胡搅蛮缠。而在美国这种极其强调保护妇女利益的国家,即使他在婚前做过财产公证,一旦成为了"过失方"也会吃不了兜着走。官司三下五除二就宣判了,林琳得到了大笔赔偿。一旦手头有了钱,因为离婚而失效的绿卡反而是小问题了。

"如果我愿意,可以用那些钱来直接办理投资移民,不过我可不想过得像个暴发户,还是接着上学比较舒服。"稀里糊涂地变成了小富婆的林琳说,"只要有学可上,在美国还是在英国都是无所谓的了。"

"那么李牧光呢,他现在在哪儿?"

"从法院出来就没见过他,好像是藏起来了……听说他的生意出了很大的麻烦,在中国一个什么项目的投资亏了个一干二净,被迫把美国的公司也给卖了。后来,连离婚协议都是由他的委托律师代发的。"

我暗暗舒了一口气。而至于这些反戈一击的照片究竟从何而来,我心里已经有了答案,只不过还有一些技术上的问题需要确认。好在我面前就坐着一位理工科的双料女博士。

我对林琳说:"我还是好奇这些照片是怎么拍下来的。照片上的地点应该是李牧光的公司,而大多数写字楼都会装有监控设备,这是没问题的。可李牧光难道是个傻瓜吗?他要是在办公室淫乱,肯定会提前把那些摄像头关掉才对啊。这么大张旗鼓地现场直播,不成了黄色录像的演员了吗?"

林琳给出了相当专业的解答:"监控设备既然可以关掉,也就可以重新打开,而它一旦联网的话,都是能通过电脑来远程控制的——当然,前提是操纵它的人对这套设备的源代码极其熟悉,又通过病毒或者其他黑客手段入侵了李牧光办公室的电脑防火墙。一旦入侵成功,就算李牧光关掉了摄像头,他在这房间里的一举一动都有可能出现在地球上的任何一台电脑屏幕里。这么做的难度当然很高,但在理论上是可行的。"

我点了点头:"还有一个问题……通过那封匿名邮件,可以追查到发件人的位置吗?"

"也不容易,但理论上也可行。"林琳说,"一般情况下,只有军方和警察的专业设备才能做到,但如果是精通计算机和互联网技术的高手,也可以民用电脑进入邮箱的服务器,定位出某一封邮件的发送地址。那些人还常常受雇于大公司,做点儿商业间谍什么的勾当。"

"你在美国的同学里,有这样的人吗?"我问,"我付钱。"

林琳看了我一眼:"有倒是有……不过你有必要非得这么做吗?反正我已经离开了李牧光,我这个当事人都没有好奇心了,你又何苦呢?"

我说:"这涉及一个朋友。"

林琳没再说什么,坐在电脑前打开了聊天软件。没过一会儿,她告诉我,联系上了一个每次考试之前都能从教授的电脑里把试题"黑出来"的印度裔同学,对方对这趟活儿的报价不高,只要一千美元。她已经替我把账转了过去。我点点头,走出她的房间,站在草坪上抽了颗烟。

美国小镇的天空透亮而悠远,满天星光交替明灭,竟有蠕动之感,这是在国内大多数地方都看不到的。我站在这地球的另一面,怀念着我的朋友安小男。他的工作是在电脑前监视着美国,但却从来没有来过这里;然而他却神出鬼没地改变了周边那些美国人和中国人的生活。做出了这一连串事情,他心里的积郁会减轻一些吗?

戏剧性的是,他报答我、帮助了林琳的手段,其实和当初那位银行行长交给他的任务如出一辙。曾经拒绝过的事情,如今却主动为之。

经由他这个人,我对于身处其中的这个世界的观念,似乎也发生了震撼性的改变。毫无疑问,在那钢铁洪流一般运转的规则之下,我们都是一些孱弱无力的蝼蚁,但通过某种阴差阳错的方式,蝼蚁也能钻过现实厚重的铠甲缝隙,在最嫩的肉上狠狠地咬上一口。

抽完烟,我到小镇边缘的汽车旅馆订了一个房间,然后才步行走回到林琳那里。才一进门,林琳就告诉我,事情搞定了。印度人的活儿干得很漂亮,他在谷歌地图上用箭头标记了发件人的具体地址。我转动着鼠标,把电脑上的地球放大,再放大——亚洲,中国,华北平原和燕山山脉,北京城区,海淀区中关村一带的几所高校……终于,箭头指向了一个叫做挂甲屯的地方。

没想到是挂甲屯,理所应当是挂甲屯。

当天晚上,我提前订好了从洛杉矶回北京的机票,第二天一早,林琳借了房东那辆又老又破"庞蒂亚克"汽车,从旅店送我去机场。我们兄妹的异国相聚就这么匆匆结束了,而下次再见面,就有可能是在伦敦或者别的什么国家的城市里了。

临别前,我像小时候一样抬起手来,把林琳额头前的刘海胡撸乱了。她的眼圈分明一红。我问她:"你就准备在全世界的学校里混下去吗……也不为以后做一下打算?"

"我是个规划能力特别弱的人。"林琳说,"以后的事情那就以后再说吧。"

然后,我们尽量轻描淡写地告了别。十来个小时之后,我回到了北京。地球的另一面仍然是白天,但由于在飞机上一直都带着眼罩昏睡,我并不困。上了出租车之后,我让司机把我拉到了挂甲屯。

因为学校周边的特殊生态,这里的住户仍以年轻的闲杂人等为主,街道和房屋也持续着乱七八糟。我循着记忆在窄小的土路上缓缓穿行,与一张张仿佛当年自己的面孔擦肩而过,找到了当初见到安小男的那个小院儿。公共厕所仍在院子的斜对面散发着浓郁的气味,但这一次,安小男却没有攥着一卷飘荡的卫生纸走出来。我走进了院门,正好撞上了那位习惯于穿着睡衣去买菜的女房东,便问她安小男有没有搬回来住。

"没有。"女房东笃定地回答,但又歪了歪脑袋说,"但我前一阵还见过他呢……应该又回到这一片儿了吧。"

电子地图的精确范围大概是几百平方米,也就是说,安小男总会在附近的这几条巷子里窝着。然而即使是在几百米之内,大大小小的出租屋也多如牛毛,想要找到他并不容易。我一边乱转,一边安慰自己:就算今天找不着,还有明天和后天,时间多的是。

但刚这么想,路边的一个门脸便吸引了我的注意。土路拐角的街口,开着一家"香辣鸭脖"和一家"黄鸡焖米饭",鸡鸭之间夹着一幢矮小的小平房,格局分为里外两层,外面是个玻璃柜台,柜台里摆着几台电脑主机和主板、硬盘之类的配件。在学生聚居的地方,这种专修电脑的小店本不稀奇,但柜台后面那个女人的侧影却分外眼熟。我放慢脚步,缓缓地挪动着脚步,认出了安小男他妈。她正面对着一台十四寸黑白电视,不知是在看还是在听。

那么安小男一定是在里屋吧,我看见刚好有一个男人走了进去,说他的车总是被邻居划破了漆,想买一套摄像的玩意儿"抓他个现行"。然后,里屋那杂乱的工作台前便出现了半个背影。的确是安小男。他正弯着腰从地上的纸箱子里往外翻着什么,同时问买主需不需要上门安装。

我心里一热,几乎脱口喊出了他的名字,但随即却又硬生生地止住了自己:我来这里,只不过是想看一看安小男这个人是否还在,看到了,心愿也就了了。我不确定自己是否应该拖泥带水地和他把交情续上——如果李牧光家里的亲戚和手下仍在锲而不舍地寻找着安小男,他们是很可能通过我把他挖出来的。况且,安小男这样的人最好的结局,不正是和所有的朋友"相忘于江湖"吗?

正这么想着,柜台后面的安小男他妈却缓缓地转过了脸来,朝着我和蔼地笑了。我慌了一下,本想回报给她一个笑容,但马上便发现她的目光是全然空洞的。她的眼睛即使还没有接近失明,也是不可能从这么远的地方辩认出我来了吧。那个笑无非是她对街上来来往往的人们的本能反应。

我掉头就走,卷着风离开了挂甲屯。一路上从小跑变成了飞奔,扛着行李来到母校北墙外的那条大宽马路上,这才停下来,扶着电线杆子喘息。而当我重新直起腰来,忽然发现手边的水泥柱上,镶着一张写有"图像采集"字样的蓝色标牌。再往上看过去,一枚三百六十度的摄像头正不动声色地悬在我的头顶。

我盯着它,如同在与苍穹之上的一双眼睛对视。

(原载《十月》2015 年第 3 期)

芳 邻

林那北

一

小娴没有想到自己也能成为早起的人。她以前从来不肯讴歌早晨，上学时逢有课，大清早惺忪着眼从床上被抠起来，满腔都是怒火，恨不得一巴掌把天打黑。毕业后解放了，不小心一睡，都要睡到中午才拖拖拉拉爬出被窝，所以她对早晨的太阳是没有感情的，再暖洋洋也与她无关。

现在有关了，每天都有关。

现在很准时，每天六点差一刻，小娴就醒了，是被水、木、铁以及其他诸多物件弄出的声音震醒的，声音来自楼上。楼上分明住的是毫不相干的人，只隔着一层薄薄的水泥板，发出千姿百态的声音，逼小娴横竖都得听进去。小娴的脾气本来就好，结了婚之后有大牛宠着，衣食无忧，吃香喝辣，无疑就更好了。大牛比她大一轮，十二岁，若放在小时候，小娴看比自己哪怕仅大两三岁的人，都会觉得那已经是老家伙了，有一种相距数千里的遥远感。慢慢长大，慢慢磨淡对岁数间距的夸张排斥，终于有一天她纵身一嫁，就嫁给大自己十二岁的大牛。一切有大牛撑着，她没有比过去更有钱，也不比过去更有闲，但结婚前她是飘浮半空，一结婚双脚就踏实踩到地面，一种安逸感从天而降，这是多少钱都买不来的，才知道结婚原来是这么好的东西。她把好东西握在手中，很愉悦，像老话说的，幸福的人都更宽容，所以她没有生气，也没法生呀。

卧室的窗帘后面有一层镀膜遮光布，一拉上，就把外面的光线悉数遮挡掉了。醒过来的小娴仰躺在幽暗中，有一觉未睡透的疲倦，也只能撇撇嘴,眨眨眼,悄然叹口气。仅此而已,接下去她常常挺忙的,她得展开想象力,开始猜测。

水声最不难理解,是马桶在冲水。人家总不能不上卫生间呀,上了,拉了,冲了,天经地义。自己的家,自己的马桶,就是二十四小时不停地拉和冲,别人又哪里有权生出半丝的不满来?

啪哒啪哒是拖鞋声,不是一般的拖鞋吧?至少是厚木屐。选择木屐来穿,通常说明此人心中还有点古意,可为何每一步却要迈得如此烦躁而急切,有股上战场的激烈动荡?据脚步推断,不会是瘦子,也不矮——是女人就不矮,若是个男人便不好说了,似乎是矮的,似乎又是不矮的,声响很参差。

桌子或是椅子倒响得很稳定。桌椅的四脚应该都不是木头的,是沉重的铁制品,上面还压满巨物,不堪重负似的,一动,就尖利地叫起来,是硬碰硬时才会发出的那种扁扁的撕裂感充足的声音。小娴最讨厌它了,听一次,牙齿酸一次。为什么每天都要捣来捣去地搬动桌椅呢?小娴对这个倒是腹诽很多,但她还是帮人家想出了一个解释:大概天生勤快,手脚闲不住。这种人不在自己屋里折腾,就一定会去外面折腾别人。小娴也是别人,但小娴是自己要住到楼下来的,又没有人逼,也没有人拦着她搬走。不搬走,继续住着,那就活该了。

单单这几样声音其实是没关系的,它们往往持续时间都不长,马桶还能不停地冲?水是需要付费的。路还能不停地走?体力上谁也吃不消嘛。桌椅还能搬个没完?那个活毕竟单调无趣啊。接下去呢,接下去天花板上或者会有篮球击地的咚咚咚,眨眼间又可能换成其他什么,比如跳绳或者踩蹦蹦球,一下一下的,锤子般在头顶上撞着。那些有规律又节奏感强的,听起来倒很容易就适应了,吓人的是猛然间一声巨响,像是手上捧着的高压锅之类的器皿不小心撞上什么,然后撒手丢下,砸到地面。

小娴总是在这时候被惊得头皮一麻,心跳咚咚咚加快。

一个人,只有一人!得出上面只住一个人的结论是因为从来只听到一双脚在走动。不理解的是一个人生活,为什么需要发出这么多声响?

"为什么呢大牛?"小娴问。

大牛晃晃脑袋,晃得很轻,不以为然的样子。大牛说:"被偷工减料了呗。"大牛的意思是,响声很正常,不正常的是房子质量,水泥板太薄了,据说正常至少需十二公分,可是这个小区肯定没达标,装修时湿漉漉的沙子摊在厅里一夜,竟然有水渗到楼下。有人大胆猜测过,层板最多七公分,这么薄,当然隔音效果差。

可是小娴想自己也住在同样薄水泥板的房子里,还多出大牛一个人,两个人的房间却弄不出一个人房间小零头的声响来,这又是哪般道理?太好奇了,好奇令她生出过认识楼上那个人的念头,有一天她甚至邀请了大牛,问他要不要一起去?大牛先是愣着,呆呆看着她,明白过来后,脸一下子黑下来。大牛说:"你吃饱了撑的!"这话如果是一般陈述句,当然没关系,在另一个语境里,似乎还有点戏谑的成份。但大牛却不是戏谑的,一点都没有,他牙齿都密实地叩在一起,让话扁扁地从牙缝中挤出,丝丝夹着寒风。从认识到结婚,大牛从来没有以这样的表情和语气跟她说话,小娴心里紧了一下,有一点怕。那个小念头因此也就息下了。

她怀疑自己可能真的无聊了,是她不对。

二

小娴是学动画出身的。以前这东西不登大雅之堂,父母都如临大敌地反对,只逼着她学书法学国画。小娴听话了一阵,后来听不下去了,都怪墨汁味太让她反胃了,还黑乎乎的连色调都不养眼。国画颜料倒五颜六色,这个色那个色随便一调,就能马上调出另一种不同的色彩,挺有成就感的,可是这些最终仍不能挽留住她,她对画竹子、芭蕉、花鸟鱼虫虾以及山山水水之类的实在太抵触,无数古人已经画几千年了,还要让她学着再画一遍又一遍,这不公平。而动画,她刚开始只是自己随手乱涂鸦,涂在课本或者作业纸的缝隙里,一休哥,铁臂阿童木,或者奥特曼、美少女战士。恰好碰到一个宽容的老师,没觉得这有什么不妥,只要缩在卡通人物丛中的答题正确即可。她在如此宽松的环境下渐渐就画上瘾了,欲罢不能。父母只好在她读到初二时做了妥协,让她报个美术培训班学素描,先考个美术高中,继而高考时再报考了动画专业。

这样一回望,她长吁一口气,还是觉得自己实在运气不错。如果小学时不是遇到一个心眼宽阔的老师,如果比赛般喋喋不休对她训导的父母在她读初二时不是及时柔软地后退一步,如果到她高考时不是动画恰好开始红火,总之无论哪一步踩空了,她都不可能把现在这一行当饭碗捧着。

关键是如果不做这一行,她也不可能遇到大牛。

大牛是省文艺出版社的社长,社里有一份刊物,是面向小学生的。现在书没人看,大家都忙着看电视电脑看手机,只有小学生还必须每天与书为伍,大人即使自己下半辈子一天都不打算翻开书,也仍然会道貌岸然地对子女说读书的重要性,并且不惜掏腰包,买书让子女读。子女读了,他们恍惚也就是自己读了,一下子就觉得自己仍然是个文化人。为什么学生读物一直是块肥肉?原因正是如此。大牛常常长吁短叹大骂市场难做,教材教辅被教育部门一限价,所有出版社的咽喉处就被掐死了,剩下其他书,现在哪还有几个看书的人,所以虽不断出版,一本本书却都烂在仓库或者不惜以三折甚至更低的折扣发出去,最后竟仍然常常垂头丧气地被退回来。传统纸媒快死了,迟早得死。只有说到那份刊物,大牛脸上才顿时有了光。刊物是大牛手中那块大包子的馅,没有它,一切黯淡失色。

虽说馅的香味诱人,但因为人人都知道它诱人,因此各地学生读物都变着法子往外涌,若想不被吞淹,就得想出新点子。小娴被人推荐给大牛,就是大牛新点子的结果,他要让刊物画报化,有大量卡通插图,不能光是文字的堆砌。以前刊物有美编,一个五十二岁的秃顶胖子,靠自学成才走上美术之路,虽也勤勉过,毕竟没有及时与时俱进,画风怎么都难以摆脱工农兵浓眉大眼的遗迹。大牛第一天见小娴,就甩过一篇童话让她到会议室去,一小时后再来见他。小娴只半小时多就推开他办公室的门,她画了两张四格插图,上了水彩。大牛愣了半晌,用手指头在桌上急速叩几下,短促地说:"你下个星期来上班吧。"

他理解错了,以为小娴图个稳定职业。

小娴清晰地把头摇给他看。小娴说:"不,我已经打听了,你们这里得每天坐班,还要签到打卡,跟人间地狱似的,这不是我要的生活。"

大牛眼眯起,好像怀疑自己听错了。

小娴继续说:"我只是稀罕你们刊物这块阵地,有个向孩子传播的渠道。小时候我就是它的读者,我妈给订的。对它有感情,我可以让它变得更好。"

大牛还是盯着她看,看了半晌才说:"你来了就好了。"

小娴后来才明白大牛说的好,其实是她这个人。她后来没有进文艺社,但给文艺社下属的那家刊物画插图,画了一阵,小娴的笔法开始起变法。其实是心情先变化了。按市面上说法,她是剩女,二十五岁了,甚至一次都不曾风花雪月过,勾动过她芳心的男人列数起来倒不少,樱木花道、黄金圣斗士、奥特曼、柯南,但他们都不过是漫画人物,不在现实中。母亲总骂她活在二次元里,小娴觉得二次元没什么不好,她自己挺喜欢,一点都不落寞孤单,直至大牛在她跟前频献殷勤。大牛没有直接说自己爱上她,大牛的做法很省时省力,只是给她活做,画过一期插图马上又画另一期,而每一期每一幅图都破天荒亲自审看。大意的人以为大牛敬业,小娴却知道他打算暗渡陈仓了。没吃过猪肉也见过猪跑,风月场上的空白掩盖不了小娴的智商,她懂。

以前也有男人玩过大牛类似的把戏,但都未遂。这一次小娴本来以为也不过是一场没有新意的旧戏,不料她在某个瞬间却摇晃了,一阵脸红一阵心跳。这个感觉很陌生,她哎呀一声知道自己完了,然后果然就成了大牛的怀中物。

问题是大牛有妻室——那时有。

终于没有时,已经两年过去。

两年间小娴什么也没问没催,她姿态很低,一副没心没肺的无所谓状。比如她从不主动打电话找大牛,大牛找她了,她或者接起,或者干脆不接听;又比如她从不过问大牛家中的情形,大牛要说,她或者听着,或者干脆充耳不闻。大牛喜欢上她了,她也只喜欢大牛一个人,至于大牛身后的一堆屎,那是属于大牛的,她没必要主动惹上去。有空时她喜欢在网上看分析星座的帖子,她生日是六月初,双子座,网上说这个星座最怕麻烦,这一点说得很对。

芳 邻

大牛说:"你不是人是神。"

小娴笑笑,她笑纳了这个表扬。吉人天相,她是相信的。天下万物那么错综复杂,她凭什么要去承担与接受?神难道就是这么慵懒的吗?该过的坑反正大牛自己去过,过不了,那也是天意啊。徐志摩早就说过了,得之我幸,不得我命。

后来大牛果然过了。大牛没说怎么过的,两年,七百多个日子都是大牛自己独自去面对,然后大牛捧着墨绿色塑料皮的离婚证书来求婚。小娴瞥了塑料皮一眼,有点讨厌那种阴暗的色调,但心里是高兴的,就点下了头。很简单,对她而言就是这么简单。她成了大牛的第二个新娘,随着大牛搬到锦绣小区。房子是新买的,到处弥漫着新油漆的焦辣味,大牛说没关系,他用的是美国进口漆,环保型,低污染,无伤害。而且,大牛非常兴奋地说,一切很快都过去了,你会喜欢这个家的。

其实即使油漆味不过去,小娴也已经喜欢上这个家了。栗色家具,雪白墙壁,欧式灯具,实木地板,并且宽敞,共一百六十平方米,两卧一书房一画室,真的很舒心,与原先在父母家被呵护也被管教相比,差不多就是天堂了——除了楼上。楼上每天连绵不绝的声响成为这个家唯一的败笔。

三

一般是这样的,给大牛的出版社画一个插图四百元,弄一期封面一千元。价格不算高也不算低,一开始就是这个标准,给小娴给别人一个样。有时小娴多画,一个月十来幅插图画下来,收入也不算低了;或者外接一些单位的宣传片,AE 和 MAYA 的课程小娴在大学里都是优等,所以制作起来也不太费事,连音乐都可以去素材库里找到,剪辑时小娴的节奏感一直很好,流畅而华丽。别人一分钟的片子收费一万三至两万不等,她五千八千也接,所以业务不断,挣的钱足以养好自己,根本无需仰仗大牛。画好的图和制好的片子,最多压缩一下,通过 QQ 就传过去了,也根本无需她出门。

麻烦就在这里。如果需要上班,小娴一早走,到晚上才回到家,两耳至少不会整天被楼上的各种响声所灌。每天早上六点还差一刻的那些声响只是序曲，接下去或者中午或者傍晚或者某个不经意的瞬间，总之随时可能响声惊人，震耳欲聋。

有时候小娴会仰起头久久看着天花板，恨不得那块水泥板可以像窗帘般轻易就拉开来。她真的好奇了，她想看看楼上住的人到底每天都在忙什么。

仔细回想，小娴住进来时，楼上还是沉寂的。那时新婚，世界很狭小，只剩两个人，但无论如何，耳朵还是清静的，早上总是在阳光中睁开眼，晚上也能在万籁俱寂中沉沉睡去。这样的安逸日子持续的时间大约五个月，第六个月响声陡起，楼上住进人了。

这个人小娴现在还是想见一见。她不用上班，那么楼上的那位呢？

她终于去敲了门，趁大牛去北京参加全国图书订货会期间。这是一月，天已经冷了，寒风有一股破斧沉舟般不管不顾的劲头。小娴趿着拖鞋，裹了件棉袄上楼。她太瘦了，个子又矮，一米六不到，皮之下就是骨头。身上缺脂肪，冷是她最大的敌人。

门紧闭，没有安装门铃，只能用指节叩门，先是轻叩，接着再叩，手上加了点劲，门却始终一动不动。

小娴不相信里头没人，那个猫眼，透着一道细细的微光，而有一瞬她分明看到它幽暗了一下。里头那个人看到她了，但不开门？

那天回到屋里，小娴一会儿坐画室一会儿坐客厅，总之是发着呆，什么事都不做。楼上本来她并不是非去不可，不是不去就会死，可是既然去了，却不明不白地未遂，她就不免有种一脚踩空的失落感。她把身子斜斜地靠住窗户，外面阳光很大，却很假，天地像铺着一层塑料薄膜。锦绣小区临河而建，楼前十几米外就是那条全城最宽的内河。说最宽，其实也只有二十多米，但已经很金贵。河对岸是金融区，玻璃幕墙高楼一幢接一幢。正对面是座宾馆，一入夜霓虹灯就殷勤闪出四个大字：锦绣宾馆。小娴有时会冷不防羡慕一下，从小到大，她都住家，住校，再住家，然后住到大牛的房子里，却从未住过宾馆。

一道尖利的声响，小娴惊跳起来，转过头左右看半天，原来是电话铃。

芳 邻

是大牛从北京打回来的。大牛问:"你在干吗?"

小娴说:"没干吗。"

大牛问:"这一期刊物封面弄好了吗?用QQ或微信传过来我看看。"

小娴说:"还没弄。"确实没弄,按计划今天该动手了,去楼上看一看就动手。一期期刊物总是时间卡得很死,任何一个环节都不能放鸽子。但是到楼上她却什么也没看到,为什么呢?她觉得挺无趣的。这件事的无趣,忍不住就放大了,无休止地蔓开。她没弄封面。

话筒里嗡嗡嗡响着,大牛静默了片刻,最终又开口:"不高兴了?"

小娴说:"还好。"

大牛:"我还要在北京两天。"

小娴说:"行。"

大牛说:"要不你也飞来转转?眨眼就下雪了,南方哪看得到啊!机票我打个电话帮你定?就下午吧,我查了下航班,四点多有一趟,有票。"

小娴打断他:"算啦,北京冷死了。"

大牛开始诲人不倦:"不冷,屋里有暖气,一件衬衫就热乎乎的。哪像我们那里啊,到处阴冷阴冷的,骨头都冻裂了。"

小娴没有犹豫,仍然短促地答:"不去,懒得动。"

大牛好像轻微叹口气,顿了片刻,呼吸声变粗起来。"你……去楼上了?"

"楼上?"小娴一下子没回过神来,问完就傻傻地等着大牛回答。大牛不答,呼吸声越发粗了,还有吞咽口水的声音隐约传来。小娴自己往下想,想明白了,脱口答:"是啊,我去了。"

"为什么要去!"大牛口气里有不满了。

"为什么不能去?"小娴从来不吃那一套,她不怕大牛不满,越不满她越追着拧。

大牛果然就没有往下发作。还是叹气,叹气都是蹑手蹑脚的,语调及时换成了讨好:"来吧,来北京玩几天吧。以后我每次出差都带上你,你这年纪死宅在家有什么好?应该出来见见世面!来吧!"说到最后,语调都带着古怪的嗲声了。

小娴想笑,猛地一怔,眉头又锁紧了。大牛在千里之外,他是怎么知道刚才她上楼找那个人了？怎么知道？啊,怎么知道？她觉得这个问题得问一问,于是她问了。大牛打起哈哈:"我是什么人？神人啊,你什么都别想逃过我的法眼。来吧,我带你在北京好好逛逛,就当是补蜜月!"

小娴不理他这一套,但她也不再问了,问也白问,不如自己想。为什么刚刚她才上了楼,敲了门,门没敲开,没有见到楼上的那个人,而出差在外的大牛却知道了？大牛还在话筒里甜腻腻地鼓动她,并说马上打电话订下机票。她嘟喃一句:"机票订了也不去。"就把话筒搁下了。然后她仰起头,盯着天花板出神。

楼上很安静,一点声音都没有。

四

要说小娴不在乎大牛那肯定是假话,不在乎干吗嫁给他呢？北京她也不是没兴趣,活了二十多年她还没去过首都哩,说出来都让人耻笑。问题是现在季节不对,她真的最恨冷了,皮下因为缺脂肪,一个个毛孔就像一个个天窗似的令冷风长驱直入,这一点大牛又不是不知道,知道了还要慌慌张张逼她去,那就更不对。是的,大牛真的有几分逼迫的意思。有心带她补度蜜月,前几天走时就该开口啊,走了三天,只剩两天了,突然来电话要她马上动身,这到底是演哪出戏啊？

她以前但凡对世间万物有不解,问大牛,大牛都会竭力回答,牛头不对马嘴也能滔滔不绝说上一通。但这次,明摆着大牛在闪烁其辞。怎么知道刚才她去过楼上？大牛怎么可能答不上？可是大牛就是不肯老实说。小娴撅了撅嘴,这是她表示有困惑时常用的表情。她妈妈以前很不满地指出,这样不好,会引发皱纹。哪个女人欢迎皱纹呢？小娴也讨厌,但很多事哪里是想改就马上改得掉的？况且,小娴也没刻意改过,主要是嫌麻烦。人生已经有那么多麻烦,能少一样是一样。

小娴站起,她做了决定,再上楼一次。

楼上屋子里有人,就是那个每天清晨、中午、晚上不时弄出一片声响的人,刚才小娴去敲过门了,里头不开。明明有人却不开,然后,却直接或间接跟大牛通了消息——还有其他的可能吗？没有。至少现在小娴没有想出来。

她开始高兴,觉得脑子一片通透。平时她总是无所谓,脑子浑浑沌沌,不料这会儿却一下子就把事情捋顺了。这说明什么？说明只要愿意,她还是可以有一点思辨能力的。原先她母亲一直认为她没有,她自己也这么认同。

她向铁门走去时,听到门在响。刚开始以为听错了,她没在意,直到她打开鞋柜取出外穿的拖鞋,一抬头才看到深褐色的大铁门在晃动。打开门,是一个头发染成酒红色的女人。

女人轻声说:"你好。"

小娴连忙接口:"你好。"

女人说:"我叫陈用玲。"

小娴说:"噢。"

女人说:"我有个女儿,十六岁,被我送到英国读书了。"

小娴说:"噢。"

女人说:"我女儿很漂亮,眼睛特别美,细长的单眼皮,水汪汪的,眼梢还往上吊,像古装戏里的美少女。"

小娴说:"噢。"

对话的过程小娴一直脸上有笑,站在门外的女人也有,笑得很浅,但柔软温馨,像远处弹奏的小夜曲。女人个子很高,骨架却小,脸庞窄窄的,皮肤上闪出适度的油光,便顿时有了几分圆润之感。小脸是日系动画片女主角的不二形象,很合小娴的胃口。是个美人啊,小娴心里感叹一句。小娴自己浑身骨架也小,偏偏脸却无理由地偏大,以前心血来潮试图去整容时,母亲会气得骂起来:那些脸小得像根筷子的都是狐狸精相哩！小娴从不觉得狐狸精多不好,甚至会在某个瞬间向往过她们的生动、妩媚与大胆恣意。她最终没整成容倒与狐狸精无关,只是怕疼,她不想额外承受那一场苦。

"你……是物业的?"小娴这才想起该礼貌地问一问了。在她印象中,只有小区物业管理处的人才可能找上门来的,催缴物业费或者其他什么。这事一向由大牛去物业处缴,与她无关,所以物业管理员她一个都不认得。不过她也就是顺嘴一问而已,要是对方不说,也无所谓。

女人好像没听见,正专注打量着小娴搭在门上的那只手——手腕有只老坑翡翠镯子,水头真好,闪着晶莹的玻璃光。小娴心沉了一下,有点不自在,又有点戒备。正要缩回手,却见那人已经笑起,眼光重新移到小娴脸上,很温和地摇了摇头,说:"我也是小区业主。"

"噢。"小娴这会儿终于生出好奇了。这小区有五幢三十五层至二十八层不等的高楼,规模不大但也不算小,应该有近千户人家。小娴住进来后,还从来没有哪个业主找过她哩,她也不找人。大牛专门为她装修了一间画室,那就是小娴的大半个世界了。所谓画室,其实也只有一台双显的电脑,一个屏幕联上手写板画画做片子,一个屏幕打开 bilibili 之类的网站追看日剧美剧或者韩剧。大牛曾很诧异,说你到底有几双眼睛啊?小娴只有一双眼,但她真的可以一边看剧,看弹幕上众人的各种火热吐槽,一边完成一幅幅画的打稿上色抠底。QQ 的弹窗一直开着,只是声音关掉,几个群聊的头像闪着土黄色的光,微博也没退下,仅仅最小化了,一会儿刷一下,该回复该参与话题,总之都不误。然后还有什么?就是上淘宝网。平时人家把稿费打进她卡里,她用卡支付购物,鼠标点一下,想要什么都能买到,下了单,几天之内货就送上门了。

她非常忙,太忙了,手机也永远联在网上,吃饭上厕所甚至洗脸刷牙都不妨碍拨拉拨拉。

大牛曾说:"没有电脑和手机你会死。"小娴想话虽难听,倒也是事实。没有大牛无所谓,没有电脑没有手机她真会死。电脑是她身体的第五肢,而手机则像从她巴掌上长出的一个果实。大牛还说:"原来孤家寡人指的就是你这样的人。"小娴不辩解,但也不同意。她每天都觉得周围朋友如云,Q 群里小学、中学、大学同学不是人?弹幕上一个个吐槽神人不是人?代沟这东西在床上没有,不等于生活里都没有。大牛每天上班早出晚归,回家还电话一个接一个追来,说的无非印数、码洋、版税之类。那只是一种活法,小娴根本不稀罕也不需要,她缩在屋子里就能连通天下,日子每天都有滋有味。既然不出门,她所认识的业主自然就几乎为零了。现在突然有个叫陈用玲的人找上门,脸上笑吟吟的,一派和气。

她想人家一定是来打听什么的。

小娴说:"进来坐坐吧。"这其实也就是句虚话,出于礼貌而已。能打

芳　邻　　159

听什么呢？同为业主，有交集的无非是物业费问题，房产证、土地证办理问题，可这些都是大牛的事，小娴一问肯定三不知。人家若是真问了，摇个头说个实话也就罢了，哪需要进屋？坐下来谈？

没料到对方竟像早就等着小娴的请，鞋一脱真进来了，一时小娴反倒愣在门旁。

当然很快小娴就回过神来了。来的都是客，这个家从入住后，还是第一次有外人踏入哩，大牛不喜欢呼朋唤友，小娴更没有什么友可唤。既是第一次，也就多少有点新鲜的意味。那女人看看厨房，又看书房、画室，最后在卧室门外停了会儿。小娴站在她侧面，想看看她的表情，却一直无法看到——她的脸总是往一边侧开，小娴趋前一步，她侧开一点。等到她终于把脸转过来对着小娴时，脸上依旧笑眯眯的。她真爱笑，笑得真好看，两个黄豆大的小酒窝摊在嘴角一跳一跳的。

"装修风格很特别啊。"她这样说着，还长辈似的顺手在小娴肩上拍了拍，又补充道，"这是你的风格。"

很少有陌生人对小娴这么亲切，小娴心里漫上一些喜悦。装修过程她不管，但装修风格确实是她定下的。她来现场看过一次毛坯房，然后回去画了大致的设计图，大牛再把图交给装修公司让他们按这种风格制出施工图。小娴不喜欢单一，单一在别人家也许是风格统一的保证，但也有呆滞单调之感。整天满世界跑的人对家中的单调无所谓，小娴却不得不计较一下，所以她理想的画室是色彩明丽的，弥漫着几分卡通的气味，书房则须以栗色家具铺陈出典雅，而卧室为了便于睡懒觉，被装饰得非常粉嫩，一股春天的缤纷与繁荣上下横溢，暗示她每天都可以放胆春眠不觉晓……这样，足不出户又如何呢？世界仍然完整地握在手中。

但是，为什么这个女人一眼就看出是她的风格呢？不是疑问，不是询问，而是直截了当地下了结论，口气那么不容置疑："这是你的风格。"

你的……风格？

她心跳一下子加剧了，慌乱中猛地往门口瞥了一眼。刚才她并没关上门，但现在门却已经关上了，是被风刮的。足不出户其实并不等于对外面一无所知，看微博和微信就知道这世界多么险象环生，今天谁被抢了，谁被偷了，谁杀了，谁被骗了，总之英特纳雄耐尔实现起来似乎越来越难了。之前小娴以为无论如何,只要家门一关,那些倒霉事就不会落到她头上,现在……呃,现在会不会呢?

也就是说,一直到此时,小娴都没有猜出来人的真实身份。以前母亲说她单纯,她虽相信自己与电视里那些参加相亲节目的同龄人相比,确实单纯了一些,但也仅承认一些,并不认为太多,现在倒是一下子就心虚了几分,腿下意识地收紧了,身子后缩。

这时候那个女人……哦,她叫陈用玲,陈用玲笑起,点点头。小娴以为她要说什么,她却不说了,转身开了门,径自走了。

门开起来时,厚厚的钢门古怪地吱了一声,以前似乎从未听到它发出过类似的声音。

五

大牛是当天晚上突然到家的。他本来在北京还有很多事,与发行商谈折扣,跟书商谈合作,一大堆欠款要催一催,好几个选题策划要议一议……

但是,他还是飞回来了。

他脸上密布着与那天赴京时完全不一样的表情,仍在笑,笑的缝隙里却分明有一股大敌压境的紧张感。

"回了?"

"哦,回了。"

"怎么样啊?"

"噢,挺好的。"

小娴却觉得大牛不够好。

两人洗漱过刚躺上床,还什么都没做哩,楼上的响声就起落一片了。

没有人说话,都仰着脸,像在专注聆听某缕神秘的音符。哗哗哗,似乎十几个不锈钢锅碗都被掀翻落地;噼噼噼,瓷盘瓷碟也摔下了;噗噗噗,该是拖动沉甸甸的桌子了;哒哒哒,像是在打扫地面……

大牛翻个身,转过脸,胳膊肘支在枕头上,手掌托住脸颊。黑暗中看不到他脸上的内容,但小娴感觉到他打算说说话了。

果然,大牛开口了。

"知道楼上这个人是谁吗?"大牛问。

小娴不答。

"她说她告诉过你名字?"大牛再问。

小娴还是不答。

顿了一会儿,听到大牛咽喉处有吞口水的声音。大牛说:"陈用玲,我的前妻。"

小娴一点都不意外,或者说她没大牛想象的意外。前妻?这个名词原本多么隔山隔水,遥远得宛若外星球的一株树木,突然却被带到跟前来了,摇曳起舞,哗哗作响。她动了动身子,好像要说话,突然却笑了。

她说:"原来你们联手在这里买房子啊,楼上楼下的倒很步调一致哩。"

大牛马上坐起,侧着身子树桩般硬硬戳在那里。

"小娴!"大牛叫道,"我买的是期房,当时楼还未封顶,售楼处带我进工地,这一层和楼上我都看了。他们规定一层加一万,我离婚是净身出户,手头紧,一万块也是大钱,就选了这一套——也就是说买房时,楼上根本还未出售。不是联手的,你误解了。"

小娴说:"然后呢?"

大牛像只泄气的皮球,整个人一软,仰头躺下,躺了一阵,才幽幽地说:"然后她就住到楼上了——可她啥时买的我并不知道,住进来后她才打电话告诉我。"

小娴哧的一声又笑起。这时候她怎么能笑呢? 一点笑的理由都没有啊,可是她真的笑了,挡也挡不住地笑了。然后她又觉得有几分抱歉,便伸过手拍拍大牛的脸。但手落空了,她以为自己手拍歪了,再一看,原来是大牛把头转开了。居然转开头,这个新鲜。这么说是生气了。可是小娴都还没开始生气哩,怎么反而先轮到大牛?

小娴觉得日子一下子也有点空了。之前她从没这种感觉。当然之前她也没遇到这种事。接下去怎么办呢?

接下去其实与小娴没什么关系了,但她再完全置身世外似乎也不对。第二天早上她写了一条微博,写时她脑子里忽然浮起淑贞的脸,淑贞就是大牛的母亲。她这么写：

> 我婆婆年轻时艳冠一村，后来隔壁住进一位更艳的女子，小名小娇。哎呀呀，小娇是我公公以前的相好啊。男人要有定力，千万不能随随便便就跟谁好，好过又岔道走开，小娇当然不答应，就一路追来，住到隔壁，每天摇曳生姿地寻衅滋事，以搅乱我公公婆婆的生活为己任。接下去这三个人会怎么相处呢？你们猜猜。

不多不少，恰好一百四十个字。这个小娴在行，她取一个"在下闲着"的网名写微博已经四年多，粉丝有五十六万多。按说她一个闲居在家者，不至于混成半大V，但她有绝招，就是三天两头抛出一个问题求解答，贡献最佳答案者先关注她，再私信照片，然后小娴为其画一漫画像上传，总是将其特点夸大，比如大嘴变更大，小眼弄更小，塌鼻成没鼻，无一不是故意极致丑化，居然都觉得好玩，看者和被画者都争着呈哈哈哈的图标点赞，每天应者鱼贯而来。世道真的变了。

> 祝贺你公公率先实现3P。
> 有竞争的日子多么波澜壮阔。
> 锤子剪刀布吧！也得大红灯笼高高挂？
> 哇操，还有一个连的二娇三娇四娇马上也跟来了⋯⋯

前两年微信推出时，小娴就下载到手机上了，但仅替代短信少让移动联通赚去钱，却很少在朋友圈里发言。都是熟人，他们美食、购物、旅游、孩子各种津津有味地晒，她看看就好了，不羡慕不嫉妒，却怎么也勾不起参与进去的兴致。还是微博好啊，能见识天下无数奇葩，却可以老死不相往来，所以小娴是微博控，却不控微信。如果说以前在微博上多少有点逗大家玩，这一次却不一样了，这次小娴真的是想讨点主意。却没人给她主意，之前那些漫画早就替她确立了微博的风格，聚拢在旗下的粉丝全是嘻嘻哈哈耍贫嘴斗机智的货。也不是都没质量，有一个说：

"烦转告你公公,必须把这个优点遗传下去啊!"小娴心里动了一下,所谓遗传,当然传大牛。

一整天,她觉得整个人都不好了。大牛也不好,在家的时间明显增加了,早上起床后迟迟不出门,这里那里磨蹭,单位打来几个电话,他接起,骂这个训那个,脾气比国王还大。"不管了,随便!"这话他重复了好几次。以前大牛不是这样的,他一边骂集团领导为做业绩往脸上贴金,每年各种考核指标不断上浮,大牛说,除了管卡压,他们什么屁事都不管。但骂归骂,转身又忙不迭找利润去,社里大小事他都像地主似的瞪大眼盯着,怕哪一本书亏了,哪一单生意跑了,早出晚归,三餐不定时。男人反正都这样,小娴就不去奇怪了。突然间大牛一下子撒手了,两腿恨不得沾在家里,反倒不正常了。其实在家也没什么事,早上醒来两人连话都不怎么说,不知说什么好。恰好是阴天,大牛的脸跟天气差不多,冷不防又笑起,皱纹比上吊的麻绳还生硬。

那天傍晚太阳还没下山,大牛又回来了,一返身关上门,就径自走到小娴旁边。

小娴坐在电脑前,头也不回。

大牛说:"你在微博上乱说什么?"

小娴没理他。大牛没有微博,微信还是她强行替他开的,以方便两人联系。所以一向大牛都不过问她的微博,劝过她,说画那些陌生人的漫画一分钱挣不到,浪费才华。小娴不听,很多才华本来就是用来浪费的嘛,有才华可浪费是人生一大幸福。小娴说:"我说是说了,没乱呀。"

大牛说:"我爸哪里得罪你了,你居然这么造谣中伤他!你以为自己是写小说的?给我马上删了!"

这下子小娴把身子转过来了,居然大牛知道她写了什么,奇怪。她说:"我不就是写着玩的吗?"

大牛吼起:"你写着玩?我爸我妈都气死了,什么鬼小娇,你怎么能这样瞎说!那一代人跟你怎么能一样?刚才我爸打电话给我时,声音都哽咽了。"

小娴咳一声,她更奇怪了。她问:"你爸怎么看到我微博的,他又不懂上网?"

大牛犹豫了一下才说:"是陈用玲告诉他的。"

陈用玲?小娴脑子转了一圈,才把"前妻"这个词衔接上。这么看来,陈用玲居然知道"在下闲着"就是她,并且关注了她微博?肯定没用真名吧?匿名潜了半天,就为了这一条微博?

小娴笑起,她说:"你刚才说什么了?"

大牛怔怔的。

小娴说:"你刚才好像说我像写小说的? 咦,你怎么跟我粉丝看法一样呢? 他们也都说我有写小说的天才哩,这么说我还真该写哩,是不是啊大牛?"

大牛嘴唇抿了抿,很重,可见他体内的火很大。不过大牛没有发出来。不发出来,那些火就跟小娴无关了。

六

淑贞和她老公宝根一起来了,说要住几天。他们来不太算意外,要住就奇怪了。

对于大牛的新婚姻,淑贞心情比较复杂,从女人的角度她仇恨大牛的喜新厌旧见异思迁,但从母亲的角度,她又觉得自己儿子快成老牛了还吃一回嫩草真是占了大便宜,这就是典型的屁股决定脑袋。没有人告诉小娴这些,小娴是自己感觉到的。小娴也没那么傻。其实结婚后淑贞极少来大牛家,据说以前那个家倒经常去,看来跟陈用玲关系还不错。也就是说,她见不得小娴的狐狸精样,但同意大牛躺在狐狸精怀里享受快活。事情都是相互的,你不来,小娴也极少去,去了都匆匆转一圈,然后就走。借口遍地都是,随便找到几个反正也不难。

所以严格说起来,小娴与淑贞夫妇还是陌生人。

既然陌生人来了,还要住下,这就不是平常的事。什么事呢? 当然跟楼上有关。小娴想也好,每天一大早楼上的各种响声,都她和大牛听太不公平,扩大听众,让淑贞夫妻也领教楼上的演出,好歹算开个眼界吧。

小娴又写了一条微博:

我婆婆到现在仍艳冠小区,她和我公公款款住进我家,敝舍顿时蓬荜生辉。问题是小娇的女儿也来了,她代表自己母亲搬到楼上住,楼板上燃烧着熊熊烈火。真是沸腾的生活啊!

不到一分钟,下面评论就哗哗哗涌来了。一堆互不相关的人,活在世界各个角度,鸿儒与白丁混杂,平时如果在街头迎面碰上,哪怕稍有刮擦,都可能大打出手,在网上却相亲相爱得像几辈子亲人,积极介入对方的每一桩生活小事,这好玩极了,小娴喜欢。

真是后会绵绵无绝期啊,你们家的小宇宙太强大了。
去年我和一位叫大娇的女子上床,至今仍念念不忘她的热辣激情,她妈妈就叫小娇。
夜深人静时,你公公轻叩楼上的房门小声说:女儿,爹来了……

这世界已经分网上网下两种族类了,平日看着周围的人一个个都呆板木讷谨小慎微,上了网却立即摇身一变。包括小娴自己,在大牛眼里她既单纯又娴静,话都很少,大牛不看微博,要是看了,肯定也目瞪口呆。即可以这样,还可以那样,一辈子因此多活了一个空间,可以展现两种迥异的面目,这是现代比古代好的地方,大牛不懂这个。

小娴挑了一条评论转发出去,并且艾特了王令旗。王令旗是她从三十多万粉丝里找出来的,挺麻烦的,但也还行,等于把粉丝全部检阅了一次。真是五花八门,有加黄V的,也有加蓝V的,还有一堆九零后叽叽喳喳的傻孩子和淘宝店主。从他们中,小娴发现了这个王令旗,头像不是人脸,而是英国大笨钟。王+令=玲,而且微博数零,粉丝零,从来不吭声,只关注她一个人,这些特征还不够明显吗?还令旗哩,还王的令旗哩。

王令旗是谁?果然就有人在评论里留言发问了。问归问,除了被选中画漫画者,小娴一般不跟陌生人互动,这是她有可能成长为大V的潜质之一。倒不是故作矜持,都是性格使然。看一眼照片,在手写板上划拉几下,一张漫画就出来了,在她是举手之劳,当成练手也不为过。画好了,在微博上贴出来,爱看不看。回复评论却是琐碎的事,这边说东那边却可能理解成西,然后骂声就起了。上一刻跟你再亲,下一刻就换出另一副嘴脸,怎么骂反正也见不着人,该放肆就放肆,想下流就下流。网这东西,真是诡异得很,也有趣得很。

王令旗是谁?她也不确定,要是她艾特错了,就当帮零粉丝的王令旗推送一下,免费做个广告吧。马上她又发了一条:

@王令旗 你下楼来坐坐。

为什么要发这一条她并没过脑。人脑远远比不得电脑,连古代的神算子如今都得靠边站,这个不服不行。凡事都有惯性,小娴坐到电脑前时,画画划动手写笔,打字敲击键盘,都属于技术性条件反射,她只管手动,脑呢?不是有电脑吗?

她盯着屏幕看,很多人继续问谁是王令旗?他们对小娴的关注度,也许已经很大程度超过对自己的父母妻儿,小娴问什么,他们都必须抢着答,小娴有新变化,他们又理所当然看成自己的变化。细想很可笑,但都成了事实。小娴仍然不理他们,她在等被她艾特的王令旗。

楼上没有声音,挺安静的。她扭过头瞥一眼墙上的挂钟,下午三点零六分,午睡的话也该起来了。没上网?

算啦,还是我上楼找你吧@王令旗

她握住鼠标重重点击发送,然后站起,走到门后的衣架前,正打算换下睡衣,就听到客厅里淑贞正在打电话。"你给我回来,马上回来,把这事给处理了。什么大娇小娇,是不是脑子出问题了⋯⋯她又不是我女儿,我哪有本事教她?告诉你,她要是我女儿,我非敲断她的腿不可!你马上回来!"

小娴愣愣地停下正拉柜门的手。电话的那头,一定是大牛吧?听起来,这次有人看过她微博,又马上通知淑贞同志了。那人是谁?当然又

芳 邻 167

是陈用玲。小娴马上返身重新在电脑前坐下，双击鼠标，结束屏保。屏幕上仍挂着微博页面，她把光标移到王令旗名下，加了关注。现在她也成为王令旗的粉丝了，唯一的粉丝，互粉一下体现公平。页面右面有一串她所关注的人在线状态，在线小方块呈绿色，离线小方块呈灰色。不过也难说，如果设定隐身状态，小方块也会骗人。王用玲的大笨钟头像就是灰色的，但不等于她不在线——咦，王令旗怎么已经对她取关了？刚刚她点下关注时，明明呈现互相关注的双向箭号，那么就是说王令旗就坐在电脑前，发现她也关注，吓一跳，马上取关。这不像一场猫与老鼠的游戏吗？小娴把十指放到键盘上，正要再艾特过去，画室的门响了。有人在外用巴掌啪啪啪地拍打着。

小娴打开门，是淑贞和宝根。

淑贞说："你来一下。"

小娴点点头，乖乖走出去，等老两口先在沙发上坐下，她才规矩地缓缓坐到他们对面，脸上挂着清淡的笑。"有事吗？"她柔软地问。

淑贞看了宝根一眼，似乎要让宝根开口。但宝根马上把眼移开了，嘴呵着，一副无辜状。一对男女几十年过下来，至少看上去还残存恩爱真不容易，但气场上母的强过公的很多。据说强势的母亲，一定会造就阴柔无主见的儿子，这样看来大牛还是侥幸的，柔是有点，主见却一点不少。

小娴有一双大眼，她眨巴几下，然后眼皮就像被焊住了，安静地撑着，看着婆婆。淑贞想说什么呢？说什么其实无关紧要。说吧，随便说。

"大牛要娶你，我们其实也没意见。"

这句话说完，淑贞侧过面看了宝根一眼。宝根笑着点点头，像是在鼓励她，眼神却仍处于飘忽中。小娴腹中小笑了一下。没意见？有没意见都是现在这种结果，反正大牛已经娶了她。

"我们得罪你了吗？你怎么一次次得寸进尺，有恃无恐，变本加厉？"淑贞的声音渐渐高起来。

这么说肯定不对，淑贞是前中学语文老师，宝根是前省文化厅办公室副主任，怎么说得像被小娴欺侮似的？就是可欺，小娴也懒得动手呀。不过小娴没有反驳，仍微微笑着，点点头。

淑贞渐入佳境,出现一种上课的亢奋状态,她说:"明明是晚辈,你怎么却弄得像我婆婆似的?生活里你不尊重我们,不照顾我们也就算,还在网上胡乱编排、诬陷我们,败坏我们的名声,我们到底欠了你什么?"

小娴终于笑出声,她说:"没欠。"

她说的是真话。大牛人不错,生下大牛的淑贞、宝根也挺好,不要说他们,小娴其实从没恨过任何人,恨人也需要力气的,小娴懒得花力气。网上写什么,是不需要考虑中心思想、段落大意之类的,淑贞可能不懂这些,把不懂的人扯进来也许的确有点不妥,可有几个人会把"在下闲着"的婆婆和淑贞划上等号?只有陈用玲。

小娴仰起脸看着天花板,正想着该说点什么,门锁响了,门开了,大牛回来了。

七

大牛对自己的近况,用了"心力交瘁"一词来形容。集团一位副总到龄了马上要退休,旗下几家出版社社长谁都可能顶上,可能性越多铆着劲盯着的人也越多。小娴脑袋转了几圈,突然明白过来,原来大牛说不定转身就不是社长,而是集团副总。有区别吗?小娴觉得没有,但大牛肯定有,否则他不会用这么沉重的语气来叙述。另外,就是陈用玲了。大牛以前没说,现在终于说了,他与陈用玲离婚,是净身出户的,之前的所有财产都留给陈用玲了,至于女儿留学费用,也一大半归他负责。"我无所谓钱,"大牛说,"人生太短了,我需要生存质量。"

小娴点点头,有点感动。她居然是大牛生存质量的一部分,之前她意识到了,但不够清晰。问题是,这个质量如今不是又大打折扣了吗?大牛把钱留给陈用玲,陈用玲花钱买了楼上的房子,每天制造各种动静,不就是为了降低大牛的生存幸福指数吗?

大牛叹一口气说:"我也没想到她会这样。一直以来她都是个特别识大体的人,很理性,离婚不愿意,但也不哭不吵不闹,只要求等女儿出国以后再说。净身出户也是我自己提出来的,她反而问要不要分点财产给我。你看,怎么想到她后来会这样?"

芳 邻

小娴忽然好奇起来，问："她是做什么的？"

"记者。"

"什么星座？"

"我不懂星座。"

小娴噢了一声，点点头。

大牛不解地看着她："为什么问这些？"

小娴想了想，她也不知道自己为什么会对这些感兴趣。除了每天太早被吵醒之外，她对住在楼上的这位前任并没有恶感，反而常常因为把大牛占下了而生出几许内疚。她说出了自己的内疚，她说："哪天我当面向她陪个不是吧。"

大牛马上把手掌一举说："跟你无关。"

"为什么无关呢？"

大牛说："也许你不相信，结婚第二年我就提出离婚了，她不肯，那时她刚生下女儿，我没坚持，就一年年拖下来了。门关起来，别人看不出来，但家早就形如空壳。你的出现，只是促使我下了决心罢了。也就是说，反正得离，你不知道在身边放一具没有感情的肉体是件多么可怕的事情……"

小娴头歪了歪，笑起。"大牛，"她说，"你说这话一点都不像男人哩。男人对肉体不是都不太讲究吗，所以妓女才能混口饭吃。有没感情是女人才在意的嘛。"

大牛叹口气说："我比你大，一直宠着你，大小事都尽量不计较……"

小娴打断他说："这样不对，该计较尽管计较，不必客气。"

这是小娴真实感觉，大牛话不能那么说，好像他们不是一个级别的运动员，却站在同一跑道上比赛，让她占了小便宜。她不喜欢这样。

大牛眨着眼，仿佛在酝酿情绪，半晌才用手往楼上指了指说："我跟你说这些，无非是让你相信，这一切不是我故意的，更与我父母无关。"

小娴说："没说你故意，也没说与淑贞宝根有关啊。"

大牛说："那你为什么要报复呢？"

小娴笑起，问："报复？为什么要报复？"

大牛一下子从椅子上站起，因为用力过猛，腿把椅子磕出几步，椅脚趔趔趄趄划过地板,摇晃几下,吱吱吱响。按这架势,大牛似乎完全是要发火吼起的节奏,最后他没吼,扭头看了看紧闭的门。刚才他从出版社赶回时,小娴正端坐在客厅听淑贞宝根训话。大牛说:"爸,妈,你们别急,我跟她谈谈。"然后就把小娴从客厅拉进画室,关上门。谈的不过这些,原来试图从社长变为集团副总让大牛很头疼,原来陈用玲结婚第二年就面临离婚的威胁,原来大牛对小娴也有很多不满只是忍着不计较。这三点小娴都没有想到。大牛当不上副总,也已经是社长,而大牛有再多的不满,也只能继续不满下去,所以比较起来,还是陈用玲最倒霉。她都这么倒霉了,小娴一下子就什么怨气都散了。不能和弱者争是非啊。

她掏出手机,完全是条件反射,又涌起发条微博的冲动。

结果手机到了大牛手里。大牛是一把夺去的,食指在屏幕上搔痒似的快速地划动。小娴笑起。小娴知道大牛想干吗。她的手机绑定微博,大牛想删掉与"我婆婆"有关的那几条。她站着不动,继续歪着头笑着看大牛。果然大牛划拉几下,就把手机塞回小娴手中,他不会操作。

"删掉!"他说。

"如果不删呢?"小娴轻声问。

大牛唇抿一下动几下,忽然吼起:"不删就离婚!"

小娴点点头,仍然说得很轻,她说:"那就不删吧。"

大牛盯着她看片刻,好像不知该做什么。接下去他忽然转身出去。画室的门原先是关上的,被他重重地打开又重重地关上,然后外面有一阵声响,类似于什么东西摔了,又什么人走动,再然后就是入户门也被重重地叩上,屋里终于归于安静。

小娴愣了一下,打开门走出画室,看到客厅是空的,几间屋子都是空的,大牛走了,淑贞宝根也走了。她趴到阳台栏杆往下去,一会儿大牛那辆黑色奥迪开出小区大门,看不到车里的人,但车里人的怒气分明剑一般穿透车顶,扑进她眼帘。是不是玩过火了?小娴忽然不安了一下,再一想,没有啊,她其实还没开始玩啊。

她走回电脑前,重新坐下,打开微博,点开王令旗的主页。不出所料,王令旗的粉丝不再仅她一个人,而是已经过千。退回她自己的主页,她看到一堆人在评论里问"你是谁"之后,都艾特了王令旗。现在的人肯

芳　邻

定比以前更有好奇心吧?他们本来生活过得好好的,突然间都被这个横空出世的王令旗弄得有点忐忑,唱着啊依啊依噢,着急地找答案。这样小娴就有责任满足他们,对,有责任!她猛地站起,换下睡衣,把钥匙装进裤袋,出了门,上楼去。

陈用玲家居然门微敞着,难道是在等她到来?

小娴进去,却不见陈用玲。正犹豫着要不要退出,后面门响了,回头看,是陈用玲,她正站在门外,一只手举起,用指节在门上轻轻叩着。

"你好。"小娴说。

陈用玲笑起,返身关上门,指着椅子说:"坐吧。"

椅子是铁艺制成的,又笨又重。再看屋里的其他地方,面积和楼下的一楼大,结构却完全不同,没有墙,整间一百六十多平方的屋子都打通了,除了角落里一张单人床是整洁的外,其余的横七竖八堆满了东西,铁的,铝合金的,不锈钢的,就是没有任何木制品,地面则肯定没装修过,保留最初工程水泥的粗糙简陋。

陈用玲拖过一张椅子也坐下,椅子划过地面时重重吱了一声,像电钻施工。原来楼下听到的噪音,远不及楼上听到的钻心刺耳。陈用玲每天所制造的响声,显然最大的受害者是她自己。小娴忽然有些释然。她说:"刚才门是开着的。"

陈用玲点点头说:"我刚才急着去送我婆婆——噢,是你婆婆,她打电话来说要走,我连忙冲到地下车库送她,走得太急了,可能门没关好。你怎么没去送送她?她最喜欢这种小资的温情送别场面。"

小娴说:"我不知道她走了。"

顿一下,又说:"我也不知道她和宝根,还有大牛都去了哪里。"

"宝根?"陈用玲嘴角向下扯了扯问:"你平时都对他们直呼其名?"

小娴一怔,摇头。当面她也喊爸爸妈妈的,不当面时,说起他们才用名字,主要是方便。小时候她就习惯直接喊父母的名字,名字而已,不就是个符号吗?父母从来没有不高兴,他们挺高兴的,觉得很有意思,与众不同。

陈用玲说:"我公公——噢,是你公公,他特别爱面子。"

小娴说:"大牛也特别爱面子,看来这个有遗传……"

陈用玲打断她说:"你既然知道大牛爱面子,为什么还老是不给他面子?"

小娴一下子愣住了,她没有想到陈用玲会这么说,完全像一个妻子在捍卫自己丈夫的尊严。可是大牛明明不是陈用玲的丈夫,大牛是小娴的老公。那个瞬间小娴不免鼻子酸了一下,她自己相信是感动。很少女人能做到这样,都已经被辜负了,还始终如此死心蹋地。一往情深太害人了,所以才这么不甘心,非得把房子买到楼上,再想方设法每天弄出动静。就算是报复又怎么样呢?总之是情有可原的啊。

八

小娴回家时,看了看挂在墙上的钟。她刚才上楼前也看过钟,这会儿再看,原来这一趟访问,共耗时一个小时二十三分钟。没想到居然去了这么久。陈用玲说大牛有高血压,这个小娴不知道;陈用玲说大牛脂肪肝,这个小娴也不知道;陈用玲大牛不能吃辣一吃就拉不出屎,这个小娴还是不知道。小娴坐在冷清的客厅里开始拨电话,这会儿她真的很内疚。

但是大牛没有接起电话。再拨,通了,那边马上又掐掉,变成忙音。

看来大牛真的生气了。之前大牛从没对她这么生过气,她也就没有任何应对的经验。再打也是没用,所以她就不打了,索性扔了手机,向后一仰,整个人躺在沙发里,两眼直勾勾看着天花板。楼上这会儿很安静,一点声音都没有。其实自从淑贞和宝根来了后,楼上就安静下来了,早上也不吵不闹,整座楼像一下子被削去一层。原来大牛虽然休掉陈用玲,但淑贞宝根并没休,双方一直保持密切联系。原来陈用玲虽然被休了,却仍惦记着他的身体和各种特点,而小娴却一无所知。自古婆媳关系能处得好,一般都功在媳。而陈用玲甚至只是前儿媳,这就不是一般的功了。至于为什么仍惦记着大牛,只能理解为还爱着。真不容易,换了小娴,小娴不会。大牛只是不接电话,她一下子就觉得内疚全部遁去,人形也模糊,得想一想,才能记起大牛的长相。大牛娶她这样的老婆真是倒八辈子的霉,还是算了,还是还给陈用玲吧。

她重新坐直,抓过手机,发了一条微博。

我妈说走吧,别赖着害人。我妈说你还没长大哩,快快回家。我妈说物(人)归原主,是优良美德。恭喜@王令旗

点发送后小娴就站起收拾东西。房子是大牛买的,要走应该她走,大牛可以回家,陈用玲可以从楼上搬下来。如同整理房间,把这一件东西搬一下,那一件东西移一下,然后生活就一下子整洁有序了。各就各位,就是这么简单。

与其他女人不同,小娴衣服很少,拖出一个二十八吋的行李箱装上就够了。其实她真正宝贝的只有手写板和电脑。手写板好处理,不过一本大三十二开杂志大小,往背包里一塞就妥妥的了。麻烦的是电脑,三十四吋的两个大显示屏,加上主机,她怎么扛得动?那就不要了吧,回头可以重新买一台,但机子里存的东西她得拷去。才买多久?半年不到。房子装修好,稍稍透透气就搬进来了。那时大牛要给她买电脑,她说不啦,我需要的配置跟别人不一样,我自己来吧。她就先用大牛的旧电脑上了京东。也就是说电脑其实是她自己花钱买的,电脑是她的,但没办法,她带不走。

她有两个2T的移动硬盘,存下电脑里头的东西应该够了。正拷贝着,手机响了,是大牛。大牛说:"你要走?走哪里?"

小娴头皮麻了一下,眼睛下意识地看了看天花板。又是陈用玲告诉他?

她说:"大牛,既然你想离婚,那就离吧。真对不起,我太不称职了。我走了,位子就腾出来,你该填谁就随便填吧,别客气。"

大牛说:"谁要离婚了?胡说八道!不许走,你等等,我马上回去!"

通话断了。断就断了吧,小娴叹了口气。她很少叹气,一叹就显得格外山高水长。就这么定了,没必要搞得跟梁祝似的还得十八相送。屏幕显示复制完成,她觉得应该格式化一下。既然把电脑留下了,新主人就理所当然可以用,而她储存在里头的东西人家未必感兴趣,对大牛的新生活却有干扰作用。另外,她的微博、QQ都设置了自动登录,如果以后谁都可以登,那她可不愿意。这些事她处理起来都不难,弄好了,她长吁一口气,觉得整个人顿时都轻松了。重新抓过手机,她用微信滴滴叫

了部车,车来可能还得有几分钟,她站起,走到阳台上等着,眼先看远处,其实也不远,就是河对岸的锦绣宾馆。一座楼离这么近,砖瓦窗都再熟悉不过,却不知究竟住着哪些人,那些人从哪里来,又忙什么事?这个世界她知道的事太少了,她叹了口气。

视线往回收时,恰好就看到大牛的黑奥迪像一只斗牛场上身上被扎了几刀的猛牛,跌跌撞撞地飞快拐入小区。大牛回来了,也没什么大不了的,那就友好握手道别。

小娴坐到沙发上,像等待约会般等着大牛。一会儿门上钥匙开始转动,门开了,大牛气喘吁吁地进来,头发杂乱粘在头皮上,发际线快退到头顶上了。大牛老了,是这几天气老的,还是本来就这么老?小娴不清楚,她好像一向也并不怎么认真打量大牛。很多男人腿都发育不好,上半身很正常,下半身鬼知道为什么往往都少长了一截,看上去整个人就像两截等距离的木头拼接起来的。但大牛不是这样,大牛个子也不高,腿却不短,看着就有修长感。当初也许正是这一点打动了她?另外大牛皮肤细嫩,五官清晰,气质偏文艺范,这些都算优点。给一个有诸多优点的人当老婆才几个月,就走到离婚的边缘,有没有伤感?也有,但不是太强烈。按理至少应该有点离愁别绪啊,可小娴确实没有。如果陈用玲不住楼上应该会有,但陈用玲不住,也不会离婚。事情似乎有些乱,但理一理都清楚了。一个前妻非得住到前夫的楼上,无论是报复解恨还是情丝难断,都说明前一段姻缘还千丝万缕地呈胶着状态,小娴从小就讨厌卷入是非,她不能因为是大牛老婆就不讨厌。

那就化繁为简,格式化,清空。离了是上策,同时造福三个人。

大牛急步过来,直接坐到小娴边上,一只手臂绕过来,勾住肩膀。小娴马上像电动玩具被人扭动了开关,整个人一颤,猛地往旁一跳。大牛问:"怎么啦?"显然大牛很意外,小娴正奇怪大牛为什么会意外,转念一想,觉得确实是自己错了。说要离婚,终究还没离,婚内女人的每一寸肉体,作丈夫的男人都有自由爱怎么碰就怎么碰。好吧,碰吧,抓紧点,过期就作废了。这么一想,小娴就坐稳了,两眼定定地看前方,不看大牛。

大牛说:"发生这些事不是我愿意的,我会尽快处理。"

小娴说:"不急,慢慢来。"

大牛把手抽回,他可能也觉得这个动作与小娴的神情很不协调。小娴身子一松,似乎一个千斤担子下从肩头卸下。大牛的手这么重?是心重。小娴又叹口气,她说:"你看是现在就去办离婚还是另找时间?"自己的事情还得归机构管,这就是现代人的麻烦,古人自拟一纸休书就两清了,古人明显更自由

大牛手重新搭到她肩上,这次是两只手一起搭,然后把她身子用力扭过来。"看着我,"大牛说,"为什么说离就离?她住上面跟我没关系,不是我授意的,我也是受害者,你不能这么绝情!"

小娴这下子真的就定定地看着大牛,眼睛、鼻子、嘴巴、脸的轮廓,她突然想做件事。她站起,去画室取出画板和素描纸,然后坐到大牛对面。她说:"你坐好,别动。"认识到现在,她还从来没画过大牛。从初二起她就开始正式学画,素描、速写、水粉的手艺说千锤百炼真不为过,网上那么多不认识的人,她都乐趣横生地画了一张又一张漫画,可是近在咫尺的这个人,却从来都忽略了。真对不起大牛,好在老婆生涯终于要结束了,结束前抓紧为大牛画一幅,免得以后内疚。

但是笔刚在纸上落下,一根线条还没勾出,忽然眼前就杂乱地舞来舞去。是大牛扑过来,一把扯过画板狠狠摔地上,纸被他揪起,撕,又撕,再揉成一团扔掉。小娴从没见这样子的大牛,眼球外鼓,脸通红,额上浮起的青筋一跳一跳的。

大牛吼道:"别闹了,离个屁婚!我已经离过一次了,遍体鳞伤得像一只癞皮狗,刚过几天舒心的日子,你又来又来又来!"

小娴坐着不动,只是把手上那把6B铅笔快速打转着,看上去像握着一只小小的风车。

大牛发起火来,原来还挺性感的。

九

小娴后来就没走。她还没学会非这样或者必须那样,反而更习惯于别人让她这样就这样那样就那样。但她睡到画室的小折叠床上,不与大牛在同一张床上共眠。要是没爱或者爱不够,她觉得浑身每一个毛孔都

长出了双勾刺,肢体触碰起来别人痛她自己更痛。从这个角度看,妓女真了不起,对多脏的手都能笑脸奉迎,张腿比鸟儿张翅膀还浑然天成,叽叽喳喳叫着,又爱岗又敬业。

大牛劝了几次,拉拉扯扯没用,哄好话也没用,最后只好耷拉着脑袋独自进卧室,好像并没睡着,至少没睡好,一连几天都眼皮浮肿,一脸萎靡。显然大牛很讨厌这种现状,他说:"你给我一星期时间。"

小娴笑了笑,她对时间没有概念,一个星期与一个月的区别无非是多睡还是少睡了几次。人躺到大床上当然舒服,不过小床也不难受,躺下,闭眼,睡着,程序无一例外。起来时大多已不见大牛,桌上留一张纸,告诉她一碗小米粥保温在电饭煲里是她的早餐,他出去办事,晚上可能回来得晚,冰箱里有某某与某某,都已洗好切好,她自己动手煮一煮裹腹,千万别偷懒饿成芦柴棒,云云。这样的日子好像也还可以,开了电脑重新上网重新画画重重做片子,只是心里多出一种临时性的感觉,仿佛也住进对面的锦绣宾馆,随时说走就走。陈用玲呢,陈用玲哪儿去了?清晨不是在楼上稀哩哗啦的声响中醒来,反而不习惯了,没有那些声音,小娴其实也都在那个钟点自动醒来,然后睁大眼盯着天花板出神。

所以她知道大牛什么时候起来,又什么时候出去,只是知道而已,躺着听得见外面的动静,躺累了,她才缓缓起来,潦草洗漱一下,吃了大牛搁桌上的早餐,然后坐到电脑前。日子就这样继续着,她有点想念陈用玲了。

@王令旗 你在哪里?

这条微博发出后,她身子向后靠,半躺在椅背上,眼一直盯着屏幕。据说长久这么盯着,辐射会令皮肤粗糙。糙就糙吧,小娴无所谓。平日里她连化妆品都不怎么用,实在干得太紧绷了,才从网上随便买盒润肤露抹抹。反正大牛年纪比她大,有他垫底,小娴老得起。十分钟二十分钟过去,王令旗都没有回应。没关系,小娴不着急,她继续坐着发呆。这是她最喜欢的状态,以前就是中考高考在即,她也动不动就出神。母亲很着急,骂她浪费时间。人生这么短,千辛万苦地拼不就图个舒服?既然干坐在那里就已经很舒服,为什么不及时宠一宠自己?

后来她终于又坐直了,双手搁到键盘上。陈用玲会不会出事了?这个念头一旦冒出来,就擅自开始膨胀。大牛提出一周的时间,他拿去干吗?当然是对付前妻。离了婚本来已经两清了,但事实上清不了。陈用玲来了,楼上的每一道声响都在抒发她的不满和怨恨。这种事一般女人做不到,陈用玲既然做了,就不会轻易罢休。

可是现在天花板却无声无息。

@王令旗 你可别走绝路!

对,小娴就是这么想的,她突然发现自己心跳很不正常。大牛每天早出晚归,归来也没说什么,一脸忧愁地试图与她说话,她没觉得有话可说,大牛只能悻悻而去。大牛太在意她了,没想到大牛这么在意她。这样不好,最不好当然是万一大牛失控伤人或者把陈用玲逼上绝路,那就不可收拾了。

人都会有忽然被自己吓着的时候,小娴以往没有,或者说很少,平时都悠哉攒在某处,并不徐徐释放,猛地爆发一次,就是地动山摇。小娴站起来,她低头看了看自己的双掌,十指白得像葱头,还微微有些抖。血们从心脏出发,没走出多远,就颤颤地折回去了,无法抵达指尖。她把双掌合到一起对搓几下,就是在这个瞬间她做了个决定,她抓起羽绒衣披上,出了画室门,再出了家门。她上楼,走到陈用玲家门外,长吸一口气,重重吐掉,开始压门铃。里头安安静静的,小娴迟疑一下,再把门铃一下一下地压着。叮咚,叮咚,居然声音和她家的一样。也许全城乃至全国每个家庭的门铃都是一样的?是谁最初想出这个古怪的声响,然后为什么会疯草般古怪地重复模仿?

猫眼上有一线光亮,小娴把眼贴近去,却什么都看不见。能看见才见鬼啊。她悻悻地下楼,回屋后马上拿起手机,先看微博,王令旗仍然没有回复她,于是她拨了大牛的手机。很迫切,她必须立即证实陈用玲还好好活着。

她说:"大牛,你在哪里?"

大牛说:"医院。"

小娴脑子嗡了一下,连忙问:"谁病了?

大牛说:"我妈。噢,没太大问题,你不用担心。"

小娴长吁一口气,她从没担心过淑贞啊。她说:"那你告诉我陈用玲的电话。"

这个大牛显然没有想到,电话那头有粗粗的声音传来,大牛不是说话,是喘气,过了半响他才开口,他说:"她就在旁边。"

轮到小娴吃一惊了。生病的人明明是淑贞,为什么陈用玲就在旁边?就在旁边是什么意思?这么巧就在旁边?

陈用玲的声音从手机里传来了,很粗糙的一句:"喂!"

小娴问:"你是陈用玲?"

"嗯。"

小娴说:"你没事吧?"

陈用玲反问:"你希望我有什么事?"

小娴只见过陈用玲两面,她想起亲眼目睹过的那个陈用玲,满脸笑意盈盈,眼睐成半月形,说话又香甜又酥软,哪曾想从电话里传来的声音每一气息都带着寒光。她一怔,唇齿有点磕碰,好一阵才回过神来说:"噢……你没事就好。"

话筒静了一下,然后再响起时,又换成了大牛的声音,大牛说:"小娴……"

小娴像被烫着似的,立即把手机从耳边拿开,摁下通话结束键。

接下来小娴没有放下手机,她几乎一口气接连发了十六条微博,但都点了"仅自己可见"。之前她一直排斥这个选项,人不能这么自私,偌大一张网,就是让那么多陌生人从各自蛰伏的角落,竞相发出微光,相互吐槽彼此取暖,天涯若比邻。人人都不往上面贡献才智,都仅自己可见,那网上不就死一般寂寥吗?

想到寂寥这个词时,她打个呵欠,居然又困了。当初到出版社应聘,社长大牛曾煞有介事地询问她是否有爱好?她毫不迟疑地点点头说:"有。"大牛问:"是什么?"小娴说:"睡觉。"不是开玩笑,是真话。人死了就是永远睡下不醒了,为了一点点减少对死的恐惧,我们需要用一生的

芳 邻 179

时间反复练习睡,最终才能学会把小睡积成大睡的本事。

她扭头看了看屋角那张自己已经睡了几天的小床,只有一米宽、一米九长,严格说来不过是张儿童床,它本来放在画室里,是作为她平时小憩用的,不料却得整夜整夜承载着她,幸亏她瘦,身子蜷一蜷也过来了。但一个人怎么可能一辈子都蜷着睡?

她站起,先把手机装兜里,再从抽屉里取出身份证和银行卡,然后走出家门。

门合上前,她扭头瞥了一眼客厅墙上的挂钟,上午十点五十六分。

十

醒来时屋里黑乎乎的,小娴眨几下眼皮,不知是几时又身在何处。定神想了想,又抬起屁股颠了颠,终于扯动嘴角微微笑起。画室那张小床不可能这么柔软,仿佛被一堆棉花团团托住,就是她以前和大牛一起睡的大床也不是这样的。宾馆,锦绣宾馆,站在阳台上看了那么久,终于住进来了。

睡觉前她习惯把手机关掉。睡眠的重要性不仅仅之于女人,手机应该同样不可或缺吧?她由己及彼,觉得也该让它每天好好睡一觉,才能更好地运行。手机放在床头柜上,小娴伸过手抓过它,按下开机键,同时开了灯。也许是晚上了吧,她不知道。但手机屏幕亮起后,显示是十五点十三分。也就是说才下午三点多。瞥一眼窗户,上面拉着厚厚的遮光窗帘,她正想起来把窗帘拉开,手机就像被人点着了鞭炮,一长串提示音后脚赶着前脚噼噼叭叭涌来了。

有人找她?这么多人找她?

她点开来,其实只有一个人,就是大牛。

大牛中午打电话回家没人接,赶回家也不见她,再打电话去她娘家,说没回去,大牛就给她发短信、微信,一个接一个,越来越焦急。"在哪里?马上给我来电话!"

大牛肯定记得她睡觉要关手机,只是大牛不知道她去宾馆睡觉了。她不觉得有马上给他电话的必要,她很忙,得看会儿微博——哗,居然有六百多条@她的微博,这种事之前从未有过,她一下子翻身坐起。仅仅睡了一觉,她怎么忽然就被这么多人惦记了?"在下闲着"在微博上不过是个爱编些段子、画些漫画的闲人,却被深切关心,纷纷认为她有什么想不开,已经自尽或者即将自尽。网上的好人似乎比现实多很多啊。

但是她为什么要自尽?

意识到这个问题时,她猛地翻身下床,走到窗户前,把帘子拉开。外面的阳光像盆凉水一把扑来,她下意识地脑袋一闪眯起眼,眼皮再睁开时仍然觉眼珠子热辣辣地胀疼。没料到阳光也会伤人,幸亏不至于伤心。到处明晃晃的,房子、道路、树木以及行人都笼罩在淡黄色的光晕里,这就是被反复歌颂过的冬日暖阳啊。上午在宾馆总台登记入住时,她特地挑了临河的房间,从窗户向外看,能看得见河对岸的锦绣小区。十二楼阳台上还晒着她的几件衣服,睡裙、文胸、短裤、袜子,熟悉中又弥漫着深不可测的陌生,像透过屏幕看电视里的自己。

活着这么好玩,为什么要自尽?

她在靠窗的沙发上坐下,现在她要好好捋一捋微博上忽然出现的这些是非了。

  @在下闲着 你还欠我一幅画,等画好再死不行吗?
  @在下闲着 你要是有种就拿一把刀刺向伤你的人而不是自己!
  @在下闲着 你他妈到底怎么了?
  @在下闲着 小娇的故事还没说完,你可不能死……

小娴食指触屏快速拨动,指尖的皮肤已经在日复一日的磨擦中长出薄茧,终日微微发热。她曾经想过,因为手机,人类的食指总有一天会膨胀茁壮,变异出木秀于林的奇观吧?

感谢食指,她很快找到了根源。是王令旗,一个小时前,王令旗反复转发那条"@王令旗 你可不能走绝路"的微博,并留下一长串的评论,每一条都用词紧促急切,劝她不要偏激,不要走极端。有人发现这些评论,转发出去,就发酵开了。

今天真的很特别啊,脑洞都开到天边去了,她得静静补一补。到底发生什么了?早上起来,上楼找陈用玲,陈用玲不在,她打电话给大牛,大牛在医院,陈用玲恰好在旁边……这也没什么大不了的啊,接下去她只是困了,想找张大床睡一睡而已。大牛那边就没这么简单,大牛可能心虚了,打电话没人接,家里没人,打手机又关机,便让陈用玲发微博找她。他们联手起来仍像一对默契的夫妻。他们当初就不应该离婚。

刷新一下,王令旗的评论又跳出来一条:

你到底去哪里了?你老公急得想报警了!

小娴皱皱眉头,报警就没意思了吧。她连忙写了一条微博:

怎么了你们?在下好好的,只是睡了一个好觉,吵着大家了?抱歉啊!@王令旗

胳膊有点酸了,她把手垂下,手机搁到膝盖上。如果没有猜错,不用五分钟时间,大牛就会打来电话。她起来上次厕所,回来再坐到沙发上时,手机果然响了,来电显示,正是大牛。大牛说:"小娴,小娴你怎么了?"

小娴说:"我没怎么了啊。"

大牛说:"你和谁睡觉了?"

小娴说:"和自己。"

话筒有点杂音,嘎嘎地响着。大牛可能有点无所适从,吱唔了几声说:"小娴你告诉我在哪里?或者你马上回家来好不好?"

小娴说:"我还有事哩,先这样吧。"

她说到做到,就把结束键按下了。确实还有事,什么事呢?她凝神想了想,点开王令旗的微博页面,发了一条私信:有空吗,我们见见面?

马上她追上一句:就我们两人!

要是大牛也来了,就滑稽了,所以她必须强调一下。

大约一分钟过去,也许有两分钟,私信提示音响了,王令旗说可以,

又问在哪里。

上午走进锦绣宾馆时,小娴记得自己曾瞥了大厅旁边一眼,那里有家咖啡屋,格调不错,很安静。她们需要安静的场所。她把地址发了过去,王令旗很快回了一个 OK 的表情。

也就是说,她们终于正式约会了,以前那两次见面姑且算是铺垫吧。似乎应该准备一下?算啦,她只是草草把马尾辫解开重新绑一下,就下楼了。有了手机后,打发时间这件事就好办了,她做好等一个小时左右的准备,但二十分钟不到,王令旗来了,果然就是陈用玲。

小娴忽然觉得哪里不对头了,噢,陈用玲与以前见到的不一样,化了妆,穿连衣裙,关键是还穿了高跟鞋。她本来个子就比小娴高,高至少十公分吧,现在更高了,走近时,小娴必须仰起头跟她说话。其实她比自己更配得上大牛,小娴想,身材以外,脸部五官也精致,下巴尖尖的,眼睛细长妩媚,完全符合上下几千年中国美人的标准,大牛真是瞎了狗眼。

"我知道你在想什么。"陈用玲笑起。

小娴也笑笑。她再次猜测起陈用玲的星座,一定是天蝎的吧?心思这么缜密,复仇欲这么强大,与网上那些星座分析非常接近啊。这没什么,逻辑上可以成立,虽然换了她肯定不会,但换了别人别人也会这样的。长得这么漂亮,却被其貌平平的出版社社长甩掉,偏偏社长再找的老婆却是小娴这样瘦小虚弱的,要个子没个子,要相貌没相貌,简直是羞辱啊。小娴能理解,她没有恨过陈用玲,当然她也从来没恨过其他人。相反她现在要下决心帮助陈用玲,不能再犹豫了,别以为她都没当机立断的时候。作为前妻,却搬到前夫新家楼上每天弄出声响,只有仍爱着的女人才肯如此不顾一切,这种爱必须得到尊重。

小娴说:"大牛其实对你还是有感情的,你们应该复婚……"她看到陈用玲嘴角轻轻向上扯了扯,似乎是笑,但又不太像,所以就有点恍惚,不知该不该往下讲。

当然,既然她已经把陈用玲约出来了,就必须往下讲,她说:"我没有问题,大牛不太适合我,性格有冲突。我还不成熟,给谁当老婆都不合适。"

陈用玲打了个呵欠,刚要张嘴,就马上用手掌捂住了。她好像很抱歉,又笑了笑说:"这几天都在医院里照顾病人,一直没睡好。"

那个"病人"应该就是淑贞吧？小娴有点不好意思,淑贞是她的现婆婆,却是前儿媳在医院里照顾着。不过也许淑贞正是被她气病的,要是她去照顾,人家首先不肯,看见她在跟前晃来晃去,会气得病更重。她离婚,陈用玲复婚,连淑贞和宝根都受益,算是多赢,何乐而不为？她说:"如果我们两个达成共识了……"她不禁也笑了一下,主要是没料到自己居然会使用"达成共识"这样政治化的词组。"对,只要我们两人同意,大牛应该也不会有意见。大牛这个人心地挺善良,你们不是还有个女儿吗？以后一家人重新生活在一起,多好。"

陈用玲靠在椅背上,双手搁在膝盖,脸上表情不多,但隐约透着笑意,像阳光躲在云朵后的温和晴天。她一直看着小娴,小娴却不敢始终与她对视。气场真大啊,小娴想,完全是个大腕的范儿,可惜被婚姻伤了元气。以后应该可以得到修复,成全了她,也算积点德吧？

小娴俯身向前,提起茶壶,往陈用玲杯子里加点水。是她约出陈用玲,所以她是主人。

陈用玲手指尖在桌子上叩叩,说:"谢谢。"

小娴说:"别客气。"

陈用玲端起杯子头一仰喝光,放下杯子时,自己又拿起茶壶倒满。她的动作有点急切,仿佛口渴难忍。然后她说了一句小娴完全没有想到的话,她说:"我女儿不是大牛亲生的。"

十一

陈用玲说:"谁没犯过错呢,是不是？"

这时她手机响了,接起,歪着头,眼皮垂着。她说:"噢,是是是,我一会儿就回医院。你别急,听医生的,对,乖一点,先把药吃了。别等我……唉,你看你又任性了,这样不好。吃了药,身体就能快一点康复,然后你也可以早点回家,听懂了吗？呃,听话啊,不听话我就不理你了。"

话筒里隐约传来淑贞的声音,拖腔拖调的,几乎在撒娇,而陈用玲的口气也完全像大人哄孩子。大约淑贞又提出几个要求,陈用玲连声说好好好,脸上真的布着母爱的光芒。然后她按掉通话键,把手机放桌上,摊了摊手,重新看着小娴,仍然笑着。她说:"你猜猜看我年轻时长什么样子?"

这个问题当然不是为了得到答案,只是顿了顿,陈用玲马上就又开口了,她说:"我曾是我们报社的社花,哈,你不是我们这行业的,那时也还小,根本想象不到年轻时我有多趾高气扬,真可笑,太幼稚了。但我却嫁给了大牛,他那时还不是社长,只是一名小编辑。为什么会嫁给他?我也不知道。呵呵,我总是迷迷糊糊就做下一件改变命运的大事。"

小娴的手机这时也响了,小娴低头看一眼,屏幕显示是大牛。她用食指划拉一下,拒绝接听。她的耳朵现在忙极了,必须全部留给陈用玲。

看上去陈用玲心情不错,脸颊绯红,眼珠子闪出蓝宝石的光。"结婚第二个月我跟我们报社的社长一起出差,然后晚上就和社长睡到一起了。哈,都是迷迷糊糊给害的,真的不知道为什么哩,反正是第二天早上才回过神来……匪夷所思吧?我们那时候和现在不一样,你们八零后现在活得多现实,人太现实就无趣了。不过浪漫也是有代价的,很奇怪,和大牛结婚一个月都没怀上,跟社长就一夜却中枪了。刚开始连我自己都不知道呀,大牛当然也以为是他的,高兴坏了,真的像只牛整天不停地跑前跑后,悉心照顾孕妇与产妇。"

小娴手机又响,还是大牛。小娴仍然没接起,她不想接。

陈用玲指甲很长,修剪精致,涂着孔雀蓝的指甲油。她用手指尖轻叩几下桌面上的玻璃,说:"索性接了吧,要不他会一直打的。"

小娴拿起手机,按下关机键。

陈用玲笑起,耸一耸肩说:"你这样会把他逼疯。"她在自己手机上按几下,又说:"我前两天刚加了他微信,我告诉他正和你在一起喝茶。唉,他这个人啊,你没我了解他。当然我也不是全部了解他,那时我以为他不会在介意。还是那句话,谁不会犯个错呢?错了就改嘛,我又不是故意的。"

手机又响了,是微信提示音。陈用玲拿起,似乎要看,又放下,顺手把声音关掉。"他就这样,有时挺烦的。不过,唉,你也知道他挺在乎你的。以前他也这么在乎过我,他追了我三年才追上的。我任性惯了,后来却怎么低三下四求他都没用。最奇葩的是,他听到我和社长的事居然憋着,连他父母都不说,自己偷偷做了亲子鉴定,然后才死活要离婚。如果不是我女儿,他可能早离家出走了。养着养着,他与我女儿也有感情了——感情很深,大牛对她比对我好。"

边说着,陈用玲边给小娴也添了茶,她说:"喝吧。"

小娴没喝,她也忘了说谢谢。生活这么复杂,她完全没有想到。她忽然站起到服务台要了笔和一张纸,然后重新坐下,看着陈用玲。她说:"我画一张你行吗?"

陈用玲似乎不自在了一下,还是点头。

没有花太久时间,一分钟不到,纸上已经出现一个漫画人物,尖下巴、高鼻梁、小酒窝、厚红唇、大胸、肥臀、细高跟,她不是女人,是女神。小娴把画递过去,陈用玲接过,低头看了很久。抬起头时,她眼神迷迷蒙蒙的,她说:"真厉害,把我的五官和神情抓得这么准这么传神。你能把我画得丑一点吗?像你在微博上画别人那样。"

小娴坐着不动。

陈用玲说:"我在你眼里真的有这么好看?"

小娴点点头。

陈用玲说:"这幅画可以送我吗?

小娴又点点头。她想要是大牛能与陈用玲复婚的话,这画就当是送给他们的礼物吧。只是复婚还有可能吗?她觉得应该问一问比较好,所以她问了。

陈用玲把画小心放在桌上,盯着她看了半晌,又笑了笑。"你真好玩。"她说,"复还有什么意思?复婚是天底下最蠢的事。"

"那……"小娴想骂自己,她今天说的话太少了。明明主动约人家出来,结果却不知所云。

陈用玲说:"你想问为什么不打算复婚我又要搬到他们楼上,整天使坏吧?哈,一离婚我就谈了个男朋友,同居没几天又散了。我都散了,大牛怎么能过安生日子?恰巧你们楼上那房子二手出售,闲着也是闲着,就买下了,过来闹闹。对不起,我不是冲着你的,你只是顺便被打搅。"

她放在桌子上的手机扑咚扑咚地蹦跳,是振动铃声了。她慢悠悠伸过头看了看,马上接起。"好好,我马上去医院。"说着就站起,提起包。

"哎……"小娴也站起,仍然有话要说,却还是找不到词。

陈用玲说:"先这样吧,医生的电话。这个前婆婆真神了,非得我在跟前才肯吃药打针。我可能上辈欠她了,这辈子就是跟她有缘。离婚离不断婆媳情啊,哈哈,有趣吧?我们以后再聊,再见!"

小娴手掌举起,轻轻摇了摇。她有点恍惚,居然舍不得这场约会马上要曲终人散了。眼光像橡皮筋般拉长再拉长,她一直看着陈用玲走出茶室,走过大堂,走到宾馆大门口。

"等等!"她突然喊了一声,迈出腿,飞快跑过去。

一路上她并不知道自己要做什么,到了陈用玲跟前,她猛地张大双臂一把将陈用玲抱住,陈用玲很意外,整个身子僵硬着,扭动几下,试图挣脱。

小娴没有松手,她抱得很紧,整个脑袋埋进陈用玲肩膀。这一瞬间,她的时间仿佛停止了,只专注于缓缓地沉入那个绵柔的肩膀,如同沉入一片无边的海洋。

(原载《芒种》2015年第5期)

较　量

荆永鸣

一

这天上午，钟志林很郁闷，早晨上班他迟到了十分钟。按说这没什么，甚至很正常。普通人的生活琐琐碎碎，一地鸡毛，两眼一睁，谁家还不许有个大事小情？即使家里没事，也保不准路上会遇到什么情况，现在的马路就是整个社会的缩影，多乱啊，任何一种突发事件都可能会改变一个人的生活或节奏。作为城市里的上班一族，谁敢保证不迟到呀，迟到就迟到了，只要领导不给你难堪，又不扣发你的奖金，大可不必为此而郁闷。

问题是，钟志林的迟到不是家里有事，也不是路上遇到了什么情况，而是在一些常态化的生活细节上，他把自己搞乱了。早晨，他像往常一样，六点钟准时起床，依次处理了几项自身问题之后，开始做饭。通常家里的早餐都是由妻子做，但妻子值夜班的时候，他就得亲自下厨。其实下厨也简单，这天早晨，他给自己做的是一碗热汤挂面，面里揪了几叶小油菜，同时还卧了个荷包蛋。

挺好，一青二白，吃吧。

刚吃一口，他便皱起了眉头：咸了！

这时他想起煮面的时候曾打过一个愣儿：加盐了还是没加？当时他是觉得没加，现在他可以断定，这盐无疑是加重了。他只好把那碗面进行二次处理：滗出一部分汤，再加入一点老陈醋，这样就可以减轻面的咸度了。不料却恰恰相反，尝了一口，比原来更咸！这时他才发现，加到面里的不是什么陈醋,而是老抽儿!如此的错上加错,把钟志林的情绪彻底搞坏了。结果,这顿早餐他只吃了一个荷包蛋,剩下的面,则一赌气倒进了马桶。心烦了一会儿之后,他看了一眼墙上的挂钟,便赶紧收拾自己,出门,上班。

走到楼下,他突然觉得不对,是不是还烧着水呢?反身爬上五楼,进门一看,水壶正在燃气灶上喷着白色的水蒸汽,吱吱啸叫。幸亏想起了这事,否则麻烦就大了。他关掉燃气,把开水灌入暖瓶,以便给值夜班的妻子备用。然后转身出门,下楼。到了底楼,有个邻居正背着身子锁门。他心里又生出个疑问:锁门了没有?想了想,没印象。他再次返回五楼,用手一试,像昨天的情况一样,门锁了。这扯不扯!

第三次走下楼梯,钟志林脑门上已经沁出一层细汗。走出小区,马路上满是车辆和急匆匆的行人。他下意识地一摸兜,竟然没带手机。说起来奇怪,过去没手机也没觉得有什么不便,现在不带手机就像和整个世界都失去了联系。人就是这样,不能逆转,有许多东西你可以一直没有,但不能有了之后再失去。钟志林返回小区,正要上楼,屁股上突地一振,同时响起了熟悉的铃声,这时他才知道手机装在了屁兜里!

电话是赵淑芬打来的,问他中午吃什么菜,下班后她顺路到菜市场买回去。

随便!钟志林只说了两个字便挂断了电话。知道时间紧了,他只好加快步伐。走到小区外边的那条狭长的胡同里,见前后没什么行人,他甚至不顾自己的年龄与身份,很不自重地小跑了几步。尽管这样,到了单位,他还是迟到了十分钟。

一进办公室,他便撞上了苏丽娅略显吃惊的眼睛:

咦,主任你没去开会啊?

钟志林一怔,恍然想起昨天的通知,他竟把科室负责人例会的日子给忘了!

会议已经开始,谈生正在讲话,钟志林来到自己平时的位置坐下。平时,虽然他认为这种每月一次的工作例会很无聊,还是每次必到。坐在会议室里,他总是无奈地想:人的一生,有多少时间是在各式各样的会

较 量 189

场里浪费掉的呢？谈生讲话的声音很洪亮，依然是那种令人生厌的老生常谈。无非是增强紧迫意识，提高竞争水平，千方百计地争取各项经济指标和全员效益的最大化。听起来，他好像不是一所公立医院的院长，而是一个雄心勃勃唯利是图的企业家。可环视左右，所有的人都似乎听得聚精会神，有人深受鼓舞的样子看着谈生，脸上呈现出一种献媚般的虚伪激情，有的还装模作样地做着笔记。钟志林却一句都听不进去。他神色安静地坐在那里，思绪却完全进入了另一个世界。

OCD属于焦虑障碍的一种类型，是以强迫思维和强迫行为为主要临床表现的神经性精神疾病。其特点为：有意识地强迫和反强迫并存。在生活中，一些毫无意义甚至违背自己意愿的想法或冲动，反反复复侵入患者的日常生活。患者虽体验到这些想法或冲动是来源于自身，极力抵抗，但始终无法控制，二者强烈的冲突会使患者感到巨大的焦虑和痛苦……

正是为解决这种"焦虑和痛苦"，钟志林找到了生命的意义。他热爱自己的工作，并为此付出了几十年的心血与努力。现在，出于职业经验与敏感，从近期发生在自己身上一连串的事情上看，他意识到自己的神经出了问题。虽不能说就是OCD或是强迫症，但至少也是一种神经质了。一个曾经治愈过无数患者的精神科专家，自己却遭遇了神经质，这简直就是讽刺！

散会后，钟志林回到病房。查房时间已经结束，几个医生正在给各自的患者下着医嘱。作为科主任和主任医师，钟志林还是去查看了昨天新入院的两个患者，一个是脑梗塞，一个是癫痫。还好，他们的病情均有所稳定和缓解。他又翻看了几个医生的医嘱，对个别患者的用药与用量进行了适度的调整。一天中最为紧张忙碌的时间过去之后，钟志林回到自己的办公室。

像往常一样，他首先给自己泡了一杯茶。茶不错，是信阳毛尖，翠绿的芽叶在透明的水杯里舒张开来，根根倒立，又慢慢沉入杯底。这时他却发现杯子没有洗净，他来到盥洗室，把茶水倒掉，冲洗了两遍。回到办公室重新泡了一杯，还是不对。只见杯子里浮起一层淡淡的油脂，仔细一看,似乎仍然漂着一些微小的浮尘。钟志林渐渐皱起了眉头。他没再把茶水倒掉,而是把杯子放在一边,强制自己不去看它。他知道,注意力越是集中在某个地方,感觉就越是敏锐,强迫性的思维也就越是严重,从而形成恶性循环。

追求完美,对自己和他人高标准、严要求……过分谨小慎微,责任感太强,凡事都希望尽善尽美……处理不良生活事件时缺乏弹性,内心矛盾、焦虑……在近三十年的从医生涯中,钟志林总是用以上的推论帮助患者寻找病因。

心情放松,不要紧张,顺其自然,一切都会好起来的。

他总是这么告诉患者。

大学期间,钟志林曾系统地研究过森田正马的理论体系。那位上世纪二十年代的日本医科大学教授认为:神经质症状属于主观范畴,而非客观产物。造成这种症状的根本原因是,患者总想以主观愿望控制客观事实,愿望越是迫切,由此引起的精神拮抗就越是加强,最后只能通过强迫性的症状表现出来。因此,这位教授在当时曾创立了一种"森田疗法":凡事做到顺其自然,不要刻意去矫正,强迫观念就会自然消失。

多年来,钟志林一直把"森田疗法"用于最基本的诊疗实践,确有疗效。现在,同样的症状落到自己头上,他对这一理论第一次产生了怀疑。从严格意义上说,他承认自己的性格中有完美主义倾向;同时作为神经质患者的其他人格因素,他也几乎全都具备……可是,森田正马所说的"纯属主观问题,而非客观产物"——这一结论,似乎值得商榷。至于"凡事做到顺其自然",在很多时候也并非完全由主观说了算。事实上,钟志林医生比谁都清楚,最近发生在他身上的神经质症状,完全是由外部因素所造成——说白了,就是被谈生给折磨出来的。

二

谈生的绰号"谈大拿",也叫"谈一刀"。作为他的手下,钟志林曾和他在同一个科室工作过三年。记忆中的谈生,是个热情饱满的人,他性格豪爽,人也有趣。虽是科主任,但没架子。在男女同事之间,爱开性方面的玩笑。口才也好,随便扯出个话题便可以滔滔不绝,偶尔还能迸出一两句充满哲理的警句。业务能力也不错,主要是雷厉风行,胆子大,敢动刀。钟志林刚参加工作时,医院实行医疗下乡,由卫生局组织医护人员定期深入到偏远地区,为村民送医看病。在一个叫葫芦嘴儿的村子里,钟志林第一次见识了谈生的胆儿大。当时有个五十多岁的村民,背上长了个瘤子,小馒头似的,把上衣支起一个很大的包。在场的医生,包括一个妇科主任全看了,也摸了,视觉和手感都一样,肉肉的,很柔软。当时谁都不敢断言那个瘤子是恶性的还是良性的,只有谈生一口咬定是个脂肪瘤,并建议患者,趁这个机会赶紧把它做掉。

能做吗?

废话。

现在就做?

谈生不高兴了:不做你就背着它,比别人多块肉倒也挺好。

那位农民被众人笑得满脸羞涩,表情渐渐严肃起来。或许是想象了一下挨刀的情景,到底有些害怕,他看着谈生,想说什么,只是脸一红,却扑哧乐了。谈生恨铁不成钢地端详着这个农民,像问一个执拗的孩子似的,做还是不做?那个农民扭捏着,觉得事情不好办了。不做,就会错过眼前的机会;做呢,又确实有些害怕。纠结了半天他突然用颤抖的声音说:脑袋掉了碗大个疤,那就做吧!

从专业上讲,这种手术本该由皮肤科医生来做。随行的一个年轻女医生却有些踌躇,不是因为年轻,而是谈生的诊断有些粗暴。再说,眼前的手术条件也不靠谱,她没有在村委会里做手术的经验,没法做。结果是谈生一边生气,一边亲自动手,做皮试,打麻药,一阵子忙乎,不到二十分钟,把那个馒头大小的瘤体完整地分离出来,并缝好了切口。谈生淡定地洗了洗自己的手。他告诉患者,七天后到乡卫生所拆线,又扔下两包APC,便收拾家伙,打道回府。也就是在那次回城的面包车上,同事们说说笑笑,谈生有了"谈大拿"和"谈一刀"的绰号。

不管怎么说,谈生的那次手术很成功。大约过了半年,那个农民到医院来找谈大夫,一张褶皱横生的老脸笑得像花朵,一进门就转给谈大夫一个平展展的后背。同时还给他背来了自产的十斤绿豆和十斤小米,以表谢意。这件事曾给钟志林留下过深刻的印象。

三年后,科室分家,由统称的神经科分成了神经内科和神经外科。谈生擅长动刀,自然挂帅外科;钟志林在神经病症和精神疾病研究与治疗方面颇有经验,被提拔为内科主任。此二人可谓一刚一柔,一个主外,一个主内,犹如车之两轮,鸟之双翼,一时间把市医院的神经科搞得风生水起。

那时候,钟志林怎么也没想到,后来——也就是现在,他和谈生会成为水火不容的冤家对头。

如果你当了院长,谈生就是个孙子,而不像现在,处处找你的别扭。

钟志林不同意赵淑芬这种假设的逻辑,这个世界上没有"如果"。况且,他也始终不认为自己不当那个院长有什么不对,否则他就不会在竞聘院长和出国深造之间选择了后者。

当初我就说,咱不出那个国,你就是不听。

赵淑芬和钟志林在同一座医院工作。这个有着"黑牡丹"之称的女人,既是一位出色的妇产科医生,也是个贤妻良母。平时在钟志林面前百依百顺,但在钟志林决定出国的时候,她却是极力反对的。这倒不是出于一个妻子的眷恋或其他方面的考虑。对于赵淑芬而言,钟志林其实是个没什么情调的人。他只爱工作,不爱生活,为了医学上的权威与声誉,几乎放弃了所有的乐趣。他每天在单位里忙忙碌碌,晚上还要一头扎进书房,不是查阅资料就是撰写论文。夜里,常常是她已经睡醒一觉了,身边的床铺还是空的。那种全神贯注、孜孜不倦的劲头,甚至恨不得钻进患者的脑袋里去跟病魔较量个高低。在赵淑芬看来,在一个地市级医院里,作为科主任和主任医师,钟志林已经是首屈一指的专家,很权威了,可以了。医生就是医生,水平再高也有治不了的病。再说,已经五十岁的人了,还深造什么呀深造!

钟志林却不那么看,他甚至都不解释。虽说他是个神经医学的专家,但在许多时候,他自己的脑袋里却总是一根筋,只要他认定想做的事,就会一犟到底。结果,不仅赵淑芬的反对无效,就连老院长也没能把他拦住。

那是个上午。在宽大明亮的院长办公室里,当钟志林把出国深造的想法和盘端出的时候,老院长坐在一张高靠背转椅里,一声不发。他目光深邃地看着窗外,从侧面看过去,如同一尊雕像。

半晌之后,他们才有了下面的对话。

怎么突然有了这样的想法?

儿子刚上大学,家里离得开了。

你不觉得有点晚了吗?

五十岁,还算年富力强吧。

我可是老了,用不了一年就该退休了。

所以,我得趁这个机会找你。

你是个人才。

院长过奖,我觉得有必要再深造一下。

我是说,我退休后,总得有人来接这个职务。你还不明白我的意思吗?

老院长缓缓旋动转椅,同时转过身来,意味深长地看着他。

钟志林心有所悟,他明白了。

谢谢院长!不过,我从来没有这方面的想法。

说说理由。

我觉得,一个医生应该在职业上有所作为。

你是在影射我吗?

不是,绝对不是!

其实不是也是。老院长原是一位出色的显微外科专家,曾成功地做过两例断指再植手术,在医学界名声大振。为此,他还获得过由省长亲自颁发的五一劳动奖章。可自从十年前当上院长之后,整天陷于行政事务之中,已经没有时间临床看病,久而久之,便渐渐地荒废了自己的专业。有一次,有个副市长指名让他给一个亲戚做个普通的接骨手术。没想到,拿起手术刀,刚做切口,他的手就发抖,哆嗦。没办法,只好换了别的医生。不仅如此,最近几年,他还整天被人告来告去,说他贪污,说他受贿,说他在购买药品上吃拿回扣……因此,动不动就被上级纪委叫去谈话。有一次还被检察院收进去好几天,出来的时候,本来很有风度的

"博士头"竟然白了一半。可不管怎么折腾,毕竟还是院长,那种有权在握的感觉,让这个白发苍苍的小老头儿依然很是受用。在钟志林看来,这简直就是个谜。

实话实说,你的业务能力已经可以了。

我知道自己的不足,还需要学习。

如果我不同意呢?

我只能自费了。

一定要去?

一定。

那年秋天,在北京一位大学同学的帮助下,钟志林终于接到了美国圣约瑟夫医疗中心的邀请函,赴贝洛神经医学研究所进行为期一年的访问学习。临行前,老院长慷慨地为他举办了一场送行晚宴,在市里最豪华的酒店摆了三桌酒席。院领导和中层干部悉数到场,气氛热烈。作为主宾,钟志林被安排在老院长和当时已是副院长的谈生中间。钟志林不抽烟,不喝酒,是一个讨厌各种娱乐活动的人,虽然是宴会的主角,人却显得有些木讷。其他同事则群情欢乐,不管心里是羡慕,还是嫉妒,都说了许多祝福的话。特别是谈生,酒桌上尤其活跃,他不时地搂着钟志林的肩膀交谈上几句,同时还郑重其事地告诉他,到了美国之后放心学习,家里有什么事,只管让赵淑芬吱声,他绝对帮忙,并特别强调,包括任何事!一句话,让几个会意的男女哈哈大笑。在整个宴席上,还是老院长最真诚,他白发苍苍地凝视着他:今天我以院长的名义给你饯行,至于你回国的时候谁给你接风,我就不知道了。一语感慨,意味深长。

一年后,给钟志林接风的人是谈生。当时谈生已经当了三个多月的院长,在酒桌上,他欢迎钟志林学成归来,并语重心长地提醒钟志林,院里拿出十几万派他出国深造,回来可得多拉几个粪蛋啦!听语气,好像他钟志林以前没有好好工作,好像派他出国学习的不是老院长,而是他谈生。

有意思的是,院里的一些同事也好像早就盼着钟志林回国似的。一见面,就有了倾诉的愿望,又是惋惜又是埋怨,说他本来就不该出什么国,如果他不出国,他谈生算个屁呀!好像谈生当上了院长,钟志林负有不可推卸的责任。说起来也怪,此前一直盼着老院长赶紧下台滚蛋的人,仅仅过了几个月,对谈生这个新院长又开始失望了。他们甚至怀念老院长,回忆他的种种好处,说谈生不能和老院长相提并论的人也有。

对于人们七长八短的议论,钟志林只报以平静的一笑。他不愿参与这样的话题,没兴趣,也没有时间。通过美国一年的访问学习,贝洛神经医学研究所多项最新的研究成果和诊疗技术,令他踌躇满志,他只想把学到的新知识投入到自己的诊疗实践,同时继续做他已经确立好的研究课题。至于谁当那个院长,对他来说都无所谓。谁当那个院长,他不得用人?

钟志林想得没错。他回国之后,谈生对他还是不错的。毕竟曾在同一科室里工作过,而且曾做过他的下属。过去他一直管钟志林叫"伙计",随着年龄的增长,又称他"老伙计"。他不仅把科主任的职位一直保留到了钟志林回国,没多久,便想提他当副院长,让"老伙计"做他的左膀右臂。当时钟志林婉言谢绝了他,就像他当初谢绝老院长的理由一样。这件事让谈生很不高兴,但也仅仅是不高兴,并未因为钟志林的不给面子,不领情,或不识抬举而上升为矛盾。

两个人的真正矛盾起源于改革。谈生喜欢改革。上任后,他先是按部就班,不动声色,也不作为。在保持了一段时间的稳定之后,才抓住人们的"求变"心理,开始了一系列的改革。当然,改革没有错。不改革,你就会被认为和前任一样平庸无能;不改革,你就会被人说成"去了个朽木,换了个柳木",没有新鲜感,让人看不到希望。但关键看你怎么改,改什么。在钟志林看来,谈生的所谓改革其实就是胡改。比如,他在全院实行绩效工资的同时,还要和"返诊率"挂钩。所谓的"返诊率"就是让病人重复就诊,次数越多越好,说到底就是让病人多花钱。这怎么行呢,公立医院历来就是救死扶伤的地方,谈生不但把它的公益性质改了,他还改药价。区区的市级医院,有的药品价格,竟然比美国都贵。再说,现在看病已经够难的了,每天到医院看病的人比去商场的人都多,他还一个劲地强调经济效益,提高"返诊率","返诊率"越高,拿的奖金就越多。钱多当然好。钟志林不是不爱钱,君子爱财取之有道。他总觉得这种在病人身上刮金揩油的行为,不仅违背医德,欺骗生命,也有愧于做人的基本道德与良知。可你不按着他的改革思路来,他就会立刻给你眼罩戴。那年中秋节,医院发过节费,别的科室每人发五百,而钟志林所在的神经内(含精神)科,每人只发二百,结果科里的人对钟志林这个科主任很有意见。于是借科室负责人例会,特别是在一次全院的职代会上,钟志林对院里的一些改革措施与方案,提出过许多不同意见,为此惹得谈生大为不满。有一次,他甚至用一种非常疑惑的眼神看着他:钟主任,我发现你去了一趟美国之后,怎么变得这么多事儿呢!

就这样,"老伙计"变成了"钟主任"。两个人的关系由最初的随随便便,到后来的相敬如宾,再到后来的越整越拧,摩擦不断,乃至于到了不可调和的地步。

这样一种上下级关系,既消耗着钟志林的心力与精力,同时也极大地挫伤了他的工作积极性。一晃三年过去了,钟志林不但在专业上没搞出什么名堂,反而把自己弄得焦虑重重,神经兮兮。

三

你找三根橡皮筋儿,套在右手腕上,一旦出现不可克制的强迫现象时,就立即拉弹它。记住,要反复拉!拉弹力度以手腕皮肤稍有疼痛感为宜,同时数着拉弹次数。一般情况下,拉弹二十到三十次,你的强迫现象就可以减弱,甚至会消失。

俗话说,医生治不了自己的病。但为了对付自己的强迫意念,钟志林还是在苏丽娅那里找到了三根橡皮筋儿。他用平时教给患者的方法,把皮筋套到自己的手腕上,一旦有了强迫意念,便不断拉弹。经过一周时间的反复实践,卓有成效。

上午十点,查完病房后,钟志林回到办公室,像往常一样,他给自己泡了一杯茶。很正常,那种没有洗净杯子的感觉消失了。只是他还没有来得及品上一口,电话响了。他拿起话筒,是院里的纪委书记刘然,告诉他,说局纪委找他,让他下午抽个时间到卫生局去一趟。

放下电话,钟志林突然想起了那封举报信。

两个多月前,他和谈生之间曾发生过一次不快。事情的起因很简单：一个患者因为小脑损伤，走路没有平衡感，老是栽愣，跑偏。据患者自己描述，最初是往左偏，在北京一家医院做了神经阻断术。出院不久，又开始往右歪，平时上街，走着走着，就上了马路牙子，特别是拐弯，经常往墙角上撞，而且越来越严重。走路的时候，只好在手腕上系一根小绳，让妻子牵着走，不时地往正道上拉一下，很麻烦，也很痛苦，为此已经出现了轻微的抑郁症状。了解到这种情况之后，钟志林建议患者到第一次手术的医院进行二次治疗，并开了转院手续，但谈生不予签字。

去就去呗，我签什么字？

现在这里不是医保定点医院了吗，没有转院手续，回来不给报销。

既然是定点，为什么要转院呢？

是我钟叔让我转院的。

谁是你钟叔？

就是钟主任，钟志林。

谈生接过转院单，飞快地扫了一眼，然后一个电话把钟志林叫到了院长室。

钟主任，这个患者有必要转院吗？

必须转。

本院不能治？

谈院长，这不是能不能治的问题。

多年前，科里住进一个年轻的患者，得的是精神分裂症。从症状上看，倒也不怎么严重，就是思维奔逸，说大话，吹牛皮，说得口干舌燥、嘴角起沫也毫无倦意。那时候神经科还没分什么内科外科呢，包括精神方面的疾病全都是一勺烩。经过会诊，钟志林和谈生一致认为患者属于躁狂型的精神分裂症。但在治疗方案上，两个人的意见却产生了分歧。在钟志林看来，导致这个小伙子精神分裂的直接诱因是失恋，应该保守治疗，以心理疏导为主。谈生却不那么看，他认为诱因并不重要，重要的是病灶已经形成，如果不把病灶做掉，就有可能导致病情越来越严重，其后果不堪设想。为此他给患者的家属讲了个例子，说几年前他治疗过一个同样的病人，当时他的方案是必须手术。可家属死活不同意，住了几天院就回家了。结果怎么着，养虎为患！回家之后，患者的病情越来越重，不仅出现了冲动和攻击行为,见人就打,还乱性,有一次竟差点把自己的亲妹妹都强奸了。说完他让家属好好想想,自己看着办。这是多大的教训! 结果几番权衡之下,患者和家属经过商量,最后还是同意了谈生的治疗方案,并由谈生亲自操刀,对患者实施了前额叶脑白质切除手术。手术很成功。那个躁狂的小伙子立马就老实了,既不狂言乱语,也不声嘶力竭,老实了,安安静静地在病房里住了几天,便办了出院手续。没想到,一个月后,他的父母连同好几个亲属一起又把小伙子带到医院,说你们怎么把人给治傻了呢?

这也正是钟志林所担心的。实际上,这种手术就是用一种破坏的方式,切断患者的一部分脑组织,中断它们之间的某些联系通道,起到调整脑功能的作用,达到清除精神症状的目的。钟志林知道这种手术有一定的风险,做不好,就会矫枉过正,使病人变得过于温顺,感情淡漠,对外界的刺激没有反应,甚至造成精神障碍,出现记忆力和智力下降等等。为此,在很长一段时间,医学界已经基本上停止了这种手术。后来,随着医学技术的进步与发展,虽说这种手术又悄悄回到了临床实践中,但不到万不得已,却很少使用。当时谈生却不管那一套。他认为所谓"万不得已",无非是因为之前就错失了良机,医生最可贵的就是三字:快、准、狠!

其实,谈生的学历很一般,是"七二一"毕业的。那种大学,作为中国教育史上的奇葩,其目的是"学以致用",为本单位培养急需人才,学员从工人中选拔,入学和毕业实行开卷考试,没有正规学历,基础课水平也不高。但谈生是个上进之人,毕业后,他深感自己的不足,在钢铁厂职工医院工作期间,又读了一个本科函授,边工作边学习。其间人际关系搞得也不错,函授没毕业,人便调到了市医院。当钟志林大学毕业被分配到神经科工作的时候,谈生已经当了一年的科主任了。

作为科主任,当时谈生如此坚持自己的方案,钟志林只好保留意见,他只希望手术能够成功。可结果,他所担心的事情还是发生了。面对患者家属七嘴八舌的质问,谈生开始还半信半疑,甚至还烦了,他严肃地提醒那几个家属,别嚷嚷! 在医院要保持肃静,这是常识知道不? 然后他友好地拍拍小伙子的肩膀,试探性地问这问那,不管咋问,小伙子只是温顺地看着他,咧着嘴,光是乐。可不是傻了咋的!

较量 199

这下麻烦大了。几个家属拉着那个傻小子,像示众一样,在医院里一连闹腾了好几天。讨不到说法,后来,就去了卫生局。根据当时医学界对这种手术的保守规定,局里认定医院确有过度治疗之嫌,应该对患者负有一定责任。好在那是上世纪九十年代,患者又是来自偏远的山区,胃口不大,更主要的是那时候的医患关系还不像现在那么尖锐。最后,医院对患者支付了五万元赔偿金,总算把事情摆平了。

在钟志林看来,谈生过去的行医和现在的执政风格差不多,就是独断专行,刚愎自用,听不进半点不同意见。特别是实行医改之后,作为院长,他总是强调"肥水不流外人田",抓住个患者就不放手。

我觉得应该转院。

钟主任,我知道你和患者可能有亲属关系,但对于转院这件事,不管谁,院里都是有严格的规定。

钟志林哭笑不得。他和患者哪有什么亲属关系,他们只是一栋楼上的邻居,因为年龄上的差别,又出于礼貌,小伙子才一直叫他钟叔。

钟志林解释说,他和患者没有任何关系,而是考虑到他的具体情况才同意他转院的。俗话说,解铃还须系铃人,前期手术是在北京做的,他认为必须回到那家医院去治疗……他还想说下去,谈生用一个果断的手势制止了他。行了行了,没有那么多的"必须"!现在我只要你做一件事,把患者转到神经外科去,至于怎么治疗,你可以不参与,由外科决定,你看好不好?

从职称上说,谈生比钟志林的主任医师低一级,但院长的权力却把他架到了另一种高度,让他仍然处于上位。

你是院长,你说了算吧。

可院长说的,患者不同意。那个三十多岁的小伙子,在财政局工作,是一位副局长的司机。由于在一次车祸中小脑受了伤,司机当不成了,走路还老是跑偏,本来就够糟心的了,没想到转个医院治病都不行。其实这也是谈生有失策略的地方。经验告诉我们,不能把所有的病人都视为弱者。恰恰相反,有许多人因为忍受着某种病症的困扰与折磨,他们反而会比正常人更偏激,也更暴躁。结果那个小伙子一怒之下,情绪突然失控。他不仅掀翻了谈生的茶几,混乱中,又一个耳光打在了谈生的左脸上,特别响亮。

　　就是那个耳光,把谈生打恼了。后来,在对方几乎要拼命的情况下,为避免真的"白刀子进去,红刀子出来",他虽然不得不在转院单上签了字——事后,却把那一记耳光之辱,记在了钟志林的账上。

　　大家知道,现在的医患关系很不好。作为医护人员,每个人都应该努力化解这种紧张的关系而不能像有的人那样,故意挑唆和激化医患矛盾,除非是别有用心!

　　此后,谈生不止一次地在一些公开场合旁敲侧击。更气人的是,谁都知道他指的是钟志林,可他就是不把名字说出来,而是说"有的人"。有几次,在众人斜瞟过来的目光中,钟志林都是差一点拍案而起,但他忍住了。既然谈生不指名道姓,就说明他给自己留了一条后路,就像泼妇骂大街,明明骂的是你,你一搭茬儿,人家却说我没骂你,这岂不是自取其辱,自讨没趣?可面对谈生的指桑骂槐,钟志林又咽不下那口气:你不明说,我也暗来。不信你谈大拿还真是一手遮天了不成!结果他一封举报信把谈生告到了市纪委。

　　钟志林之所以这么做,与其说是一种无奈,倒不如说是一时冲动。事实上,当他把那封举报信投进邮筒之后,就开始后悔了,他意识到这种事情根本就是扯淡,没用,弄不好,还会打不着狐狸反惹一身臊。老院长就是个例子。他在位时,有人说他以权谋私,拿药品回扣,好几个人曾联名告他,可直到退休他都是安然无恙。倒是那几个告他的人,有的被免去了科主任,有的被调到了行政部门,再也没有得到好果子吃。钟志林开始后悔不该写那封信。而等待结果的过程,更是难挨,乃至构成了一种折磨。前思后想,各种推测。在一种难以摆脱的焦虑中,他甚至希望那封信没落到纪委人员手里,而是被那种不负责任的临时工投递员弄丢了,扔了,或者烧掉了更好(这样的投递员不是没有,前不久报纸上还真是报道过)。果真如此,就等于什么事也没有发生过。

　　事实却不是这样。一个月过去了,两个月过去了。就在钟志林几乎把那封信忘掉的时候,卫生局纪委却通知他去一趟。

较　　量　201

四

下午，钟志林来到了卫生局。找他的是一位姓王的纪委的同志，长得粗糙，一脸皱纹，看不出准确年龄。人倒是挺逗的，喜欢眨眼，常被人误认为是一种含意不明的暗示。确定了钟志林的身份之后，他从一个文件夹里拿出了那封举报信，眨着眼睛告诉钟志林，说市纪委转来的举报信他们看了。首先，他的动机是好的，是值得肯定的。但信里反映的问题，都是一些原则性问题，而没有实质性的内容。

比如说，王纪检看着手里的举报材料："独断专行，一手遮天，听不得半点不同意见……"这应该是组织部门的事。再看这条："医院本是治病救人的地方，作为院长，谈生却总是强调利益最大化，在奖金分配上，实行什么绩效考核，用收入减去成本再乘以提成的百分比的办法，确定各科室的奖金，由此引导医护人员有意提高返诊率。本属一次看好的病，却让患者两次三次往医院跑，也就是说，一百块钱能治好的病，非得让患者花上一千块……"王纪检快速地眨了眨眼睛说，这么做，确实有点不太合适……然后，他抬起头，微笑地看着钟志林，可话得说回来，自从医改之后，所有医院不都是这个样子吗？

一个在专业上卓有成就的人，在别的方面则往往不太机灵。钟志林坐在那里，听着王纪检一条一条地点评他的举报信，他窘迫得就像个做错了作业的小学生。可他又不知道自己错在了哪里。

按你的意思，这些事，纪委都不管么？

也可以这么说。

那经济上的问题管不管？

当然管。但是你反映问题必须有证据，光嘴上说不行，否则对方一旦说你诬告，你得承担责任。

钟志林顿时蔫了。平时他常听院里的同事背后议论，说谈生当上院长之后，看起来很正直，很廉洁，其实比老院长还要贪，只不过是他更狡猾，更高明。就拿采购药品这件事来说吧，过去老院长总是亲自出马，用哪个厂家的药品他说了算；谈生上台之后没那么做，他改革了，所有的药品采购,都一律招标。明知道他和中标的药品商之间有猫腻,可你上哪去找王纪检所说的证据?至此钟志林才知道告状并不是一件简单的事。从某种角度上说,甚至比治疗一种疑难病症还要难。

从卫生局出来,距离下班时间还有两个小时。钟志林没再去单位,而是直接回到家里。这让赵淑芬有些吃惊,问他咋这么早就回来了。

到街上办了点事,就直接回来了。

办什么事啊?

……修修表,最近老是不走点儿。

他撒了谎。他不想把举报信的事告诉任何人,包括自己的妻子。他守住了这个秘密。

他想扭转话题,问赵淑芬晚上做什么饭。

你想吃什么?

那就吃饺子吧。

赵淑芬快乐起来。其实在吃的问题上,钟志林向来都是很随便。她做什么他就吃什么,很少有过自己的建议。那种无所谓的态度,有时候,让赵淑芬觉得做什么都特没劲。

包饺子的过程中,钟志林也上了手。他擀皮儿,她包馅。在一种默契的配合中,两个人同时感到了一种少有的温馨。

还记得第一次在我们家吃饺子吗?

当然记得。

他下乡后的第三个春节。作为点长,他一个人留在了青年点。除夕夜,他和老支书一家五口守着火炉说闲话,嗑瓜子。老支书一生没儿子,但三个女儿都很俊。老大赵淑芬已经高中毕业,在村里小学当老师。包饺子的时候,钟志林也动了手,擀皮儿,包馅,他居然样样都行。支书的老伴啧啧称赞,对着他包好的饺子左看右看,说一个人包的饺子上有几个褶儿,将来就会有几个儿子,说得钟志林很是不好意思。吃饭时,他给老两口敬了酒,又象征性地和三个女儿碰了杯。其乐融融,如同一家人似的温馨。离开老支书家的时候,他竟忘了那顶心爱的棉军帽。走出大门外,赵淑芬叫着"林哥"追出来,她没把帽子递给他,而是用双手戴到了

较 量 203

他头上。就在那一瞬间——突然,他拥抱了她,吻了一下。非常突兀,毫无道理——在人家的家门口,在这个寒冷寂静的除夕夜。她没有说话,只是用拳头在他胸上无力地捶了一下,扭身便走。几个月后,他实在想见到她,便借故到她的学校去。见办公室里没别人,他又一次吻了她。这次她回应了他,并紧紧搂住了他的腰。那种贴心贴肺的感觉,就像是要融化进他的身体里去。也就是在那一刻,他觉得找到了可以终生相伴的妻子。

许多年以后,赵淑芬曾问过钟志林,他上了大学之后,如果不是她尾随其后也考入了卫校,他会不会甩了她?钟志林想象了一下,觉得这个问题有些奇怪,他说如果那样的话,他们就不会是今天这个样子,他们会有另外的家庭,生活可能幸福,也可能相反。

吃完了饺子,钟志林主动收拾碗筷,让赵淑芬赶紧上班,她是夜班。赵淑芬却摆出一副无所谓的态度:你放心,我一夜不去,那个小王八都会替我顶着。新官上任,劲头足着呢!

赵淑芬说的"新官"叫孙驰,是妇产科里唯一的男医生。他四十多岁,长得胖,喘气的声音都很粗,平时说话总是嘟嘟囔囔,甚至不敢直视别人的眼睛,很胆怯,很羞涩。就是这么个二货,前不久竟然当上了科主任。

在方老太太退休之前,科里所有的人都说过,无论讲资历、论水平,接替方老太太最合适的人选就是赵淑芬。当时就连赵淑芬自己也觉得非她莫属,她甚至还问过钟志林,如果让她当科主任,她干呢还是不干。

让干就干呗。

钟志林的态度很明朗。在他看来,赵淑芬的情况和自己略有不同,她是妇产科医生。在他看来,那个专业其实就是个熟练工种,二十多年的临床经验,她对助产接生那一套早已了如指掌,用不着再去搞什么高深的研究,当个科主任,协调一下科里的行政事务而又不离开临床,这没什么不好。

没想到,后来接替方老太太的却不是赵淑芬,而是孙驰。经过反思,钟志林知道赵淑芬是吃了自己的挂落儿——他和院长整得那么僵,作为他妻子,赵淑芬怎么可能当上科主任呢?他只能安慰赵淑芬:爱谁当谁当吧。就孙驰那个样的,他当了科主任,也没人觉得他高一截,你不当科主任,照样没人小瞧你。

对此赵淑芬也是心知肚明,她没有埋怨钟志林。只是一旦说到工作上的事,她就会借机贬低上几句孙驰,孙驰这样,孙驰那样……这次,她连孙驰都不叫了,干脆叫他小王八。

钟志林不喜欢这种耿耿于怀,不仅没用,还特别庸俗。

他告诉赵淑芬,这种外号不能随便叫。

我没随便叫。你知道他是怎么当上科主任的吗?

领导决定的事,我哪知道。

我听人说了,人家是用老婆换来的!

五

大约十年前,钟志林和谈生分别在神经内科和神经外科当主任,老院长曾给他们调换过两个护士。调过去的是个老护士,业务平庸,不爱言语,是个丢了几天也不会有人想起来找的人。换过来的人叫苏丽娅,三十岁出头,眉眼清秀,长脖颈,眼睛很漂亮。初次交谈,钟志林便发现了她的直率。

为什么要调到内科来?

想换个环境。

护士的工作性质不是一样么?

人可不一样呢……直说吧,我讨厌那边的领导。

谈主任挺好的啊。

我受不了他的好,烦人。

谈话至此,钟志林已基本上明白了什么。

苏丽娅是个整齐干净的女人,也是个优秀的女护士。她声音柔软,体形窈窕,极具白衣天使的审美特征。专业技术也可以,打针啊,输液啊,都很娴熟。交接班日志、护理表格写得好,详细工整,字体清秀有力,不像出自一位女性之手。总之苏丽娅是一个很聪明、有教养并带有一点艺术气质的年轻女护士。他后来了解到,上卫校的时候,苏丽娅曾一度迷恋过文学,喜欢托尔斯泰,喜欢琼瑶,劳伦斯《查太莱夫人的情人》一连读过三遍。她还写过诗,并因此陷入过痛苦,走路的时候经常会咯噔一下站住,立在那里,一动不动地想一个句子。结婚后,她渐渐打消了想当女诗人的念头,只是在没意思的时候,读读诗歌,或看一点闲书。不须说,能用诗歌和闲书作为消遣的人,自然有着不一般的气质。钟志林还记得,那年护士节,在全院举办的联欢晚会上,苏丽娅曾亮丽登场,声情并茂地朗诵了泰戈尔的一首诗:《爱之灯》。

> 灯火,灯火在哪儿?
> 用熊熊燃烧的欲望之火点燃它吧!
> 这儿有灯,
> 但没有一丝火焰——这就是你的命运,我的心啊!
> 还不如死了的好!
> 悲痛在叩你的门,她带来口信,说你的主醒着呢,
> 他召唤你穿越漫漫黑夜,奔赴爱的约会。
> 乌云漫天,雨下个不停。
> 我不知道心里激荡着什么——我不懂它意味着什么。
> 电光一闪,我进入黑暗的深渊。
> 我的心摸索着前行,前往那夜之音召唤我的地方。
> 灯火,灯火在哪里呢?
> 用熊熊的欲望之火点燃它吧!
> 雷声在响,狂风在啸。
> 夜像黑岩一般黑。
> 不要让时光在黑暗中逝去。
> 用你的生命点燃爱之灯。

苏丽娅敬佩钟志林的修养与学识,他身材挺拔,风度翩翩,成熟,稳健,是个儒雅而有学问的人。他说话从不带脏字,还不吸烟,不喝酒,身上永远带着一种新鲜健康的药味。这一切都被苏丽娅当成一种"迷人的魅力"。工作上有什么事,她都喜欢和钟志林沟通、交流,哪怕属于个人

隐私,也毫不避讳。

有天晚上,钟志林值夜班。半夜时分,他正在阅读一本医学杂志。她敲开了他办公室的门,说想跟主任聊点私事。他们聊起来,就在那天晚上,苏丽娅向钟志林坦率地表达了她内心的痛苦。

说起来都难以启齿。当然了,除了主任我和谁也没说过。孙驰知道吧?对了,是我老公。不怕主任笑话,我和他一点都不和谐,他对那事儿特冷淡。他身体倒是没问题,怎么说呢,你知道,他一直在妇产科工作,对女人的身体和生理,肯定是了如指掌,可能都麻木了。他自己也说对夫妻生活有影响。我曾建议他换个科室,但他不换。他说他喜欢妇产科的工作,说是观察胎儿的生长,有一种说不出的喜悦……可我们俩,到现在还没有自己的孩子。让主任说说,什么人呀这是!不瞒主任说,有时候我都想跟他离婚,就是觉得太丢人了,说不出口。主任,你想想,说到底,人生不就是那么点事儿吗?我是个女人,才三十多岁啊。

说着,苏丽娅流泪了。钟志林不知道怎么安慰她。他只是从职业的角度告诉她,造成男人性冷淡的原因很复杂。比如严重的全身性疾病、慢性疾病、过度疲劳,都可能会导致性欲低下。他建议苏丽娅,最好让孙大夫查一查身体,如果没什么病因,就注意从心理上调节。说了半天,苏丽娅只说了一句"他胖得像个猪似的,有什么病",然后坐在沙发上继续流泪。

作为医生,他曾无数次遇见过患者流泪。可她不是患者,是他的下属,是同事,是一个年轻漂亮的女护士在哭诉自己的男人性冷淡——这种情况,让钟志林感到为难。用一句庸俗的话说,就是"爱莫能助"。

他站起身来,递给她一条毛巾的同时,轻轻地拍了拍她的背。这样的肢体语言,似乎含有同情的意思,也有一种类似于"好了好了"的劝慰。她接过毛巾,站起身来,泪眼婆娑地看了他一眼,突然用双臂搂住了他的脖子,同时像撒娇似的用头抵住了他的前胸。一种洗发香波的味道。他觉得自己有了男人的反应,却慌乱不知所措。但他马上就稳住身体里的情绪,一面用两只手去拆解她的双臂,一面用很低的声音叫着她的名字,告诉她"别这样","这样不好"……她惊讶地看着他,喃喃地说,我不明白,我不明白。那个晚上,让钟志林不明白的是,当苏丽娅掩门而去之后,他为什么会怔怔地立在那里,怅然若失。

此事之后,两个人之间便有了一个你知我知的秘密。在很长一段时间,他们为彼此守住了那个秘密而感到比过去多出了几分亲近,但在平时的接触中,却更加小心翼翼。

六

周三是主任查房日。钟志林提前十分钟来到单位。头天夜里遭遇了失眠,在查房过程中他两眼发红,浑身疲惫,精力老是集中不起来。主管医生向他报告病人的病历摘要、生命体征和实验室的检查结果,他听得心不在焉,却几次不由自主地把目光瞟向苏丽娅。从美国圣约瑟夫医学研究中心回来之后,为提高临床护理质量,激发护士学习专业理论知识的积极性,钟志林要求责任护士在班时必须参与医生查房。苏丽娅站在病历车旁边,肃然听着主管医生的报告,无意中发现主任正用一种异样的目光看着她,不知何故。查房结束,钟志林对医疗和护理做简要评介和指导时,苏丽娅再次察觉到了他扫过来的目光不似以往。

上午十点,钟志林接待完最后一位询问患者病情的家属。苏丽娅敲门进来,问了一点业务上的事之后,微笑地看着他。

——主任最近好像有什么心事。

——何以见得?

——我感觉。

医务工作缜密周到,探幽入微,从事这种职业的人大都天性敏感,但能说出"主任最近好像有什么心事"的,却只有苏丽娅一个人。不知道是她格外注意他,还是另有原因,但无论如何,钟志林都不可能实话实说。于是他豁然一笑,告诉苏丽娅他什么事都没有,并诚心诚意地表示,谢谢她的关心。

——那我走了啊。

他颔首示意。

苏丽娅转身离去的时候,钟志林仔细端详着她的背影,端详着她束紧的腰肢和浑圆隆起的翘臀,却不由自主地想到了谈生,并由此调动起了各种想象,他们拥抱,他们接吻,眼前甚至出现了谈生和苏丽娅赤裸纠缠的动感画面……但很快,他就对这种恶趣味的臆想感到羞愧、恶心,同时又觉得有点对不住苏丽娅。

他和苏丽娅一起工作差不多已经十年。春来秋往,四季运行。做了母亲的苏丽娅还是那么年轻、漂亮,除了体态上稍加丰腴,几乎看不出她有别的变化。虽说她写过诗,却并不轻狂,不傲慢,作风上也不豪放。可贵的是,明知道他和院长之间有矛盾,她却一如既往地尊敬他,说起医院某些不合理的地方,她还往往会说上几句贬低谈生的话。我半个眼珠都看不上他。她贬低谈生,其实也是对钟志林示好。对此他心知肚明。有一次,苏丽娅甚至用一种怨艾的口吻和他开玩笑,说主任哪样都好,就是不会生活,不善于爱。他明白苏丽娅话里的含意,并始终保持一种警惕。从内心深处讲,他一点不讨厌苏丽娅,但也只需保持一种暧昧不明的关系就够了,绝不能为一个护士而毁掉自己的名誉。至于谈生和苏丽娅的传言,他也不相信他们会真的扯在了一起,而宁愿相信"那个小王八"的科主任"是用老婆换来的"——纯属捕风捉影,无稽之谈!

钟志林拉开抽屉。人在不知道想做什么的时候,往往习惯于拉开抽屉。在抽屉里,他发现了那几根用来分散自己的强迫意识的橡皮筋儿。试了试,它们的弹性仍然很好。接着他又拿起一个笔记本,翻了翻,最后一页,已经是两年前留下的笔迹。只有一行字:非常规突发事件下产生的情绪对神经生理的干扰与影响。

想了半天,他才记起这是他回国后拟写的一篇论文题目。多年来,他致力于神经医学的临床实践与研究,特别是晋升为主任医师之后,他规定自己要每半年撰写一篇学术论文。如今快两年了,这篇拟好题目的论文却被搁在了时间的那边,一字没动。他已经记不起当初要写这篇论文的学理动机和依据是什么。

这两年我都干了些什么呢?

触及这个问题,还是无法绕开谈生。谈生是院长,也是钟志林的一个噩梦。许多个星光璀璨的夜晚,他沿着一条陡峭的小路向着开满鲜花的山顶攀登,总会出现一条恶犬拦住他的去路,他怎么躲也躲不开。这种反复出现的梦境,让他在惊醒之后还愤愤不平,同时也总是让他联想到谈生。在和谈生的不断摩擦中,他曾暗自检讨自己有哪些方面做得不对,但是没有。想当初,他总认为一个医生就要凭借自己的能力有所作为,为此他甚至蔑视权力。正因为蔑视权力,他和谈生之间的矛盾才越来越深。假如谈生只是个普通医生,说不定他早就妥协退步,和他化干戈为玉帛也不是不可能。可谈生是院长,总是用院长的权力卡他,压他,他不可能跟他妥协,向权力俯首。

有段时间,他真想一走了之。无奈的是,他出国前曾和院里签过协议,学习期满后,五年之内不得调出本院。不能调走,又无法消除和院长之间的矛盾,正是在这样的两难之中,让他萎靡不振,烦躁不安。虽然每天照常上班,却体会不到工作的乐趣,感受力越发迟钝。几天前,在一个家庭式的饭局上,有人问起他的年龄,他明明已经五十五岁了,却被他顺口说成了四十五!要不是赵淑芬当场予以纠正,他自己还浑然不觉……现在想起来,他心里仍然是五味杂陈。身体一天天老去,意识却停留在时间那边。这不是什么心理上的年轻,而是迟钝,是迷失,是一种浑浑噩噩的沉沦与陷落……钟志林惊讶地意识到,这恰恰是他所不愿意成为的那种人。

七

情绪是一种社会现象。作为个体生命的人,是以和他人或客观事物相互作用的形式而存在的。人在与他人交往或参与接触客观事物时,在认知上的肯定或否定的心理体验中产生情绪。从生理上说,大脑皮层对于调节情绪有着重要的作用。生物学研究发现:在间脑水平以上切除大脑皮层的猫和狗,往往会对一些微弱的刺激表现出强烈的愤怒。相反,不同的情绪,也可通过大脑皮层对中枢神经及丘脑下部——脑垂体而产生不同的影响……

一天下午,钟志林在电脑上聚精会神地敲打着他的论文。这些不断跳跃的文字,在他心里激发出了一种久违的力量,让他重新回到了自己的世界。

突然,桌上的电话铃响了,吓得他像痉挛似的一抖。

电话是刘然打来的，说有件事儿想跟他谈谈。

刘然是院里的党委副书记兼纪委书记。钟志林突然想到了那封举报信。在卫生局那天下午，姓王的纪委同志跟他谈完话之后，他本想收回那封信，把事情就此做个了断。可王纪检不同意，说即使做了回复处理，材料也必须保存、备案。离开纪委的时候，他就觉得事情似乎没有结束——果然，不到一个月，刘然又找上门来。市纪委转给卫生局，卫生局转给医院，没想到一封举报信会惹出这么多麻烦！既然刘然要找他谈谈，那就谈呗。我敢实名举报，还怕你"谈谈"？

没想到，一谈就崩了。

愤怒的钟志林第一次拍了桌子。

其实刘然很客气。作为一个不懂医学的行政干部，在医院这种知识分子扎堆的地方，特别是在钟志林这样的医学专家面前，他也不可能表现得牛皮烘烘。让钟志林愤怒的不是刘然的态度，而是刘然的谈话完全出于钟志林意料之外。

有封举报信，是卫生局纪委转回来的。

我知道。

谈书记让我找您谈一谈，了解一下情况。

谈书记就是谈生。一年前，一个从部队转业过来的团政委，因为和谈生尿不到一壶，不到半年就调走了。空下来的党委书记便由谈生兼任，两个职务一肩挑。

你说吧，他什么意思。

谈书记的意思，就是让核实一下举报信里的情况。

核实什么，你说得具体点。

具体说，其实也就是两个事儿。一个是说您收受患者的红包，再一个就是反映您到社会某医院走穴看病的问题。今天请您来，就是了解一下这些情况存在不存在。

钟志林蒙了。至此，他才知道刘然要谈的不是谈生的问题，而是自己遭到了举报！人有两个最容易被戳中的地方：最喜欢的和最厌恶的。这猝然而来的当头一棒，把钟志林打得目瞪口呆，接着情绪突然失控，他啪地一拍桌子站起来，质问刘然举报信是谁写的，他要当面对质。

刘然很淡定,他和蔼地解释说,那是一封匿名信,即使实名举报,也不可能把当事人叫出来对质,纪委有自己的原则和纪律,不像法院。刘然开始安慰钟志林让他冷静点,用不着生气,现在的人就是这样,捕风捉影,想说啥就说啥。特别是在咱们单位,你知道,历来就有喜欢告状的传统,别当回事。谈书记说了,跟你了解一下情况,有则改之,没有就算了。

情况是这样的:过去在这个不大的地级市区里,只有两所公立医院。后来民营医院、私人医院应运而生,先后冒出了十几家,规模大小不一,等级良莠不齐,有的几乎就是东拉西扯拼凑起来的草台班子。其中有一家民营医院算是不错的,虽说服务好,费用低,医疗水平却跟不上去。有一次他们院里遇到一个怪异的患者,好好的一个人,全身上下,不痛不痒,也没有别的症状,就是烦躁不安,说不定啥时候,就突然烦得不行,严重的时候会用脑袋去撞墙。家里人不可思议,觉得不是真病,先后请过两个大仙儿,用非常复杂可笑的各种办法进行扼制,没用,还是往墙上撞。只好到民生医院去就医。可医院也诊断不出这是什么病。有个叫刘之焕的医生几次打来电话,恳请钟志林去看看,到底是怎么回事。刘之焕原是钟志林手下的一个年轻医生,两年前跳槽到民生医院之后便当上神经科主任,过去他非常敬重钟志林,两个的人关系一直不错。钟志林能不去吗?说是疑难,其实也就是和患者简单地聊了几句,就找到了病因。

做什么工作的?

开卡车的。

开了多长时间了?

快三十年了。

平时开车的时候,有没有用嘴去吸油管这种情况?

太有啦!油管堵了的时候经常吸。

钟志林点点头。他退出病房之后只说了三个字:铅中毒。

后来经过多项化验,果然如此。结果是对症下药,那个患者几天后就出院了。

还有一次,也是刘之焕找他。那次是他父亲脑出血,需要做手术,他自己下不了手,便向钟志林求助。钟志林没有推辞,为刘之焕的父亲亲自做了一台手术。

就这么两次。第一次钟志林是下班后去的,第二次正好是星期天,而且他没接受民生医院和患者一分钱,能说是走穴吗?

关于收取患者红包的说法,就更是扯淡!我在什么时间、什么地点,收了谁的红包,只管去查,如果有,我可以承担任何责任!

刘然点点头,表示没必要再去做什么调查,这件事就算到此为止。他安慰钟志林,该怎么工作还怎么工作,别往心里去就是。

钟志林不可能不往心里去。一个洁身自好的人突然被人泼了一身的脏水——你却不知道泼脏水的人是谁。那段时间,钟志林把全科二十三个医护人员都想遍了,觉得谁都有可能,又觉得谁都不是。他的思绪完全混乱了。赵淑芬却言之凿凿,一口咬定:肯定是那个小狐狸精干的!她说一个敢跟院长上床的人,啥事儿干不出来?

而且,她还明知道你跟谈生不和。

钟志林不以为然,却不好解释。这期间,他和苏丽娅曾有过两次肢体性的接触。一次是他和苏丽娅要一个患者的病历。当苏丽娅递给他的时候,两个人的手无意地碰到了一起,就在那短暂的一瞬,他意会到了苏丽娅的手有一种磁力,有点黏糊。还有一次是两天前,他去护士站查阅一个患者的化验单,苏丽娅站在他旁边,他没注意自己的腿触碰到了什么东西,后来有了意识,是因为苏丽娅的腿不但没有移开,甚至略微有些贴近……这样的心理体验,钟志林当然难以启齿。

他对赵淑芬说,爱谁谁吧,身正不怕影子歪。

又是讨厌的工作例会。像往常一样,分管经营的副院长通报了上月全院经济指标完成情况,之后由谈生做了总结。按惯例,当谈生做完了总结,再提三点要求,会议就该结束了。可这一次他却伸出两只手,向下压了压,示意大家不要动,说有个事儿跟大家通报一下。

最近,有人向上级举报志林主任,说他收受患者的红包,到社会某医院去看病,走穴。在这里,我可以明确地告诉大家,经过纪委调查,纯属扯淡,是子虚乌有!他停了停,声音低沉下来,当然,还不仅如此。前段时间也有人告我。我知道,医院是个知识分子扎堆的地方,表面一团和气,其实背后的关系非常复杂。不过,在这里我还是要提醒大家,无论是谁,有意见请拿到桌面上来,我有错,你骂祖宗我都可以接受,最好是不要背后捅刀子。那是小人做的事,是见不得人的勾当,心术不正,没什么意思,不客气地说,那就是一种极其下流的卑鄙和无耻!

谈生的嘴里至少有三颗假牙,但假牙却毫不影响他的口才。他言语尖刻,竭尽讽刺与挖苦,声音铿锵有力,把麦克风震得嗡嗡直响,只是越讲越庸俗,甚至掺杂着一些非常情绪化的婆婆妈妈。

个别人总以为自己很高明,了不起。我还是那句话,不管你什么专家不专家,浅水养不住大鱼,你可以走,实话实说,我还真是不缺你那盘菜。否则,别管你有多大本事,你也是个医生,我是院长我说了算,有能耐你就把我整下去,你来当!

会议室里鸦雀无声。钟志林一动不动地坐在那里。开始他还以为谈生是在为自己伸张正义呢,没想到他会突然回马一枪,而且这简直就是夺刀杀人!钟志林的脸红一阵白一阵。作为一位医学专家,他熟知人的大脑约由一百四十亿个细胞组成,其储存信息的容量之大,可相当于一万个藏有一千万册的图书馆。可此时的钟志林却突然觉得一百四十亿个脑细胞不够用了。他意识到体内有什么东西要爆发,但理智告诉他,面对这样的羞辱,即使咬碎牙齿,也只能咽进肚子里。

事情并没有到此结束。那次会议之后,有关举报信的事仿佛成了一个事件,一时间在全院里传得无人不晓。奇怪的是,钟志林被人举报的事几乎无人提起,大多数人都在背后议论:有人把谈院长告了。同时反复猜测举报谈生的人到底是谁。这一切,钟志林毫无察觉。要不是在同一单位有自己的妻子,他可能会永远蒙在鼓里。有一天,赵淑芬一进家门就告诉他,她在医院听说个事儿,没把她气死!

他问什么事儿。

有人说你写举报信,告院长。

谁说的?

我们科一个小护士。她说院里的人都这么议论,还说你告谈生就是想把人家整下去,你当那个院长,冤不冤呀你!

不仅是冤,分明是一种侮辱。钟志林没料到有人这么看他。他想不想当那个院长,除了妻子赵淑芬,只有老院长最知情,可老院长退休不久就得了心梗,死了。这个世界就这么奇怪,一件事可以生出另一件毫不相干的事——而这种事,即使你浑身是嘴都说不清。

钟志林医生的情绪又坏了。作为科主任,过去他总是强调医护人员要保持一种稳定、愉快的情绪投入工作,因为医护人员的情绪会直接传染给患者。为此他还从精神学的角度写过一篇论文,认为"乐趣和欢笑,有时候比药品更能让病人觉得活着之振奋"。可现在钟志林自己却做不到了。上班的时候,连领带都不打了,他脸色阴沉,甚至挂着几分庄严的忧伤。无论是医生和护士,他几乎不和任何人说一句多余的话。在患者面前,也全然失去了往日的耐心与笑脸。闲下来的时候,他整天坐在办公室里想事儿。有一天,他突然想到了王德军。

一个月前,有位患者需要做脑CT,前后做了两次,片子还是看不清。钟志林有些恼火。他从美国回来不久就打过报告,建议院里上一台彩色TCD,也就是经颅多普勒超声检测仪,作为研究颅内血管流动力学不可或缺的现代技术设备,在美国早就普遍应用了,他觉得应该尽快地投入到临床实践中,可以更加科学有效地提高诊断的准确率。为此,他曾多次找过谈生,而谈生却一回一个态度,一会儿说那就上吧,一会儿又表示等等再说。老是变卦。最后一次他还有点烦了,他告诉钟志林,别老是拿那个美国说事儿!咱区区一个市级的小鸡巴医院,能跟美国比吗?别说国情不同,医院也有个院情对不对?实话告诉你,我倒是早就想买,没钱是真的。话未说完谈生就笑了,但还是把钟志林闹了个实实在在的大红脸。后来他就再也不提这事了。直到现在,检测脑血管所依靠的还是脑电图和CT片。

那天,钟志林只好亲自去找CT室的王德军,问他这片子是怎么照的。王德军却无奈地一笑,说是"家伙儿不行"。

不是新上的设备吗?

戴花的寡妇,怎么打扮也是用过的。

王德军讥讽地一笑。他告诉钟志林,那台新买的CT其实是一台翻新的旧货,当时他还找过谈院长,可谈院长说绝对不可能,也只能这么用了。最后王德军叮嘱他:钟主任,这事儿咱们可哪儿说哪儿了,不要外传。

钟志林重新想起这事,竟然有些激动。他决定去找王德军,把事情弄个水落石出。他想只要有人做证,不信你纪委再说我"捕风捉影"!

钟志林是个正直的人,却不是个聪明的人。谈生毕竟是谈生,是"谈大拿",虽说在医院他一手遮天,独断专行,却有一套控制手下人的技巧,在医务人员面前和蔼可亲,甚至能称兄道弟,同时又用小小的"改革红利"让许多人尝到了甜头。因此在许多人眼里,他并不是一个很坏的领导。钟志林没意识到自己举报谈生的事在医院传开之后,为了不想扯进他和院长之间的矛盾,一些人已经开始有意躲避他。结果,王德军不但矢口否认他说过的话,还双手抱拳给钟志林作了一个揖说,求求钟主任了,您千万别陷害老弟!

钟志林潜心研究了几十年的人脑组织,现在他发现最琢磨不透的,是人的灵魂,人的心。

八

没事的时候,钟志林喜欢站在窗前长时间盯着一棵树,以此缓解和矫正越来越差的视力。正是夏天,三楼外的一棵老槐树显得生机蓬勃。树上有一只什么鸟,叫声婉转,十分悦耳。像是听到了召唤,不一会儿又飞过来一只,快速地扇动着翅膀,像个微型的直升机,在空中停了一会儿,然后才降落到树上。他饶有兴趣地观赏这两只小鸟。两只小鸟也歪着头,审视着对方,彼此欣赏。突然,一只鸟在树枝上不安地跳动起来,并伴以急促的鸣叫。另一只伏下身体,则不停地摆尾。紧接着两只鸟便摞在一起,快速地进行了一次完美的交配。

在苏丽娅的推荐下,钟志林看过一本书。书里介绍,生物学家原以为百分之九十四的鸟类是一夫一妻制,当他们利用基因技术确定其后代的父系时,却发现百分之三十以上的小鸟,不是同一巢里那只雄鸟的后裔。这一生物界的趣闻给钟志林留下了很特别的记忆。眼前这两只鸟是不是夫妻,他无法判断。但至少它们活得充实、自在,是健康的,快乐的。他甚至突然生出一个从未想过的问题:在鸟的世界里,该不会有什么神经病或强迫症吧?

钟志林想起了什么。他给护士站打电话,要一个抑郁症患者的病历。那是个四十多岁的男人,有一份很好的工作,在县委办当秘书,最近他却突然发现自己是个多余的人,就在昨天夜里竟差点跳了楼。

苏丽娅敲门进来,把病历递给钟志林。她站在那里,像是等候什么吩咐。

没事了,你去吧。钟志林研究着病历说。

苏丽娅走出去之后,他突然嗅到一种味道。他赶紧打开窗子,让外边的新鲜空气吹进来。前段时间,谈生曾陪同分管卫生工作的副市长去欧洲考察,记得谈生回来之后的第二天,苏丽娅身上就有了一种外国女人的味道。当时钟志林就告诉苏丽娅,上班的时候不可以用香水。没想到没过几天,她的身上又有了那种外国女人的味道。钟志林把病历送回护士站,再次提醒了苏丽娅。苏丽娅不好意思地解释说,我知道主任,昨天我休班,在家里用过。旁边一个护士笑着说,丽娅姐用的是法国香水,劲儿大。

当天晚上,钟志林值班。他是科主任和主任医师,按院里的规定,钟志林没有值班义务。但如果值班的医生临时有事,又调换不开的情况下,他偶尔会替上一次。十点半钟,整个病房渐渐安静下来。钟志林去了一次洗手间,然后又到护士站,去询问值班护士病房有没有什么情况。在护士站,他又一次闻到一股香水味,鼻子一酸,禁不住打了个喷嚏。钟志林患有过敏性鼻炎,对国外香水尤为敏感。在美国学习期间,他每次上街都要戴上防护口罩。他问两个护士谁用了香水。回说她们谁也没用,是苏丽娅用过。并且解释说她刚喝酒回来,说她身上全是酒味和烟味。

和谁喝酒?

不知道,可能有谈院长吧。

医院里的都知道,谈院长是个喜欢喝酒的人。他当科主任的时候就喜欢,几天遇不到做手术的患者家属请客,他就会让科里的人凑份子,自己喝自己。当上院长之后,自然用不着 AA 制了。每天请客的人多的是,得排队。一般的人请,他还得掂量掂量,给不给面子,去还是不去。不过,只要是去了,他就会放下架子,与人同乐。往往是几杯酒下肚,他便神采飞扬,妙语如珠。他还喜欢"塑像"——用筷子在桌上一敲,啪的一声,把酒桌上所有人瞬间的举止言谈都"定"住,全场立刻哑然无声:有人张着嘴,有人闭着眼,有人伸着手,有人手指插在鼻孔里……你可以想象,一大桌男女,无论如何,都得保持着那种古怪的姿态一动不动,实在是困难。但是如果谁动了,笑了,说话了,哪怕眼球间或一轮,谁就得被罚酒。作为这种游戏的发起人,谈生首先坐庄。由他发号施令并做场外监督。规则是:如果两分钟之内没人违规,就由庄家自己喝。事实上,所有的人几乎都坚持不了两分钟。在这一过程中,坐庄的谈生有权使用各种方式,引诱或挑逗任何一个人违规。比如,他会对所有的人发出警示:请注意,有的人马上就要憋不住了,他要动,他要说话了,他脖子上落了个苍蝇,他痒痒了,他要挠……结果总会有人扑哧一声笑出来。其实即使不想笑,也总会有人假装憋不住地笑起来。反过来,如果是别人坐庄,谈生也基本是不会挨罚。无论你怎么说,怎么逗,他都像没听见似的,保持着自己的神态,无动于衷。由此看来,喜欢喝酒的谈生,喜欢"塑像"的谈生,喜欢与人同乐的谈生,他毕竟还是个院长!

钟志林问那个护士,苏丽娅在不在?

回答说,她回家了,刚走,也就是一分钟。

回到值班室,钟志林在套间里的床上躺下。他想睡觉,却怎么也睡不着。苏丽娅的影子在他眼前晃来晃去。他记起几天前的一个星期日,赵淑芬拉着他去商场买衣服。他们在街上碰到了苏丽娅。彼此搭话的时候,她的身上不仅有一种浓郁的外国女人的味道,他还不好意思地发现,平时总是一身护士服的苏丽娅,竟然换了一件挑逗性的黑色衬衫,没袖子,低开领,露出了太多的乳沟,刺眼的白……为此,赵淑芬仿佛有了进一步的证据:我早说她是个小狐狸精,你还不信呢?钟志林没像以往那样予以否定。当时他觉得,也许自己并不了解真实的苏丽娅。现在,想到刚才两个护士的话,更是让钟志林浮想联翩。苏丽娅为什么要和谈生去喝酒?喝酒之后,为什么不回家却回到单位来喷香水?钟志林迷迷糊糊地想着,头脑里突然闪出一种灵感:刚刚离去的苏丽娅,她并没有回家,而是去了谈生的办公室。这种灵感来得那么突然,那么强烈,于是一种大胆的想法被激发出来。尽管那想法是可耻的，是邪恶的，但在一种特定的情形下，也是符合人性的。他要捉奸！

院长室位于行政楼的最顶层。那座独立的三层小楼，属于上世纪五十年代的洋式建筑，其设计，不知道是因为笨拙而刁钻，还是因为刁钻而笨拙，每层的结构都不一样，走廊不在同一个平面，而且老是拐弯。小楼的右侧，是八十年代建的一座门诊楼；门诊楼北侧，是两年前才投入使用的住院部。这三个独立的单元楼，分别通过第二层和第三层两条空中通道拼接起来，连成一体，前前后后，上下错落，整个医院就像一座庞大的迷宫，常常把许多患者整得晕头转向。

钟志林鬼使神差地来到了门诊楼通往行政楼的通道。他侧着头，往三层的院长室看了看，窗帘的缝隙处果然透着激动人心的光亮！他迟疑了一下，顺着栈道走进了行政楼。走廊里悄无声息，只有一点昏暗的灯光。他心里突然感到一种陌生的恐惧，如同历险。他害怕自己会放弃进一步探索的行动，但他挺住了。他继续向走廊的深处走去。走廊的两边全是门。在通向上层的楼梯拐角处，墙壁上的灯坏了一只，楼道里的光线更加昏暗。他摸索着走，像个幽灵似的来到三楼。他知道，向左手转，第二个门就是院长办公室。一种神秘的紧张令他浑身颤抖，就像小时候捅马蜂窝时的感觉一样，虽然害怕，可一种破坏的乐趣却使他血液沸腾，他非要捅出个娄子不可。他站在门外，屏住呼吸，热切地听着。里面什么声音也没有，没有呻吟，连喘气的声音也没有。他壮着胆子敲了敲门。奇怪的是，他的手就像敲在棉花上，发不出任何声音。他再敲，这一次用力大了些。门突然响了。他被吓了一跳，仿佛仰面摔了一跤，他一个激灵坐起来。

当当当。敲门的声音在继续。

主任，有情况。

他听出是一个值班护士的声音。

这不是做梦吧？他转身下床，迷迷糊糊地把门打开。一个女护士站在门外，急切地告诉他：主任，有个患者倒在了卫生间，昏迷不醒。

至此，钟志林已彻底清醒过来。他跟着护士来到了卫生间。只见一个女性患者躺在地上，旁边围着几个手足无措的护士和患者的一个亲属。他问陪护的亲属,患者有没有出现痉挛或抽搐,回答说没有。他确定这是一种排尿性昏厥,由于膀胱突然排空,导致血压突然下降所致,并无大碍,通常一两分钟便可以自行苏醒。说话间,地上的患者果然睁开了眼睛,怔怔地看着周围,像是奇怪自己为什么会躺在地上。钟志林让护士把患者扶回病房,测了血压,量了体温,体征已经基本正常,又开了相应的药品,让护士去取。事情就此平息。

重新躺回床上,钟志林关上灯。他凝视着眼前的黑暗,感受着墙壁和天花板的寂静,神思恍惚,竟分不清这个晚上的经历哪些是梦境,哪些是现实。时间已是零点。病房里一派安静。但他知道,此时仍然有人没睡,他们在黑暗中睁着眼睛,默默地忍受着各种病痛的折磨,甚至终夜不能入眠的人也有。窗外偶尔有几声发情的猫叫,那种怪异的叫声特别夸张,像是突然受到了某种伤痛,又像是模仿着婴儿在哭。狭长的走廊里响起一串清脆的高跟鞋声,由远及近,通过值班室门外,谨慎而有节奏地渐行渐远,把深夜带向更远的深处。整个病房在短时间里变成了一种虚空。

突然,窗外传来一个女人的哭声。他意识到,可能有什么人病逝了,正被送往太平间。太平间位于住院楼的北侧,是一排平房。闲置的时候,小院里特别安静,甚至显得荒凉。灿烂的阳光下,总有几只喜鹊和一些麻雀在两棵葱郁的老榆树上跳来跳去,叽叽喳喳地鸣叫。太平间的西北方,隔着一条狭窄的小街,有一座幼儿园,经常传来孩子们的歌声。不过,遇到有死者停尸的时候,孩子们的歌声就听不见了,树上所有的鸟也都被惊吓得无影无踪,只有一阵阵哭声钻过老榆树的枝隙,一直飘升到七层住院大楼的顶端。住在北侧病房的患者,听到太平间传来的哀哭,往往会兔死狐悲地发几句感叹,心里涌出各种消极悲观的想法。考虑到环境对患者的精神影响,两年前,钟志林曾建议院里把太平间换个地方,或者干脆取消,直接把死亡的患者放到殡仪馆去。只是,对于钟志林的建议,无论是谈生,还是其他副院长,个个心不在焉,甚至有些反感,好像这是一个很无聊的话题。直到现在,太平间还是原来的样子,没人理会。

窗外,被深夜放大的哭声还在继续,忽高忽低。先是一个女人在哭,后来又有什么人加入进来,互相感染,高潮迭起的哭声,像是对死亡充满了恐惧,听起来撕心裂肺。钟志林不知道死去的是什么人,是因为什么而死去的。在这个深夜里,他躺在床上,听着别人的哭声,突然想起了自己的母亲。

高考那一年,母亲得了脑出血,在医院里昏迷了三天三夜。他从母亲面部每一个微小的变化中,揪心地感受着母亲的痛苦。那种生命弥留之际的挣扎状态,完全超出了他的想象。当医生无奈地告诉他和大哥为母亲准备后事的时候,为恳求医生尽最大努力挽留住母亲的生命,他跪在水泥地上,一连给医生磕了三个响头。但医生已经无能为力,唯一能做到的,就是不停地测量母亲的血压;或撑开她紧闭的眼皮,仔细观察她的眼球的变化;或用一根棉球上的竹签去刺激她的脚心,而母亲总是毫无反应。那天深夜,他最后一次听到母亲从喉咙里发出的喉鸣,如同一声叹息,紧接着所有的一切都突然静止。他的血液一下子停住,怔在那里,屏声静气,试图听到母亲的再一次呼吸。而大哥大嫂已经意识到了什么,他们一边呼喊着母亲,同时像炸了锅似的哭起来。

一个人,应该凭借自己的能力有所作为。

这是母亲一生中留给他印象最深的一句话。母亲是中学教员,她经常用这句话教育自己的学生,也教育自己的孩子。同时要求他们要讲真话、勤劳、正直、虔诚、不自私、富有牺牲精神。钟志林接受并顺从着母亲的教育,从小学到中学,他一直是个非常优秀的学生。二十岁那年,他从煤矿中学飞向了"广阔天地",在那里差一点"大有作为"。二十四岁的时候,他已经成了当地很有名气的知青代表,经常应邀参加市县级的各种先进人物大会。他原本是想在农村"扎根奋斗六十年"来着,可到了拨乱反正全国恢复高考的时候,母亲却一封电报把他催了回去,让他抓紧复习,备战高考。钟志林理解母亲,她当了一辈子中学老师,家里能不能出个大学生,他是母亲唯一的希望。父亲是煤矿的一名工程师,他四十八岁那年死于井下的一次落顶事故。大哥高中没毕业就顶替父亲当了矿工,并且娶妻生子,已不可能再参加什么高考。为了不辜负母亲的期望,钟志林便一头扎进了数理化,而毕业于南开大学的母亲,自然就成了他的辅导老师。那天晚上,他遇上一道该死的数学题,怎么也解不开,当时母亲已经睡了,可他不想把问题留到明天,想了想,还是去敲了母亲的屋

较 量 221

门。母亲从炕上坐起来,没等看明白那道方程式,突然身体一歪,倒在了炕上。

母亲身体很好,一生没有住过一次医院。她的猝然而逝,深深地刺痛了钟志林。他总认为母亲的死与自己有直接的联系,并为此总有难以解脱的负罪感。在后来两个多月的时间里,他化悲痛为力量,把所有精力都投入到夜以继日的复习。他没有辜负母亲的期望,第一年差几分没有考中,第二年,他成功地等来了一所大学的录取通知书,从此成了一名虔诚的医学朝圣者——他是因为母亲而朝圣。

大学五年,他以优异的成绩学完所有的课程。毕业后,他被分配到老家这所顶级的医院里。出于对生命的热爱,以及由医生这个职业带来的神圣感,他每天都工作得全神贯注,废寝忘食。随着时间的不断推进,他个人声誉不断攀升:从主治医生,到副主任医师,再到科主任和主任医师,一步步成了著名的医学专家。患者赠送的"妙手仁心""良医有情解病,神术无声除疾"等大大小小的锦旗,更是耀眼夺目地挂满了办公室的墙壁。但是,他没有满足于自己已经掌握的经验与知识。作为一名医生,他觉得,自己不知道的东西比自己知道的东西更重要。到了五十岁,他放弃竞聘院长的机会,毅然去了美国圣约瑟夫医疗中心,进行了为期一年的学习和深造。回国后,他只想有个安安静静的环境,搞临床,搞他的医学研究,没想到,后来的一切都事与愿违。

这一夜,钟志林的脑海里万水千山,直到天亮,他再也没能入睡。

九

第二天是周六。上午钟志林正在家里补觉,迷迷糊糊中他接到电话,一个高中同学告诉他,说常刚出事了。这一意外的消息,让他顿时目瞪口呆。

常刚是他中学时期的同学。上学的时候学习一般,长得五大三粗,一直是班长。毕业后他和钟志林下乡在一个青年点,回城后在煤矿当了一名外线工,每天抱着电线杆子爬上爬下。四十五岁那年,他遭遇了下岗,先后做过一些小买卖,倒过服装,卖过水果。后来得了糖尿病,就啥也不做了,每天赋闲在家,成了一个自由人。毕业后,钟志林和中学同学多年疏于往来,两年前有人牵头搞了一次同学聚会,此后才有了往来热络的联系。

　　半年前,常刚到医院来找钟志林,自称得了一种怪病,平时没事的时候,总喜欢去市场看卖肉的,一看就是一个上午。后来竟然有了一种奇怪的念头,总想用刀子解剖点什么。严重的时候,他甚至想到过两个下手的目标,一个是他当年的队长,另一个就是整天对着他磨磨叽叽的妻子。尤其是后一个念头,把他吓坏了。他让老婆把家里的菜刀藏起来,晚上让妻子单独住在另一个卧室,把门锁死。有天半夜,他想跟妻子亲热了,却怎么也敲不开妻子的门,当时他由焦急到恼怒,真想把她杀了……他问钟志林:这到底是怎么一回事呢?当时钟志林还开了一句玩笑,说他是吃饱撑的。接着他才认真地告诉常刚,这是一种轻微的精神疾病。不可忽视,但也不必紧张,并讲了一些心理干预的办法,告诉他尽量不用药物,在精神上自我调节、放松。此后一段时间没有常刚的消息,大约过了一个月,常刚又来了。他告诉钟志林,说他整天胡思乱想,被各种念头所困扰,怎么也摆脱不了,而且越来越厉害。特别是最近,他总想把原来的队长给解剖了。

　　为什么要解剖他呢?

　　当年是他让我下的岗。

　　他不让你下岗,你现在不是也退休了吗?

　　那不一样,他让我后半生都变成了一个废人!

　　常刚笔直地坐在椅子上,因消瘦而变大的眼睛炯炯有神。他后来的行为更是令人吃惊:他让钟志林给他开个诊断,证明他精神上出了毛病,一旦他杀了人,有了诊断,就可以证明他不是故意杀人,而是脑子出了毛病。钟志林并没给他开什么诊断证明,而是开了一张住院单,让他立刻入院治疗。但常刚却执意不肯。他说志林,你这是想宰我呀?现在的医院和杀人有什么区别?你快饶了我吧!结果弄得钟志林哭笑不得。没办法,他只好开了两样药品,让常刚到街上的药店去买,说外边的药品要比医院便宜。常刚谢过了老同学,拿着药方走了。没想到,就是这一次,却成了两个人最后一次见面。

较　量　223

钟志林万万没想到,常刚会真的走上了极端。只是,他没像自己所说的那样去解剖他当年的领导,也没有解剖自己的老婆,而是在昨天夜里,他把自己反锁在卧室里,用一根麻绳结束了自己的生命。

常刚家在煤矿,离市区只有十几公里,钟志林打车赶到了常刚家里。掀开被单的一角,看了看被安放在地上的常刚,志林流泪了,他想起和常刚最后一次见面的情景,有一种揪心的疼痛。那次之后,如果他能给常刚打个电话,不时地了解一下他的精神状况,对他在精神调节上做一些指导,哪怕仅仅是一种心理安慰,常刚也许就不会这么快就出事了。但是没有,他不曾给抑郁中的常刚打过一个电话。事实上,他每天深陷于自己的琐事中,很快就把常刚的事情遗忘了。这是钟志林不仅作为医生,更是作为老同学最为愧疚的地方。

许多同学都到了,有男有女,他们开始张罗常刚的后事。在这些中学同学当中,钟志林算得上最有身份最有成就的人。以往每次聚会,他都会被众星捧月般拉到上位,这是职业给他带来的尊重。但此刻,在一个死人面前,显得最没用、最尴尬的人就是医生。钟志林成了一个多余的人,因为对许多事情不太明白,他只能站在一旁,感受着作为一个医生的无能为力。

有人买回了寿衣,在场的同学面面相觑,谁也不敢靠前。有的说不忍去看常刚的表情,有的则从来没给死人穿过衣服,想想就头皮发麻,确实不敢。记得一年前,另一个同学去世的时候,是常刚给他穿的寿衣。常刚是个胆大的人,他什么也不怕。

当然钟志林也不怕。大学期间,他就开始接触尸体。第一次上解剖课,惨白的日光灯照着实验台上一具男性尸体,当时的情景他永远都不会忘记,为更好显示不同的部位而不翻动尸体,老师竟把尸体的一条腿用绳子拴起来,吊在了房梁上!当时他那种惊恐感觉,是真正的毛骨悚然。时间久了,这一切都习以为常。到了期末考试的前夕,他像其他同学一样,有时会把头颅的标本偷偷地拿回寝室,对照骨骼标本,背诵神经和血管进出的孔穴。直到睡意渐浓,懒得把它送回标本室,就放在枕头边上,与之共眠。夜里照样可以梦见家乡的山花、儿时的伙伴。

钟志林掀开盖在尸体上的被单。他一只手亲切地托着常刚的头,另一只手握住他的手腕,让死了的常刚坐起来。同时念念有词地和他说着话:别害怕,老同学,我给你穿上新衣服……那声音听起来既亲切,又悲凉。躲在一边的同学无不落泪。

后来,在几次抬放尸体的环节中,钟志林都是主动靠前,亲自动手。好像只有为死去的老同学多做点什么,他才会减轻内心里的愧疚。

在这个世界上,任何物体都不能永久保持它原有的形状。在火葬场,作为一个把延续他人生命作为职业的人,钟志林又一次目睹了一个生命变成磷酸钙的全部过程。人是会死掉的,是会化成灰烬的,什么崇高、伟大、权力乃至于钩心斗角,尽是虚妄,最后都会消失在一片尘埃之中。令人疑惑的是,就在这死亡的现场,在一种绝对真理的时刻,参加葬礼的人们远远站在一边,望着从高高烟囱里冲天而上的青烟,他们一边感叹着生命的短暂,一边谈论着彼此生活中的琐琐碎碎。有几个女同学则围着钟志林,问他老是失眠是怎么回事,女人是不是必须得补钙,那个安利产品对人体到底有没有作用,以及用什么办法才能预防小脑萎缩……人们对死亡的悲观和对生命的渴望,如此鲜明地并存着——难道,这就是人类的本真?

+

第二天傍晚,钟志林刚要下班,病房里送来一个脑干出血的患者。由于出血量过大,突发昏迷,呼吸停止,情况万分危急。一个二十多岁的女孩突然跪在钟志林的脚下,一边叩头一边哭喊着:叔叔,请救救我妈妈……看着眼前的女孩,钟志林仿佛看到了当年的自己。人生中的不幸竟然如此相似,让钟志林又一次感到了揪心的疼痛。他立即组织医护人员启用呼吸机和所有的措施,紧急抢救。一小时之后,他从抢救室退出来,告诉守在门外的女孩,她妈妈已暂时脱离危险,马上转到ICU。等情况稳定之后,再考虑是否需要手术。没等他说完,女孩便紧紧地拥抱了他,一迭声地说了好几个"谢谢"。

那一天,钟志林一夜没有回家。

后来经过两个多月的治疗,那位患者已基本康复。出院那天,母女俩对钟志林千恩万谢。女孩还悄悄地放到他办公桌上一个红包,被钟志林执意拒绝之后,女孩再次拥抱了他,就像女儿拥抱父亲。这个细节,让钟志林对生命充满了感动——同时也是因为患者的感动而感动——他的眼眶湿润了。

钟志林又回到了过去的时光。面对患者的病痛与呻吟,他似乎听到了一种呼唤般的暗示,整个心灵都沉浸在对于人类疾病的研究和探索之中。工作着,的确是一件美丽而又快乐的事。那段时间,钟志林的情绪特别高涨。

十月十日,是世界精神卫生日。作为本地区的著名专家,市卫生局要求钟志林为社会做一次公益演讲。他愉快地接受了这个任务。没想到,可容纳近千人的礼堂竟然座无虚席,人们对精神疾病的关注度超出了钟志林的意料,同时也激发了他的演讲情绪。围绕"精神健康,从了解开始"这一世界性的主题,他有条不紊地展开报告,纵览古今,横贯中外,一些烂熟于心的数据,更是信手拈来,浑厚的嗓音极富感染力。

——事实上,我们人类自从摆脱了动物王国的黑暗时代,就一直忍受着精神疾病的困扰与煎熬。我国传统医学经典著作《黄帝内经》上早有记载:"病甚则弃衣而走,登高而歌,或至不食数日,逾垣上屋,所上之处,皆非其素所能也。"再比如:"妄言骂詈,不避亲疏而歌,洒洒振寒,善呻数欠,颜黑,病人至则恶人与火,闻木声则惕然而惊,心欲动,独闭户塞窗而处。"这些症候,也就是我们现在所说的"迫害妄想"与"幻觉症状"。到了现代社会,这种情况尤为严重。据联合国卫生组织统计,目前全世界共约有四点五亿人患有各类精神和脑部疾病,也就是说,每四个人中,就有一人在某个时段产生过某种精神障碍。大家不要惊讶,这绝不是耸人听闻,具体到我国,卫生部门数据显示,目前,我国的精神疾病发病率在所有疾病中已经排名居首,约占总数的百分之二十。

钟志林浑厚的声音,通过麦克风在大厅里继续回荡:女士们,先生们,不管我们是否愿意承认,我们已经无情地进入到了一个精神疾病的时代。生活节奏不断加快,贪污,腐败,道德滑坡,人性沦丧,升学,就业,失恋,职场竞争,生存压力,人际关系紧张复杂等等,各种冲突,各种刺激,可以说是处处存在。这对每个不同文化、不同经济地位的人,都构成了不同程度的挑战和折磨。从医学角度上说,这种挑战一旦超过人的心理承受极限,大脑神经系统功能就会紊乱,大脑疾病的发病率就会越来越高。面对这种严峻的挑战,如何减少和预防各类不良心理及行为问题的发生,这已经不仅仅是医院和医生的责任,而是全社会要承担的责任!

钟志林的演讲,不仅感动着听众,同时也感动着自己。他是因为听众的感动而感动。于是他越讲越来劲儿,时而如微风细雨,时而慷慨激昂。两个小时的演讲,几乎无人退场,并不时地对他报以热烈的掌声。散场后,许多人围上来,咨询各种问题。也许是为了将来看病方便,还有一些人索要他的电话或名片。他像个影视明星似的,被围得迟迟走不出会场。

人一旦获得某种成功,这种成功就会给他带来喜悦。有天早晨,赵淑芬难得地发现,钟志林在拖地的时候,竟然哼起了歌曲。

我听你唱歌,怎么还有点不太适应了呢?

钟志林一下子顿住。真是奇怪,他竟然没意识到自己在哼歌!

其实,把光阴的磁带往前倒——在做知青的时候,钟志林曾喜欢过唱歌,而且与众不同。别的知青总是爱唱"离别了家乡,告别父母,使我多心酸"之类,他一曲"穿林海,跨雪原,气冲霄汉……"能把所有的声音都镇住。当时,就连赵淑芬都自豪。遗憾的是,那一切都伴随逝去的岁月,留给了遥远的记忆。

到了单位,钟志林的情绪也相当不错。他在门诊楼见到了谈生时,还冲着他友好地打了一个招呼,以至于让谈生有点错愕,人都走过去了,又回过头来用警觉的眼神看了他一眼,仿佛他的微笑中隐含着某种不可告人的意味。事实上,这时候的钟志林,已经从一种世俗的仇恨中净化出来,抛掉了和谈生因摩擦、争斗而产生的恩怨与烦恼,他重新获得了生活的平衡与力量。

然而,钟志林的"平衡"并没有维持多久,就再一次陷入了与谈生的纠葛中。在春节后的第一次全院中层干部会议上,谈生以党委书记的名义通报,没有经过院党委批准,任何人不得以私人名义到社会上去从事学术交流,更不能打着学术交流的幌子,去泄露医院的商业秘密,甚至挑拨医患关系,煽动社会情绪! 否则,一经发现,无论是谁,都必将严肃处理。像往常一样,谈生在讲话中仍然只说现象不说人,但矛头所指,却众人皆知。

那次演讲之后,钟志林曾应邀到区县医院作过好几场不同主题的学术报告。在涉及医院职责和医患关系时,他确实谈到过当前医疗部门所存在的一些令人担忧的现象。我们人类,本来是因为爱,才有了医疗和医院。医生的职业本来是救死扶伤,现在有许多的白衣天使已经变成黑心魔鬼……有的医院为追求经济效益,要求医生千方百计地提高返诊率。这说明我们的医疗改革完全背离了原有的人文精神,而且越走越远……无论什么样的时代,病人都是人群中弱者中的弱者,是最不幸的人。人们评价一个社会,就是要看这个社会如何对待人群中最不幸的人……医疗部门的存在,是为了延续人的生命,为了让人活得更健康,更美好,而不是让人为治好身体的疾病,而背负上沉重的经济与精神负担……在美国,医生让病人感到的是爱;在中国,医生让病人感觉到的是"宰"……这些话,钟志林的确是说过。可是,难道他说得不对吗?

泄露商业秘密,挑拨医患关系,煽动社会情绪……再说下去可能就是否定改革,抹黑中国也未可知了吧? 总之,谈生就是用这样的大棒来封杀他。

坦率地说,过去他没把谈生手中的权力当回事。你当你的院长,我做我的医生。你用当官满足你的欲望,我用医术追求我的成功。两不干涉,咱井水不犯河水。其实他错了。他不知道权力是无边的,有时候还是邪恶的。从某种意义上,最单纯、最正直和最优秀的人,就越是容易成为它的祭品。

钟志林没有抗拒,封杀就封杀。我又不是什么影视明星,我是个医生,没想靠嘴皮子去出名,去捞取外快,更没想用一把手术刀去解剖社会,我没有那个野心,也没有那个能力。我只是出于一个医生的人格与良心说了我应该说的话。此后,钟志林再也没去做过什么学术交流或专题报告。奇怪的是,他也没再接到过任何部门的邀请。

钟志林平静了自己的心态。只是没过多久,他的平静就被一个患者给搅乱了。他叫王二甲,是个农民,住进医院的时候人事不懂,经过治疗,刚刚有所好转,他却不辞而别,趁着夜深人静,来了个凉锅贴饼子——溜了。一查账,他住院七天,全部费用一万八千六百多,扣除已交押金三千,余额一分未结。这无疑是个事故。院长谈生听说之后大发雷霆,下令必须找到患者,追回所欠全部医疗费用。

作为科主任,钟志林只好带领一个年轻医生和苏丽娅(他们是患者的责任医生和责任护士)去寻找患者。找一个得了脑血栓的患者,总比找一个杀人越货的逃犯要容易得多。终于在距离市区五十公里的一个偏远山村找到了王二甲的家。只是,一进门,几个人就全愣了,他们没想到这户人家会这么穷。两间土房,屋角上破了个洞,家里唯一的家具就是两个木板箱和两口用来放粮食的大缸。王二甲得的是脑血栓,尚未痊愈,嘴歪眼斜地躺在炕上,人已失语,见到钟志林几个人,干张嘴,说不出话,丑陋地哭着,同时还伸出手来一个劲地作揖。他四十多岁的妻子站在地上,身边靠着两个脏兮兮的小女孩,闪着黑亮的眼睛,怯生生地看着几个不速之客。女人羞愧地告诉钟志林,不是他们想赖账,而是他们没想到看个病会用这么多的钱……面对这眼前的情景,苏丽娅眼泪汪汪地看着钟志林,问他怎么办。结果是,他们不但没向患者讨回一分钱,倒是每个人把身上所有的现金都拿出来,凑了两千块钱,全部留给了患者。

第二天,钟志林向院长交差。谈生并不像他预想的那样大发慈悲,却立刻把眉头皱起个疙瘩。什么"可怜之人必有可恨之处","医院不是慈善机构","看病付钱天经地义",不但婆婆妈妈,还义愤填膺的样子。

钟志林当时就烦了。

这么大个医院,就不能同情一下一个交不起医疗费的患者?

今天同情了王二甲,明天就会出个李二甲。

这钱必须得要?

必须。

他没钱,你说咋办?

别问我咋办,你是责任人。

我无能为力,你爱咋办咋办吧。

钟志林突然变色,甩门而去。

谈生的办法很简单,就是按章办事。几天后,院里便以红头文件的形式,对王二甲拖欠医疗费事件进行了处理,决定分别扣发钟志林和责任医生、护士三个月奖金,并在全院通报。

钟志林没感到意外,却受到了打击。他觉得不公,觉得冤枉,而这一切都是用一个人最基本的善良和同情心换来的。同时他也觉得有愧于受牵连的医生和护士,毕竟自己是科主任,是他许可王二甲欠费治疗,手下的人不可能不执行。尽管责任医生和苏丽娅表示责任共担,接受处罚,可钟志林还是咽不下这口气。为此他和谈生发生过几次面对面的争执,没能达到预期目的。他觉得被谈生和他手中的权力压垮了,他不知道应该怎么做才是,甚至不知道应该如何安置自己。不知道是想反向操作,还是破罐子破摔,他决定辞去科主任的职务。意外的是,谈生没有一点挽留或做任何挽留就立刻批准了他的辞呈,从此钟志林便离开病房,专坐门诊。

在这个世界上,有伟大事业的殉道者,也有为一些小坏、小恶拔剑而起、挺身而斗的牺牲品。就是从那个时候起,钟志林决定和谈生一斗到底!

十一

门诊工作较之于病房并不轻松。院里有规定,门诊医生每天要看三十个病人,是正常的工作指标。此外多看一个病人,将按比例给医生提成。有的医生为了多拿提成,便拼命加大自己的工作量。院里有个刚毕业不久的小伙子,是儿科医生,曾连续一周,每天看一百多个患儿,结果猝死在了厕所里。这件事在院里反响很大,并给许多医生敲响了警钟。其实没有这件事发生,钟志林也不会因为多拿提成而去拼命。每天他只完成业务上规定的指标,再不多看一例病人。他要给自己空出时间,做一点别的事情。在结束了美国贝洛神经医学研究所为期一年的访问学习之后,他给自己确立的主攻方向,是深度研究神经元特殊的细胞和分子生物特征,寻找神经系统的病发原因,从而探索新的治疗手段。如今几年过去了,由于众所周知的原因,这一具有国际前沿性的研究课题早已被他抛到九霄云外。现在,他的课题已经改了,就是研究谈生这个人,他是如何从一个当年还算不错的人变成了今天这种样子的。结论很简单:是权力加利益,把他变成了一个随心所欲、可以用各种办法整人的人,变成了一个"能让人得病"的医院院长。

这样的院长他不服!

他先是给卫生局写信,详细叙述了那个拖欠医药费的患者家庭是如何困难,医院对他本人和另两位医护人员的处罚是如何不公,必须予以纠正云云。在得不到任何答复的情况下,他只好亲自出马,直接去找分管医院工作的副局长。在听完了他对谈生的"控诉"之后,年轻的副局长安静地笑了。

老钟,我想问你一个问题,好不好?

您请问。

如果你是院长,遇到这种情况怎么办?

这算什么问题!钟志林讨厌这种倒过来说事儿的方式。他给不出这个结论。其实也不是给不出这个结论,他只想为此事讨个说法,这本身就是结论。最关键的问题是,他毕竟不是院长。你这个"如果"有什么意义呢?岂不是等于放屁吗?

钟志林还是不服!这是一种被逼出来的不服。他开始搜集谈生的各种信息,当然是"坏的"信息。在与那个副局长的谈话中,他悟出一个道理,要想对谈生的攻击变得有力量,就不能单拿自己的私利去说事,于是他利用一切机会和同事闲聊,一旦聊到谈生的方方面面,哪怕对方流露出一个不屑的眼神,都会调动起他的兴趣,希望顺藤摸瓜,挖掘出一点对谈生不利的东西。奇怪的是,平时有许多人对院长谈生议论纷纷,一旦察觉到钟志林要刨根问底,却又集体性地选择了沉默,以至于像躲避一种危险似的躲着他。

多年来,钟志林专心致志地沉湎于自己的世界,以至于远离了现实生活。如今真正回到与常人的交往中,他却发现自己变成了一个天外来客,已经与这个世界格格不入。

晚上,钟志林又做梦了。作为一个医学专家,钟志林并不讨厌做梦。他知道做梦是健康的一种标志。医学研究发现,人在做梦时,脑血流量和葡萄糖代谢水平都比不做梦时要高,同时还会产生一种来自骨髓和淋巴结的物质和催眠肽,它有让人延年益寿的功效。相反,一个人如果总不做梦,这倒不是一件好事。有许多时候,可能是右脑出了问题,甚至有轻度的脑出血或长有脑瘤。比如植物人和痴呆症患者,都是从不做梦的。问题是,钟志林的梦总是没边没沿,特别蹊跷。他梦见自己站在一座楼顶上,下面是个很大的院子,院里一些穿着白大褂的人走来走去,但是看不到那些人的面孔。从头顶上俯视下去,每个人的步子都迈得很大,两条长腿夸张地拉动着矮小的身体,像幽灵似的走来走去,无声无息。他抬起头来,突然发现眼前是一座山峰,不知什么时候,自己站在了一个孤零零的悬崖上,俯身向下,深不见底,在一种极度的恐惧中,他脚下一滑,突然从悬崖掉了下去!在一种自由落体的过程中,脚心酥地一软……他醒了。

　　钟志林的性格变了。过去他一向不喜欢参加各种饭局,讨厌所有娱乐,认为那是低级趣味,甚至是一种堕落。现在他开始喜欢热闹,喜欢往人多的地方凑。有天晚上,他手下的一些人聚会,出于对老主任的尊重,新主任委托苏丽娅象征性地打个电话,问他去不去。他不但欣然前往,还让在场的人第一次惊讶地见识了他的酒量:半两的小酒杯,一口一个,连喝了十一杯!吓得苏丽娅一个劲地去抢他的酒杯。主任,你可从来不喝酒啊。钟志林微微一笑,不喝不等于不能喝,那不是一个概念。那天晚上,他不仅喝得痛快淋漓,后来还自告奋勇地要唱一段京剧,为大家助兴。他唱的是《智取威虎山》中的一段:"穿林海,跨雪原,气冲霄汉……"几句唱腔拖出来,让所有的人惊愕不已,谁也没想到,以前从来不苟言笑的钟志林,竟然能吼出这么洪亮而准确的唱腔!特别是苏丽娅,被感动得差一点流出泪来,她在心里赞叹地想:这个老家伙,他的底气可真足啊!遗憾的是,没唱出几句,钟志林却突然卡住,词儿忘了。众人却有一种被吊在空中的感觉,不依不饶,便一边拍掌一边叫好:

　　钟主任,来一个!

　　钟主任,来一个!

　　钟志林没有再唱。他抱歉地拍打着自己的额头,说这记性,算了算了,不唱了。

看着钟志林有些尴尬的样子,苏丽娅想打个圆场。她说有个段子,不知道大家想听不想听。当时酒桌正流行讲段子,在场的人都表示愿意听,有人还要求苏丽娅讲得黄一点儿。

苏丽娅的段子并不黄,而且很简单:说是有两个人,晚饭后到附近的树林去散步,突然碰上了一只熊,两个人吓得撒腿就跑,熊就在后边追,眼看着要追上了,跑在前边的那个人灵机一动,三两下蹿到一棵大树上。后边的那个人来不及上树,突然发现眼前有个树洞,便一头钻了进去。这时候熊已经扑到跟前,看看树上,又看看树洞,不停地吼。突然,躲进树洞的那个人冲了出来,和那只熊拳打脚踢地搏斗,眼看招架不住了,便赶紧钻进了树洞里。不一会儿,他又从树洞里钻出来,和熊继续搏斗,实在招架不住了,又钻进了树洞……就这样,出来进去,再出来再进去,不停地折腾……有人小声说,有点黄了。没想到,苏丽娅却抖了个意外的包袱:这时候树上的人急了,冲着下面直喊,你躲在树洞里别动不行吗?跑出来干啥?下边的人也急了,你知道屁,洞里还有一只呢!

一阵哄堂大笑。当时,不知道为什么,唯有钟志林没笑,而且一声不语。那种忧郁悲伤的样子,好像在洞里洞外来回搏斗的那个人就是他自己。

有一天,苏丽娅到门诊来找钟志林。最近,她老是丢三落四,这还不算,就在昨天早晨,她竟然把家里的垃圾袋一直拎到了单位,真让人恶心!

主任,我是不是得了强迫症啦?

钟志林笑了笑,认真地告诉她,单凭这一点也不能说就是得了强迫症。有时候也属于思想溜号,比如说出门的时候正想着别的事,也就忘记了手上的活儿。

放心吧,你不可能被强迫的。

说完这话,钟志林意识到有点不妥。

没想到苏丽娅却将错就错地说,就是!

两个人对视一下,会意地笑了。在钟志林的眼睛里,苏丽娅还是那么漂亮,凸凹有致的体形充满着迷人的魅力。过去他完全有机会把她变成情人,可他没那么做……这样的想法只是一闪,钟志林便不好意思地笑了。

有个事儿,一直不好意思问你。

有啥不好意思的,尽管问。

我听人说,你和谈院长怎么怎么着……有这事吗?

苏丽娅一点没显出意外,好像早就等着他这句话似的,她歪着头,妩媚地看着他,你说呢?

我觉得……不太可能吧。

苏丽娅笑了,我还以为你会说"一切皆有可能"呢。

苏丽娅走后,钟志林怔了好久,想不明白她话里的意思,他觉得这个女人越来越神秘了。

十二

还有个问题让钟志林想不明白:一个拥有近千名医护人员的市级医院,每年几亿元的药品招标、设备采购、基建工程,以及人员调动,职称评定,干部提拔等等,可是作为院长的谈生,不但经济上没问题,作风上也没有。这怎么可能呢?

这个老狐狸!

再狡猾的狐狸也藏不住自己的尾巴。经过多方面的搜集、挖掘,钟志林还是掌握了谈生的一些问题。比如,为了经济效益,他要求医生给患者用新药,用贵药,多开药,谁开出的药品越多,谁的奖金就越高;比如,新盖的住院楼验收不合格,作为甲方的法人代表,他竟然跑到监理部门去通融,说是就因为施工方是他小舅子的小舅子……钟志林一面向上反映他已经掌握到的问题,同时又不断补充他挖掘出的新材料。他的举报信越写越长,从而扳倒谈生的期望值也越来越高。一个以治病救人为天职的医学专家,完全变成了斗士。写信不见回音,他便开始登门上访。卫生局不理睬,就去市政府;政府不管,他便一次次地去找信访局。在这场与谈生公开化的较量中,有人善意地劝他放下,也有人认为他过于较真。有一次苏丽娅则莫名其妙地问了他一句:

主任,你看过《堂·吉诃德》吗?

也不知这个娘们儿是什么意思!

在单位,钟志林与周围的人越来越格格不入。在许多人眼里,他不再是一位权威的主任医师,而是一个喜欢告状的人。在信访局,他仍然是一个异类。在这里,没有一个上访者像他那样,穿着一身讲究的西装,并优雅地系着领带;没有一个上访者像他那样温文尔雅,甚至像个领导。因此,他一旦出现在上访的人群里,就会立即成为众人瞩目的中心,以致让一个初次上访的老太太闹了个天大的误会,一见到钟志林,竟然抱住他的大腿哇哇大哭。

最初,信访人员对钟志林也是肃然起敬的,他毕竟是个谁都有可能用得上的医生。可"敬"过几次之后,他还来,总是唠唠叨叨地讲他那点事。他这个医生就不是那么回事了,他贬值了,没多久,信访工作人员谁见到他都烦。

钟大夫,你怎么又来了?

不是跟你说了吗,有结果我们会向你反馈。

以往听到工作人员这些话时,钟志林没什么可说的,他会顺从地点点头说,那我回去等。可等了一次又一次,不但没等到任何"反馈",他们还用一种厌烦的口气开导他:

不就那么点事儿么,有工夫多看几个病人多好!

钟志林生气了,他是因为对方的厌烦而生气。

这个社会都病了,我看得过来么?

他用讥讽的语气说出了他的真实感受。通过上访,钟志林发现了一个完全陌生的世界。在这里,每天都聚集着一些形形色色的上访的人。他们有男有女,有初次上访者,也有一些老上访户。接待他们的工作人员已经见怪不怪,或者说已经麻木不仁,但为防止个别人闹事,他们还是安排了保安,叫来了警察。不予受理的一些老上访户,都被保安和警察拦在了外边。他们就在候访大厅或门外,相互诉说自己的苦恼和遭遇。

有个干巴老头,告他当包工头的儿子在外边养了两个小三,却不养家,说得眼泪汪汪。一对老两口被强拆了房子,便在信访局门外的街角搭了个临时的家,锅碗瓢盆,一应俱全,像是要在这里住上一辈子。此外,有的人索要征地赔偿,有人讨要拖欠的工资,有告法院不公的,有被村主任打瞎眼的……有的拖儿拉女,有的孤苦伶仃。以前,钟志林总认为医院是人类最不幸的地方,在这里,他却惊讶地发现了另一个苦难的世界。在这些难以尽述的上访者中,钟志林吃惊地发现,许多人都患有不同程度的精神疾病,有的颠三倒四,有的魔魔怔怔,有的傲慢骄横,有的破罐子破摔,甚至自残。

一个外号叫"尿壶"的上访者,简直就是一个活宝。他坐着轮椅,轮椅上挂着一个古铜色的大肚子陶瓷尿壶,就像一个造型怪异的老式茶壶一样。据他自己介绍,他在矿井里砸断了腰椎,家伙不能用了。他在网上给老婆买个全自动仿真男性生殖器,那是一款新产品,设计逼真,外形美观,感触刺激,主要是安全。可矿长不但不给他报销,还扇了他一个耳光子……说到这里,他背过一只手,从尿壶旁边的另一个挂钩上,准确地摘下一个塑料水杯,喝了一口水,像是重新提振了精神,然后目光炯炯地看着远方,愤然骂道,王宝合,你个王八蛋,天天搞破鞋,你是饱汉子不知饿汉子饥呀!这个叫尿壶的人,如此惊人地介绍他想要报销的物品,并严肃而有力地骂着矿长,把一些旁听者包括两名保安,逗得哈哈大笑。

正乐着,眼前又出现了另一幕:有个乡下模样的中年妇女闯进大厅,被两个保安及时拦住之后,她一屁股蹲坐到地上,号啕大哭。没哭几声,突然脖子一挺,两腿一伸,昏了过去。两个保安立刻被吓成了两只木鸡,不知所措。幸亏钟志林在场,立刻上前施救,好半天,才使那个中年妇女缓过气来。或许,也就是在这次意外的施救中,让钟志林突然发现了自己的价值。

说起来像个笑话:不知从什么时候起,人们发现一个医生模样的人,偶尔会在信访大厅或门外给人看病。这个人就是钟志林。不知道他背景的人,还以为他是由信访部门安排的一个保健医生呢。在这里,他愿意接受上访者的各种病症咨询,并采用简单的物理方式为他们诊断。有些上访者常常围着他,问这问那:大脑短路是怎么回事呀,心疼是不是病呀……无论问到哪一类疾病,他都会一一解答。他不再限于精神方面的疾病,而是变成了一个"全科"大夫。有时候,他会让人掀开上衣,露出皱皱巴巴的肚皮,把一个冰凉的小听诊器按在对方的胸膛上,神情专注地倾听着对方胸腔里奇怪的喧嚣,然后做出诊断。有时候,他还扒开对方的眼皮,或让对方伸出舌头,告诉对方什么地方出了毛病,最后他会从上衣兜里掏出个小处方本,用医生特有的字体流畅地开出一两剂药品,告诉对方药品的价格大致是多少,并不厌其烦指导你如何吃药。这时候的钟志林,已经完全进入到了一种奇怪的工作状态,在没人靠前的时候,他会用一双敏锐的目光去观察视线之内的人,从他们的面部表情上,去观察哪个人可能潜伏着哪一类疾病,哪个"有病"的人其实没病,而是在装病,都判断得八九不离十。当然也有不灵的时候,有一次,他注意到有个胖警察站在门口自言自语,老是嘟哝着什么"二饼、六万"……他竟然凑过去,一针见血地告诉人家,弄得对方突然一愣,然后急扯白脸地瞪着他,你才有病呢!

没几天,钟志林的行为便受到了阻止。先是信访的工作人员劝他离开,后来是医院一次次用救护车来接人。最后一次接他的是赵淑芬。那时候赵淑芬早已退休,她接受了一家民营医院的聘请,继续从事妇产工作,并当上了科主任,每天忙忙碌碌,比原来还忙。要不是接到市医院领导的电话,恳求她好好做做丈夫的工作,她还不知道,同样"很忙"的钟志林,原来每天都是在信访局里"忙乎"。

那天上午,赵淑芬在信访等候大厅里发现钟志林的时候,他正双手捧着一个中年男人的脑袋,给人做三叉神经穴位按摩。他哈着腰,叉开两腿,平稳而有力地站在那里,做双目半合状。那种专注沉迷的神态,仿佛不是他在按摩着别人,而是在享受着别人的按摩。赵淑芬站在那里,静静地看着钟志林,像是看了他一辈子那么久,最后她差一点哭出来。在离开信访局的时候,她像个初恋的情人似的挽着丈夫的手臂。

此后,在信访局,再没有人看见过那个医生模样的人。

十三

钟志林病了。在许多人的感觉中,医生似乎是从来不生病的,但钟志林确实病了。作为医生,他仿佛注定要在病床上接受一次别人的治疗。许多同事听说后,以为他是精神方面出了毛病。但不是,是小脑梗塞。主要症状是头晕,身上无力,并出现过两次比较厉害的头痛,像有刀子在脑子里绞动。他只好住院。

说起来奇怪,病了的钟志林反而变回到了正常人。住院后,他亲自看了自己的MR片,梗塞面积很小,从经验上说,如果治疗及时,很快便会康复。他心里有这个把握。而且,医护人员都是他的同事,是他过去的下属。老主任病了,自然会得到他们精心的呵护。特别是苏丽娅,作为责任护士,对他更是关爱有加,用不了多长时间,她就会来一次病房,量体温、测血压,察看一下埋进他血管的输液针头,是否出现了回血……没什么事儿便闲聊几句。时间催人老,年轻漂亮的苏丽娅,已然失去了旧日的神采与风韵,她胖了,而且不是一般的胖。有一次,为了让钟志林开心,她讲了个很庸俗的笑话,钟志林只是象征性地笑了笑,她自己却笑得身上好几个部位都在打战。

从医三十多年来,钟志林医治过的病人无数,并常常揣摩患者的痛苦,这时他却意外地发现,如果没什么大碍,被人看病的感觉其实挺好的。住院期间,有许多同事前来探望,其中也包括谈生。尽管两个人一直矛盾重重,甚至闹得不可开交,但这并不影响谈生来探望一个负病在身的下属。矛盾归矛盾。横眉冷对,剑拔弩张,面对面指着鼻子骂祖宗,早就是小儿科了。真正的高手总是那么沉稳、老练,即使彼此不共戴天,见了面却仍然能微笑、握手,甚至干杯。总之谈生不但亲自来看望钟志林,他还背着手,淡定的神态中浮现出亲切的笑容,仿佛他们彼此之间根本就不存在什么矛盾,或者有过矛盾也已经达成了谅解。至此钟志林才发现,他和谈生的摩擦与较量,如同一场旷日持久的马拉松比赛,只是赛场上却只有他一个人在跑——他跑得气喘吁吁,疲惫不堪——而对手却只是站在原点,以微笑的姿态等着他。这是一件多么滑稽可悲的事情!

钟志林正打着吊针,谈生就用右手很别扭地握住了他的左手背。他询问了钟志林的病情,嘱咐他啥也别想,好好养病,并恢复了原有的称呼:"老伙计"。一时间,两个人的内心里竟有了一点真实的温情。他们谨慎而愚蠢地微笑着,又极力装出并不愚蠢的样子。因为好久没有打过照面,更没有过如此近距离的接触,两个人都在对方的脸上发现了陌生与衰老,虽说尚未老态龙钟,但眼角上都有细密的皱纹,彼此的头发都脱掉了许多,也花白了许多。不同的是,钟志林就那么花白着,而谈生却把它们染黑了。

两个星期后,钟志林康复出院。紧接着,他和谈生差不多同时办理了退休手续。这是没办法的事。他们是同年同月生,都属龙。至此,两个人在职场上长达数年的较量,最终以不分胜负的方式宣告结束。

他们各回各家。那是一个非同寻常的夜晚。钟志林心里空空落落,总觉得还有什么东西落在单位没收拾回来,同时又满脑子想着突然而来的退休。多年来他沉迷地研究人的大脑和人体机能,它们是那么的复杂!现在他却感悟到复杂的人体不过就是个简单的计时器,就像沙漏,一点儿一点儿地漏尽属于你生命的时间,你却不能像在桑拿房里那样,把它颠倒过来,重新计时。那天夜里,在一种忧郁安宁的情绪中,钟志林回忆了自己的全部生活。

各种惋惜。

各种遗憾。

也许是想得太多,也许是出现了幻觉,也许是他睡着了在做梦——他看见自己又回到了青年时代:他跪在父母的坟前,那是一面荒芜的陡坡,就像他每次给父母上坟时的情形一样,他几乎是趴伏在地上,才不致因身体失衡而滚下山去。不同的是,这次他竟然看到了母亲!母亲站在坟的左上方,就像观音菩萨站在虚空里。只是她的怀里抱着一大束像扫帚一样的枯草。他问那是什么草。母亲告诉他不是草,是花。说着,她怀里的草,果然变成了一束紫红色的花,一穗一穗的,无比鲜艳!他认出了那是家乡的柳兰。小时候,每当夏天母亲总让哥哥和他到山里采回一束柳兰花,插在水瓶里,紫红色的花穗非常好看。母亲说,这种花没毒,可以入药,主治乳汁不足,气虚浮肿……梦中的母亲还是当年的模样:美丽,慈祥。儿子,祝贺你,带着它上路吧!说着母亲把怀里的柳兰向他轻轻一抛,他伸手去接,发现落在手里的却是一张纸。他惊愕地抬起头来,却看不到了母亲。

儿子,你要凭借自己的能力去有所作为。

母亲的声音在山野里回荡,响彻云霄。

他焦急地呼喊着母亲，却听不到自己的声音。他环顾四周，只见漫山遍野，到处都是像紫云一样盛开的柳兰……这时他低头一看，发现手里那张纸是一张大学录取通知书！他意识到了这是母亲在冥冥之中的馈赠。他两只手举着那张录取通知书在花海里穿行，脚步越走越快，向着山下飞奔。有一会儿，他竟然飞了起来，并在空中兴奋地喊着，我考上大学了，我成功了！蒙眬中，他听到了妻子的声音：你喊什么呀，吓我一跳！

　　他睁开眼睛，一个富有色彩的梦境突然消失了，无可挽回地远去了。他想把这个奇异的梦复述给妻子。

　　我梦见了柳兰开花……

　　开什么花，快睡吧，梦是反的。

　　妻子迷迷糊糊地说道。紧接着，他便听到了一串舒畅的鼾声。这时他才发现妻子也老了——作为女人，她竟然打起了呼噜。

（原载《人民文学》2015年第10期）

西北偏北之二三

林 白

出门的理由有许多种，其中一种叫做，不问阴晴圆缺，管他赵钱孙李，说走就走。当然，这得有股子热情。作为一个马上就要四十岁的人，赖最锋相当希望自己还拥有这种类似于冲动的东西。事实上，一年前他就想来一趟额济纳，那时候，春河刚刚失踪，

到额济纳可以先从北京到呼和浩特，再从呼市换火车到额济纳，但他舍近求远，先到兰州，再到张掖，然后坐长途班车到额济纳。他喜欢一种想象中的千辛万苦的感觉，也因为，这条线路更古老，更西域，而沿途的武威曾经叫凉州，张掖曾经叫甘州，想一想著名的《凉州词》《八声甘州》什么的吧。当然，同时，春河一年前就是从武汉到北京，再到兰州，然后坐旅游大巴到张掖，再到额济纳的。他也就决定这样走一趟。不同的是，她跟了一个自助旅行团队，是从武汉坐飞机出发，他则独自一人，从北京，坐火车。

说起来，春河跟他没什么直接关系，暗恋对象而已。她比他大三岁，在学校时，他刚上初一，她就已经上高一，她高考，他才刚刚中考。为了接近春河，他跟她哥哥交了朋友，这都得益于他在《圭宁报》副刊的职业。春河的哥哥是聋哑学校的体育老师，股骨头坏死之后提前病退。他写些文章，赖最锋为了让他多发表，在他的"圭江"副刊上给他开了个专栏。不过好景不长，才一年多，上面取消县市级报纸广播电台电视台，《圭宁报》及圭江副刊一并烟消云散。

赖最锋倾向于认为，春河失踪是她自己的选择，但大多数人不这样看，那一阵，媒体有不少版面报导此事，后来就不再提了。一般人都会认为，这个失踪的女白领，八成是被害了。

行李简单，只背了一只背包——两件长袖T恤、一件帽衫、一件厚布外套、一件薄羽绒衣。在北京四年，赖最锋渐渐接受了某些知名的运动品牌，这比普通品牌贵一到两倍甚至更多，但质量好，耐久，而且板型帅气，穿上身的确提神一些。尤其像他这种不够高有点瘦有佝背习惯的人，穿上品牌运动服，居然也显得硬朗挺拔起来。

此外还随身带了一个纸本子，这是早年留下来的习惯。虽然已不再写诗，但时常还是有一些句子从脑子里飘出来，他会习惯性地从口袋里掏出本子，记下来。将来自己看，或者，写一点东西。至于能否写成，那都是天知道的事。也有可能不再写，本子里记下的永远只是些碎片，像砂粒，成不了一座建筑。会有一些遗憾，但人生就是由遗憾堆积起来的，到现在为止，生活根本就不是遗憾能概括的，遗憾算得了什么呢，什么都不算。

当年疯颠冒失，如今失败落寞。自从离开《圭宁报》，他就再也没有写过诗。不知道是不写诗所以不再冒失疯颠，还是因为不再疯颠冒失而写不出诗。十月份到来的时候，他忽然意识到，自己马上就要满四十岁了，步入中年，热情消失，荷尔蒙大概也所剩无几。

四年前他把"鸟巢"幼儿园的一大摊子事扔给老婆，自己跑到北京参加一个半年制的影视编剧短训班。之后就留了下来。给一线编剧当枪手，写过两部不咸不淡的电视连续剧的初稿，之后到一家民营文化公司做图书推广，积累了两三年，好歹搬离了地下室。春河失踪，仿佛当头一棒。同代人中忽然有人没了，而且几乎是，最重要的人。当头一棒，然后悠久的震荡。

赖最锋在硬卧车厢的上铺，对他而言，难受的不是越过中铺爬到上铺，而是窝在上铺腰伸不直，即使侧斜着，头也会撞到车顶。但他不愿意坐到过道，他喜欢一个单独的空间，周围没有人来来去去，列车的上铺几乎就是这样一个密室，甚至比密室更妙，你可以看见过道、中铺和下铺，以及窗外飞速向后的房屋田野山峦和树林，而它们完全看不到你。

仰面躺着，有时趴在枕头上。

人终有一死，失踪把死的空间变大了。如果她去动手术，然后化疗，放疗，人骨瘦如柴，头发掉光，那又会好到哪里去？她母亲韦医生最相信现代医学,想保守治疗都保守不了。最终一定是在药气浓稠的病房里,全身插满管子,痛苦地离开这个世界。额济纳的好地方多的是,湿地的芦苇,成群的红嘴鸥从遥远的西伯利亚飞过来;有大湖,一个叫做居延海的地方;有著名的胡杨林,近年来总是冷不防地遇见这个,在电视、微博、酒店某间客房的镜框里。是,在沙漠里生长,死后千年不倒,倒后千年不朽。那些金黄色,那些横陈地上千奇百怪的树干,嶙峋而坚硬。

列车有节奏地摇晃,单调的咣当声,以及窗外连绵不断的光秃土色山峦都有一种抚慰人心的作用,赖最锋杂乱的心思渐渐沉静下来。心中长年的乱麻仿佛被快速行进的火车一下一下梳着,乱麻一根根自动列出了头绪,接成了一根长长的麻线。

他此行并不是某个一闪而过的念头那样,追寻某人的踪迹,不过是,自己想出来换个心境,振作一下,把乱七八糟湿乎乎的自己拎出来晾一晾。

这些年,过得实在是有些乱糟糟的。大学毕业,从省城回到圭宁,巴掌大的圭宁,像样的单位没几个,而且也不是给平民的孩子准备的。在郊区中学当了几年语文老师,干得悲观厌世,却得了一个"赖最疯"的绰号。忽然各个县都办了报纸、广播电台、电视台。总算时来运转,新成立的《圭宁报》要找一个文学青年来编副刊,好歹考了进去。好日子没过几年,上面又不让县城办报纸了,回家办幼儿园,整日骑着摩托车去望街岭买菜,永不消散的鲢鱼的腥气和永不停歇的孩子们的嚷嚷声。断然离开圭宁,当北漂,住地下室,吃方便面,到大学里混,看一些戏,听一些摇滚演唱会,白写了一些电视剧本,也挣到了一点当枪手的钱。最后还去了家虽然是民营,但还不错的文化公司,但还是觉得心里没有着落,永远不安稳。媒体上经常说到的"文化民工",不错,就是指他这一类的人。他不知道在哪可以找到自己想要的生活,而想要的生活是什么也从来不够明确。一直以来他想离婚,想要等到春河需要他的时候,可以陪着她。但多年来离这个梦想似乎是越来越远,到现在,天人永隔。

幼儿园还办着,减了一半规模,是老婆在管着。

老婆就是老婆,强悍、能干、麻利,相当于胡适的江冬秀,但比江冬秀更宽容。她知道他心里放着冯春河,但从来不点破,她聪明,仿佛一眼就看出了此事的虚幻性质。家是她的,儿子是她的,幼儿园也是她的,有这些就够了,至于赖最锋,那是个书呆子兼疯子,随他怎么折腾。老婆对他还是好的,说不清是爱还是怜惜,再说分得那么清也是无聊。在孤独的地下室的夜晚,赖最锋有时也会怀着温情想起老婆和儿子,他拨家里的电话,没人接,过了一会儿老婆打过来,问:有什么事?没事别吓我。硬梆梆的,寡淡,无味。不过到了第三句又变了,问:你地址变没变?给你寄了桂圆和腊肠。他还想说什么还没说出来,老婆又补上一句:腊肠放入电饭锅饭面上一蒸,饭好菜也好了,晓得不了?你个傻头!

也就是说,他是有退路的,圭宁、老婆、家,都是他的退路。而春河没有退路。

有几年,春河完全处于一种漂浮状态。在银行里除了上班还要拉储蓄,每月都有定额。所谓拉储蓄,是要擅长交际的,要活络,能说会道。要奔赴各种饭局,要善饮,要识逗,更重要的是,要经得起调戏。春河不是这块料。焦虑、黯淡、沉闷,仿佛被压断了肋骨。从燕子变成了石头。越来越重,越来越硬,越来越冰凉。买断工龄辞职,单位一次性付给三万元,从此一刀两断。医疗、养老再无保障。毫不打扮,不参加同学聚会,对时装没兴趣,饭量大减,人瘦得惊心。总算去了武汉的企业,月薪三千块,管吃住,两人一间宿舍。但她病了。妇科病。不正常的生活,无路可走,无从梳理,长久的忧愁,暗处的伤口,被自己唾弃的人生。

我是生死不明的流浪汉/一艘沉没的轮船。赖最锋脑子里忽然跳出了这一句诗。说来奇怪,四五年没有写过诗了,阅读也少。大概因为人在路上,脑子的灰尘抖掉了,以前印象深的句子会自动跳出来。如同少数热爱诗歌的文科大学生,赖最锋先是喜欢海子,后来一转就到了茨维塔耶娃,他发现自己喜欢女诗人,狄金森、普拉斯、毕巧普、阿赫玛托娃。她们虽然是女诗人,却超越性别,但在超越性别的同时,还是天才中的女性。如果有人告诉他,这些诗是男诗人写的,他马上就觉得乏味很多。赖最锋喜欢女性诗歌,也喜欢某些女作家的小说,比如,麦卡勒斯、弗兰纳里·奥康纳,不过他还是更喜欢女性诗歌。他不知不觉他形成了这样的观念:男人和女人的写作有着深刻的区别,女性诗歌是天籁,试想,如果茨维塔耶娃的那些诗是男诗人写的,那是多么的不对劲。"她全身盖满了淤泥/像光束照射在碎石上！/我高高地爱过你：/我把自己埋葬在天空上"，是，完全不对劲，是女诗人让诗歌有了不可思议的魅力。基于这种认识，他对自己放弃诗歌写作心安理得。

"河水的羊，灯光的嘴。"到了兰州，脑子里跳出这两句，好像是一首摇滚里的歌词，就叫《西北偏北》。十几小时比想像的要快，在车上只吃了一顿。下午在北京西站上的火车，第二天早上就到了。晚饭吃了列车上的盒饭，早上没吃早餐，下车去吃了兰州拉面。汤是清的，辣椒油是红的，青蒜是绿的，三种颜色鲜明地汪在大碗里，心满意足。又加了佐菜，酱牛肉、卤蛋、酸菜。面要了最细的那种，吃下去，全身热乎乎的。

在兰州换成了长途客车，路修得很好，完全没有想像中的颠簸和辛苦。一路想着心事，看着西北的景色。黄土、干涸的河流、焦黄或暗绿的庄稼、戈壁滩和沙漠、贴地的芨芨草和骆驼刺、满是灰尘的低矮的红柳，还看到了祁连山山顶的雪，不算多，但总算是白的，远远看去，也是壮观。明代的古长城是土夯的，矮得让人不敢相信这就是长城。经过几百年，现在最多只能挡住羊——人类的力量终究渺小。路过著名的酒泉卫星发射中心，戈壁深处独然耸立的航天发射塔，远看不过是一个铁架子，也并不高。路过高台时看到吓人的标语："小心别泄密，泄密就枪毙。"标语刷在一个部队大门两边的墙上，有三重岗哨。

到达镇的时候已经是傍晚，赖最锋拎着行囊，在长途车站旁边的面店吃了一大碗面，又要了一甜一咸两只芝麻饼带回去，准备晚上饿时吃，之后才到酒店登记入住。酒店是网上订好的，所以并不着急。这段时间是旅游淡季，因为此地最著名的沙漠胡杨林的叶子已经颓败失色，叶子虽未落下，但不再金黄，大多数变成了泥土一样的颜色，少数即使还是黄色的，也失却了那种金色坚硬的光芒，再也没有人们所期待的纯然夺目的美感了。酒店空得很，网上预订折扣更大。而在旺季，全国的摄影师都跑来了，业余的专业的长枪短炮蜂拥而至，别说一个标准间，仅一张加床也得五百大元。

进到酒店，赖最锋略为意外地看到了一伙北京游客——听她们的口音就能断定。吱吱喳喳的几个人同时在抱怨什么，几个人说的是一个意思：酒店外表不错，怎么连个电梯都没有，行李怎么拿上去。有人说干脆换个酒店，领头的说，钱都打那公司了，酒店是对方订的。大家克服一下。

奇怪得很，这六七个人是一色的女性，领头的看上去有点像《黄金时代》里的丁玲，也是短发，看她的脸，大概有五十岁以上，身材灵巧有活力，又像只有四十出头。其余各人，衣服穿得长长短短，各有看头。有穿短裙高跟鞋的，有穿长裙旅游鞋的；套头针织长衫长到膝盖，外头一件薄皮夹克；一件修身休闲小西服，头肩搭一条素花大披肩。以黑色为主体，也有红的绿的鲜艳颜色一段一段地跳出来，那是她们的领口、腰、腿。种种名堂姹紫嫣红，赖最锋看得眼花缭乱。有一个穿紧身牛仔裤的女孩，外面套了件黑色镂空长衫，长到腿肚子，外面一件红色的短款坎肩，肩上是艳绿艳红的花色，一边耳朵打着三只小耳钉，头发短得像男生。她拿着手机一连串地说：……你还得找两个运动品牌，耐克和卡帕，家电也找一两个，海信和海尔，饮料这块，找个康师傅，你牛逼你找可乐也行，不过话说回来人家得认你……都带到北京来……你得事先约好，这阵我事特多。声音是小女生的爽嫩细脆，话却说得像家大业大的主管。

领头的女人一转身看到赖最锋，冲他一笑，她的眼睛又大又亮又深，非常有吸引力。赖最锋感到心里一跳，像是被谁打了一鞭子。他慌乱地冲她点点头，忽然又想起来什么，几乎是跳起来说：我来帮，你们的箱子，我来我来。

女人的箱子跟男人的很不同，干净，有一种说不出来的妩媚感，有人的箱子还隐隐透出若有若无的香水气，当然了，她们的衣服是香的。总而言之，如果你知道了一只箱子是女人的，那它立即就有了某种魅力。赖最锋乐于搬动这些箱子，他一手一只，快步走上楼梯，箱子的主人在后头跟着，说：慢点慢点歇会吧。他在房门口轻轻放下箱子，仿佛里面装着贵重物品。女人们在他身后笑脸盈盈道谢，你真好。

他片刻也不停留，动听的声音在后脑勺银铃似的震荡，你真好，你真好。两三个来回之后他才到大堂办理自己的入住，之后目无斜视地直上他的四层房间。

这个酒店虽然没有电梯，却供应早餐。次日早上他们在餐厅碰到了,领头的短发女人在盛小米粥,她顺便也给赖最锋盛一勺,对他说:谢谢你昨天帮忙。两人就算正式认识了。她叫齐援疆,这七八个人是她组的团,都是她"地平线"的志愿者。团队的人陆续下来用餐,大多数人换了一身新的行头,让人眼睛一亮。赖最锋猜不出来她们平时是干什么的,总之大多数会是白领吧。

春河混在她们中间会怎样呢?

她们当中谁都不像她,她谁都不像。不过春河就是跟着一个团队来到额济纳的,网上组成的团队,驴友们。她在一丛红柳后面解小手,让队友们先走两分钟,她马上就来。结果再也没有见到她。

额济纳,十年前,他做梦也没想到会来到这个地方。海子写的那首献给萍水相逢的额济纳姑娘他倒还有些印象,北斗七星,七座村庄,沙漠深处你居住的地方,额济纳!沙漠深处,戈壁深处,当然是。不过这个地方虽然叫镇,因是旅游点,有不少酒店和餐馆,并不荒凉。根本就不是他想象中的"沙漠深处"的样子。

胡杨林、黑河故城遗址、居延海,赖最锋都不算特别感兴趣,如果跟个游客似的投入这些名堂,那他就成了来旅游的,而他压根就不认为自己是个游客。他不过是来走走看看,来晾晾快要发霉的自己。而额济纳这个地名,既切合了他的想象,又和春河的轨迹重合。

他毫无目的地在街面上走了个来回,饭馆一家连着一家,以川菜馆拉面馆为主,赖最锋走进昨天的那家,又买了两只芝麻馅饼带上,他准备到周边转转,饿了就当中饭。这种馅饼特别好吃,尤其是甜的圆的那种,外面是一层白芝麻,里面是红豆沙,香甜脆软兼有,面发得真好,加之又炸得恰到好处。咸的那种是长形的,外面没有芝麻,是一层酥皮,也好吃,不过略逊于甜馅饼。

转过街角,有个中年男人上来问他去不去二道桥。人突兀,地名陌生,赖最锋一时反应不过来。二道桥,我去那干什么?男人奇怪道:去看胡杨林啊,这还用问。

对,胡杨林,赖最锋仿佛如梦初醒,他基本上把胡杨林忘记了。原来是辆黑车,景区门票要二百四十元,黑车把人带进去,六十块就行。见赖最锋不置可否,男人自动把价降到四十,就成交了。

上了车，两三分钟就出了城，果然一路的胡杨林都被铁丝网围了起来。车开出没多远就到了一个卡口，一根长长的树干拦着，两辆小面包车正被拦下。黑车男人神气地绕过两辆面包车，路障被设卡的人迅速挪开，黑车轻快地一径开入，在一处开阔的路面停了下来。男人指点着说，这就是二道桥，往下是三道桥、四道桥、五道桥……一直到八道桥，你就慢慢转吧，长着呢。他积极地把赖最锋从二道桥的收票口领进去，然后就消失了。

铁丝网围着的树林里，有木板铺成的栈道，比走沙地轻松舒服，还有供休息的木墩，有厕所。赖最锋从一片林子走到另一片林子，见有一处土色的围墙，院墙外有牌子，是一个什么王爷的府第，他进去转了转，脑子空空的。看胡杨林的黄金时间确实是过去了，据说黄金期只有一周左右，没想到这种死了千年不倒，倒了千年不朽的树木，它叶子上的光芒跟樱花一样短暂。

赖最锋只到了四道桥就回来了，时候早得很，他在大堂里闲坐。没有人入住，也没有人离开，大堂里静悄悄的。如果齐援疆那伙人进来就好了，无论老的小的，她们真是让人提神的一群。

天黑透的时候他才出去吃晚饭，刚走进一家川菜馆，就听见一群女人吱吱喳喳的声音，正是她们。她们刚从居延海回来，看见了大群红嘴鸥，这些鸥鸟从西伯利亚飞来越冬，停留在这个称作海的淡水湖边。她们拍了无数照片，这会儿正兴奋地亮出来互相炫耀。人人脸上都闪着光，热气腾腾的，她们也让赖最锋看得意的照片。照片上的红嘴鸥是灰色的、肥的、憨憨的，一只只卧在空地上晒太阳。湿地的大片芦苇是麦黄色的，有湖水，有天空，红嘴鸥飞起来了，它们的翅膀长而有力。

有人还拍到了一只特别大的白鹤，在芦苇的深处一闪。拍到白鹤的是一个看起来有些病秧秧的女人，她脸色白得有些不同寻常，始终戴着一顶黑色的绒线帽子，每个人都喊热的时候也没摘下来。她兴奋着，喘着气让大家看，那只白鹤正要飞起来，细细的长腿，长而弯的脖子，全身羽毛纯然白色。大家纷纷说，姐是一个有福气的人，我们都没看见，只你一人看见了，而且还拍下来了。姐，一定会有奇迹的。病女子看着她的白鹤,脸上微笑着,眼里有着光。过了一会儿,神情慢慢淡了,眼里的光也远了。她得了绝症,最后的心愿就是出来逛一趟,看看美景,以兹别过。"地平线"的人都是陪她的,当然,她们自己也要来玩。

齐援疆招呼赖最锋跟她们拼桌,她们纷纷说,多个男生挺好的。有人拿出在路边买的本地葡萄,赖最锋抢着拿去洗干净,又去后厨要了一只大海碗,盛好端上,摆在桌子中央。女士们大多低着头看手机刷微博,有人忽然说,哎,快看这个。是一个喜欢标新立异的女人,并不知名,自称行为艺术家,她在网上晒出了她到达武汉的照片。她这次行为艺术的题目叫《身体》,内容是不带一分钱上路,以身体为资本,走遍全中国。她从深圳出发,先到了广州,又到了长沙,现在到了武汉,每到一地,她会在网上发表她的日志,并配以照片。据说,一路畅通,她住过的酒店、坐过的航班、吃过的饭馆等等,都一一得到了露脸的机会。如此活色生香,网上点击量也飙得高高的。而各地有点钱又有点文化,或者虽然没有文化却喜好刺激的男人们无不摩拳擦掌,等着她的绣球抛到自己头上。菜还没上来,众人说得热烈,一个说,叫个《身体》也还是含蓄了,不如直接叫《身体旅行》。另一个就接上来,说,叫《卖身旅行》。又一个接上来说,这就是男权强势,掌握了更多的资源,女性出卖色相换取所需,若是一个没有任何知名度的男人,搞这么一个身体旅行,绝对砸。

吃完晚饭出来,赖最锋看到了她们租的车,车不够好,虽然也说不上破旧,但真的不够好,鬼才知道是怎么回事,按说,起码也得是像样些的越野车,这辆面包车真配不上她们。

她们吱吱喳喳上了车,从一片吱喳中赖最锋领悟到她们好像不是回酒店,而是要出城看星星。他朝她们挥挥手以示告别,就有人嚷道,还有空位呢,你也上来吧。正犹豫间,在一旁抽烟的齐援疆走近车门,朝他微笑道:一起去吧!他便受了催眠似的,一声不吭上了车。

长久以来,赖最锋在女人面前适应了这样的角色:仆役。她们喜欢邀他一起玩,使唤他,支配他,拿他当保镖,或者拿他开心。相熟的女文友说,反正你就是一个毫无危险的男人。是的,不危险,等同于没有魅力,不会让女人紧张、心跳。同时他看上去忠心耿耿,老实厚道,自从他不再写诗,他的性格平和多了,不再神经质,大多数时候寡言。他真是一个女性团队中的理想的男同伴。

到戈壁滩看星星，是一些没见过真正的星空的人热衷的事，赖最锋小时候在圭宁小城，只要走到河边就没什么光线干扰了，河水黑漆漆的，天也黑漆漆的，在黑而透的天空上，镶满密密麻麻的繁星，出门几步就是圭江河，那里有河风，在夏天，谁不到河边乘凉呢，要看星星和银河，抬头即可，哪至于现在要跑几千公里上万里路。也的确，在北京，无论春夏秋冬，即使没有雾霾，能见到的星星也只有数得过来的几颗，哪怕是小城圭宁，现在也不可能看见当年繁星满天的景象了。

达镇只有几条街道，一眨眼就出了城，虽然没了大片的灯光，但还不够黑，远近散落的民居或远处的小镇，那些一小点一小片的灯光都会影响到星空的完美。车一直往前开，雇来的当地司机大概不是第一次干这事了，他早已见惯这些吃饱了撑的城里人的古怪行径。他沉默着不言语，车呼呼地向前，四面黑漆漆的，只有车前灯开辟的一条狭窄通道，两边红柳密密有一人多高，仿佛两边均是高壁。没有对面开过来的车，越发显得封闭。已经出城很远了，已经够黑，车还没有停下来的意思。四面戈壁荒无人烟，司机一言不发，车子一味冲驶，仿佛要冲进一个深不见底的黑暗之渊。车里气氛有点紧张，一车女人，默默地静着。

还好，往前走了不多时，车好歹停了下来。大家觉得简直走得太远了，其实也不过才一二十公里。这里有一处岔路，路面稍开阔，路基和戈壁也几乎持平。

一落地，赖最锋心中一震，他感到自己忽然掉进了一个有着密密光点的巨大洞穴中，密密麻麻重叠闪烁的光点轰隆隆，从四面奔涌而来。他惊得有些摇晃，好歹站稳，才挣扎着深吸了一大口气。

浩大星空笼罩四野，用不着抬头，星星密密的就在眼前，难以想象的多，难以想象的亮，万亿星星蜂拥着环绕四野并鼓荡着激流，它们在宇宙深处奔涌，令人晕眩。不要说那些生长在城里的女孩，就连赖最锋，在未经开发的边远小镇度过了童年的人，此时也着实被镇住了。

齐援疆让大家看银河。一道银白的漫洇的星流，河心的两股是断开的，相离相偎成旋涡状。她说，看看我们的头顶，那就是银河的河心！只见著名的北斗七星悬在地平线上方，几乎是平躺的，它斗口朝上，闪闪仰着。赖最锋从未见过躺在地平线边缘上的北斗七星。牛郎织女星在哪里呢？有人知道吗？齐援疆大声问，赖最锋本来是知道的，但他忘了。二十多年未见，实在是久违了。他茫然地望着银河两边。齐援疆指点给大家看，在离河心稍远处的下方，牛郎挑着一对儿女，中间一颗星，两头各一颗，离它远些的是男孩，近的是女孩，因为男孩重女孩轻。再看右上方，有一簇小星星集在一堆，那是天琴座，六颗至八颗星星，时而六，时而七，时而八，它们是淘气的，只有最犀利的眼睛才能捉到，而人类的视力已大大降低。

天鹅座A在哪里呢？已经忘记了。齐援疆很小的时候（大概三岁）听舅舅说过。舅舅留美归国，后来被送到甘肃的夹边沟农场劳动并死在那里。车从张掖到额济纳路过了夹边沟，很多年前她和母亲去过一次，那时候就已经改成了林场，只有两排平房，完全看不出当年有三千多知识分子在那里改造思想并最终死去。

也都久久望着。银河的河心，那相依相偎的两段星流、那闪闪仰着的北斗七星、那牛郎织女、那天琴，以及那蜂拥、奔旋、鼓荡着的全体星星的激流。赖最锋仰身躺倒在戈壁滩上，他最大限度地摊开四肢，亿万星星从遥远的宇宙深处发着热，呼呼俯向这个敞开四肢的人，他感到裸露的脸、摊开的四肢，被这些密密的光点击打着，一直跳进他的血液里。他感到自己大概又会重新变得疯颠狂妄冒失冲动，潜伏在他身体里的那个小人儿就要神秘复活了。是的是的，银河的河心非同小可。

刚上车，赖最锋发现他的手机不见了，大家热心着下车找，齐援疆把她们赶回了车上，自己陪赖最锋下到戈壁滩。她拨他的手机号，果然，在漆黑的戈壁滩上，有一处小小的闪亮，是他仰躺时从口袋里掉了出来。一切顺利，车里气氛松弛兴奋，人也变得爱说话。齐援疆说起戈壁和沙漠，她说出城看了一回星星，这次大西北就没白来。

齐援疆生在新疆，从小见惯戈壁的星空。上个世纪七十年代末上大学前，在乌鲁木齐，东方红拖拉机厂，是锅炉房的水处理工，每天不停地往水管子里倒盐水以防止结水垢。三班倒，每年六个月干这个，剩下的六个月切割钢板。水处理班全是青年女工，只有她一个人考取了大学，厂子倒闭了，厂址地皮被房地产商买了，工人买断工龄，每月五百元。

赖最锋很想跟这个齐援疆多聊会儿,但回来的路似乎比去时短很多,一眨眼就到了酒店。回到房间,赖最锋还很兴奋,他拿出小笔记本和笔,想在上面写点什么。结果什么也没写出来,倒是想起了几句诗。毛茸茸的星星,多毛的星星……迷失在其他的绵羊中/奔向那有着金毛的羊群……茨维塔耶娃的诗句。奇怪得很,想起的这几句,跟他的感受几无共通之处,毛茸茸的、多毛的星星,他看到的星星可不是毛茸茸的,没有毛,戈壁滩上空的星星干燥光洁,这里的星星不是金毛的羊群,而是……诗都是蛮不讲理的。

吃过早餐,太阳已经升得老高,赖最锋打算在达镇再走一走,昨天从四道桥返回时,路过一片水域,在水的中央,长着三棵胡杨树,它们叶子金黄,倒影完美,岸上还横着几棵粗大扭曲的树干,在夕阳下呈现一种久远的灰白色。如果略去不远处的公路,那真有点像仙境。他信步朝出城的方向行去。

本以为会在早餐的时候再次碰上她们,但是一个都没有,餐厅里只是陆续进来一些西北口音的男人,看上去是来开会的。赖最锋到大堂总台打听,才知她们已经退了房,昨天半夜,团队有人发病去看急诊,估计是情况危急,凌晨五点多她们就退了房走了。齐援疆倒是给了他一个名片,她们"地平线"也要男志愿者的。而且手机上也保存了她打的手机号,可以发个短信问问,不过,还是没发。这些女人是什么职业,他到底也不晓得。那个三耳钉女孩,她其实跟春河在网上聊过天,那个网名为"春眠不觉晓"的网友去年失踪,她知道,她还帮着转发微博寻人;那个一直穿一件玫红色冲锋衣的女孩,是一个网络写手,不太知名,但已经写了几百万字;还有那个IT女孩,喜欢在微博上发表简短高见,自称是杂家。她们跟赖最锋都可能有共同的熟人。不过他们就擦肩而过了。

赖最锋走过拉面馆,四川菜馆,早餐铺子,杂货铺。路边还有一处烂尾楼,三层砖楼,红色的砖裸露着已经有些陈旧,看样子烂尾多时了。一处空档,进去是一条土路,路边上吹过来一些肮脏的手纸,大概是路人把烂尾楼后面当成露天厕所。也难怪,此地的公共厕所实在脏得可怕,即使是收费厕所,即使收了每人三元,也仍然污秽横流飞虫成片,根本没法下脚。过了这空档,又是一家川菜馆。不是饭点,有个中年妇人坐在门口嗑瓜子,一个女孩子蹲在台阶下。乍一看,赖最锋以为是小孩蹲着大小便,这倒也不稀奇。但这小孩也太大了一点,少说也有八九岁,再一看,还不止,大概有个十四五岁。她呢也并不是大小便,没开裆裤,穿得端端正正的,也算干净。她一动不动,样子反常。嗑瓜子的妇人冲赖最锋笑道:大哥,吃饭?炒菜米饭面,样样有。又冲蹲着的女孩喊道:翘儿,还不赶紧起来,挡人的道!女孩仍不动,像没听见。妇人走下台阶,把女孩拽起。说,犯了毛病,说自己是蘑菇,傻头啊。

赖最锋想起来,曾看过一本关于疯子的书,是有一类精神病患者坚信自己是蘑菇或者石头什么的。那都是些离奇的人,这跟眼前的女孩大概不是一回事。他往前走,路过一间墙上刷着"驼绒"两字的小砖房。他往里探了一下头,看见入门的地上散着一些毛茸茸的东西,浅褐色,大概这就是驼绒。有一把很大的木弓,一个男人坐在靠墙的一把条凳上吸烟,水烟筒吸得咕咕响。

云完全散尽,天是蓝的,天地亮崭崭一片,赖最锋深吸了好几大口空气,干燥,有阳光和干爽的草气,而北京这几天正是雾霾黄色预警,躲过了,有小小的庆幸。路上车不多,久久才过一辆。一辆小型农用车,运了一车香瓜;一辆大卡车,运一车压成方块的干草;还有一辆,装的是一车半大不小的猪,猪们挤在铁笼子里,有一只发出了悠长的嚎叫,声音随车远去,一直拖到路的尽头。又路过一大片瓜田,匪夷所思的是,香瓜遍野,只只饱满,却颜色暗淡,瓜藤干枯,看上去像是一片弃田。赖最锋下到地垄,捡了一根棍子捅那瓜,一捅就有浑浊的瓜汁流出。早就烂透了。他拍了几张照片,一路想着给这被丢弃的瓜田取一个触目惊心的标题。

那片水域就到了。除了水域,确实很难用别的词概括它,既不是河,也不是湖,当然更不是水洼,比水洼辽阔得多,岸边没有平缓的坡地,陡然入水,没有草。从不远处堆起的沙堆看,很可能是大量挖沙之后形成的连绵低地,聚了雨水,就成了湖。而当初长在陆地的胡杨树也就长在了水中,正在岸边的几大截扭曲的树干恰好留在了原地,搭上那种久远的灰白色,局部的仙境就形成了——就像某些诗,要裁掉一大半,剩下的两句才是有诗意的。

他在倒伏的粗大树干上坐了一小会儿，然后绕到水域的对面。路很难走，没有所谓的路，几大堆沙之间的低洼处是湿的，一脚踩下去是稀泥，好在不深，没不过脚脖子。拐弯处是密密的红柳，低矮分叉冲冲撞撞。视野很好，安静，他在沙地上坐着，又躺下，阳光晃眼，他眯起来，眯得眼角处全是细细密密的皱纹。

　　在沙地上躺了一会儿，掏出手机看了看，又收起来。看着齐援疆的手机号码，他想起自己落下的手机在戈壁滩上亮起的一小片，四野黑沉沉，这一小片亮光既孤独又奇特。有些怅然若失。但渐渐，仿佛从另一个方向不断得到灌溉，内心不久又满了起来。笼罩四野的星空银河河心、仰着的北斗星以及她们的脸庞悦耳的声音、衣服上的色彩，在他的身体里来来去去，像电影画面，也像梦，但比梦都更真切。虽然真切，却已消散殆尽，所以还是像梦一样。

　　好闻的空气有一点润泽，却并不湿冷，人暖融融的，全身松软。银河的气泡内部咕咕作响并发酵，他闭上了眼睛，太阳光在滩开的四肢荡来荡去，星空，银河的气泡，地平线，天琴座啊齐援疆，北斗七星口朝上，我爱女人身体黑色的甜蜜。这个老头真想得出，黑色的甜蜜，如果老了还能写诗就写这样的诗。我并不希望与她们做爱，我的双目渴求她们……为了创作一部颂歌中的颂歌，给一小小的，多毛的，不能被驯服的动物。在半醒半睡中，不久前看到的米沃什晚年的诗一簇一簇地在他脑子里掠过，像此地又肥又大的喜鹊，一只接一只地飞过他身体上方的天空。

　　醒来时他发现太阳已经偏到公路的那一侧了，他坐起来，发现透过水域中的三棵胡杨树拍落日是个不错的选择，倒映的光，剪影，错落有致的树。可惜这树太瘦，又弱，不够有力，如果是半倒伏的大树，像刚才坐的几棵，那效果，定然是，又狰狞，又有力，又悲哀。但落日的方向不在那里。

　　他慢慢往回走，绕过水域回到公路。太阳离真正落下还有两竿子高，空气明显比上午凉多了。他加快脚步离开了这片有着胡杨倒影的水域。

　　有点饿，他想起除了早餐，他将近一整天都没有吃饭了。大步走了一阵,越发的饿,见到路边有一家川菜馆就一头撞了进去,坐下后看了一会菜单,上午那个坐在门口嗑瓜子的妇人走过来,她胸有成竹地朝他笑着,仿佛他来是她早就预料到的。她朗声道:大哥,来了。赖最锋要了一个青椒炒肉丝,一个粉皮白菜以及米饭。店堂里架着一台厚厚的老电视,虽然旧脏,但画面还清晰,正在播着一部古装打斗片。老板娘找到遥控器,说,给,先看看电视吧,菜很快就好。又自作主张把台调到播新闻的画面。

电视里在插播一条重要新闻,张掖监狱有三名重刑犯越狱,他们杀死一名看守人员,于凌晨四点逃脱,现司法局、公安厅、省武警总队、监狱管理局和张掖监狱等部门已经成立了追逃工作指挥部,组织布控,全面开展搜捕。同时发布通辑令和悬赏通告,发动群众提供线索,对提供有效线索的奖励人民币十万元,直接协助抓获罪犯的奖励人民币二十万元。老板娘也站着看,她问道:这不会跑到这边来吧?赖最锋说,张掖到额济纳有五六百公里,远着呢。不过啊,也难说,越狱的人非同小可。

一个女孩端上青椒炒肉丝,青椒还还配了几丝红椒、黄的姜白的蒜黑的花椒,颜色很不错,腾腾冒着香气,赖最锋夹了一筷子送进嘴里,味道很好。他发现女孩站在跟前,冲他亲切地笑着,对于一个端菜的服务员,这笑容实在有些过头。蹭了一会儿,女孩瞪着眼睛看他,说,张哥,你不认识我啦?

赖最锋定眼看她,女孩个子小小的,头上别了一只金色的塑料树叶型发卡,像一张胡杨叶子沾在了头发上,穿一件粉色的毛衣,领口处缀着一片弯弯的小珠子,有点像童装,但她的胸部丰满,被衣服紧紧裹着。如果不看胸部,从她的个子和脸上的神情看,也就十五六岁,甚至更小。但显然,她或者更大。只听老板娘叫道,翘儿,端菜。老板娘又对赖最锋解释说,没事,她喜欢谁就管谁叫张哥,别理她就是。

赖最锋想起来,上午他路过时,就是这个女孩蹲在地上。她端上粉皮白菜,然后坐在旁边的座位上,盯着电视看。但显然,她对电视上的农业大丰收新闻并不感兴趣,她坐在旁边,一厢情愿地陪着赖最锋。只见她撑着脸在出神,她的脸是典型的娃娃脸,又圆又鼓,眉毛淡淡的,眼睛眯缝,两边有小而浅的酒窝,塌鼻,像年画上骑鲤鱼的娃娃。她出了一会

西北偏北之二三 255

儿神,忽然又咧开了嘴。

吃完饭付了钱出来,赖最锋往十字路口走。他走过上午的杂货铺和卖烧饼的早餐铺子,杂货铺敞着的厅堂摆上了饭桌,一家人挤在一起吃晚饭,大碗面条,大碗西红柿肉末,大葱,大蒜,男人女人孩子,吃得呼呼有声。过马路时赖最锋回头看车,却看见刚才叫他张哥的女孩跟在他后面。赖最锋说:你跟着我啊?女孩说,我晓得的,大哥是好人。赖最锋默不作声。跨着大步往前走。女孩小跑着趋在他身后,一边喊道:别走那么快啊,我都跟不上了!真是见鬼,赖最锋嘀咕着,同时慢下来。女孩赶上他,喘着气,脸上红红的,她用手掌扇着散热,整个人热气腾腾。

说起来,赖最锋有过一次……经历,那是刚从圭宁到北京的一个夏天,一个写诗的朋友给他带来的。朋友喜欢这种事,吹嘘他的多次经历,他说一个男人,一辈子没嫖过一次,那算什么男人呢?他们喝酒,喝得越多,这事就越显得合理。朋友说,你情绪不高,是荷尔蒙水平低,找个妞儿睡一觉就好了。谈什么爱情呢,麻烦,后患无穷。他给赖最锋倒啤酒,倒了一杯又一杯。他边喝边对赖最锋进行启蒙,真的真的,这真没什么稀奇,连托尔斯泰年轻时都嫖过娼,人生需要减压,哥们儿。他把赖最锋的胳膊搭在他的肩头上,半架着走出小馆子。赖最锋迷迷糊糊地坐上出租车,摇摇晃晃在一个小区门口下了车。哥们儿半架着他,两人上了楼梯。只听见哐当一声门响,自己就咚地摔到了一张硬板床上,仿佛是从漂了很久的河水里沉到了河底。先待着吧,到时候我再叫醒你。哥们儿的声音从上面传来,隔了一层厚厚的水,他硬撑着用手在空气里捞了一下,手很重,像被绑了沙袋。他就歇着了。过了不知多久,也许是深夜一两点,或者两三点,他在河底听见门响,虽然迷糊,却也能听出是女人的脚步声,一阵香气从门口呼的一下撞过来,略停了一停,又飘过去了。他觉得鼻子有点痒,就像某种粉蝶进了屋,带来看不见的粉末,而粉末落到了他的鼻孔里。

他渐渐清醒,在彻底醒过来之前听觉异常敏锐,床响,床响得那个,刺激。他们在做,哥们儿说,你怎么不叫?我喜欢听女人叫。就听见女人喘气喘着喘着就变成了哼哼,又变成了浪声,然后叫了起来,仿佛先有人掐她脖子然后又松了手,女人真是各种各样的,老婆就从来不叫,一声不吭,像段木头。忽然听见一声沉闷的长嚎,所有声音突然沉入了河底。他完全清醒了,睁开眼,看见拧暗的黄光从隔间透过。

他的身体不管不顾地膨胀起来,坚硬、灼热、锐利,他不得不握住了自己。顶灯忽然亮了,他来不及缩手。哥们儿拍拍他,说:赶紧去爽一把吧,别憋坏了。

除了这些,他还记得那女人热呼呼有些粘滞的身体,她身上的香水味道跟刚进门时也有了不同,混杂了某种生殖的腥甜气而变得不洁,看不清楚她的脸,他想把灯拧亮,找不到开关,事后回想,估计即使找到开关也会迟疑,突然一个完全陌生的女人赤条条地在你眼前,纤毫毕现,这种视觉冲击自己未必承受得住。也猜不准她的年龄,除了自己老婆他几乎没别的经验,从二十到三十都有可能,现在的女人,三十多岁冒充二十多岁的多的是。

总之是发泄了一次,也说不上有多么的刺激,完了就完了,甚至也说不上有多爽。花掉了五百块钱。之后让自己尽快忘记这件事。

现在,女孩坐在酒店房间唯一的一张椅子上,她腿短,双脚悬着晃荡。她自说自话跟着赖最锋回到酒店,一进房间她就天经地义理所当然地说,我帮你按摩吧,按摩一下就舒服了。赖最锋放她进房间已有些后悔,这时打定了主意不做这事。他说,不用。他任由她坐在椅子上晃腿,什么时候腿晃累了她就该走了吧。这个女孩有点奇怪,他打算看看她有什么招术。不过招术像是用词不当。不过是,一个没心机的女孩,犯傻、犯愣、不管不顾、一根筋。大概就是这样。

赖最锋打开房间里的电视,那上面又在播放三名重刑犯越狱的新闻,就这么一会儿的工夫,事情却有了最新进展,一起越狱三个人,有两名已被抓获,最后一名目前还在追捕中,此人四十岁,身高一米六九,因抢劫、强奸罪被判二十年有期徒刑,服刑三年,余刑十六年三个月。之后又是会议新闻领导下基层农业大丰收。赖最锋频频换台,好的电视剧太少,大多数不怎么样。这也难怪,大编剧搭好架子,小枪手往里填内容,不过就是力气活,谁会真正把心血扔在那里面,连个名都不署的。

女孩无辜地望着他:你干吗不跟我说话呢?赖最锋不应,她更认真

西北偏北之二三 257

问道:干吗呢？赖最锋说,你干吗,你说你干吗？她低声道,你就是,嫌弃我。赖最锋忍不住看她一眼,她一脸委屈的样子,让人好笑。

她甚至抽了一下鼻子,当她把下巴往回缩的时候嘴角旁边出现了一对小酒窝,这让赖最锋心里一动。关于酒窝,他想起小时在圭宁听老人说过,这酒窝是前世的一个记号,有酒窝的人都是抿着嘴不肯喝孟婆汤的,因不愿忘掉这一世的事,要到来生找上一世的情份,所以呢,"你一定不要对有酒窝的人使横,说不好她是你上一世的什么人呢。"关于这些玄虚事,赖最锋基本上半信半疑,在某些时候,甚至信的程度更大。因为母亲信,母亲是中学物理老师,按理应该相信科学,但他有一次听见她跟八姨说,这一世我是没什么想头了,尽是苦,尽是恨,只望下一世。他记得母亲长叹一口气,说了一句他一直不明白的话:下一世还不知他在哪里呢,都是渺茫的事。

跟这个平白无故冒出来的女孩能有什么牵扯,这也太离谱了。他说:你赶紧走吧,这路不近呢。想起刚才的新闻,又补了一句,小心坏人,那越狱犯说不好从张掖跑到额济纳来了。女孩本来已经把脚探下地,听到说起坏人,就又站住不动。她瞪着眼睛望着赖最锋,脸上忽然有一种历经沧桑的神情。我早就碰到过坏人了,我十一岁的时候就碰到过。

赖最锋沉下心来,看着女孩,女孩却又不说话了。

碰到坏人的事可想而知。父母外出打工,家里只有老人,小学本来离家不远,适龄儿童越来越少,学校不断撤销合并,变得越来越远,路越远越危险。这样的事情大概乡下很不少。

她却忽然又说起来。她说棉花地里很暗,摩托车突突响,喷黑烟,有只猫在蛇皮袋里闷着,那人的手有汗,摸她的奶,又啃她满脸口水,全身都压着她,像块大石板。猫叫得呜呜的,帮她哭。全身是软的,两腿就被掰开了,那个地方有根铁棍子捅进去,棍子插进肉里,又痛又腥。事关可怕的经历,女孩却乐于详细描述,她以一种透不过气的口吻讲述她的黑暗过往,仿佛那是一部值得反复讲述的恐怖电影,既惊险刺激又有不同寻常的快感。

赖最锋完全进入了情景,他仿佛看见了一个粗壮的男人正压在这个小小女孩的身上,她挣扎着叫喊却发不出声音。

棉花地、摩托车和蛇皮袋里的猫，全都历历在目。他想表达他的愤慨，又想表达他的同情，但他一眼看到女孩丰满的胸部，一时又不知说什么好了。

女孩却忽然说起了猫。你吃过猫肉吗？她冷不防问道。赖最锋说，怎么忽然想到这个？女孩问，你们城里人是不是都吃猫肉？赖最锋说，我也不是什么城里人，不过城里人肯定不吃猫肉。他想起老家圭宁每年荔枝季的狗肉节，每年都会在网络上沸沸扬扬，有的动物保护主义者还专门来到圭宁拦截运有活狗的车子。他是吃狗肉的，从小就吃，不过不是在狗肉节吃，而是冬天，最冷的时候，冬至前后，会出去和朋友吃一次炖狗肉，连汤带骨带肉，非常香，非常爽。近年来，吃狗肉的事虽不张扬了，却也年年照吃不误。

女孩说，怎么不吃呢，武汉的餐馆就有专门收购猫狗的，我们村有人在餐馆打工，亲眼看见到。赖最锋说，从来没听说过餐馆有炒猫肉或者炖猫肉的，估计是冒充羊肉，做烤羊肉串，孜然一洒，管他什么肉，吃起来都像羊肉。狗肉也是。他又问，怎么就想起猫肉的事？女孩瞪着眼睛，仿佛觉得他问得奇怪，说，是啊，我就是想问问你们城里人是不是很爱吃猫肉，要不怎么猫都被抓光了，村里早就没有猫了，就剩了一只猫和一只狗，谁家养猫狗都养不长，刚长出肉就被人弄走了。赖最锋说，是卖了给餐馆。女孩说，专门来偷猫狗的，都是骑摩托车串村，见一只网一只，装进蛇皮袋。

赖最锋说，乡下狗能看家护院，猫就不太有用。女孩说，怎么没用，没有猫，老鼠在屋里到处打洞，夜里一片吱吱叫，还会爬灯绳从房梁下到床上，你要在灯绳上绑把狗儿刺才挡住它。赖最锋觉得新鲜，老鼠爬灯绳，一把刺把它扎得吱吱叫，真是动画片好素材。女孩说，老鼠有本事，打洞连五斗柜都打得通，挪开柜子，一看，一窝小老鼠仔，肉肉嫩嫩的，红红的皮，透明的，眼睛是紫色的还没睁开。

女孩说，要是有只猫……赖最锋止住她，说你快走吧，我不舒服，休息一会儿。见他用手背顶着肚子，眉头皱成一堆。女孩说，肯定是，吃坏了的。她张罗起来，找到了电水壶，哗哗地接了凉水，插上电源。殷切说，要是有热米汤就好了，一喝就好。又以命令的口气道：你去趟茅房

西北偏北之二三 259

吧，肚子痛去茅房，去了就好了。

赖最锋到里面坐马桶，出来果然松快了。女孩说，肚子痛我爷爷会治，我也会治的。细伢肚子痛，用块布叠几下，蘸上热油，盖在细伢肚脐眼上，就好了。吃糯米饭吃撑了肚子痛，就扯一坨糯米饭在火里烧焦，冲水喝，就好了。赖最锋想起前阵子咳嗽，就问，那咳嗽又有什么偏方？女孩说，这个不难，用棉籽油炒鸡蛋，没有鸡蛋就用棉籽油炒饭，吃之前呢，要先睡上一会儿，等肺张开了，躺着不准动，用小勺喂着吃。赖最锋说，哪里弄得到棉籽油呢，超市肯定没有卖的。女孩说，那就用芝麻，这个到处都有卖的，芝麻炒热，搅进红糖里，又香又甜，也治咳嗽。赖最锋说，这个倒是不难。

女孩说得兴头，又讲一个：用一块火石，在河里要泡够两年的，放在一块瓦上用火烧，烧热就放入碗里，倒水，滋的一下，水又热又白，喝了这个水，咳嗽就好了，一分钱都不用花。

时候已经不早，趁女孩讲完一个偏方，赖最锋再次催她赶紧走，她却说，我上个茅房可得？说着就进了卫生间。她在里面一阵窸窸窣窣，片刻，听见她大喊，水怎么是凉的啊，冻死我了。原来她上茅房还兼洗澡。赖最锋不理会。又过了一会儿，像是捣鼓出了热水，水声沙沙的顺畅，蒸汽从卫生间的门缝透出，弄得屋里也有些热气腾腾似的。**在肉体中，仿佛在畜栏中，在自身中，仿佛在热锅中**。这是谁的诗呢，如此整齐铿锵，犹如某种抽动。赖最锋愣了一下神，然后拿出他的小本子，打算记录那些偏方，笔停在纸上，什么也没记成。蒸汽从门缝里透出来，漫进了他的毛孔，带领着他身体内部的热能撞着他的皮囊。他忽然听见有个声音对自己说，算了算了。他看了看窗口，仿佛要找出这声音的来处。

没那么一下确实是不合适，甚至，也许，反倒是不道德的。水淋在不同的部位上，声音忽大忽小，赖最锋心里捂着的火一阵阵吹开了。女孩在里间发出嗯嗯的舒服哼哼声，真好啊真爽啊，翘儿啊翘儿，她叹道。声音绕着弯，曲线丰满。某种热上升再上升。蒸汽冒进来，钻到床上被子里。蒸汽腾腾。有点紧张，本子也是硬的，完全像木头。忽然想起春河，他从未见过她的身体，另一个肉体横着掠过，那是多年前，在黑暗中。迷糊一阵,惊心动魄一阵。蒸汽大团大团涌来,卫生间门开了。热气,热气走动。白光忽闪。星星鼓荡着激流在宇宙深处奔涌。风刮起来,外墙管子打得墙壁砰砰响。还有树叶哗哗的响声,大概是一棵大胡杨树,叶子的声音不同凡响。而北斗七星平躺在地平线上。喷头的水滴着,声音时大时细。电视没关,一只猴子从一棵树荡到另一棵树。银河河心相离相偎气喘吁吁。风刮过窗户她说我身上很好的你试试我干净的我不是专门干那个的。孩童的脸成熟女人的身体。丰满结实。温软湿滑沉陷。

就这样发生了。事情就发生了。如箭已上弓,不得不发。水流过,渠即成。风刮一阵静一阵,电视上深海里的鱼飞快游动。床单皱而潮而黏。糊鞋的糯米浆散发出豆腥气。肌肉松驰。北斗七星躺在地平线上……风刮累了,停了。树叶也累了,也止住不响。两人静下来,卫生间的水还在滴。女孩说,她说,男人就是要放松的。不放松脾气越来越坏的。

通过齐援疆,把翘儿弄到她们的宠物寄养店去?夜里醒来,赖最锋忽然冒出想做件善事的念头,但随即又意识到这实在太不着调,甚至说得上是荒唐可笑。不过把不着调的事谋划一番,有时也不失为一桩快事。

和齐援疆聊天时,知道她们的"地平线"是一个志愿者组织,宗旨是妇女援助,她们不作宣传,"力所能及干点实事"。给遭受家庭暴力的妇女提供支持,帮助癌症晚期女性实现最后的愿望(这次到额济纳看胡扬林,就是陪了一名宫颈癌患者来的);给性工作者发放避孕套;联系专业人士给被强奸少女做心理疏导。她们在顺义后沙峪还有一个小店,是宠物寄养店,外出度假旅游人士,不便携带宠物的,可以寄养在此。收费标准比同样的店要低,小狗别人一天收三十元,她们收二十五元,中狗别人收四十到五十元一天,她们是三十五到四十五。所以生意一直不错。所得收入用于地平线。房子是志愿者无偿提供的,雇了两名帮工。

翘儿到这家宠物寄养店,无论报酬高低,食宿起码解决了。不过,人家说不定觉得你可笑。赖最锋在黑暗中猛地回过神来。她大概是专门干那个的,干那个可是高收入。赖最锋其实最弄不分明的是,自己和这个女孩的关系算不算丑恶的关系。丑恶着又想帮她一把,让她就近提醒着自己的丑恶,世界上还真没有如此弱智的人。他自己倒没觉得有多丑恶,作为买卖,虽然变成了那个(嫖娼这个词特别难听,词语改变一件事的性质,作为一个写诗的人,他是太知道了),但也算是公平合理。他给了女孩六百块钱,这其实很不少了。按照平时听到的,在这样偏远的地方,虽算是旅游区,但既是淡季,女孩也说不上什么姿色,给五百已经算多,给她六百,算是仁义。

夜里完事后女孩躺在身边,赖最锋实在犯难,一个像小动物一样暖和的女孩子捂着被窝,好是好,但捂下去就要变成包夜,包夜多少钱呢?一千肯定多了,那么是八百。八百,在圭宁是一个保安上一个月夜班才挣到的钱。他唤她,哎哎,哎。女孩说:哎么事,我叫翘儿。她嘟囔着,我走我走紧张么事。她坐起来,没遮没拦地穿衣服,一对丰满上翘的乳房裸得亮闪闪的,她戴上乳罩,双手绕到背后扣搭扣,乳房越发挺得触目。赖最锋不由得又胀硬起来。女孩没看他,她看床单。床单上有黏糊糊的东西,女孩下床后又到卫生间去,拿出一条毛巾,帮他把床单蹭干净。女孩去淘毛巾时,赖最锋拿出六张百元人民币,卷成一卷握在手心。他觉得明目张胆给她钱他自己挺别扭的。她出门的时候把钱塞进她的外衣口袋里,女孩伸手摸了摸,脸上生动起来,眼睛里全是笑。女孩说,大哥是个好人。

时间还不算太晚,也就十点多。赖最锋没有洗漱,倒头睡下了。迅速入睡,睡眠深沉。已经很久没有过。长期以来,在床上辗转半个小时是正常的,有时躺上两钟头都睡不着。睡眠障碍,是因为缺乏性生活,身体里分泌不出足够多的什么素之类,大致是这样。夜里那一通酣畅淋漓,出了透汗,身心愉悦,沉沉一觉睡醒,一夜无梦。也好像有,记不清了,恍惚在梦里身体轻而软而松,有厚厚一层棉花托着,身体上升。醒来后心情愉快,头脑清醒。

她们,齐援疆她们怎么看待此事,他拿不准。有的知识分子有这样一种情怀,他们从不把这类女性称之为"妓女",他们用一个中性的词,"性工作者",长期以来,不断呼吁卖淫非罪化。有人在网上晒出一张民国时期的妓女营业执照,有人跟帖评论说,看看,六十多年前就这么先进了。执照贴着小小的黑白照片,面容姣好,毛笔小楷,一栏栏填写整齐,姓名,藉贯,年龄,身体状况,从业原因,是否自愿。后面是几行字的保证书:从业期间绝对服从政府命令以及一切章则如有违犯及一切不法行为由保证人负完全责任。最后是铺保及被保人姓名手印。很是新鲜,没人见过。是否自愿最是重要,一个人自愿,外人又有什么可说的?政府管理起来,比那些老鸨鸡头,还是清明爽朗一些。在黑暗中赖最锋仿佛看到翘儿缩小了,一个比她大四五倍的恶妇人向她扬起一张红肿的巴掌,他甚至听见了空气中的劈啪两声。他想看清那妇人是否就是餐馆里的老板娘,女人却变成了男人。男人头歪着,他掰开翘儿的双腿,坏笑着拔她的体毛。有声音在空气中微微颤动,像翘儿发出的动静,又像被拔掉羽毛的鸟类。

天亮起来,赖最锋感到饿了,往常他早晨肚子会有点发胀,几乎不会感到饿,估计是夜里那通剧烈运动消了食。他手脚利索地穿上衣服锁好门走出酒店,兰州拉面的小店刚刚开门,伙计正在揉一大坨面,锅里的汤还没烧开。旁边的烧饼店倒是开始卖烧饼了,他买了两只甜烧饼,一边啃着一边往回走。

酒店门口有车蹲着,两辆三轮摩托和一辆绿色的出租车。他犹豫了一下,还是上了一辆三轮摩托车。火车是下午的,他打算先到火车站看看票,之后再回来退房。回北京有两条线路,一是从额济纳到呼和浩特再到北京,二是先到张掖再到兰州,从兰州回北京。来的时候他走前面那条线路,回去肯定不走回头路了。就从额济纳到呼和浩特,到了呼和浩特再换火车到北京。他都查好了。

本来这次出来打算逛上七八天,现在觉得够了,在额济纳待了三天,连头带尾,已经是第四天了,心情似乎不错,大概这就算是晾干了湿糊糊的自己。没有白来,看的东西和遇见的人,都算是有趣,尽兴而归吧。

没料到,淡季的火车时刻表与旺季有所不同,旺季是每天都有一趟火车,淡季则隔天一趟。昨天开出了一趟,下一趟要等到明天。只好又回到酒店,幸亏没退房,当然退了也有空房间,只是白折腾。

一天无事,除了闲逛再也没有别的选择。他走出酒店,门口不远的空地上这时聚了很多人,大概类似劳动力市场,看来是干力气活的,有的蹲着有的站着。也有几个妇女,包着红的绿的头巾。这跟老家圭宁一样,圭宁找活干的人是聚在大桥头,旧电影院的空地上。忽然他看见了翘儿,她还是那身衣服,一件紫红的夹衣,敞着,露出里面的粉红色毛衣,裤子是针织紧身裤,一道灰一道粉的,她站在那里正东张西望,看到赖最锋,她立即咧开了嘴,说,大哥,我就猜你要路过这。

她高兴说,人跟人碰到都是天注定的。赖最锋问,你在这里干吗呢?等着有人来挑你干活?翘儿说,不是的,就是想等等你,看能不能等到。赖最锋说,等到了就如何呢?翘儿说,等到了就是有缘份啊。赖最锋说,有什么缘份,别扯这个。翘儿说,大哥你要去哪里,我陪你去。

赖最锋说,别陪我,浪费时间的。翘儿说,不浪费。赖最锋说,你去找别的男人,得有新的目标。翘儿说,要那么多目标干么事?赖最锋说,反正你别跟着我。他嘀咕道,搞得我像个性欲亢进者。翘儿问,么事亢进?

赖最锋不理她,扭头走了。翘儿跟在他身后,瞪着眼睛说,我知道了,你是以为我是专干那个的,天天都要找人干那个。我不是的,不是专门干那个活儿的,你不信就算了。赖最锋就问她,那你跟着我干吗呢?

翘儿说,大哥是好人。赖最锋说,我是好人坏人都跟你没关系了。翘儿被顶得没话,她憋了一会儿,猛然说道:大哥带我去大城市北京可得?这话听得赖最锋一阵愕然,看来世界上就是有这种直愣型的、一根筋的、分不出高低的人。

他定了定神,问,你去大城市北京干什么呢?翘儿说:找我妈。这话答得赖最锋越发糊涂,一个湖北女孩,在内蒙的额济纳,要跟一个陌生人到北京找自己妈。实在是一件枝节丛生一团乱麻的事。

我妈都有九年没回家了,她说道。

十岁的时候就不见她了。上学回来就不见人了,她的衣服都带走了,就留了一把桃木梳子,说给我辟邪。怎么不让你爸爸去找她?爸爸摔断腿了。那你怎么不从湖北老家直接去大城市北京?华桂那家不让走,天天关在房里,锁着门。怎么又出来一个华桂?嫁过去的,华桂是我们县的山区。嫁去的,五万块钱就嫁去了。

又怎么到的额济纳的呢?是张哥带的。他不带,我就一辈子在华桂大山里。赖最锋问,那个张哥,是干什么的?翘儿说,就是混社会的。赖问,那他以什么为生呢?翘儿说,打牌为生。赖说,打牌还能为生?怎么个为生法?翘儿说,就是赌博呗。在新疆赌,手气好的时候一天能赢两三万,钱多就坐飞机回老家,他是隔壁村的。赖说,让他带你去北京合适。翘儿说,就是啊,等了又等他都不来。姑姑说,混社会不好混的,运气不好就会混进局子里,关个七八九十年。

赖最锋想了想,觉得带她到北京倒也不难,就问,那你知道你妈妈在北京什么地方吗?翘儿说,听多筷说见过她。多筷在颐和园扫地,有次碰见浠水老乡,说看见我妈了,说她在一处家具厂做饭,就住在厂旁边的一个院子里,找到那个厂,再走过一片菜地就到了。

说到多筷,翘儿脸上明亮起来,赖最锋就听她说多筷。这个多筷,是她们村最聪明的女孩,比翘儿大三岁,她会上网,游戏玩得最好,在游戏厅打工时还会修游戏机,走南闯北见多识广,十五岁就跟同学出门打工,先去了深圳,又去了东莞,又去了北京,又去了新疆,再又回到北京,再又到武汉,又去了广州,还去了天津,还去了黄石,每年都有本事换地方。多筷说了,城市越大越好挣钱。还有呢,多筷现在在颐和园扫地,经常捡到手机和相机。所以呢,翘儿说,找不到妈妈她就找多筷。

赖最锋惦量了一会儿,说,你真可以啊,就敢跟一个生人走?翘儿说,大哥是好人呢,我分明的。赖最锋说,我是好人啊,干了坏事还算好人?翘儿笑了,说,怎么是坏事,当然是好事了。有的好人也干坏事,有的坏人也干好事,大哥你又是好人,又干好事。我成年人了,自愿跟你路上走,行不?赖最锋说,你姑姑不把我撕了才怪。翘儿说,谁说她是我姑姑的,她根本就不是我姑姑。赖最锋说,你不是叫她姑姑的吗?翘儿跺脚说,谁说叫姑姑就是真的姑姑了?

赖最锋叹口气说,你也真够胆,这年头,坏人可不少。翘儿说,怕坏人,怕坏人哪都去不成。又说,我反正要去大城市,怎么都要去。赖最锋不作声。翘儿说,我有路费啊,不用花你的。

见赖最锋没句准话,翘儿又说,反正我明天就跟着你去火车站,我知道的,你就是我的贵人。她脸上的酒窝闪着,大概是不小心,吃东西时把油蹭那上面了。赖最锋又问,你真的有十九岁了?翘儿说,怎么没有?

赖最锋说,那好吧,那你总得把身份证带给我看看吧。翘儿说,这么远,谁回去办身份证,都是假的,不如不看。这年头,办个假证,给钱就行。

次日,赖最锋刚刚吃完早饭翘儿就来敲门了,只见她换了身衣服,桔红的上衣,紧身裤,上面印满了米老鼠图案。赖最锋说,这么多米老鼠,根本就是未成年人,你跟着我,别人会以为我拐卖妇女儿童的。又看她的行李,是一只带两只轮子的拉杆旅行袋,袋子上面还压着一只旧得不成样子的手提帆布旅行袋,是最旧式的那种,米色的厚帆布,上面隐约有几个红色手写体,仔细看,能认出是毛泽东手书"为人民服务"。你这个古董是从哪里来的?赖最锋问,翘儿说,是我爷爷的啊。爷爷以前做木工,他一出门就带这个袋子,全村就这一个旅行袋,公社的桌椅和高中的书桌都是他做的。我爷爷世面最广,挣钱最多。翘儿骄傲着说。

见翘儿活泛了,赖最锋就说,没想到你还挺会聊天,基本上是个话痨。翘儿说,什么叫话痨?赖最锋说,就是嘴贫,话多。翘儿说,是,我爷爷说,话少的人是贵气,是人中的凤凰。凤凰是不作声的,作声的是麻雀。片刻,翘儿沉了一口气,说道,爷爷前几年就往生了。往生,赖最锋明白,人死了叫往生,轮回转世。

往生了,他住在地底下,他住的山坡有松树,松树下面有蘑菇。翘儿没有告诉赖最锋,爷爷是喝农药死的,上面定了新规矩,为了节约土地,清明后死的人一律火葬,不许土葬。爷爷不愿意死后被火烧,而且他的棺材在他睡觉的屋子里都放了三十年了,是他自己做的,木料好,手工也好,他不能让它当劈柴,于是,清明节前三天,爷爷就让自己往生了。

退房出门。两人在车站附近的面馆各吃了一大碗兰州拉面,要了泡菜和豆芽,还要了茶叶蛋。之后赖最锋又到小店铺买了方便面,下午三点半的车,次日早晨到,要在火车上吃一顿晚饭。

赖最锋背着他的背囊,手上提着方便面,翘儿在后头拉着她的拉杆包,小步趋跟着。有好几次,翘儿想跟赖最锋说她夜里做的梦,每次都是刚开了头就被什么岔开了,于是她一路走一路嘀嘀咕咕,自己跟自己说话。

……变变变,缩小了,缩得圆细圆细的,一摸,头上有软软的羽毛,手也变细了,又细又短又尖又硬,再看脚,脚也变得细短,指甲盖也尖尖硬硬,前头出了个弯勾,真稀奇,我怕是变成了只鸡了。爷爷说的,有人死了就转世变成鸡,有的鸡是人变的,有的不是,就看鸡的爪子,是五爪鸡就是人变的。可是我又没死,怎么这么快就变了。我使劲扑,使劲扑,又蹬我的两只脚,忽然,噗的一下,全身就都升起来了……

周围乱糟糟的,赖最锋说,你嘀咕些什么呢,把自己的行李看好。翘儿换了一种声音对自己说,变成麻雀比变成鸡好,麻雀能飞,鸡不能,鸡飞不过一口塘,飞到塘中间就掉下来,要是没人捞它,它就淹死了。

汽笛悠长响过,车就开了。声落时已经驶到了空旷的野外,眼前顿时茫茫戈壁,远远的有一两棵胡杨树,树叶还金黄着,在下午的阳光照耀下闪着光。戈壁上的芨芨草和红柳越来越快地掠过,赖最锋恍惚觉得自己不是坐在火车里,而是置身于一部电影的场景之中,茫茫戈壁,踽踽而行。一个男人带一个女孩,他们顶着大风,低着头,费力地抬着腿,不停地向前走。路途遥遥荒凉重复,两个人的身影越来越小,最后,他们消失在远处的星空。

傍晚的时候火车停在阿拉善右旗,再开动的时候赖最锋去接了开水泡方便面,先泡两桶,另外两桶等再晚些饿的时候再泡。翘儿不停地揭开盖,把鼻子凑近闻那透出来的气味,赖最锋已经吃腻方便面了,翘儿却把这当成好东西,在乡下,孩子们喜欢手里捏着一袋方便面,从村头走到村尾,一边慢吞吞走着,一边嘴里干嚼,嚼得嘎嘎的响,越响越神气。方便面作为零食,那要比花生红薯都更金贵,花生红薯家家都种,方便面要花钱才能买到。给翘儿提亲那次,男方送来了一整箱方便面,全家高兴坏了,爷爷把箱子摆在堂屋的毛主席像下面,直到有老鼠来啃才赶紧吃掉。

赖最锋把方便面的盒桶盖按着,说,再动热气跑了面条可就夹生了。正说着,车厢那头来了查票的。两个男人,一高一矮,没穿铁路上的制服,看上去有点不像列车员。尤其是眼睛不像,像锥子,又尖又利,而且还带着钩,他在人堆里捞啊捞,碰到什么东西就会猛然一提。

票拿出来了啊都拿出来,你们是一块的?他是你什么人?矮个男人暧昧地咧了咧嘴,大哥,哪来的这么大的大哥。你几岁了?真有十九吗?

十九了该有身份证了拿出来看看。赖最锋心里暗暗叫苦,她那身份证是假的被看出就麻烦。郑裕玲,男人看着翘儿的身份证念出一个陌生的名字。把一个不知道名字的女孩子带到火车上,还真有点像拐卖妇女,至少也有卖淫嫖娼嫌疑。赖最锋感到阵阵燥热,仿佛后背有几只蚂蚁乱爬。矮个男人傲然道:你这怎么还是一代身份证哪,你看看,矮个把身份证递给高个,同时问赖最锋,她是你什么人。赖最锋说,朋友……朋友托带他堂妹去北京带孩子。男人说,朋友姓什么。赖最锋说,姓……姓齐,齐援疆。男人还要问下去,高个连催了几声,矮个犀利地盯了赖最锋一眼,一扬手说,今天没空,算你走运。便匆匆往前了。

赖最锋额头上沁出一层细汗。那男人眼睛像锥子,大概是有超感觉,如若分开查问他和翘儿,肯定是会漏洞百出。涉嫌拐卖妇女和涉嫌卖淫嫖娼,以赖最锋在圭宁的经验,只要被他们认为沾上一点皮毛,十有八九会把你弄去打得屎滚尿流,然后说抓错了,再罚光身上所有的钱。如果碰上一个变态的家伙,为了某种你永远参不透的目的,这两项罪名先给你按上一个,把你投入看守所,那罪就不知要受到什么时候去了。基层,边远地区,天高皇帝远,有罪没罪,就看办事人心情。所以说,看你的运气。

方便面泡得有点烂了,汤温吞吞的。翘儿却很有胃口,她猛吃一大口,又挑起一根,吸得面汤溅到眼睛,用手背抹一下,又吃一大口。天正在暗下去,外面由灰蒙蒙变成黑糊一片,已经看不见那些旷远的景致。即便如此,赖最锋仍然侧头对着车窗外,车厢的顶灯亮了,外面更黑,窗玻璃上映出他的脸,那已经是一个彻头彻尾的中年男人了,他头发支愣,皱着眉头,一副疲惫不堪的样子。翘儿吃完自己的面,她学着邻座去把空盒桶扔了,回来后也把脸凑近窗玻璃。看了两眼,又把鼻子贴去上,说,那什么都看不见啊。

对面铺位的人拿了自己的毛巾去洗漱间了,赖最锋说,算咱们运气,再碰上问话的,我就成了拐卖人口的了。翘儿说,怎么会呢,我自愿的。赖最锋说,那你知道我叫什么名字吗?翘儿说,是啊,不知道。赖最锋说,你不知道他们狠,有点疑点就够他们整的了。再说了,你真叫什么名字我也不知道,这事够荒唐的。

翘儿说,我叫郑爽玲啊。赖最锋说,是吗,那郑裕玲是谁？翘儿说,那也是我啊。赖最锋说,你到底有几个名字。翘儿说,就是一个啊。我爷爷取的,就叫郑爽玲。那怎么又叫郑裕玲了？翘儿说,我在户口本上的名字就是郑裕玲啊。我超生没上户口,前几年人口普查,我们乡来了一帮学生子帮忙登记,他们乱登的。就登成了郑裕玲。我爸去乡里问,那个女学生说,郑裕玲有什么不好,好得多,是香港大明星呢。赖最锋说,这也太轻率了。翘儿说,多筷的名字也登错了,她拿着她家的户口本到乡里要改,改不了,就算了。赖最锋心想,这个翘儿倒也是个老实人,假身份证也用户口本上的真名字。确实,这样假证倒更像真的,即使查出来也无大碍。

　　停了一时,翘儿又找到话头,说,大哥你要是进监狱了,我就去探你。这个话头不太着调,但也算刺激。大概在她看来,坐牢不过是件寻常事,所以也就寻常说起来。赖最锋便听着。村里有个男孩子叫大玩意儿,是专门搞绑架的,绑架很好玩,谁有钱就绑谁。他说全世界都是这样子,谁有钱就绑谁,让有钱的人拿出一点点钱给穷人用。他在北京绑架,绑了一个男孩子,也没撕票,还给他喝娃哈哈,就是碰上严打了,判了七年。他爸爸想用钱给他减点刑,不行,在县里就行,在北京不行的。

　　赖最锋问,搞绑架怎么好玩呢？翘儿说,总之比种田好,也比上班好。我小叔叔也想去入伙,爷爷说,伤天害理的事不要做,天都看得见的。小叔叔就去偷铁路上的铁轨,反正是国家的,国家是谁的,总之不是老百姓的,偷了就偷了。结果坐牢,打得受不了,用牙刷自杀,没死成功。赖最锋说,拐卖妇女的有没有？翘儿说,有的有的,是隔壁村的,是卖他自己的老婆,蒙汗药下到她的粥里。

　　这种事,实在是前所未闻。列车在黑暗中隆隆驶行,远远能看见零星的灯光,有些黑糊糊的房屋和树木闪过。车厢里的人大多数睡了,顶灯关掉,只剩下脚灯。如果在野外,应该还能看得见星空,但赖最锋只看见几颗孤散的星星,互相没有依持,看上去冷冷飕飕。额济纳那笼罩四野的星星的激流,仿佛已经过去很久了。

　　到呼和浩特是早上六点多,一出车站风就满满灌过来,两人穿过站前广场,赖最锋在前,翘儿趋在后面。他们吃了热汤面,然后在车站附近找一家小旅馆休息。赖最锋昨晚没睡好,想补一觉。车票是傍晚的,时间还充裕。他问翘儿,那你干什么呢?翘儿说,我就在屋里看电视。那个《勇敢的心》好看的。赖最锋玩笑道,你不会趁我睡着,把我的手机钱包卷走吧?翘儿嗤了一声,说,要卷还等到这时候?赖最锋开了电视,调到几近无声。然后脸也没洗就往床上一摔。迷糊中听见有人敲门,翘儿开了门,有个女人"咦"的一声,然后又没声音了。赖最锋想撑起身子,但眼睛怎么都睁不开,手脚也重得像绑了铁。他就沉在睡中了。

醒来已是中午,电视剧已播完,电视上是午间新闻。报道说,从张掖监狱越狱的三名罪犯中的最后一名今天凌晨已被抓获,这名罪犯有很强的反抓捕能力,他从张掖逃到了额济纳,一路化妆成老人,在额济纳上了开往呼和浩特的列车,在阿拉善左旗下车前被警察识破。赖最锋说,怪不得,肯定就是被盘查咱们的那两人抓的。翘儿兴奋说,这个好玩的,化妆成老人,就是葛优,像《天下无贼》那样子的。赖最锋想起来问,刚才我睡觉时谁敲门?翘儿说,没谁,一个女的,野鸡。赖最锋说,我睁不开眼,心想别是你给我下了蒙汗药。翘儿说,要下也是你给我下啊,怎么倒是我给你下了?

赖最锋说,我要把你卖了怎么办呢?翘儿说,有本事你就卖呗。她又说,又不是没被卖过。这话听得赖最锋心中一震,一个人的黑暗经历,他人无从知晓。拐卖,逃跑,到达遥远的额济纳,来历不明的张哥,叫姑姑的老板娘。赖最锋试图把这些已知的点连成一道稍稍清晰的线,他马上发现,这并不是件容易的事,每个点,你碰到它的时候它都会肿涨成一块巨石,像铁一样沉,它缠着那些飘忽的线飞速坠入深渊。

谁能知道分明呢?知道分明又怎样。

天阴,窗外乌云沉沉,翘儿爬上床,钻进赖最锋的被窝,她说我来再给你按摩一次吧。赖最锋连连说,别啊别啊。

翘儿说,没别的意思,就是找补给你一次。赖最锋摸不着头脑,问,什么找补?找补什么?翘儿说,就是那个啊。在我们那边,打一炮的行情是三百块,你给了我六百,大哥是好人,我也不要占大哥的便宜。再打一炮吧。赖最锋说,那我是心甘情愿的。翘儿说,那我也是心甘情愿的。

她脱光了衣服,贴紧了。他搂着她不动,既像痛惜,也像犹豫。而翘儿像一只小动物,紧紧偎在他怀里。赖最锋一动不动,深深呼吸。翘儿的头发还有着额济纳的风沙气味,以及干燥的阳光和空气,它们沉在她的身上。旷远,而绵绵地发出呜呜之声。良久,翘儿在赖最锋的身体上慢慢摩挲,热气蓄积,缓缓扭动,升沉起降。终于,两人翻腾起来,来来去去,激烈又黏稠,仿佛一对用身体告别的恋人。

无亲无故的,知道我干吗要带你吗?赖最锋问道。翘儿说,是的啊,为么事?赖最锋想了一下,说,是啊,我也不知道啊。他纳闷地看了看窗口,说,我真是一点都不明白自己啊,本来不想带,不知怎么就带上了。

翘儿说,我晓得。赖最锋说,你够聪明,我自己都不晓得你就晓得。翘儿说,是,我们村里的百六九也说我聪明的。他说我是天上的童子下凡的,所以长不高。赖最锋笑了,说,闹了半天原来你是仙女,是天使啊。翘儿说,那我可没说。是百六九说了,百六九会算命的,他说我前世是天上神仙身边的童子,是下凡转劫的。注定要受苦,注定有贵人帮。你不信就不信。

傍晚他们再次登上了火车。云层更厚了,空气中有雨(或雪)的水气。火车开动的时候下了起了零星雨夹雪,车窗蒙上了一层汽雾。

路途漫长而重复单调。翘儿在上铺已经睡着了,赖最锋因白天睡了一觉,此时精神正好。他感到火车猛地咔嚓一下停了下来,是临时停车,前不着村后不着店,四面黑沉沉的。旅客人人都睡着觉,只有赖最锋一人坐在黑暗中。他在窗玻璃上抹了一把,看见外面下起了雪。**大雪落在,我锈迹斑斑的气管和肺叶上,/今夜,我的嗓音是一列被截停的火车,/你的名字是漫长的国境线**。是帕斯捷尔纳克写给茨维塔耶娃的诗。诗句猝不及防地冒出来,如同春河的名字和面容。她也浮在黑暗中,浮在雪中。你的名字是漫长的国境线,无论经历的是星空还是肉体,你的名字仍是无法拔除的一根刺。赖最锋在黑暗中费劲地回忆这首诗的其它句子,最终,他想起了结尾的两句:**我歌唱了这寒冷的春天,我歌唱了我们的废墟/……然后我又将沉默不语。**

这时候,远在额济纳的达镇的雪也越下越大了,远近迷蒙,灰茫茫一片。星空完全看不见了。

(原载《收获》2015 年第 4 期)

老知青的故事

陈应松

吉庆街大排档一直是武汉最热闹的夜景之一。南来北往的商旅,若在武汉的夜里没有事,当地人就说:你们为何不到吉庆街去喝两杯?我在家里也能猜想到入夜的吉庆街是一幅什么图景。一长溜一长溜的排档篷子,彩色的塑料桌椅,各种盆装的素荤原料,卤得发黄的猪脚猪尾猪顺风特别是鸭脖子,炒辣的烟雾弥漫的气味,卖唱的清喊鬼叫,还加上那周围咬牙切齿的居民的抱怨,就组成了那道奇异的风景。这样的排档,不到早上第一缕阳光出现是不会收场的。

这天,我从武昌过江去汉口办了点事,事情很顺利。交通越来越方便,过江隧道的地铁,转一次就够了。过去三镇鸡犬相闻,老死不相往来的格局早破了,不到半个小时就可以从武昌到汉口。回去半夜不宜地铁,我想,何不到吉庆街去撮上一顿。作为一个武汉人,我为自己生活的单调和足不出户常常感到羞愧和不平。这么,我甩着手来到了吉庆街,要了一个辣炒顺风,一盘虾球,一盘凉拌毛豆,一瓶白酒,寻了个安静的角落一个人自酌自饮起来。

卖唱的,卖花的,卖小盘水果的和算命的,往往会把一些人的情绪弄坏,也会把一些人的情绪弄好。我属于前者。尤其是卖唱的,他们可着忽高忽低的嗓子在人前赚钱,使人想起朱元璋家乡那些唱凤阳花鼓的灾民。而事实上她们许多为安徽人;她们擅长黄梅小调,什么《打猪草》《槐荫记》之类的都听腻了。但一曲《孟姜女》标价四十元,却还有人点呢。那价格都写在一块牌子上,什么曲儿,什么价,一目了然。一般一首十元二十元。为何《孟姜女》要翻几倍呢,因为唱这首要落泪,不是抹清凉油的落泪,是真落,一滴一滴地往脸颊滚,唱到动情处必须如此,否则若是没有唱出感情来,客人可以拒付。巧就巧在,卖唱女说落便落。卖唱的队伍中,拉二胡的,吹笛子的,拉小提琴的,怀抱吉他自弹自唱的,如过江之鲫,与喝酒人的谈笑风生,猜拳行令一起,闹成一锅粥,你休想听清一点儿什么。我的天,居然大家听得津津有味,拍着手欢呼叫好。

这中间,一个吹箫人引起了我的注意。他眼皮耷拉,牙齿发黑,花甲人了,穿一套过时的双排扣西服,领带和衬衣也显得没有颜色,蔫不拉叽,可他微笑着。但他的那身西服的确太打眼了;不在于它的好坏,一是卖唱的人群中没有谁穿西服的,二是他的眉宇之间没有穿西服的那种情调。穿西服的确是要情调的,要精神振奋。西服和领带总是不事张扬地从中透出一股明明白白的信息,一种浪漫的希望和憧憬。并且和这种希望与憧憬联系在一起的得体的生活方式。看一看那些当官的和做生意的人吧,西服把他们内心的渴望和炫耀都恰到好处地显露出来了。而我眼前的这个吹箫人,啊,他拿着一管箫和一张价码牌子,他的那身装束为何显得如此不协调呢?

他的箫一看就有些年头了,而他底孔的彩穗却是新的,为了在这儿吹奏新装饰上去的。他的箫很陈旧,不怎么高级,甚至看起来比专业演员的箫细一个尺码,泛着深红的颜色。他逡巡在各个桌子之间,但并不像其他卖唱者一副胡搅蛮缠的下作样子。别人若摇头和用筷子头摆摆,他就会迅速走开。他是个新手吧,他还没学会死皮赖脸地推销自己。而且,这箫声,这低沉的、近似于无的箫声,在这高分贝的场合,多么不合适宜啊。好在有一个扩音器,但跟那些管乐弦乐打击乐在一起,也是近乎于无。箫真的是一种特别的乐器,它的声音,怎么说呢,只适合在月光下一个人吹奏。在这里,休想镇倒那些狂轰滥炸的嚣闹。后来他走到我桌前来了,估计今天他还没有开张。他朝我扬了扬手中的牌子,字小,但我看清了一些曲目:《敖包相会》《草原之夜》《珊瑚颂》,也有《梁祝》《送别》《渔舟唱晚》《梅花三弄》什么的,更有一些流行曲如《青藏高原》、王菲的《执迷不悟》《流年》之类。他的标价不分长短难易,一律十元。

"能吹吗?"我说。

"么样不能吹?上面有的能吹,你点了没有的我也能吹。"他信誓旦旦,一口地道的武汉腔。

"那……《送别》。"我一敲桌子随便说。同时我掏出十元钱来,先交与他。他在我对面坐下来,舔舔吹口,说:"谢谢。"然后他吹起来。

嗯,不错。虽然太嘈杂,但我还是听进去了,从最初的几个音符就走进了连天的芳草和忧伤中。但我更想到了一部很久前的电影《城南旧事》。它的主旋律就是如此,飘飞的黄叶,伤感而温馨的回忆,一双大大的眼睛看着一个旧时代的强盗,善良的强盗……

他吹完了,把箫拿下,双手拄着,旁若无人,没有说话地看着我或者若有所思。

"不错,"我说,"太好了,一个人喝闷酒的时候最适合听。你吹得太好。可应该在江边有月光的地方听你吹。"

"呵呵,"他笑,"那就没有生活费了。"

"来吧,喝一杯,反正就这瓶酒。"我叫服务员拿杯子和筷子,邀他入座。因我看见他想走,并没有强迫我再点一曲,所以我按住了他。我按的是那管箫,它是冰凉的。

"那……恭敬不如从命。"他坐下来,"这杯酒我喝,我再给你吹两首,免费,我们这个年纪的人喜欢听的。"

他很有礼貌地向我点头致谢,喝了一大口我斟给他的白酒,又接过去我递给他的一支烟并接过火,"太客气了,太客气了。"说完,就吹起来。

……远山夕阳……江水渔舟……阳关风沙……长亭送别……

"太好了,太美妙了,不错,不错。"我不停地说。

"不行不行,"他说,"自学的,瞎吹的,师傅多指教。"

"你学多少年了,吹这个?"我问。

"那有年头了,十几岁吧,不是搞宣传队吗,又不上课,跟着街坊胡吹。"

"师傅退休了?"

"早下岗啦,没事干,到这儿混口饭吃。"

"应该有孙子了?"我说,"家里还可以吧?哪个厂的,过去?"我问。

"街道工厂,不提啦。我们这一代人,老的老,死的死,基本被社会淘汰啦。现在谁还提我们关心我们?八零后九零后大学毕业还找不到工作呢……我这一生,很有意思,你不嫌弃,我借着酒兴,跟你说说,不知你愿不愿意听?"

我说:"没事,没事,我很愿意。"我用手示意了一下让他说,又给他斟满了酒。看来他很想找个人说话,也可能很久没说话了,我得满足他。

他眼露出高兴,开始讲起来。

不知道师傅下过乡没有?我们是下乡知青。说是知青,叫知识青年,其实我初中才读了一年,老婆小学毕业,在家待了两年赶上上山下乡,也就稀里糊涂当知青,一起下放到靠近四川的神农架了。

那个地方可真穷啊,又不通公路。我记得我们十五个人到了我们插队的茅子岭七队,生产队长就把我们抛在半山窝的一个破庙里了,并让几个老乡给我们送来了两麻袋洋芋果。刚去时我们都有几个钱,没事可做,就天天喝在老乡家买的"苞谷烧",煮洋芋果吃。

我们喝得昏天雾地,以后的日子不知道怎么过。第二天生产队长就提来了两桶油漆,一桶白的一桶红的,还架了个梯子来,让我们站在墙上写标语。我们就在墙上把"南无阿弥陀佛""南无观世音菩萨"覆盖了,写上斗大的毛主席语录:"知识青年到农村去,接受贫下中农再教育,很有必要","扎根农村干革命"。

我跟我的老婆在那十几个人中文化水平最差,就安排我们给写字的搬梯子扶梯子、提油漆。就是这样,我跟我的老婆慢慢搞拢的。我们在下面给人搬梯子提油漆,有几个人就轮换了在上面划格子描字。用铅笔画出了字又换人照字上的去填红漆。填红漆的事照说我是可以干的,但是他们不让我干,让我老老实实给他们搬梯子扶梯子。我站在下面仰着头看他们描字,一笔一画的真是很有味,字又写得好。眼睛睁得太大,一不小心一坨油漆落到了我的眼里。

你想到红油漆落到眼里会是个什么滋味?用水去冲,冲不干净,又不能用肥皂洗。这样我的眼睛就红了肿了,眼里的红漆使我一抹黑。过了一天,我的眼睛肿得更厉害,晚上睡觉也疼得直打滚。生产队长说,大队的赤脚医生大约十天到茅子岭来一次,大概就这两天要来了,来了就可以找他讨药打个"巴子(包扎)"。我就等啊等啊,等了一个两天,两个两天。看等不到了,我决定自己去大队弄药打"巴子"。

老知青的故事　275

我捂着一只眼睛,一只眼睛看路,从早晨天亮启程,按队里的人给我划的路线图,走啊走啊,走到下午三点钟才到了大队,中途没吃没喝没歇口气。大队赤脚医生用眼药水给我洗了眼睛,打了个巴子,我又往回赶。走着走着,天就黑了。

我记得那天没有一点月光,那种黑我可是从来未见过,我是武汉人,从小在灯光里长大,我怎么摸回去呢?又没有带电筒,因为我根本没想到天黑会隔在外面。我有一盒火柴,我划燃分辨我走的路,我有时会碰见一户人家,努力回想这是否是上午曾走过的。我连哭都不会哭了,在经过一个山谷的时候山里能听到一些奇怪的声音,肯定是野兽的声音,我想哭,想为什么我有这么惨的命运。我捂着那只伤眼,连滚带爬,竟然摸回了生产队。

在生产队的路口,我看到了两支手电筒的光。我想是有人来接我了。走近一看,果然是来接我的,一个是我的街坊,叫五毛,一个就是我的老婆金凤。我本来是准备哭的,竟乐嗬嗬地笑了起来。我笑得十分开心。我说你们来接我了,怕我被狼吃了?你们真是瞎担心。那时候十八九岁嘛,不能让人见了没有男人气,何况在队里都瞧不起我,认为我没有文化,家境又很差,父亲是个贪污犯。

说到我父亲,我父亲旧社会可不像我们这么窝囊,我父亲是汉正街胡记绸缎布庄的账房先生,那可是天天早上过早(吃早点)都要吃烧梅和小笼汤包的,晚上要去民众乐园听戏。我的父亲穿着最好的苏绸长袍,头发梳得溜光,我的母亲也穿着丝绸对襟大褂。解放后他分到江岸商场布匹柜搞营业员,我母亲先后生下我们五姊妹,一个哥哥,一个弟弟,一个姐姐,一个妹妹。全家就靠父亲的那点工资生活,入不敷出。就在我下乡的前三年,因贪污十九块六毛钱,判刑十年。等五年以后我招工回武汉,我的父亲已经死在江北劳改农场了,是被人打死的。

我还是说乡下那会儿的事吧,伤了眼睛才是个开头呢。后来我们就全安排去垒大寨田。大寨田你知道吗,我想你知道。就是抬石头,像码万里长城一样地把石头码起来,再填土。整整五年,我们就在垒大寨田。五年下放我们没摸过犁耙,没栽过秧割过谷种过庄稼,每每天天垒大寨田。每每天天就是跟石头打交道。把田垒好了,交给村里人,让他们去种苞谷,种橘子。我们下乡啥都没学到,就学会了把大石头解成小石头,把小石头码成石墙。

我的老婆和我一样,因没有文化被人欺负,让她给我们烧饭。一日三餐,还要砍柴,还要种一些蔬菜腌制一些菜。

我老婆她们四姊妹,四个姑娘。也不见得比我们家好,全家只有十二平方米的房子,还是在一个鼓风机房的旁边。她父母都是纺织厂的工人,父亲工伤丢了一只膀子,大家都叫他"一把手",在纺织厂打扫厕所。母亲是母猪风(癫痫),说倒就倒,口吐白沫,不省人事。后来我老婆疯,可能与她们家遗传有关。我老婆是她们四姊妹中最丑的,又矮又胖又黑,没有一点看相。我不是糟蹋我老婆。她大姐最好看,嫁给了一个军人。她妹妹是个有白化病的人,头发是白的,全身是白的,眼珠子都是白的,像个洋人。就是怕过热天,一过热天全身汗不得出,热得大喊大叫。一个夏天她就那么叫,像杀猪一样。

我老婆自被安排烧饭,以后就老是烧饭。她真是尽心尽力了。做米饭那是没的说的,有一点什么菜也是做得很辣很香。光洋芋,她也会做出十几种花样来,而当地的农民只会烧洋芋吃。就是把洋芋煨在火里,煨熟了扒出来,烧得好还好,烧得不好就是一块炭了,那吃什么呀?苞谷面,磨成面她就能做成干的稀的馍馍、饺子;不磨成面她给大家烧着吃、煮着吃也香得不行。我抽空就给她挑苞谷了去队里磨面,也帮她上山砍柴。她对我好,给我洗衣裳,给我缝缝补补,感冒了给我熬姜汤。平常吃饭总是给我多添点,菜也多打点。后来我们搞成了我还是很感激她。我想我这样的人是不会有人爱的。家里穷,没有文化,又是劳改犯的儿子。可她就喜欢上了我。她可能想,她只能配我,我当时也可能这么想,我只能配她。

我记得有一次她跟几个女知青上街赶集去,买回了一本《战地新歌》送给我。她是不唱歌的,她没有音乐细胞,就因为我吹箫,我想这是她专门给我买的,她的心还真细。就这本《战地新歌》,我们就搞成了,而且成了知青点的第一对,也是唯一的一对。

这就要说到那个狗日的民兵连长啦。带领我们垒大寨田的是民兵连长,他就住在七队,听说他在宜昌读过中学。他有一支步枪,说是县里奖给他的,他抓过一个偷砍大队森林的地主,并把人家打死了。他三天两头来,拿着那支步枪,我们都怕那支枪。后来混熟了,这民兵连长还热情,还憨憨厚厚的,他教我们打枪,不仅教男的,也教女的。如果谁石头抬得好,他就奖给谁一颗子弹,让谁打着玩。但渐渐地,就露出了他凶恶的本性,应该是叫兽性。婊子养的,那个人,长得五大三粗的,一身的牯牛劲,面孔黑黄,像一块石头。他要对女知青下手了。第二年的秋天苞谷熟了的时候,大约是九月份吧,他提着枪说要护秋。因为山上下来了一些青猴掰苞谷吃,再就是生产队饿急了的人,也要掰苞谷吃。就这么,他要护秋,专找女知青跟他一起去,一次只找一个。你说这个婊子养的!

第二天跟他去的第一个女知青就知道他没安好心。为啥不叫男知青去呢?可他要女知青去。等到早上女伢回来就哭哭啼啼,在东厢房;女知青睡东厢房,男伢睡西厢房。

大家知道可能出事了。我老婆过来给我说,等于给大家说了,说刘连长欺负了她。

欺负是啥意思,我们大家都清楚。我们就闷着头抽烟,闷着头骂那个连长。有的说给公社知青办去告状,有的说找大队书记去。但有人提醒说大队书记是他表叔,那有什么用,刘连长仗的就是他表叔的狠。有人说咱们有八个男知青,可以把他杀掉,趁他与咱们一起垒石头时,一起上,把他用石头砸死,然后埋在石头底下。有的说可以趁他再去护秋再找咱们女伢时把他砍死,然后丢下悬崖。但有人提醒说他个狗日的有枪。可咱们手无寸铁。提起枪我们就都害怕了,都不吭声了。谁不怕枪呀,你不怕枪?我不怕枪?我们看见过他打野鸡打鸟,一枪下去,还有活的!什么打不穿!

第二天他又来了,笑嘻嘻的,拿着枪。他说,昨天晚上下来了许多青猴,把小庄吓坏了,是不是呀小庄。他问昨晚被他欺负的那个女伢。那个女伢看着他背的枪,只好面无表情地点着头。

那一天,大家都没有吭声,屁都没放一个,真他娘的一个比一个软球蛋,咱都是十八九岁二十岁的小伙子,怎么就屁都不敢放一个呢?我们抬石头,我们狠狠地砸石头。这一天晚上,他又叫去了小庄,就是那个女伢。

小庄是我们知青点最漂亮的女伢,歌唱得好,个子又高,在学校时打篮球,人又丰满,皮肤又好。她就是喜欢唱歌,她唱《山丹丹开花红艳艳》尤其唱得好,因此包括我,八个男伢没有一个敢追求她的。她的父亲是无线电厂的工程师。她就这么给刘连长强奸了。因为她平时太傲气,谁都瞧不起,说心里话,咱这男伢中被她伤过心的不少,现在倒了霉,大家心里还会生出一些高兴呢。人在那时候的心理十分的坏。包括那些女伢,甚至我的老婆,都说好,都说让她吃点苦头,解咱们的恨。

刘连长要她啥时候去是以枪声为号的,就是在傍晚,枪声打哪儿她就去哪儿。我们看见枪响的时候小庄从东厢房冲出来,冲着我们西厢房的一伙男伢说:"你们救救我!"自从刘连长又通知她要她去护秋后她就开始哭。她朝我们喊,她拿着手电筒,可是我们没有办法,有的还装着没听见的,不出来。我们看见她被两个女伢扶着下了石坡,向一条山路上走去,那两个女伢回来了,电筒光也就不见了。大家希望这样的事是未曾发生的,也想得很简单,我还听见一个同伴说:"她被刘连长爱上了是她的福气。"

我拿着箫到山上吹去了。后来我的老婆也上来了。黑灯瞎火的,山上的风很大,一入秋,风就吹得人骨头打颤。我那时候喜欢吹《草原上升起不落的太阳》,吹我们武汉知青爱唱的《思乡曲》。不过我最喜欢吹的是芭蕾舞《白毛女》里面的曲子。像那个"满天风雪一片白,躲债七天回家转",还有喜儿剪窗花的曲子,喜儿在山洞中与大春相会的那一段。特别是喜儿与大春相会的那一段,用箫吹很是伤心,那一天我记得吹着吹着我就落泪了。我在石头上嘤嘤地哭。我的老婆问我,路生,你怎么啦?路生是我的名字。我说没什么。想到咱们这么垒石头,不知要垒到哪一天才能完啊。我说,金凤,你说怎么办呢?她说,什么怎么办?我说事情肯定没完,咱们如果不把事情反映上去,还有女伢要吃亏。

我们在山上讨论了半天,没有结果,但我的预感算是灵验了。小庄以后,又一个女伢被派去护秋,又让那个家伙给糟蹋了。

接连糟蹋了两个女伢,我们还没有反抗。慢慢觉得她们是自讨的,谁叫她们太张扬了呢?我倒想出了一个主意,我对大伙说,我看是刘连长太了解我们了,他知道那些女伢没跟我们中的人谈恋爱才敢下手的。

老知青的故事　279

我说为保护其他的女伢他再不敢动手动脚,我们现在要在他面前假装是成双成对的。我的号召力太弱,完全没有号召力,我这么一说大家轰地发笑,说我在讲梦话。说路生老弟,那你来安排谁跟谁吧。我说我怎么安排,你们不信算了。

一连几天,我被大家笑得抬不起头来,他们都说我是个苕货,二百五。结果第四个该我的老婆倒霉了。

第三个倒霉的是我们点最小的一个女伢,叫招妹的,十六岁,被刘连长强奸后流血不止,天天哭。我们看她可怜,就派两个人把她送了一段路,让她拦车回武汉去。但是她在路上走不见了,是死是活一直到现在,她的家人还搞不清楚。估计是跳崖了。

第四个或者第五个,反正我的老婆是吃了亏的。那一年春天,第一个被刘连长糟蹋的小庄去了好地方,被推荐给当女兵走了,在青岛当话务兵。她走的时候已经微笑了,很高兴。第二个呢,第二个被推荐上了孝感的医学分院,也算脱离了苦海。这是后话啦。

还是说那时候吧,是春夏之交时,有一天我们回那破庙里吃饭,大伙都看我老婆板着脸,哭了的样子。我感到不对头,感到有事了。我想起刘连长中途从我们抬石头的地方下山了,说是给我们弄水喝,背着枪就走了,再也没有上山。我无滋无味地吃了一碗饭,心里乱乱的。晚上我就把我的老婆叫到了后山。她不去,我说你今天非去不可。我去了我也没吹箫,我说你今天发生了什么事,给我说清楚,由我来处理,是死是活都由我来办,我说我是不信邪的人,老子就一条命。可我的老婆死活不说什么,说没有事,说我什么也不会说的。我就抽了她一耳光,我说你欺骗我呀,你隐瞒我呀。那时我跟她的关系还没有挑明,还没有谈论婚嫁的事,也没有跟她有那个事,可我就认为她已经是我的人了。我抓住她的头发在一颗树上撞她的头,我撞她,她也不喊不叫,像一块木头让我撞。后来我撞累了,放了她,她呜呜地哭起来了。我觉得自己也不冷静,做得有些过分,她有她的苦处呢,可我没原谅她,只管自己出气。我的心就软了,就说,还不回去睡呀?她不回去,怎么拉她也不回去。那天晚上的蚊子又多,还有一种山蚂蟥,就是旱蚂蟥,扎在草里面的,比蚊子厉害多了。你坐那儿不动它就从草里爬出来,叮你的腿子,叮得你鲜血直流奇痒难受。我说你回去呀,她不回去。我后来就去拉她。拉不动。后来她挣脱了我的手往山上跑去。我想坏了,她若死了那就是我把她打死的。反正那时候她就出现了一些奇怪的举动。我后来还是把她强拉硬劝回去了,说,过去的事我不计较你了,过去的事就让它过去了。我也不报复了,我知道你怕把事情闹大咱们回不了武汉。我说这口气就忍了,好,就忍了。

可我哪儿能忍呢?那个年纪,啥事都不能忍,哪像现在,啥都能忍。因为认定了她是我的未婚妻嘛。越想越不是滋味,自己都没动一下。就像一碗菜,你弄来的,你做好了,刚端上桌,被别人先动了筷子。你说!

我整天茶饭不思。可我看着我的老婆也可怜啊,她受了屈,还不能休息,还要顿顿不能少了十几个人的饭食,还要挑水,打柴。她那段时间瘦多了,脸色蜡黄。

那个夏天我们也没啥可吃的,天天大雨如注,天就像割开了几个口子。山洪暴发。我们没吃的,还要上山垦田。我想,这样下去可不行,我不能就这么让狗日的刘连长给气死了。我要活下去。我要找点好吃的调我的胃口。因为我的街坊五毛在三队的知青那儿弄来了几颗马钱子,我们就想着去毒死一条狗来煮了吃。

我们把马钱子包在馒头里,决定去毒山下一个老红军的狗。说起这个老红军,据说是从成都遣送回来的,是个少将,文革时犯了错误。他也是刘连长以及刘书记的本家,都姓刘。他住几间大瓦屋。他腿脚不便,全村只有他家有条狗。这也是间接地报复刘连长,刘连长那狗日的经常带着这条狗上山来,还跟那个老红军一起喝酒。

我跟五毛和另一个人就下山了。老红军就住在我们一条线上,一条下山的直路。那时天已经黑了。狗在外面,我们唤来了狗。那狗因为被刘连长经常带上山,跟我们混熟了,也不咬我们,就吃了我们五颗马钱子。马钱子要半个小时才发作,我们也不急,坐在那儿等那条狗发作。后来那条狗就发作了。发作就是到处找水喝。因为毒气攻心它就口干,浑身发燥。我们不让它喝水,拽着它。它又急又跳,还想咬人,但没多时就一命呜呼了。

事情这么简单,是我们没有想到的。正准备拖狗回去时,其中一个人就说，听说老红军屋里有好多几箱从成都带回来的五粮液。我们从学会喝酒开始，就是"苞谷烧"，从来没沾过五粮液高级酒，不知是啥滋味。我心想，既然搞狗这么简单，不如偷他一瓶五粮液来喝喝。这样狗肉才吃得有味。

我是愤恨，恨刘连长以及一切姓刘的，才滋生出了入室偷盗的勇气。这是我这辈子唯一的一次做强盗，我是恨。我对五毛他们说，你们在外头等着，等老子翻窗进去。他们两个守着死狗，我就翻窗进去了。我是从厨房翻窗进去的，厨房的窗户齿是两根木齿，我没有弄出什么响声。这老红军有早睡的习惯，天黑就睡了。我进了老红军的屋，打开手电筒，先是在厨房里找他的酒，没有找到，后来在另一间杂物间里找到了。我拿了一瓶，又拿了一瓶。正待走时，头上就挨了一闷棍。那老红军很有几招，力气还不小，一把就将我的手扭到背后，一脚就踏到我的背上。这时屋外边的同伴五毛他们，听到屋里有事，丢下狗早就跑了。我一个人遭了老红军一顿痛打。可我说我是因为有恨，恨刘连长才来偷狗偷酒的。我于是把刘连长睡女知青的事原原本本地给老红军讲了。老红军就不打我了，就连连质问我，是真的吗，你没说假话？他刘大海有这么粗的胆子，他不怕毙了？老红军说他要过问此事，说你们应该马上去公社汇报，找某某书记。不行找武装部长，找县里也行。

我被老红军打得浑身疼痛，我回去又遭到了他们的嘲笑。这些人，我说了，武汉的知青活该别人欺负他们。武汉人就是这个鬼样子，在武汉狠，在外面就不狠了。这叫巴门框子狠。我说好呀，你们这些斑马养的，你们笑我，到头来笑你们自己还来不及呢。

第二天还是大雨，我就穿着一件蓑衣，去了公社。去公社要过黑松峡和盘洞河。这两条河山洪暴涨，我硬是游了过去，到了盘洞坪的公社所在地。天已经黑了，我找到坪上的旅社花五角钱住了一夜，烤干了衣服，第二天一早就去了公社大院。我徘徊在大院门口都不敢进去，还一直打着牙嗑。你说，我这个人。我怕这件事如果他们不处理呢？刘连长不一枪毙了我，他们压住我不让我招工，我一辈子在这里跟刘连长为仇？小庄已经当兵走了，另一个推荐读大学走了，招妹死活不知，还有两三个，比如我老婆打死她她也不会承认。女孩就是个面子，为面子她吃了多大的苦也不会承认。我发现这些跟他睡了的还讨了好,读大学当兵都走了,我们八个男伢一个都没走。我这是替谁申冤呢?我的老婆又没嫁我。我这么想就抽了自己两个嘴巴往回走。人到关键时候他就想到保护自己,还想什么呀?

但心里还是不舒服,想到刘连长欺负我们远离故乡的小姑娘伢心里就恨,就长出了牙齿,在心里咬得咯咯地响。

回去的山洪更大,我在水里漂了七八里路才爬上岸来。回去的时候已经到了深夜,别人问我干什么去了,我没说。

第二天我们被刘连长逼着去山上修补冲垮了的梯田。那怎么修呀,我们几年来垒的梯田就在那一年给全部冲垮了。

山洪暴发得厉害,山上的石头往下滚,刘连长回去睡觉去了,就留下我们知青。我们知青还不知道山上这么多石头滚下来是泥石流的前兆。我码着石头,一块大石头从上面滚下来,砸到我手上,把我的手腕砸断了,当时摸得到断了的骨头桩子,把皮都快刺破。当时就去叫队长。队长到了破庙里,看了看,要我们赶快去找会计借钱,到县里头去接骨头。

借了几十块钱,要找个人陪伴我去,如果住院还得伺候我。五毛说他去,其他人也愿去,但最后我还是选了我老婆金凤,她毕竟是个女的,可以帮我洗洗衣服,女人细心一些。那时候,我已经跟我的老婆不说话了,我看轻了她,她也觉有愧,极力回避我。但现在我的手砸断了,我说要她去,她也没推辞,便跟我走了。

到了县里,接好了骨头,打了石膏。还是不停地下雨。大约一个星期后,就听医院的医生和病人传,咱们县里茅子岭发生了大泥石流,死了不少的知青。他们就问我你们不是茅子岭的知青吗?我们说我们是茅子岭的知青。他们说你们什么都不知道?我们说我们什么都不知道。

茅子岭分北坡和南坡,北坡南坡都有知青,我们在南坡。南坡两个生产队有两拨知青。那又是谁呢?不管是谁,那都是咱们那儿了,都是低头不见抬头见的老乡。我和我老婆就急了,所以一到了拆石膏的时间我就要医生给拆了石膏。拆了石膏一看——你看看,就是现在这个样子,手腕有了个弯儿,没接好,接错位啦。医生说,那没办法,只得把你的手砸断了再接。我说我的妈呀!想到石头砸断手的滋味,我还能再忍受医生把我的手腕砸断吗？医生让我动了动手指头，五个指头都能动，都有知觉。说，不再手术也可以了，不影响手的功能，就是不大好看。我说还讲好看，能留下胳膊就不错了。医生说，那就对不住啦，我们只有这个水平。

我们收拾了东西往队里赶。那时候，我跟我老婆又和好了，在我住院期间，我的老婆对我无微不至，好吃好喝洗东洗西，让我原谅了她。我想，也不是她的问题，我老婆的心是属于我的。我们赶回队去一看，从山上到山下，从破庙到老红军的房子到老红军，都没有了，都被泥石流埋了。泥石流是中午下来的，我们知青除我们两口外，一个接替我老婆烧饭的女伢到队里磨苞谷去了，还有两个男的因为偷懒，说是病了，结伴到大队打葡萄糖去了。一共死了七个，加上上一年失踪的招妹，共八个人。

我们住的地方没有了，我们吃的穿的，我们的箱子都埋进去了。我在泥石流里找呀找呀，终于找到了我的这支箫——喏，就是这支，你看，还有被石头砸的印子。这箫因为长，插在泥石流中，我抽出来，我吹，还能发出声音。我握着箫，站在泥石流旁边，就哈哈大笑起来。我真的是笑，也不知为什么，就想笑，我说个斑马养的，该我笑你们啦，你们瞧不起我，嫌我没有文化，你们老是笑我，嘲笑我，你们现在笑啦，你们哪个还能笑老子？

我站在那儿狂笑，我的老婆就抽我的嘴巴，总算把我抽清醒了。我们就想，怎么办呢？整整一个下午，我就在那儿吹箫。我的老婆采来了许多野花，撒在泥石流上。那时雨住了，天空阴得要死。我一曲又一曲地吹，我把我会唱的全吹了，吹《草原上升起不落的太阳》，吹《弹起我心爱的土琵琶》，吹《珊瑚颂》，吹《南山岭上南山坡》，吹《山丹丹开花红艳艳》和《思乡曲》。我把嘴都吹肿了。我的老婆说，路生，别吹了。我没理她的，我只想吹。

第三天，那些死去的同伴的家长就来了，其中有五毛的母亲。五毛的母亲一个劲地骂我，说都是街坊，你为何把我们家五毛丢下不管呢？我当时就发了火，我伸出我的手来给她看，我说伯妈，你为何要骂我，我的手如今成这个样子了，我又去骂谁？我活着，我成了残疾，我从此手不得劲了，我才二十一岁，我这活着跟死了有什么区别？五毛的妈说，你这个小杂种,你回去你妈还能看见你,我五毛的尸骨都看不见了。几个家长就在石头里扒呀哭呀,队里的人一起去才把他们拉走。

我和我的老婆捡到了一条命。我捡了条命,我就相信命,其他的什么都不信了。我刚下岗时,有人拿来李洪志的书,我一看,什么玩艺儿呀,全是狗屁,咱什么没经历过,哄不了咱,又有人要我信佛,我说我插队的时候在一个破庙里住了五年,差一点把命都丢了,我的同伴死了七八个,菩萨保佑了他们?后来有人又拿来一本《圣经》,邀我去教堂皈依上帝。我说别忙,让我先看看再说。我读了《圣经》,读到一半,就不信了。《旧约》里的约伯,你知道吧,那样信奉上帝,是古代的大义人,可上帝让他失了牛羊,儿女,还让他从头到脚长毒疮。约伯就怀疑上帝,说,你应该是惩罚恶人的,怎么让我遭如此大难呢?然而上帝说,苦难可以是上帝的教育与管教,而不都是罪的惩罚,因为上帝借着困苦,救拔困苦人,趁他受欺压,开通他们的耳朵。后来说约伯开悟了,说他所遭遇的太奇妙,是他所不知道的,一场大苦难对他最大的教益是:从前风闻有上帝,现在亲眼看见了你,因此我厌恶自己,在尘土和炉灰中懊悔。我觉得这记载不真实,我不相信。佛教也说恶有恶报善有善报,基督教也说作恶的必报,但为什么总是好人要遭难呢?我们那么苦,远在异乡,修补地球,为什么要让灾难降临到我们这些人头上呢?所以我不信。

我这说到哪儿啦?……我什么也不信?啊,是说我的同伴们死了。我忽然想到一句话,我这是在替死者说话。替他们说话。如果那次我没躲过,还不是埋进几米深的泥石流里了,死了死了,一死百了,还能跟您侃什么呀?

我们没处住了,窝没了,就到了另一个生产队,有人说我们叫挂单,跟庙里的游方和尚挂单乞食一样。我们挂单到了第三生产队,靠近大队部。

因那儿有个伐木队,有许多树林——这就要说到挂单的第二年,也是我们插队的第四年了。该走的都走了,没走的全是些疏懒好吃、打架闹事的渣子,人渣子,再就是像我和我老婆这类没有文化,没有家庭背景,而且父母有点问题导致政审不合格的人。总之,全是些人渣子,我认为我就是人渣子,是人渣子,不是药渣子。渣子,没人要了么。

我的老婆还是烧饭。有一次,她本是好心,下了场雨,她去采了一篮蘑菇,弄回来煮给大家吃。结果吃得大家上吐下泻。有一个女孩还吃休克了,心脏停跳,后经大队赤脚医生抢救才脱险。这下惹了祸,我的老婆就被他们打了一顿。是在半夜打的,全是同房间的女伢打的。我老婆睡到半夜,发现有人给她灌水喝。我老婆咕噜咕噜被灌了一杯子水,醒过来品品不对,一口骚味,原来是尿。我那老婆想挣扎,可四肢和头都被人死按着,动弹不得。就这样,我老婆又喝了两杯子尿,然后她们放开了我的老婆,拳打脚踢,特别是脑壳,打得厉害,后来头肿得有篮球那么大。就是那次痛打,对我老婆的大脑有很大的损伤,留下了隐患。我老婆在半梦半醒之间被尿灌了,被打了,最后才醒过来,坐着,说,你们打我做什么?她们笑着说,感谢你给我们吃毒蘑菇。然后她们又打,见她清醒了又打,边打边骂,你这个婊子,你这个卖逼的,你当我们不知道,你是刘连长的情妇。我的老婆哪是她们的对手,她一个人。这些女伢,她们全是硚口区的人,她们的背后都有男伢撑腰。三队是硚口区的,我们包括死去的那些都是江岸区的。江岸区的伢们都很老实,硚口区的靠近汉水,汉正街,她们的祖辈都是靠打码头为生的,所以她们旧病复发了,连女伢也凶狠得不得了。后来我就被她们打架和号哭的声音弄醒了,其他的男伢我估计都是策划者,假装呼呼大睡。我爬起来出门去看,看到我可怜的老婆已经疯了,头发散乱,赤着脚,短衣短裤,后来就往外跑,我拉她拉不住,我说你去哪儿呀金凤。她说你不管我。我说你不回去睡觉为何要往外跑?她说老子还输了她们,你等着瞧。她就挣脱我的手跑了。

我心乱如麻地蹲在路口上抽烟,我看见那些硚口区的女伢和男伢们开始喝酒了。他们半夜喝酒,他们多高兴啊。

我决定去找我的老婆,我怕她寻了短见。等我的老婆回来时她的眼睛已经肿得看不见了。赤脚上有血,短衣短裤,就差赤身露体了,像个野人,她的后面跟着刘连长。原来她没死,她半夜一个人去我们过去的七队叫来了那个狗日的刘连长。我走过去迎接她,她像没看见我似的,把我的手打开了,领着刘连长到了知青屋里。喏,就是她们,她们说我是你的情妇。刘连长提着县里奖给他的那支枪,这是你想到了的。他提着那支枪,说,谁,谁?我的老婆就说谁,谁。我的老婆点一个,刘连长就用枪托揍一个,专门揍她们的下身,揍得她们哇哇乱叫。揍得她们月经紊乱。她们的男朋友在旁边看得干瞪眼。

出了这口气,我的老婆也不理我了,为了感谢刘连长,她还主动地跑出去跟那个家伙约会。这真是气死我了。我有一次抓住她对她说,金凤,你这样下去也不对呀,你未必真想跟他结婚,生一窝乡里伢,一个个黑皮溜秋的,穿开裆裤,抹绿鼻涕,端着个大碗,鼓着个肚子,喊你姆妈?

没有几天,我的老婆就招工走了。我看她不想理我,我也不想理她。我想痛骂她一顿,我要说,金凤同志,我知道你是怎么走的。我那时万念俱灰了,我的这只伤手又不能干重活,我完全有理由病退回城,可是没有谁理我,有的满面红光的人都病退回城了。是什么原因呢?后来刘连长才说出了实情。有一次刘连长嗤笑我说,老革命,你还揭发我啦。我想起我给老红军汇报的事,估计已经到了他耳朵里。我自认倒霉。他封我为插队落户的老革命就老革命呗,我破罐子破摔了,请了个病假,去了咸宁我弟弟插队的那儿玩。

我弟弟在咸宁一个叫桃花湾的地方,混得不错,那儿桃花盛开,有大米饭吃。我弟弟因为爱好打架成了一帮武汉知青的拐子(大哥)。我到我弟弟那儿天天吃米饭,不敢回武汉。因为我妈不让我回去,回去就说我表现不好耽误招工。她要赶我回我下乡的那儿去好好劳动,以便感动当地领导让我早点回来。我一肚子苦水我怎么好说。

我在我弟弟那儿吃了两个月大米,才回了神农架。回去我看到了一封信,是我老婆写给我的,她说她要尽量把我弄回武汉,说是我妈找过她。

我只当是玩笑话,因为几个月过去了没一点动静。那个春节我没有回家,我无颜见江东父老哇。加上那一年春节大雪封山,雪下得大呀,平地足有一米厚,人走不出去,雪救了我让我待在山里。春节我蒙头睡了五天五夜,饿了啃两个红薯。当地的人都不知道,如果知道我在那儿,他们还是会请我去喝一杯酒的,我跟当地的老百姓混得还可以。

春节过后,雪化了,知青陆陆续续地来了,我的老婆也来了。她那时是纺织厂的工人了,穿着纺织厂的工作服,提着许多东西,有吃的有喝的,有烟有酒。她说是我母亲搭她来的,另一些是她的,要去送给刘连长、刘书记以及其他刘什么的。她说是来帮我跑病退的,说我这个情况只能办病退,不能办招工。原因嘛,至少有一点我是清楚的,我的老父亲还在劳改农场。我们以为他还活着在改造,其实他早就被人打死了。

这次来,我的老婆是来替我求情的,我很感激她。一个人很绝望的时候一个人突然来安慰你,你就很能记住他。但是我的事情不是那么容易办的,从年轻时候起,我的事情就难办。一到我头上,就很麻烦。

我的老婆走时我也没有送她。她是搭一辆大队的手扶拖拉机走的。她走后我就给她的工厂写信,我在信中讽刺她说,金凤同志,我以为你有通天的本事,其实你什么都没有。有人说你很能干,连风都抓得进来,我看抓的就是一把风。

她有什么本事呢?是啊,她有什么本事。唯一的本事还不是把自己的身子给了别人。我那时确实没想到以后还会同她结婚的。我只想激将她把我病退回去算了。

因为我仗着我老婆对刘连长的牺牲,我就天天去大队部闹,找刘书记,刘连长。有一天逼急了,我捡起桌上的一个算盘砸到了刘书记的头上。当即刘连长就把我关起来了。他们说我打革命干部,把我一捆,丢在一个打米机房里,打米机房有许多老鼠,把我的脚趾头啃了半个。啃得我大喊大叫,又不能动弹。他们不给我水喝,也不给我饭吃,第二天把我拉到各队游斗。

我的脚趾已经啃出了骨头,还要走山路,走得我脚下淌血。我就骂他们,我说你们这些家伙,你们想把我整死啊,把我整死了看毛主席怎么来收拾你们,你们破坏毛主席的上山下乡运动,你们这些狗东西,婊子养的,你们睡女知青,你们把我们安排在破庙里,让我们被泥石流埋了,你们搞特权,我的手都残了不让我病退,没病的倒病退了。你们睡女知青,就凭这一条毛主席也毙了你。

我骂啊骂啊,我的脚实在太疼,手也疼,手断过的嘛。我那次什么都不顾了,我吃了我嘴巴的亏。但也是我的嘴巴救了我,毛主席说,事情要一分为二,任何事情有利就有弊。他们看我这么讨厌,就研究把我送到县里的监狱里去。但有人担心我嘴巴瞎说,说把我送到公社和县里去了,我一瞎说,他们就完了。于是,他们就对我采取了打一打摸一摸的政策,对我的态度来了个一百八十度的大转弯。说只要你态度好一点,嘴巴也不瞎说,我们就给你把病退办了。这很简单,只要我们弄一张贫下中农座谈意见,盖个章,你就可以走了。他们说,你能保证你不瞎说吗?我说我能保证。他们说,你先打自己三十个嘴巴。我就打了自己三十个嘴巴,狠狠地打,左右开弓。他们就把我放了。

我得到了大队干部的口风,我就又给我老婆写信,我说你不在最后关口帮我一把吗?就差一口气了。这样我把她哄了来,她一来就真的把我的病退办成了。我一天都不想在那个地方待了,我执意连夜赶到县城去乘车,乘车到宜昌,然后坐船回武汉。我去时拿了一管箫,回来还是只拿了一管箫。

那个夏天又是天天大雨,我和我老婆冒着大雨到了县城,天就亮了。我们到县汽车站去买车票乘车,汽车站候车室挤满了人,但汽车不开,说路上有塌方。我认为司机是怕辛苦,就发动等车的人一起去找汽车站站长。我让大家都把买票的钱给我,我一个个登记,登了四十多个人,把钱放到汽车站站长的办公桌上。因为我是武汉口音,戴着军帽,穿着靠板裤,一看就是武汉知青。武汉知青在当地名声是不好的。汽车站站长见钱收起来了,给我们解释说不是不开,是怕不安全。我们说死了不找汽车站。这些乘客中不止我们两个武汉人,还有几个知青,包括有几个宜昌知青,大家都说死活不要他管,车非得发。就这样,车就在大雨中发了。

结果呢,你想见得到,车遭遇了塌方。我们的车本来没事,就停在塌方处,前行不得,后退不得。当时雨大雾大,一辆装磷矿的卡车撞上了我们,把我们的车挤到山坡下去了。就像我老婆说我一样,我是个灾星。

我们那一车人死了多少我没有统计,反正我是从车厢里爬出来的,我的手里还抓着那管箫,我老婆是在车翻下山坡时从车窗里甩出来的,我从死人堆里爬出来,挂着箫,去找我的老婆,我在大雨中大喊"金凤金凤"。后来我找到了她,挂在一颗树上,脸全划破了。我把她从树丫上背下来。放在公路上,我说金凤金凤你还活着吗?她睁开了眼睛说,未必我死了?我说我还真以为你死了呢。她说你还活着吗?我说我还活着,我这不活着吗?我是鬼?未必我是鬼不成?她说我是怎么活过来的?

我说你被车子甩出来了,你挂在树上,像一片树叶子。她就笑了。然后又哭了,说路生,你是个灾星,跟着你要倒霉。我说我是福星。我们不是活过来了吗?你想想那一年我砸断了手,不是我叫你去县城照顾我,你还不是埋进泥石流里面了?她说狗屁,我不会挑苞谷去磨面!我说我肯定是大福星,大难不死,必有后福。我们两人抱着大哭了一场。她说咱们的命怎么这么苦哇,我说我也不知道,知道就好了。哭过之后她对我说:咱们的事清了。过去我欠你的,有什么今天都全部还清了。你看吓得我,我这个月的工资还没领呢。我说你是不是想跟我断交?她说就是。

我就这样惊魂未定地回到了武汉,通过我妈娘家的一个远房亲戚,将我安排在一个集体所有制的楚天机械厂里上班。那时候好像厂里的人都满了,加上我的手半残废了,没啥技术活给我学,就让我去了包装班,专门为机械钉包装箱子。从此以后,我就跟锤子与钉子打交道了,除了锤子就是钉子,除了钉子就是锤子。

像我们这样没有文化没有后台的家庭的伢们,只有这样的命等着你。假如我家有人当官,我未必不能推荐上大学吗?我们那个大队刘书记的女儿,小学都没毕业,后来,"贫下中农推荐"上了大学,现在做啥?现在是咱们省政府的一个大处长了;我们有个知青,成分不好,可他的叔叔是北京的一个什么官,跟县里打了个招呼,后来作为革命干部的子女招走了,招到市轻工局坐办公室,后来当了副局长,什么车都坐过了,什么女人都睡过了,什么酒都喝过了,房子呢,四室两厅。听说有好几处,一个儿子高中都没读,就送到了澳大利亚。这都不说啦,这你们也都看得太多了,群众的眼睛是雪亮的,太多了,这几十年,再说也不起劲了,不新鲜了。啊,我可不是在这里跟您诉苦,我这大把年纪了,已经没苦可诉了,我只是讲我稀奇的经历。我说到哪儿啦,我总是说到前面忘了后面。我说到我回来了,钉钉子。

就这样,我们回到武汉总算有了工资发,我们不能跟人家比,人比人,气死人。

回家后我那老婆果然没理我了。她当然可以不理我,她的纺织厂是国营单位,我的厂是街道的集体单位,没听说国营单位的女伢找集体单位的男伢的,很少。集体单位的男伢要么找集体单位的女伢,要么找郊区像黄陂、汉阳的女伢。可集体单位的女伢稍有点样子的又瞧不起集体单位的,非要找一个国营单位的,走出去这人都有精神些。况且我那个钉钉子又不是技术活,没哪个瞧得起。

那时候我的哥哥娶了,我的姐姐嫁了,我的弟弟还没有上来,他调皮捣蛋,我们还以为他一辈子死在乡下的。我的父亲呢已经证实死在劳改农场了。我的母亲连我父亲的骨灰都没要,因为她恨他。说他把她抛下了,让她来抚养这一大家人。我母亲去取骨灰那一次在半道上把骨灰送了人。我猜想哪是送人呀,八成丢在水沟里了。骨灰那玩艺儿谁要呀?

因为我的哥哥也娶了,我就想我也应该娶一个才是。于是我就缠着我母亲要她给我在老家找个乡下媳妇算了。我母亲是黄陂的。我母亲说,金凤不是很好么?我说她哪瞧得起我呀?她现在是国营工了,再说,她瞧不起我,我还瞧不起她呢,跟民兵连长胡搞,让我戴绿帽子啊。我母亲说不许胡说,她不是那样的人,她对你那么好,帮你办病退,你还说她的坏话。我说她就是那个人,我又没诬陷她。

我后来跟我们车间的一个女伢玩过一段时间。她喜欢我吹箫,天天晚上缠着我跟她去滨江公园吹箫。在江边找个草坡坐着,吹着箫,也不做什么。但不久她哥哥给她介绍了一个工业学校毕业的中专生,她就跟中专生好上了,也不听我吹箫了。

我个人的事情一直拖到七八年;七八年我听我们一个知青战友讲,刘连长到武汉出丑了你知不知道?我说我不知道,那天我是在大街上听那知青说的,那知青骑着自行车,又没停下来,甩下一句话就走了。我想去追也没追到。我想着他甩给我的这句话,好像是讽刺我似的,他为何在我面前提那个婊子养的刘连长呢?他们是想笑我,笑我戴绿帽子吗?其实那时我与我老婆几年没见面了,不知道她是死是活。

听了这句话,我决定去找我老婆,我到那个纺织厂找到了她,我说金凤,有人给我说刘连长在武汉出丑了是什么意思?金凤说,爱玲抓进去了你不知道?我说我哪儿知道啊,我整天锤钉子。她说的爱玲就是哈爱玲,就是那个被推荐去读医学分院的女孩。刘连长跑到武汉来还要跟爱玲睡觉。爱玲被缠不过了,就同她妹妹一起,用剪子把刘连长的鸡巴给剪了。

我当即就高兴得跳了起来。我老婆说你高兴什么,我说反革命分子受难之时,就是人民大众开心之日。我说他早该剪了,还留到现在!我说这下看他还屙得起三尺高的尿来!

这个刘连长前年到武汉来了,还到我们家去过。穿一身海青和尚服,他出家啦。他说话声音尖细的,像个女人了。他来是要我们武汉知青出钱修庙的事。我们给了他一百块钱,他接过了连声说阿弥陀佛阿弥陀佛,菩萨保佑菩萨保佑。他当和尚的庙就建在我们当年住的破庙那儿,他说挖地基时挖出了那些埋进去的知青,一共是八副骨头,但我记得只死了七个人,为何有八副骨头呢?他死咬着说真是有八副骨头,可能是过去修庙时埋进了一个镇山和尚。然后他给我们一个东西,这庙初建于何时,毁于何时,再建于何时。一共建了十几次。这一次要建一个大庙,刘连长是庙里的主持,到处找人拉赞助。他不好明说我们给少了,就拿出一个本子来,点出哪个给五千哪个给两万。我送他下楼时我说明山法师——他改名儿啦,他叫明山啦,我说明山法师,你看见女人了还起不起性?他忙说罪过罪过。在我的再三追问下他只好说,家伙都没有了,起性何用?他说见怪不怪,其怪自败。弘一法师说过淫欲不断,万劫沉沦,念头方动,天怒地嗔。三界轮回淫为本,六道往返爱为基。我说你终于成了正果啦,他说不成正果又怎样?还不是跟你们当年到破庙里插队落户一样,逼的。我现在终于到庙里插队落户啦,你们几年就走了,我这是一辈子啦。他唉声叹气地走了,我在想,这就是报应。他挖出来的那些尸骨中,至少还有两个被他给糟蹋过,这刘连长,天诛地灭了他。

啊,我说着说着又说走了。我是不是说到我去找我老婆问刘连长的事?对。我当时问我那老婆,刘连长来找哈爱玲,未必没来找你?我的老婆一听这话就不高兴了,好像要啐我一口的样子,连连说,恶心,恶心。然后给我端饭吃。她给我打了一大碗饭,两个菜,全是肉,她用她自己的碗打的,她自己没碗了,就看着我吃。我说你也吃一点呀,她说就一个碗,你吃了我吃什么?你吃完了我再吃。我在她的食堂里吃着饭,看着川流不息的纺织女工。好漂亮啊,好多啊,女伢们扎了堆,一个比一个漂亮。我当时都看得忘乎所以了,结果把一块肉吞进气管里,不停地咳嗽。

我那老婆说,你没吃过肉的,我说哪是肉卡的,全是纺织女工卡的。我被那块肉憋得脸都紫了,我蹲在地上说,金凤,麻烦你给我找一个纺织女工好吗?管她已婚的还是再婚的,我真的喜欢上了纺织女工。我老婆说,个斑马你这个样子还鬼喜欢你?不屙泡尿照照。我说莫非我打一辈子单身不成?她说难道我就不行,你还要别人?我说,这么些年,你还没结婚,你哄我吧?她说我哄你个鬼哟,我还嫁得出去,都被你睡了。

她这一说我才想起来,我的确跟她睡过。那还是在下放第三年时帮她上山打柴,在柴山里跟她睡过一觉,她不提,我把这事都忘了。一想到跟她睡觉时的情景,我就激动了,我就说,金凤,我们办了吧,今天就办。我的老婆一把将我推坐到地上,捏了一把我的喉咙说,你把肉吞下去再说。我卡了半天,她一推,嘿,肉吞下去了。我连忙说,下去了下去了!

就这样,我们就结婚了。我家是没有房子可住的,我哥哥结婚了在家里住,我一个妹妹和我母亲住在厨房里。我和我的老婆给她们厂长送了几回烟酒,才终于搞了半间团结户房子。

所谓的团结户,就是在过去的女工宿舍里,几家住一间,又没有隔墙,帘子一拉,就成了一家啦。我们那一间,还是厂长开了皇恩的,只住了两家。当然不是对我老婆开皇恩啦,是对另一家的,人家是边防军人,军人家属。那军人长得很有气势,威威武武,据说是特工班的,常摸到越南那边去侦察,一个人打得死七八个人的样子。人家是多年探亲一回,回来了那还不是干柴烈火,加上这次回来了下次不知回不回来得了,会不会踩地雷完事,所以帘子一拉也就管不了那么多,拼命地做,嘿嘿的声音就像是跟越南鬼子搞肉搏似的。我和我的老婆都要把耳朵塞住,就一张布帘子嘛。这真是受罪呀,我想学那军人的,学不了,我那老婆也不行,每回要与她做那事,就像做贼似的,生怕弄出了声,我老婆一紧张就腹痛,肚子痛得汗直冒,而且,不怕你笑话,下面干干的。

这怎么成,这完全不成。就这样,我们在纺织厂住了一年多,我老婆的肚子还一点反应也没有。这可把我急死了。有一天,我和我老婆在我家楼顶上乘凉,那也是公房,挤挤攘攘的一栋,楼顶有个斜坡,我小时候就爱在那个上面乘凉,看长江,看那个毛主席题词的防洪纪念塔。那楼顶是个铁梯子直上直下的,上面堆满了几家人家不用了的柜子和木柴。

老知青的故事　293

看着看着,我突发奇想,说,金凤,这里我们可以垒个小房子住。我的老婆环视了一下,说,这个斑马养的能住,这么陡的坡,住到半夜溜到楼底下摔死了还不知道是么样死的。我说用砖一拦你溜到哪里去,你溜到我怀里来。把这些破东西一丢,把房垒结实嘛,坡是陡点,到时我们把床腿一边锯短点,不就平啦,你还是纺织工人,这点脑筋都没有?她说,你聪明,我听你的。我说不这样么办,我们都老大不小了,我想要个伢,在纺织厂,一辈子也生不出个伢来。我老婆说,我这么住着就住着,我不住着占那半间,以后能分到房子?都是排队,所以我就那么住着,你要在这里盖房子你住,咱们分居。我说分居可不行,我一天都离不开你。她说路生你个斑马养的好会说假话。她说我心里清楚,路生,你一点都不爱我,只想让我给你生个伢儿。我这一辈子,亏就亏在没一个人爱我。我那老婆就哭了。我说金凤你别哭了,你多心了,我真的爱你。我们马上行动,我们要把这个房子建好,然后我们就有自己的家啦。

　　我在那儿估算着这个房了有多大的面积,大约可以围出五六个平方来,那就很宽畅啦,我说哪儿放床,哪儿放个柜子,哪儿开窗。靠南面的窗户是要留的,有江面风吹过来,窗子要开高一点,以后有伢了防备他爬出去摔坏了。窗户还要搞几根铁齿,然后,我们可以坐在床上吹江风看长江,这就像神仙啦。

　　就干就干,我跟我的老婆穿街走巷开始捡砖。白天我骑着我哥哥的自行车四处侦察,晚上就一个人或者与我老婆去挑砖。砖有好砖、新砖老砖。只要有,能捡就捡,能拿就拿,嘿,拿几块砖也犯不了蛮大个法。有时候兴致很高,一捡一夜,好几次碰到过街道的巡逻队,有时没事,有时不仅没收了你的砖,还把扁担绳子也收了去。我那时候没啥想的,一门心思想把那房子垒起来。我想到知青时垒大寨田,现在垒自己的家。哪是家呀,就是个窝呗。可人有时候飞倦了非得要这个窝,管它大小。有时候我老婆被砖砸了手,想起来就哭,我说只当我们多当了几年知青,这总比当年垒大寨田强多了,至少饭有吃的,至少是在武汉。过去垒的田,洪水一来就冲了,现在垒的房子,是我们自己的啦。

　　砖有了,又花两包烟找一个工地上弄了些石灰粗砂,就要开始做了。一动工,老住户们都来了,说这房顶是大家的,要垒大家一起垒,都有份。

几十年的老住户了，可说翻脸就翻脸。还有的太婆爬上去睡在那屋顶上撒刁，说要叫领导来，说我是乱搭乱盖，说我是霸占集体财产。还是我弟弟狠些，那时候他也回武汉来了，是最后一批上来的，就是没有工作。他回来了还是我们那条街的拐子。他拿了根我做窗齿的钢筋，说谁要是不让做，他就一条子刷过去。我弟弟一出面，睡在屋顶上的太婆也就乖乖下来啦，屁都不敢放一个。谁不爱惜自己的命呀？他们都知道我弟弟回来后都拘留过两次啦，都是因为打架。

房子就垒起了，上面用石棉瓦盖顶。房子是建起了，是在九月，但武汉那年热得不得了，立秋了还四十一二度，人进去就追一身汗出来。我那老婆不想搬，说她宁愿住团结户，上班近些。但是后来发生的事情使她不搬不行了。就在我们房子垒起来不久，我们团结户的那个军人就被越南人埋的地雷炸死了，成了烈士，后来那烈士的妻子就搬了出去，厂里给了她一套一室一厅，算是个安慰。接着再搬进来两对新婚夫妻，都是一个帘子。你想想新婚夫妻是什么样子吧。我老婆自从当了档车工以后就神经衰弱，过去胖胖的后来瘦成一副骨头架子了，两只眼睛都是青的。一到晚上，听到旁边两张床上的声音就心惊肉跳，整夜整夜睡不着。我估计那时候对我老婆刺激不小，从那时候起我老婆神经病的兆头就越来越明显了。头疼啦，神经衰弱啦，惶恐不安啦。

我说什么也要让我的老婆睡一个好觉，你说是不是？我是个男人啊，我不能让我的老婆睡一个好觉我还算什么男人？唉，别提啦，提就脸红。您说我们单位为何不给房子？我们那集体单位有工资发就不错啦，屁大点的工厂，有钱也没地方盖房，何况没钱呢？

我把老婆接过来了，我们爬上那铁梯，上面多安静呀，没人打扰，啥声音都听不到。可是我老婆可能因为太兴奋，迈进去就摔了一跤；脚没踩到实处，忘了那房里有坡度。当下头上就起了个大包。我老婆就哭起来，我老婆骂人是不输哪个的，她骂人是一把好手，后来她犯神经病时，一个人在大街往往一骂就是半天，骂哪个？鬼晓得！我老婆骂我妈，说一样人两样心，为什么要让我哥住下面的好房子，咱们只有自己垒房的份，这哪叫房呀，这就是鸽子笼，你妈喜欢大媳妇。我说金凤，你别提我妈了，我妈是个老混蛋。

老知青的故事

武汉的冬天,干冷干冷,比他妈高山上还冷。我们那房子,又没粉,四壁透风,风还从石棉瓦里钻进来。可那时候年轻,心是热的,捂进被子里,也就不管世界了。我们的女儿姣姣就是在那间屋子里出生的。我那女儿生下来可漂亮了,胖乎乎的,大眼睛,长睫毛,生下来就想喊我们爸爸妈妈似的。我妈乐得合不拢嘴,说,就叫她姣姣吧,就这么,叫了姣姣。

生下姣姣是在第二年冬天,那一年冬天冷得人发筛,整天风直吼的。我记得姣姣还没满月,一场大风把咱们屋顶的石棉瓦卷了一块跑了。当下我们一家三口就冻得浑身像凉水浇,女儿也感冒了。我老婆骂我,路生你个斑马养的,你还说你不是灾星,你这个灾星哪!我说我不是灾星。一冻,我老婆的奶也冻没了,再怎么吃鸡吃鲫鱼也发不出来,你说我是不是个灾星?我那女儿就苦了,饿得整天嗷嗷叫,不喝牛奶,不要米粉,就要她妈的空奶头。

好歹我老婆找到她的一个同事,也是刚生了小孩的,奶水充足,便把我的女儿抱过去,时常匀点奶水给她。但这个女工是个乙肝,她又不说,我那女儿吃了她的奶水,染上了乙肝。当时哪知道啊,多年以后才知那女工是乙肝,再查我们的女儿,也是乙肝。

说到这里,吹箫人擦着他的眼睛。他的眼睛泪汪汪的。他喝了一口酒,又接着讲——

慢慢地,孩子就长大了,我老婆的头痛病却加重了。我们在她单位分到了两居室,跟人共用厨房和厕所,这房子我就非常满意啦,日子也还过得不错。眼看着女儿一天天长大了,越来越可爱,家里电视机、录音机、冰箱什么的都有了,心想这日子就平稳了,赶上了改革开放的好时候。像我们这种人,能过上点平稳的日子,心里就满足啦,也没啥别的想法了,就这么过呗,人到中年了。虽然与老婆经常吵吵闹闹,也没有大的矛盾。我老婆有头痛和神经衰弱的毛病,什么事我都让她,她在家摔东西骂人,我有时情绪来了顶她几句,有时就走了,到外面去玩玩,看看人下棋,打打牌。

但是这日子慢慢就改变了,先是我们单位不景气,我们单位有一阵子是红火的,八十年代初生产一种铣齿机,还有畜牧机械的减速器,一年生产几百台,差一点就被收归国营了。大家奋力地工作,争取厂子转成国营了我们的待遇就会好些,特别是福利、医药费什么的,以后想调出去,就可以调到其他国营单位去了。那时候,集体单位只能在集体单位一辈子,想调国营万万不行。但几年以后单位就不行了,又转产搞轧花机——就是乡下轧棉花的那种,轧花机过不了关,没卖出去几台,再搞铣磨机。但是我们那个小厂,技术过不了关,好歹卖出去一两百台,天津市人家生产的铣磨机就把我们的生意全抢去啦,人家搞的是三十二行,咱们厂最多只能搞十八行的。

没有了事做,就自然而然减员啦,我在包装车间,没有机床包装了,加上我平时脾气不好,跟领导没有啥关系,领导就要我回家了。

当时又不是我一个人回家,也没啥好想的。回到家里,单位有时候发几十块钱,有时候不发。因为是集体单位,国家又不管,自负盈亏,没钱你有什么办法,你没钱厂长也没钱。

后来厂子就彻底垮了,机器被几个人承包了。也是厂长找的几个人,都是有技术的人。我们是没技术啦,有技术的人那一段时间都回去上班了,我没有技术,一个月还能拿几个钱。我就在家吃闲饭了,管老婆和女儿的饭,早晨起来给女儿端早点,在家还洗衣裳,买菜,完全成了家庭主妇,跟老婆的关系对调啦。

但过不了些时,我到厂里去厂里就什么都没有了,说没钱了,最后一次算给我一千三百多块钱,说以后你不要来厂里了,厂子已经卖给了别人。

我揣着一千三百多块钱,在厂里走了一圈,厂里的确都没有啦,机器都被人拆走了。我们几个工人在空厂房里坐了一会儿,抽了几支烟,大家就含泪告别了。

我说的是那些没有技术没有后台的人,有技术的找到别的厂去了,或是自己做点什么,有后台的在厂子垮台之前早就调到更好的地方去了。就丢下我们,回家吃老米。当农民没学到种田,当工人没学到技术,一晃,嚄,四十多快五十了,人都老了,这一辈子做了些啥呀?啥都没做,白吃了几十年阳世的饭。那一阵子,我心情不好,在家经常发脾气,喝酒，一喝就把自己喝醉了，忘了做事，老婆说我，还不服。我老婆那张嘴很讨厌，我就跟她对着干，并且渐渐动起手来。她头疼，我就敲她的头，那时候也不知是怎么想的。我们两人打着架，我女儿就护她妈，也加入了骂我的行列，我的女儿骂我婊子养的，你说她有没有家教？她骂我，那我也打。那还不打？就打她的嘴巴。后来，打掉了她一颗门牙，光补这颗牙齿就花去了千把块钱。

打掉了门牙，我女儿还不恨我呀？可我酒醒了又后悔，后悔不该打老婆的头，不该打女儿的嘴，后悔当初没在厂里学点技术。后悔有什么用，我就想，我得找点事做，不然的话，她们更恨我，说我在家里吃闲饭，吃女人的闲饭，这男人就做得很掉底子了。除了在家里凶狠，实行高压政策外，她们谁听我的，一个男人挣不到钱，在家里都没有说话的地方。这个社会什么都不狠，就是钱狠。

恰好这时我弟弟对我说，他想和他女朋友在黄石去开个服装店，是别人让给他的，有一部分服装，然后再到广州进一点服装，他说让我入股，说本做大了，有了经验再开一间，也就是让我当一间服装店老板。他说钱不多，你给我五千块钱的本，赚了钱我们对半掰，我想，自己的亲弟弟嘛，我跟他感情还是不错的，我们都下放过，从小睡一个床长大。我的弟弟拍胸说做得成，说黄石很好赚钱，黄石人手撒得很，穿衣裳很舍得。他说了这个道理，说黄石当年有许多上海人来开发铁矿，如黄石的饮食都偏向下江味。这个我知道。加上我那未来的弟媳妇是黄石人，老家是上海的，更把我说动了心。我当时想过未必黄石那女伢靠得住，一看那作派就不是好货，我弟弟是在社会上混的家伙，回城后一直没有工作，派出所的常客啦。我想他如果真搞服装店，算是行了正道，做兄长的理应帮他一把，而自己又有钱赚，说不定以后能当老板呢。多的钱没有，找老婆要出了三千块钱给他。为这三千块钱，我又跟我老婆吵了一恶架。

钱拿去了，弟弟没有回来。春节回来的时候穿一双烂皮鞋，后跟直掉直掉的，还说是鳄鱼牌，八百多块呢。我说你们的服装店呢，给我分红的钱呢？我弟弟说，钱是没有了，钱我输了。哥，当着妈的面，今天你怎么都可以，我由你了。我当即就送了他一耳光，我说老弟，这钱是我去做小生意的本钱，是想给你侄女治乙肝的钱，你竟然黑我的钱。我弟见我打了他,就一掌劈下去,把桌子劈成了两截,桌上的一桌好菜也稀里哗啦了。还好,那掌还没劈我。我弟说,哥,钱我一定还你,总有一天,我会还你的,然后扬长而去。

我弟走了,我哥我姐我妹妹才劝我,并说,老弟都找他们借过钱,都是有去无回,找我妹妹借得最多,差不多五千块了,也说是去做生意的。他们说,他是老幺,让着他点。你不让他,他真的拿刀子捅人的。自己家的人他都捅得下去。

春节我一直闷闷不乐,我家的兄弟姊妹就给我出主意,有的说可以在学校门口去摆个摊卖点玩具点心什么的,有的说在汉正街打点货像梳子袜子鞋垫子什么的,白天到滨江公园,晚上到江汉路去"挖地脑壳"。有的说买个电麻木(三轮)也可以,投资不多,一两千块钱,咱武汉人,路又熟,那些乡下来的开电麻木的,起步价现在就三块,一个月大几百块钱不成问题,比上班还强。

我说,就是想开电麻木,那时电麻木都上残疾人牌照,我说我这手基本上是残疾,怎么看都是残疾,对位不准嘛。但就怕上不了牌照蛮扳人的,要送礼。你上不了牌照就是黑车,到时交通大队发现了,跟你一没收,你两千块钱就完蛋了。再则我又不会开,家里亲戚都没一个有摩托的,我找谁学去?还要考驾照。这些事好麻烦呀。其实我是拉不下面子来,那时候人还拉不下面子。你要我到滨江公园去挖地脑壳,哈哈,当时真没想到要下这个决心。现在就不怕啦。

讨论了一个春节,没有眉目,我那时就发现我们上辈没有当官的,我们这一辈也没有,找的媳妇、女婿也没一个当官的,他们的亲戚朋友都没有当官的,怪事!他们不是工人就是无业游民。我哥哥找的还是后湖乡种菜种莲藕的。

春节过后,我姐夫给我送来了一个消息,他一个朋友办了个化工厂,专门生产洗发精,然后用收购来的空瓶子灌装,在他那儿批一瓶两三块钱,拿出去卖七八块钱,一瓶可以纯赚四五块钱,可以先提货后付款。我一想这是无本生意,何不试试。我姐夫就把我带到那儿去了。我一看,有海飞丝,有舒蕾潘婷,应有尽有。细看就像真的,一般人根本分不出来。我进了一箱,用自行车托着,到离我们家远一些的集贸市场去卖,什么赵家条、球场街、二七路、渣甸路市场,我都去卖过。一天下来,嗬,总可以卖四五瓶,两三张钱就拿到手了。有时给市场交点,有时能躲就躲,能赖就赖。卖完了,把钱给化工厂,再进一箱,再卖。你问我有没有没收的,没有。在集贸市场卖,你只要交钱,他不管你卖啥,卖人都可以,他不管的。就是交钱的名堂太多,税钱、管理费、卫生费、治安费,这费那费,七八种,一个费一块钱,就七八块钱了。也有的管理员差劲,说,你这是假的,我们拿一瓶去化验,拿了就走了。

　　卖洗发水总不是长远之事,我卖了几个月,也就渐渐没有生意了,一瓶从八块卖到三四块钱,就没有赚的了,人家也认识了,知道是水货,你若到老地方去卖,那些买过的上过当的就要来质问你,遇到脾气爆的就要揍你,要把你拉到工商所去。我就想,不能干这个事了,辛苦不说,被人打了还不划算。

　　可是,等我一收手我的老婆的事就来啦。我老婆在纺织厂细纱车间,我老婆的技术算是不错的,她们厂的技术能手一分钟能接二十多个线头,我老婆一分钟也能接十四五个。累啊,细纱车间,还有什么布机车间,都是很累的,机器声震耳欲聋,老婆那头痛的病,神经衰弱的病也与长期在车间劳动有关。可是,我老婆的那个四班,十几个人,说是要精简,要优化组合,一下子全班人就组合掉了。其他班为何一个都没组合掉呢?有的是有后台,有的是双职工,在厂里都有了些狠气,别人不敢惹。我老婆就这样给组合掉了,不说下岗,那跟下岗不一样吗?说是内退,强行内退,一个月发两百多块钱,两百二三十块钱。就这样,说退就退,人都没有反应过来。

　　这怎么行?全家就老婆两百多块钱了,怎么生活?女儿要读书,还要给她买药治病。我们就想到过去有个副厂长与我们两口一起吃过饭的,就买了两瓶稻花香去找他。酒是收了,却无力帮我们。他说现在厂长成了总经理和党委书记了,一肩挑,一个人说了算,我这个副厂长说不定哪一天都没有饭吃,建议我们还是直接去找厂长,不要怕,这是自己的大事,饭碗都没有了,还怕什么?我们就买了好一点的五粮春去,也是两瓶。在厂长家的门口等了两个小时。那次我记得厂长家的门口在修路,到处是稀泥巴。我要老婆提着,我可不好意思提这个东西。按门铃也是要老婆按的,我的老婆说,你哪像个男人?进了厂长的屋,我们就把该说的说了。厂长倒是蛮热情的,听我们说。然后给我们做思想工作,他说牢骚是情有可原的,要我内退,我也有想法。可优化组合、竞争上岗,全国都在这么搞,国有企业生存困难,特别是纺织行业不景气嘛,你们都知道的嘛。大锅饭肯定是不能再吃了,再吃就要吃垮了。改革嘛,肯定要牺牲一部分人的利益,但从大局来说,对我们国家的深化改革是有利的,不是你退,就是别人退,反正总得有人作出牺牲。我当时就听烦了,又不好发脾气,我说她们车间一分钟只能接不到十个接头的没优化掉,为啥我老婆能接十五个接头倒优化掉了,这里面的问题不是明摆着的。厂长说这是车间的事,现在我们简政放权了,要真解决还是得找车间。然后他又给我们上了一通政治课,说什么改革开放就是人人要有危机感,说他也保不了哪一天就没饭吃了。都说自己会没有饭吃了。可是我看厂长家豪华得像宫殿,仅我知道的厂长有专车,一年四季全国各地甚至外国坐飞机飞来飞去,还不是飞的工人的血汗钱?他这么说我的老婆一急就哭起来了,鼻涕一把眼泪一把,我看她不是假装的,是真哭。她说我老公的单位早就垮了,我也内退了,我女儿又有病,乙肝,想给她打干扰素要一万多块钱,现在好啦,吃饭都成困难了,哪有钱给女儿治病?这可怎么办哪?这一下,四十多啦,厂长,你说我们能做什么?是年轻?我们这个年纪,到发廊里去卖身,男人也不要我们啦!

　　我的老婆那天哭得像个泪人似的,连站起来的力气都没有了。厂长的夫人还好,来劝我老婆,并扶我老婆出来,一直扶下楼梯。厂长的夫人是个好人。

　　我们走到车间主任的宿舍,又临时在楼下买了两瓶酒,提上去。我老婆说,那个家伙不是个好东西,他服硬不服软的,他非要人骂他。这两瓶酒说不定给你甩下楼来的,我说进去瞧瞧吧。我就拍门,我提了酒。那家伙果然不是个东西,进屋了也没让我们坐。我说呀,官越大越有礼貌,官越小越牛逼。那车间主任等我们进门了就说,金凤,你吓不了我。我老婆说,主任,我们决不是吓你呀,我这是向您求情来了。我也连忙说,主任,我们决不是来吓您的,我们敢吓哪个,是厂长要我们来找您的。那主任说,厂长要你们来找我,让他增加工资,他增加工资,金凤你就回来嘛,是不是,多个人我少做点事,我不舒服些?钱就那点钱,就那点粑粑,让我们分,那还不打破脑壳?厂长恶毒得狠,把恶人我们当,哪一天我都没有饭吃,我算老几?

都说自己没有饭吃,就我们有饭吃。那我们就走咧。两个人一句话不说地走到大街上,我就爆发了,我说还不是你那张嘴巴,讨人厌,那还不该你退下来?想起你这张嘴巴我就有气。她说个斑马老子的嘴巴怎么啦,这优化组合与老子嘴巴有什么关系,看看人家的男将,人家都仗男将的狠,你没有狠,别人还不欺负我呀?你算什么男将,茅厕里的搅屎棍子——文(闻)不能文,武(舞)不能武,鸡巴卵的用。这时候你不安慰我,还来埋怨我,哪个愿意退的?这辈子就是跟你亏了,老子做姑娘伢的时候随便在街上抓个人都比你强些。我说,好,我没有用我们离婚,你再找一个去,找一个当官的去,找一个有钱的去。我老婆说,我快五十了,月经都快转去了,我还到哪儿找人去?我说,这就对了,怪你那张嘴巴,一天不骂人就不舒服,哪个喜欢?我的老婆就哭自己的命苦啊,哭我不关心她不心疼她呀。这么哭,我的心也乱了。我去拉她,我说走吧走吧,回去吧,回去再想办法吧,天无绝人之路,老天爷不会叫咱活不下去的。你这么在大街上哭,碰见熟人了别人还不知道咱们是怎么回事。

哭累了,我的老婆就站起来,可身上发抖,抖个不止。我好怕啊,在深夜的大街上,车也稀了,路灯明明暗暗的,自己也恨不得哭一场。心想,大街宽宽的,哪条路是我们的路呢?千万不该发火来贬斥她的,她也可怜,把她逼急了,逼成神经病了,我更加没有办法,这个家,里里外外还亏得我那老婆,没有她,天早就塌了。怪只怪我没有用。怪谁呢,怪谁都怪不住。

整整一个晚上,我那妻子就浑身抖着,止不住,头疼。给她盖被子,给她吃止疼药,都没用。我女儿也惊醒了,抱着她妈妈,又是埋怨我,说我欺负了她妈。我说我没有,我就说了她几句,她不是为我,是为她内退。

早上太阳出来的时候,我的老婆就睡着了,就安静了。再醒过来,也就没事了,就是有时在做饭时,在上厕所时,在洗衣服时,突然大声骂一声个婊子养的,把人吓一跳。就这个毛病,以后就发展成神经病了。

真正发展成神经病,那还是在她与几个内退的姐妹们自己办了个小织布厂之后。

那一段时间,我就尽量不刺激她,安慰她。她却像掉了魂似的,到处这里跑那里钻,打听有没有可做的事。后来她大姐夫总算给她找了个打扫会议室的活,是她大姐夫那个单位。她大姐夫当时已经退休了。是个大机关,在武昌。机关每天都有会开,各种各样的会议,就要个打扫会议室的人,包括抹桌子呀,洗茶杯倒痰盂呀,拖地呀,还帮着买些东西,什么点心糖果、饮料、水果什么的,一个月一百五十块钱。我那老婆就每天坐两站路到江汉关,再过轮渡到武昌,月票也给报销了。她很高兴,每次回来的时候就讲开会的事情,还给我带点散烟回来,别人忘在桌子上了的。还有几块糖哪,几根香蕉,一把茶叶呀。有个事混着,她的精神就好多了,头也不疼了,早晨出去,晚上回来。中餐也就是我跟她蒸好的两个馍馍,几块咸菜酸豇豆,就解决问题了。每天早上,我就比她提前起来一会儿,给她把馍馍蒸好,用两层塑料袋子装上,然后她就提着,去赶轮渡。馍馍中午是冷的,她说那里开水反正多的是,开水一喝,啥冷的到肚里就都热了。我记得刚好是一个冬天,老婆早晨起来戴上毛线帽子就出门了。武汉的轮渡为了创经济效益,把轮渡的二层搞成了交钱才能进去的封闭式娱乐室,看录相什么的,跑月票的就在下层,下层冬天一般都没有帘子,冻得人稀里哗啦,江上的风像刀子一样的。老婆回来总是骂轮渡,说他们缺德,搞创收把乘轮渡的人都赶到专线车上去了,这样的创收还是不创为好。天太冷啦,有时候我就要多交待几句,我体谅她太辛苦了,我说,你扫地的时候把馍馍揣在怀里,吃就热呼些。她说我知道了。我说那些小东西以后就不要往家里拿了,几颗糖哪,几支烟哪,怕让人家看破。到哪儿都不要留下个不好的名声。她说我知道了。她嫌我啰嗦。下雪的时候我还要送她,我不能光顾自己睡在被窝里。上下船时那么多台阶北风一吹就结凌,不知摔坏过多少人。逢到大风天气,渡船不开,她还要倒三次公共汽车才能到武昌她扫地的那儿。

搞了一些时,我老婆觉得太苦了,钱又不多,路又太远。就与几个姐妹一合计,大家入股投资搞个小纺织厂,织坯布。她姐夫那个机关还舍不得她呢,都说她做事蛮下得身,踏踏实实,地拖得干干净净,茶杯洗得

老知青的故事 303

干干净净。答应再给她加二十块钱,但我的老婆被一种想当老板的幻想拖住了,把她拖下水了。她说到的几个人都是蛮贴心的几个姐妹,内退了,憋了一口气,想做点事来让那些人瞧瞧。就是这股气,把事情彻彻底底搞糟了。

小织布机厂买了四台织布机,还是宽的,织三尺二的那种,大概花了三万块钱左右吧。我老婆决定拿一万块钱入股。她告诉我当时家里的确还有一万块钱的存款,这钱是准备日后女儿读书用的,读大学要花钱啊。我说你给我打埋伏,你说没有存款,原来还有一万块钱,她说不是我捂着,这钱还不是一花就花光了?她说,就这一万块钱了,我投进去,现在坯布好卖,国家对下岗职工办厂又很优惠,三年不交税,三年说不定我们就发了。她给我算了个账,一匹棉坯布可以赚一百余元,涤棉坯布也可以赚大几十元,一台机子一天一匹,一年下来,四人分,一个人两万块纯利没有问题。这比上班强多啦,求哪个呀,求人不如求自己。我老婆说她在滨江公园算了个命的,抽的签上面有这么两句话:求人不如求自己,求己功夫胜求人。我的老婆很兴奋,说,家就交给你了,我去赚钱,赚了钱,咱们就可以换台大彩电了,冰箱也要换了,这响声太大,又耗电,洗衣机买个全自动的,连洗带甩干。头年赚了钱,就拿一万块钱给姣姣打干扰素去,把她的乙肝治好。再辛苦几年,咱就不是万元户了,就是十万元户啦。她说这还是个机会,说不定这下就翻身了的,哈!我那老婆眉飞色舞。我说你们几个内退的女人,还想搞大事,是不是有点自不量力?她说大家都是内行,这个又不担风险,又不是白菜萝卜水果,怕烂了亏了,这不会亏的,咱们的技术也不错,织出的坯布绝对是一等品,自己的布那不比过去给厂里织过细一千倍!

她啦,我没有什么话可说,一年能赚两万我还说什么?我只是想,一下子投进这么大一笔钱,收不回来怎么办?我想着就怕,可我老婆似乎完全没想这个问题,只想着一年的两万,好像这两万块钱已经给她准备好了,只等年终的时候去取。

我老婆她们几个做事真是吃得苦呀,我说,女人吃得苦,比男人还能吃苦,她们从安装机器开始,就住在了厂里。那厂是我帮着租的,找我嫂子在后湖乡租的几间空房,很便宜。然后她们就找熟人进纱锭,先交一部分钱,布卖出来了再还款。十支、十六支棉纱,三十二支、四十二支腈纶纱,都进。

布织出的那天我老婆回来了,高兴得像什么似的,说,机器蛮好用,布也织出来啦,四台机器四匹,得到啦!我老婆找出了在厂里上班的纺织工作服,围裙和帽子。我看见她从箱子底下翻出来的,叠得好好的,还放了樟脑丸子。我老婆说,我还以为这一辈子再也用不上了呢,现在又穿上了。我老婆穿上有樟脑丸味道的工作服,就又是纺织女工了。我老婆穿上工作服,对着镜子照了又照,说,上班还是好啊。她说这句话的时候差点泪没下来。我老婆就这么穿上工作服上她自己工厂的班去了。

我老婆半个月没回来,我就去后湖乡看她,想看看她们几个四五十岁的老纺织女工办的厂究竟怎样了。我到一个破烂的大院子里找到了她们的厂,院子里外拴着些牛,到处是牛粪和臭味。她们的四台机器却轰隆隆地转得欢。那是什么厂啊,外面堆着稻草,厂房内麻雀乱飞,房子倒不小。我到处看看,在旁边一间房子里安着一口锅,就用砖搭的灶,有些白菜、洋芋什么的,灶烧的是柴草,这就是她们吃饭的地方了,几个碗放在锅里还没来得及洗,半锅洋芋冷冰冰的。厨房后头是睡觉的地方,几张木板子,铺上稻草,几床被子,这比咱们当年知青住破庙还苦啊,我看着这些,当时鼻子就酸了。

我去喊我的老婆,我看见她和几个姐妹正埋头在织布,一人一台机器。还真是那回事,布织得很好,很白。她们选出来的厂长是赵大姐,赵大姐见我去了,说,来视察来啦,欢迎领导同志视察。我说真不错呀,真搞起来了,啊。赵大姐说,靠你们男将,喝稀饭。女同志干事呀,干一件成一件,男将干事,十件没一件成的。

她们都自豪得不行,我就连连夸奖她们,心里却说,这哪是纺织厂呀,这就像小伢"过家家"。我老婆瘦多了,我说你头还疼吗?她说疼让她疼去。我要她坚持服药,她说一忙就忘了。

我从她们那儿出来,听到纺织机声渐渐没了,看着安静的城郊的景色,鼻子一阵阵地发酸。我在心里问,这就是创业啊?这大把年纪了,还不就是想把个生活混过去吗!

然而搞了四个月不到,我老婆她们就完了。事情蛮简单的。她们织出的坯布自己没人推销,因为都上机忙嘛,还因为她们过去都是工人,没干过销售这活,屁都不懂,相信别人了,交给原来厂里销售科的一个副科长,也是个女的,跟赵大姐关系很好的一个。那女的当然愿意嘛,可以拿回扣嘛。就这样,让她代理销售。

第一个月不错,坯布卖了,货款没完全收回来,收了一部分够进纱锭的,第二个月销售还是很好,没积压,就钱没收回。第三个月还是钱没收回来。赵大姐急了,没钱进纱锭,就要停产了,便亲自去追货款,一直追到江苏,一问,全付清了。那个女副科长呢,个斑马养的,进戒毒所啦,把我老婆她们的坯布钱全吸了白粉!

机器被人抬走了,租房子的钱和电费至今还欠着在,全是我嫂子担了。我们两口子那些年积攒的一万块钱,就这么打了水漂。

我老婆就疯了。那还不疯?我老婆那些天人就恍恍惚惚的,嘴里不停地咕咕叽叽。有一天晚上我以为她去上厕所的,光着身子就出了门。唉,夫妻俩就这一万块钱的积蓄呀,谁知道她是怎么攒的,一分一厘地攒,全成了人家注射的毒品。

你说找那个科长的家里人要?她的老公也是个吸毒犯,双双都在戒毒所里。

我老婆犯病了经常往后湖乡跑,我几次都是在那里找到她的,我老婆在那个拦牛的大院子里,还坐在空空荡荡的过去放机器的地方,说,看,出布了,出布了!我老婆将那身纺织女工的衣裳穿得周周正正,帽子也戴得周周正正,就那么坐着,说,出布了,出布了。我就说,是棉坯呢,还是涤坯?我老婆不答理我,就笑,就破口大骂,个斑马养的。我就说,啥布都没有,女人屙得起三尺高的尿来!我上去就抽她一个嘴巴,把她抽清醒了,就把她带回来。每次如此。

为她治病,没少花钱。我是烟也不抽啦,酒也不喝啦,特别是她两个姐姐,总是拿钱出来给她治病。她妹妹作算没钱。她妹妹我不是说了是个白化人么,后来找了个老公,生了个十分乖巧的儿子,但被老公甩了,她一个人带个孩子。我老婆那纺织厂多少还给报点医药费,但你每次去,拿一把药费条子不是找不到这个就是找不到那个,再不就说没钱了,下次再来。我就想老婆病成这个样子了,我弟弟还欠我三千块钱,我于是便到黄石去找我弟弟,让他想办法还点钱我给他嫂子治病。我到了黄石,我才知道我弟弟在专给人拉皮条,靠这个混饭吃,混一包烟抽。你看,堂堂的武汉伢,一表人才,在黄石竟干这个。我当下就要他回武汉去,我说钱我可以不要你还了,但你得回去,别给自己丢脸给咱们家丢脸了。

回来以后我弟弟说,哥,钱我还你,不过要请你帮点忙,咱们一起做点事。我说啥事?他说摆象棋残局。他说我在黄石摆过,赚钱。他说你就帮着做个"笼子"演个戏,我还有两个哥们,一起出去在汽车站外马(外地人)多的地方去摆,有时戏演好了,什么戒指、手表、手机全输给你,几百块几千块输的都有,就是要演得像。我一听就火了,我说欺负乡下人,外地人,做笼子让人钻,这不丧天害理吗?你也下过乡的,咱们都做过乡下人,你未必把什么都忘了?咱穷是穷点,可不能做那丧天害理的事,人家会骂着咱说,难怪他们穷得没正当职业干坑蒙拐骗的,为人不善嘛,那还不一辈子穷,世世代代都受穷?穷也要有人味。我吼了我弟弟一通,我弟弟不服,说,听你这话就气,那些贪污受贿的干部家里金银成堆,他们就善了,比咱们不坏一百倍,为啥富呢?这年头,人不坏能来钱?于是我弟弟就去摆残局,压分子撞猴子去了,还给我还了千把块钱。但有好几回都撞在警察手上了。

唉,我们这把年纪,是坏事不敢搞,好事也搞不成啦。就是这样,坏不能坏,好不能好,这辈子一晃就晃完啦。

到这里来吹箫,也是突然想起来的,好玩。有一天夜里,闷得慌,出来散心,就走到这条街上来了,要了几块卤干子,想喝瓶啤酒解闷。见到这些卖唱的,我的妈呀,我承认极个别有水平,大多五音不全,这些外地人,就这种水平还敢来汉口混,我佩服他们胆真大。山中无老虎,猴子充大王。我看几个吹笛子吹黑管还有巴松的,我想,我比他们吹得好。我就开始暗中观察,看他们一个晚上能赚多少钱,嘿,我看了几个,到转钟一点的时候,五十一百到了手。这样下来一个月不是几千么?我就想,我也来吹一把试试,这里还没有箫,还是个新鲜名堂。

我这样作了决定,半夜回去,就翻箱倒柜,找出这管箫。用旧衣服包得蛮好,十几年、二十年没动啦,下乡当知青的一件纪念品。当初之所以把它保存，还是信了点迷信，认为病退回来的那一次，我与我老婆在路上双双遇险，死了那么多人而我们两个毫发无损，当时手上就抓着这管箫，我就认为是它保了我们的命，因此，不吹了还是把它藏下了。现在我没饭吃了，它又要救我的命。我找出了箫，赶快把它浸水，我们叫润音，箫跟人一样，在吹之前要先喝水润润嗓子，这样，声音就有水灵灵的味道，焦脆，否则，就是哑不拉叽的。我润了音，关进厕所里，吹了两曲，一点都不生疏，就像每天都在吹一样。那个晚上别提多兴奋了。第二天一早我就去新华书店，买了一本《箫演奏》，我得练几首传统曲子，因为我识简谱，就每天练《春江花月夜》《渔舟唱晚》《平沙落雁》《苏武牧羊》什么的，还有《梁祝》《送别》。我每天在家里练，我女儿不满，说，妈有病，你还有心思吹箫。我也不解释，先练。我那有病的老婆一听见我吹箫，多躁的精神就安静下来了，像不认识我的一样，坐在远远的地方呆呆地看我吹箫，面带微笑。我发现这箫声还真能治我老婆的疯病。也可能是箫声又把她带回了插队的那种生活的记忆中，她头脑虽不清醒了，但这箫一吹啊还是能触动她哪根没有病变的神经的。反正，箫使她安静多了。

  我就练了一个星期，练得差不多了，我便拿着箫也写了个牌子来到这里。我让自己像平平常常一样。刚开始没有啥生意，赚不到钱，我就半卖半送，给十块吹两曲三曲，没人点了我在空桌前也吹，让大家接受我的箫。慢慢地，我就有了一些听众了，老年的、中年的，甚至小哥哥们，流行歌曲我也吹。流行啥我就能吹啥。箫嘛，这是中国管子，虽然土点，它有它自己的味，你西洋管子再好，像双簧管、大管、大号小号什么的，照我看来，还是没有咱中国管子好听。总有听得懂的人，他听厌了你吉他自弹自唱，再来点箫，闭着眼睛听，直往心里去。箫就是这样，送到人的心里。

  开始的时候我没给我的女儿讲，女儿还以为我在外干什么坏事呢。我天黑出去，半夜三点回来，我女儿说我不管她，也不管她妈。我说我挣钱去了，就把那些钱拿出来堆到桌子上，一块两块的，十块五块的。然后我就去菜市场，买肉呀，买鱼呀。我把它们做好了，端上桌，就说，你们来吃呀，这都是我挣的，我吹箫挣的。你们不是说平常没有油水吗，从今以后大肉大鱼让你们吃个够。我女儿那肝病非得要吃点有油水的东西，加上学习又紧张,营养跟不上,人就打不起精神。我那痴痴呆呆的老婆吃着肉,我就对她说,金凤,你还记得箫呀?咱们那时候垒大寨田搞田间小演唱吹箫,晚上在那个庙后头的山上,咱们吹箫。你看,就这点东西,丢了也就丢了,不丢,现在能换来吃的喝的了。你看,我啥力气都不费,吹了两曲,酒就跟我走回来啦。我端举酒杯,我亮着酒。我想给谁敬一杯酒,给箫么,就是箫。我想敬它一杯。我想说,老伙计,你不声不响的,现在你能帮我了。

在这里晚上吹箫,白天睡觉,我就照顾不了我的老婆了,我把她交给了她大姐。她大姐是个好人,她大姐夫也是个大好人。她大姐夫是军人嘛,退休后闲不住,他们住徐家棚江边,退水后有大片的江滩,他就在江滩上开了几垄荒,种些白菜萝卜、菜薹豌豆什么的,在地头搭个小棚住里面。她大姐两个儿子都在上班。于是她大姐就照顾我老婆。我老婆在她们家准时吃药,病情控制住了。不过她不能看见纺织厂的工作服,见了就焦燥不安,往后湖乡跑,也往自己过去的厂子里跑。

白天,我也过江去看看我老婆,跟她说说话,有时就到她大姐夫的菜棚去聊聊天,喝喝酒。我们在江边的小棚里喝着酒,看着江对面汉口的高楼大厦。我听她大姐夫说,有几个香港的游客曾散步到他那儿,跟他说,在这儿看汉口,也就跟站在九龙看香港一样,汉口这几年简直就像香港了。的确,我看也是,我在她大姐夫江边的菜地里,也喜欢看汉口,特别是打雷过后,天上干净了,没了雾霾,那一栋栋高楼好看啊,把汉口都占满了,听说,马上有一栋世界第二高的楼要竖起来了。我就想,生活总还是有希望的。我拼命地吹,努力地吹,想多挣几个。前几年,到了月头,我就到我女儿姣姣的大学去,把我挣来的钱给她,一般是三四百块。我要她尽量买好的吃,不要克扣自己。我女儿接了钱也不给我说什么,也不送送我,我就赶快回来。后来她毕业了,在一个广告公司上班,工资勉强够她生活。女儿的病一直是我的心病,虽然她不想跟我说什么,从内心里可能还恨我,我打掉了她的门牙嘛,打骂过她妈妈嘛,但不管怎样说,还是我女儿。我想多挣点钱给她买个房子,首付我出。我也没指望晚年会靠她。唉,她跟我没话说。我知道我老了会很惨的,那时候,我就带着这管箫去全国流浪去。我相信有这管箫,哪儿都能弄来吃的。跑不

老知青的故事

动了呢,往哪儿一歪,鬼都不晓得。哪儿死了哪儿埋……

　　吹箫人喝光了杯中的酒,被人唤过去了,他的故事大致也讲完了。我的酒也喝得差不多了。在人头攒动的酒桌中看到他,正坐在一群亢奋的食客中间,他在给他们吹什么《新鸳鸯蝴蝶梦》,我依稀听见:"昨日像那东流水,离我远去不可留,今日乱我心,多烦忧,抽刀断水水更流,举杯消愁愁更愁,明朝清风四飘流,由来只有新人笑,有谁听到旧人哭……"

　　我走出大排档,外面街道的空气清新多了。依然是车水马龙,霓虹闪耀,武汉的夜色越来越美。

(原载《青岛文学》2015年第1期)

午夜蝴蝶

胡学文

1

夜落下来,像一只厚重的胶皮袋盖在城市的头顶。

收摊儿后,马午没往家的方向走,而是拐到正义街。他馋羊杂了。羊杂是皮城最有名的小吃,马午虽然不是皮城人,但和大多数皮城人一样好这口。当然,并不是每天吃,羊肉价格噌噌上蹿,羊杂也不甘落后,天天吃哪吃得起?马午每周吃一次,某些特殊的日子,会趁机犒劳自己一下。

那个晚上没什么特殊,马午只是馋了。如果非要寻出些不寻常,无非是比平日多收入了一百元。还有就是回老家的赵玉琴回来了。不用掐指都算得出来,她走了十一天,算得上是久别重逢。

马午常去的是老杨羊杂店,稍远了一些,其实也就隔两道街,骑三轮用不了十分钟。老杨羊杂店生意好,平时都得排队。马午不用排,他收摊儿晚,到羊杂店差不多就十点了,往往是最后一拨客人。比如那个晚上,除了角落的一对男女,再无他人。马午随便坐下,点了一碗羊杂两个烧饼。

像往常一样,马午埋下头,咬一口烧饼,就一口羊杂。不是什么大餐,但马午很享受。吃得也慢,不想囫囵吞枣地糟蹋了。吃到碗底,马午的目光被咬住,跳了几跳,然后,一动不动地盯住那块粉红的肺片。没错,肺片上趴着一只苍蝇。虽然已然变形,但马午还是识到它的真面目。马午在乡下生活多年,对这种东西实在太熟悉。偶尔掉到碗里,挑出去就是，并不当回事。可现在不同，他花钱买的羊杂，却吃出苍蝇，还是生意兴隆的老杨羊杂店。马午思量数秒，招手叫来服务员。说到底也没什么大不了，肯德基麦当劳那样的店都能吃出苍蝇，羊杂里有只苍蝇还不是正常？马午不想闹大，也不是能闹大的人，他吃过的亏够装几麻袋了。服务员低声说你稍等，端起碗进了里间。片刻，一个中年男人端出一碗热气腾腾的羊杂。男人给马午道歉，说晚上的单全免。你看行吗？男人脸上挂着适度的微笑。不但免了，还送了一碗，马午还能怎样？他不是寻衅滋事的主。

马午吃第二碗的时候，进来两个客人。马午瞥了瞥，也只是瞥了瞥，是两个男人。坐在马午左边靠后的位置。长相年龄，马午都没在意。白捡一碗羊杂，马午的心思都在这上面。

第二碗，马午吃得快了些。碗见底，他重重地打出一个嗝。嗝的声音过于响亮，他有些慌，忙扯了块餐巾纸，借拭嘴掩饰。马午离开时，服务员快步过来，让马午慢走，谢谢光临。声调非常悦耳，马午冲她笑笑，竟有些不好意思。

马午发动着三轮车，回头瞅瞅，刚才服务员还站在门口，此时门已经关上。马午想，女孩早盼着他离开了。

马午住在二环外，那里房租便宜。从羊杂店到家差不多五十分钟。马午比往日开得快。第二碗让马午耽搁了二十分钟，得补回来。当然晚一点也没什么，赵玉琴顶多责备他不着调。马午急于回去就是因为想赵玉琴。羊肉大补，两碗下肚，马午火烧火燎的。

从正义街拐到平安路上，走了也就几百米，后面传来鸣笛声，马午连同三轮被硕亮的光环罩住。马午放慢速度，往边上靠了靠，一辆面包车擦着三轮车驶过，吓马午一大跳。马午想司机准是个新手，不由暗暗骂娘。对方似乎听到马午叫骂，面包车往右一拐，挡住了三轮车。接着三个人跳出来。马午心里咯噔一下，正欲堆上笑解释，大麻袋扣下来，眼前顿时一片漆黑。马午叫了一声，脸上重重挨了一拳。马午还欲挣扎，后背挨了一脚，整个人倒下去。对方极其利索，不等马午再反抗，就把马午塞进车。马午脸颊小腹同时挨了几拳，一个声音威胁，如果马午再叫，现在就把他的脑袋敲烂。

马午不再挣扎,也不再叫喊。他在车上,叫喊也没用,只会招来踢打。最初的恐惧过后,马午稍稍冷静了一些,虽然心仍怦怦乱跳。显然不是因为他骂了他们,他们就是冲他来的。他被绑了。电影里常有这样的场景,马午爱看电影,见得多了。可……那些被绑的人,要么是大老板要么是得罪了人,马午不过是卖炒货的,绑他能有什么油水?得罪人就更不可能,在市场里,马午脸都没和人红过。马午问他们是谁,又招来一脚,同时喝令马午闭嘴。马午就闭了。

嘴闭了,脑袋却更加闹腾。马午快速检索近来的事,试图能和晚上的遭遇搭上关系。想了一圈,没有任何结果。没油水,又没得罪过谁,他们干吗……马午脑里突然划过一道闪电,整个人筛糠一样抖起来。没错,一定是这样!炒货摊隔壁卖鸡蛋的王胖子经常讲,不法分子专门劫单行路人,割掉肾把人随便丢到什么地方。一对肾值好几万呢。马午没什么宝贝,唯一可夸耀的就是有一对好肾。四十几岁的人了,和毛头小伙没什么两样。可……除了赵玉琴,谁晓得他的肾好?他们怎么就盯上他了?

手机响了,肯定是赵玉琴打来的。马午的胳膊挨了一脚,然后一只手伸进来,把手机摸走,声音便断了。

不知走了多久,也不知把他拉到什么地方。车停住,那几个人拽出马午,半架半拖。就要动手了。一针麻药下去,他就是死猪一条。等他醒来,肾已经没了。他被丢在荒郊野外或某个废弃的桥洞下,待被发现,人已经咽气。这么个死法也实在窝囊。马午不知恐惧更多还是委屈更多,呜呜哭起来,拖架的人骂稀松货,不让马午出声。马午想反正逃不过死,索性放声大哭。后颈重重挨了一下。马午没有刚才那么听话,哭声更响。

凭感觉,马午知自己被带进了房间。他听到拖凳子的声音,接着被摁着坐下去。干吗不直接把他扔到床上?等操刀医生吗?马午的哭声小了些,他试图辨析出点什么。至于什么,自己也说不明白。几分钟后,马午听到脚步声。有人进来了。罩在马午身上的麻袋也慢慢扯掉。

劈面而来的光刺疼马午的眼睛,他本能地闭了闭,又慌里慌张地睁开。若不是肩膀被死死摁着,他肯定会跳起来。距马午两三步远站着一

午夜蝴蝶 313

个人,个子不高,墩墩实实的。马午竭力想看清男人的模样,可目光麻麻花花的。男人突然挥挥胳膊,说声错了。男人离去时骂了什么,显然不是骂马午。

马午再次被麻袋罩住,接着被塞到车上。

马午大致猜出端倪。男人是头儿,绑马午的是男人的手下。目标不是马午,他们认错人了。不是冲着他的肾来的。马午稍松一口气,随之的疑问让他的心又揪起来。这些人怎么处理他?马午想不会轻易放了他,毕竟他看到了些什么。可是,他看到什么呢?什么也没看到。想到这里,马午开始哀求。对方起先置之不理,之后狠狠踢马午一脚,喝令马午闭嘴,不然就把他扔河里。

车再次停下,一个声音警告马午管住舌头。马午保证后,对方扯掉罩在马午身上的麻袋,猛推一把,马午跌在路上。马午反应还算快,就势一翻,爬起来甩步便跑。怕他们反悔再把他撅回车上。穿过十字路口,惊魂未定的马午回过头。没看到面包车,又左右扫扫,方蹲下去,大口大口地喘。

街上不时有车辆驶过,马午确信没任何危险了,方直起腰。他认出自己所在的路叫自强路,往前就是平安路。他们还够意思,把他送回来了。

除了惊吓,他没损失什么,至于挨了几拳踢那几脚根本不算事儿。人活一世,谁没个沟沟坎坎?这个夜晚的遭遇无疑是马午的沟坎,他撞上,又幸运地躲过。换句话说,他捡回命,其实是撞了大运。

更让马午意外和惊喜的是,三轮车居然还在原地。日他娘,半夜吃糖包,闭着眼喊甜哩。

回到家天还未亮。马午怕惊醒赵玉琴,轻手轻脚的,没想到赵玉琴在黑暗里坐着。马午刚站定,灯突然亮了。马午吓一大跳,往后闪闪,腰撞到方桌,桌上的暖水瓶晃了晃,马午及时扶住。马午叫,你干吗?赵玉琴盯着马午,目光要刺到马午骨头里。而后没好气地说,我干吗?你说我干吗?马午定了定,向赵玉琴解释为什么现在才回来,为什么没接听赵玉琴的电话。当然扯了谎。那一切已经过去,就当做了个噩梦。他一夜未归,这个女人担心了,绝不能再吓她。当然也没胆量说,管住舌头,必须的。他有祸事,自然会殃及赵玉琴。赵玉琴半信半疑,还欲问什么,马午开始动手动脚。赵玉琴象征性地推马午一把,说她困死了。马午死皮赖脸,说我吃了两碗羊杂,怎么也得用用啊。

2

  马午的生活仍旧是原来的状态,没有任何变化。炒货摊儿依然是上午开张,夜晚收工,隔七八天到老杨羊杂店解次馋,一如过去放两勺辣椒。吃完羊杂,从正义街往东,到平安路南拐,直到二环外,路线都没有变。再没碰上乱事,马午不担惊也不受怕,仿佛之前不过是一场梦。
  但马午又很清楚,他人没变,心却不一样了。究竟怎么不一样又说不清楚,反正有一点点不一样。那件事他忘了,但忘得不彻底,它就躲在身体的角落,像一粒砂子,也像一根刺,时不时硌着或扎着他。有时又像一绺烟雾,突然冒出来,待他慌忙寻找,又没了踪迹。
  马午所在的市场不过一条二百米的小街,中午和傍晚是最繁闹的两个时间段,其余时间顾客稀少,生意冷清。摊主有的聊天,有的玩手机,有的打牌。打牌要带钱的,不多,输赢不超过百元。若有顾客过来,将牌塞进兜里一溜小跑,完后三步并两步返回,似乎打牌才是正事。
  马午从不打牌,消闲方式就是听王胖子胡侃。对面卖牛奶的罗小个儿夫妇也是王胖子的听众。罗小个儿女人不离店门,但马午知道她在听。有时别的摊主也会凑过来,那时,王胖子肯定在曝惊人的内幕或发布什么消息。店铺都是卷帘门,卷帘门升起来,整个市场都是通的,马午不听也不可能。
  那个下午,两日没露面的王胖子讲述的是自己的经历。王胖子的三轮车碰了旁边的轿车,车主要王胖子赔偿五百块钱,王胖子心脏病发作,当即躺在轿车底,结果是车主倒赔王胖子五百块钱。别人说王胖子你能啊,碰了人家的车还讹人家的钱,什么时候有了心脏病?王胖子骂,鬼才有心脏病?我不装病,那家伙能饶我?有人问王胖子就不怕被识破,王胖子说你以为他没数?他心里明白着呢。咱是光脚的,他是穿鞋的,咱不怕他怕。我也没想讹他,到那份上,不讹也不行了对吧?随后,王胖子掏出赔款,不无炫耀地抖了抖。

马午站在几米外,王胖子的话一字不落地掉进耳朵。王胖子白得五百块钱,可与马午的遭遇比,实在太过平常。王胖子瞧出马午的冷淡,待众人散去,他凑过来,让马午帮着验验,那小子别是拿假币糊弄我吧。马午一张张捻过,淡淡道,是真的。王胖子说,这我就放心啦。马午便笑了笑。王胖子似乎瞧出马午的笑里藏了内容,问,怎么,你不相信?马午问,我信不信重要吗?王胖子说当然重要,你不信,就是认为我说胡话。马午说我信。王胖子摇头,老弟,你还是不信,我能瞧出来,你干吗不信?马午说我当然相信,你要认为我不信我也没办法。王胖子追问,真相信?马午笑笑,这事还用这么较真?王胖子说好吧,拍拍马午的胳膊。他转过身,马午又笑了笑。马午没和王胖子比过什么,各做各的生意,没什么可比的。那个下午,马午竟有了和王胖子比的意思。他不是故意不屑,不屑是自个儿冒出来的。

晚饭是排骨炖土豆,凉拌荞粉。马午收摊儿晚,让赵玉琴不要等。但赵玉琴总是等。饿得不行她就吃零食垫垫。赵玉琴在某小区打扫卫生,走得早,两人的早饭和午饭都吃不到一块,若晚饭再分开,就只有睡觉在一起了。马午也就由她。马午其实很受用。当然,马午对赵玉琴也不错,早就把她当成自个儿女人,一半收入都交她。她的儿子到了成家的年龄,用钱地儿多。

平时一个菜,赵玉琴和马午都不是讲究的人,讲究得靠钱撑着。赵玉琴炖了排骨,拌了凉菜,还准备了啤酒。马午想了想,不是特别日子,就问赵玉琴。赵玉琴喜滋滋地让马午猜。马午说,咋?给你涨钱了?赵玉琴瞪大眼,见了怪物似的。马午笑笑,吓着你了?赵玉琴喘口气,说你真吓到我了,咋什么你都知道?马午说我利害吧,哄我可不容易。马午不过信口胡扯,碰巧说中。赵玉琴说涨了一百五十块钱,从下月发。这是喜事,自然要庆贺。

两人都爱喝一口,当然是白酒。白酒买便宜的,也经喝。偶尔喝啤酒,也是一人一瓶。那个晚上赵玉琴竟然买了八瓶。马午说喝一半,给下次留点儿。可不大的工夫,八瓶酒就光了。

酒足饭饱,折腾一番,赵玉琴翻过身睡了,马午则打开电视。看电视是马午生活中的重要内容,少了这一环,睡觉都不踏实。马午看得杂,影视剧,歌舞表演,传奇故事,包括新闻,瞅上一阵儿,人就进去了。那天夜里,马午的魂没被电视勾走,脑里老是冒出王胖子那张脸。马午不由哼了哼。他有理由也有资格哼这一声。此时他的不屑是故意的。

马午不是爱攀比的人,四十多年的人生都是看人脸色,实在没什么资本,意外的遭遇竟让他有了比拼的武器,尽管这武器不能伤人,不,示人都不可以,只是作为秘密而存在,但毕竟拥有,这意味他和别人已经不同。马午想起吴大嘴。吴大嘴是宋庄头号懦弱男人,老婆胡搞,吴大嘴家都不敢进,因为坐了一次牢,在村庄的地位立马不一样了,村长都忌惮他三分。相比吴大嘴,马午的拥有不值一提,但谁说得准呢?也许有一天……马午一阵战栗。

半个月后的一个夜晚,马午像往常一样趴着枕头看电视,怕影响赵玉琴,总是把音量调到最低。屋子不大,马午距电视屏幕也就两米左右。他眼睛好使,耳朵也好使,这点音量足够了。看的是关于调解的节目,一对亲兄妹因为争房产反目,各说各的理。插播广告,马午随便摁了遥控器,眼睛突然就硬了。他看到了那个人。那个夜晚在他面前站着的人。愣了片刻,马午揉揉眼睛,再次睁开。他的目光不花,每一根都像刚从清水里捞出来。男人虽是坐着,马午仍能看出他个子不高,墩墩实实的。那个夜晚,马午没看清他的模样,并不是没有丝毫印象。模糊一些,印象还是有的。圆脸和平头,马午记忆中的男人就是这个样子。马午甚至还回忆起男人恼怒的表情。此时,男人突然挥挥胳膊,虽然面带微笑,但他挥胳膊的架式和那个夜晚一模一样。

马午说不出是紧张还是兴奋,只觉口干舌燥,骨头爆响。他猛推赵玉琴一把,目光却仍然在电视上牢牢焊着,似乎一眨眼男人就会逃走。赵玉琴嗯唔一声,马午又推一把,用的是狠劲。赵玉琴终于醒了,支起半个身子问,天亮了?马午说,天亮早着呢,我让你看……马午某根神经铮地响了一下。赵玉琴问看什么,马午说我的老乡上电视了。赵玉琴漫不经心地瞟一眼,说上电视有什么稀罕,又不是你。

赵玉琴重新躺下去。马午抹抹脑门。其实脑门上什么也没有。

男人还在。马午呼口气,轻轻往前探探,这样与男人的距离更近些。

男人看不到马午。或许马午坐他对面,他也认不出马午。但马午认出了他。马午已经冷静,重新和记忆对接了一下。没错,是他,是他,是他。是他!

男人正接受采访,男人对面的女主持人声音甜腻。听了一会儿,马午听明白了,这个叫郝总的男人援建了好几所小学,那些学校能抗八级以上地震。郝总还资助了许多贫困学生。接着女主持人把受郝总资助的学生代表请上来,一个大学生,一个小学生。年龄不同,声音不同,两人嘴巴里的郝总却是一样的。

马午不由张大嘴巴,目光忽忽飘飘,像寒风中的炊烟。郝总的脸变得模糊,马午怎么也看不清了。郝总又说了什么,马午再没听进去。

马午再抬起头,屏幕上一对古装男女正在打斗。瞅瞅时间,三点多了,忙关掉电视。

马午的脑袋里像跑着火车,轰隆隆的,任怎么努力也合不上眼睛。那个夜晚再次飘出来,像慢镜头。也许认错了,郝总和那个夜晚的男人不是同一个人,他当时目光又花又乱,看得不是那么真切。几秒钟的记忆哪说得准?男人的所作所为和郝总搭不上任何关系。郝总——虽然马午还不完全了解他,但以马午的经验和推断,他不会干那种勾当。暗算绑架可不就是勾当?郝总敢在电视露脸,也是清白的证明。若心里揣了鬼,肯定都遮遮掩掩的。哪会这么愚蠢?

马午揉捏着麻木的脸,有些失落,也有些窝火。像被人算计了,窝火的同时又生出些许不甘。于是又在脑里过了一遍,又过一遍。结果把自己推翻了。那个夜晚面对马午的男人应该是所谓的郝总。虽然马午彼时目光麻花,看得不真切,但他记得男人的轮廓,记得他挥胳膊的动作。俗话说,画虎难画骨,一个人干这样的事,未必就不能干那样的事。比如宋庄的村长白天还算有人样儿,夜晚就露出真面目,公狗一样乱窜。对于某些人,鬼是不存在的,即使揣了再大的鬼。说鬼是鬼,说别的就是别的。

马午在是与不是之间反复推敲,直到天亮也未彻底敲定。不能百分之百确定郝总与男人是同一个人,但也不能彻底否定,只能说可能是。而且很可能。

赵玉琴呵欠连天地穿衣服,马午说头疼得厉害,问家里有没有止痛片。赵玉琴问,感冒了?然后摸摸马午的脑门。马午说可能没睡好。赵玉琴骂,该,再半夜不睡。马午说,你快找找。赵玉琴翻找半天,找出一板感冒胶囊。马午说胶囊也行。马午喝下去,赵玉琴催促马午起床,自个儿去买药。药店在老远的地方,她买药再送回来就误了上班。马午说,没事,睡一会儿就好了。赵玉琴问,真没事?要不我请假?马午说,请什么假?我又不是豆腐渣。

可能是三粒胶囊起了作用,赵玉琴走后不久,马午渐渐昏沉。一觉醒来已经中午。马午急急忙忙爬起来,胡子都没刮就往市场赶。马午暗骂自己,胡鸡巴想,耽误生意。

3

马午更爱看电视了,就连和赵玉琴做那种事,也得先把电视打开。马午只想顺便听听,可电视一响,目光就时不时往那儿飘。这一分心,马午就不专注了,有些应付差事,像交公粮掺了假。赵玉琴不大高兴,问他喜欢电视还是喜欢她。马午说当然喜欢你,我天天搂你睡,什么时候搂过电视?赵玉琴说你搂着我心却不在我身上。马午说我整个人都在你身上,心还能飞了?赵玉琴就骂他,让他关掉。马午说唱歌没个伴舞的,显得孤单。赵玉琴说我不要伴舞,我要独唱。马午说独唱多没劲,听说有钱人边弄边看光盘。不是马午胡编,王胖子讲过。赵玉琴推马午一把,问马午关不关。马午见赵玉琴生气了,便跳起来关掉。完事马上把电视打开。赵玉琴不解,问电视里有金还是有银,马午说没金也没银,就是想看看别人咋活。赵玉琴说别人咋活跟你也没关系,你就是把脑袋伸进去,你还是你。马午说就当看戏么,我从小就是戏迷。赵玉琴哼道,不对啊,你原来也爱看,可没这么当紧。马午拍拍脑袋,这么说,我脑子有问题了?

又一日,马午钻赵玉琴被窝,赵玉琴拽着被角不让。马午知她抵触的原因,赶紧把电视关掉。赵玉琴仍不松手。马午边突进边说,你不解恨,我把电视砸了吧。没料赵玉琴竟顺着说,那就砸了吧。马午愣了一下,四处扫扫,操起赵玉琴的水杯。不锈钢的,赵玉琴每天都带着。马午举举又放下,说砸了怪可惜的,你明儿找个收家电的,处理掉吧。赵玉琴说我不处理,要卖你自己卖,反正电视是你的。马午说明儿就把这狗日的卖了,这玩艺要是个女的,现在就抽它两嘴巴子。赵玉琴笑骂,谁信?要是女的,你才舍不得呢。马午趁机突破赵玉琴的防线。

马午很卖力气。赵玉琴满意了,政策才有可能宽大。马午没有贸然行动,等了五分钟,又等了五分钟,想借着喝水打开电视。赵玉琴突然说,咱俩分了吧。马午怔了怔,挂着笑问,就因为这个第三者?赵玉琴说,限我几天时间,租了房我就搬走。马午看出赵玉琴不是开玩笑,说我讲了明儿就卖,你等不及,我现在就搬到门口。赵玉琴摇头,不关电视的事。马午大声道,不关电视的事,那关谁的事?赵玉琴说,你别嚷嚷,我不经吓。马午喉咙干得要命,跳下地灌了一通凉水,放缓语气,你要走我不拴你,总得说个缘由吧。赵玉琴说没缘由。马午说我不信。赵玉琴问,那你告诉我,你从电视里瞅什么?马午说,不是讲了吗?赵玉琴说,不对,你肯定有事。这阵子你整个人都变了。马午说,咋?我变凶了还是变狠了?赵玉琴说,我说不上来,反正跟原来不一样,我不踏实。马午没想到在赵玉琴眼里,自己竟有这么大的变化。静了几分钟,说,我咋没觉得?我身上没多出什么,也没少什么物件——马午突然莫名地慌——我还是我,当然,我挣钱不多,这辈子没挣大钱的可能了,若你有了好主,我不拦你。只是,你痛痛快快告诉我,别绕来绕去打哑谜。赵玉琴说你想多了,好主?就我这模样,你是嘲笑我吧?马午叫,谁说的?你就是我的八仙女。赵玉琴不解,怎么跑出个八仙女?马午说,七仙女的姐姐嘛,可不就是八仙女?赵玉琴骂,少胡扯,跟你说正事呢。马午道,我说的就是正事啊,还是那句话,你要走我拴不住你,不过,缓缓可以吧?死刑还能缓期执行呢,你得给我个缓刑期。赵玉琴盯他一会儿,说我困了。马午很识相地闭嘴。

和赵玉琴一起六年多了,马午第一次没开电视。表面是电视惹的祸。马午知道不是。马午以为自己的变化就那么一点点,没想到赵玉琴竟然看出来了。赵玉琴说分,不是很坚决,但也并非戏言。毕竟只是同居。宋庄管这种关系叫搭伙计,说散就散的。虽然是搭伙计,可六年过下来,和夫妻没什么两样。赵玉琴水桶腰,长相一般,不说撒进人群,就是三个女人站一起也显不出她来。但这恰恰是赵玉琴的优点。她实用,里外都实用。实用又懂得疼人,马午是真的舍不得她走。

与以往不同,马午现在看电视的意图很明确。还想看到到郝总。郝总和那个夜晚的男人究竟是不是同一个人,马午终是没谱,想进一步核实验证。现在想想,是又如何?他敢去报警吗?再借十个胆子也不敢。就算敢又能把那个人怎样呢?也许一根汗毛都伤不着,而他没准会引祸上身。

算了,还是踏踏实实过日子吧。他吃过折腾的苦,不能乱折腾了。

市场就有收家电的。次日,马午出门就将电视机搬到三轮车上。和赵玉琴说卖掉并不是当真,想了一夜,马午下了决心。卖掉就不用再看,什么郝总白总,关他鸟事?

收购点老板出价一百,马午以为老板说笑,再问还是一百。你以为和你的炒货一样,新旧可以掺在一起,这掺不得。一个市场,叫不出名字,但彼此都熟。马午说,话不能随便说,我从来不掺旧的。老板说咱不讨论这个,你卖不卖吧?马午说再考虑考虑。

傍晚,赵玉琴打来电话,问电视哪儿去了。马午说卖掉了。赵玉琴追问,真卖了?马午瞅瞅角落,说有你就够了,我以后再也不看了。赵玉琴问卖了多少钱。马午一说,赵玉琴急了,我不过说说,你咋话都听不懂了?赵玉琴让马午赎回来,必须赎回来。马午说我试试吧。赵玉琴叫,什么叫试试,赎不回来你就别进门了。

马午又可以看电视了。他小心了许多,尽量不影响赵玉琴。

马午发誓不再寻郝总的身影,但当他来回变换频道时,他明白,并没有彻底死心。只是没那么强烈,只是掩埋得更深。因为揣了这样的念头,总是不能控制看电视的时间。睡得晚难免起得晚,那天赶到市场,竟然过了中午,满市场也没几个人,更不要说买炒货的了。马午暗骂自己混账。

王胖子问马午是不是在别处还有营生。马午摇头。王胖子说你肯定有,不然就不会这个样子。马午问,我哪个样子?王胖子意味深长地笑了,你心里明白。马午说,我明白个屁,你别乱猜。王胖子往前探探,压低声音,这年头挣钱门道不好找,你交了什么好运?马午嗤一声,狗屁门道。王胖子说,东头卖鸭架的老汉你记得吧,赶上拆迁,得了一百万呢。难怪这阵子没见到老汉。马午想,一百万,得数几天啊。王胖子说,人不可貌相,打死你你也想不到,老汉成了市场最有钱的主。马午说,想不到的事多呢。王胖子抓把瓜子,马兄弟,这话底气足,你是和原来不一样了。马午没说话,但表情带出了烦。

整个下午,马午除了回答顾客,基本哑着。他不想说,也懒得听,但王胖子声音高,不听都不行。马午厌烦到极点。他不能堵王胖子的嘴,王胖子在讲副市长自杀的内幕。那和他没任何关系。耗到七点,正是市场最繁闹的时候,马午却拉下卷帘门。王胖子问马午咋这么早关门,马午答有事。王胖子还要问什么,马午已经转身。

马午像揣了心事,可细想想,有什么心事呢?没有,不过是有些烦。他的烦表面与王胖子有关,但真要追根儿,和王胖子一点儿搭不着。

到了十字路口,明明是红灯,鬼使神差的,他反加快速度。差点与左侧驶来的轿车撞上。司机踩了急刹车,嘎声极响。没撞上,马午却惊出一身冷汗。司机伸头喝斥,马午没敢回应,低头开溜。直到进屋,心还在狂跳。

赵玉琴问马午怎么了,马午说没怎么。赵玉琴说没怎么回来这么早,你脸色不对,到底怎么了?马午说老觉得头晕,就提前回来了。赵玉琴问感冒了?马午说也不知是不是感冒,反正就是头晕。赵玉琴找出感冒胶囊,马午说先躺躺,躺一会儿兴许就没事了。赵玉琴说就算不是感冒,喝了也没坏处。马午说咋没坏处?专家说滥用药等于服毒。赵玉琴说专家就爱胡说八道,尽听专家的就得勒住脖子。马午说那是假专家,真专家不胡说的。赵玉琴说马午要能识别真假专家,就不用卖炒货了。争执半天,赵玉琴突然叫,你不是头晕吗?咋嘴这么有劲?马午怔了怔,嘻笑道,看见你我就说不出的有劲。

马午最终妥协,喝了三粒感冒胶囊。睡了一觉,吃了两碗面条。赵玉琴问马午好点没有,马午说好多了。赵玉琴让马午去医院查查,头晕不是好病。马午叫,我又不是纸糊的,上什么医院?赵玉琴说你前几天头疼,现在又晕,还是查查好,有病早治,别拖。马午不去,花那冤枉钱还不如买两只鸡炖炖。赵玉琴说我话是撂这儿了,听不听在你。

到了早上,赵玉琴又坚决了,还要陪马午去医院。马午说都讲医院黑,没病也得剐三刀,咱受那个罪干吗?赵玉琴说我后半辈子还指望你呢。马午心底泛起一阵潮。去医院就是在乎赵玉琴,不去医院自然是不把赵玉琴当回事。马午拗不过赵玉琴的逻辑,也不忍拗。

进医院就不由马午了。验了血,还拍了片子。拍片子马午想得通,验血又有什么必要?医生懒得答他,马午躺在那里算着花销,心疼得直缩。血和片子都没问题,医生还是开了三瓶晕眩宁。马午说药就不吃了吧,赵玉琴说大的都花了,三瓶药几个钱?

从第一医院出来,马午看到斜对面电视台的高楼,心忽然一动。

4

两天后的上午,马午揣了一百块钱来到电视台。思前想后,马午还是决定核实一下,就这么不明不白地揣着,可能真会落下病。节目是电视台制作的,重看只能到这儿了。如果电视台拷盘带给马午就更好。马午宁愿花点钱。

那个脸颊黑红的保安拦住马午,说什么也不让进,除非马午要见的人打电话下来。马午没有认识人,怎么可能打电话?马午赔着笑,兄弟高抬贵手,我真有重要的事。保安斜视着天空,似乎马午根本不存在。马午以为保安默许了,这叫睁只眼闭只眼,便感激地说声谢谢。刚迈两步,保安猛揪住他的胳膊,喝道,没长耳朵还是听不懂人话?马午不解道,不是你让我进的吗?保安冷着脸,谁让你进了?马午呼哧着,不就个看门的吗?有什么了不起?保安正要说什么,一辆红色轿车在门口停住,保安跑过去。司机摇下玻璃,保安只看一眼,不,半眼也不到,便跑至岗亭摁了机关。栏杆缓缓抬起。保安的腰突然缩短了,脸上的笑像烂掉的西瓜,大片大片往下掉。

栏杆一落,保安的腰又伸长了,脸也板结成一坨。马午暗暗骂娘,到前面的商店买了盒紫钻。保安瞪着马午,仿佛马午是恐怖分子。马午把烟极快地塞到保安兜里。保安说,没用的,别动歪脑子,想收买我?马午贴住保安,我真有熟人在里面,你就高抬贵手,我说句话就出来。保安斜视马午几秒,挥挥手。马午生怕保安反悔,比兔子蹿得还快。

马午没想到大楼还有保安。楼口的保安年龄稍长,态度也好,说要么有证件要么节目组下来带他,若他违规放马午进,就得滚蛋回家。保安没撵马午,说马午可以在门口等,等到下班都可以。马午磨蹭了一会儿,没有任何突破。白跑一趟,还搭进一盒烟。

回到市场已经中午了。马午饥肠辘辘,刚刚升起卷帘门,王胖子便凑过来,问马午是不是要把炒货摊儿转手。马午说没有啊,转了手我喝西北风去?王胖子嘿一声,说他瞧出来马午不把炒货摊儿放眼里了。打探隐私是王胖子的嗜好,这家伙显然想从马午嘴里套点儿料。他盯上马午,马午很反感,又不能过分冷漠,毕竟是邻居。他问王胖子吃过没有。王胖子说刚吃一碗板面,马午说我也来碗板面,趁机甩脱王胖子。

听到王胖子和顾客争执,马午竟有种痛快的感觉。王胖子卖的鸡蛋分两种,普通鸡蛋和柴鸡蛋。柴鸡蛋的价格比普通鸡蛋高出许多。王胖子卖的柴鸡蛋并不完全是从供货商那里进的,也有自己收购的。这年头礼品花样多,除了钱卡名贵烟酒和名牌物品,土特产也是其中的一项,比如柴鸡蛋。市场有收名烟名酒的,也有王胖子这样专收鸡蛋的。鸡蛋放的时间久了,蛋黄和蛋清混在一起,顾客和王胖子争执的缘由大抵如此。顾客要退货,王胖子不退。

若以往遇到类似的事,马午能劝就劝,绝不袖手旁观,更不会幸灾乐祸。王胖子没得罪马午,但王胖子对马午"异常"的发现让马午不快,也让马午不安。那是他的秘密,赵玉琴他都不告诉,王胖子有什么资格打探?

争执在罗小个儿的劝说下化解了。顾客一走,王胖子便又开始曝内幕,还是关于自杀的副市长。副市长有六个情妇。王胖子的声音忽高忽低,马午都听清了。王胖子在给副市长算房事账,加上老婆共七个女人,就算吃壮阳药,那方面也够厉害的。他的肾要是割下来一定卖个大价钱。

马午没料王胖子最后拐这么大个弯儿。而马午也受了惊似的,差点跳起来。良久,他缓缓坐下。这和他有什么关系呢?什么关系也没有。

无论王胖子讲什么,没人追问内容的真实与可靠。真的又如何,假的又如何?离他们十万八千里,不过生活中的佐料。偶有质疑,也不是真的。马午也如此。那天,马午不禁联想起自己的遭遇。在旁人看来,是又如何,不是又如何?这个世界每天上演着疯狂,他那点事充其量是个小水泡。只有对于他自己,那不是小水泡。他形容不出那是什么,但绝不是小水泡。

王胖子过来抓瓜子,马午忍了半天,终是问出来。王胖子边嗑边问,怎么?你不相信?我知道你不相信,整个市场就你不信。马午说没有不相信,只是奇怪他咋知道的这么清楚。王胖子说信不信由你,别忘了,我的外甥是记者。马午知道王胖子有个当记者的外甥,王胖子爱看《皮城晚报》,也是这个缘故。马午突然想到什么。也许,王胖子的外甥可以帮到他。

马午没请过王胖子,王胖子也没请过马午。虽然摊位挨着,但没有深交。

马午说晚上想和王胖子坐坐,王胖子眼睛瞪得比灯笼大,请我?马午说早收一会儿,西街有个爆肚馆。王胖子眼睛慢慢缩回,几近眯缝,然后问马午是不是发烧了。马午笑笑,说你讲得这么夸张,不就一顿饭么,至于吗?王胖子嘿嘿几声,无功不受禄,我没帮过你,你干吗请我?王胖子过于精明了,马午只好说有些事拿不准,想请王胖子出出主意。王胖子这才答应,说早想和马午唠唠了。

坐下,马午就后悔了。地儿选得不好。马午知道这家爆肚馆,没想到一盘爆肚三十八元,比羊肉还贵。又没隔间,桌与桌挨得近,说个什么话左右都听得见。还有他意识到自己在冒险。但已经坐下,再离开也不可能。菜贵,一顿还是掏得起,至于说什么话,还不是由自个儿?

王胖子能说也能喝,两人各倒一杯白酒,马午尚未喝到一半,王胖子已经见底儿。也不用马午倒,自己满上,然后把瓶里剩那一点儿倒给马午。王胖子喝了酒,彻底成了话痨,马午针尖也插不进去。马午边听边扫视王胖子的酒杯,照这个速度,很快就喝完了。马午倒不是舍不得要两瓶,王胖子毕竟五十多岁的人了,也开着三轮,他替王胖子担心。王胖子喝完最后一滴,马午忙说,咱俩就这一瓶吧,小心查住。王胖子说白酒肯定不喝了,马午招手让服务员上两瓶啤酒。王胖子探过头问,你是不是觉得我特没出息,逮住别人的酒往死喝?马午说哪里。王胖子说,那就上四瓶,一人两瓶,我喝酒有个毛病,要么不喝要么喝透,喝透一次半月不用沾酒。马午说,我是担心……王胖子挥挥手,放心,我身体赶不上副市长,也好着呢,咱是没条件,有条件养四五个不成问题。他妈的,这世界就这样,有撑死的有饿死的。

终于逮住说话机会,马午道出自己的意思。王胖子马上仰了腰,目光也晃起来,别看他是个记者,也不是谁想见就能见的。马午掬了笑,所以才让王哥帮忙啊。王胖子说忙是可以帮,但要看马午什么事。马午晓得王胖子打什么主意,说三言两语讲不清楚。王胖子说你自己都讲不清,我咋跟外甥开口?马午说如果你觉得为难就算了,来,喝酒吧。王胖子放下酒杯,似乎下什么重要的决心,眉头皱了又皱,然后说,我可以介绍你认识他,别的我可不管。马午要的就是这个话,才不要王胖子管呢。

第三天清早,马午在报社门口见到王胖子的外甥。说了没两句,记者便开始接电话。刚挂断又有人打进来。马午只好旁边候着。记者中等个儿,长相普通,一会儿说标准话,一会儿叽哩咕噜像外国话,但马午知道不是,他听到一个毬字。在叽咕中,那个音极其突兀,马午听得明明白白。马午吃了一惊,在他想象中,记者神通广,有文化,咋也用脏词说脏话?

马午不晓得记者接了几个电话。那一阵子,马午脑里似乎掺了别的东西。记者再次站到马午面前让马午说的时候,马午竟然愣愣的。记者颇不耐烦,你倒是说啊,什么事?就在这当口,马午看到记者的相貌并不普通,鼻子和嘴巴闹别扭似地往两个方向拽。马午又惊一跳,嘴巴大张却发不出声。记者生气了,你这人怎么回事?我还忙着呢。马午喝了一声,要说的话突然忘得干干净净。只记得早上出门揣了二百块钱,惶急之中,他掏出钱往记者兜里塞。记者羞怒地推马午一把,大步往里走。马午顿了顿快步跟上。记者猛地立住,你跟我干吗?马午重重地喘了几口气,忽然叫,我想起来了。记者劈雷一样爆出一个音:说!

马午竭力说得短一些,可那些话拉拉扯扯,怎么也砍不断。意外的是,记者没有打断,脸上翻卷的不耐烦渐渐消散。马午不知自己说了些什么,只记得说了很多。记者审视片刻,说,你随我来。

马午跟在记者身后走进十二层的小会议室。记者给马午用纸杯接了水,和善地笑笑,叫马午不要紧张,他听清了一些,也有一些没听懂,既然马午找他,他就得把来龙去脉弄清楚。

记者问,你叫马午?

马午嗯一声。

记者问,在市场卖炒货?

马午嗯一声。

记者问,你在找一个人,有一天在电视上看到了,知道别人叫他郝总?

马午稍一犹豫,点点头,马上改口,可能……我不能肯定。

记者问,你找我,就是帮你拷盘带,还想知道郝总在什么地方就职?

马午说是呢。

记者说,有个关键的地方你没告诉我,你为什么找他?

马午受了重击,猛地缩缩肩,避开记者的目光。

记者说,你想让我帮忙,可以,但我得知道怎么回事。

马午垂下头,他不能说,不敢说。

记者说,如果是你个人的秘密,你不想让人知道,你就不该找我。

马午说,算不上秘密,只是……

记者说,他是老总,你是卖炒货的,你和他之间肯定有什么故事对不对?不说也罢,但我帮不上你。不过,你这吞吞吐吐的倒让我产生了兴趣。干我们这行的,只要有一点线索,就能顺藤摸瓜,只要我想。

马午说,他救过我。

记者的鼻子和嘴巴往相反的方向拽了拽,很快归位。救过你?怎么回事?

马午也没料自己会这样说。话说出口,他突然愣住。不只是牛头马尾扯不上,整个黑白颠倒。或许是记者的顺藤摸瓜让他恐惧,而恐惧让他的大脑和嘴巴往相反的地方跑。他被记者传染了。面对记者的追问,马午挤牙膏似地往外挤。说几句就停住,耗费多大体力似的。记者肯定

午夜蝴蝶 327

觉出马午在撒谎,如果记者冷笑着打断或制止,马午求之不得,但记者没有制止,反帮着马午往外挤。马午整个人就是一袋瘪下去的牙膏,而记者死死掐住,一遍又一遍地捋。

马午再次停住,后背已然湿透。他可怜巴巴地望着记者。

记者问,热吗?

马午说,有点儿。

记者问,你告诉过别人吗?

马午摇头。

记者说,我会帮你,从现在起,你不能告诉任何人。

马午说,我看看带就行。

记者递给马午一张名片,记者的名字极其响亮:杜青天。

5

出报社大楼马午就后悔了。不该那么说的。宋庄有句骂人的狠话,明明吃了屎却抹个油嘴唇。说郝总的人绑他,没那个胆子,况且没铁证。可也不能……咋就……救了他?简直是扯鸡巴蛋。

既然说了,也舔不回去。马午只想再看一遍节目,没啥目的,若杜青天帮了他,那自然好。不帮或帮不上,马午就此作罢。彻底忘掉,汤汤水水都忘掉。如此一想,马午心口的石块似乎小了些,但呼吸仍不顺畅。

王胖子常在马午的摊上叼东西,今儿捏几粒花生,明儿抓一把瓜子。王胖子有这毛病,水果摊糕点摊也是他光顾的地方。王胖子自己的摊也敞着,可生鸡蛋塞不到嘴巴里,揣兜里难看。现在帮了马午的忙,王胖子像炒货摊半个主人,不只自己抓,还给别人。马午说不出的厌烦,又不好在脸上露出来,毕竟搭了王胖子的人情。人情也是要还的。人情最难还清。于是,王胖子再抓的时候,马午舀起一勺装进袋里,丢给王胖子。王胖子稍显意外,这多不好意思?嘴上不好意思,手却稳稳拎起。一个下午,王胖子再没当副主人。只是当副主人也就罢了,王胖子贼心不死,时刻想着往马午肠子里钻。对杜青天胡说八道算个意外,马午绝不会让王胖子嗅见。在马午潜意识中,杜青天虽然狠劲挤牙膏,还是比王胖子可靠。王胖子就一粗人,捡半块豆腐也会添油加醋熬半锅汤,和他外甥不在一个档次上。

当天回家的路上,马午便接到杜青天的电话,让他明早过去。马午问搞到没有,杜青天没正面回答,只讲你过来就是。

马午起个大早,赶到报社还不到上班时候。马午买张煎饼,靠在门外的树上,边吃边等。马午猜杜青天搞到带了,他打算给杜青天二百块钱。看一场电影六十,二百相当于看三场电影。算是对杜青天的酬谢。钱不多,但就杜青天帮的这个忙,也该够了。马午盘算着,若杜青天开口索要,再加点也行。他也准备了。但马午不会由着他狮子大张口。杜青天要宰他,那就失算了。马午想该事先和杜青天说说价,这样不至于心里没数。昨儿脑袋爆了一样,根本没往这上面想。

杜青天夹着公文包,匆匆赶过来。马午弹丸一样射起。杜青天被惊着,眉头紧皱,看马午的眼神带着厌嫌。马午忙叫声杜记者,看到杜青天另一只手拎着食品袋,便去接。杜青天甩开,连声说不用。马午仍盯着袋子,试图争夺。王胖子讲某个县长的秘书和司机为争夺给县长拎水杯的权利打得头破血流。夺杯子不就是和县长套近乎吗?马午没当过司机也没当过秘书,也不知自己的悟性哪来的。但杜青天走得快,马午试了两次终是放弃。

杜青天把马午带到上次见面的小房间。马午急不可待地问,弄到了?杜青天没回答,说先坐,我去去就来。几分钟后,杜青天拎着电脑上来。马午有些紧张又有些兴奋。突然想到什么,马午拦住杜青天,问多少钱。杜青天似乎有点愣,马午只好说明确了。杜青天很生气的样子,谁和你要钱了?马午忙着解释,杜青天更生气了,你看不看?不看我拎走了。马午慌忙道,我看,只是……杜青天打断,少废话。

时隔数日,马午再次见到郝总。这次和郝总挨得更近,郝总的嘴巴鼻子甚至眼睫毛都看得清清楚楚。还有郝总说话的声音,没有任何水气,每个字都像算盘珠子,珠子和珠子击碰着,又脆又响。笑的时候,郝总的声音则是另一个样,浸了过多的水,四处飞溅。

郝总和那个夜晚的男人再次重叠在一起。没错,就是他。郝总就是男人，男人就是郝总。虽然那个夜晚郝总说了仅仅几个字，但一样是算盘珠子。

马午的眼睛一会儿瞪大一会儿眯成缝儿，脑里则是一片嘈杂。

马午忘了杜青天，好大半天，才记起记者就在身边。马午回过头，杜青天嘴巴嚼着，目光探针一般戳着马午。杜青天像马午一样，吃的是煎饼，喝的也是豆浆。豆浆也是一次性软杯，不经捏。这个发现未免让马午失望。杜青天和马午是两个世界的，杜青天应该吃点儿别的。杜青天终于吃完，嘴角沾了点什么，他似乎要找东西擦拭，翻了两下没翻着，便用手抹了抹。失望的马午却因杜青天抹嘴巴的动作生出几分亲近。如果杜青天不要钱，就请他吃个饭。

是他吗？杜青天问。

马午点头。

杜青天脸上似乎有什么闪过，马午没看清。

杜青天追问，你确定？

马午再次点头。终于弄清了，郝总果然和宋庄的村长一个德性，人前一张脸人后一张脸。可……弄清有什么意义呢？一个村长马午都惹不起，又能把郝总怎样？鹌鹑蛋撞石头，结果想都不用想。

杜青天递给马午一张打印的纸，上面是郝总的个人资料。郝总的全名，公司，兴趣，业绩，清清楚楚。从头看到尾，马午的心更凉了。

你确定他救了你？杜青天再次问。

没……他……没……马午的嘴唇极其僵硬。

杜青天声音突然提高，你说什么？逗我玩是不？

马午觉出杜青天的怒气，慌道，我……没有……

杜青天从公文包掏出笔。轻轻一触，马午便听到自己摇摇摇晃晃的声音。那是他的口供。赖不掉的。马午脑门的汗顿时流下来。

杜青天却笑了，你这个人挺有意思。

马午跟着咧咧嘴，有些虚，别听我胡说八道。

杜青天刺住马午，你很紧张？

马午摇头，我不紧张。

杜青天问，你很害怕？

马午说,我不害怕。

杜青天问,你干吗害怕呢?

马午强调,我没有害怕。

杜青天说,不,你显然害怕。我很好奇,一个救你的人,你干吗怕他?

马午站起来,杜记者,我得走了。

杜青天拦住马午,我不是猴,你也不想当耍猴的对不对?你得回答几个问题。

马午只好坐下。

杜青天倒杯水给马午,来,润润嗓子。你和他什么关系?

马午连连否认,没……没关系。

杜青天说,不可能没关系,没关系你就不会找我对不对?如果不只是他救你那么简单,你和他之间肯定有别的故事。以他的身份和地位,你能和他搭上关系,很不寻常。提供新闻线索,社里有奖励,几十到几百,你不想挣这个钱?

马午垂下头,我不挣。

杜青天说,就算不挣,你也得告诉我,到底怎么回事。

马午带了些违拗,杜记者,你怎么不像记者倒像警察?

杜青天轻轻一笑,你说对了,记者就是警察,只是分工不同。你不找我也就罢了,你找了我,往我脑袋里喷了一团雾,说没事了,和我拜拜,那怎么可能?你得给我个说法。

马午不清楚杜青天是记者的缘故,还是原本就喜欢死缠烂打。还不说不行不说不可了?

杜青天说,你要忘了什么,可以再想想,改天我去市场找你。马午生怕杜青天看到自己的紧张,不由窥他一眼。恰被杜青天捕到。

杜青天问,你和他之间的秘密不可告人?

马午猛一抽搐,没……没有,就是……他确实救过我。

杜青天问,你确定他就是救你的那个人?

马午点点头。别无选择。还能怎么说呢?

杜青天问,开始说救了你,后来又想否认,你似乎害怕提起。他救了你,你为什么怕呢?

午夜蝴蝶　331

马午的汗再次流下。

杜青天递块纸巾给他,别紧张,我就是和你聊聊,职业病,没办法。

马午冲杜青天笑笑,心里却暗暗骂娘。这是聊吗?比逼供差不到哪儿去。

杜青天问,告诉我,你怕什么?

马午说,把我送到医院,他就走了。他……垫了钱。马午豁出去了。一个谎是撒,两个谎也是撒。

杜青天问,多少?

马午说,五百。

杜青天审视马午一会儿,你想还他?

马午点头。

杜青天像钻到马午脑子里,所以,你苦苦寻找他?

马午点头。

杜青天说,当你终于找到他,又有点儿后悔,他这么有钱,你不想还了是不?

马午几乎跳起来,不,不是。

杜青天直视着马午,你就是这样,除此,还有别的理由吗?

马午犯了会儿呆,脑袋耷拉下去,逻辑严丝合缝,马午难以抵赖。也不想再抵赖,这样的说法总比说出真相让他踏实。

杜青天说,你不是不记恩的人,不然就不会寻找了。你后来的想法当然不对,但我能理解。其实,每个人都有私欲,我也不例外。这没什么,关键最终的选择是什么。

马午问,我能走了吗?

杜青天说,没什么可耻的,这很正常,你是一个真实的人。你打算什么时候还他?

马午怔住,真忘了这个茬儿。郝总垫了钱,自然要还人家的。

杜青天问,不想还?

马午说,不,不是,我不是那样的人。

杜青天笑了,带了几分诡异,别急着还,你再想想。

332 ■ 较　量

6

晚饭是面条,白菜肉丝卤。忙了一天,马午饿透了,不只是饿,整个人都被掏空了,鞋来不及换就坐在桌边。赵玉琴是西北人,擅做面条,尤其手擀面,又细又筋道。马午过去不怎么爱吃面,和赵玉琴一起后,对面条有了格外的偏好。

吃了两口,马午却皱起眉,问赵玉琴是不是放姜了?赵玉琴哎呀一声,说让主管训了一顿,脑子还没转过弯儿。马午爱吃辣椒,却不爱吃姜,晚上吃姜也不好,早吃姜暖胃肠,晚吃姜赛砒霜。马午说过几次,赵玉琴就不再放。那晚赵玉琴不但放了,还放了很多,马午当然恼火。赵玉琴作了解释,马午仍不痛快。可能正是赵玉琴的检讨,推助了马午的不满。马午耷拉下脸,讲过几次了,怎么不长记性?赵玉琴不解道,不就放几片姜么,还能毒死你?如果马午就此闭嘴,也就没事了。马午其实挟起一筷子面条,本想塞住嘴的,可鬼使神差的,他又反驳,这是几片姜的事么?赵玉琴揪住话头,问马午什么意思?马午说你清楚。赵玉琴说不清楚,非要马午说清楚。马午眼看赵玉琴的火拱起来,埋下头不想再说。赵玉琴夺下马午的筷子让马午说。马午说我饿了。赵玉琴压住马午抓筷子的手。马午压着火气,还让不让人吃饭了?赵玉琴极其干脆,不让!马午没控制住,腾地立起,同时掀了桌子。一碗面扣在赵玉琴怀里,赵玉琴哎呀一声,往后突跳。马午慌了,扑过去抓赵玉琴的衣襟,赵玉琴重重抵他一肘子。

赵玉琴换衣服,马午围着她赔不是。赵玉琴一言不发,脸冷得像冰挂。她的肚皮烫红了,但无大碍,马午略略松口气,但还是劝她去医院。赵玉琴仍旧不搭理,马午就搂她,她猛一甩。马午立在一旁,说些寡话。暗暗骂自己混蛋,让杜青天整咕了,跟赵玉琴撒什么气?

赵玉琴从床下拽出平常放零碎的鞋盒,又去抱被褥。马午看出她要离开,急了,问她去哪里。赵玉琴说我去哪里不关你的事。马午挡在门口,说我错了,我嘴巴贱。赵玉琴叫他走开。马午说,我错了,你浇我一杯开水好不?赵玉琴说,你别拦我,我不想跟你拉扯。马午说要走也得

午夜蝴蝶 | 333

天亮,这么晚了你去哪儿?赵玉琴不让他管,马午说不管哪行?赵玉琴问他是她什么人。马午说,你男人啊。赵玉琴呸一声,出了这个门,我就不认你了。让开!让不让?

马午稍一闪,赵玉琴挤出去。黑天半夜的,马午当然不放心,随后追出去。一个骑着电动自行车,一个骑着电动三轮。马午与赵玉琴并行一段,叫她把行李搁他车上。赵玉琴不理,马午便放慢速度跟在后面。

中途,赵玉琴的行李摔在路上,马午拾捡起要放到三轮车上。赵玉琴不让,两人正争夺着,一辆警车停在旁边。警察问怎么回事,赵玉琴说这个人抢我东西。警察本来在车上坐着,听到赵玉琴的话便下来了。马午突然慌了,拽得更紧,一旦松开就说不清了。马午赔着笑,说和赵玉琴是两口子,吵架了。赵玉琴说鬼才和你两口子。赵玉琴不像刚才那么恼怒,警察简单询问过,警告一番便离开了。马午向赵玉琴投去感激的一瞥,正要说软话,赵玉琴踩他一脚,把被褥夺过去。

马午随赵玉琴来到她干活的小区,明白她要住哪里了。地下室有工作间,其实就是换衣服的地方。只有几把椅子,没桌没床。马午问你要睡地上吗?赵玉琴不言,将竖在墙侧的纸箱铺在地上,把行李丢上去,便推马午走。马午说你这样不行,一夜就能睡坏腰。赵玉琴仍不言语,动作越发硬了。马午说我陪你吧,这黑洞洞的,你一个人不怕?赵玉琴猛推一把,马午跌出门外。

马午在门口蹲了大半天。今天是别指望赵玉琴随他回去了。返回的路上,马午越发空了,感觉整个人就是一具壳,吹口气就能飞起来。他骑得慢,稍稍快些方向就不稳。车把不听使唤,抓不住。他走走停停,停停走走。到家天快亮了。

看到满地狼藉,马午狠狠抽自己个嘴巴子。不就是卤里放点姜吗?嘴咋就那么贱呢?以前也吃过啊。和赵玉琴较什么真?可话说回来,他只想和赵玉琴说说,并不想和赵玉琴吵,怎么就搞成这样呢?和赵玉琴同居这么久,难免磕碰。服个软认个错,她就不再计较。她还没离家出走过。看她今天的样子,可能真要离开了。或许,她正想离开,她说过的呢,他正好给了她借口。但无论怎样,这事怪他。他不是有脾气的人,咋突然就犯浑了呢?如果他不掀桌子,不会搞成这样的。

马午不解恨,又抽一下。没有第一个响亮,绵软无力。不是下不去手,而是忽然想到杜青天。杜青天灌他满满一肚火,赵玉琴撞在枪口上。只是他忘了,赵玉琴和他只是同居,说走就可以走的。他没管住自己,真是活该。他妈的,欠抽的是杜青天,白白净净一个人,硬是给马午整出五百块钱欠款。还?还你妈个屁!马午又抽一下,抽杜青天,也抽自己。

马午扶起桌子,清扫过地面,想烧壶水喝。就那么个工夫,竟然靠在椅子上睡着了。嘟嘟的水响声吵醒他,他一时蒙着,不知自己在哪儿。愣怔半天,拔掉插头,一头扎到床上。欠就欠吧,走就走吧。爱他娘的咋,睡觉要紧。

这一觉睡得天昏地暗。中间似乎醒过来一阵,他听到鸟鸣,脑袋偏了偏,又昏睡过去。再次醒来,日已西斜。竟然睡了大半天。睡过去也就罢了,可是他醒了,恼人的事重又摆到面前:杜青天让他欠了郝总的钱。是杜青天让他欠的,他承认了。承认就是事实。他窝了火,窝火导致赵玉琴离开他。欠钱可以不还,毕竟没有真欠,但不能不顾赵玉琴。马午虽然有个炒货摊,一年下来挣不了多少钱,在城里娶个老婆比登天还难,马午也没那个想法。在城里的好处是和谁同居都没人管。赵玉琴之前,马午和另一个女人同居。不到半年,她丈夫把她领回去了。和赵玉琴过这么久,马午早就把她当成老婆。赵玉琴老家有男人,已经瘫了,赵玉琴每年回去一两次,其余时间都在皮城。法律上她不属于马午,但事实上她就是马午的女人。马午想着赵玉琴的种种好,后悔得又想抽自己。当然,抽自己没用,得把赵玉琴找回来。再寻个女人同居不是不可以,找个像赵玉琴这样又能和他睡觉,又能和他过日子,他打心眼里喜欢的女人,怕是很难。

必须把赵玉琴寻回来。至于"欠"的钱,去他妈的吧。他不还,杜青天还逼他不成?

明确了方向,马午又有了劲头。他洗了洗头,看时间还来得及,又洗了几件衣服。平时衣服都是赵玉琴洗。他又一次想到赵玉琴的好。看到巷口的肉夹馍,马午停住,从昨夜到现在,还没吃过东西。两个肉夹馍下肚,精神头更足了。

马午赶到小区,五点多一点。赵玉琴五点半下班,一般五点就可以走了。马午没在正门口,而是蹲在斜对面。马午认识和赵玉琴一起干活的女人,赵玉琴搬来行李,等于向所有干活的人宣告,她和马午闹意见了。马午不愿意她们看到他,虽然看到也没什么。马午还抱着一线希望,赵玉琴主动回到他身边。如果她抱着行李出来,他立马迎上去。

马午的希望落空了。

五点半,马午大步往里走。推开工作间的门,赵玉琴正挂工作服。她看到他,脸突然就有了冷色,你来干什么?马午赔着笑,接你回家啊。赵玉琴说,那是你的家。马午说,我的家不就是你的家么?两人在一起才叫家,一个人只能叫窝,你……腰不疼吧?赵玉琴说,我好着呢。马午说,别闹了,闹出毛病——赵玉琴打断,我乐意,你管得着?马午说我是管不着,我心疼呀。赵玉琴哼一声,少装样,我再也不上你的当了。马午说,咱俩过这么久,我是什么人你清楚,谁还不犯个错,你得给我改正机会。赵玉琴说,我不知你是什么人,也不想知道。马午可怜巴巴的,跟我回吧,怎么罚我都行。赵玉琴问,当真?马午大声道,当然当真。赵玉琴指着门口,出去,现在就出去。马午试图靠近,赵玉琴叫,离我远点儿。马午便站到墙角,这样可以了吧,玉琴,你回去住,我搬出来。要不,你在这儿罚我?你说,咋样你才肯搬回去?赵玉琴说,咋样我都不会回去,你别费唾沫了。马午索性耍赖,你不回我今天也住这儿。赵玉琴不屑道,你不就是想找个陪你睡觉的女人?犯得着死皮赖脸的?马午说,找个女人不成问题,去哪儿找你这么好的女人?赵玉琴呸道,你就是往嘴上抹半斤油也没用。马午说我是说真格的。便历数赵玉琴的好处。马午并不是巧言的人,那天或许动了情,竟然收不住了。

赵玉琴的眼睛湿了。她抹了抹,又抹了抹,突然道,说塌天也没用,你走吧。

马午僵了数秒,说就算赵玉琴不和他过了,毕竟在一起这么长时间,怎么也得吃个分手饭。赵玉琴同意了。

吃的是火锅。两人说了没几句话,气氛还算祥和。到了小区门口,赵玉琴让马午回,马午说我怎么也得把你送回工作间。到了工作间,赵玉琴又催马午回,马午说怎么也得抱一抱吧,就要分了,留点念想。赵玉琴由了马午。马午抱住就不松手了,不但不松,还做了别的动作。赵玉琴反抗着,但不坚决,非常不坚决。马午心里有了数,更加放肆。很轻易就突破赵玉琴的防线。

以马午的经验,两口子闹再大的别扭,只要在这件事上合作了,那就算和好。但赵玉琴穿了衣服,仍催马午走。马午说,我要不走呢?赵玉琴瞪他好一会儿,慢悠悠地说,非等我报警啊?马午说,你一个人不害怕?我陪你吧。赵玉琴说,单身保安多的是,你甭操闲心。马午说,那我更不能走了。赵玉琴哎呀一声,快走吧,物业知道,还不把我辞了?马午说你清楚就好。

马午没再骚扰赵玉琴。再用些劲儿,也许赵玉琴就随他回了。马午又怕弄僵。虽然赵玉琴神情厌烦,但口气松动许多。明晚再哄哄,该差不离了。毕竟两人好了这么久,他挣不了大钱,但小钱不断,何况他有一副好肾。

次日,马午早早到了市场。炒货摊和菜摊水果摊不同,上午没什么生意,开摊不过聚个人气。人气也很重要,没人气哪来生意?

马午把摊外清扫得干干净净,顺便也替王胖子扫了。王胖子还没来,他一向比马午来得早。马午吃了碗安徽板面,要了一颗咸鸭蛋。虽不是喜气洋洋,但从里到外,马午是清爽的。晚上必须把赵玉琴接回去。马午有信心。清爽就是因为有信心。

王胖子到的时候,马午刚好收到赵玉琴的短信。马午先发的,很肉麻地讨好赵玉琴。马午想为晚上的凯旋作些铺垫。赵玉琴的回复只一个字:滚!一个字足够了。马午从这个字嗅到味儿,抬起头,满脸灿烂。

王胖子迎着马午的灿烂走过来,将手里的报纸往马午怀里重重一拍。马午不解,干什么?王胖子答,你自己看。

7

话从嘴巴往外甩,不管不顾的。马午豁出去了,不就个记者吗?能把他咋的?语速过快,身体承受不住,往四个方向抖动。马午挺解气的,原来他也会说狠话。令他意外的是,杜青天没有丝毫惊愕,甚至还带了些笑意,仿佛马午在谢他。他不回应,当然马午也没给他机会。

午夜蝴蝶　337

终于停下来,身体也停止抖动。杜青天的笑意倏忽隐逝,脸比扫过都干净。

杜青天问,就这?

马午愣住,还嫌不够?

杜青天问,你是不是被人救过?

马午说,救没救过……

杜青天打断他,你告诉我有没有这回事?

马午稍一沉吟,说有是有。

杜青天问,救你的人垫没垫医药费?

马午的喉咙有些干。

杜青天问,五百?

马午被催眠似的点点头。

杜青天问,你是不是一直在寻找救你的人?

马午说,我……

杜青天口气严厉,别绕!是,还是不是?

马午说,是。

杜青天把摊开的报纸往马午面前一推,你给我指指,哪个字我胡说了?马午沮丧地说,我没让你说出来,我不想让别人知道,现在整个市场……差不多全城的人都知道了。杜青天问为什么?马午说不为什么,我就是不想让人知道。杜青天如钩的目光在马午脸上划拉着,像马午的脸是条大鱼。马午忽然就慌了,再不走,杜青天就该开堂破肚。杜青天拦住马午,我来告诉你,你仍不想还那五百块钱是不?马午说不是。杜青天说,没人知道,你就可以不还,现在,逼得你也得还,是不是?不待马午回答,杜青天异常肯定地说,我非常清楚你在想什么,你也不用掩饰,我清楚得很。杜青天似乎有些难过,他抹抹脸,生怕马午看见似的,然后说,陷落的底层。马午听懂了,又似乎不怎么懂。他吃力地看着面前的人,这个和他生活在两个世界的人。认识他,但根本看不清他。马午也没想看清他。他与马午原本无关,马午不过想让他帮个忙,哪想他摁着马午不松手,不但掏出马午的秘密,还满大街嚷嚷。嚷了个遍,把马午置于进不得退不得的尴尬境地,他自己倒难过了,好像马午做了对不起他的事。被杜青天一顿审，马午的气焰彻底熄灭，只剩下狼藉的烟灰。杜青天的难过和悲叹反让马午感觉对不住杜青天，后悔一时冲动找上门。原本是兴师问罪，不料反罪加一等。也活该他，谁让他好奇呢？男人是不是郝总，郝总是不是男人，关他鸟事？他逃离了噩梦，却又念念不忘，多诱人似的。那惊险的夜晚不过是一场意外，结识杜青天则是自投罗网。

算账已经显得可笑。马午只想尽快逃离，远远地躲开。但杜青天再次拦住马午。杜青天突然变得客气，说还有些想法和马午商量。马午说他得回去，已经耽误不少生意，再耽误该喝西北风了。杜青天问生意行吗？马午说马马虎虎。杜青天问知道馒头妹吗？马午点头。杜青天说她原本没什么名，媒体把她推出来的，现在她的生意火得不得了。马午迟疑着，你是说……杜青天对马午的悟性表示赞许。她可能，你也可能。马午双眼顿时放亮，瞬间又暗下去。他不能。他害怕。马午摇头，杜青天问为什么，难道他不想赚钱？杜青天问是为什么让马午头疼，马午没法完整回答，也不想回答，那会牵出更多的为什么。为什么？见鬼去吧。

杜青天仍不让马午走，说他在帮马午。马午说混口饭吃就够了，没赚大钱的命。杜青天说就算是这样，可你想想，混饭也得有起码的品格，现在都知道救你的人垫了五百块钱，你却没打算还回去，别人怎么看？会不会遭人唾弃？马午脱口道，谁说我不还了？杜青天反问，怎么证明你想还钱的？整个皮城上百万人，你挨个解释吗？马午说，我又不认识他们，他们爱怎么想怎么想。杜青天说，你错了，原先他们是不认识你，现在已经知道你是谁了，退一步说，周围的人总认识你吧？所以，你必须证明，你不想黑那五百块钱，你想还的。马午问怎么证明。杜青天说，快中午了，我请你吃个便饭，别吃边说。

餐馆就在报社对面，杜青天要了两碗汤，两盘凉菜，四个火烧，又单给马午要了块棒骨。马午没吃早饭，也不觉得饿，闻到香气，肚子忽然就瘪下去。反正已经这样，横竖吃个够再说。杜青天见马午吃得香，又让服务员加了块棒骨。马午也不客气。马午不知杜青天让他咋证明，狂吃也有壮胆的意思。肚子胀圆，马午重重地打个嗝。可心里还是有些虚。

吃饱了?

马午说吃饱了。杜青天吃了一个火烧,另一个火烧象征性地咬了一口。

咱说正事。

马午紧张地盯着杜青天的嘴巴。那是炮口,不知会射出什么样的炮弹。马午有点儿后悔了。两个火烧,两块棒骨,一碗汤,自己又不是吃不起。现在,他不得不看着这个肉乎乎的炮口。

杜青天嘴巴一张一合,一合一张。明明在动,可马午什么也没听见。马午忽然就慌了。他站起来要走,可能吃得太撑,也可能因为腿软,两次竟然都没站起来。杜青天觉察到他的企图,在马午肩上猛摁一下,我还没说,老实坐着。马午听清了,接下来杜青天说的话都听清了。马午不干,又要起身,杜青天再次摁住他,又是一顿轰炸。马午被彻底炸晕。不只是晕,他的肩背头脸眼睛鼻子全是尘土。他似乎也简单表示了自己的意思,结果是覆盖了更多的尘土。

那天下午,马午终于答应随杜青天到街上去。马午抱在怀里的牌子是现做的,杜青天从餐馆要了硬纸箱,"寻找救命恩人"几个字是马午写的。杜青天说马午自己写效果更好。马午像个木偶。马午知道自己不是。有些话,杜青天还是说动了他。看起来是五百块钱的事,但就其意义,五千五万也未必买得到。马午身上沾了淤泥,现在必须把衣服洗干净。

杜青天给马午拍了照便远远地躲开,留马午一个人站着。有些人瞥一眼匆匆而过,有些人则停下来用手机拍照。每有人围观或拍照,马午的脸便绷得紧紧的,这是紧张的缘故。马午生怕有人问他,那样就得一遍遍重复杜撰的故事。围观的人离去,马午得了大赦,整个人放松下来。斜对面竖着一块巨幅电子屏,明星、酒、宣传语轮番闪现,有一阵,马午觉得自己进了电子屏,高高在上的他俯视着行人车辆。急促的笛声很快就把他拉回到街口。

马午觉得差不多了,念头刚刚冒出来,杜青天就竖到面前,仿佛就在他脑门口候着。杜青天不同意马午撤离,他表情严肃,说马午必须证明自己的诚意。杜青天让马午换个路口。依然是个大路口。

若让马午走路,一天都不成问题。单站着,看似闲,其实特别累。管他呢,咬咬牙就挺过去了。这么想的时候,马午的腰板挺直了些。

一直到晚上九点。那两个火烧两块棒骨一碗汤根本不经站,马午早已饥肠辘辘。若知这么晚,中午该再加一个火烧。不过,总算完成任务。对于马午,这是异常艰难的任务。马午说我已经证明,以后你别找我了。但杜青天提出新的要求,马午至少要站个四五天。马午很不高兴,问杜青天为什么说话不算话?杜青天说不是说话不算话,而是这么做效果更好。马午说你爱咋说咋说,我反正不站了。我要犯了法,你让警察抓我,我去自首也行。杜青天说我是为你好,马午说不要他的好。两人吵了一阵儿,马午摔了牌子,大步开拔。杜青天追在身后,舌如莲花。最终,两人达成协议。马午同意连续站五天,但只限于上午,杜青天承诺每日给马午一百块钱。就是说,五天站下来,马午可以挣五百块钱。杜青天声称是为了马午,他提出给钱,马午明白杜青天肯定有别的目的。马午问杜青天图什么,杜青天说证明自己。马午问他证明什么,杜青天说每个人都得替自己证明,不证明这个就证明那个。马午不大听得懂,也就懒得再费脑子。

马午返回报社骑了电动三轮,方想起还有一桩重要的事。顾不上饥饿和劳累,心急火燎地赶到赵玉琴上班的小区。敲了半天门,地下室的声控灯亮了又熄,熄了又亮,工作间悄无声息。赵玉琴不在里面。若在,肯定要骂他。这么快就租到房了?这么一想,整个人就瘫下去。

马午问小区门卫,门卫审视马午半天,问他是赵玉琴什么人。马午说我是她男人,门卫问她没回家?马午忽然就粗了,他妈的,管得也太宽了。你倒是见没见她?门卫摇摇头,说他也该下班了。马午气得腮都哆嗦了,握握拳,扭头就走。

没料赵玉琴自己回来了,还抱回被子。她擀了面条,显然在等马午。只是她皱巴巴的表情仍卧着东西。马午小心翼翼地笑笑,便去捉赵玉琴的手。赵玉琴斜着他,还吃不吃了?马午慌忙松开,说吃,都饿晕了。

吃过饭,赵玉琴说他儿子要来皮城。马午明白她为什么她主动搬回来。他问什么时候,赵玉琴说后天,我不能让他看到我住地下室。马午问,后天?赵玉琴瞟他一眼,马午忙说,我没别的意思。赵玉琴问马午能不能搬出去几天。马午叫,为什么? 他又不是……看到赵玉琴的眼神,马午顿住。赵玉琴说,他带了女朋友,你想四个人挤一张床?

8

和郝总见面是在一个阴沉沉的下午。

天转凉了,马午加了件外套。上了出租车,后背就不住冒汗,里层的背心几乎湿透。马午瞅瞅坐在副驾的杜青天,把褂子脱了。还是刚和赵玉琴住到一起的时候,赵玉琴买的。女人离开马午后,马午第一次添置衣服。那个夜晚,马午有使不完的劲,和赵玉琴折腾了三次。他还想的,赵玉琴说,什么岁数了,不要命了? 然后拧拧他,日子长着呢。这句话,马午捂了好多天。

杜青天回过头,热?

马午说,穿多了。

杜青天说,我见过郝总两次了,他没老板架子,别紧张。

马午舔舔嘴唇,没吱声。马午没想到和所谓的郝总还能见面,更没想到是这样一种方式。自然是杜青天穿针引线。马午被救,马午寻找救命恩人,马午终于找到恩人,哪一环都少不了杜青天。现在,马午要在杜青天的见证下还恩人垫付的五百块钱。其实,杜青天早就可以帮马午见到郝总,没必要这么折腾。对马午的疑惑,杜青天是这样说的,吃东西要慢慢嚼,才能嚼出味儿。

马午一想到"恩人",就吃了屎似的恶心。他被绑架,就算是绑错,他也是被绑了。怎么就成了恩人? 不是吃屎是什么? 这倒好,他吃着屎,还得给人钱。当然,这怪他自己,谁叫他撒谎呢? 如果他把原委告诉杜青天,杜青天就不会牵着他,让他慢慢嚼了。但他没胆子,实在没胆子。他,马午,不过是一只蚂蚁,能惹起谁? 吃屎就吃吧,吃了吐,吐了再吃,谁叫他好奇呢? 世界不是他这种人看得懂的。

出租车突然一个急刹,马午的头撞在前面的挡杆上。司机骂着脏话,杜青天问马午没事吧? 马午仓促地摇摇手,猛地捂住嘴巴。差点吐出来。他拼命忍着,吐到车里太丢人了。

就快到了,杜青天说。

马午摇下车窗。涌入的凉风带着薄荷味,马午似乎舒服了些。不能再想恶心的事了。可……想什么呢？想郝总的好？他也想过的。郝总没把他怎样,也算仁义,若郝总挥挥手让手下人做掉马午,马午的小命肯定就报销了。扔到河里或随便埋到哪个地方。除了赵玉琴,没有谁在乎他。王胖子可能会念叨几天,也就念叨几天。没把他怎样,就是救他,救他就是恩人。理似乎是这么个理,但理通了,马午的气却顺不过来。屎还是屎,没变成馒头。

终于到了。

马午下车一个踉跄,还好没摔倒。杜青天问马午行吗,马午点点头。杜青天让马午穿上褂子,马午说太热了。杜青天说还是穿上吧,这么拎着不庄重。马午就穿上了。可一进大楼,马午的后背又开始冒汗。马午背着满身的汗,跟在杜青天身后。带路的是个后生,肯定是郝总的手下。马午不知那个夜晚绑他的人里有没有后生,彼时他惊恐万分,没敢硬看。

迈进门那一刹,马午的心提到嗓子。恐惧交织着兴奋。马午想一下就捕见郝总的,可办公室过于辽阔,马午的目光像七零八落的花,四处丢散。这使他在恐惧与兴奋之外,有种干了什么勾当的慌。晃了几晃,才看清桌子后面那颗脑袋。脑袋刚离开桌面,杜青天便蹿过去。而马午被定海神针定住一般,直到杜青天碰他,他才意识到郝总站到了面前。

搞错了！郝总和那个男人不是同一个人。郝总比那个男人壮,个头儿也略高些。但当郝总坐下来说话,马午又觉得郝总就是那个男人。两个人的脸在脑子里交错,频率渐快,马午一阵恍惚,郝总说了什么,他一句也没听清楚。

杜青天再次碰碰马午,郝总问你话呢,同时对郝总解释,您这样的人物,我看见都紧张,何况他！

郝总面带微笑,我不是老虎,不吃人的,怎么样,身体没什么事吧？

马午结巴着,没……事。杜青天补充,他当时肯定是吓坏了,所以不能动弹,多亏了郝总,要不是您及时把他送到医院,他说不定被后面的车二次碾压,那真就有生命危险了。您垫了钱,不留姓名就走了,而他满世界找您,连自己的小本生意也黄了,你们的故事……杜青天说不下去了,

午夜蝴蝶　　343

哽咽着,似乎他才是主角。

马午想起此行的目的,忙掏出准备好的五百块钱。郝总没要,让马午买营养品。马午坚持要给,在马午的意识中,郝总拿了钱,他们就两清了。郝总是不是男人,男人是不是郝总,他没有能力证明,也无意再证明,只想尽快结束。郝总生气了,脸上没表现出来,但话硬了些,让你拿你就拿。马午求救地望着杜青天,杜青天说,你就领了郝总的好意吧。马午便领了。这就意味着,他仍"欠"着郝总。因这个缘故,马午有些沮丧。

郝总问了马午一些问题,比如年龄,什么地方人,何时到的皮城等等。马午答完便望着郝总,不是期待郝总再问,而是盼着郝总不再问,他好离开。郝总没有放马午走的意思,他似乎对马午很感兴趣。他问马午是否常回宋庄,马午摇头。又问马午几年没回了,马午说有八年了。郝总甚为惊异,问宋庄没亲人吗?马午说父母不在人世了,老婆几年前喝药死了。郝总哦一声,结束了问话,转而说起自己。

郝总也生在乡村,在南方的大山之中。母亲四十五岁才怀了他,生下他不久,父亲便在打柴途中摔下悬崖。母亲为了养活他,每天半夜就背着竹篓进山,采蘑菇木耳之类,回到家,浑身尽湿,头发水泡过一样。山里野猴多,某次母亲遭到野猴围攻,母亲的半拉耳朵没了,脸上留下两道长长的抓痕。怕吓着人,母亲每次到镇上卖山货总是遮住大半个脸。

郝总不看杜青天也不看马午,目光在云雾缭绕的群山之巅流淌。郝总感伤的声音像细雨从里到外浸着马午。马午想他肯定认错了人,郝总绝不是那个夜晚的男人。郝总干不出那种事。

我每年都要回去,因为母亲埋在那里。郝总用这句话结束了自己的故事。

杜青天眼里闪着蛇信子般的光芒,说要写一本郝总的传记,一定要写。郝总摇头,说目前还没这个打算。杜青天几乎是乞求了,说了些能量意义之类的话。郝总说,我考虑考虑再答复你。杜青天连声说谢谢,眼里金蛇狂舞。

从郝总的公司出来,快中午了。杜青天非要请马午吃饭,马午说算了吧,我还有事。杜青天一把揪住马午,怕马午逃了似的。杜青天说不吃不行,你瞧不起我咋的?马午哪有资格瞧不起杜青天?他只想结束,和杜青天结束,也即彻底结束。但杜青天说得如此严重,马午只好任杜青天挟裹。

杜青天抓着马午,仿佛马午是他的犯人,直到进了包间才松开。杜青天眉宇几乎被兴奋崩开,让马午吃什么随便点,他要请马午吃顿大餐。马午不清楚杜青天为什么如此开心,似乎与郝总或郝总的故事有关。好吧,既然杜青天让他点,那就不客气了,被杜青天整咕快一个月了,吃他一顿也没什么。马午点了小鸡炖蘑菇,油炸鲜蘑。杜青天夺过菜谱,说除了蘑菇就是蘑菇,你属猴的吗?一口气点了六个。马午说点多了,那位穿旗袍的女孩也说两个人,是有些多。杜青天似乎很生气,我掏得起钱,不可以吗?女孩说可以的,又问,喝酒吗?杜青天说当然喝。喝白酒,怎么样?不等马午回答,杜青天的手掌凌空劈了一下,来一瓶五十二度的山庄老酒。

到现在,马午都说不清杜青天是什么样的人,但有一点他是清楚的,杜青天与之前不一样,大不一样。如果之前的杜青天是正常的,那么此时显然是反常的。如果之前是伪装的——有这个必要吗?——此时是他真正的样子。

像多年的老友相逢,杜青天频频举杯,他喝干,让马午也喝干。喝酒对马午是小菜一碟,他不怕自己喝多,而是怕杜青天喝多。酒瓶见底,马午说行了吧,杜青天口气很冲,老马,怎么能行呢?我要请你喝个够。马午说我已经够了,杜青天说我还没够,你陪我喝,必须陪我喝。还好杜青天没要白酒,而是要了一打啤酒。

杜青天是怎么说到自己的?马午想不起来了,反正杜青天绕到自己身上。像受了郝总的传染。但杜青天说的不是童年,而是现在。杜青天也不像郝总说得清晰流畅,因为喝多了酒,舌头不利索。但他没停歇,每当马午劝他,他都很愤怒,凶凶地嚷,别插嘴,听我讲。不错,杜青天没了兴奋,他的表情他的语言都是愤怒的。

虽然杜青天的讲述没有头绪,但马午还是听清了。坐在他面前的杜青天,报社记者,是个憋屈的窝囊的不得志的人。工作快十年了,还是跑来跑去的记者,至今还在出租屋住着。女友谈一个崩了,再谈一个又崩了。买不起房,没有哪个女孩愿意跟他。碰上心眼儿好的,还能陪他睡一觉,势利的,他求个吻都困难。妈的,我长得不行吗?能力不行吗?凭什么……他妈的,就因为我没关系没根基,肏他妈的,你说这叫什么世道?鼻涕出来了,眼泪出来了,鼻涕和眼泪混在一起,杜青天的脸像非洲的泥沼地。

马午有些傻。想起第一次见杜青天的情景,虽然夹着公文包,吃的和他一样,煎饼、软杯豆浆。马午不知怎么安慰他,只是不停地扯餐巾纸往他手里塞。起先马午还护着,尽量不让纸团落到菜上,到后来就护不住了,那些菜终是被纸团覆盖住。

杜青天的胳膊突然从纸团上伸过来,似乎想抓住马午。马午躲了躲,杜青天的手拍到盘子里,油汤四溅。老马,谢谢你啊,我他妈以为这辈子没出头的日子了,没想到……你是我的恩人呢。

马午吓了一跳。他怎么可能是杜青天的恩人,又怎么会成为杜青天的恩人?他知道杜青天喝高了,喝高了难免胡说八道。马午喝高还管赵玉琴叫娘呢。马午叫杜青天别说了,也别喝了。杜青天根本不听,让服务员上酒,嫌服务员速度慢,像扔纸团那样扔出一地难听的话。待服务员拎两瓶啤酒进来,杜青天的脑袋已经扎到纸团里。

账是马午结的,杜青天摇都摇不醒,更别说结账了。马午想一个人离开,服务员非让马午弄走杜青天。马午说醒来他自己会走的,服务员死活不答应。马午只好背了杜青天出来,打车到报社。想起杜青天那番话,没把他送楼里去。

马午把烂醉的杜青天放到电动三轮上,离开报社。马午不知杜青天住在哪里,没法送他回家。拉到市场交给王胖子是可以的,可马午不想一遍又一遍解释。马午上了几回报纸,是市场的新闻人物。谁逮着都问,马午不胜其烦。拉回他和赵玉琴的出租屋更不合适,何况,赵玉琴的儿子和女友还住着。这些日子马午都住在炒货棚。可是就这么转太耗电了。后来,马午在友谊医院的外墙停住。杜青天呼呼大睡,马午靠在车的一侧,试图清理清理脑子。这一天脑里装了太多东西,郝总的、杜青天的。

因为塞得太满,马午脑里乱糟糟的。此时,他一块块往外抠。抠了一会儿抠不动了。越抠脑袋越胀,许许多多问号往里挤,鬓侧的血管快鼓出来了。

马午扔出的不过是个谎言,没想到郝总竟然接了。郝总是当真救过人还是装糊涂?马午想以郝总的身份,不会无中生有,别人说他救过他就顺口说救过。若郝总真的救过什么人,如马午叙述的那样,怎么恰好垫了五百块钱?也许是六百八百,郝总记错了。世上的巧合太多,这样的可能不是没有。马午掏出衣袋里的名片,郝总送他的礼物。盯着那三个字,马午依然一头雾水,自语,这究竟是怎么回事呢?

9

马午出名了,但生意并未像杜青天说的那样火到什么程度,相反,这阵子由于马午吊儿郎当,失了不少老客户。市场最西头新开了一家炒货店,距马午的店铺不足五十米。新开的店铺卖炒货,也卖水果、馒头片之类的小食品,品种比马午的全。马午唯一的优势是价格。他把价格压到最低,不然就被挤出市场了。利润锐减,一天下来也就挣几十块钱。马午暗暗着急,照这样下去,只能吃老本了。

王胖子收摊后,照例来马午这儿报到。马午上了报纸,王胖子功不可没。至少王胖是这么认为的。作为马午的恩人,王胖子抓把瓜子或花生,像在自家一样随便。马午虽然烦他,还是忍了。就算有天大的恩,一年也还清了。是的,马午打算还他一年。绝不欠他的。郝总那份恩马午都能还清,王胖子的小恩算什么?

喝一盅?王胖子鬼头鬼脑地问。马午没作回答,只是看着他。昨天马午刚请过他。王胖子嗨一声,干吗这么看着我?不用你请,我做东。从来不出血的人突然要主动割自己一刀,马午以为听错了。王胖子说青年路新开一家自助涮,二十块钱随便吃。马午摇头,他不想和王胖子有更深的关系。王胖子死缠硬拽的,说低头不见抬头见,马午这点面子也不给?马午说改天吧,今晚有事。王胖子眼巴巴地望着马午。马午说,我在等一个人。等谁?触到马午的眼神,王胖子顿时讪讪的,不是……我是……王胖似乎想解释……那我先走了。王胖子神情失落,马午很奇

午夜蝴蝶 347

怪,猜不到王胖子葫芦里装了什么药。

马午说等人只是托词,没想到果真等来一个人。马午拽下卷帘门,就触到门外那双脚。马午的惊喜立时溅出来。果然是赵玉琴。她系了条丝巾,似乎还打了唇膏。她嘿一声,发什么呆?让我在外面站着呀?马午这才叫,我个奶奶。一把扯进她,利落地合上门。马午在店铺住的这段日子,赵玉琴来慰问过两次,这是第三次。赵玉琴说好闷,就要脱褂子。马午猛地揽了她,说你跑这么远的路,够累了,哪用你亲自动手。替赵玉琴脱掉褂子,马午就去抓她的裤带。赵玉琴挡了一下,先说会儿话,跟个种驴似的。马午说夜长着呢,说话着什么急?赵玉琴还欲说什么,裤子已经被马午褪掉。

喘息尚未平稳,赵玉琴便叹息一声。像好端端的树突然断裂,露出白生生的茬。马午一怔,问她怎么了。赵玉琴没说话,又一棵树裂成两截。马午起身,看到赵玉琴眼角挂着泪珠。他轻轻一抹,一汪细泉突然跃过他的手指。马午坐起来,直视着赵玉琴。赵玉琴似乎不愿意和马午对视,马午扳住她的头,让她看着他。

怎么了?马午追问。赵玉琴说我觉得特对不住你,我占着你租的房,让你睡店铺。马午松口气,睡店铺怎么了,告状那些年,还在大街上睡过呢,别说睡个半月二十天,睡几个月都没问题,只要你隔三差五慰劳慰劳我,就是神仙日子。赵玉琴苦苦一笑,说她儿子想留在皮城。马午便僵住。赵玉琴说儿子找上活儿就搬出去。马午问他女友呢,也留下来吗?赵玉琴说要留两个人一块留。马午说城市挣钱也不易。赵玉琴说还用你讲,可我们那个地方……说了一堆老家的难。那是沙漠边上的村庄,穷是其次,喝水困难。赵玉琴以前零言碎语讲过,马午知道的。

没准哪天村子被沙子吞没,他在老家,我也不放心。赵玉琴的声音透着伤感,又有点决绝。马午明白,儿子要留在皮城,是赵玉琴的主意。她不是和他商量,是告知。她的儿子要在哪里,马午其实是管不着的。当然,她儿子留在皮城意味着什么,马午也很清楚。和赵玉琴睡觉,就不能不管她儿子。问题是他只是个卖炒货的,根本没有能力管。

马午勾了头,有点泄气。他清楚,不能没有态度,但不知怎样表态。怕伤着她。伤着她,自然就伤到了自己。

静默片刻,马午问,找到活儿了?赵玉琴摇头,说问了几个地方都不行。马午问,那怎么办?赵玉琴别有意味地看他一眼。马午忙补充,咱俩帮不上呀。赵玉琴说,我帮不上,你能的。

马午突然被烫着,往后一挫,动作夸张得自己都不好意思,于是又往前挪挪,在赵玉琴眉头点了点,急昏了吧?

赵玉琴固执而严肃,你能的。

马午摸不着头脑,难道让他卖肾啊?他是长了对好肾,可也就一对,不是苹果,能摘个三筐两篓的。

赵玉琴没笑容,目光却如温泉冒着丝丝缕缕的热气,要将马午浸没的样子。

马午从未见过赵玉琴这个样子,甚至有些紧张,我……咋个帮?

赵玉琴说完,马午整个人都走了形。她竟然让他找郝总!马午和她唠叨过,因为她问过。他并不想让她知道,可他上了报纸。也就三言两语,她怎就冒出这样的念头?他明白,这样的念头不是突然冒出的,至少在脑里猫了好几天。

赵玉琴说,我就这一个儿子,只要他好,我怎么都可以。

马午听出她的潜台词,但实在是……马午苦笑着摇头。连门都进不去。

赵玉琴声音很大,你救了他,是他的恩人。

马午纠正,不是我救了他,是他救了我。

赵玉琴说,一样的。

马午叫,怎么能一样呢?

赵玉琴说,别管谁救谁,反正你认识了他。你老说咱在皮城两眼漆黑,现在结了关系,就得利用呀。关系是走出来的,也是用出来的,你不找他,这层关系就断了。趁他还能记得你,你现在必须找他,求他。他是老板,在他手底找个差事,没那么难。

马午没想到赵玉琴说出这样一番宏论。不是没道理。可……他和郝总不是救与被救这样简单的关系。

赵玉琴问,你试试总行吧?你找他一趟,如果他说不行那就拉倒,算咱白跑。

马午说,我怕是大门都进不去。

赵玉琴不高兴了。她早就不高兴了。你还没去,怎么知道进不去?

马午说,你不知道——

赵玉琴火了,别啰嗦,来痛快的,行,还是不行?

马午说,我……试试吧。

赵玉琴的口气软下来,都四下寻关系呢,有关系不用,那就是傻子。忽然哎哟一声。马午问她怎么了,赵玉琴指着肩胛,让马午挠挠。马午挠了两下,手绕到前面,攥住她的乳房。他好这一口。她知道他好这一口。她刚才逼了他,这是要给他吃夜宵呢。交换就交换吧,整个市场不都在交换吗?他放倒她,但怎么也进不去,越进不去越着急。终是放弃。和赵玉琴同居这些年,还从来没有过。

次日清早,赵玉琴离开时,问他,今儿事多吗?马午当然明白她的意思,说我今儿就去。然后掏出郝总的名片。那天差点扔了。不知道还会和郝总见面,原以为从此会离这个人远远的。不管他是不是那个男人,马午都不想再见他。现在马午必须去见他,然后求他。行就行,不行拉倒。见过郝总,马午就可以向赵玉琴交差了。

走到半路,马午又踌躇了。像杜青天带他去一样,后背湿漉漉的。他有些怕,不错,郝总吃不了他,但马午就是怕,说不出的怕。马午掉头折回。快到市场又转身,赵玉琴中午可能跑过来,他该怎么说?

一个上午就这样被马午来来回回折腾没了。中午过去了,下午又过去了,傍晚,马午回到市场。王胖子见到马午,像失走的孩子见到亲人,竟有几分委屈,问马午怎么才来,非要拉马午去喝酒。马午应了。他怕见赵玉琴。喝酒是个不错的理由。喝酒就没迟没早啦,喝醉没准还睡在外面呢。

马午没有深想吝啬的王胖子为何请他喝酒,赵玉琴的任务压扁他的脑袋,装不进多余的东西。

三杯酒刚刚下去,王胖子便说有个事求马午。马午笑自个儿愚,王胖子哪会无缘无故请客,市场没有谁白喝过他的酒。马午等王胖子的下文,王胖子却说起自己的老伴。不再眉飞色舞,表情像揉搓过的报纸,皱皱巴巴。世上没有王胖子不知道的事,奇闻秘闻,但王胖子没讲过家里的事。马午不知道王胖子的老伴患了一种罕见的病,不知道滔滔不绝的王胖子心里也是憋屈的,不知道王胖子还会掉眼泪。说到动情处,王胖子抓住马午的手。马午以为王胖子抓抓就放开了,可王胖子没有放手的意思。马午很不舒服,很不习惯。他试图抽回来,但王胖子攥得紧,似乎怕马午跑掉。确实,如果不是王胖子紧紧攥着,马午可能真会跑。王胖子絮叨家事不过是序幕,真正的目的是让马午帮忙,给郝总说说他的情况。

马午惊愕万分,王胖子竟然冒出这样的念头。怎会有这样的念头?难怪赵玉琴……马午连连摆手,说他和郝总没有任何交情。王胖子根本听不进去,为了显示自己的困难、急切和亲热,他挪至马午身边,把马午另一只手也攥住了。

王胖子说他已经了解过,郝总不但是富人,还是善人,建过希望小学,救助过失学儿童,每年用在慈善上的钱上千万。其实救助谁,对郝总都是一样的,都能留下好名声。王胖子让马午和郝总说说他的情况,他卖鸡蛋挣的钱根本救不了老伴,除非郝总这样的人伸出援手。说说,只是说说。这对马午是小事一桩。马午问王胖子为什么不找他的外甥杜青天,杜青天可以在报上写写。提到杜青天,王胖子气就粗了,破口大骂杜青天没良心,找他帮个忙,不说行也不说不行,只是推。王胖子叫马午不要忘了,他也帮过马午的。若不是他引见杜青天,马午这一辈子怕是都没有见郝总的可能。他帮了马午大忙,马午该帮他这个小忙。当然,不白用马午,他不是没良心的人。

马午脑里满是轰隆的声音。他只知王胖子没有停歇,嘴唇碰了开开了碰。等王胖子停住,呼扇呼扇瞪着他时,马午方啊一声,问,你说什么?王胖子没答,慢慢抽回手,先是一只,尔后另一只也抽回去。变戏法似的,手上夹了二百块钱,这是报酬,老哥不会白用你。马午叫,你这是干什么?跳起来试图逃离。王胖子狠狠撞他一下,你别走,我还没说完呢。马午说上厕所,王胖子说我也去。马午在前,王胖子在后。王胖子的嘴仍不停歇,如果你给弄成了,我会给你更多。马午说这不是钱多钱少的事,这个忙我根本帮不上。王胖子说不是帮不上,是你不想帮,你说吧,什么条件?

手机响了。一瞅是赵玉琴，马午整个人发疟疾一样抖起来。

10

马午可以不理会王胖子，却不能不理睬赵玉琴。必须给赵玉琴一个交代。自那晚，赵玉琴往马午的炒货棚跑得更加勤快，至少隔一天来一趟，有时连着过来。通常是在马午收摊时，有一次快半夜了，马午责备她，她说睡不着，睡不着就烦，烦就跑出来。马午明白赵玉琴不止是慰劳他。不等她开口，先告诉她，他去找了，没见到郝总。至少有两趟，马午到了公司门口，但没进去。他以为这么拖拖赵玉琴就淡了。

第九天夜晚，赵玉琴带着一个挎包。慰劳过马午，赵玉琴从挎包掏出几团红毛线，一把钢针，说要给郝总织件红毛衣。难怪她向马午打听郝总的身高长相。马午惊得差点咬破舌头，她真是疯了。虽竭力控制，马午还是听出声音发颤，咋冒出这念头？赵玉琴说，求人办事，不能光靠嘴皮子，送钱咱没有，人家也不稀罕，我琢磨织件毛衣，兴许他会喜欢。马午说，人家是什么人？哪会穿你织的毛衣。赵玉琴铿锵有力，穿不穿在他，织不织在我，咱不过是讨他高兴，高兴了才好办事。马午愣怔半晌，问，你的意思是等你织好我再去找？赵玉琴直视着马午，你找你的我织我的，两不耽误。马午吸口冷气，赵玉琴拉开架式，要跑马拉松呢。她的心思不但没淡下去，他的拖倒让她更加坚定。

马午再无退路。

赵玉琴让马午先睡，她从今天开始熬夜。马午睡不着，看着赵玉琴的背影。同居这么久，熟悉得不能再熟悉，此时突然变得陌生。马午想起妻子，那个动不动就脸红的女人。马午走上漫漫告状路，与妻子的诱逼不无关系，她的固执超乎马午想象。马午奔波数年，倾家荡产，妻子的死也与此有关。马午心灰意冷，两年多才走出阴影。现在，另一个女人，与他同居的女人，又抓了炭火抛他屁股底下。

次日，马午去了郝总公司，当然没进去。他躲在远处，看着出出进进的人，底气一点点耗竭。夜晚，马午告诉赵玉琴，他见到郝总了。在赵玉琴油光闪闪的注视中，马午满脸歉意地摇摇头，末了补充，毛衣别织了。

马午随后大骂郝总小人,忘恩负义。人前一套背后一套。

赵玉琴似乎有些泄气,她终于泄气了。眼睛里的油光熄灭了,大片的灰暗相互挤撞。

他怎么说?赵玉琴望着别处。

马午答,现在的员工都用不了,还打算裁呢。

赵玉琴哦一声。

马午说,我讲哪怕当个保安也行,郝总站起来说要开会,我只好离开。几句话,马午演练了一整天。

赵玉琴又哦一声,仍然没看马午。

赵玉琴的情绪似乎没受影响,让马午先睡,昨天织的都得拆了。她打算换一种织法。郝总偏胖,换种织法更适合他。马午呆了呆,说,咱就别织了吧。赵玉琴说,我年轻时,三天就能织一件毛衣,现在不行了,不过有半个月咋也织完了。马午试探着,明天我再去碰碰?赵玉琴极干脆,不用了,我自个儿去。马午大惊,使不得,千万使不得。

赵玉琴偏过头看着马午,咋?她终于看他了。她的目光透着冷。

马午说,他不认识你啊,你门都进不去。

赵玉琴说,他不认识我,总认识你吧。他救了我男人,我去感谢他,他还揍我一顿?我是你女人,这不会错吧?

马午虚虚地笑着,你当然是我女人。

赵玉琴说,你别担心,他不会把我咋的。他要把我咋的倒好了。

马午提出还是他去,一趟不行两趟,两趟不行三趟。他说我豁出去了,就你说的,他咋也不会把我赶出来吧?

赵玉琴问,想好了?

马午咬牙道,刀山火海我也不怕。

赵玉琴说,郝总不是恶魔,是恶魔就不救你了,别说得这么可怕。不早了,你睡吧。

躺下,马午发现后背湿了。似乎从那个夜晚开始,后背的毛孔突然变粗了。显然,赵玉琴瞧出他在撒谎,她没有戳穿。戳穿肯定是一顿吵。她不想吵。她的目的很明确。在她,虽然疯,也没什么不对,她想给儿子找个活儿干,而他突然有了这样一层关系。可……他所谓的关系是搭建

午夜蝴蝶 353

在谎言上的,他不敢碰,是担心崩塌下来砸了自己脑袋。但事情弄成这样,马午没有更好的选择,绝不能让赵玉琴找。他知道她做得出来。

第二天,马午先去了报社,如果可能,让杜青天陪他去一趟。这个一度纠缠马午的记者自那天醉酒后,再没露面。他说马午是他的恩人,就该帮衬帮衬马午。

马午没找到杜青天,报社的人说杜青天一周前就辞职了。至于去了哪里,他们也不清楚。马午呆了半晌,忽然想,杜青天挂靠上郝总了?他赶回市场问王胖子。王胖子怪声怪气,你也有求人的时候?马午说,不是我不帮你,是实在帮不上啊。老哥,我以后会慢慢解释。王胖子嘘一声,模仿马午的口气说,不是我不告诉你,是实在不知道啊。我又不是他亲爹,老弟,我打听好会告诉你。

马午去了趟郝总的公司,当然是自己去的。只能自己去。郝总不在公司。马午压在心上的石头突然卸掉,轻松得要飘起来了。他找了,但郝总不在,是真的不在,这怪不得他。他告诉赵玉琴,他还会去的。赵玉琴问有郝总的名片,为啥不给郝总打个电话。马午想了想说,好吧。为了让赵玉琴相信,马午第一次拨了郝总的电话。郝总似乎忘了马午,马午也顾不得对赵玉琴撒的谎了,大声说,我是马午啊,就是你救过的那个人。郝总终于想起来了。马午问他什么时候有空,他想见见他。郝总说我会安排的,便挂了电话。

赵玉琴问马午,安排是什么意思?

马午说,咱等一等,等一等就知道了。

三天后的一个上午,马午正靠在破椅上昏昏欲睡,有东西从嘴巴流出来,顺着下巴停停走走,探雷一般。一个人在棚前立住,喂了一声。马午跳起,胡乱抹了一把,海海地堆上一脸笑,吃点啥?是个瘦腰瘦脸的后生,目光也细细瘦瘦的,却极其有力。后生问,你叫马午?马午点头。没等他问话,后生抢先道,郝总要见你。马午愣怔着,似乎被后生的话搞蒙了。后生重复一遍,马午方颤声问,现在吗?后生说,现在。马午努力让自己镇定下来,但他没做到,卷帘门两次才锁住。

车在巷口停着。后生拉开车门,示意马午上。马午爬进去,正欲回身拽车门,车门砰地合上了。

没往郝总公司方向走,而是驶出城外。马午顿时紧张起来,哎了一声。后生似乎没听见。自上车,后生就没说过一句话,像个半哑子。马午又哎一声,不是去见郝总吗?后生说是见郝总。马午的声音带出慌,怎么……后生冷冷地说,我是带你去见郝总的。马午说怎么就……三宝的男高音突然冒出来,马午只好咽回去。

走了一段高速,然后拐上乡间公路。田野和树林滑过来,又向后闪去。马午不知后生要把他拉到什么地方,心揪成一团。他后悔给郝总打那个电话,他们根本不是一路人,不该惹他的。又想他也没得罪郝总,就是得罪,郝总也不会明目张胆随便派个人把他拉到荒郊野外做掉。后生虽然冷淡,并无凶杀之气……正胡乱想着,车停住了。

后生拉开车门,冷风逼过来,马午不由一哆嗦。这是一个水库,后生把他拉到水库边。马午下意识地往里缩,后生拽他一把,马午说别……后生低低道,郝总等你呢!后生脸上没了冷淡,什么都没有了,只剩下一张脸。马午犹犹豫豫下了车。

马午看到水边坐着的郝总。没错,是郝总。郝总在钓鱼呢。这么凉的天,郝总竟然还钓鱼。

后生回头看马午,又看马午的脚。马午明白,这是不让他搞出声音。他讨好地笑笑,点点头。又往前走了一段,距郝总有五六米远。后生示意马午站着,别动。

马午站着,大气不敢出。郝总岿然不动,像一块石头。郝总不像钓鱼的,鱼把钩咬断,他未必知道。可郝总分明在钓,赤红色的鱼杆就在他前面。

等了足有一个小时,马午脚几乎木了。郝总终于开口,声音不高,却有一股压人的霸气,说吧。

马午啊了一声,脑袋出现短暂的空白。

郝总问,找我干吗?

马午想往前探探,试图看到郝总的表情,马上意识到不妥,又往后缩了缩。虽然郝总看不到,马午的笑仍大块地悬挂在脸上,郝总好。

郝总说,我听着呢。

马午却咬住。他有点紧张。不,是太紧张了。

午夜蝴蝶

郝总说,我喜欢痛快人。

马午就说了。开始结结巴巴,突然间就通畅了。他的苦,他的难,赵玉琴的就要被沙漠吞噬的村庄……忽然刹住。郝总似乎睡着了。马午屏神敛气,有那么一会儿,感觉自己也快成了石头。

我帮了很多人。石头终于醒了。

马午频频点头,我知道我知道。

郝总说,下周一,你带他去公司。

马午啊了一声,郝总竟然答应了。这么快就答应了。他还以为……谢谢,郝总……太谢谢你了。你真是我的恩人,是我全家的恩人。就那一刻,马午甚至想给郝总磕两个头。

我救过你?郝总冷不丁地问。

马午愣了一下,仅仅愣了一下,嘴巴便跟上去,你救过啊,郝总,你怎么忘了?你把我送到医院,还垫了五百块钱。为了寻你,我跑电视台,找记者……郝总,你是我的恩人呢。马午哽咽了。不是装的,他确确实实哽咽了。

郝总说,我记不得了。

马午说,你救了那么多人,哪能都想起来?可是我忘不了,郝总,你是大恩人。

郝总嗯了一声,说我知道了。马午便闭嘴。正犹豫着该不该和郝总告别。郝总用更轻的声音说,陪我吃饭吧。马午以为听错了,傻傻地看着那一尊背影,想辨析声音是不是从那里发出的。郝总说,来,扶我一把。

11

赵玉琴的儿子到郝总公司当了保安,儿子的女友也找了份保洁的工作。儿子和女友租了房,马午搬回出租屋。赵玉琴尝到了甜头。马午虽然是被赵玉琴逼的,但不得不说,他也是舔了糖的感觉。赵玉琴不让马午断了这层关系,多少人打破头找关系呢,现在老天眷顾马午,马午必须牢牢抓住。

马午再次找郝总是送毛衣。赵玉琴熬了几个夜晚,总算是完成心愿。喜欢不喜欢是他的事,表示不表示是咱的事。仿佛担心马午背过她耍心眼,她如是说。马午不会,因为他也动了心。用宋庄的话,这叫攀高枝。有些无耻,也令马午不安。这个高枝过于神秘,超出马午的想象,但不安终被诱惑遮掩住。

郝总留下马午说了不少话。主要是郝总说,马午不过是听众。像在水库旁边的饭馆那样,郝总讲的全是童年和乡村。马午发现,讲这些,郝总便换了一个人,看不到威严和霸气,也没那么咄咄逼人,甚至郝总的声音也是软的,像在水里浸泡过。

此后,马午给郝总送过毛裤,鞋垫,还有红腰带。郝总快到本命年了。只要马午过去,郝总多半会留马午说话。偶尔,郝总会派人接马午过去。那往往是郝总厌倦和疲累的时候。有一次,说着说着,郝总竟然睡着了。马午惊愕间,郝总突又醒过来,问,我讲到哪儿了?

马午和郝总还算不上朋友。不可思议的相识,不可思议的交往,连同那个不可思议的惊魂夜晚。所有这些不可思议,马午遇上,并由此和郝总搭上关系。

某天夜晚,马午和赵玉琴躺在床上盘算给郝总送什么东西。送什么已经成为马午和赵玉琴主要的话题。可能送的已经送了,两人想不出还能送什么。不送又不行,那意味着和郝总的关系很可能就断了。马午头疼,说明儿再想吧。赵玉琴撞撞马午,嫌马午不上心不动脑子。马午说再动脑子就裂了。赵玉琴掐掐马午脑门,掐得重了。马午恼恼地嗨一声,干吗?负气地背转身。赵玉琴说我帮你治治,你真不知好歹。马午说我想睡觉。赵玉琴不说了,手掌却在马午身上摩挲。马午最禁不住这个,翻过来将赵玉琴压在身底。折腾了一阵儿,赵玉琴突然叫,我想起来了。马午喝道,别说话!然赵玉琴以更高的声音说,我真的想出来了!她两眼放亮,满面红光。马午捂她的嘴,被她拨开。烤箱!她叫,买只烤箱,我给他烤面包。马午哆嗦了一下,潦草收场。赵玉琴似乎没觉察马午的不满,说除了买烤箱贵点,做面包花不了多少钱。马午泼冷水,人家什么东西没吃过,稀罕你的面包?赵玉琴说就算你前脚走他后脚扔也没什么,你脑子锈住了还是咋的?咱送的不是东西是和他见面的理由,你懂不懂?马午软软地说,好吧。

马午见郝总的次数多了,这自然是赵玉琴的功劳。赵玉琴似乎担心马午不当回事,时常在马午耳边吹风。事在人为,没准哪天马午就不用卖炒货了。其实,根本用不着她劝,马午挺想和郝总见面的。和赵玉琴的憧憬不同,马午揣了别的心思。那个夜晚的经历像个鬼魅时不时跳出来。男人是不是郝总,郝总是不是男人,一度折磨他的问题又开始折磨他。他想知道,太想知道了。作为听众,马午获知了郝总童年的许多秘密,没准哪天,郝总会说起现在,会泄露什么。杜青天也好,赵玉琴也好,知道的只是壳子,一个救人与被救的壳子,只有马午自己知道,壳里包裹的是经不起推敲的谎言。马午制造了这个谎言。准确地说,是他和郝总的合谋。马午看得清自己,却看不清郝总。马午没有看清郝总的意图,没那个本事也没那个必要。他只想确定那么一点,就那么一点儿。

下雪的夜晚,马午正要收摊,那个精瘦的司机来找他。后生一来,马午便知道郝总想和他说话了。马午点点头,锁了卷帘门,跟在司机后面。路上,马午给赵玉琴发短信,别等他吃饭了。

车驶进皮城医院,马午愣了一下,问郝总住院了?司机没吭声,马午也没有再问。在住院处大厅,司机买份盒饭给马午,说吃了再上去。马午便蹲下去大口拨拉。他有一种预感,这个夜晚是不同寻常的。说不上预感从哪里来,但就是有。马午惴惴不安,又隐隐地兴奋着。他吃的时候,司机背对他站着,像根柱子。他说走吧,司机掉过脸。司机示意马午抹抹嘴角。马午拭了拭,嘴角粘了一粒米。马午不好意思地笑笑。

马午第一次见那么豪华的病房,里外间,里间是床,外面是一溜沙发。郝总没穿病号服,更没输液,他半仰在沙发上,似乎在闭目养神。马午站了好一会儿,方低低叫声郝总。郝总款款地说,坐吧。马午便坐下。

房间在楼道顶头,里边安静,外边也静悄悄的。马午几乎能听见自己的呼吸。郝总没言语,就那么仰躺着。马午觉得自己像在守灵,不用做什么说什么,只需守着。

许久,郝总才开口。自然还是童年和故乡。马午听出了矛盾的地方。郝总有个姐姐,十三岁便得结核死掉了。此时,郝总的姐姐却被村里的恶霸强奸了,不止一次。马午暗暗心惊,郝总的脑子是不是出了问题?马午当然不敢打断,更不敢质疑。郝总只需要听,可马午遏不住自己胡猜乱想。

你怎么了？郝总突然问。

马午啊了一声，他并未出声，连姿势都没变。

郝总问，你害怕？

马午带了些慌张，没有……我没有。

郝总盯住马午，我不是老虎。

马午讨好地笑着，你是我的恩人。

郝总问，我真的救过你？

马午猛一哆嗦，声音割裂似的，郝总，你是我的救命恩人，千真万确，你怎么又忘了……如果水库边马午是一次预演，那么在医院十七楼的病房，马午正式登场。不需要杜青天，不需要赵玉琴，不需要任何导演，马午彻底进入角色。不，是彻底进入自己。说到最后，马午号啕大哭。

马午不知郝总什么时候站起来的。猛然间发觉郝总就站在面前，几米远。他停住号哭，同时发觉自己跪在地毯上，似乎膝盖骨被敲碎了。这个场景如此熟悉。马午心惊肉跳。整个人泥浆一样往四下里浸。

我救过你？

救过！

是你的恩人？！

当然是。

那就好。现在，你帮我一个忙。

马午愣住。让他帮忙？他能帮郝总什么？他什么都没有，只有一对好肾。难道郝总要他的肾？还是让他去杀人？当人体炸弹？或者，郝总在开玩笑？

马午大脑出现了短暂的空白，待他抬起头，突然发现立在面前的是一头老虎。老虎双目如灯，嘴巴血糊糊的。马午不知郝总被老虎吃掉了，还是郝总变成了老虎。马午暴叫一声，跳起来，竟然跳起来了，砰得一声，撞到墙面又弹回来，正好落到老虎爪下。

（原载《江南》2015年第3期）

他 乡

朱文颖

一

这一阵张大民迷上了博客。

他在售楼处工作的时候出了点差错,天马行空地许诺,结果又完全实现不了。有个客户喝多了酒,站在公司门口骂了三分钟街。

三天以后,张大民离开了售楼处,被安排去了当公司门卫。

白天他有点消停了下来。坐在大门口东张张,西望望。但晚上有人看到他还是在八万人体育馆门口倒卖票子。

他看上去有点大无畏的样子,有点"光脚的不怕穿鞋的"那种样子。昂着头。手里拿着两张票子,裤兜里藏着两张票子。

像个抗日救国时分发传单的热血青年。

那些倒票非常成功的夜晚,或许,恰恰是倒票不太成功的夜晚,张大民回了家,打开家里一台旧电脑。东看看,西瞧瞧。这样,他就走进了那些热热闹闹、滑稽可笑,或者曲里拐弯、幽深莫测的博客。

有一次,他看到这样一条报道。是博客里引用的外国媒体说的话,外国的。它是这样说的——中国现在有一个很奇怪的现象,很多中国企业会雇用美国或其他西方国家的白人当假的临时主管。这些人主要做的只是去参加各种活动和露脸,有时会去演讲。

张大民看得不住地点头。

前一阵公司里确实来了一个白头发的白人老头。他不会说中国话,吃不惯中国菜,他是第一次来上海。他每天要做的事情就是穿着笔挺的西服,系好领带,坐在售楼处透明的落地玻璃窗前面。开新楼盘的时候,他的西服胸口别上一朵康乃馨。他像个盲人一样,被人带着,领上主席台,坐在那里。

他真的演讲过一次,手里拿着几张讲稿,煞有其事地读着,像个白皮肤蓝眼睛的中国领导。

张大民有时会突发奇想。他想,自己应该去整一次容,眼珠子没法动,但皮肤可以漂白,然后,穿上笔挺的西服,系好领带,坐在主席台上念稿子。

还有一次,张大民看博客看得乡愁四起。简直是愁肠万断——
有人问那个写博客的:"北京到底有什么好?"
那人就说了,其实也没什么,其实也就是惦记着北京的饭局。那些热气腾腾的大屋子,脚底下全是空了的啤酒瓶,桌子中间的火锅咕嘟咕嘟开着。一大桌子全是杂人,经常会谁也不认识谁,或许只是认识其中的几个,坐下就吃,吃完就走。大家都喝得醉醺醺的,所以千万不能介绍名头啥的。吃了一晚上也没什么正经话,但心里乐,亮堂。

那人还说,有时也会碰上个把不知天高地厚的,不知怎么就进了这个饭局了,几杯小啤酒下了肚子,心里热乎乎的,想起了自己白天的社会地位,于是就按照惯常的方法讲些在他圈子里会很轰动的事情。

刚起了个头,嗅觉敏锐的陌生群众马上就无情打断:
"都是浮云。"
还有不知死活的,还要往下说。
"都是垃圾。"

看到这里,张大民忍不住哈哈大笑起来,笑得心里热乎乎的,像蹲在遥远的皇城根底下晒太阳……但仰起的笑脸刚一抬起来,窗外飘进来几丝粘乎乎的雨。六月的黄梅天,空气里也粘乎乎、潮腻腻的。

月亮的弯角那儿挂着一抹乌云。
张大民的脸又沉了下来。

二

张大民倒是也有几个酒友。

一个是原先售楼部里的同事,细长条,长得粉头粉脑的,陪女客户看楼的时候笑得像春天里的喜鹊。但他有一次喝黄酒,喝得吐了张大民一身。吐归吐,人家也不倾诉。第二天照样细长条的身板,粉头粉脑地陪着女客户看楼盘。这人常喝,常醉,但不说,更不骂人。

还有一个是八万人体育馆门口认识的,胖子,估计也是个兼职。他喝到半高的时候喜欢讲一个段子——

奥巴马来中国,一共四天上海就占了一天。上海,在外国人眼里是中国,在中国人眼里是外国。有网友说"如果让周立波接见奥巴马会怎么样?"周立波说,奥巴马会掏出一张拉登的照片给他,然后说"拿伊做特(把他做掉)!"

这段子的主角是周立波。但胖子在讲到"拿伊做特"的时候,总是字词铿锵,像旧式电影里共产党员临行刑时咬紧牙关、高喊口号似的。

胖子不常醉,但啰嗦,大部分时间就在半高的状态忽悠。

胖子还有个女朋友,大家叫她"小茉莉。"小茉莉是宁波人,三十出头的样子。胖子在说"拿伊做特"的时候,她总是笑得喘不过气来。小茉莉酒量很好,几个男的都醉过,就是小茉莉不醉。

有一天,张大民和胖子都倒掉了几张票。张大民叫了细长条,胖子叫了小茉莉,就去了八万人旁边的一家小酒馆喝酒。

那天喝到的是假酒。

大家都醉了。

胖子搂着小茉莉摇摇晃晃地挤进了一辆出租车,细长条这次没吐到张大民身上,把酒馆老板娘的裙边弄脏了。

张大民喝得稍微少点,挣扎着挪到弄堂口去吹吹凉风。

风一吹,酒劲突然上来了,稀里哗啦吐了一地,还带出了止也止不住的眼泪。

旁边有家杂货店。张大民掏出零钱去买纸。

头晕,找头也看不清楚。

"拿张彩票吧。"他对黑咕隆咚的店铺里说。

三

这几年日子过得有点奇怪。2008年的时候,总理说:2008,将会是最困难的一年。总理说这句话之前,什么都没有发生。总理话音刚落,什么都发生了。坐坐火车么,出轨了;过过年么,雪灾了;坐在家里么,地震了。

这些是大事,当然还有一些散落在民间的,小事,不会被载入史册的,但也是匪夷所思。

比如说,小民张大民,在他喝得稀里糊涂神志不清的时候,生平第一次买了第一张彩票。

结果,中了头彩。

四

中了头彩的小民还是小民。

中了头彩的凡人还是凡人。

张大民头一个感觉是不相信。接下来他的动作也是家喻户晓的——他扇了自己一个嘴巴。疼。

但他还是有点不相信。然而再接下来一个动作就有点不靠谱。他在弄堂口转来转去,一个胖女人扭着屁股在前面走。张大民看着那只屁股,觉得不真实,像他手里彩票上的那串号码一样不真实。

他走上去,犹豫了一下,突然在那只肥硕的屁股上捏了一把。

胖女人呵的大叫一声,回过头,毫不留情地扇了张大民一个嘴巴。

疼,比他自己扇的那下更疼。

这回,张大民相信了。

张大民迅速地做了一件事情:

拿出手机,取出手机卡,扔进街边一个黑暗肮脏的阴井盖里。

那天是胖子买的单。还没找零他就搂着小茉莉上车了。张大民后来在杂货店买卫生纸和彩票的钱,其实就是胖子找零余下来的钱。

那张彩票应该是胖子买的,至少有胖子的一半。

张大民记不清楚有没有说过彩票的事。

但有一点他是清楚的。他不想再见胖子、小茉莉或者细长条了。他们属于他过去的生活。他们还有对他构成危险的可能,威胁他可能到来的新生……

张大民看着那张小小的手机卡,它滚动了几下,跳跃了几下,有点不情不愿地掉了下去,看不见了。

五

但有些东西是不会那么轻易地掉下去、看不见的。

张大民招手拦了一辆的士,直奔女儿圆圆住校的大学校区。

圆圆高三的时候复读了一年。那一阵她变得稍稍沉静了些,甚至还有些少女的羞涩。这让张大民有些又惊又喜。但他很快发现,他其实仍然进入不了圆圆的世界。

她房间里的抽屉永远是锁着的。

张大民和她说话,她有时会突然茫然地抬起头,像是刚从另外一个世界回过神来。

她不信任她这位不太争气的父亲。至于她生活其中的这个世界,她的态度或许要复杂一些。有时她会一下子充满了热情,周身富有力量,有时她则更愿意把自己也锁在房间里面。

张大民甚至觉得自己完全不了解她。

但是,当然,他是爱着她的,他的小心肝儿,他的圆圆。

他们站在校区的小树林里说话。

那是所专科类的职业大学。没考上像样的好大学的,以及暂时还不甘心马上到社会上混的那些人,基本就去了这样的地方。

树林深处,有两对小情侣搂抱在一起,旁若无人地亲着嘴。

张大民咳嗽了一声。在圆圆面前,他突然觉得这样的场面多少有点尴尬。

但圆圆并不尴尬。

圆圆的嘴巴里一直在嚼口香糖。这让她的两个腮帮鼓鼓囊囊的,这也让她显得对于与父亲张大民的对话多少有些心不在焉。她用脚踢掉了地上的一块小石子,又划了两个圈。

她抬头看了张大民一眼。他的鼻尖上冒出一点细细的汗珠,呼吸稍稍有点不均匀。自从几个月前张大民被发配到门卫的岗位,圆圆就越来越不想看见他。整天稀里糊涂的不知道在干什么!他倒是喜欢和她聊天。那哪叫聊天,那几乎就是抓紧一根稻草使劲地吹牛!当然,她知道父亲爱她,从小就疼她,但这爱多少让她有点心酸——她家的生活乱七八糟的。她不知道究竟应该责怪父亲,还是批评母亲。

她心里有点乱。

圆圆的班级里经常会有些同学不来上课,老师也不大管,管也管不了。圆圆在左胳膊上纹上一朵小玫瑰的时候,就是和一个老不来上课的女同学一起去的。胳膊隐隐刺痛,后来变得很痛,但心里是快意的。她想反抗一点什么。到底是什么呢?学校?老师?父亲?母亲?破碎不一的家庭?或者,还有什么她看不清楚的东西?

她不知道,说不清楚。反正张大民有时候好声好气和她说话,她就没好气地顶上几句。然而,等他落寞地走远了,她心里又有点伤心。

就像今天一样,在小树林里,张大民满面红光,鼻头上沁出汗珠,气喘吁吁地拉住她想和她说话的时候,她突然冷不丁地甩开他的手。

"是不是又要告诉我,你发财了?"

她用一种冷冷的、类似于讥讽的口气对他说。

六

张大民的手在电话机的上方犹豫了很长的时间。

在虚拟的电话线连接的另一头,是他的前妻钱秀娟。

他们已经很长一段时间不联系了。偶尔有那么点联系也全是为了圆圆的事，或者是为了钱。反正是烦恼，到处都是烦恼，一地鸡毛。

这两年钱秀娟明显有点老了，有一次，张大民看着她拖拖沓沓的背影——她的屁股有点垂下来了。而衡量一个女人是否老了，屁股，就是很重要的标准之一。屁股是翘着，还是垂下来了；当然，还有另外一些重要的标准。比如说，一个风骚的女人是否还能继续风骚。

钱秀娟这两年有点老实了，眼睛里的钩子缩了回去。但女人的眼睛里没了钩子，要么是纯净，要么是呆滞。

钱秀娟是呆滞。

张大民隐约知道些她和那个老男人的事情。老男人对她不错，中间好像还闹过离婚。男人当然更多的是喜欢女人的身体，但有些也会有真情，多些少些而已。张大民一直都记得钱秀娟年轻时的样子，腮帮子鼓鼓的，笑起来一边仰起头一边拍着腿，还有走路的时候，丰满的屁股左右摆动，让人忍不住想伸手去摸一把，抓一下。

女人就是一朵花呵。要是自己能有点钱，能给她一个稳定的稍稍满足她虚荣心的环境……对于一个女人来说，这不算太过份的……

张大民的心一阵抽痛，不敢往下想了。

这样曲折的心绪，张大民从来没有在钱秀娟面前表露过。他这一辈子是这么倒霉，什么样的倒霉事都碰上过了。但骨子里北方人的心气还是有的，没有倒，打肿了脸也是个胖子。

钱秀娟用最恶毒的话骂他："省省吧，炒股炒股，我看你是瘪三进去，瘪三出来！"

他鼻子里哼的一声，一副不和女人计较的样子，很轻蔑地把门重重带上。

他的心里也在流血。

他们各自流各自的血。

张大民心里突然一热，起手拨通了钱秀娟的电话。

他的手有点颤抖。

"谁呀?"

电话接通了,是个沙哑的男人的声音。

七

张大民的这场夜宴设在外滩的和平饭店。

这个他的伤心之地。在最绝望的时候,他觉得半个黄浦江里流着的都是他张大民的眼泪。他想像过自己从东方电视塔最高的地方跳下来——不,不是跳下来,而是展开翅膀,像鸟一样飞一飞。

他太压抑了。这个北方的老爷们,来到这个娘们气十足的城市,他被强奸了大半辈子。

现在,他,张大民,莫名其妙中了头彩的张大民,莫名其妙地翻身了。不管怎样,他翻身了。他觉得自己突然有了一种强奸者的姿态。

他去恒隆买了套最贵的阿玛尼,偏偏脚上穿了双老头布鞋。怎么啦,他就是要让这双老头布鞋强奸身上的阿玛尼!怎么啦,他喜欢。现在他有钱了,手里晃悠着一个烟斗。他从左边口袋里拿出一盒雪茄,抽上两口,斜着眼睛就丢进黄浦江里去……怎么啦,他喜欢!

他的父母像两个带着喜气的腊人一样坐在主桌上——这样的喜悦来得有点措手不及,不像很正经的样子,但不管怎样,不是偷来的,不是抢来的。他们笑得有点尴尬,远远不像张大民少年时家里墙上的那张照片,照片里的他们穿着军礼服,虽然只有绿豆粒、大米粒那样大小,但是年轻,规整……现在他们是两个苍老的腊人,慌张的、不知所措,连表情都不知道究竟摆出什么样的最好——

有他们的朋友走过来:"儿子出息呵!"

或者这样讲:"鸿运高照呵!"

他们差点脱口而出——"这个败子!"平时说惯了,说了大半辈子了。真的是个败子,伤了他们多少心,让他们流了多少泪。但是——

今天不行。

他们笑笑。他们说呵呵。呵呵。

钱秀娟的母亲也来了。

是张大民硬让钱秀娟叫来的。她不是看不起他吗?看不起他这个外地人吗?真的是没有文化呵。哼,上海人,作孽呵,你往上面查三代,哪个是上海人?没一个是上海人呵!

钱秀娟蹭蹭歪歪跟在后面。

看得出来,她今天刻意打扮了一番。眼皮上涂了重重的眼影,脸白得像张大民以前惨淡的前景。她的眼光闪闪烁烁的,处在钩子和呆滞之间的某个状态。张大民看到她朝自己走过来的时候,不知怎么又想到了她的屁股。

他愣了一下,走了一点神。

"大民。"

她的声音很温柔,像犯了错的小孩,还有点怯生生的。

只有女儿圆圆基本上还是一路做派。

从大门外面奔进来时,嘴里仍然嚼着口香糖,腮帮鼓鼓的,仿佛这种嚼着口香糖心不在焉的姿态,就是她现在生活的姿态,她每时每刻都在展现着,都在强调着。

她甚至还抬起手拍了拍张大民的肩膀,哥们似的。

"老爸,真发财了呵!"

八

张大民那晚又喝多了。

那晚可不是因为假酒。先是喝了茅台、五粮液,后来又开了几瓶人头马。张大民喝得把老头布鞋脱了下来,光穿双袜子盘腿坐着。

他隐约觉得钱秀娟从另一桌坐了过来。她也喝了不少酒,脸红扑扑的,眼睛里又放出了一点小钩子。

她就这样坐在张大民旁边,一只手撑着腮帮子,看着他。

"大民。"她叫他。

张大民觉得自己可能又摸了一把钱秀娟的屁股,下手很重,他听到钱秀娟很轻地哼了一声。

后来他就有点记不清了。他模模糊糊听到有人在说"拿伊做忒",惊了一下。酒醒了一半,四下环顾,是不是胖子寻过来了,来寻他应得的彩票的一半?但没有。四周都是笑脸。都是朝着他的。

在祝贺他。在恭维他。在讨好他……

他听到自己从鼻子里发出了一声冷笑。
然后,他用尽全身的气力,大叫一声——
"都是浮云!"
他看到一些莫名其妙、目瞪口呆的脸。
他继续大叫一声——
"都是垃圾!"

九

张大民醒过来的时候听到了断断续续的爵士声。倒不是真的断断续续,而是这种音乐本来就是这样的。哭也不像哭,笑也不像笑,哭和笑都不那么尽兴,就像上海滴滴答答的黄梅雨天。

有个女人在昏黄的灯光里唱歌——

> 太阳升起前忧郁向我袭来
> 我泪水汪汪
> 我不喜欢这种情感
> 它令人多么悲伤

张大民醉眼里感觉那个唱歌的女人屁股很小,仿佛一条没有什么曲线的蛇。

"大民,你醒啦?"
是钱秀娟的声音。
她不知从什么地方弄来一块毛巾,湿漉漉的,搭在张大民的额头上。

"我再去弄点热水潮一潮。"她把毛巾取下来,消失在一个有光的去处。

张大民觉得头疼欲裂。他发现自己正躺在一处酒吧的沙发上,周围人影绰绰,但都是些陌生人,像鬼。

张大民重新闭上了眼睛。

突然,他听到不远处两个细小的声音在说话。不知道为什么,他觉得是在说他。一定是在说他——

"喝这么多酒,钞票用掉老老多。"
"嗯,讲话也蛮有个性。"
"哼!有啥花头,就是个小暴发户嘛!"

十

张大民在床上睡了两天。

一天是在和平饭店开了房间。

另一天,他回了家,回到漕东支路的四层老公房里。

和平饭店穿白制服的女服务员细声细气地问他:"先生,能不能打扫房间了?"她还朝他鞠了一躬,脸上微笑的弧度保留住一种极好的分寸。

他回到漕东支路弄堂口的时候,不知从哪扇窗户里飞出一小盆水来——像暗器,兜头兜脑地朝他射来。

那两天他要么睡觉,要么躺在床上想东想西,要么起来看看博客。

他注意到一个有关上海的讲法——

"旧上海何以文化产业辉煌?上海社科院熊月之教授认为原因之一是政治缝隙效应。上海在相当长的时间里是一市三制格局:公共租界、法界和华界,实行不同的法律制度,有不同的行政管理机构,在差异中产生了政治控制的缝隙。有钱的人会来,有技术的人会来,有文化的人会来,成为特有的人才聚集地。"

张大民看得有点头疼,太复杂了。他想。他又想,他,他这一家,是为什么来上海的呢?在他小的时候——当然,那时候他还小,完全没意识到这个问题。他的命运不受自己支配。即便他的父母,他们也是蒙头蒙脑就来了。他们这一家,既谈不上有钱,也谈不上有什么特别的技术,而他们来了不久,文化就被革命掉了……

他们是莫名其妙的一家人,来到一个和他们没有关系的城市,然后,就随波逐流。那真是叫随波逐流呵。今天不知道明天。说来也怪,就连他的女儿圆圆也会有这种感觉。这个上海生、上海长的小姑娘,有一次,她很难得地和他说几句知心话。她说:"爸爸,我怎么觉得自己像个孤儿似的。"张大民当时就拉下脸来,说:"小丫头不要瞎三话四,你爹你娘全都好好地活着,不要触这种霉头!"但后来张大民仔细想想,觉得圆圆这话说得好像又有点道理。因为有时候他自己也会产生这种想法——像个孤儿似的,没着没落,心里老是空荡荡的。

是因为他们家没有钱?

是的。他们不是有钱人家。而上海,是看不起没钱的人的。

但是,他,张大民,他现在有钱了,为什么还会觉得自己心里空落落的呢?

那两天钱秀娟打过好几个电话来。

"大民,身体舒服点了吗?"

"大民,中饭吃的什么呀?"

"大民……"

张大民懒洋洋地答了几句。后来,他干脆手里拿着话筒,不说话。那头,话也渐渐少了,再少了,终于说不下去了。

十一

张大民干脆搬到和平饭店长住了。

他决定先住一阵子。不管怎么说,一个朝你细声细气说话、并且不时向你鞠躬的服务员,总要比一盆兜头扑上来的冷水要温暖些。

有一天中午,张大民躺在和平饭店松软宽阔的大床上睡午觉。醒过来的时候,他发现自己正站在一间既熟悉又陌生的房间里。房间里放着很多既熟悉又陌生的家具——

大红色的人造革沙发,茶几,玻璃书柜,一对藤椅,一张蓝底粉红色花的羊毛地毯,还有一盏黄铜杆子的落地灯……在这些家具的某一个不太起眼的地方,都钉着一个锈绿色的洋铁牌牌。

而在房间的最中心位置,放着一张同样不太起眼的写字桌。

写字桌上放着一台红色电话机。

大红色的,像随时可以燃烧的火。

一个穿着军校绿色细布士官衬衣的少年,慢慢地从房间另一侧走过来——张大民惊讶地发现:那少年就是他自己!张大民,少年时代风华正茂的张大民。

少年张大民在那部红色电话机前面停了下来,好奇地看着。

突然,一个小男孩奔了过来——张大民立刻认出来了,那是他的弟弟,小时候他们住在茂名南路老屋里,他们家的阿姨叫他"龙瘪三"。

"你不可以碰那部电话!"弟弟嘟起了小嘴。

"为什么?"少年张大民问道。

"妈妈说了,只有爸可以碰它。"

张大民站在房间的阴影里,手心里沁出汗来。他觉得自己的眼眶渐渐温润了,心里涌起细细的潮波。那个少年是多么干净多么神气呵,带着一种浪漫的理想主义的色彩……这是他吗?他曾经是这样的吗?

这时他又看到了自己的母亲。那么年轻规整、从容不迫的母亲,后来她怎么会变得那么穷凶极恶,她的优雅和白净都到哪里去了呢?张大民突然有一种冲动。想扑上去,抱住这个母亲,哭一场,眼泪一把,鼻涕一把,然后把日子重新再过一遍……

就在这时,张大民醒了。

一滴眼泪从眼角淌下来,落在和平饭店松软洁白的枕头上,有一点淡淡的黄色与腥臭。

十二

这个梦让张大民伤感了整整一天。

他有点弄不明白这种奇怪的情绪。他那么糙的一个人,一个爷们儿,在八万人体育馆门口,有人手里拿了刀,嘴里叫着"拿伊做特",直愣愣冲过来的时候,他也是稳稳地站在那里,自是巍然不动。

他怎么会有这种纤细敏感、女人一样的情绪的呢?

他下了楼,坐在大堂的咖啡吧里,沉下一张脸来喝咖啡。他一共喝了三杯。一个穿着长旗袍、圆圆脸蛋的女侍应生为他添了两次杯,换了四次烟灰缸。他想也不想地给了三次小费,一次一百,一次两百,一次三百。

很明显,那女生的眼里闪过一丝惊讶。她迟疑了一下,还是收下了。张大民知道她远远地在观察他——这个奇怪的人。她一定是这么想的。但钱是好东西,她没有理由不收下。

窗外还在下雨。今年的雨季特别长。时间特别慢。张大民在响着细细钢琴曲的大堂里,听到了雨点打在梧桐叶子上的声音,听到了雨点掉进黄浦江里面的声音,还听到了平日里听不到的自己心里的一些声音。

他在售楼处天马行空招摇撞骗的时候,是听不到这些声音的。

他在八万人体育馆门口挥舞着假票的时候,是听不到这些声音的。

他和细长条、胖子、小茉莉他们一起喝得醉醺醺的时候,他只听到酒精和胃酸在肚子里翻江倒海的声音。

他和钱秀娟吵架,钱秀娟两只手叉在腰里,骂他"瘪三"的时候,他听到自己的心噼呖啪啦碎掉的声音……

那些时候,他像一只掐掉了头的苍蝇,四处乱撞,四处碰壁。只有现在,在和平饭店的大床上睡了好几天,做了一个奇怪的梦,听着钢琴的声音,眼睛都不眨一眨地给过了小费……这个时候,他突然安静了下来了,想到了一些平时不去想、没时间想、想也不敢想的事情。

他 乡

他知道,这一切还是因为钱。

钱还是有它的好处的。他有底气了,不要低三下四、头五头六地去讨生活了。

他突然想起来,那个穿着军校绿色细布士官衬衣的少年,那个干净神气的少年,当他还是那个少年的时候,他也是有底气的。当然,那时候不是因为钱。他又想起来,他母亲那时候也是有底气的,有底气的女人所以才优雅而白净。那时候他们一家都有底气,都有优越感,他们都是人上人。后来,一切都变了。

当张大民把第三杯咖啡喝到见底的时候,隐隐约约想明白了一件事情。

喏,钱,钱当然是重要的,但他最怀念的还是那种优越感。那种心里踏实的感觉。那种干净、神气、优雅、白净的感觉——他得找到那种感觉,心里才会觉得幸福。他不愿意做"暴发户",他要活得有腔调,就像一个孩子,要有爹也要有妈一样。

钱,就是爹;而腔调则是不可缺少的妈。

想到这里,张大民忍不住笑出了声来。

十三

张大民又去了一次恒隆,为自己那套阿玛尼配了双皮鞋,他甚至还为自己挑了一顶旧电影里经常出现的男式礼帽。

他在商场试衣镜前照了一下。整体形象确实有点怪。但里面透出的一种精神还是让他满意的。那是他现在的理想——一个风雅的有教养的人,一个物质时代的最后的贵族。

他买下帽子的时候朝收银员鞠了一躬。

那人可能在忙,可能根本没注意到,没有反应。

那一阵,张大民的日子过得特别忙,也特别充实。他上博物馆,去歌剧院,他每天在报纸上关心这个城市最新的文化和生活动态。他还认识了很多收藏界的朋友、书画圈的朋友——他基本上啥都不懂,但凭着一点小聪明,他学会了很有用的一招:不轻易表态。而这些圈子的人则觉得他出手不凡,来历神秘……现在,他经常随身带着一个鉴定玉器品质的小射灯,冷不防就拿出来照一下。

灯光很亮,反射出他的脸有点苍白。

还有那么一点稍稍的淡定。

十四

现在,张大民对马路上分发广告的那些人都很客气。他们手里挥舞着雪白的广告单,饶舌地盯着他。他们让他想起了自己八万人体育馆的那些日子。他总是很有礼貌地拿下那些单子,有时还尽可能地去参加一些活动。

有一天,他在锦江饭店听一个讲座。出门的时候,有人递给他一张单子,是个关于社交礼仪方面的培训班。

一个晴天的下午,他去了那个地方。

楼梯曲里拐弯的。张大民走得有点热,把那顶黑色礼帽摘了下来,拿在手里。

他听到了好听的钢琴声,像一股股很清很细的水流。

窗户外面是一排梧桐树。窗户关着,但张大民觉得自己能听到树叶沙沙作响的声音。

不知道为什么,他莫名其妙的有点紧张。

一个穿着白色连衣裙的背影。

一个女孩子,坐在钢琴前面,优雅地弹着。房间里铺着厚厚的地毯,四周是一圈沙发,散乱地坐着一些人。

张大民没看到那些人,光看到了那个白色的背影。看着那个背影,他突然有一种奇怪的预感。他听到自己心跳的声音。

超过了优雅的流水一样的钢琴声。

十五

　　培训班的女老师确实像极了张大民少年时代的那位邻居女孩,那位"看上去好像一块冰激凌那么白"的女孩。
　　当然了,年龄是不像的。女老师看上去有个二十四五岁的样子,和圆圆差不多,最多也大不了几岁。相像的是,她们的神态和举止——张大民像一摊泥一样坐在沙发上,看着弹琴的女老师的背影。他突然产生了一种幻觉。他看到那个女老师无比流畅地弹完琴,然后,她轻轻抚平裙角,站了起来。她微笑着从张大民身边走过去,走到一个小桌子那儿。
　　桌子上放着一只青花瓷盆,里面是一块方砖冰激凌。
　　女老师拿起冰激凌,微笑着吃了起来。过了一会儿,她把整块冰激凌全吃完了,手上也不粘,脸上也不脏,连嘴角都是干干净净的。

　　"您是新来的吧?"
　　张大民一怔,猛一抬头,白裙子的女老师微笑着站在他面前,稍稍俯下身来,轻轻地问他。
　　一屋子的人都在看他。
　　他手一抖。那顶男式黑色礼帽掉到了地上。
　　"您的帽子。"
　　女老师半蹲下身子,轻盈地捡起帽子,轻盈地递给他。
　　张大民觉得自己的心在慢慢柔软,慢慢融化,慢慢变成了一滩温柔的水。

十六

　　那天下课的时候张大民是最后一个走的。
　　他戴上礼帽,整好衣衫,蹭蹭歪歪地走到女老师面前,问她:
　　"改天,我能请你吃冰激凌吗?"

十七

张大民现在每天都去听那个女老师的课。其实每个礼拜只有三堂课。但张大民重复报了两个班。这样他每天都能走上那道曲里拐弯的楼梯,每天都能看到那个穿白裙子或者花裙子的身影。他像一棵微风里的树一样,静坐在那里。感到了一种细微的幸福。

张大民还偷偷去美容院染了头发。第一次染得过于黑了,像假的。第二次他又去,"这儿,还有这儿,弄出一点点花白的感觉来。"他指着自己的两个鬓角,非常认真地说道。

张大民并没有什么非分之想。在他的眼睛里,那位女老师甚至没有屁股,没有乳房,没有曲折紧张的曲线……她是平面的,像一块雪白的冰激凌的一个侧面。摸上去它就化了,碎了,所以他不想摸不想碰;他就想坐在那里,安安静静地看着她,听她说话、弹琴、走路、翘起兰花指表达手势……

这个平面的、如同一块雪白冰激凌侧面的女人,她,是他曾经的少年时代的一个梦想。那是他最有风采最有腔调的一段岁月,如果说,"钱,是爹,而腔调,则是不可缺少的妈",那么,那段岁月,大家的爹长得都是差不多的一种模样,不胖不瘦,不高不矮,没什么高兴,也没什么不高兴……反正大家知道,有一个爹在那儿,一个爹呵,一个爹。就是这样。

但那时候,张大民的妈可不一样。她风姿绰约,高高在上,与众不同。那时候的张大民,基本上就是个既有爹又有妈的孩子。那时张大民的心里阳光灿烂,万物生长,是心里长着翅膀能在天上飞的。唯一的一点疑惑是他们这个家与现在这个城市的差别——

"电梯里的人穿凉鞋,还都穿袜子的。"

这是张大民的弟弟对妈妈说的,带着一种童年时代的好奇与天真。

"电梯里那些态度谦和、气度不凡的人呵,他们大多是从前上海的老演员,或者爱国人士。你记住,要与他们一样不卑不亢。其实,他们从心底里是看不起南下的干部们的。他们只是共产党的同路人,固有的世界观难以改变的。"

这是张大民的妈妈对他们弟兄两个说的,带着一种从容不迫与主流社会的气定神闲。

……

至于那位邻居女孩,那位"看上去好像一块冰激凌那么白"的女孩,她家里没有穿军校绿色细布士官衬衣的哥哥,没有贴着锈绿色洋铁牌牌的家具,没有"只有爸爸才可以碰"的红色电话机。所以,在张大民的少年时代,她成了一场圆满而洁白的遗憾——他们是两条路上的人。走不到一块去——大人们是这么说的,张大民呢?或许也非常无奈的是这么想的。

但是后来,一切都变了。

张大民突然成了一个"没有爹"也"没有妈"的孩子。有一段时间,每个人都成了一个"没有爹"也"没有妈"的孩子。一直到现在,谁要是"没有爹",那他几乎也就是"没有妈"——

但是,老天呵,老天让张大民突然看见了这个酷似他初恋的女子,她带着这个南方城市的优雅、诗意、美丽和正直(至少在张大民的回忆里,少年时代的那个女孩确实是这样的)。她是张大民对上海这座城市最美好、最迷离也最短暂的一段回忆。这个少年时代的梦想,是现在老天送还给他的,是完成他所需要的"腔调"的最好的桥梁与礼物。

十八

终于有一天,女老师答应和张大民吃一次下午茶。

在衡山路的一个休闲酒吧。

高大的落地长窗,街边的法国梧桐树枝差不多遮住了二楼的窗子。他们坐在一楼,张大民不时抬头去看那些宽大如手掌的叶子,它们密密地压在窗户上,随着微风摆动、细拂,就像一个温柔而浓密的梦境。

小时候,张大民茂名南路家的窗子外面也是大排大排的梧桐树。初夏的时候,张大民有时会把窗户打开,再把纱窗也打开……梧桐树上开满了硕大的淡紫色的花,他探出大半个身子,向那些颤颤巍巍、看似唾手可得的花伸出手去……

"小赤佬！快点关窗！"

是他妈妈的声音。他身体一抖,手连忙缩回来。

"说过多少遍了,树上有花脚蚊子！花脚蚊子！"

树上是住着不少花脚蚊子。在张大民少年时代安静的马路、硕大的花朵和优越的内心之间飞舞着,发出让人心里痒痒的声音——

嗡嗡嗡。嗡嗡嗡。

"您在想什么呢?"

还是女老师训练有素的轻柔的声音。

她今天没穿白裙子,也没穿花裙子。女老师今天穿了一条黑色的小短裙,修身,吊带,低胸……和她面对面说话的时候,张大民没法不注意到她若隐若现的一小片乳沟。

女老师皮肤很白,穿了黑裙显得更白了;她身材确实很好,小黑裙把她勾勒得曲线毕露,张大民只有紧紧地闭上眼睛,才能重新把她想像成一块雪白的冰激凌的侧面,才能无视她紧张曲折的曲线——

张大民深吸了一口气,然后小心翼翼地咽下一口口水。

他不太明白,女老师今天为什么要穿得这么性感。在临窗的比较强的光线下,他还注意到,女老师精心地化了妆。倒不是说她平时不化妆,而是今天她让张大民看出了她精心化了妆……

现在,坐在张大民面前的是一位时髦性感的上海女性,和他少年时代的那位邻居女孩看不出有什么相像的地方。她漂亮,但陌生,似乎还有一种隐隐约约的张大民所不熟悉的危险……

张大民轻轻地不由自主地皱了皱眉头。

"今天……你和平时好像有点不一样呵。"张大民觉得自己有点咬词酌句,他觉得自己今天说话的时候有着一点小小的困难。他预感到一种东西,慢慢地在长大起来,好像是失望。他要压住它。他听到自己紧张而急促的呼吸声。

"是嘛——谢谢您的夸奖。"女老师微微笑着,仍然训练有素,仍然语气轻柔。

张大民也跟着笑了一下。

他突然确信了一件事情:女老师觉得自己是在夸奖她。她真心真意是这么以为的。那么,也就是说,在女老师的心目里,重视一次约会,一场茶点,一个来历不明、衣着讲究的上海老绅士(全身的名牌,以及一顶男式礼帽),她今天的这个样子是合适的,是隆重的,那是她自己心目里的真正的自己。

张大民喝了口咖啡,沉默了一会儿。

女老师要的是玫瑰花茶,晚来了一会儿。

她从桌子上拿起杯子,非常缓慢,非常优雅,就像平时她给学生们讲授的那样缓慢和优雅。

她的手翘着优美的兰花指。

张大民看着,突然,他手一颤,手里的杯子晃出液体来。

女老师的手上涂着红色的指甲油。两只手都涂了。

左手是大红的,右手是玫瑰红的。

十九

张大民整整两个礼拜没去女老师的培训班。

他忘不了女老师那双手上的指甲油:左手是大红的,右手是玫瑰红的。

好多年前的一个冬天,张大民跟着一个发廊里的女孩去她家。那个女孩两只脚上都涂着趾甲油——左脚是大红的。右脚是玫瑰红的。他们聊了会儿天,什么都没做。

那天张大民走出发廊女家的时候,天上下着雪。那时,他的心里说不上干净,也说不上不干净。那天不管他有没有和那个女孩发生性关系,他都是一个嫖客。他给她钱,让她去上学,读书,让她为自己的将来打算……那钱,不管怎样也是在床上给的,不管怎样也是嫖资。那天他固然是为了报复钱秀娟的,和其他男人勾勾搭搭……但他确实没有能力让他老婆过上好日子,作为一个男人,他的心里在流血……他去一个妓女家里转了一圈,又出来。身体虽然基本上是清白的,但他的心里在叫喊:要背叛她!一定要背叛她!

这是张大民无数恶梦中的一个恶梦。憋屈。郁闷。生不如死。

他一直记着这个细节:两只脚上的趾甲油。一只是大红的。一只是玫瑰红的。

他不能原谅那位穿着白裙子、酷似他少年时代初恋的女老师,他不能原谅她也涂着这样的指甲油。

左面是大红的。右面是玫瑰红的。

二十

这两个礼拜的晚上,张大民一直坐在和平饭店酒吧间的角落里。有个女人在昏黄的灯光里唱歌——

> 太阳升起前忧郁向我袭来
> 我泪水汪汪
> 我不喜欢这种情感
> 它令人多么悲伤

张大民喝一点酒,不喝太多,让自己处于一种微微亢奋与理性清醒的中间状态。他想了很多事情。眼前像过电影一样地闪过很多场景。他这大半辈子。他这大半辈子呵,有一大半是被命运像扔沙包一样扔来扔去,他自己做不了主。不单是他,他身边的绝大多数人都做不了主。他们这一家人的生活,那真是乱呵,真是乱,乱得不堪回首。

张大民记得自己去崇明岛的前夜,他母亲烧了点小菜,一家人沉默着吃完。母亲去厨房洗碗,父亲则站在窗台旁边抽烟。那几天父亲和母亲彼此不说话,眼睛也不对视。半夜的时候,有几次,张大民隐约听见隔壁房间父母亲的争吵声。母亲好像在哭。

后来,很多年后,他认识了钱秀娟。再后来,他们一个喝酒买醉,另一个在外面勾三搭四……现在张大民回想起来,也不知道是自己喝酒买醉在前面,还是钱秀娟在外面勾三搭四在前面。反正钱秀娟要的他没法给,给不了;而他给得了的东西已经落伍了,人家钱秀娟看不上他这个倒霉蛋——外面精彩的事情多着呢,凭什么能管得住屁股圆滚滚、胸脯圆滚滚的钱秀娟——

或许,钱秀娟心里的苦他不知道?但是,他的呢!他,张大民,一个大男人,强压在心里的苦,她钱秀娟知道吗?他妈的她体谅过吗?

再有圆圆。他一点都不知道,她那只圆圆的、漂亮的小脑瓜里到底在想些什么?她经常会冒出一些让人心里发寒、身上出汗的怪想法、怪事情。问题少女、叛逆、早恋、失踪……她一个都没有少。件件都占着。简直就是青少年成长问题的总集合。这还不算,最大的问题还在于他们无法交流。她要么冷冰冰的,比一块结了冰的冰还要冷,还要硬。要么,她就用一种茫然无助的眼神看着他。

看得他心里发寒。

看得他心里发酸。

他的生活实在是乱透了。不是乱了一年两年,三年四年,而是从他的上一代人就开始乱了。一直到他,再到他的女儿。还在乱下去。什么都是乱七八糟的,一时半会儿他还想不清楚,一时半会儿他也不知道应该去做些什么……当然,他内心深处也知道自己这样是非常不负责任的。躲在这个城市的一个角落里,用着天上掉下来的一笔钱。这些天,他的前妻钱秀娟打过好几个电话给他,他不想接——他没钱的时候,她可没那么着急着找过他。但他倒是着急找过圆圆几次。圆圆没在学校,不知道跑哪儿去了。终于有一次,他在学校食堂里找到了她。没说几句话她就问他要钱。他给她了。至少现在,在钱这个问题上他可以帮助她,支持她……

但是,张大民看着圆圆急匆匆离开的身影,想起她刚才落寞而奇怪的眼神,他觉得心里的寒冷一点都没有减退。他突然害怕起来。他觉得在以前的害怕之上,现在又增加了另外一种害怕——

会不会有那么一天,他和他的女儿,除了钱,就再也没有什么话可以说了?

张大民觉得自己还要再想一想。再想一想,虽然现在他还想不清楚以前的生活应该怎么弥补,而接下来的生活又应该怎样延续,就像他没办法让一盆已经泼出去的水马上按照原路返回一样,但是,至少有一点,张大民觉得自己现在可以做到。他可以管好自己,尽量不回到那种混乱的生活里去。他要过一种干净的生活,有腔调的生活,上等人的生活……

在和平饭店或者附近的酒吧里,总是会有些女人,穿得很性感,走路的样子也很性感。她们想接近他。张大民一眼就看出了这些女人。有些就像以前的"小茉莉",还有些比"小茉莉"还要贱。张大民眼睛看都不看她们。以前,他和她们是同一个世界里的。现在,他穿着干净体面的名牌西服,头戴一顶黑色礼帽,他的内心是端正的,想要得到新生的。他迈着稳重的、绅士一样的步子从她们身边走过。

"这位先生,要进来玩一玩吗?"

他眼皮都不抬。哦,不。他体恤她们,体恤她们的辛苦和无奈。他拿出两张纸币,展开来。

一只涂了指甲油的手伸过来,马上就把它们拿了过去。

二十一

两个礼拜以后,张大民觉得自己平静了很多。而平静最可贵的功能,就是让一个人重新回到客观而理性的状态。

张大民想着想着,突然笑了起来——他凭什么看到那位女老师涂了大红色的指甲油、玫红色的指甲油,就不高兴,就生起气来?他凭什么?再说,涂点指甲油又能说明什么呢?现在的小姑娘,谁不在自己的脸上涂涂抹抹,谁不在自己的手上、脚上涂涂抹抹?他这种奇怪而激烈的反应,真是非常非常没有礼貌,当时那位年轻的女老师一定诧异坏了,一定吓坏了。她一定觉得自己遇到了一个老神经病。可不是,那天,在衡山路的休闲酒吧里,张大民把杯子里的咖啡不小心泼出来以后,就板着脸不愿意说话了。开始的时候,女老师还断断续续地说几句,或者引导着张大民说几句……

就在这时,外面突然打起雷,下起雨来了。

雨点打在巴掌大的梧桐树叶上,发出很细微很细微的声响。

窗玻璃是厚实的,是一种高科技制作的隔音玻璃。现代科技有许多种功用,而其中的一个功用就是可以让真实的声音消减,比如说——一把手枪,一把无声的手枪。手一抬起来,一个人就无声无息地倒在了地上,死了。

张大民不知道自己为什么会想到这个细节,自己也吓了一跳。

"下雨了。"
"是呵,您看,都下雨了。"
"那,走吧。"
"好呵,听您的,那走吧。"

后来张大民想想,这也不对呵,也讲不通呵。怎么会下雨了倒是要散呢?当时他应该说,下雨了,咱们再坐一坐,等雨停了再走吧。这样才是合适的。才是符合常理的。但当时张大民已经完全顾不上逻辑了。他在那个休闲酒吧里如坐针毡。当时的他有一种奇怪的半死的感觉——就好像在他面前出现了一把无声的手枪。有一个人拿着,手一抬,指向他坐的地方。

然后,张大民无声无息地倒在了地上,死了。

当时的张大民觉得拿手枪的人就是那个女老师。

她杀死了他。

二十二

又是一个晴天的下午,张大民再次去了培训班所在的那个地方。他一路上想着,过一会儿,等到下课以后,他还是应该最后一个走,然后再单独和女老师说几句话。

那天正是酷暑的尾巴,所有的知了都拼了命地叫。那顶黑色的礼帽,头上是戴不住了,但还是得端正地拿在手里。绅士就应该是这样的。

心里翻江倒海,脸上仍然保持微笑。

楼梯仍然曲里拐弯的。一股好听的钢琴声流了下来,像很清很细的水流。张大民感到酷暑退去,仙境降临。

不知道为什么,张大民仍然觉得有点紧张。他一走上那道曲里拐弯的楼梯就会觉得紧张。后来他想明白了,那种紧张的感觉,就如同新年的头一天,小孩子面对自己的新年礼物,面对它,将要打开它时的那种紧张。

没有女老师。

没有白裙子。

一个中年男人坐在钢琴前面,正好一曲弹完。他微笑着走到张大民面前,稍稍俯下身体,用一种好听的、格式化的声音问他:

"您——是新来的吧?"

二十三

女老师闪婚给了一个华裔的加拿大人,比她大三十几岁,据说是个光头,鼻尖红红的,脑门上冒出亮晶晶的汗来……

这些,已经是几天以后,张大民听一位略知内情的培训班同学说起的。他仿佛还想说得再详细些——

"她呀……"

张大民摇头,摆手。他不想听,听这些又有什么意义呢?他头痛得快要裂开来了。他的胸口也闷闷的,就像刚刚被人打了一拳。

他提议,他请客。大家喝酒去!喝酒去!

他们去了一家湖南菜馆。

一共是五个人。张大民。外加两个上海人,一个广东人,一个北京人。

张大民很快和那个北京人热络了起来。

北京人祖籍江西,四十多岁的样子。他说年轻的时候,他在北京是个标准的文艺青年,在圆明园那一带混。后来,有一天突然觉得没意思了,顿悟了,于是就下海了。他有个朋友在上海做公司,做得很大,所以就来了上海。

张大民连灌了自己几杯酒,胃里热乎乎的,眯起眼睛问道:
"那你觉得上海好吗?"

北京人说:"好呵。"

张大民又问:"那到底是北京好,还是上海好呢?"

北京人说:"有什么好不好。现在对于我来说,哪里能赚钱,哪里就好。"

两个上海人和一个广东人都点头说,是呵是呵,有道理呵。

张大民没说话。

北京人又说,其实北京也是个有意思的地方。他当文艺青年那时候呵,只要想到泡妞或者蹭饭,主要都是靠三句话来开道的。不仅仅是他,文艺青年们都这样,就像革命同志们接头用的暗号一样。

于是大家感兴趣起来,问是哪三句话。

"头一句:我漂在北京。"

"第二句呢?"

"我是搞艺术的。"

"第三句?"

"我总有一种想死的冲动。"

大家都笑了,觉得有趣,尤其是第三句。

北京人继续往下说,说其实前面三句全是铺垫,最有实际意义的其实是第四句——"你们学校在哪儿?要不我到你们食堂找你吧。"

这叫一箭双雕,弄好了泡妞和蹭饭都成了,弄不好或许也能混顿饭吃吃。

上海人插话进来了,说上海小姑娘可不那么好骗,弄不好你先给她骗了。上海小姑娘很结棍的,这种套话在上海是行不通的。

北京人笑笑,不理他,继续说。说真去食堂找了,坐人家对面了,正好是开饭的时间,总不能那么光坐着吧。小姑娘不好意思,说:

"你也吃一碗吧。"

"不吃不吃。"
"吃一碗吧。"
"不吃。"
"别客气,吃两碗吧。"
"那行。"
……

上海人笑得岔了气。广东人嘴里正含着一口酒,差点喷了出来。大家笑了一会儿,发现有一个人沉默着。

是张大民。

他埋着头,一个人在抽烟,眼角那儿还一闪一闪的。

笑声黯淡了下来。

张大民抬起头,长长地叹了口气,空气里弥漫出浓烈的酒味和另一种说不清楚的感觉。

"还是年轻的时候好呵……"

大家都不说话,等着他说出什么伤感或者昂扬的话来。

"有希望。"张大民说。

"哈哈。有希望。"张大民把自己的话又重复了一遍。

二十四

那天张大民又喝多了。

他一躺到床上就睡着了。上半夜无梦,像睡在最深最深的海水的深处。下半夜则乱梦,他梦到自己躺在一个杂乱不堪的房间里,一个人拿着一把枪走了进来,手一抬,指向他躺的地方。

张大民听到了自己的尖叫声。

张大民也听到了枪声。

砰!砰!砰!

二十五

把张大民从梦中叫醒的不是枪声,而是急促的电话铃声。
是他的女儿圆圆。
张大民的头脑在酒醉与恶梦之中挣扎着,辨别着——
天还没亮。而圆圆是几乎从不主动打电话给他的。
糟了!一定是出事了。

真出事了。
圆圆躺在医院的急救室里。身上盖着白色的被单。她刚刚睡着,脸色像身上的被单一样白。
一位穿白大褂的女医生走了进来,瞥一眼张大民。
"你是她爸爸?"
"对,她怎么啦?"
"怎么啦?宫外孕!再晚十分钟过来,命都没了!"

医院里不让抽烟,张大民跑到马路上,一下子抽了整整半包。那半包其实也不是抽的。点一根,抽上两口,就扔在地上,踩上两脚,再点,再抽,再扔,再踩……
最后的那根香烟点着以后,被张大民一把捏在手里,有隐隐的焦味,但一点都觉不到疼。
张大民拨通了钱秀娟的电话,听到她迷迷糊糊的声音。
"你这个女人,怎么不去死呵!"
……
"你快去死呵,你这个女人!你去死呵,去死呵……"
……
"圆圆,圆圆呵……"

二十六

张大民觉得自己可能是得了抑郁症了。他其实一直就有点神经衰弱。以前被生活折腾得焦头烂额的时候,他顾不上自己还有如此敏感的神经——或许,他真的是老了;或许,这些年来,他已经渐渐被这个母性的南方城市完全同化了;或许,生活其实还是在折腾他,没有停过,即便他现在有了钱、即便以后也不会停止……

张大民睡不着觉。

晚上开着灯,他坐在窗口数星星。

他童年的时候也是这样的。但那时候他睡眠好,数完了星星就睡着了。

圆圆童年的时候也喜欢数星星。他的小心肝儿,他的圆圆,那张躺在医院病床上惨白的脸……

张大民不能再往下面想了。

那阵子一直是钱秀娟在照料圆圆。张大民不愿意见到她,这个不争气的女儿,这个让他丢脸的女儿……但或许,在他的内心深处,其实也隐隐地有着不安和内疚……这个他一直看不懂的圆圆,她其实也一直跟着他,跟着他们这一家的命运坎坷着,动荡着。她是他的同路人,只不过她比他更弱小些。他对不起她的,如果他能给她更安稳的生活、更好的教育……

但是——

这难道就能让她去堕落吗?

想到这里,张大民心里的火又冒了上来。

圆圆出院以后,有一天,张大民问过她的。

"他是谁?"

圆圆瞪大了眼睛看着他,仿佛不明白他在说些什么。

"我问你,那个人到底是谁?"

张大民觉得自己心里的火快要从眼睛里冒出来了。他必须得问,必须得问清楚,虽然这个问题像一只手掐着他的心尖,虽然这个问题像所有电影电视里的一样庸俗。

"那个男人,他是谁!"

那天钱秀娟硬是把他拉了出来。因为张大民整个身体线条都往上走,往外走,有一种想打人的迹象。后来他还真的打人了。他在街上把钱秀娟一推,再朝自己脸上打了一巴掌。

他还是心疼圆圆。即便刚才钱秀娟没有把他拉出来,他气头上一巴掌打向了圆圆,即便真是这样他还是心疼圆圆的。

要是圆圆告诉他那个男人是谁,张大民想,他会把他杀了。他做得出来这种事情。他觉得他骨子里还是北方人,有暴烈的火,杀人他不怕。他觉得真正让他心疼的是,他的这份心圆圆不懂。或者说,她倔强着,别转头不想去懂……

张大民躲在电线杆下的阴影里,朝自己脸上又打了一巴掌。

二十七

又过了一阵子,在张大民的情绪和圆圆的身体都慢慢平复以后,父女俩相对心平气和地谈了一次话。

那时候,张大民已经从钱秀娟那里知道了事情的大致情况。是个外地男孩子,另一所大学的,他真喜欢上圆圆了,但圆圆想甩他。他也并不知道圆圆意外怀孕的事情……

张大民听得心火又一阵一阵上来,还疑虑——

他问圆圆:"你和他在谈朋友?"

圆圆点点头。

他又问:"他喜欢你?"

圆圆又点点头。

他接着问:"那你喜欢他吗?"

圆圆说,开始的时候,还算喜欢。

张大民说话的声音有点急:"那后来呢?"

圆圆在拨弄自己的手指头,说,后来,后来不那么喜欢了。

张大民停了一下,重新整理思路,回到问题的关键:"那他现在还想跟你谈下去吗?"

圆圆点头,说是的,他想谈下去,但她不想了。

"为什么?"

"不喜欢了。当然就得断了。"

张大民啪地一拍桌子,声音响亮,把他和圆圆都吓了一跳:"不喜欢?那你跟他那个干什么?断了?断了?那你就……那你就……就白那个了?"

当着自己的女儿,那几个字眼张大民怎么也说不出口,憋得难受,憋得想破口大骂,想杀人,想放火,想把世界上所有的坏事情都干一遍。

圆圆轻描淡写的,说:"他来看过我一次。我都讲清楚了,让他下次不要再来了。"

张大民嘴唇抖着,说不出话来。

圆圆还在说:"总得找到真喜欢的才行……"

张大民想骂一句粗话,但强忍着。他怎么生了这么一个女儿!她好像还是很有道理的。她再晚十分钟送到医院命都要没了,她还是这么轻描淡写!现在的孩子怎么疯狂到这种地步!本来今年圆圆就要大学毕业了,虽然只是个混文凭的学校,张大民也想着什么时候要和她好好地谈谈,谈谈理想,谈谈生活……但这样一个女儿还怎么跟她谈呢!

也不知道是心理作用还是怎么的,张大民突然闻到她身上有淡淡的烟味,还有,她裸露在外面的手臂上有一个小小的纹身———朵小玫瑰和一支小小的弓箭。

简直就像个女流氓。

简直就是个女流氓!

"你……你……"张大民觉得自己整个身体的线条又在往上走,往外走,他的眼睛瞪得很大,嘴巴张得很大,就像一只即将咆哮的猛兽……

"你……你……"但慢慢地,他的身体终于松驰下来了,往里面缩回来了。有什么东西蔫掉了,枯萎了,他听到了心里面噼噼啪啪的声音。

他 乡 391

"你走吧。"张大民垂下头,没精打彩地朝圆圆摆了摆手。

"你走吧……"他又嘀咕了一句,声音很轻,像是讲给自己听的。

他听到了房门啪的一声响。

圆圆走了。

他没看到圆圆的表情。就像他垂着头,圆圆最后也没看到他的表情那样。

二十八

秋风吹起来了。

街道上到处飘飞着黄绿色的梧桐树叶,有一片直接飞到了张大民的脸上,啪的一声,像莫名其妙地抽了他一记耳光。

就在刚才,张大民又请了那几个人吃饭。两个上海人,一个广东人,一个北京人。

上海人一直在讲房子。说四十岁前,财务没有实现充分自由前千万不要买房。在上海买套三百万的房子,都买不到什么好地方,手机信号都不清楚。首付一百五十万,自己出一百万,剩下五十万问父母要就是啃老族,向朋友借就连朋友都做不了了……

广东人慢悠悠问一句:"为什么朋友做不了?"

上海人嗤的一声——如果你爱一个人就把他送到纽约,如果你恨一个人就把他送到纽约。如果你不想和一个人交朋友那说问他借钱,如果你不再把一个朋友当作兄弟那就叫他还钱。

北京人喝口酒,点点头。

上海人继续说,还有,那一百五十万要向银行贷款吧,就算利率打七折,每个月也要还给银行 7298.53 元,三十年一共要还给银行利息 2627470.80 元。262万多!银行是侬爷?有这个钞票侬还不如给爷娘……

广东人歪一歪头,问"侬爷"是什么意思?

上海人于是解释,说就是你爸爸的意思。

后来不知怎么又谈起了教育,讲起了那个礼仪培训班,讲起了那个女老师。

北京人叹了口气,说还是老话讲得好,三代才出一个贵族。培训是培训不出来的。

因为是老话,没有太新的意思,所以大家也就没有附和。

但这话张大民听进去了。他掐着手指头算了一下,觉得他家里是倒过来的。

他爸妈那会儿,整洁安宁,还在有着毛主席的相片里占着米粒大的位置;到了他,是汪洋大海里漂着的一条船,漂到哪儿就是哪儿,由不得他作主,他也作不了主;然后是圆圆,手臂上刺着玫瑰和弓箭,对他又是跺脚又是甩手,口口声声地说:"你一点都不理解我!"

理解她?她这个样子,让他这个当爸爸的怎么理解她?

张大民觉得心烦意乱。

饭局过后,他一个人又去了和平饭店。一个人喝酒。那个女人还在唱歌,用一种风骚的态度唱着忧伤的歌曲。张大民站了起来,手里拿着三张钞票。一张他塞进了女歌手胸前的口袋里,顺手捏了一下。另外两张,他打开窗,扔进了外面黑咕隆咚的黄浦江里。

二十九

张大民打算要出去散散心。

上海太大,太高,太繁华,太性感了……让他想到穿着旗袍、扭动腰肢的美女蛇,想到妖娆明丽却又充满危险的海底暗礁……有时候,他吃力地抬起头,试图看清那些高楼的尖顶,一不小心,头上那顶黑色礼帽就滑落下来了,非常的不体面,非常的狼狈。有时候张大民会不由自主地想,或许,这座城市,归根到底是不属于他的。他,终究只是一个过客。

他是一个没有家的人。

他得找一找。

张大民在地图上看了半天。天南、地北、海角、天涯,最后,他还是决定去一个附近的古镇。

一个小小的、安静的地方。

好些年前,那时候圆圆还很小,张大民和钱秀娟也还年轻……那时钱秀娟刚爱上跳舞,张大民也刚体会到杯中酒的甜蜜与苦涩。那是他们第一次大吵。张大民动手打了人。钱秀娟怔住了,眼泪就像珍珠一样滚下来。但第二天晚上他们就和好了。在床上,好得死去活来。

那个晚上张大民一直没有忘记。

几天以后,他们去了一个古镇。张大民没什么钱,钱秀娟也没什么钱,在一个渐渐五光十色起来的世界里,他们是一对黯淡的男女。幸好有这小镇,他们想,安静,守旧,甚至还有一些破败。房子全是木结构的,街道临着水。水长长的,窄窄的,街巷也是窄窄的,屋檐从很高很远的地方压下来……

张大民和钱秀娟手拉着手,在光线黯淡的小巷里走着。这巷子比他们还要古老,还要黯淡。在这样的巷子里,钱秀娟腮肉鼓起来,朗声大笑的声音,几乎就像是穿透了云层和阴翳的一缕阳光——

一只白鸽子从黯淡的空气里飞起来了。

他们在街边的一个小店铺里买了一瓦罐腌过的咸菜。张大民抱在怀里,钱秀娟则在旁边组合着与它有关的菜名。

"大民,这里的咸菜特别好。"

"嗯。"

"大民,咸菜豆板汤侬欢喜吃的呀。"

"嗯,欢喜咯。"

"咸菜烧豆腐,再放点小虾米。"

"嗯,鲜咯。"

贫贱夫妻,也并不总是百事哀的。特别是当他们还不知道,比如说,中南海里有一道菜,是当年毛泽东招待西哈努克亲王的,名字也叫咸菜豆板汤,但那"豆板"却是吐布鱼脑袋上的两小片肉……

那天小镇里的人非常少。店铺开在那里,也就一半像店铺,另一半更像住家。张大民和钱秀娟坐了一条小船在河里晃着。张大民一只手搭在钱秀娟的肩上,嘴巴凑上去,鬼鬼祟祟地讲了句笑话。

钱秀娟突然笑了,笑得天崩地裂。她一笑起来,胸呵,腹呵,还有小腿那儿,全都精神抖擞地抖动了起来……张大民不由自主地心动。他的女人呵,活色生香的女人。

当然,危险其实一直就在那儿。有一半挂在钱秀娟的身上、脖子上:一根珍珠项链,一块用红绳穿起来的玉。那就是钱秀娟所有的饰品。但张大民知道,那些还都是假的。

另一半则藏在张大民的心里——他的女人,戴着假的珍珠项链,戴着用红绳穿起来的假的玉,虽然是这样,仍然是活色生香的,仍然是让人心动的,在床上是这样,在舞场上也是这样。想到这里,他的心总会忽的一声,往下一沉。

张大民忘了,很多年前的那个古镇之夜,他们后来有没有上床。应该是上了,在那个阶段,他们靠着在床上的高潮解决了很多问题,或者说是掩盖了很多问题。两个人闭着眼睛,闷头闷脑地透支着自己的身体。

后来,渐渐地疲惫了。

有点厌倦了。

这个办法不起作用了。

直到突然有一天,再也回想不起来,那种心动的感觉是如何的滋味。

张大民听到心忽的一沉。

这一次是沉到底了。

三十

临出发前,张大民接到了钱秀娟的一个电话。

因为刚刚回想了多年前的那个小镇之夜,张大民觉得自己的心里泛起了一丝温柔。而这丝温柔也在他的声音里表现了出来。

他甚至还用了很久不用的一个称呼。

他说:"哦,你呵,秀娟。"

他的脑子里飞快地闪过一个念头,一个突然冒出来的念头。他想着,要不,干脆叫上钱秀娟,叫上她,一起去那个古镇?

他犹豫着刚想开口,那边钱秀娟却已经小鞭炮一样噼呖啪啦往下说了。

"这只股票盘子真的是没有办法了,今年肯定是瘪三了,做瘪三了。"

张大民皱皱眉头,没说话。

"现在买菜也买不起,青菜你猜猜什么价钱?咸菜你猜猜什么价钱?像是卖金子,啧啧啧,真是吓死人。"

张大民听见自己刚刚温柔起来的心,忽的一声,往下沉下去了。

"圆圆这只小赤佬,越来越不像话了,三天两头打电话给我,你猜干什么?问我要钞票,我说你这个小姑娘真是奇怪,你妈是没有钞票的,你又不是不知道……"

张大民背起旁边的行李包,声音很粗地问了一句:"你讲完了没有?"

电话那边好像给吓住了,没想到是这样的反应,没说话。

张大民又问:"你讲完了吧?"

那头的声音有点怯,不知道是反省还是害怕,反正是不自在了:"差不多了。"

张大民干脆利落的:"好的,讲完了,那就——再见。"

啪地把电话挂了。

三十一

张大民一个人坐上了小船,在古镇的河水里荡漾。

岸上人太多了。刚才,他一个人晃悠着走进那条小巷——他和钱秀娟手拉着手走过的,他怀里抱着一个腌咸菜瓦罐走过的。

巷子倒还是那条巷子,但涌满了蠕动的人流。那些穿着光鲜、来自四面八方的游客,就像一道道锐利的阳光,射得张大民眼睛胀疼。在刺目的阳光下面,他那些温柔而幽暗的心事,一下子就融化了。

成了地上脏兮兮、不成形状的一摊水。

他沮丧地垂着头,不知怎么走进了旁边一个拐巷。一个穿红色超短裙的女人突然走到他面前,咯咯咯地笑着,使劲把他朝门里面拉。

他知道是镇上的旅店招揽客人。但不知道为什么,下意识里,他总觉得那是个妓女。

河里也都是船,都是人,但比岸上要好一些,因为船价变得很贵。张大民一个人包了一条船。穿过一座拱桥时,张大民突然听到一阵脆生生的笑声。他连忙探出头去,是个女孩子,长得跟圆圆有点像,正站在船上,伸手摸一个光头男人的耳朵……

河是窄的,两只船轻轻地碰了一下。张大民头上的黑色礼帽掉进了水里。

他看着它,慢慢地漂远了。

船娘几次提醒他,时间到了,该上岸了。

他摇头,掏出钞票。

于是,他和船继续在河中荡漾。

河里的船越来越少,天色也慢慢地发黄、发枯、发暗——

当张大民第六次经过那座垂满了枯藤的拱桥时,黄昏终于来了。

张大民在船舱里躺下来,闭上眼睛。他觉得自己真是累了,快要睡着了。而有那么一会儿,周围的一切突然安静下来了。张大民仿佛看到漆黑的屋檐从很高很远的地方压下来,一只白鸽巨大的翅膀从空气里飞起来了……

还有,张大民听到一个熟悉的声音——

"栀子花嘞,白兰花。"

三十二

张大民回上海后的第一件事,就是迅速招集了一次饭局。

人还是那几个:两个上海人,一个广东人,一个北京人。但这次不胡侃聊天了。张大民有正事让他们办。

两个上海人路子熟,做地产的。张大民朝他们一挥手:"去,替我在那镇子附近买块地。"

北京人毕竟在圆明园一带混过,衣服上沾过文化的露珠,上海的公司也是做设计的。张大民翘起二郎腿,手撑起在下巴上:"我要在那块地上造个庭院。一座私家庭院。"

北京人马上领会了他的意思,说:"明白,明白。歌舞堂会,妻妾成群。"

张大民微微一笑,说:"那里呢,要有假山,有池塘,有各式各样的盆景……"

北京人插话进来:"还要有一群绝色的小丫环。"

张大民正色道:"俗!当然了,活物总是要的,但人并不可靠,我要养几只说话说得很好的鹦鹉。"

广东人眨眨眼睛:"几只鹦鹉?"

张大民点头说:"是的,几只鹦鹉,这培训鹦鹉的工作就交给你了。广东人说话舌头卷得厉害,培养鹦鹉的语言能力是再好不过的了。"

广东人问:"那让鹦鹉说什么呢?"

张大民慢慢地,一个字一个字地说:"栀子花嘞,白兰花。"

广东人没听明白:"什么?"

张大民悠然地再重复一次:"栀子花嘞,白兰花。"

三十三

造园的工程很快就进行了起来。

现在,张大民的生活有了新的目标,一座现实的有山有水、有花有木的庭院,一个虚幻的过去的生活场景——

张大民的少年时代,茂名南路的老屋那里,有个女人总在他家大楼门口的门洞里坐着。她拎着一只竹篮子,里面是用细铜丝穿起来的栀子花。先是张大民家里的阿姨,有时去买一朵来,别在衣服大襟上,走来走去,香上一天。后来张大民的母亲偶尔也买过几次,她别在钮扣上,走来走去,也会香上一天。

张大民觉得自己老了,老是想些以前的事情,觉得这样想着,安心。

但不管怎样,现在的张大民有钱了,至少钱也能还原一部分过去的生活场景,就像年复一年、日复一日的戏剧,即便是演着,心里也安心。张大民想起了一句老话——"这样的生活,才是有意义的。"

他有点感动。

所以说,现在,不仅是张大民的生活有了新的目标,就连张大民日常的生活节奏也起了变化。

每个礼拜,张大民都要按时去工地查看工程的进展情况,离开那些高楼的尖顶,坐上车,来到一个正在制造的梦境里。他找到那个船娘,包下那条船,然后躺下去,蜷缩起身体,闭上眼睛。

过去的生活像潮涌一样向他奔来。

大红色的人造革沙发,茶几,玻璃书柜,一对藤椅,一张蓝底粉红色花的羊毛地毯,还有一盏黄铜杆子的落地灯……而在房间的最中心位置,写字桌上放着一台红色电话机。

张大民听到红色电话机发出了清脆的响声,听到雨点打在梧桐树叶上,还听到了花脚蚊子温柔的低吟。

他的心,很快地安宁了起来。

但是,只要他睁开眼睛下了船,他在岸上远远地向船娘挥手,向正在制造的梦境挥手,他坐上车,原路返回,回到上海,回到那些被高楼的尖顶包围的地方……他的胸口又开始发闷。

晚上又开始睡不着觉,又要开着灯,坐在窗口数星星。

三十四

这天下午,张大民刚从工地回到上海,突然接到了女儿圆圆的电话。

他连忙赶到漕东支路附近的一个小茶馆,推开小包厢的门,发现里面坐着两个人——

女儿圆圆和前妻钱秀娟。

圆圆好像瘦了,也黑了,脸上有着少见的严峻。张大民觉得,今天的圆圆和往日似乎有点不同。他又看了一会儿,发现圆圆一直鼓鼓囊囊的两个腮帮今天是瘪的——她嘴里的口香糖要么根本没嚼,要么是吐掉了——她一本正经地坐在那里,像一个严肃的成年人。

她在等他。她要和他对话。

钱秀娟好像刚刚哭过,有点松驰的脸颊上显出浅浅的泪痕。这隐约的泪痕让一个女人闪烁出柔美,也透露出憔悴。但不管怎样,听到张大民由远而近的脚步声,她的神色还是稍稍有点改变。擤了擤鼻子,整了整头发,眼神里的内容有点捉摸不定——究竟是应该带那么一点点风骚呢(张大民以前喜欢她这样),还是显得悲悲戚戚些⋯⋯

但不管怎样,有一点是明显的,母女俩今天坐得很近,靠得很近。不仅是身体,或许还有心灵。自从上次圆圆出事以后,有一阵子一直是钱秀娟在照顾她。人虚弱的时候总是很容易使劲拉住点什么⋯⋯更何况毕竟是血脉相连的母女。虽然以前的圆圆和钱秀娟是不亲的,但今天,她们两个是同盟者,要一起对付张大民。

圆圆把头朝面前一张凳子那儿点一下,示意张大民坐。

张大民愣一愣,坐下了,心里觉得不对劲,想站起来,想想又算了,就又坐着。

圆圆说话的声音也很严肃:"爸爸,我觉得你应该对妈妈好一点。"

张大民又一愣,一下子没反应过来,说了句智商有点低的话:"你妈?你妈怎么了?"

圆圆今天好像真有点生气,声音响当当的:"怎么了?你关心过妈妈没有?你从来就没关心过她,她一身的病,贫血,肾亏,血压高,血脂高,最近心脏也不好了⋯⋯"

仿佛为了附和圆圆所说的话,钱秀娟闷声闷气地咳嗽了几下,又把手按在了自己心脏那个部位。

张大民看了她一眼,没说话。

圆圆继续说:"你不关心妈妈,妈妈却那么关心你,妈妈给你打电话,你要么不接,要么就冲着她发脾气⋯⋯"

钱秀娟伸出一只手,捂住了自己的眼睛。

张大民又看了她一眼,仍然没说话。

还是圆圆在说:"爸爸,你真的太自私了。"

张大民嘿嘿冷笑了两声,给自己点上一根烟,抽着。过了一会儿,在烟雾里冒出一个不冷不热的声音。

声音是张大民冲着圆圆发出的:"圆圆,你说完了吧?"

圆圆嘟起了嘴,一脸的不满。

张大民又问钱秀娟:"你呢?你还要说什么?"

钱秀娟低着头说:"我没什么要说的。"

张大民又喷出一口烟来:"圆圆,你倒是问问你妈,当年我没钱的时候,我穷困潦倒的时候,她是怎么关心我的?她是怎么对我好的?"

圆圆张了张嘴巴,没说出话来。

张大民把左腿翘到右腿上,感觉有点不太舒服,于是又换回来,把右腿放到左腿上:"说不出来了吧!这下说不出来了吧!现在对我好,关心我,哼!说白了吧,还不是为了我的钱!"

钱秀娟坐不住了,脸涨红了,叫了起来:"你!你怎么这么说话!"

张大民露出了一丝坏笑:"怎么啦,我就是这么说话,说的是大白话。怎么,给说中了吧,说得不好意思了吧……"

钱秀娟急了,拔高了声音:"张大民!你别忘了,我嫁给你的时候,你还不就是个穷光蛋!"

张大民不急,慢慢悠悠地抛出一句:"穷光蛋?那个时候,全国人民有几个不是穷光蛋?"

……

……

这样的争吵,其实就像是彼此的揭短和剥皮,渐渐地就忘记了说话的初衷,渐渐地就陷入彼此的情绪里去。这一边,张大民一口咬死钱秀娟是为了他的钱;那一边呢,钱秀娟又是哭,又是叫,把张大民当年的一大堆劣迹拎出来,摊开来,甩出去。谁都不给谁面子,谁都给不了谁面子了。而另外有些话,其实两人放在心里也很久了,其实也很想有机会、有氛围说那么一说——

比如张大民很想对钱秀娟说:"秀娟,那些年,也真是苦了你了!"再比如说,钱秀娟又何尝不想对张大民讲一些心里话呢:"大民呵,我知道你心里也苦呵,我知道你苦,一个大男人家。大民呵,我们能不能试一试呢,我们能不能试一试重新开始呢?"……

但是,这样温馨感人的情景并没有发生。

张大民啪地一拍桌子,眉毛直立起来:"钱秀娟!你不要以为我不知道,你和那个老男人,勾勾搭搭,你以为啥呀,人家拿你白相的呀!"

钱秀娟恨得咬牙切齿地骂:"你以为你是好东西呵,吃喝嫖赌!哪一桩你不占着,呸!"

张大民冲上去要打钱秀娟耳光,被圆圆从后面一把抱住。

钱秀娟头发都炸开了,把脸伸过去:"你打呀,你打呀,给你打了半辈子了,你再打呀。"

话是这么说,心里忧伤和委屈都上来了,呜呜地哭。

圆圆看不下去了,使劲地跺着脚说:"你真是没良心!妈妈她现在活得容易吗?"

这一说不要紧,一下子说到了张大民的痛处,他整个身体的线条开始往上走,往外走,张大民突然亮起了大老爷们的嗓门:"她活得不容易?他妈的我活得容易吗!"

不过这一着急,张大民不知怎么把早年学的俄语说了出来。圆圆和钱秀娟面面相觑,不知道他到底说了什么。

张大民鼻子里很重地哼了一声。他的身体不为人察觉的微微摇晃了一下,然后,他稳住了。走到门那儿,打开,走出去,再重重地,使出浑身气力地把门带上。

张大民觉得自己心里的血流了出来。又给他咽回了肚子里去。

三十五

张大民那天没有留在上海。

他站在漕东支路的街头,浑身像狗一样抖动着。正是最冷的冬天,树上的叶子全掉光了。一棵棵树杆光秃秃地站着,互不理睬,互不招呼……一阵风吹来,也像剥了皮的狗一样抖动起来。

张大民站了一会儿,然后,他伸出手去,叫住了一辆打着"空车"牌子的出租。

他报出了那个古镇的名字。

　　张大民住进了古镇附近的一个星级宾馆。房间的外面就是那条河。河水黑漆漆的,月亮的影子映在里面,就像一个纯情的陷井。

　　那天晚上张大民接到了三个座机电话。两个是女的打来的,一个声音很娇媚,另一个则有点粗。

　　张大民知道那是小姐。

　　电话挂掉以后他突然有点后悔,他觉得其实可以在电话里和她们说说话的。他躺在松软的床上,手臂枕在脑袋的后面。他突然想,在床上的时候,声音娇媚的那个未必就好,沙哑的倒可能更劲些。他又想,她们会是本地人吗? 这个问题让他突然紧张了起来,会不会她们就是本地人呢? 这个古镇上生、这个古镇上长的?

　　他的身体又抖了一下。

　　房间里开着暖暖的空调。但他突然觉得冷,把身体蜷缩起来,像个茫然无知的婴儿。

　　第三个电话是个男人。这个男人颇有兴趣地和张大民说了几句话。他问张大民哪里来的? 张大民说上海。男人又问住长吗? 张大民说住几天。男人还在问房间里冷不冷呵? 张大民突然醒悟过来,骂了一句:"管你屁事!"

　　那天晚上张大民睡得还算不错,第二天醒过来的时候,太阳已经白白的在房间里摊开一大片。他开了点窗,新鲜的空气透进来。

　　河里漂过一条船。

　　一个船娘风骚地朝张大民抛着眼风——

　　"栀子花嘞,白兰花"。

　　吃早餐的时候张大民一直在想一件事情。

　　是呵。那些花呵草呵应该是春末夏初的时候开的。他少年的时候,茂名南路的时候就是这样。那时候真是春天就是春天,夏天就是夏天。张大民清楚地记得,那个拎着竹篮子的女人出现的时候,她坐在他家大楼门楼里的时候,张大民家里的阿姨已经穿起了短袖的大襟衣服,他和弟弟也开始偷偷地溜出去买冰砖吃了,树上的知了则试探性地发出一些声音——

还有,在他的记忆里,那位少年时代的邻居女孩,她的白,也是"看上去好像一块冰激凌"那样的白,而不是"白雪皑皑"的白。但是,为什么,现在,这个自然界里树叶落尽、树杆像狗一样颤抖的季节里,却会有人在叫卖"栀子花嘞,白兰花"呢?

张大民其实早就想明白了,一想就明白,只不过心里别扭着不肯承认——

假的呵。他想。

暖房里出来的呵。他想。

什么都是假的。他把一片涂了厚厚黄油的面包塞进了嘴里。

三十六

不管怎样,这段日子,在虚假的温暖和虚假的季节里,张大民过得还算不错。造园的工程也比较顺利。假山垒起来了,张大民还晃晃悠悠地进去钻了一遍。最深的地方黑漆漆的,然后有光线进来……从假山洞里钻出来的时候,张大民总要下意识地闭一闭眼睛。

里面太黑了。他想。

植物和盆景是从附近的苗圃移栽过来的。大多还是光秃秃的,站在冷风里发抖。看到它们的时候,张大民不知怎么的总会心头一紧。他背着手踱来踱去,和干活的工人们聊天。

"这些树,能种活吗?"张大民慢悠悠地问。

"活,老板,保证能活,棵棵都活。"两个工人抢着回答。

池塘里的水是死水。但北京人说已经设计了一个内循环系统。他叽哩哇啦说了一通。张大民听不懂。

"不会臭吧?"张大民问。

"不会臭,不会臭,慢慢地还会形成一个生态链呢!"

北京人解释说,池塘里种了荷花养了鱼,有一种鸟会来偷鱼吃,然后蛇会出现,黄鼠狼会出现,秋天的时候,还会爬出一只一只的小螃蟹。

张大民对小螃蟹感兴趣,但心里很怕蛇。

"不要蛇!不要蛇!"他连连地摆手。

北京人于是解释说,这是一条生态链,好的坏的都会出现的,既然造一个庭院,就不能要这个而不要那个。

张大民听不进,还在那里连连摆手说:"不要蛇!不要蛇!"

张大民最感兴趣的还是那几只鹦鹉。

广东人弄了几只来,培训了一阵子,淘汰了两只,现在还剩下两只。

一只黄头鹦鹉,一只灰头鹦鹉。

广东人说,黄头鹦鹉的语言能力特别强,几乎是一教就会,它说得最好的是:"恭喜发财!老板,恭喜发财!"

广东人又说,灰头鹦鹉也相当可以。但它的兴趣比较侧重于情感一类,它每天早上一醒过来就朝着天空大叫:"我爱你!我爱你!"然后这个时候就要给它喂食。因为这基本上就等于是"我饿了"的意思。

最后,广东人很遗憾地告诉张大民,"栀子花嘞,白兰花"这句话,不知道为什么,两只鹦鹉就是怎么学都学不会。但是他强调了一下,说:"可以继续教的,继续努力,继续努力。"

三十七

这天早上,张大民照例在宾馆吃过早饭,然后出门散步。

在街上的小报亭那儿,张大民停了下来,随手买了份报纸。

报纸上的一则新闻把他吸引住了。

新闻上说,中国北方的三个年轻人因为行窃被发现,把在中国生活的一家荷兰人都杀了。后来中国警察抓住了他们,关进监狱,宣判死刑。然而事情突然峰回路转,因为被杀男主人的母亲赶到了中国,她给法院写信,表示在荷兰是没有死刑的,所以她不希望那三个年轻人被判死刑。

法官很奇怪,也很惊讶,问她:"难道——你不恨他们吗?"

这位母亲回答:"恨不能解决问题。"

法官说："他杀了你的亲人呵。"

这位母亲说："他们已经死了,那三个人再死,也改变不了这个现实。"

张大民看得有点震撼,心里琢磨回味着一些事情,但就在这时,他突然注意到了一个细节——那来自荷兰的一家人,他们正是住在一个大城市近郊偏远地区的别墅里面!

张大民吓出了一身冷汗。

这个晚上张大民没有睡着。

他床头的电话又响了两次。它每响一次,张大民就浑身颤抖,他盯着它看,觉得它像鬼。像午夜凶铃。

接下来的晚上张大民又没睡着。

床头的电话一直没响。

他还是盯着它看。觉得它随时都会响起来。然后,他就颤抖,觉得它像鬼,像即将响起的午夜凶铃。

张大民觉得这个地方他待不下去了。

三十八

张大民晃晃悠悠地走进了浦东机场。

张大民在蓝眼睛、黄头发、白皮肤、黑皮肤的人群里穿梭。张大民觉得自己像在外国。

有几个西装革履、官员模样的人兴冲冲在他身边走过。他们拖着又大又沉的箱子,手舞足蹈着,看上去非常兴奋。张大民想,很多年前,他的父亲和母亲,他们第一次从北京来到上海的时候应该也是这样的。背着很大的背包,穿着军队的衣服和靴子。他们也按捺不住心里的兴奋和紧张。他们走着,说着话,面向一个陌生而未知的世界。

只不过,他的父母当时面向的是上海。而现在的这些人,面向的是世界。

是呵,他们怎么会不激动呢?他们的母亲缠过足,他们自己曾在"文革"期间养过猪耕过田,现在,他们融入世界了。

张大民站在那里发呆。

他想,他,现在,应该到哪里去呢?

哪里是他的家,哪里又是他的未知呢?

而就在离他不远的地方,一群刚从北京飞到上海的乘客正提着行李走出来。其中有一个容貌清秀的女人,她手里的机票上写着她的名字——

王琦瑶。

(原载《民治·新城市文学》2015 年第 1 期)

三人二足

鲁 敏

1

鞋店男人喉咙里"咕咚"一响,像呛了一口水,随即整个人蹲下,脖子伸长,两只手求援般伸过来,围合着向前缓慢移动,像趋近一簇摇曳的圣火。在距离章涵左脚脚尖半公分处,男人停住。他脖子见筋,耳朵外廓涨红,连带着花白的发根都发红了,似乎无法承受这样极限的幸福。他温文尔雅、无比恭谦地赞叹道:"我看到了世界上最美的脚。"

章涵没有尖叫、跑动或胡乱拨打正义的电话。她一动不动,听凭光溜溜的脚尖与男人的鼻子在空气里保持着初吻般的对峙。

这是一家突然冒出来的女鞋店,四壁鲜亮,就在章涵所住酒店的正对面,她本来是下楼买水果的,但鞋店橱窗摆出的样品像刚出炉的点心,让她忍不住隔着玻璃眼馋地盯看。里面的男店主注意到她,客客气气地邀请她"进来慢慢看呀"。她坐下,刚蹬掉左脚的旧鞋,因为她左脚要大一点——男人就这样了。

章涵屁股下的鞋凳,侧面装有镜子,这枚镜子又对着另一张鞋凳的侧面镜。这样,章涵的一只脚和男人的半张脸,便在两面镜子里无限反射着,形成纵深的重叠与无穷尽的反复,像是一齐掉进到这个肥厚时刻的深洞里,而下一步的走向,暂未显现明确的路径。店铺冷清,没有别的顾客,光线偏黄,有如暮色将近。几步之遥的大街上,正阳普照,昆明的阳光总是过分明亮磊落,在下面走来走去的人们也有一种坦荡但乏味的一本正经,他们骄傲并维护着这种普通生活的平庸之道,并好像随时可以接受全方位的监控与解剖。当然,只是在大街上。

　　在大街上或别的公共场合,章涵曾听到过许多的赞美,但直接、专门赋予脚的,这是头一回。二十二岁的她正处于女人一生里收获赞美与繁冗殷勤的最高峰,这一高峰期大约可以再延续四五年左右,此后,她才会听到一些客观和相对诚恳的表达。当然她现在毫无辨识力,她认为她听到的每一句都是真理。她不禁也重新打量起自己的脚来。真的好看?世界上最好看？她上下晃悠着,又用大脚趾弹了一下二脚趾,类似于搓了一个无声的响指。响指形成了微小的气流,在沉闷的空气里划动出一道令人心颤的涟漪,打破了接近僵化的画面。暗黄色的鞋店从昏迷中复活了,所有那些细长的鞋子们也都重新活跃了,它们像嘴巴一样急切地张开,等待吸纳赤裸的脚。

　　"我来替你试鞋。"男人语调克制,竭力保持着售卖者的体面,但他双手明显打滑,拿起一只翠绿的罗马式凉鞋,立刻掉地了,重新捡起,莽撞而紊乱地解开绊扣,撑开鞋子入口。他让自己冷静了一下,然后才磨蹭着、相当仔细地往章涵的脚上套去,一边微微抬头,羞怯地、近乎祈求地征询道:"我这样没有弄疼你吧?"可那表情却是巴不得章涵要喊疼、要挣扎、要扭动、要呻吟似的。

　　噗,原来碰到个恋足癖。

　　章涵知道这个！她感到一层通过考验般的愉悦。她可是处在一个具有前沿风范的领域,她所在的那个机组里,就有空姐玩女优模仿,玩制服游戏,玩同性恋,玩3P,玩SM等等。章涵懂得不比她们少,但就是一样没做过。这显得相当落后,多少遭人不屑的,连她本人也感到有些失望。真是没想到,今天会碰上这个。零碎的影像闪过,如同远程视频教程。好奇、好学、好胜,混杂成复杂的动力。

　　"嗯,你弄得我有点痒。"章涵软绵绵地说,音调拐着弯。她心里哧哧发笑,哈,多么别致、时髦！她敢打赌,机组里没人玩到过这个领域。是的,别致、时髦——章涵的命,确切地说,是致命的处境,从这一刻起,确立了这样的风格。她要很久之后才会意识到这一瞬间的意义。

　　男人肩膀夹起,连续喘了几口粗气,像犯了哮喘似的,却仍然坚持着把纤细的长鞋带一层层交叉缠绕到章涵的脚踝上,最后在末端打了一个婉转多姿的蝴蝶结。他用两只手托着章涵这只白腻粉嫩、被重重捆绑的左脚,像端详一个呱呱坠地的艺术品,眼里渐渐蓄满泪水。他可怜巴巴地看了章涵一眼,颤动着的嘴唇失态地凑上来,轻轻地对着她的脚趾吹气,亲吻、吮吸、舔食,从大拇趾一直到最小趾,挨个儿地来,并挨个儿地问:"这样呢?这样你舒服一些吗?"他的声音哽咽而苦涩、充满感激之情,好像一个跋山涉水的异乡客,终于抵达了他苦苦追寻的童贞子宫。

2

鞋店男人姓邱,他让章涵叫他邱先生。邱先生四十多岁,举止富有条理,又有一点江湖气魄。征得章涵的同意之后,他随即把店铺打烊了,并邀请章涵到里屋坐下"喝杯茶"。章涵谨慎地默不作声,又有点跃跃欲试的挑战感。她假模假样地留意房间的陈设与出口,好像随时打算自救逃生,心中又觉得并无必要:这位邱先生发根花白,有种白头男人特有的软弱感,使她大为放心,并动了善心。

里屋有个小吧台,邱先生让她坐在高高的吧椅上,替她泡了茶,他自己,则坐在一张普通的折叠椅上。二人的构图,类似审判者与忏悔者。

邱先生解释了自己的癖好,指指外面:"所以我一直做女鞋生意,这上面赚了很多钱。"他提起源头,像商人回忆他的第一桶金:"十三岁,我在公园看到一对男女,他们在长椅上幽会。冬天,天快黑了,两人的衣服层叠纠缠,什么也看不到,只有女人一双雪白的脚,举得老高,一会儿勾起,一会儿抵着椅背,一会儿又张得很开绷得笔直,我只能看到那个。我还能听到她在不住地吸气,好像怕冷,又好像给烫着了似的。太要命了,她吸气吸得我浑身刺痒。我趴在小灌木丛里,往下身摸索,头一次尝试自己的生殖器。"

章涵俯视他,像一个性别倒错的神父。她喜欢故事里这个十三岁的男孩。

"后来我也开始吸气了。我被发现了。男人忙着理裤子,女人却听凭裙子掉下,她咯咯大笑着抓起鞋子就向我扔过来,她的黑大衣半掩半开,长白的腿在暮色里亮得耀眼。先一只鞋,又一只鞋,其中一只她扔得很准,正砸到我脸上。我倒下了,并射精了。"

章涵喝水,更喜欢这个小男孩了,也喜欢那个扔鞋的女人。

"我猜,你是平面模特?"邱先生问。章涵不屑摇头,经常有人用这个开场跟她搭讪。邱先生连忙改口:"还在念大学?读研?"

章涵这回满意了,听听,还像学生呢!她高高兴兴地纠正:"我是服务员,端茶送水的,伺候人吃饭。"她故意停顿一下,然后补充,"在飞机上。"

邱先生眼珠不转,挠挠下巴上的胡渣,那也是花白的,语气难以置信:"你是空姐?老天,你绝对想不到,有多少、多少人喜欢空姐的脚!还有你们穿过的丝袜,肉色的,灰的,黑丝的,全透明的。网上天天有人高价售卖你们穿过的丝袜。"

章涵尽量显得不太惊讶:"穿过的!那不是有味儿嘛。"

"这个,以后跟你慢慢说。味道是很重要的,各人不同,比如我就比较偏好稍微出过一些汗的脚以及穿过很久的鞋子。那么,你是昆明本地人?跟父母一块儿住?"见章涵瞅他,他小心地跟了一句,"假如你是一个人,我可以……照顾你。"

章涵老家是江西的,昆明、哈尔滨两头飞,昆明这边是航空公司长包的酒店,看排班,每周大概要来住两晚。哈尔滨那边则是跟另一个空姐合租的公寓。总之,昆明也好,哈尔滨也好,她都不算本地人。她可是最自由最独立的呢。

谈到这里,章涵收起脚,表现出矜持:"谢谢,不需要什么照顾。就这样挺好。"她拢拢头发,站起身,这是要走的趋势。她联想起一些黑暗的故事。她可不想冒险,每天飞来飞去,已经够危险了。

"哈尔滨,哦,哈尔滨。"邱先生重复了两遍。他亦步亦趋地尾随着章涵,急切地想多挽留一会儿。他陪她走过店堂,突然高兴地一咳:"嗳,你愿不愿意,做份赚职?我正好特别需要呢。"

"我飞四休一,时间很紧张的。"章涵婉拒,同时感到失望。他真不如直接说出他的想法。

"放心,基本不耽误你的时间。我正好有客户在哈尔滨,你每次离开昆明前,到我这儿带几双样品鞋去,哈尔滨那边有专人专车接你,到那儿你就穿上给对方看看,对方凭此订货下单。每带一次,两千块,可以吗?你要觉得不合适,可以再商量。"

章涵随手拿起一只鞋打量。这样式,她穿了肯定好看。"光是穿给对方看看?"

"……在昆明,也要穿给我看看。"邱先生羞涩地补充。他紧张地盯着章涵,"你放心,除了脚,最多到小腿,我不会碰你其他地方。"

章涵被最后的坦白给说服了:他就是想要她的脚嘛。可以!她乐于成其好事,甚至乐于参与其中——她认为自己是绝对大都会,绝对现代派的!再说,还有两千块钱,打这么个挣钱的幌子也更有意思。

于是谈妥。邱先生又让章涵"再坐几分钟,祝贺一下"。二人回到原位,仍是一高一低,他继续仰视,语速变得更慢,显得郑重:"这么说,你,也喜欢这样?"

"谈不上喜欢,反正也不讨厌。"这是实话。章涵左脚的五个趾头,到现在还湿漉漉的,好像红肿了,一时难以消退。

"没有感到一丁点儿别的?酥麻的、发软的、无力的感觉,或者想要夹紧你的腿,挺起你的腰身?"邱先生一丝不苟地追问,像启蒙,又像在做测评报告,他在空气中打着手势,替每一个感觉都确定了层级与格子。

"嗯,脚趾头很想使劲儿地张开。对了,脚底下,就是脚弓那儿,感到很空虚。"章涵使劲地捕捉、发挥。她想证明自己:她懂,并享受这个。"还有,我的右脚现在很不舒服。两只脚完全不一样了。"

"我就知道你很灵光的。右脚不舒服吗,我来了。"邱先生猛然滑下椅子,跪倒在地,他脱下章涵的右鞋,对着右脚趾挨个儿"补课"。接着两只脚一起,上下前后左右,花样百出。他含糊不清地请求章涵用脚蹬他的脸,踩他的嘴、鼻子、眼睛、耳朵。章涵着实有点尴尬,不知轻重,可是,影像式的记忆再次像教科片一样帮助了她,好胜心与炫耀感也在推动着她,她顺利地进入了她的角色,她呻吟、抑制、践踏,甚至还有更多的创造性,表演出色极了。邱先生满足地瘫成一团。

章涵离开前,邱先生把那双翠绿的罗马式凉鞋送给了她:"以后所有你试过的鞋,都是你的。"

章涵拎着新鞋,打算继续去买水果。走了几步,这才发觉,她脚底板麻木,脚尖酸肿,下肢控制不住地一阵痉挛,简直举步维艰了。她惊讶极了,跌跌撞撞地找到一处栏杆扶着。她抬头往天上看,太阳像月亮一样,朦朦胧胧,粘粘糊糊,令她感到十分的陌生。

"邱先生。"她在迷惑地小声念叨了一句。

3

这一趟的航班上,某些东西大为不同了。章涵倚在备餐室休息,像通常一样,怪老实地、模样恭顺地听别的空姐们闲聊、抱怨、相互媲美。可实际上,她耳边风声呼呼,如腾云驾雾、穿梭蓝空。她垂着眼皮,敬畏地盯着自己闪闪发亮的鞋,坚信不疑:不是油料在燃烧,不是机翼在驭风,都不是,而是她的脚在开动飞机!她脚下的这双鞋,就是整架飞机的引擎和动力所在!是真的。邱先生赋予了这种力量。

出发飞哈尔滨前,章涵拖着小箱子如约到邱先生处拿样品鞋,也如约穿给他看——他一二三四地教了章涵几个姿势,以帮助她更专业地展示脚上的鞋,他表现得相当的商务。

一切都交待完了,章涵往小箱子里塞好两双样品鞋,可以走了。她心里有点奇特的失望。邱先生似乎也在犹豫,他煎熬、强撑着的样子非常吸引人。章涵不忍心了,重新坐下,飞快地脱掉鞋袜。

"不。"邱先生做个制止的手势,"那个,会累着你的。你等会儿还要飞六小时呢。"他咬着嘴唇,绕着章涵走了一圈,腼腆地指一指她的鞋:"你这鞋……我可以替你料理一下吗?"

章涵脚上的工作鞋,是航空公司统一订制的,一双风格保守的黑色高跟鞋。不等章涵表示,他就跪下来,替她脱下,如获至宝般地捧在手上,并像个饿坏了的人似的,一下子把整个脸埋上去,拼命地嗅闻,同时发出悠长的哼哼。他仓促地瞟一眼章涵,迅速跑到卫生间,关上门,还加了锁。可是章涵还是可以听得清清楚楚,里面发出类似做爱的声音,他跟她那双旧旧的、几乎没了光泽的工作鞋!他大概是抵在马桶边上吧,身体与马桶的摩擦伴随着水箱的颤动形成一阵快过一阵的短促撞击声。可怜的人啊。

光脚的章涵蜷在沙发上打盹,眯了一觉醒来,还是不见邱先生出来,章涵看看表,走到卫生间门口,敲了两声,试图推,竟然推开了。邱先生正坐在地上,面前铺着一块雪白的浴巾,章涵的鞋子像并蒂黑莲一般怒放在正中央,他手边一整套相关用具,鞋刷鞋油小挫子抛光蜡鞋掌鞋钉什么的,他正忙得不亦乐乎,当真是在"料理"着呢。"快了,我这就好了。"他此地无言三百两地解释,"我动作比较慢,但包你满意!喏,你看。"

果真。绝对像换了一双鞋似的。鞋头的擦痕与磨损了无踪影,鞋跟处的小磕碰不见了,磨损的鞋钉换成了新的,拿到手上,整个鞋甚至都重了一些,黑金一样发出蓝荧荧的幽光。

这不仅仅是一双鞋子了。

章涵有些害怕地瞪着,差点就要哭出来。这辈子,就包括爹娘在内,有谁这样替她料理过任何一样东西吗?邱先生银发闪动,慈爱的怜悯般的光泽,章涵简直想伸手去抚摸——这不是爱,而是一种崇拜,一种血肉相连的体恤。唉,邱先生,她绝对要俯仰承合于他的。

哈尔滨方面的订货人是个不爱说话的年轻人,可能比章涵还小上一两岁,开着一辆半新不旧的SUV。问他如何称呼,问到第三遍,才不情不愿地挤出两个字:华青。他耳朵上一排耳钉,捋起胳膊时,可以看到一小截纹身。但这两者都不够劲儿,反倒像是故意弄上去撑门面的。他看上去就是个半大男孩子。他专心开车,神情紧张,带点抑郁,不大看章涵。可能是由于她的妆扮,空姐就是这样的,只有在飞机上看才是最合适的。

正是由于这个第一印象,章涵此后对华青一直有些不以为然。这是年轻女孩常犯的毛病,她们更倾向于对中年男人抱有智性上的想象与寄托。这是不公平的,不公平会导致错误。可也没办法,世间本来就是如此,误解与误会构成了生活的基本程序。

华青把章涵带到一处小区的公寓房。"怎么不去公司?还是说,公司就租了这么点地方?嗯,现在生意也不好做。"章涵自问自答,摆出深知生意场疾苦的样子。实际上她心里有数:哈尔滨这一系列所谓送货、看货与订货,只是一种辅助性的假动作,如帷幕层层遮蔽,以便邱先生在昆明那头能够合理、尽情地跟她的脚或鞋子发生关系。章涵不清楚这个叫华青的知道些什么，出于对邱先生的维护，她倾向于把自己表现成一个跑单帮的财迷空姐。

华青并不回答，只管掏钥匙开门，先跨步进去，四处开灯，章涵刚要跟进，他一把拦住，递来一双新拖鞋，冲她的脚呶呶嘴。灯光下，他面色带点病容，递拖鞋过来的手似乎都有些晃悠。章涵未加计较，她很乐意换下这双工作鞋。航班是六个小时，前后的准备与收尾又是两个小时。而且今天特别的累，被邱先生所料理过的鞋子，有着不寻常的份量，她走一步都要惦记一步。

房间装修齐整、窗帘低垂，异常洁净，没有生活的痕迹，没有工作的痕迹，甚至没有人的痕迹。华青离她远远的，倚着窗帘，也不看章涵，像在执行一项水土不服的任务。

章涵有点乐了，她动作很大地从箱子里拿出两双样品鞋，一本正经地先后换上，照着邱先生的关照，在屋子中间找一条对角线，来回晃着走，各个角度摆一摆，间或转个圈，提一下裙摆，做一个六十度侧抬腿。她在脑子里播放起一段哥特风舞曲，自娱自乐地把自己想象成一个超模，脚上是……就意大利的吧……纯手工鞋。她像看镜头一样地对着华青，蛊惑、冷淡、死盯着。她是想寻开心。华青依旧心神不宁，只是应付性地偶尔瞟瞟她。更多的时间，他透过窗帘的缝隙往外看，好像外面有着什么更精彩更要紧的风景。他还在玩手机，写微信或是看信息，手在屏幕上划来划去。

章涵被华青的样子弄得很没劲，她猛然停下，好像脑子里的配乐突然断了："行了吧。你要订货吗？"

"订。"他等不及地马上点头，并从哪里摸出一个信封，还有一个小本本子："你签个名。样品鞋也请带走。"他语速飞快，一脸急于出去透气的样子，好像一分钟也不能多等，以结束这场潦草的形式主义看样交易。嘿，章涵忽然明白了：他吃不消跟她在一间空房子里，到底是个小男孩呢。她想起在邱先生的鞋店里，其实她也不是真正自如的——总有种装满了水、要泼洒却洒不出来的感觉。她总等着邱先生有更多别的动作，可又担心着自己不会很得体地应承。她不愿让邱先生失望。

三人二足　415

这位华青小弟和她,某种程度上,是同一个处境里的人。章涵亲热地冲华青一抬头:"走,姐请你吃夜宵去。"哪怕是看在"佣金"的面子也应该的。章涵随意一算,如此这般地,每个月就能轻松挣出一万多块,另外还有鞋呢。她应当把这件事做得更体面,更周到些,包括招呼好华青。

华青牙疼似的,腮上筋肉一抽:"送你走。不吃。"

章涵打定主意要跟他睦邻友邦,来日方长不是吗,"嗳,大家既做生意又做朋友,互相帮衬呗。你如有什么难处,尽管跟我说!"这语气有点大——她每周在天上飞二三十个小时呢,那是多少的千山万水啊,这华青一看就是从来没有离开过哈尔滨的!

华青更冷淡了,他很无礼地径直站到门口,就等章涵换鞋走人。两人过马路走向汽车时,他更是在前面走得飞快。路灯明灭不定,寒风打着卷儿旋转,章涵这才发现,这处公寓相当偏远,视线范围内几无人影。不过离太平机场倒是近的,抬头可以隐约看见远处航站楼的信号塔,那让她安心多了,她跟在华青后面小跑,脚下的鞋子好像变轻了许多,纸飞机一样托举她,在空荡荡的夜街上掠过地面飞。

华青坐在汽车里,低低地按了几声喇叭催她。透过车窗,章涵看不清华青的表情,不过以她的直觉,更加笃定地得出一个结论:华青有点"怕"自己,同时还有不耐烦与逃避,这些玩意儿构成了复杂的分泌物,像乔装打扮的多情先遣队,专门来自那种内向、热忱、脾气还挺倔的年轻男孩子。

也好,哈尔滨算是多了一个爱慕者了,这就像包里多了两双新鞋,没有一个女孩子会嫌鞋子太多的。

4

四双、十双、十六双,章涵的鞋子像树上的果子一样以繁殖的速度增长,争奇斗艳、累累枝头。她几乎来不及穿了,她肯定是来不及穿了,她最多来得及轮流试试它们,就像暴发户关上门数钱一样。不,这比喻不合适,章涵现在对于脚和鞋的认识,已经远远地超出了实用的消费主义,进入了审美阶段,甚至进入了抽象空间。她会独立地欣赏鞋,或者脚,或者某个部位,以特写、变形、联想的方式去审视和玩赏。不消说,这些既系统又充满即兴式灵感的影响来自邱先生。

邱先生常常替章涵洗脚。他先用稍烫的水清洗,像父亲照料一个生活不能自理的女儿,缓慢、周到、几乎心疼,但这只是过渡性的;随后会换上红酒、牛奶或酸奶,他把章涵的脚当作搅拌器、吸管之类,边洗边啜饮,角度总是别出心裁。他最为酷爱的则是用果汁来洗脚,准确地说,是借章涵的脚来做果汁。昆明反正水果多。他选用芒果、蕃石榴、木瓜、山竹、红毛丹这一类汁液丰沛、味道浓郁的品种,过程相当冗长繁琐,有时章涵简直昏昏欲睡,她便朝后半躺在沙发上,只管把脚伸开在那里,随便邱先生去忙碌、操作。

事实上,她没办法真的睡着。章涵的脚早已从一个愚笨实用的器官,被唤醒被抬升了,从最底层的苦力一步步登入感官的殿堂,像个新兴阶层一样的,它有意识有权力了,并且发号施令、作起威风来了。它还有同盟军,像打电报似的,通过穴位与筋骨,把沸腾起来的需求传送到脑垂体、嘴巴、胸、小肚子等各个分部,而与此同时,粘稠的果汁也正顺着她的脚尖、脚趾、脚底、脚跟、脚脖子、小腿肚子,往上方寸寸渗透,一路透迤出各种喧哗与骚动,最终,意识与果汁在章涵的耻骨处盛大地汇合,造成一种难言的空洞。

这样的洗脚,章涵真是不好过的。

最不好过的是,在这一切之后,邱先生就扔下章涵了,径直就抱起章涵的那双旧工作鞋和她当天穿过的丝袜,又一个人关到卫生间去进行漫长的"料理"了。章涵光着两只脚就在沙发上,她觉得自己大腿也光着,屁股也光着,胸脯子也光着,完全赤身露体。她无法理解、无法消化这令人绝望的局面。她瞧不起自己了,并以有限的经验,自卑而吃力地分析:他不碰她小腿往上的地方,真的只是为了恪守承诺?难道说,自己浑身上下就只有这一双脚算是好的、能够吸引到邱先生的?他就只肯通过这个器官来与她发生关系?要照别人看来,她这一点都不吃亏是吧?可她很难受哇,心里和身上都难受!她说不清自己是否喜欢上这人了,但他那样的蹲在她下面,晃动着花白脑袋,这情形里,的确有一种古怪但强烈的柔情,难道邱先生真的不知道吗?她到底该怎么办啊……章涵仰面斜躺，两腿张着，两脚空悬，更加糊涂且怅然了。

时间就在卫生间和沙发两处分别流动着，那里快这里慢、那里热闹这里冷清地流动着。重新露面的邱先生，总是面目严正，他会谈起这一合作中的注意事项，对章涵晓以厉害：样品鞋虽只是一双两双，佣金也不过是零花钱，但真要被人发现，其性质还是严重的，是借职务之便进行经济活动，往大里说，类似于公职人员的以权谋私，搞不好会有毁灭性的后果。他带点恐吓性地分析给章涵听，好像把石子扔到黑洞洞的枯井里，特意让章涵听那可怕的回声。"明白吗？毁灭性的后果。"他追问。

看到他这么的忧心忡忡，以至如此夸张，章涵真觉得他可怜极了——邱先生无非是要让她对他的怪癖保密呗，他假装把危险的重点落在稍带鞋子这件事情上，说得像走私什么违禁物品似的，好像他们之间从来没有别的勾当。"明白。我会十分小心的。"章涵一丝不笑地点头、压低声音。

好就好在，年轻女孩子随身带上一两双漂亮鞋子，真是再正常不过了——就算把她的行李箱打开来给全世界看也挑不错儿来的。不过章涵还是煞有其事地跟同机组的姐妹玩点花招，比如她喜欢把新鞋子说成几十块一双的地摊货，偶尔露点风声，提及那个开着 SUV、打着一圈耳洞的年轻人，暗示她在哈尔滨有了一个粗俗的追求者。姐妹们就算有点好奇心也迅速满足了，并对章涵东北土炕式的恋情施以同情。她们越是不屑，章涵简直就越是得意了。绝对没有人能够想象得到的，她的烟幕弹深处可藏着一个邱先生呢，多么理想的大家伙啊，既出格又老练，既多情又好像无动于衷！她们谁能想得到呀？

不过话说回来，华青真的算是她的追求者吗？章涵现在有点吃不准：与华青的相处越来越别扭了。这有一半得怪她本人，怪她的脚，或者，往根子上去，得怪邱先生——

每次离开邱先生，离开长水机场的章涵，她的内部都像是一张被拉得溜圆但没有射出去的弓。这把膨胀但空虚的弓随即上了飞机，像行李一样被压扁了塞进小行李箱，和那两双样品鞋挤在一起，休眠、与世隔绝了。她的外部还是正常的，一抹脸子就进入了国标 ISO9002 式微笑：先生请打开遮光板，女士这是您要的毛毯。巴啦巴啦的肉质机器人。直到飞机降落到太平机场,进入华青的 SUV,进入到那间封闭的郊区公寓,打开行李,赤裸的脚穿上细高的鞋——她内部的那具弓又重新丰满了,甚至带有更多被压抑被增值的积蓄。

这张弓,从其发生、暂隐与重现,章涵都只是受控的、不自知的奴仆。她还以为自己不舒服,哪里出问题了。她感到两腿被拴了一个超出她本人重量的大负载,灼火烧心,走路跌跌冲冲,非常想抱住随便一样东西,稳一稳,靠一靠,以替她解决点什么。这怎么回事啊?章涵费劲地穿上样品鞋,麻木地展示,转圈子,一边有些迂怒地盯着华青——后者一如既往,仍旧干巴巴地倚着窗户,三心二意地不时从窗帘缝隙瞟着窗外,同时在手机上点点戳戳。她的愤怒更盛,生气于自己出错的判断:这样的华青哪里像个爱慕者?

这一天,大约是第三十几次"交易"吧,签字拿钱的小本子都翻两页了。章涵发火了,她是冲着自己,但以冲着华青的形式——她动作飞快把鞋子从脚下抹下来,不等华青反应,掀开窗帘拉开窗户作势就要往外扔,一边气喘吁吁地讥笑:"外面黑咕隆咚的到底有什么好看的呀?不如我把鞋子扔出去怎么样,给你找点东西看看,嗯?"北方窗户是双层的,章涵并没有真的打开。但华青已是吓得脸色煞白,立刻把章涵往下一拉,扑倒在地,好像她这个人根本就不能暴露出来,否则就会有子弹从外面飞过来似的。随即又连滚带爬地去把窗帘重新拉得严严实实。

真好笑,他如此惊慌失措干什么?又没干见不得人的事!章涵保持着被推倒的姿势,耍赖一般,她索性瘫倒在窗户下,两只从鞋子中解放出来的脚,软弱地交叠着,放弃一切似地搁在一边。华青半蹲下来,刚要伸出手去拉她,章涵的两只脚突然昂起,绞缠着,一下子蹿上来,她上半身仍然平摊在地,小腿和脚却以一种倒立的态势游走到了华青的腰际,半截裙翻披下来,在臀部形成喇叭花,内裤像花蕊一样。

章涵紧闭双眼,没法看华青的脸。她知道自己完全的疯了,不知羞耻,可同时也委屈极了,她不是自己要这样的!她只是太憋屈了,从昆明一直憋到哈尔滨,这个账该算到邱先生头上啊,她真希望邱先生可以看到这一幕!可以说,她正是为了邱先生才这样的,尽管这其中的逻辑十万八千里非常莫名其妙!可怜的替罪羊,可怜的华青,就算他曾经有那么丁点儿喜欢她吧,恐怕这会儿也被她这放荡的怪样子给吓住了……过了一小会儿或一大会儿,大概很长时间吧,她终于感觉到华青冷冰冰的手,正在剥开她的脚和小腿,毫无感情地剥开,手势坚决地剥开。随即抽身后退,在地板上放下什么,章涵听出来也猜出来,是今天那两千块报酬和签字的小本本。她听到他从她身边绕过去,一步一步走到门口:"我到车上。你尽快下来。"

5

邱先生说:"哈尔滨方面的客户投诉你了。"他这时正在替章涵修指甲,语气平和。章涵缩了缩脚。

"唉呀,碰着你了?"邱先生吸口气,十分心疼,立刻放下指甲刀,内疚地凑上来吮吸安抚。他有一套长短粗细不一、功能各异的磨甲磨皮刀片,使用起来极其讲究。一只脚能修二十分钟。

关于在华青那里的失态,章涵曾经考虑过是否要跟邱先生坦白。但后来她认为不必了——那晚稍后,章涵上车之后,华青没有上机场高速返城。他开上了另一条路,越开越荒野,路牌依稀闪过新农镇、榆树镇之类地名。章涵对哈尔滨的熟悉程度并不比对昆明强多少,尤其这种郊野。她淡漠地看着车外,不做询问。她感到十分疲惫。

车子把直路好路大路都开到尽头了,开始进入颠簸起伏的土道儿、烂泥道儿,最终歪歪扭扭地停在一个杂树丛生的野水塘边。这里白天可能下过雨,夜间温度低了,冰凌凌一片,夜色光泽透亮。水塘却黑漆漆的,像一只既恐怖又哀伤的独眼睛。

华青干巴巴地开了口,竟跟她聊起天来,并且是老娘儿们般的家常话题。他不大熟练地摆出一股哈尔滨土著的姿态,关切章涵的来龙去脉:老家在哪里,今年多大,有无兄妹,父母身体等等。切,扯这些做什么?章涵机械地有一句答一句。华青尤其关心她的父母,并指出,作为独生女,她应当好好地守在父母身边侍奉云云。真是越讲越无聊了。不过,章涵在沮丧中还是琢磨出来,华青准是特意如此,以把章涵从刚才的"失格之举"中给拉回来吧。其实她哪里是冲着他呢。

章涵心中苦涩，扭头看往窗外的池塘。华青也陪着看了一会儿："这是我的水塘。只有我一个人知道。"

"现在是两个人了。你该不会想把我扔在里面吧？"章涵脱口而出，然后又惊讶于何来这么个阴森的灵感。

"别开玩笑了。"华青也一怔，突然起火发动，他打开大车灯，转动方向盘，离开了野水塘。他的耳钉一闪一闪，使得他的侧面线条更加模糊了。"我希望不要在哈尔滨再见到你了。真的，你好好想想我的话。不要再做这个了。为了你自己，为了你父母。"他的语气像是有所暗示。不，不可能，他不会知道邱先生的事的。

"再怎么说，飞机还是安全的。我父母不会担心的。"章涵含含糊糊地回答。

关于这场淡而无味的谈话——直到他们关系的后期，接近终点，接近一切的终点，章涵才明白过来，华青当时其实在跟她说什么，他冒了多大的禁忌。而她的回答，从他的角度听来，也是合拍的，心知肚明似的。人们在谈话时，常会有一个假设的共同前提，有时这前提不言自明，另一些时候却南辕北辙。不巧的是，章涵与华青就是后一种情况。

"哈尔滨客户投诉我？"章涵换了个姿势，一直举着脚简直比走路还累。华青会怎么说，她很好奇。

"腿酸了？我来替你放松一下。"邱先生体贴而机敏，不放过任何一丝机会。他马上蹲下来，替章涵按摩，他熟知脚部的穴位，一边念念有辞，什么太冲穴、申脉穴、涌泉穴、丘墟穴、昆仑穴等等，哪个哪个对应着肾虚啊内热啊失眠啊消化不良啊内火啊什么的。

"投诉什么？"章涵追问，并想抽回脚。

"没什么，你别在意。这事我说了算。"邱先生头埋住不抬，在方寸之地上大做文章，不愿分散注意力。

"到底讲什么了？"章涵一使劲，她真的抽回了脚。邱先生越对她的脚用功，她就越是恼怒，简直有无名之火。

邱先生合抱的双手空了，可他仍然保持着，好像就是这种空落的模拟动作也足够他留恋、玩味的。隔了好一会儿，他才落寞地自语，"我就担心着，哪天，你像刚才这样，脚一抽，抬脚走人，离开我了。"他半垂着眼皮,仍然看着章涵双脚原来所在的位置。"具体没讲什么,就是不满意,说你不合适干这个。我问为什么,他挂电话了。我猜……"邱先生抬起头,他空空地看章涵,视而不见:"你们是在闹恋爱了。"

"没……"章涵急得要站起,脚却又光着。邱先生伸手来一压,像一个骤临的热吻,不让她动,也不让她说。

"也是预料之中。"邱先生自己站起来,一下子站得笔直。他总是这个特点,跟脚、跟鞋子在一起的时候完全没有人样儿。一离开那两者,就恢复节制、斯文。"年轻男女,当然的。"他突然语气一变,有些滔滔不绝,"华青这小伙子呢,还是不错的。我见过,高高的蛮帅,比我年轻时强多了。家底子么,据我了解也可以,算是家族生意,将来什么都是他的。哈尔滨也挺洋气,房价什么的却不太高。"他边皱眉边笑,挑剔但也还算欣慰的笑容,像一个父亲在替女儿分析男朋友。

"可能他有那意思……"章涵好不容易插上一句,急于洗白辩护。可突然也有一种骄傲的幻想,试图激发起邱先生一丁点好胜心,"对,他是喜欢我!"

"那你呢?"邱先生飞快地问,刚问完,又更快地一挥手,"别说!你不用回答我。我不打听这个,这是你们两个自己的事。"他很洒脱地背起手,在屋子里走了半圈。"我只是想问,你觉得你适合再送货吗?这个,我不听华青的,尊重你的意见。"他眼巴巴地看着她,同时又忌惮着自己的这种急迫。他收回目光,又接着在屋子走。

"当然送。不行的话,哈尔滨那边另外换个人也行。"章涵像个士兵一样地大声回答,不容许自己有半点犹豫,她要证明她的忠诚和可信。"你放心,华青什么也不知道。我从来都没跟他谈起过你。"她有种近乎母性般的冲动,几乎想要上去搂住他。看看,他那么落寞!华青这个投诉真是好啊,邱先生终于露出尾巴来了:他其实很在意她,不是吗?

"你,不会扔掉我这个老男人?还会到这儿来,跟以前……一模一样?"邱先生眼睛往下方移,移到章涵的脚部。

"一模一样。"章涵重复,心头喜悦。

"你知道,我们已经快有四个月了。我习惯这一切了。"邱先生把眼睛看望半空,衰老的脸上显出一种通往问题核心的态度,"那么,说好了。

哈尔滨和华青那边,也一切照旧,所有的程序和关系都不受影响,好吗?"

章涵没有直接回答。她冲动地滑到地上,那天在哈尔滨的公寓只是一次预演,今天来真的。她把她的脚和小腿,两条蛇一样地往邱先生的裆部缠绕上去。这一回,她自如多了,优美多了也彻底多了。裙子再次像喇叭花打开,白色双腿的根部,镂空真丝绣的黑色花蕊——这才是所得其所的怒放!好像从内部下起雨一样,章涵感到自己湿淋淋的。她睁着眼,勇敢地向上看。她想到自己二十二岁的好年纪,想到邱先生像父亲那样替她洗脚,想到邱先生坐在地上替她料理旧皮鞋,想到从这个角度并不能看得到的邱先生的花白头发。她在想象中进行弥补和发散,一切都不再是局部或残缺的了。时间嘀嗒,在她静止的两只脚上轮流走动,每一步都让她更加灼热,百感交集。

邱先生热泪滚滚,毫不掩饰地用手指揩着。尽情哭泣了一会儿之后,他极有分寸地握住章涵的脚,把她轻轻地安置到沙发上。

像换了一缸水的金鱼似的,邱先生自若地重新游动起来。他拎出另一个精致的小箱子,重新坐到章涵面前。"来,上指甲油。"他挑挑拣拣,留下四支,全黑,玫红,亮紫,银粉。第二轮筛选时,他更慎重了,他把四支指甲油分别扭开,在自己的手指甲上试涂,又对着章涵的脚反复对比,一会儿顺着灯光一会儿背着灯光。指甲油那甜腻的人工香精味在空中弥漫开来。终于,邱先生选定了玫红,像个无臂人似的,他把小棍子衔在嘴里,小工蚁似的替章涵的脚趾涂抹起来。

章涵屏息不动、如坠深渊。昆明的温度比哈尔滨还要低吧。万物冰冻,包括她的脚、腿、裙子、花蕊,一切都被冻住了,她成了冰冻模特。

6

章涵没有跟华青对质"投诉"之事,华青也闭口不谈,各自只管照旧。华青后来又带章涵去看过几次池塘。有时候天气很糟,加之是夜里,又是乡野小道,凄风冷雨之中,汽车像在黑色的海水里开。华青心无二用专心对付方向盘,两人几乎没有交谈。

颠簸的驾驶厢里,章涵呆呆地坐着,凝视着浑浊的前方,身体随着车子起伏。外面越是恶劣越是黑暗,反而使得他们所置身的小小车厢,获得了朴素紧凑的密度,一种排斥掉整个世界的依偎感。她喜欢并安于如此,最起码她可以忘掉鞋子或脚,忘掉昆明及邱先生。偶尔,她半是自嘲地幻想,也许华青会把车子停到路边上,像一个腼腆的追求者那样,期期艾艾地做点边缘性的小动作?这滑稽的联想说明什么:她心理上已经越过邱先生了,或者说她也有点喜欢华青?真不清楚。算了,就这样吧。正如她答应过邱先生的:一切都不受影响。

但还是出了一点问题。

那天,她正昏昏欲睡地给华青展示着两双超高跟的水果色凉鞋,还是那种没着没落的满弓状态,华青照旧倚在窗帘边在手机上划划拉拉。突然,他抬起头,眼神呆滞、震惊,好像眼前的章涵突然变作了女鬼。章涵给吓得一跳,她惊慌地上下打量自己,随即往华青那里跑去。她不知道危险在哪里,但她确信华青一定可以保护她:哪怕就一个拥抱,也足够了!想想看,不管昆明还是哈尔滨,她到现在连一个像样的拥抱都没得到过。华青却目中无人地闪开,粗鲁把她匆匆一推,大步跑着冲出去,他拉开大门,蹲下去,拿起她脱在外面的工作鞋,神情古怪地端详,凑近了看——那动作,几乎像邱先生了——他看了好一会儿,好像那双鞋会说话,正一五一十地对他倾吐邱先生对它做过的一切。

章涵不知所措地倚在窗帘边,这正是华青平常所站的位置,她下意识地也从窗帘缝隙往外看,这里可以看到公寓的正大门。正大门对着一杆路灯,静静地照着简陋的巷道,并无任何异样。

华青走进来,脸色煞白,他机械地掏出钱和小本本子,却又骤然停住,重新收起来,眼睛看都不看章涵一眼,好像她完全成了死人。"快走。"他说,一边在房间各处疾走、关灯。

这下子章涵真的生气了,计较起来:"订不订货都应当给佣金,昆明那边说好的!"她从刚才华青猛然跑去看鞋的动作分析出:他准是发现邱先生的事了!他明白自己只是一个可笑的小龙套。不行,得扳过来,她要强调她跟昆明那边纯粹就是金钱关系。这可不仅仅是为了邱先生,也为华青:她也不愿让华青在心理上太委屈。

"不给。快滚。"华青粗暴地一甩头,耳朵上的铆钉竟显出几分杀气。

章涵劲儿也上来了,伸手就拽住华青,两人在玄关处扯起来:"凭什么不给?我哪一步都照合同办事。做生意不能这样。"她力气当然不算大,可她真的在拼命,心里也仗着一丝底气,她有心想要逼一逼华青。如果他肯说出他的喜欢,她会跟他好好解释邱先生的隐私,说不定还会试着跟华青交好,她本来就不排斥华青,华青的赤诚、胆怯包括那一丝阴郁都让她有好感。这一切反正也不是太矛盾的,是为了三个人的长久之计,她就像一片丰饶的土地,不同的区域、不同的出产可以供给不同的采撷者。章涵这么想着,心里涌上一股兼爱的侠骨柔情,手上拉扯得更加使劲了,简直要掐到华青的肉里。屋里所有的灯都黑了,只有玄关的顶灯昏黄,像一颗快要融化的蛋黄。

　　华青既想躲她,又要推她,手臂乱扑。他是板寸头,灯光从上面射下来,在额上形成刘海一般的漂亮弧线,使得他的面孔更为稚气,却又是一张饱受折磨的面孔。"快离开这儿,求求你。"他带着哭腔。

　　"那你告诉我,喜欢我吗?"

　　"喜欢。"华青闭上眼睛。

　　"那件事,你要我解释吗?没错,送样品鞋,只是个形式。"

　　"不用。"华青猛摇头,不愿提起具体内容,"我本来还以为你不知道。"一团泪水突然滚滚地沁出。年轻男孩子的眼泪多么金贵啊。章涵突然一阵松落,曾有过的寒冷好像猛然间得到了巨大的补偿。她想也没想地就踮起脚来,她头一次觉得她把这双脚用最为自如,她想要高一点,以够到去亲一亲华青的眼泪。华青却突然睁开眼,双眼血红、发狠:"快走!否则我……"他再次翻脸,挥挥拳头,几乎真要揍到章涵脸上了。他把章涵的包、样品鞋、她的工作鞋,统统地胡乱扔到门外,并咬牙切齿诀别般地吼道:"你自己走,一直往前,不准回头,不准四处张望,不许回头看我。"

　　章涵惊愕莫名,随即迅速宽容了:他当然是要发火的!无法接受恋脚癖的!他只是个没见过世面的东北小伙子嘛。他是那么老实地、绝对地喜欢着她,像一块滚烫的烙铁呀。

　　章涵骨碌碌拖着小行李箱,模糊的夜色中并没走出多远,就听到华青的车子从公寓楼边开出来,却往完全相反的方向,陌生人一样呼地开走了。他真的把章涵完全抛在郊外的半道上。那天夜里,章涵足足走了四十分钟才叫到一辆出租车,脚上起了两个大泡。她没有觉得时间漫长,也没有觉得脚疼,她三心二意地品味着哈尔滨冷冽的夜色,同时断断续续想到阳光刺目的昆明。这下子,邱先生的事算是真正暴露了,她要不要去当面解释?

7

没等章涵开口,邱先生先自摇手,表示他什么都知道了。他飞快地保证,并笼统地代表了两方面:"没有人会因为这个生气的。我和华青都会一如既往。"这承诺来得如此轻松——这么说,邱先生与华青之间达成了某种协议,混杂着对秘密的锁死与利益区域的划分,以此为凭,一方得到了她自小腿肚起的上半身,另一个则是其余部分。章涵没吭声,但点点头——看看,她竟然还在点头,她也认同这样的瓜分了?章涵忽然难受极了,好像既对不起自己,也对不起他们两个。

今天邱先生没有替她洗脚或做别的。他客气但不容拒绝地邀请章涵一起欣赏照片。有的在手机里,有的在相机里,有的在 iPad 上,有的在电脑上。他先后打开。一部分照片是精心摆拍,一部分则很模糊,画面不全。自然了,全是脚。爬楼梯的,正在脱丝袜的,天台上走秀的,游泳池边的,流血的,带污泥的,裹在水草里的,穿着迷彩军用鞋的,光脚衬着深红色天鹅丝绒的,高跟鞋底踩着一只小白兔的,带着毛绒脚镣的,两只脚抚弄着阴茎的,被射上精液的。

邱先生并不讲解,事实上他都不大看,他只是负责地、匀速地像工人般地一张张翻,然后紧盯着章涵的脸,吸收她的表情,吸收她眉毛嘴角眼神的任何一点变化。

被如此死死地瞪视,很不舒服。何况这些照片,看得多了就觉雷同,令人厌倦。章涵于是像在飞机上一样露齿微笑,偶尔挑眉毛、睁大眼睛,发出惊叹吟哦之声——实际上,她心里还在为刚才的事而心乱如麻,急于疏解,急于寻求答案。如此这般的三人关系,真是可行的吗?他们这样算是大智慧,还是统统都变态?扪心自问,她真的可以做到被两个男人共同分享?她是否可以推翻这种格局?比如,她就干脆地告诉邱先生:她就只要他一个,完整的一个。同时,他也必须要一个完整的她,而不是局部的。对,就这么跟他说!她可以声明放弃华青,尽管她也有点舍不得……

邱先生突然一按开关,显示器猛然黑了:"不要浪费时间了。"章涵笑容停住,心头怦怦直跳,涌上一股被识破的恐慌。邱先生带点冷笑:"我还是看错了。你一直糊弄我,也糊弄你自己。你其实根本不懂得'脚'。你跟大部分人一样,抱着那点儿特别正常的趣味。喜欢大眼睛,喜欢粉红舌头,正确。喜欢长头发,喜欢白皮肤,正确。喜欢长脖子和大胸脯子,喜欢小细腰和小肚皮,喜欢又小又翘的屁股,正确,喜欢湿漉漉又紧又滑的小丛林,也都正确。"他不带起伏,也不带任何煽动地罗列着各种器官,并没有辩论者那样一浪高过一浪的声调。他举起一根手指在半空中比划,好像他面前正站着一个赤裸的性感女郎,他十分准确地在其身上一一指点,一直到大脚、小腿,他蹲下来,轻声轻气,好像怕吹出来的热气痒着那位女郎,"喜欢脚丫子呢,就不正常了就神经病了。唉,多可怜啊,就这么个身体这么些器官,还弄得三六九等的。太他妈傻了。"对着一双不存在的脚,微微偏过头,他撅起嘴,伸出湿漉漉的舌头。

章涵妒忌地望着那位女郎,那具隔在她与邱先生之间的不存在的胴体。是的,邱先生还是看出来了,她的确是不爱臭脚丫子的,她只是顺应情境,装腔作势,甚至,她可以爽快地承认,她要是跟男人好了,跟邱先生之外的随便哪个男人,就比如跟华青吧,那将至的肉体欢爱中,主角肯定是嘴巴、胸脯与小丛林……可是,对邱先生,则是不一样的,他对她所做过的那一切,已经像楔子一般,从脚踵开始,逆流而行,钉入了她的意识深处,使得她对他产生了难以解释的投靠与倾心之感!在邱先生这里,她已经把脚丫子当作了她的阴阜,她做到了,弄假成真了,她体味到暗示、饥饿与战栗,面对邱先生和脚,她是热诚投入,有所贡献的!难道他看不到吗?

章涵抑制住委屈的泪水,没有任何分辩。她站起来往外走,绕开蹲着的邱先生,绕开他的花白脑袋,绕开那具女人胴体。

她几乎都走到门口了,邱先生却匍匐着快速爬动几步,伸出胳膊来拽住她的脚。他的全身拉长,四肢贴地,头几乎贴到地面,十足像个奴隶一样,声音重新变得低声下气:"别离开我。我没有权利生你的气。我求求你,不要嫌弃我。"章涵一怔,突然聪明起来,邱先生这是在做游戏啊,就像他们以前玩过的那样呗。章涵高傲地蹬掉鞋子,扶住手边的高背椅,毫无警告地往邱先生的头上、肩上、腰上、屁股上使劲踩上去。哦,真有劲,上一回这么做,她只是听从邱先生的建议,只是模仿和训练,可这会儿,是真的,她放纵脚丫子的野蛮,听凭筋骨的格斗,肌肉与脂肪在摩擦中交融,她止不住一阵阵欢叫,完全没有注意到脚下邱先生的反应……当她被猛然推倒一边,面对邱先生那张疼痛而愤怒、毫无享乐之意的脸,她完全无法明白:怎么了?这不是他最喜爱的项目之一吗?

如果,是说如果,如果章涵在这个时候再多想一步,往深处多想一步,也许她就会一些觉悟出什么,发现她头顶上正在逼近的乌云。当然了,命运的乌云注定无人能识,否则又怎么能叫做命运呢。

邱先生一瘸一拐地,蹦到房间另半边,简直像要躲开她,躲开一头被他本人养大的什么小动物一般。他有些喘气,态度十分严厉,硬硬地一字一句:"我只要求你一件事。以后不许再换掉、扔掉或处理掉那双我给你擦过的鞋。无论如何,永远不要。"

换鞋?什么时候换过鞋?章涵大感冤枉,她拼命回想,终于恍然大悟,不禁咯咯发笑。要不是邱先生这么一说,她都完全忘了。上一次飞哈尔滨,因为生理期,她双脚沉如灌铅,活像个站了八小时的售货员。送完一个来回的点心和茶水,她悄悄躲到休息室,跟一个实习空姐背靠背休息。她脱下鞋子,想替自己捏捏脚——刚伸出手,突然冒出个念头,她怂恿一边的实习空姐也脱下来,她想跟她比比脚。她们双双伸长双脚,章涵别有用心地来回瞅着,既怜惜又挑剔。乍一看,真没什么两样,衬着机舱那哑光白的背景,半透明的浅灰丝袜有种金属般的后现代光泽……可章涵相信她看出来了,她这双脚,跟实习空姐的完全不同,大大的不同。她的这双,已经被开发过了,是有过春风与柔情,有过暴雨与放荡的,她浮想联翩,感觉到一种蓝丝绒般的甜美。突然耳边有人低呼:乘务长来了!两人跳起,赶紧套上鞋子,也许,就是那会儿吧,匆忙中两人把工作鞋穿错,鞋码可能是一样的,所以章涵毫无感觉……

邱先生张着耳朵,十分仔细地听,不时盘问细节,像侦探一样,包括实习空姐的姓名、籍贯、性格、生活习惯等。他忧心而气愤:"你真的太不爱惜了! 你对我通通都是假的! 你不尊重我的感受。你知道我多么爱你那双鞋,你穿过的鞋!"他把重音放在"你"字上。

"下次我会注意的。其实两双真的差不多呀,你怎么看出来了? 什么时候发现的?"章涵恢复了活泼和亲昵,可她知道自己突然换作了空姐标准笑,凡是她笑不出来的时候,这张标准笑就会自动替补。内心深处,她感到哪里不大对了。

邱先生没有回答。他继续追问实习空姐在昆明的落脚处,并要求她立刻设法换回……章涵突然一捂嘴,想起实习空姐已经在这条线上跑了两个月,结束实习期了,她们不会再碰到了。邱先生脸色更加阴沉:"那么她这双鞋呢,是上交航空公司,还是她自己带回家? 她要穿到什么地方去呢? 那可是我亲手替你料理过的鞋子!"他一连声追问,显得十分迂腐。

"实在不行,我可以找公司人力资源部打听打听看。"章涵继续微笑,露出标准的八颗牙齿,她内心有某个角落更黑暗了。

"不! 不! 算了! 到此为止。"邱先生立刻高举双手强烈反对。"你不许再跟任何人提这件事。绝对不能让人知道我们的事,明白吗?"这是二人认识以来,他表现最为焦躁的一次。他也意识到了,突然放慢语速,忧伤地敷衍地解释:"你也知道的,人们不会理解我的。我毕竟还要做生意。"

那天,邱先生花了更长的时间在卫生间,料理那一双被替换过的工作鞋。他大费周章地把电脑和两只音箱都搬到卫生间,在里面替自己播放背景乐,非常吵闹的摇滚。听上去,像有一群狼在卫生间里嚎叫。章涵温顺地躺在沙发上等待,她蛮可以利用这个时间打个盹——可怎么也打不成。她糊里糊涂地总也捋不出一个成形的想法,就像卫生间传出来的摇滚一样,一句也听不清。

8

华青一如从前,像月亮准时升起,仍然到机场来接她。可他看章涵的眼神，像是劫后余生一般，他一边开车，时不时扭头看一眼章涵，好像对她能够完整地、准时地出现这一点，需要加以反复确认。章涵一个不漏地承接、捕捉华青的眼神，心里直荡漾。可以确认的，华青那天的愤怒已经过去了，被更强大的情感所驯服和淹没了，并几乎要溢出整个驾驶室。前面不远处，可以看到还有别的空姐坐到别的车子里，路上还有更多的男人，正在接送他们的女人。可章涵相信，没有一辆车子里的浓烈程度比得上她与华青这一辆的。这很好，这与她所想的正好是一致的了。

　　离开昆明前，章涵做了一个决定。这决定并不高明，她只是想做点什么，好抵挡某种不可解释的危险，同时也是对邱先生的反击。她比任何时候都需要华青。

　　他们在路上始终一言不发，共通的意念像终点一样一望即知。脱鞋进了小公寓，章涵连包里的样品都没有拿出来做样子。他们直接就开始脱衣服，没有羞涩或说辞，几乎显得很熟稔。他们断续地亲吻了几下，随即开始了实质性的交合。好像他们这根本不是第一次，好像在前面那无数次关于鞋子和脚的演示中，在那些失败的挑逗与生硬的拒绝中，在公事公办、生意人一样接头并交易的漫长过程中，他们已经反复预演过这一场景，包括上一次的争执与撕扯：一切都属于不得不经过的前戏。

　　……根本没有意识到的，挣扎与呻吟中，章涵还是无意识地提起了脚：去他的脚丫子，去他的鞋子……她是以否定的、撇清的实则也自我解放式的口气这样说的，越接近顶点她喊得越急，她想这也应当是华青所渴望听到的。脚或鞋都是不存在的！他们只有最正宗最直接的情欲！

　　华青却像听到什么咒语似的，刚才还沸腾着的身体一下子僵住。章涵惊讶地睁开眼，看到华青的眼也正对着她，很近的距离，放大镜的特写，被汗水所浸泡，看上去像猎物的眼睛那样，突然间饱含沧桑与惊惧。华青硬生生地移身下来，趴到一侧。

　　"你还是在意那件事？"这个小土包子啊。

　　"我是不忍心你！你不该扯进来。"头闷在枕头里，华青混声浊气。

　　"行了，至于嘛！"章涵有点不耐烦了，她今天不想提邱先生与鞋。"那真的不算什么，这会儿不说好吗！"她去拨弄华青，想重新调和并修复一下气氛。

"你真的不怕？我们随时都会被发现？"华青的声音听上去像个胆小的孩子,这跟他耳钉和纹身完全不般配呀。这会儿,可以看到他后背上整个纹身了。

"你真好笑,那有什么好怕的！"话刚出口,章涵突然一愣,她感到她明白了什么。不,她没有。

"你难道……"华青从枕上猛然抬头,脸色愀然一变,"这么说,你还是不知道！"

华青抱住头,发出"嘿嘿嘿"的声音,像在笑,又像在叫唤,他一边"嘿嘿嘿"地讥笑着,一边滚落到床下边,他胡乱套上内裤,抓起桌子上的手机看了看,然后咚咚咚跑到门口,把章涵留在外面的工作鞋给拿了进来。他把鞋子抛在床上,抛在枕边,他刚才躺过的地方,好像要邀请这双鞋子来跟他们一起继续做爱似的。

"干吗呀？"这双她太过熟悉的、样式传统的工作鞋,虽然已经在飞机上飞了六小时,但由于邱先生的精心处理,依然保持着油光锃亮的色泽,发出蓝绿色的幽光,好像把邱先生的气味和作派都带进来了。章涵下意识地瞟瞟自己的脚,她开始套衣服。她的乳头刚才还是硬的,这会儿已完全没有状态了。

华青伸手来拦着章涵,全然不顾她的衣不蔽体,他嘴里嘶嘶地,吝啬地从牙缝里往外挤,像舍不得把这些话一下子说出来:"来,你自己动手,打开这双鞋看看。"

"打开？"章涵茫然地想要捂着胸部,胸前没有衣服,她捂了个空。难道鞋子是一本书,是一只罐头？还能"打开"？她听凭胸脯继续暴露,耳朵里却突然响起刺耳的摇滚乐,就是昨天她在昆明那边听到的,从邱先生卫生间里传出来的,一模一样的难听。

华青抓住她的手,她没有挣扎,她根本就没有力气,可他还是毫无必要地青筋暴涨。他左手扭着她的左手,去固定住鞋帮子,然后右手扭着她的右手,去抓住鞋底,两边向相反方向拉,没拉开。章涵突然使上劲了,她两只胳膊一顶,把华青顶到一边,然后就靠着她两根纤细的手指,像在飞机上给客人端茶送水那么轻飘飘的,一下子就"打开了":鞋帮和

三人二足 431

鞋底分开了，中间露出一个与鞋子完全贴合的、线条流畅的夹层，夹层的底部还曲径通幽地与鞋跟的空心处相连，从侧面看，形成了一个带柄勺子般的完美空间。

"空的！里面是空的！"章涵高声叫着，好像发现一个死人嘴里还有一口气。她忙不迭地又"打开"另一只鞋，她把两只鞋都举起来，对着华青亮相，展示她激动人心的发现："空的，两只都是空的！没有什么呀。"

华青拿出手机，点出一条微信来给章涵看，几分钟前刚收到的三个字："货已取。"他又拉着手机屏幕往翻，他与这个人的对话永远都是雷同的：货已到。货已取。货已到。货已取。

章涵镇定极了，脑子转得飞快，她真为自己的智商而感到自得，她十分流利地应对，好像这会儿已经站到了法庭上，已经进入了自辩的阶段："对的，没错呀。我不就是来送样品鞋的吗？货已到，货已取。最多，我不该拿样品鞋，可这是合作双方一致同意把货样赠送给我的，不行的话，我可以统统归还，我其实都没怎么穿，我来不及穿……"她直盯着华青的眼睛，后者扭头，她也跟随着扭过身子，继续如饥似渴地寻找他的眼睛，寻找他的认同。她已经完全不在意她的赤身裸体了。她的整个身体都在向华青耸动着，就像邱先生曾经虚拟过那具女性胴体一样，调动一切器官，毫无羞耻地寻求支持，支持她刚才所陈述的那个简单的事实：她只是个送样品鞋的。

华青的声音像在放录音，带着回声在屋子里荡漾："切，还样品鞋！你的工作鞋才是真正的货。在每只鞋底的夹层，都藏着一块经过压缩成型的海洛因，150克的厚鞋垫，每双就是300克，你晓得你一共跑了多少趟？七十三趟，不，上一趟没送成，我当时手机里收到是这个：'鞋子被调包了！撤！'（他烦躁地翻看着手机）哦，找不到了，被我删了。你还记得吗，就是你没有拿到佣金、我也没有送你回去的那次。我当时多么恐惧，我以为我们被盯上了，一切都完蛋了，幸好只是虚惊一场，你又好好地再次出现了……那是你唯一失手的一次，可怜那300克的上好货色，将要在那个实习空姐家的鞋柜里永不见天日了。你知道50克就可以定死罪吗？所以老天保佑吧，但愿如此，但愿它永不见天日。你已经够伟大的了，七十二趟，每趟300克，你算算看，能算出来是多少克吗？够你死多少回的?"

　　章涵两只手在玩着鞋子,打开又合上,像是被这个精致的小机关给迷住了。怪不得每次邱先生要在卫生间"料理"那么长时间。

　　她突然嘿地一笑,忍俊不禁似的:"看来我们说的根本不是一回事。一直都不是。"她压低声音:"你知道他有多喜欢我的脚吗?"章涵稍稍抬起她的腿,足部优美地跷起,好像还想替自己挣回最后一点筹码。

　　"喜欢你的脚?你在说什么呀?喜欢你的脚?"华青惊骇地看看章涵。他摇摇头,一边小心地从她手里夺鞋:"当心不要给玩坏了。你还要穿着飞回昆明呢。"

　　"坏了就坏了。我永远不会穿这样的鞋了。"

　　"邱先生不会答应的。"华青干巴巴地说。他已经把鞋子拿走了,小心地分别合上,并笃笃笃走到门口,把鞋子端端正正重新放到门外。

9

　　昆明正午的阳光永远那样,走在里面,总归是光明磊落、特别正当的感觉。最后一次去见邱先生之前,章涵来来回回地在大太阳下走,好像真的能够越走越光明越正大。不能够了,阳光再明媚也不是她的了,她只要一眨巴眼,就老是看到哈尔滨的那片野池塘,风雨交加的黑夜里,四周僻无人烟,一片萧索,池塘像凄苦的眼睛,又像大张着的嘴巴,苦苦等待着一点儿热乎乎的东西。那天晚上稍后,华青承认,对这片池塘,邱先生虽不曾亲临现场,但早有明确交待。

　　"交待什么?"章涵明知故问,自恃被娇宠的样子,似乎她手里还握着一张大牌。邱先生说过,她有一双世界上最美的脚,他怎会舍得让它们去沤了野池塘。

　　"如果出事情,要么你,要么我,要么我们一起,就得去野池塘。邱先生势力很大。我的父母也都在他手下。我估计,合作这么久,他对你的父母也有所考虑了。"华青平静地解释。共同的困境被说破之后,一直缠绕着他的抑郁与痛苦似乎得以缓解,连爱的成份也有所模糊了,也可能,在这黑色空间里,爱情的可变光谱本来就是缺乏光泽、无法明鉴的。

被秘密所解放了的华青显然渴望说出更多。待章涵穿好衣服之后，他又领着章涵，在公寓里四处走，好像重新认识一般。这处窗户正对小区大门的套房，是邱先生亲自选定的，并一一交待好，如何让章涵"装货"的工作鞋留在门外，取货人与华青如何确认联系，包括章涵的佣金一定要签字以备查等等。就像邱先生曾经替章涵所穿上的那双长鞋带的罗马式凉鞋一样，他再次把她的双脚缠得十分周到，使得她与他，与他们，三个人紧紧地结为一体，永远无法退出也无法停止。邱先生甚至对华青这位异地雇佣者提出一项特别要求：最好能与章涵坠入欲爱之河。这既是华青的福利，也是给华青的配套任务。这样的话，华青每次去机场接章涵，就更像是恋人间的火热约会，就算有人留意，也不会乱加怀疑。而且，一个从床上下来的热恋少女，是不可能留意到她脱在门外的鞋子的。章涵忽然联想到，在昆明也一样吧，一双被尽情抚弄过的脚，也不会意识到脚下鞋子的轻重之变呢。多么人性化的简直是有情有意的完美谋略。

章涵拍手叫好，同时眯眼打量华青。

华青脸色涨红："我对你，是真的。我没打算占你便宜，还记得吗，上次你那个样子，腿和脚那样子缠着我，我都逃掉了。但今天，我……我本来以为再也见不到你了！"华青急于解释，他拉扯着身上的T恤，急得要哭。他抹把脸，突然硬呛呛地，"你信不信，我都愿意跟你一起去投野池塘。"

章涵拍拍他。爱情的小光泽依然在黑幕中闪烁，就像他依然还是个男孩子，就像他全盘接受了这样受控的木偶命。他没有别的证明，就是一条命，就是准备好一起去死。也是可惜了。他要真是个铁打的没有心肝的计划执行人就好了，如果他真像铆钉、刺青那样酷烈无情就好了。可惜他不是，他偏偏是个爱慕者，甚至曾经像老大娘那样，试图劝说章涵退出，回家陪伴父母贻养天年！

不能的，当然不能够让这样的华青去死。

"我信。但我不允许。"章涵的语气又有点大了，好像她飞过的那些千山万水真的说明她有着非比寻常的力量，又好像她和邱先生之间会有另一笔更重大的交易。

章涵终于走近了鞋店,她没有进去,对,就像第一天那样,她站在橱窗外尽情欣赏这些糖果色的漂亮小玩意儿。邱先生也像第一天那样,彬彬有礼地主动招呼她:"进来慢慢看呀。"

章涵笑眯眯地摇摇头。她喜欢这个角度去看玻璃后面的邱先生,勤勉地摆弄着鞋子,看上去真是温良恭俭让的一个生意人,一个雅致且可信赖的人。花白的头发经过玻璃的几层折射,更加地晶莹夺目、令人心动。

章涵从鞋店走过,过其门而不入。今天她想换个开阔敞亮的地方见他。那太多的鞋子,恐怕会扰乱她,也扰乱邱先生。走过去就是这栋大厦的电梯入口,章涵揿下上行键,一边回头对邱先生做个含糊的手势。电梯门打开,她跨脚进去,等不及看到邱先生的任何回应,按下最高的数字键。电梯门合上,她随即开始担心,万一邱先生不跟上来呢?不,他当然要上来的,他应当清楚她已知道一切了。他与华青的交情与交道,早在她出现之前呢。

出了电梯,转往安全通道,又爬了半层楼,走过一截灰扑扑的走廊,直走到顶头,打开一扇需要用力才能推开的消防门,章涵发现自己来到这幢大厦的天台了。

四边一望,简直比在飞机上还要高呢,她很满意。这里无遮无拦,阳光更加强烈和直接,以致连自己四肢五官好像都猛地消失在这白成一团的光线里。章涵眯了好一会儿的眼睛,才慢慢适应,并十分宽慰地发现:这么快的,邱先生真就跟上来了,并已经很近的站在自己眼前,他从容地笑着,那眼神表明他的确无所不知。

章涵注意到邱先生身上多了一件灰色的轻薄外套,这灰色很衬他的花白发根。是啊,天台风大。看看,邱先生总是有准备的。她随即明白,他根本不是她勾上来的;邱先生永远早她一步。章涵心里一塌,随即抛开。反正也没什么区别了。

章涵拉着邱先生,站在女儿墙边,无目的地看了一会儿。天台之下,风景丑陋,尽是些破败的楼顶。"其实,你早瞄好我是空姐对不对?"

邱先生伸手搭上她的肩,像是有些不好意思地躲开她的眼睛,他无目的地望着远处,点头承认:"这鞋店就是特意为你开的。"

三人二足 435

"嗯,我信。"她低声地,像恋爱中的少女那样,试探地挨上去,轻轻搂住邱先生。自认识以来,他们的上半身还是头一次离这么的近。她半仰头,眼睛正好可以看见他的花白胡茬儿和鬓角:"我现在才知道。你可真是个坏人。"

"我可从没说过我是个好人。"他声音更低,像发狠的情话。总是这样,就算全世界一片寂静,恋人们还是要轻声絮语。他温热的手轻轻揽过章涵的腰,使她贴得更近些。这也是头一次啊。两人一起摇晃,一阵近乎庸俗的柔情蜜意几乎溢出整个天台。所有的鞋子与脚忽然之间都涌来了,潮水一般的细节死而复活,那些别致的空白、光滑与滞重,那些拟真的时刻,那许多的禁忌与温情脉脉,那些既折磨她也打动她的画面……拥挤、叠压、交错,把他们双双淹没了。章涵突然停止晃动、热泪盈眶:"我一直都喜欢你。"

"我知道。"他脸庞边际的轮廓线模糊,好像消失在白光里,无法看到他的眼睛。

章涵抬头看了看太阳,双目被刺得发黑,内心里却一阵激越,如狂澜拍打悬崖。她突然问:"你愿意怎样去死?"

"死?"

章涵飞快但清晰地:"你信不信,我可以跟你一起去死。"

邱先生摇晃了一下,好像这滚烫的誓词是一个难以抵挡的攻击:"我信。但不会那样的。"

多么耳熟的对话。章涵怔住了,既伤感又自豪。一阵耳鸣般的聒噪中,白光忽现乌云,阴影层层下压。野池塘。七十二双鞋。长柄勺般的夹层。罗马式长鞋带。缠绕的三人二足。华青那脱口而出的热烈求死。

"傻姑娘,什么死不死的。你是担心那双被调换过的鞋?我会解决的,不会有事的,我保证。"邱先生慈怜地笑。笑容使得眼角和下睑的皱纹向中间挤压着眼球,他看上去年长了一些,像亲人一样的忠厚,令人敬爱。

看来他没有听懂。"反正我们该死,迟早会死,随时会死。我愿意跟你一起死。"章涵重申,同时紧紧地贴上去。邱先生的身体厚笃笃的,中年人的瓷实。她又望了一眼清白的太阳,好像把她寄放在那里的一样东西终于给取了出来:"我是说,我们一起殉情吧,这样最好了。人们反而会传颂、羡慕我们的。"

"你到底在胡说些什么?"邱先生推开她。她复又软绵绵地靠上,他再推,这次用了力气,推得更远。"我不仅在哈尔滨有客户,全国各地都有的。乌鲁木齐。银川。成都。有飞机线的都有。你放宽心,一切顺利,从来都没有问题的。"他语气笃定,也有点不耐烦。像一个高明但低调的生意人一样,他本不想说到这些。

章涵被他推得比较远。她也就站得那么远,双脚呈丁字型,一种受过训练的仪态,显得格外亭亭玉立。"除了客户,还要找物流平台。"她细声细气地补充,"你有许多平台吧,并且都像我一样:最便利、最高效。"

邱先生迟疑了一下,腔调粘软,"你一向都很聪明,太聪明了。"他往前跨了半步,试图弥补什么,也像是动了真情,"但你是唯一的。你应当明白。"

"因为我有世上最美的脚?"章涵脸色被照亮了,阴郁的野池塘骤然远去。她紧紧盯着邱先生,带着鼓动人心、逼迫般的热情。

她的身子从生硬的仪态中陡地放松,她灵活地脱下脚下的鞋,就是那双工作鞋,曾被多次打开,此刻又像处女一般合拢如初。她拿起鞋,妩媚地亮相给邱先生,接着,她又脱下她的长丝袜,在手里打个圈儿,像脱衣舞女郎那样洒脱地往后一抛。天台的地面是极其粗糙的水泥地,还有不知自何处飘落而来的枯树枝与鸟屎,还有木屑与碎石子,褪了色的塑料绳儿与半截子衣服架子。肮脏的地面上,章涵的双脚,粉白无骨,丹蔻如画,像降临凡间的天使。她带点憨态地一笑,顺着一条看不见的对角线,忽左忽右地向邱先生走近,然后一个高抬腿,把脚搭到他的肩上:"不要等了,不要等最终的那个结果。我俩就这样干干净净地走吧。我连遗书都写好了。"

邱先生以前曾多次请求章涵做这样的高抬腿,这样他可以很方便地侧过头,像小鹿啃啮树叶一样地啃啮她的粉红脚趾。"最终的那个结果?"有点忌讳似的,邱先生皱皱眉,面色忽然极其干燥。阳光如万箭直射,他的瞳孔极度收缩,像个盲人。

章涵耐心而热烈:"那个结果不好。你想想我们的父母熟人朋友,他们会吃不消的。其实我们根本没有做什么,明白吗,我们只是为自己最喜欢的东西去死。我为你,你为脚,这样最好不过。你放心,遗书里我专门写到了脚,我帮你作了最有力最漂亮的声明,什么大眼睛、小嘴巴、细腰、大胸脯子、翘屁股……统统不算什么,我替你把脚排到了所有器官的前面!我们要让所有的人都明白,脚是至高无上的……"

邱先生突然打断:"你老这样举着不累吗?把脚拿开。"

"你不喜欢?"章涵惊愕。她回想起来,曾经有过一次,仅有的一次,邱先生也是猛然翻脸的。

"不喜欢。从来没有喜欢过。"邱先生侧头掸掸肩膀,刚才章涵搁脚的那半个肩膀,一丝不苟地抹平灰色外套上那处并不存在的皱褶,"但为了业务,有时就得装模作样,走点偏门。"他把手从肩头上移下,抬起头,又补充道,"就算要死,我也只会为生意。我看,你那封遗书,对我而言,是派不上用场的了。"

"那太遗憾了。"章涵温顺地收回脚,就像她以前无数次温顺地为他提供脚,往事的潮水也像到来时那样迅速而无情地退却了,只留下地狱般的寒气。她小腿肚子开始发抖,下肢疼得钻心,像失去双脚却行于刀尖。

"好啦好啦,这下子统统都说清楚了不是吗?我再也不必躲到卫生间去操作了。也不要老搞那些脚的名堂,很繁琐也很累人的。我与脚,从此再无勾连了。"邱先生掸灰般拍一下手,好像在打趣了。他嗓音里小小地紧了一下,如果不是特别留意,几乎听不出来那血丝般细小但鲜艳的痛苦。他突然悠闲地四边望望,语气好像挺欣慰,"不错,看来你也喜欢这里,喜欢这天台。"

品味了一会儿,章涵用力品味邱先生的话,咂摸出几层的滋味,又好像压根没有。只有一条是肯定的,他和她真是想到一块儿去了。"瞧瞧,我本来还有点舍不得您的呢。"她站立不稳,寸步难行,不得不跌撞着重新往邱先生身上靠去。显然早有准备,邱先生迅速避让,可某种生理的本能又使他接住了章涵,接住了这一具温软,同时也接住了他和她最终的处境。二人的身影将计就计地再一次缠绵悱恻,像激情难抑的恋人。

"可我还是舍不得你的,真的。"亲昵地紧挨着章涵的耳朵,邱先生苦涩地回敬道。与此同时,没有任何犹豫的,他的手上开始带上了反客为主的力气,腮边的咬合肌鼓动起来。他把章涵往女儿墙那边拖,又搂又摸又捏,急切得像是要带她上床。可真是的,他和她还从来没有上过床呢。少女绵软的身体显然难以忍受这样根本性的挑逗,变得像八爪鱼一样吸盘倒勾,芳香的鼻息在邱先生脖颈间喘息如醉,喷薄出毒汁一般的春情,反过来也使得邱先生脚底发虚,晕涨难持了。在近乎勃起的刺激中,他意识到他陷入了这个艰难的局面:他的计划是她。而她的计划是他们。

无限透明的白光之下,二人都搭上了全部的性命,不断搏斗不断呻吟,同进共退,投射在地上的影子拉扯、扭转,难分难舍,像是这急切的淫荡之情已经使他们无法保持哪怕仅仅是一秒钟的静止或平衡,他们都在拼命寻找突破与抽离的出口,或是虚拟的可供欢爱的倚靠之处。女儿墙的外面,那白晃晃的半空中,像摆着一张天底下最高级的鸳鸯眠床,心意已决的多情少女痴缠着要共赴云雨,老练的男子则固执地吊着胃口,故作正经地要与她划清界限,分榻独处,而关于这一点,他们显然难以达成一致的意见。远远地从空中俯看,他们好像不是在跟生死搏击,而是在一起玩人体骰子——骨碌碌的转动中,在一个似乎是不够小心、用力过猛的跃动中,纯真的情欲侥幸获得了胜利,这两条藤萝附身互为镣锁的影子最终共同升腾起来,一半是惊骇一半是喜悦地越过女儿墙,升腾到半空,继而消失在天台之外。这对影子在半空中移动、滑行、翩然,在难看的楼宇与风景上方恋恋不舍,盘桓再三,最终,降落在鞋店之外,与他们沉重的肉身合为一体。

鞋店的遮阳板与橱窗被砸碎了,当季新款的女鞋像彩色爆米花似的,噗地弹射开来,对坠亡现场加以现代风格的点缀与构图。有过路人心存怜惜,从中挑了一双红得灿烂的细高跟鞋,套上章涵已被污损的光脚丫子,好像担心她还会感到寒冷感到害羞感到兴奋似的。

(原载《收获》2015年第1期)

阅读与欣赏

刘建东

那一年,我师傅冯茎衣三十岁。

我依然记得当时她风姿绰约的样子。她站在太阳地里,背后是车间的操作间,斑驳的墙上还写着"备战大检修"的大字标语。太阳就镶在她身后的房顶上。她微笑着,露在外面的黑色长发被微风吹拂着,头顶红色的安全帽干净明亮得能照出人的影子。我踏进院子的那一刻就想呕吐,显然不是因为七月耀眼的阳光,而是处处存在的混合着汽油、机油、铁锈的味道,角落里那些废弃的铆钉、螺丝、法兰、阀门、换热器更助长了味道的扩散。那是个孤独的欢迎仪式,我只是在她伸出的绵软的手心里,找到了一丝安慰。我不知道,跟着一个女师傅,是福还是祸。

刚刚从大学中文系毕业的我,迎来了最失意的一个夏天。本来分配我来厂里是到子弟中学做语文教师的,但不幸降临,就在我来之前的半个月,学校停办了。我只好被临时改派到了检修车间。那个夏天,我的命运就像是风雨中的小船。

劳动人事处的杨干事在把我分配到检修车间时特别安慰我说:"按说应该把你留在政工部门,可是宣传部、党委,都人满为患,你还是到车间锻炼锻炼,对你的成长也有好处。你师傅是个顶呱呱的技术能手。她是全厂最好的班长。她在上厂技校时就参加过市里的技能大赛,拿过第一名。她一定会对你好的。"

我刚刚和车间主任王铁汉分手,他把我从劳动人事处领回来,一路上都阴沉着脸,我明显感觉到他对我的排斥,从办公大楼到车间的路上,坐在电瓶车里的主任只说了一句话,而那句话让我在工作生涯的起始点郁闷而无奈,对自己辛苦学来的知识彻底失去了信心。他说:"不是我想要你,而是你师傅。我磨不过她。"

"老王怎么没跟你一起回来?"师傅问我,她看我不明白,又补了一句,"就是王主任。"

"他去材料处了。"我愁眉苦脸地说。我回头看了看,主任和他乘坐的电瓶车早就没影了,可我还是觉得主任那张黑脸就跟在我的身后。

其他人都去干活了,院子里就我们俩。她把我领到车间里,把安全帽放在桌子上,坐到一张藤条椅子上,指了指那张长条凳。坐下来后我还是没有正眼看她,她和我印象里的女工不一样。

"是我把你要来的。劳动人事处的杨姐天天和我坐一个班车,她说起你来很是犯愁,不知道该把你分到哪里。你成了他们的难题,你不知道吧? 我说,我这里缺人手呀,让你来这里。你是不是觉得来车间里委屈了你?"她丝毫不掩饰我地位的尴尬。

我急忙站起来,"没有。没有。"

"那你知道我为什么非缠着主任把你要来吗?"师傅眼睛在火红色的安全帽的映衬下,黑得那么彻底和纯粹。

"不知道。"我有些局促不安。

师傅笑了笑,她笑的时候,嘴角有两个小小的酒窝,"我也是有自己的私心。我听说你是中文系毕业的就动了心。上大学,学中文,那可是我从小的梦想。你别看我现在天天和那些装置、设备打交道,我小时候可是语文课代表,我喜欢看书,喜欢写作文,我的作文是我们班的范文呢。"

"上小学中学时我最不喜欢的一门课就是作文课。可是我却上了中文系,真是造化弄人。"我愁眉苦脸地说,"就如同现在一样,我没想来检修车间,却来了。"

"直到现在,我都羡慕那些能写写画画的人,连厂里在厂报上发表文章的通讯员,我都羡慕。你来正好,你一边学习铆工技术,一边可以当我们的通讯员。"此时,她已经摘下了安全帽,头发卷卷曲曲地垂落到肩上。

我小声嘀咕道:"我可不是来当通讯员的。"

"那你想干什么?"

"写小说。"我的话一出口就有点后悔,我担心会不会给未来的师傅留下一个不务正业的印象。

师傅笑了,"那正好啊。这里有那么多的人物、素材,每个人都有不同的故事。每天发生那么多的事情,等着你去挖掘呢。这可是个生活的宝藏啊。毛主席不都号召要深入生活吗?你就当是深入生活吧。"

我权当这是师傅的安慰,心情仍然无法兴奋起来,倒是师傅随后的一句话让我郁闷的心舒展了许多,她说:"我特别喜欢看小说,现在每月都买《小说月报》,你哪天把你的小说让我欣赏一下呗。"这句普普通通的话,在以后的二十多年时间里,都是我写作的动力和座右铭。

我像是得到了大赦一样长舒了一口气,从她的表情中看到的是真诚的期待,我急忙说:"一定,一定,请师傅多批评指正。"

"以后别这样酸溜溜的,跟工人阶级以后少说这种酸文人的话,要不你在车间待不住的。"

小说,是我意想不到的一个开始,更令我意想不到的是,它竟然成了我和师傅之间一条紧密相连的纽带,直到如今。

我成了冯茎衣的第八个正式徒弟。工种是铆工,我特意在字典里查了这两个字,却没有查到,只是一个"铆接"的条目里这样写道:连接金属板或其他器件的一种方法,把要连接的器件打眼,用铆钉穿在一起,在没有帽的一端打出一个帽,使器件固定在一起。事实证明,不管我怎么从理论的高度去接受这个工种,在以后的实践中这些字眼都是苍白的。

第一天,师傅把我领到了一联合车间,登上催化塔,塔有三十多米高,站在上面,整个厂区一览无余,大大小小的装置塔、设备、密密麻麻的管线尽收眼底,环视这些师傅的眼神里充满了自豪和骄傲,她说:"你看到没有,这就是一个巨大的丛林,成功的机会多,也隐藏着重重的危险。这些装置、设备、管线,以及它们上面的每一个螺丝、法兰、垫片、衬里,甚至是管线中的每一滴油,都是这个丛林中的一分子,它们就像是狮子、老虎、大象、猴子、蛇,等等。如果它们其中的任何一位不高兴了,闹别扭了,使小性了,炸窝了,这块丛林就不太平了。而我们就像是猎人,我们不杀戮,我们只是给它们一个小小的警告。"

我第一次才惊奇地感觉到,我眼前的女师傅是不同凡响的,"师傅,你的想象力太奇特了。"

师傅摇摇头,"这和想象力无关。我天天和它们打交道,我知道每台设备的脾气秉性。"

正式上班的第三天,师傅把五十块钱塞到我手里,对我说:"你得摆谢师宴。你刚来,还没有工资,算我借你的。"

酒桌上的师傅豪气冲天,这让我一个不胜酒力的小伙子羞愧无比,师傅批评我说:"你怎么能不会喝酒呢?不会喝酒怎么行呢?"令人称奇的是,师傅划拳的本事奇高,她教了我半天,我也没有领会其中的奥妙。她干脆抛开我,和张维山、小曹几个徒弟划拳喝酒,她的划拳声在屋子里回荡着,在我已经恍惚的意识里格外响亮。

在他们不管不顾地拼酒期间,我看到有一个中年男人推开我们包间的门,在门口站了一会儿,犹豫片刻又退了出去。之后师傅包里的BP机就一直响个不停,师傅说:"烦死了烦死了。还让不让人喝个痛快!"到底她还是从包里拿出了寻呼机,看了看,然后推开椅子说:"烦死了。我出去一下。回来再跟你们几个小子算账。"她站起来,摇摇晃晃地走出了包间。

过了大约十几分钟还不见师傅回来,张维山对我说:"你去叫师傅回来喝酒。她就在隔壁房间里。我去洗手间时看到了。"

我没有质疑张维山为什么不去而非要我去。我不假思索地站起来,跨出房门时,我听到了身后张维山不怀好意的笑声。

果然不出所料,他们在隔壁的房间里,只有两个人,那个中年男人抓着师傅的胳膊,他们正在激烈地争吵着什么,这就是我推开房门看到的一切。我发誓我是被张维山误导着闯入的,因为那个中年男人对于我的莽撞非常愤怒,他大喝了一声:"出去。"

我还没有反应过来,就听到师傅说:"是我让他来的,这是我新收的徒弟,大学生,学中文的,会写小说。你看书吗?你不看的。跟你说也是白说。"

中年男人穿着西服,脸上的表情焦躁不安,他对小说和对我,根本没有什么兴趣,只是草草看了我一眼喊道:"你想找死呀!还不出去!"

"别走。你坐下。"师傅看着我,坚定地说。

在初出茅庐的我眼里,师傅是最大的官,所以我听从她的话,坐在圆桌的另一边,盯着那个男人,眼里没有丝毫的恐惧。如果当时我没有喝酒,如果当时我知道他就是厂里管销售的副总工程师王同信,我无畏的目光早就跑到九霄云外了。有长达五分钟的时间,我们就那样僵持着,我借着酒胆,也没有感到有什么尴尬,而他们两人,彼此盯视着对方,因为我的打扰,他们的谈话无法继续下去了。最后,男人坚持不住了,他丧气地说:"不管怎样,我答应你的,我决不食言,我希望你也是。"

师傅抢白说:"我没有答应谁任何事,我从不承诺。"

男人松开她的胳膊,气呼呼地向外走,走到我身边时,狠狠地看了我一眼。我站起来关心地问师傅:"师傅你没事吧?"

"有什么事?"师傅毫不在乎地说,"走,喝酒去,不醉不归。"

那天晚上,师傅真的醉了,我把师傅搀回了生活区的家,这个家她不常住,平常她都会回二十公里之外市区的家。家里简洁而明净,从阳台上能看到远处燃烧着的火炬。这让我想到她的安全帽。师傅头上的火红色的安全帽永远是全厂最新的,仿佛刚刚从仓库里拿出来一样。这是她的招牌。我把师傅放到床上,刚要转身离去,手突然被师傅拽住了,她惺忪的眼里布满了忧伤,她问我:"你说,我是个坏女人吗?"

师傅的话问得莫名其妙,也只是在以后的时间中我才慢慢地体会她这句话的深意,此时此刻,我被她问得张口结舌,不知如何回答,好在,喝醉了的师傅并不需要一个答案来满足自己的忧伤,她很快就松开我的手,落入了软软的床上。

而那个夜晚的忧伤,师傅眼中的忧伤,却深深地铭刻在我的心里,因为,在那之后几年的时间里,我很少从她的眼睛里找到那直抵内心的忧伤了。而她所有的生活,几乎被一个词所笼罩:放荡。

我父亲就是个工人,所以在得知我得从学徒干起时,他没有过多的埋怨,而是传授了我许多做徒弟必须要有的基本素质,比如早晨上班前给师傅泡好茶水。我从生活区的小卖部里买了一小袋茉莉花茶,第二天起了个大早第一个来到车间,到茶炉室打了开水。有一张四方桌是师傅独有的,黑褐色,核桃木的。它坐落在车间的一角,桌明几净,符合师傅的风格。桌子上摆着一个鱼缸,里面养着几条凤尾。凤尾鱼比我更早地送走了夜晚,它们在小小的鱼缸里追逐得正欢。桌子上还有一个瓷杯子,上面画着仕女的图案,很雅致。我猜想这就是师傅的喝水杯吧。我计算着师傅到的时间,她乘坐的班车从市区到厂区大概四十五分钟,从厂门口走到车间需要十分钟,这样算下来,她到达车间的时间基本是固定的,八点半。我提前五分钟泡好了茶,不住地向车间外张望。终于看到了师傅,她穿着淡蓝色的连衣裙,那种明亮的蓝色在色调单一的院子里很轻盈很显眼,像是缓缓飞过的燕子。换好了工作服,她坐到了桌子前的藤椅上,先看了看鱼缸里的鱼,我急忙把泡好的茶递到她手里。她接过来,看了看,扑哧一声笑了,她说:"我不喝茶,只喝茉莉花。而且,这也不是我的喝水杯,它不过是给鱼缸添水用的。"她停顿了一下,"这样吧,你单身,也没什么事。你以后就替我打理一下我家里的茉莉花,收集新鲜的茉莉花朵吧。我天天回市区,没有时间照料,那些茉莉花都蔫头耷脑的。"师傅给了我她生活区家里的钥匙,我时常会给她的茉莉花们浇水施肥,她的阳台就是一个花房,只种植一种花,在我的精心照料下,那些茉莉心情大好,分外卖力地开花。

师傅对我的手艺大加赞赏,"茉莉花很难伺候,看来你用了心了。如果你在铆工上多下些功夫那就更好了,唉,算了,我看你当我的徒弟也不会久,你的心不在这里。对了,你不是让我看你的小说吗?"

我仍然有些拿不定主意,"我还以为师傅说笑呢。师傅要真的喜欢,我明天就给你拿来。"

师傅认真地说:"怎么是说笑呢。我是真喜欢看小说,《牛虻》《青春之歌》《钢铁是怎样炼成的》,我中学就看了。我同情冬妮娅,她有对自己未来命运的选择的权力。为什么非得要走保尔那样的路呢。我上初中时,我的中学语文老师,喜欢名著,他家里的柜子里全是这些。有一天,他把我领到他家里,让我参观他家的藏书,我一下子就喜欢上文学了。"

师傅说起了她看过不久的《绿化树》,她说她也不喜欢这个小说中的女主人公马缨花,她觉得这个女人是作家凭空想象出来的,她说,你们作家把女人写得像是挂在树上的桃子,而不是脚踏在地上的人。"想象,真是个害人的东西呀!"她的观点真让我吃惊。

师傅主动要看我的小说,这比教我铆工的手艺还让我兴奋,第二天便把已经完稿的中篇小说《情感的刀锋》交给她了。当她接过那摞用三百字的稿纸抄写的小说稿子时,我觉得比把它投给《人民文学》还神圣。

一天一夜,我都忐忑不安。第二天一上班,师傅顾不上喝一口我泡好的茉莉花水,便把我叫到面前,对我说:"你这篇小说不好。"

我对于这个中篇信心十足,正准备把它寄给《人民文学》,没想到遭到了师傅的无情打击,我反驳她说:"为什么不好呢?"

"这么说吧,你里面写的女人不真实。你看看你师傅我。"她盯着我。

我茫然不解地看看她,眼睛、头发、安全帽,没有看出任何的不同。

师傅淡然一笑,"像我,才是女人,知道吗?女人就应该享受到做女人的一切,爱、被爱。"

虽说我已经上班一个多月了,可是对于师傅,对于一个女人的真实生活,我是一无所知。就是那天,我告诉师傅,我把我的宏大的计划透露给她,我说正在着手写一个现代家庭的长篇小说,女人是主角,她们在爱与被爱的旋涡中徘徊和挣扎。

师傅未等我说完,便打断了我的兴头,突然问我:"你谈过恋爱吗?"

我张口结舌,很奇怪她怎么会问这样的问题,"我,我,没有。"

"那你了解女人吗?"

"我,我可以凭我的想象。"

师傅大笑着说:"你们听听,他说女人可以凭想象得出来。女人是什么,连我自己都摸不清,凭你多上了几年大学?鬼才相信。"

一个一心想要写作的我,是检修车间的另类。我受到了工友们的嘲笑,整整一天,我都因此而落落寡合,师傅的怀疑动摇了我对自己能力的自信。但奚落显然不是师傅的目的,那天下班时她的一句话才让我释然,"我晚上要去跳舞。你跟我去吧,你应该到女人们活动的第一现场去感受一下,见识一下女人的生活。那样你才能写好女人。"

师傅,她突然向我打开的生活,那些陌生而新奇的生活,那些色彩绚丽、爱恨交织的生活,令我有些猝不及防。

舞厅。那是我师傅充分施展她女人魅力的地方。一周一次的舞会安排在周末,厂工会的多功能厅。周六的夜晚是师傅雷打不动的固定节日,那晚,她会成为一个舞厅皇后。早就听小曹说过师傅在舞场上的风采,而一旦见到,我才真正领略到什么词叫作曼妙。其实,我是舞厅中的多余者,我尾随师傅进入舞厅,像是一个毫无自信的密探。师傅一进入舞厅仿佛就踏入了自由的天地,像是鱼儿入了大海。而我完全失去了主张,张皇失措,不知道自己应该干什么,感觉到所有人都在用探询的目光看我。我突然想起师傅的嘱咐,急忙找到一个靠边的椅子坐下。整整一晚上,我都如坐针毡。而这样的情形,持续了将近有半年,他们都说,舞会上的我是个落入湖中的兔子。

我并没有在乎他们强加于我的角色,保镖,跟班,或者什么湖中的兔子。我只是清楚地记得第一次,第一次踏入舞会的慌乱感觉,我坐在角落里,在昏暗的光线中,目光追踪着师傅的身影,她的舞伴时常在变换,这让我无法辨认那些舞伴的样子。一个男人,中年男人,大概五十岁的年龄,现在,我已经知道了他的身份,他是王总,大权在握的副总工程师。让我欣慰的是,他和我一样落寞。与我的紧张不同,他有些心神不宁,他俨然没有了平时坐在主席台上的淡定自如,他看到了我,然后坐到了我的旁边,我叫了他一声"王总",他没有回答,眼神落在舞池之中。舞曲交换期间,他试图想约师傅。但是师傅没有答应,她硬生生地把我拉起来,步入了跳舞的人流中。我觉得我的身体像是被捆绑起来一样,我说:"师傅,我不会。"师傅在我耳边轻声说:"别说话。不会跳,还不会装呀?"那尴尬的时刻我真希望早点结束。我几乎是被师傅拖着在跳。可想而知,舞曲还没有结束,师傅便大汗淋漓了,她又拖着我来到了工会舞厅外,冲着满是星光的夜空长出了一口气。师傅没有怪罪我,这让我心安许多。更多的时候,不识相的男人不会出现,他一定顾及他的身份。而没有他在的舞会,我可以完全待在椅子上,做一个合格的看客。

我师傅向我叙述了王总是如何从主角沦为彻底的看客的。她讲述的过程平静而镇定,仿佛那不是她自己的生活一样。

"我并不喜欢他,但是我跟了他两年。男人是脆弱的,幸福的或者不幸的。他也一样。你是个书呆子,你不懂这些,以后你会有喜欢的女人。你就会发现,女人就是找到男人脆弱的钥匙。我是万能钥匙。"她笑了笑,接着说,"我接近他是为了从他手里拿到汽、柴油的油票,再把它转手。你不知道有多抢手。他是个刻板而严谨的男人,总是拒人于千里之外,但是他只有一个爱好,就是爱跳交谊舞。我以前根本不会跳,为了接近他,我在市工会请了一个专业的舞蹈老师,一个月就出徒了。我第一次进入厂工会的舞厅时可没你那么紧张,开始我并没有刻意地去直奔主题,主动和他套近乎。而是脚踏实地,用我的舞技来引起他的注意。一个漂亮女人,而且我自认为舞蹈水平比那些平庸的女人们要强许多,自然会在那狭小的空间引起别人的关注的。我相信,他也注意到了这一点。但是我观察他,好像这并没有起到任何的作用,他仍然和他固定的舞伴在一起。他的舞伴是雷打不动的,检查科的副科长,那女人姓徐,都叫她小徐。她是抚顺石油学院毕业的,身条很好,一米七的个子,但是长相平庸。多年来,王总从来没有换过舞伴。两人总是成双入对地出现,小徐因为生病而缺席了,舞厅里便也看不到王总的身影了。要拆散他们真是费了我不少心思。我先是找借口与小徐成了好朋友,因为我们俩同在市里的军区大院里住,每天坐一辆班车上下班,很容易成为朋友。然后在小徐要去金陵石化进修一个月时,我适时地向她提出了我的要求,同时加上一条真丝的围巾,我特意强调,等你回来的那一天,我原封不动地把他还给你。真丝围巾戴在小徐脖子上真的很漂亮,她整个人的气质都变了。她说,他又不是我家的,更不是我专用的,我和他说。事实上,当一个月之后,你想想看,你师傅我的魅力,王总再也没有回到过小徐的身边。从那以后,我和小徐也成了冤家路窄的对头。她把那条丝巾剪烂扔到了我的脸上。而且发誓再也不回到舞场了。我和王总,我们两人谁也没再提那个过客小徐,就像她从来没有出现过,犹如那个和他在舞厅里成双入对的人一开始就是我。即使是这样,要想向他说出我的想法也不能一蹴而就,他铁面无私,是党的好干部。我陪他跳了整整半年的舞,才找到机会。在一个风雪交加的夜晚给了他致命一击。"

我不合时宜地插嘴道:"什么致命一击?"

师傅打了我一下,"你这个笨蛋。女人给男人致命一击,当然是在床上。你脸红什么,又不是你。在市里,我们在市区吃完饭,走出饭店时突然发现已经大雪封路,他无法赶回厂区了。那晚之后,我们的关系便突飞猛进,我再说什么都水到渠成了。他好像白活了四十多年似的,如饥似渴地扎入了爱情的海洋。他会找到各种理由和机会与我单独相处,在他家里,在市区的宾馆中,在已经废弃的操作间里,在出差的路途上。他的想法层出不穷,像是一个发明家。"

"那他妻子呢?"我又冒失地问。

师傅看着我,像是看一个怪物,"你的想法太奇怪了。我从来没想过类似的问题。实际上他也是,他好像突然对其他的一切失去了兴趣,家庭、事业,甚至名声,有一次他竟然带着我去开一个关于销售的会议。我们一路从黄山到漓江、三峡,总共十几天。他根本不去想,在我们出去的这十几天里,关于我们的风言风语是如何在厂里的各个角落疯狂地生长着,如同夏天的野草。在长达两年的时间里,虽然没有人和我说过,但是我知道,他们把我描绘成一个什么样的人。就和你们书中写的那些女人一样。我看你的眼神,是不是也要把我写成那种道德败坏的女人?"

师傅如此直接的问话让我无法正面回答,我支支吾吾地表白了我的态度:"反正我是不赞成的。"

"你喜欢也罢,不赞成也罢,那都是你们的观点。反正我是快乐的。我遵从我内心的需要而活着。"这就是我师傅的生活格言。她没有想过要说服我。她从来没有被流言所左右,即使多年之后,她决然选择了截然不同的生活方式。

我虽然不认同师傅的生活方式,但是她率真和诚恳的态度,又让我对她的生活欲罢不能。我像是一个小心翼翼的探险者,明明知道前路崎岖多险阻,却乐于前往。又像是一个吸毒者,她美丽而带刺的生活像是毒品一样吸引着我。

在我师傅给我讲述她和王总的故事之后,我的长篇开始了,我这样写道:

> 妈妈那时穿着我们家唯一的一双皮鞋,那是一双猪皮皮鞋,颜色并不鲜亮。但是它平凡的外表并不能掩盖一个事实,那就是它的的确确是一双皮鞋。为了保护好它,我妈妈坚持要每天擦一遍,擦皮鞋的任务落在爸爸的肩上。爸爸为了能把妈妈的皮鞋擦得亮一些,想了许多办法。没有鞋油,他就找来了猪油,每次擦鞋他都往上擦点猪油,那样,皮鞋就四季保持一种颜色,而且在灯光下还能闪闪发亮。

在我写下这个开头的第二天,我和焊工毛小宁打了一架。地点是厂区食堂。毛小宁是个技校生,比我还小一岁,但已经是个老工人了。我打了饭来到他那一桌时,他正和其他几个工友眉飞色舞地讲着什么。看到我过来都窃笑不止。毛小宁故作严肃地对我说:"小刘,你过来,离我近一点,我说的这些事你肯定没听过。"

我不明就里,便挨着他坐下来。他开始绘声绘色地讲我师傅的风流韵事,他讲的那些事远远比我师傅告诉我的王总的故事要丰富许多。我没有听完便怒不可遏地站起来,抓住了毛小宁的后脖领子。他的声音瞬间变了调,像是公鸭似的厉声说:"你要干什么?"

我愤怒地说:"给造谣者一个教训。"

因为我和毛小宁在饭堂打架的事,我们俩都背了一个处分,而我的实习期也因此延长了整整一年。但是当我鼻青脸肿地站在师傅面前时,我仍然没有一丝的悔意。师傅什么也没有说,她没有责怪我,只是把我拉到厂区外面的小饭馆,把一瓶酒放到我面前,命令道:"把它喝掉。"

受到了委屈的我像是得到了一瓶温暖的安慰剂,我听话地抓起酒瓶,狠狠地灌了几大口。在那个寒冷的小酒馆中,我师傅,异常冷静的表现让我终生难忘,二十多年过去了,透过迷茫的眼神看到的美丽而充满爱怜的师傅仍然浮现在我的眼前。半个小时的时间,我不知哪里来的勇气,竟然把一瓶酒喝了个精光。师傅把我架到了她生活区的家里,我在她的床上昏睡了足足两天,当我醒来时,我看到未施粉黛的师傅坐在床边,轻声对我说:"他说的都是事实。"

我摇摇头,头炸裂似的疼,"我不信。所有人都这么说,你自己也这么说,我也不信。"

师傅伸手摸了摸我的额头,叹了口气,"也许我不该把你要来,也许你不该做我的徒弟。"

在我昏睡期间,师傅没有回市区,她一直守在我的身边,我真的想象不到,她就坐在像是一个死人的我旁边,读着我刚刚开始的小说。此刻,她突然转换了话题,欢欣地说:"我喜欢你这篇小说。"

我立即感觉不到头疼了。我问她喜欢书中的哪个人。她说:"徐琳。我觉得你应该把她写成一个敢作敢为、不受任何束缚的姑娘。"

我老实地说:"师傅,我得向你坦白,当我构思这个角色时,我想到的是你。"

"你会写我吗?"

"我不知道她是不是你。"我有些迷茫地说,"母亲的角色,你不喜欢吗?"

师傅想了想,然后回答道:"就像你不能确定你写的那个人是不是我一样,我也无法确定,我喜欢不喜欢这个角色,母亲,唉,真是一言难尽啊。"

师傅的感叹之后没多久我就知道了原因,当我看到那个衣着讲究、烫着大波浪卷发的中年女人在家庭和情人之间奔波时,我似乎明白了师傅的基因出自哪里。

师傅对我的过分信任,使得我和她之间,有了某种互相配合的默契,我甚至觉得自己是她的帮凶。对于男人的热爱使得她年轻而精力旺盛,她时常会在和男人约会之后,把我拉到酒馆里,让我喝各式各样的酒,白酒、啤酒、葡萄酒、雷司令……在很短的时间里,我就告别了不胜酒力的历史,她培养了我喝酒的能力。我听着她和她频繁更换的男人的故事,像是在上一堂堂有关女人、有关社会、有关欲望的社会课。在那些绚丽闪烁的故事情节中,我师傅,那个叫冯苤衣的女人,已经不再是一个看得见摸得着的人,她渐渐地成为一个我艺术想象中的人物,美丽、奔放、放浪形骸。她像是浓艳的花,开得热烈而凶猛。

有时候,师傅会让我做一些更加私密的事情,比如为她和她的那个男人望风,我虽然一百个不愿意,痛恨自己的所作所为,却又无法拒绝。最让我难以忘怀的是在厂区以外的玉米地里,从厂东门向东约一千米。在秋风里,我骑着自行车,载着师傅和她的情人去约会,风已经有些微微的凉意,师傅坐在自行车的后座上,反复地叮嘱我,你要是无聊就看看我给你买的书。师傅时常会从市里的书店给我买一些书,在邮局里买一些文学杂志。那几年里,我看到的《收获》《人民文学》都是她买的。她刚给我买的书是塞万提斯的《堂·吉诃德》。在每一本书的扉页上,她都会工工整整地写上一句话,都是鼓励我发奋努力的话,这本书上写的是:

赠我的徒弟刘建东 一个疯子的故事,真他妈的疯狂! 冯

茎衣

她的字隽秀、干练，一点也不拖泥带水。她说她临过庞中华的字帖。

迎面而来的男人并不是我们厂的，他是在炼油厂施工来的省安装公司的一个项目经理。男人看上去挺年轻的，戴着眼镜，师傅附在我耳边说，和你一样，大学生，西安交大毕业的。那个交大毕业的项目经理在长达一年的时间里都和我师傅保持着亲密的关系，直到他负责的工程结束。我师傅的男人，就像是飞来飞去的候鸟。

男人看到我，略微地有些意外和尴尬。仅此而已，他并没有因为难堪而放弃与师傅的幽会。他们抛下我，钻入了华北平原浓密的玉米地中，而我，则支起永久牌自行车，坐在玉米地的田垄上，读起了《堂·吉诃德》：不久以前，有位绅士住在拉曼却的一个村上。他那类绅士，一般都有一支长枪插在枪架上，有一面古老的盾牌、一匹瘦马和一只猎狗。在堂吉诃德与风车做着殊死的搏斗时，浓郁而汹涌的玉米已经淹没了我师傅和她的男人，除了听到堂·吉诃德誓言般的高谈阔论之外，我相信，那强劲的风声也来自遥远的十七世纪，来自堂吉诃德和桑丘共同征讨过的土地。

我并不是刻意去渲染我师傅冯茎衣的艳情故事。这不过是她生命中的一部分，而且是重要的一部分，甚至我可以断定那是流淌在她血液里的，是与生俱来的。虽然，在若干年后，这个过程会以悲壮的方式结束。我至今记得师傅的忠告，要写真实的女人，真实的人，不要只靠想象，现在，我就是这样做的，我在记录一个完全顺着自己内心的意愿生活的女人。

师傅的母亲进入我的视野中是在冬天。

奉师傅之命，我提着一个塑料袋子站在棉六生活区一栋宿舍门外，袋子里装满了各种各样的药，治感冒的、治鼻炎的、治糖尿病的、治口舌生疮的、治失眠的，消炎药、止泻药，中成药、西药。五花八门，应有尽有。我纳闷为什么一个人需要这么多的药，师傅说："从小我们家就像是一个药铺子，桌子上、茶几上、书柜里、电视上、床头边，到处摆满了药。我妈妈爱好这个，有时候我觉得不管什么药，只要吃下去她就觉得心安。"

我站在门外有十分钟也没有等到有人来给我开门。我只好放弃了。

我的手里还攥着一个纸条,上面提供了另外一个地址,看来,师傅早就预料到了。我坐5路公交车去了桥西的一处省直住宅,那个生活区看上去要整洁干净许多,中央还有一个大大的喷水池,只是池子中的水已经结成了冰,上面散落着一些枯萎的树叶。给我开门的就是师傅的母亲,她身后站着一个花白头发的男人,男人文质彬彬。她警惕地看着我,目光犀利,看上去比实际年龄要年轻,也就是四十多岁的样子,穿着一件朱红色毛衣,头发黑黑的,发型是时髦的大波浪。

我急忙说:"我师傅,冯茎衣,她让我来送药的。"

"她怎么不来?"师傅的母亲仍然没有放松警惕。

"我不知道,"我摇摇头,"也许她有更重要的事。"

她没有礼貌地请我进去,只是随手接过了药,冷冷地说:"我收下了。"

我尴尬地站了一会儿,便知趣地告辞而去。走到二楼时,文质彬彬的男人追了下来,抱着歉意说:"我来送送你。她就是这样,对谁都这么冷淡。"

我说:"谢谢叔叔。没事,我的任务完成了。"

不管我如何拒绝,花白头发的男人坚持一直把我送到生活区门口,路上他不停地说着一句话,那就是:"她是个好人。"他说的是师傅的母亲。

在那个冬天里,我总共见过师傅的母亲三次,另外两次给她送去的是一条香烟和我们厂发的一箱苹果。基本上都是在省直住宅,有一次我还看到师傅的母亲和花白头发的男人手挽手从生活区大门外归来。她的脸上洋溢着幸福的笑容。我想起了自己的父母,他们几乎天天在吵架,对师傅说:"你父母真美满。"

师傅对我的评价未置可否,几天之后,一个寒风凛冽的傍晚,我跟随师傅坐班车到了市内,她把我带到一个饺子馆,我注意到,那个饺子馆距离棉六生活区不远,一条窄窄的小路上,并排着几家小饭馆,饺子馆是其中之一。师傅随身带着一瓶大曲酒。一边喝酒师傅一边向我炫耀她最新的战利品,安装公司的项目经理早就成为了历史,最近这个男人和她一个小区,马上要结婚了。师傅说起那个准新郎爱上她的情景,在小区的小卖部前,他买了一包烟却发现忘了带钱,师傅解了他的围。师傅的一个媚眼就让他爱上师傅。我揶揄她:"你的爱情就像是空气一样,说来就来。"

"其实没有爱。"师傅笑着喝了口酒,"我早就不相信爱了,我只是喜欢在其中的感觉。我喜欢这种状态。我想爱的时候就毫无顾忌地去爱。我问问你,你们男人最想成为什么样的男人?"

"我就想当一个小说家。"我诚实地回答。

因为喝了酒的缘故,师傅的脸色微红,在酒馆昏暗的光线之中,分外迷人,"那只是你现实的理想。你通过自己的努力,可能达到。但是你们每个男人心里都藏着另外一个遥不可及的梦想,那就是让天下所有的女人都爱你们。女人也一样呀。我看到我喜欢的男人对我垂涎三尺,我也会心花怒放。"

"我不同意。"我声音提高了八度,"要都是你这样的想法,社会不都乱了套?也许每个人心里或多或少有这样的想法,但每个人都不是独立于社会之外的,所做的每一件事,不仅要对自己负责,还要对社会负责。责任会纠正你内心的冲动、盲目和错误。"

师傅举起酒杯,"喝酒吧。你说服不了我。这足以证明你们文人是多么虚伪。"

在冬天的小酒馆,我们的争论继续着。借酒胆,那天晚上我问了师傅一个十分刻薄的问题,问完我就后悔,但是师傅淡然的回答让我释然了。对于我,她真的太过包容。我的身份已经超越了徒弟的角色。

我问她:"师傅,你到底有多少男人?"

师傅默默地想了想,"七八个是有的吧。我算不清楚了。这还不算对我有企图的人。唐文生副厂长,主管人事的,胖胖的,你认识他吧?他是实权派。他一直在追求我。但我就是不喜欢他,主要是他说话的声音,别看长得粗粗壮壮,说起话来却像个妇人。"

这就是那个年代的师傅冯荃衣,她的世界是自我的、封闭的,她沉浸在情欲的暖流之中。她放荡不羁,随心所欲。把我善意的揶揄和劝诫当成耳旁风。唐副厂长,在那之后我曾经观察过他,他是个一本正经的领导,没有任何的不良嗜好,对一切事情精益求精,关于他最让我印象深刻的是一次厂报上的名字风波。厂报一版的消息后来我找来过看了看,那张报纸在我的工友们之间传来传去,已经变得油渍遍布,像是刚刚擦过工具。我艰难地在油渍中间寻找到了那条位于头版的报道,就像传言中的一样,报道的副标题是这样写的——"康文生副厂长做检修动员",一字之差,报社的主编欧阳险些丢了官位。此事闹得沸沸扬扬,唐副厂长开始不依不饶,非要把欧阳调整出宣传部门,不知何故,后来突然偃旗息鼓。而那个书生气十足的欧阳主编,也张口闭口地夸赞唐副厂长。这个世界,许多事情都是在暗里进行的。

  冬天的夜显得悠长而温润,饺子馆不大,人来人往,已经换了好几茬人。一瓶酒也快要喝完,我看了看表,因为我还要赶末班车回厂里。师傅突然打了一下我的手背,轻声说,你注意一下我身后第三张桌子上那个人。我的目光越过师傅的肩膀,看到一个年老的男人,弓着背,刚刚坐到桌前,他沙哑的声音在不大的饺子馆里回荡:"三两饺子,三两酒,一盘花生米。"

  我问师傅:"你认识他?"

  师傅示意我不要说话,"看着他。"

  男人有六十多岁,头发乱糟糟的,像是几天没有洗脸,眼神恍惚。酒壶端上来之后,男子颤抖着手从口袋里掏出一个白瓷酒杯,用袖口擦了擦,举在灯光中照了照,又擦了一遍,这才放到桌子上,倒了一杯,仰起脖,响亮地喝了一口。低下头又看了看杯子里,再次仰脖,喝了一下,这次因为杯子里没有了酒,声音尖锐刺耳。因为观察男子,我们喝酒的速度明显降低了,师傅则把身子斜向墙壁,她似乎是怕被那个男子看到。男子把三两酒喝完,饺子才端上来。三两酒下肚,男子的手很明显颤抖得不那么厉害了,他夹起筷子,在盘子里拨拉着,突然,动作停了下来,坐在那里的落魄男子愤怒了,腰挺直了,脖梗向后仰着,头发愈发凌乱,他尖叫道:"服务员。服务员。"

  女服务员跑过来,问他什么事。

  男子的手又开始颤抖,声音有些结巴:"饺子,一两几个?"

  "六个。"

  "我买了几两?"

"三两。怎么了?"

"三两总共多少个?"

服务员说:"十八个。"

"那你数数。到底多少个?到底多少个?"

服务员怯怯地数了数,小声说:"十七个。您,不会是吃了一个吧?"

就是这句话惹恼了男子,男子拔身站起,手麻利地抓住了女服务员的胳膊。女服务员吓得尖叫着哭出了声。幸亏老板及时出来,阻止了男子做进一步的动作。老板赔罪道:"不管怎么着,我们店奉送您老一两饺子成不?"

男子摇着头,"什么叫不管怎么着,她就是少给了我一个饺子,我是讲理的人。我只要一个饺子,一个也不多要。我是个讲理的人。因为我付了钱,那个饺子就属于我,而不属于你那个煮饺子的锅。"

男子把十八个饺子快速地吃完,这才站起身,慢腾腾地向外走。师傅说:"我们也走。"

出了饺子馆,我们跟在男子身后,他走得很慢,走几步就停下来,像是想心事。师傅说:"你知道他要干什么去吗?"

我几乎是惊呼道:"你认识他?"

师傅拧了我胳膊一下,"你不能小点声吗?一惊一乍的。我当然认识,他是我爸。"

这次,惊愕让我无言以对,我曾经看到的那些场景在我脑海里交织错落,把我的思想搅得杂乱无章。"这,这怎么可能?"

师傅小声说:"这是事实。他的的确确是我爸。你前几次见到的那个和我妈在一起的人不是我爸爸,他是我母亲的相好。已经有二十年了。"

"这怎么可能?"语言仿佛从我的思想里溜走了,世事太难预料,也太令人意外了。

"这个时候,他只有一件事可干。"

"这怎么可能?"我仍旧沉浸在巨大的疑惑之中。

师傅打了我一下,"他是我爸,我都不吃惊,你看你那点出息,什么都没见过,你怎么能写出好故事来,怎么写出生活的深刻来。"

我连连点头,"他要干什么?"

"打人。"师傅轻描淡写地说。

我心急火燎地说:"那我们还不去制止他,你看他那样子,摇摇晃晃的,只有被别人打的份。"

师傅叹口气:"他哪敢打别人呀?他打我妈妈。"

那天晚上,关于师傅的父亲和母亲,有太多的疑问郁结在我心头,因为末班车的时间缘故,更因为师傅已经没有了讲述的兴致。我匆匆忙忙地瞥了一眼那个蹒跚的男子,师傅的父亲,他已经坐在路边的便道上,把头埋在两腿之间,像是要睡着了。而师傅,则显出了疲惫之态,今天,我们在催化车间干了整整一天的活儿。

"我爸爸是个懦弱的人。他胆小怕事。我从小就看不起他。"说这话时,已经是数天之后,我和师傅坐在常减压塔的上部,塔离地面有三十多米高,天空很近,而地面的人看上去很小。她坐着我的安全帽,她的安全帽在我的手上,大红色的安全帽能映出天上的云朵。我坐在坚硬的铁板上,闻着四处弥漫的铁的味道、油的味道,听她讲述父亲母亲的故事。

"我父母的婚姻从一开始就是错误的。母亲是那种特别强势的人,她说一不二,而父亲则唯唯诺诺。母亲从来没有对父亲正眼相看。从我记事起,我就知道母亲在外面有一个男人,那个男人长得很标致,浓眉大眼,国字脸,一看上去就是电影里的正面形象。我也很喜欢和他在一起,我们都叫他杨叔叔。他关系很广,经常能给我妈妈弄到一些票,买到紧俏的东西,比如排骨、白面、白糖,我们家的那辆红旗牌自行车也是他给找来的票,包括后来十二吋的黑白电视。他还经常有出差的机会,我最喜欢的是他去上海给我们带回来的大白兔奶糖。杨叔叔的存在,对于我们小孩子来说并没有什么,因为我们也无法去弄懂,杨叔叔、母亲和父亲之间的关系。我们只是觉得他很亲近,见到我们就笑容可掬的。初中三年级时,我才意识到杨叔叔对我们家是一种威胁,才意识到这个笑容可掬的男人背后隐藏着一颗定时炸弹。从那年春天开始,父亲开始酒后殴打母亲。酒后的父亲陌生而令人惊奇,完全变了一个人,他像是一头凶猛的豹子,特别有攻击力。遭到父亲殴打时,母亲并不还手,也从来没有喊叫过,她都拼命咬着牙,把疼痛咽到肚子里。当第二天,我们看到母亲脸上和身上的伤痕时,真的不知道母亲是如何强忍着疼痛的。而父亲的疯狂也只是昙花一现。第二天酒醒之后的父亲又如出一辙,又变回了那个邋遢、猥琐、目光飘移的男人。唉,该如何评价我自己的父亲呢?这真的是一个难题。"在她的身后,平时看上去高耸入云的火炬此时并不高大,熊熊燃烧的火焰在蓝色的天空背景下更加浓艳。

师傅父母的故事,给了我极大的写作空间,"在以后的许多天里,爸爸妈妈都处于一种冷战的阶段中,他们尽量都在躲避着对方,以免稍不注意就点火烧着了。实际上爸爸是最痛苦的,因为他经常用自行车驮着我到处乱逛,所以对于一九八〇年的爸爸我最为了解。我时常在后座上听到他一边骑着自行车一边发出一声长叹。我爸爸一叹息我脚下就有些慌张,我的脚没有着地,它一慌就往车辐条里面钻,所以在我爸爸病倒之前的那些日子,我的脚经常被车辐条无情地卡出斑斑的血迹。所以在我六岁时,我的脚上经常涂满了紫药水。而我的哭喊成了爸爸那个最灰暗的日子的一段悲怆伴奏。现在每当想到这里,我都会流下眼泪。"这些小说中的段落,在那些岁月里,就像是一扇通向社会的窗口,那个时候,我也不再感觉到炼油厂的偏僻,也不再感觉到我身处一隅的孤独,我仿佛来到了嘈杂的集市,芸芸众生之中,看到了他们的喜怒哀乐。

而我的师傅,冯荃衣,她的喜怒哀乐,对于我则是一个永远无法解开的谜。身处嫌疑之中的王总突然来了一个华丽的转身,不仅没有受到任何的处罚,相反,在秋天到来之际,他从副总而升为了厂里的总经济师。那是一个令人疑惑的年代。他又开始频繁地出入舞厅。他身边的舞伴换了一个又一个,却终究无法忘怀师傅冯荃衣,于是在他升为总经济师两个月后,我的师傅,让我失望地又成了他固定的舞伴,那些场景,舞厅中的场景,从其他人的描述中,已经变成了一个曲折而淫荡的情爱故事。我的失望开始燃烧成怒火。

"师傅,我对你有意见。"那是第一次,我与师傅面面相觑,面色凝重。我语无伦次地向她诉说我内心的不安,我告诉她当我听到舞厅里发生的一切时,我的焦虑,我对她的失望。我喋喋不休的话语丝毫没有影响师傅美好的心情,她吃着香蕉,伸出左手摸了一下我的脑门,故作吃惊地说:"你发烧了吧?你做了我两年的徒弟,铆工的活儿没见你长进多少,奇谈怪论可是学了不少。这不是我教你的吧?"

"这可不是奇谈怪论,师傅。"我诚恳地说。

师傅把香蕉扔到地上,香蕉的味道围绕在我们四周,暂时压制了车间里的机油的味道。师傅也是那么少见地严肃起来,她告诉我:"我不是一个水性杨花的女人,我和你在小说里看到和写到的女人不一样。我只是一个现实而利己的人而已。这没有什么大惊小怪的。你以为你写作,你的思想境界就比别人高一等,你就能脱离了低级趣味,不食人间烟火?"

她说得我哑口无言,脸红红的,憋了半天才挤出几句话:"我不想让别人对你指指点点的。"

"你是不是觉得做我的徒弟脸上无光了?"

我急忙否认:"我不是那个意思。我,我,我也觉得你做得太过分了。"

她想了想,"有那么一句话,这是谁说的,但丁吧,走自己的路让别人去说吧。当好你的徒弟,干好你的活儿,写好小说,让别人去说吧。"

师傅调侃似的话语并没有完全打消我内心的顾虑。师傅的形象变得越来越模糊,越来越难以琢磨。当夏天来临,整整两个月的大检修期间,师傅的身影在常减压塔上,在蒸馏塔上,在密密麻麻的管道之间上下穿梭,看到她干净的红色安全帽,看到她坚毅的目光,我才觉得这漫长的检修期总有结束的那一天。即使这样,她可以两周不回家,吃住在车间里,可是这阻挡不住她和王总的约会。她会突然消失几个小时,彻底脱离我们的视线。等夜幕降临,她迎着我满是疑问的目光走过来时,她打了我一下,"没见过男人女人约会呀?"

但是在一次检修的间隙,消失了一上午的师傅并没有去约会。她回到检修现场时,递给我一本书,她说这是她特意跑到市里给我买的。她说:"你好好看看这本书,我看不懂。好多人都在买。你看后给我讲讲。"她给我买的那本书是弗洛伊德的《梦的解析》。那几天,在塔顶,在管道之间,在工作的缝隙之中,我狂热地爱上了弗洛伊德,看完那本神奇的书时抬头看了看天,晴空万里,可我却意识到,黑夜温柔地降临了,我感觉周围的人,那些头戴安全帽,身穿工作服,忙忙碌碌的人,那些塔,那些设备,都宛如梦中。而所有的人,原来都是拥有着无数个奇奇怪怪、五花八门的异想的人,是一个个难以解读的梦中人。

有人推了我一把,"做梦呢? 干活儿去。"是师傅。

我拎上风把,工具箱,跟在师傅后面,来到换热器旁。风把开动前,我问师傅:"师傅,你做梦吗?"

师傅瞪了我一眼,"不做梦那还叫人吗? 当然了,我每天都做。"

"那你都做些什么梦?"我紧追不舍。

"做什么梦? 干完活再做。"师傅恼怒地说。

那是疲惫的检修期。我们像是机器和装置一样上紧了发条,平日里轰鸣作响的装置此时像是在温柔的梦境中一样,难得地有休息下来的机会,安静地被我们修理着。也许,当检修期结束,它重新踏上另一个漫长的工作周期时,它会怀念这段日子,怀念我们。也许,它也有潜意识,在它的梦境里,师傅,我,还有我的工友们,都是它梦境中的一分子。

"我经常做同一个梦。我的身体轻飘飘的,我在跑步。和别人一起站在跑道上,我以为自己跑得飞快,可最后我总是落在最后,我发现跑道上只剩下我一个人。特别恐惧,周围雾蒙蒙的,天空是灰色的。不知道他们是早就跑完了,还是我自己把他们甩下了许多。我总是在这个时候被惊醒。"在一联合车间的操作间里,我们坐在长条椅子上,师傅才回答我那个问题。小曹他们几个跑到墙头外面去偷偷抽烟了,操作间里只有我和师傅。

我一本正经地坐端正了,感觉自己就像那个拿着雪茄的白胡子老头弗洛伊德,"其实你是孤独的,你潜识里是不想做某件事的。你只想和别人一样,跑在他们当中,既不想跑到他们的前面,也不想落在他们之后。你潜意识里是痛恨某件事的。"

"什么某件事?"

"就是,和男人们之间的事。"我鼓足勇气说道。

师傅重重地打了我一拳,"你瞎扯什么。那本书里就是这样讲的呀,那就太浮浅了。"

我辩解道:"我分析得有道理吧? 梦境反映了你真实的内心世界。潜意识里的那个你才是真实的你。现实生活中,你最为突出的表现往往和内心里的那个你是相反的。"

"你是想劝我是吧?你觉得你能成功吗?"师傅盯着我的眼睛。这让我心虚得直冒汗。

"不能。"我老老实实地说。

没有人能够阻挡师傅的脚步,即使我借用那个叫弗洛伊德的老人也没有用。远来的和尚在我师傅这里行不通。就在我以为,我的师傅冯苤衣,要在她认定的道路上一路狂奔时,却出现了意想不到的转机。她随心所欲的生活停在了痛苦的十字路口。

检修的记忆停在了秋风之中。周一,师傅一反常态地没有来上班,王主任还问我和小曹,师傅怎么没有来。我和小曹都摇摇头。到下午的时候,我接到了师傅的电话,电话里师傅的语气很沉重。她让我给主任请个假,说她要休息几天。她没有说请假的原因。我追问了一句,请什么假呢?师傅沉默片刻说:"你随便说吧。"

下班后我去了市区。她沉重的语气一整天都在我脑子里回荡。师傅一个人独自在家,她打开门,屋子里的灯光很昏暗,灯光似乎在她背后很远的地方,她的脸掩在黑暗之中,无法看清她的表情,她怔在那里,反应了几分钟,似乎才看清是我,她把我抱在怀里,失声痛哭起来。一向乐观的师傅,从来没有在我面前表现出她软弱的一面,所以,在她的拥抱下,在她号啕的痛哭之中,体味着她的泪水,我一时手足无措,我的双手支在她的肩膀之上,不知道应该做什么。我轻声道:"师傅,师傅。"哭泣持续了十分钟,师傅泪眼婆娑地宣布:"我要死了。"

死了的人不是师傅,而是师傅的丈夫。她的丈夫姓杨,叫杨卫民,在部队大院长大,父亲是军分区的首长。以前从来没有听师傅说起过。在我的感觉里,师傅一直回避谈到他,她可以向我敞开她父母的生活,可是却从来不去触碰那个她最亲密的人,我不知道她在躲闪什么。师傅悔恨地说,他是因为我死的。据师傅说,杨卫民和师傅大吵了一架,然后摔门而出,她怎么叫也叫不回来。他开着一辆军用吉普。师傅说她听到了楼下吉普车发动的声音,仿佛是他愤怒的吼叫声。"他离开的时间是晚上七点钟左右。"师傅说,"我接到电话是夜里十一点,他妹妹杨卫宁给我打来的。我再见到他时,他躺在医院里,身体已经完全变了形,他的车在淡固大街和裕华路口出了事故。杨卫宁埋怨我，都是因为你，他失去了理智，和一辆重型货车撞在了一起。她说那句话时，我看到了我婆婆愤怒的目光，她坐在楼道一角的椅子上，身体完全躺在椅背上，脸上全是泪水，虽然在我和她之间，不断地有人走来走去，可是她脸上的怨恨却那么有力，像冬天的狂风那么强劲，我一辈子都不会忘记。"

"我是一个罪人。"师傅悲伤的表情使那个夜晚凝重而凄凉，秋日的夜晚，师傅最早感受到了凉意袭人，她蜷缩着，身体瑟瑟发抖，我拿过一条毯子，盖在她身上，"一个不可饶恕的罪人。不管我说什么，解释什么，都徒劳无益。人毕竟是死了，人死不能复生。"

背上沉重的心理包袱的师傅，是无法被安抚的一个受伤的女人，她呆滞的目光，绝望的神情，都在酝酿着生活中转机的开始。在那个充满了忧伤的夜晚，我和师傅相对而坐，我都忘记了对师傅滥情的不满，忘记了师傅留在我印象中的形象。

"我们之间没有什么爱情可言，从一开始就是这样，我看中的是他家的家世和地位，他看中的是我的美貌和容颜。"凌晨时分的师傅，在自责与悔恨之间徘徊不前，"我与丈夫，我们俩结婚八年了，没有孩子，所以更没有了维系我们之间情感的东西。他是个浪荡公子。从结婚那天起我们就形同陌路。我不过问他的事，他也从来不过问我的事。在远离市区的炼油厂，你肯定会意识到，我是自由的。我自由地按自己的意志生活着。我想，是我自由过分的生活给他造成了影响，这八年中，他一事无成，每天游手好闲，和一帮朋友搞外贸、开公司，没有一个办成功的。我想，都是因为我，因为我自己的放荡无拘，自己的随心所欲，所以他才会放任自己，放纵自己，最后铸成了大错。"

师傅把丈夫的死定性为自己的过错，这个阴影在她之后的生活中始终挥之不去，我的师傅，一夜之间性情大变，她告别了以前喜爱而热衷的生活，告别了男欢女爱，告别了情人与浪漫，断绝了与王总的关系。我曾经见过疑惑不解的王总在施工现场委屈地站在师傅的身边，请求她重新回到舞场上，回到他的身边。异常冷静的师傅，没有停下手中的工作。在嘈杂的风把声中，她不做任何的解释，只是告诉王总，她的心以后只会放在这里了，她只会和风把，和装置，和需要修理的设备、换热器在一起了。我看着落寞而去的王总的背影,不知道怎么却有些兴奋不起来。以前我不欣赏她颓废而糜烂的生活方式,而如今当她告别过去,迎来新生,我却有些莫名的惆怅,我一直不知道这种惆怅来自何处。直到在随后的日子里,我师傅冯荃衣,不断地走上主席台接受奖励,各种荣誉纷至沓来,她的身上渐渐笼罩上光环时,我才意识到,我是无法接受一个人能够脱胎换骨,能够变得不像自己。而哪个师傅更加真实,我疑惑了,茫然了。

据说,失意落寞的王总再没有出现在舞场之中,他尝试着找到一个能够替代师傅的舞伴,比如那个曾经的最佳搭档小徐。小曹看到过小徐,他说小徐像是焕发了第二春,她身材愈发苗条。但这只是昙花一现,小徐的第二春还没有完全绽放便步入了冬天。失去了师傅的王总对舞蹈也失去了所有的兴趣,即使身在舞场之中,他也像个幽灵一样。没过多久,王总也从工会舞厅中消失了。对师傅的突然转变,王总有些不明所以,一天,他把我叫到他的办公室,简单寒暄之后,他便毫不隐讳地和我谈起了师傅,他说:"我知道你师傅对你最信任,她什么话都和你说。"

我紧张地站在王总对面,他的办公桌上摆着一个金属的永动仪,它就在我眼前不停地晃啊晃。王总显然也没有意识到我一直站在那里,我的局促不安,他想着的是他的心事,他继续说:"她不是一个追求上进的人。她对那些名呀利呀,从骨子里不喜欢。她是一个享受生活的人。你觉得这正常吗?"

我突然之间不知从哪里来的一股勇气,紧张陡然间从我脑门的汗珠里,从我手心里的汗里溜掉了,我盯着他沮丧的脸,有些愤慨地说:"王总,恕我直言。你到底喜欢哪一个师傅,是以前那个水性杨花的,还是现在这个一心扑在工作上的?"

王总其实一直就没有正视我,听到我的话,他万分诧异地看着我:"你这是什么意思?"

我说:"我就这个意思。我就想知道我师傅在你眼里是什么样的人。"

"我可是为她好。"王总在我的逼视下目光明显地胆怯下来,"你回去告诉她一句话。"他顿了顿,摆摆手说,"算了,说这些还有什么意义。"

我走出王总宽大的办公室时,狠狠地吐了一口痰,我从心里有些瞧不起他。说到底,他心中的师傅只是颜色艳丽的一朵花而已。

我曾经陪同师傅,在无数个周末,在节假日,去杨卫民的父母那里。她压根就没有想得到他们的原谅,尤其是杨卫宁和她的婆婆,她们的冷漠甚至仇恨并没有随着岁月的流逝而减退,她们把师傅送的礼物扔到她的身上,扔到屋外,她们冷冰冰的目光就像是刀子。有一次杨卫宁破天荒地走到楼下,她铁青着脸,质问师傅:"你想得到什么?"

师傅略微犹豫了一下,她没想到杨卫宁这么直截了当,她说:"我想得到妈妈的原谅。"

"妈妈心里没有原谅这两个字,你也别想见到她。在她心里,你和杨卫民都已经死了。"

杨卫民车祸后的第二年,师傅的婆婆收回了属于她儿子的那套房。当杨卫宁来告知师傅这一决定时,师傅二话未说,当天就让我找来一辆皮卡车,搬走了属于她的日用品。坐在回厂区的路上,师傅的整个家就在车的后备厢里,显得是那么轻,那么简单。我以为我能从她的表情中读到悲伤,但是没有,师傅异乎寻常地平静。她看了一眼我,笑着说:"哪里不都是一样?"

如此绝情的态度,我的师傅都没有退却。我想,师傅这么做只是想得到自己内心的安慰。她不在乎她们拒之千里的冷漠。她赎罪的过程残忍而又漫长,一个雪天,我们俩站在冰天雪地里,她抬头看着楼上那紧闭的冰冷的窗户,她多么希望,那扇窗户能为她打开。我劝她:"师傅,算了吧。你不可能改变她们。"

师傅的脸被雪映得白灿灿的,自言自语道:"为什么呢?"

她不需要答案。她的疑问与忧伤都融化在了那漫漫的大雪之中。我知道,任何多余的解释和回答都是徒劳的。

但是她没有告别自己的外表,她仍然注重自己的容貌,她的红色安全帽仍然是全厂最干净的,我经常把她的安全帽当成镜子。戴着明亮安全帽的师傅,当她的心思完全地用在工作中后,竟然成了炼油厂一颗冉冉升起的明星,她带领她的班组,在几次重要的抢修工程中大显身手。尤其是催化装置加热器泄漏事故中,她在装置上待了整整一晚上,当第二天凌晨,黎明伴随着装置重新启动时,师傅也昏倒在临时搭起的架子下。她的红色安全帽跌落在她的身边,我注意到,安全帽上满是油污。

就是那次抢修,改变了我的人生轨迹。

下半夜,浓浓夜色包裹住的光亮显得逼仄而拥挤,像是一团徘徊的云朵。而我,是云朵洒下的一滴雨。在光亮之外,是焦急等待的厂领导们,他们的目光都聚集在我师傅身上。师傅的技术,加上她的勇气和胆量,是厂长们能够从容围观的理由。他们相信事故会很快结束。但是抢修工地上突然响起了师傅的怒吼,她吼的是我,我错拿了风把。她骂我是个猪,跟她学了三年还一事无成。在那么多关注的目光中,我无地自容。我灰溜溜地从架子上爬下来,跳上电瓶车,落荒而去。重新拿到大号风动扳手的我仍然是那晚的落寞者。我知道,没有人会注意我,人们的注意力只是在与时间赛跑的抢修。我偷偷地看着师傅,她的身体随着风把的抖动而晃动着,她冷峻的面庞与那个娇艳的女子判若两人了。

"师傅,我要从车间调走。"我向师傅摊牌时,深夜抢修时的景象还在我脑海里闪现,师傅的吼声犹在。师傅刚刚在车间的休息室睡了一觉,她揉着眼睛,满是疑惑地看着我,她不明白我要说什么。

我解释道:"我感觉自己在车间里是一个多余人,在这里没有任何前途可言。正好有一个机会,厂纪委监察室缺一个人,原先的那个张娜大姐,调到齐鲁石化了。他们需要一个写材料的。"我手里拿着一个崭新的红色安全帽,那是我刚刚从材料员那里替师傅领来的。

师傅接过安全帽,"不是因为我骂了你吧?"

我摇摇头,"绝不是,师傅。"

师傅又问:"那就是你再也不屑做我的徒弟了? 你一直不喜欢我的生活方式和态度。"

"师傅,这更不是了。"我辩解道,"再者说,你都已经……"

"已经什么? 改过自新了?"师傅笑着说,"算了,你不用解释了,我早就预言你不会在这里干长久的,你的志向不在这里。去吧,到那里,你好歹还能和文字打打交道,不像在车间里,除了那些风把、换热器,就只能天天看到一个道德败坏的女师傅,烦不烦呀?"

我知道这是师傅的玩笑话,并没当真。师傅同意我离开,这才是最

阅读与欣赏　465

让我感动的。"但是,"我补充道,"事情可能并没有我想象的那么乐观。"

"怎么了?"

"唐副厂长不同意。"

我调动的难题出在主管人事的唐副厂长。他与纪委书记长期不和,所以,凡是纪委想进个人,他总有理由推三阻四。

师傅稍微犹豫一下说:"唐厂长的事我来解决。你准备好去纪委吧。"

我是多么迫切地想要调到机关工作呀。那时的我爱慕那一点点虚荣,羡慕那些和我同时进厂的大学生们,他们可以在那座十层的大楼进进出出,那是身份的象征呀。而不像我,进厂这么久了,还混为一个工人。因此,那点急切的虚荣心,骄傲的自私淹没了我的判断力,当时我没有去想师傅如何去帮我解决。我只是兴奋而情不自禁地说:"谢谢师傅。"

秋夜难眠。想起白日师傅的允诺,我突然意识到了问题的严重性,她有什么资本与唐副厂长做交换?我想起了那个秋夜师傅曾经说过的话,便冲出宿舍。刚跑到师傅住的宿舍楼下,我便看到师傅从楼门洞里出来,纵使光线昏暗,我也看得出来,师傅是精心打扮的,那件红色的裙子已经很长时间不见她穿了。"师傅。"想躲已经来不及了,师傅已经看到了莽撞而来的我,我只好硬着头皮冲上前去。

"你来干什么?"师傅并没有等我回答,便说,"你来得正好,我正要去见唐厂长。你送我过去吧。"

他们见面的地点约在厂里,今天晚上唐厂长在厂里值班。我骑着自行车,师傅坐在我身后。还不到换班的时间,通往厂区的公路上空荡、寂寥。两旁的白杨被风吹动着,在暗夜与路灯光的交错中,黑色而互相碰撞的树叶像是在诉说着黑色的故事。一路无话,我内心挣扎着,在心灵深处,有一个我在呼喊着停下来,让师傅停下来,可是我的身体并没有听它的指挥,我骑车的步伐虽然慢一些,却并没有停止。我能听到师傅平静的呼吸声,能够闻得到她身上散发出来的茉莉的花香。她也一路无话。来到厂区办公大楼下面,我抬头向上望去,幽深的夜里,大楼显出几分神秘,对于我来说,它是一个通向梦想的楼梯。我和师傅挥手告别,我们俩像是有某种默契似的,谁也没有开口说一句话。师傅转身而去的时候,轻松自如,就像以前任何一次,我去送她约会的场景再现。唐副厂长的办公室在大楼的三楼,向阳的一面。我听着师傅的高跟鞋声渐渐消失在大楼里,心里突然像是被谁揪了一下似的。我在大楼下面徘徊了整整一夜,没有勇气冲上楼去,闯进唐副厂长的办公室,夜色残忍如勒紧心脏的尼龙绳,而那座大楼,却如此友好地在黑暗中召唤着我。

我一直想忘记那一幕,师傅第二天清晨从大楼里出来的那个场景。她微笑着,头发整洁,红色的裙子随风摆动。

那就是我,二十多岁时的心智,为了早日离开车间,能够在办公室里工作,早日脱离工人岗位,师傅的境遇早被我抛到了九霄云外,如今,二十多年过去了,想起那个秋夜的我,便羞愧难当。

在我离开检修车间的前一天,师傅再次把我带到了催化塔的顶端,我们一起俯视整个厂区,师傅形容的丛林面积更大了,装置在不断地向南扩展,尽头那些绿油油的麦地显得弱小而可怜。师傅问我怎么看待这片广阔的丛林。我老实地回答:"师傅,这么多年了,我没有觉得这是片丛林。"

"在你眼里,它是什么呢?"

我想了想,"它是一道障碍,就像赛马比赛里的障碍。"

"你是想越过它。我知道,这里不是你的丛林,它是我的。"师傅感伤的话语像是一片叶子,慢慢地飘落到装置上,设备上,管线上。

第二天我就离开了检修车间,如愿去了纪委监察室,在那栋大楼的六楼拥有了一间办公室。那一年我师傅三十五岁。我去报到那天,和我一屋的马大姐一见面就问我:"你是冯荃衣的徒弟?"

我笑盈盈地说:"是啊。你认识我师傅?"

"她呀,天下谁人不识君。"马大姐引用了一句古诗词,脸上神秘的笑容很短暂,很快就消失了。

如果说三十五岁之前师傅的盛名还是被负面的传言所堆积起来的话,那么,这之后的师傅,她的名声越来越大,也越来越令人尊敬,她成了名副其实的"铆焊大王"。她的名声是与无数次的抢修、无数次的彻夜奋战、无数次的上台领奖联系在一起的,虽然,我的办公室在象征着权力与欲望的办公大楼的六楼,我也由衷地感觉到,我必须要仰视她,用另外一种眼光去迎接她已经变化的坚毅的眼神。在短短的几年时间里,师傅威名大振,她的事迹不再局限于厂报、《中国石化报》、《河北日报》,而且已经上了《工人日报》《人民日报》,在通往成功的道路上她一路狂奔,令人目不暇接。她从厂劳模,到区劳模,市劳模,一跃成了石化系统和省里的劳模,在五一前夕还受到了表彰。据马大姐说,下一步就要提拔她做检修车间的副主任。马大姐感叹道:"你说,你师傅怎么可能成了这样一个人!"按照马大姐固有的想法,我师傅就应该是三十五岁以前的冯茎衣,她就应该风流成性,招蜂引蝶,这是她的宿命。马大姐的消息很可靠,因为她丈夫是劳动人事处的处长。马大姐补充了一句让我很是不满,她不屑地说:"转变得跟神似的,不见得是什么好事。"就是那天,我和马大姐为了师傅争吵了几句,我提醒她别忘了电影《流浪者》中那句经典的台词,"法官的儿子永远是法官,贼的儿子永远是贼",那天我说了很多过激的话,就差没说出她以前不过是个办公室的打字员的话。马大姐显然比我有城府,她生气归生气,却并不像我那样慷慨激昂,她说:"我不跟你抬杠,不信咱们走着瞧。"

　　我师傅,在变化着,我能够深切地感受到。我和师傅的关系,并没有因为我离开车间而疏远,反而更加接近。我们几乎每天都会见面,我把我写的长篇的新章节交给她,听听她看过的前面章节的意见,虽然那些意见并不大被我采纳,但是我仍然喜欢她那种越来越较真的样子,她投入的表情,沉浸其中的情绪,仿佛她就是小说中的人物。当自己的一部作品被一个人如此看重时,我内心的欢喜还是不言而喻的。还有的时候,是她在倾听,她在倾听我的想法和意见。她的发言稿,她每次在台上令人振奋的故事都出自我的手。她的每一件先进事迹、每一个抢修场景都是我头脑中的一条神经,那些密密麻麻的神经都能在深夜里像水一样汩汩流出,在我伏案时化作一串串或是高昂或是煽情的词语。所以说,我师傅在走向成功的道路上也有我的一份功劳。而师傅,也越来越依赖我,离不开我,我就像是她前进路上的大脑,成了她的一部分,所以当石化系统的劳模巡回讲演开始时,她向党委于书记提的唯一的要求就是带上我,替她酝酿和撰写稿件。没想到的是于书记欣然应允,于是我和她踏上了漫漫的巡回讲演之路,在历时一个月的时间里,我们先后去了东北的抚顺炼油厂、北京的燕山石化、河南的洛阳炼油厂、山东的齐鲁石化、湖南的岳阳石化、湖北的荆州石化、南京的金陵石化。光是旅途劳顿,不出半个月我就感到疲惫不堪了,我师傅却始终保持着旺盛的精力,每换一个地方,她都像是首次演讲那样激情四溢。她很在意每一个细节,每次讲演结束,她都会虚心地听取我的意见,以便下次改进。团里有一个来自燕山石化的丁劳模,一表人才,声音浑厚有力,每次都邀请师傅去当地的舞厅去跳舞,他眼光很毒地说:"一看你就是你们厂的舞星。"师傅每次都婉言谢绝了,她说她真的不会,而且对跳舞没有丝毫的天分和兴趣。一个月中,丁劳模都在锲而不舍地向师傅发出邀请,最后当告别时,他还请师傅到金陵石化招待所的花园里去赏月,师傅没去,代替她去的是我,我代替师傅向丁劳模传话说:"希望我们在各自的岗位上努力拼搏,实现自己的人生理想和价值。"我说完话,没等观察丁劳模的反应就匆匆离去。在房间里,师傅还在等待着和我一起讨论这次巡回讲演的汇报总结如何写呢。后来丁劳模并没有死心,回去之后他给师傅写过十封信,师傅根本没有拆开,她把那些信统统交给我,让我来处理。那些信我也没拆,我把它们放在了我的箱子里。

师傅的变化不仅仅是在身份上,更多的是在心理上。她的自信在泛滥。她觉得在任何事情上她都掌握了主动,而且她想当然地以为,那个深刻在她头脑中的阴影也会从此烟消云散。四月三十日上午,省总工会的表彰大会,作为省劳模代表,师傅要上台领奖,提前她把两张票送给了婆婆家,她希望她们能出席。我师傅,天真地以为,她的成功会化解她们之间的仇恨。会场上师傅穿着一套乳白色的裙子套装,很有职业女性的范儿。坐在前排的师傅,我能感觉到她的心神不宁。她不停地转头向我这边张望,我知道,她看的不是我,而是我身边的两个空荡荡的座位。直到表彰大会结束,那两个位置都没有人来。我知道师傅的失望有多深。所以散场之后,我安慰她说:"她们也许有别的事,赶不过来。"

师傅淡然一笑,"她们只有一件事。那就是恨我。我都习惯了。没关系,还有下一次。"

她的责任心也在不自觉地膨胀。她觉得自己有义务让她的父母重归于好，成为一个完整的家，她断绝了父亲的零花钱，希望切断他喝酒的资金来源。但是父亲仍然能从母亲手里拿到钱。母亲无辜地说："我早就对他没有任何指望了。"母亲的意思是说，听之任之吧。而对母亲，她满指望能做通母亲的工作，停止与杨叔叔的来往。母亲的反应异常激烈，"你还不如杀了我。"母亲的话就是一个宣言。师傅所能做到的唯一的一件事是把他们全家拉到一起照了一张全家福，拍照时我在场。丽人照相馆。照相师傅很有耐心，不停地引导他们要表情自然，要发自内心地露出幸福的微笑，可是没有用，我至今记得照相那天的情形。师傅的父亲穿着一件深蓝色的中山装，胸前的油渍虽然洗过，却依然顽固。他的头发还是被师傅强迫着去理发馆理的，所以看上去比平常要精神许多，眼神却怎么也是浑浊的。母亲的左脸颊有一块瘀青，那是她父亲三天前的杰作。她擦了一些脂粉，却还是没有能完全遮盖住。她的弟弟，一个卡车司机，根本没有在乎什么拍照，他进来时还穿着蓝色的牛仔工作服，油迹斑斑的。师傅训斥了他一顿，临时穿着照相馆的一件灰色西服。而妹妹，则因为穿着太过艳丽同样被师傅批评一番，好在人是到齐了。不管照相师傅多么努力，那张拍于一九九四年的全家福并不成功。照片出来后，每个人的表情各异，除了师傅是发自内心的微笑之外，其他人都像是藏有心事似的，要么板着脸，要么哭丧着脸。师傅叹口气说，好歹也是张全家福。那天晚上，当我在宿舍里写作时，看着摆在我面前的师傅那张全家福，我突然灵光闪现，立即冲到楼下给师傅打电话，我像是能触摸到那个词一样，它就在我的心尖上跳动，我兴奋地告诉师傅："我想好了我这个长篇的名字，就叫作《全家福》。"师傅沉吟了一下，"好啊。这个名字挺好的。"一连好几天，我都被那个小说的名字感染着，亢奋、干事毛手毛脚。连马大姐都看了出来，她问我这几天是不是受什么刺激和打击了。我脱口而出："马大姐，你们家照过全家福吗？"

"有啊，有啊。"马大姐第二天就拿来了他们家的全家福，一共是八张，照全家福是他们家的传统，一直延续到现在，从她十岁那年开始，每四年照一张，马大姐给我介绍着每张照片拍摄的时间、背景、人物，她感叹道："不能看照片，一看照片就感觉到自己老了。"那八张照片，风格基本上是统一的，每个人脸上的笑容也都是一成不变的，唯一变化的就是悄悄爬到脸上的皱纹。马大姐的那些照片我早就忘记了,但师傅那张唯一的全家福,多年之后我还记忆犹新,那上面的每一个人,每一个表情,他们似乎都散落在我小说的章节中。

实际上,师傅即将被提拔的消息不是空穴来风,组织部门已经找她谈过话。师傅没有丝毫走上新岗位的紧张,那个位置好像早就在那里等她似的。坐在我对面的师傅,目光中透露的是信心和对未来的憧憬。她在滔滔不绝地给我说着她当上副主任之后的设想和规划,我不忍心打断她,直到她停下来喝口水,我才提醒她:"师傅,你说的这些宏伟理想,好像都应该是主任去想,去做的。"

师傅说:"早晚有一天,我也能当检修车间的主任。"

我相信,按照正常的轨道,师傅的豪言壮语并不是夜郎自大,我也相信,师傅完全能够胜任车间副主任乃至主任的重任,但是事与愿违,我师傅的仕途还没有开始就夭折了。

那天上午十一点半,我正在办公室写材料,消失了一上午的马大姐推门进来了,她突然冒出来一句话:"不是不报,时机未到。"

我问马大姐:"你说谁呢?"

马大姐故作神秘状,"谜底很快就要揭晓。"

我没想到马大姐所说的谜底与师傅有关。是旧案,王总多年前抹平的倒卖成品油事件重新发酵,被纪委立案调查了。马大姐所说的很快其实就是第二天,我们成立了一个调查组,我和马大姐都是调查组的成员。因为证据确凿,重要的证人也在河南濮阳被抓,所以王总没有坚持多久就全部说出了实情,除了倒卖成品油之外,更令人震惊的是他们在买原油过程中的以次充好,以水代油。王总的头发仿佛一夜之间就白了许多,年龄也老了十岁。马大姐让他说说走上邪路的心理历程。王总抬起绝望的脸,突然间就泪流满面,他忏悔道:"我以前不是这样,我奉公守法,克己自律。都是因为她。"

王总所说的她就是我的师傅冯苙衣。一听到他提到师傅,我立即有些紧张,马大姐显然注意到了我的这个变化,她盯了我一眼。我镇定了一下情绪,继续听他深挖思想根源,"大家都知道,我只有一个爱好,就是超级爱跳舞,尽管如此,我的思想也并没有任何改变,我兢兢业业,可以说为这个厂做出了巨大贡献的。都是因为冯茎衣,她是我的克星。"我是在越来越愤怒的情绪中听完他的陈述的,在他的描述中,师傅是一个邪恶的魔鬼、女妖精,用尽各种妖术迷惑他,引诱他,以致他迷失了前进的方向,走上了犯罪的道路。"她的欲望是个难以填满的沟壑,我所做的一切都是为了她。"我终于忍不住插话道:"她要那么多钱干什么?"

王总斜眼看了看我,"那谁知道呢,买衣服,打麻将,买房子,买车,总之她太多的欲望需要我去满足。"

我还要问,马大姐善意地提醒我说:"与本案无关的不要问。"

在他的供述中,我师傅是那个具体的操作者,他只是通过打电话疏通关系,搞到油品,而具体实施的是我师傅。师傅从运销部门拿到油票,然后再找到下家,以高价卖出去。王总悔恨地说:"我是鬼迷心窍了,对她百依百顺,失去了对事情的判断力,放松了对自己的要求。"

他把自己包装成一个无辜的受害者,这让我无法接受,在谈话结束之后,我对马大姐说出了我的忧虑。马大姐说:"我们不会冤枉一个好人,也不会放过一个坏蛋。"她补充道,"你师傅有没有事,不是我们说了算,也不是他说了算,而是事实说了算。"

我不知道是不是马大姐和白帆处长说了什么,约谈我师傅时,我意外地成了主角。马大姐坐在我身边做记录。她充满激励的眼神并没有给我足够的勇气。看着师傅走进来时,我的脸上感觉到热辣辣的,羞愧得低下了头,就像是我做了天大的错事。我从来没有想过,我们师徒会在如此的场合下见面。师傅今天没有穿工作服,她穿着一件淡紫色的紧身西装。师傅却很坦然,她坐在我对面,像是什么事情都没有发生一样,她说:"你问吧。你该怎么问就怎么问。别把我当你师傅。有什么我就说什么。你们问完我,我还要去参加区里的人大会。"我这才抬起头,理了一下思路,才开始提问。

"王同信,"师傅不假思索地说,"我们早就认识了。他是厂里的副总,没有人不认识他。我知道你要问什么,我来说吧,我不是因为他舞跳得好才与他好上的,而是他手里的权力。我以前根本不会跳舞,就是为了能和他接触才学的。九〇年的春天,通过跳舞我们慢慢地走到了一起。"

"你是不是通过他从厂里领出油票,然后再高价卖出?"

"是的。"

"什么时间?"

师傅想了想,"九〇年到九三年间。"

"一共领过多少次,有多少张?"

"我不记得了。"

"得到多少钱?"

"一万多块钱吧。"

"是你主动做的,还是在别人的指使下做的?"马大姐皱了下眉。

"我自愿的。"

"你为什么要那么做?"

师傅笑了笑,"那时我就是那样,爱慕虚荣,贪图享乐。现在回想起来,那真是一场虚假的梦境。我现在经常在想,为什么当时我会是那样的一个人,我会那么随波逐流,为什么我的思想境界会那么低下,那么形而下。究其原因,是因为我的世界观是漫无止境的,是天马行空的,是不加约束的。这是极其危险的。"

"你痛恨以前的那个冯荃衣?"

"是啊。"师傅目光坚定,我觉得坐在那里的师傅,就像是一个庄严的教师,有着强烈的责任心和正义感,"现在想来,我自己都在问自己,那是我吗？真是一场梦啊。好在,这场梦现在醒了。我看清了一切。"

我听到了马大姐敲击桌面的声音。我知道我的思路被师傅引导了,我接着问:"你知道你为什么能得到汽油和柴油的油票?"

"当然知道。因为王同信。我一个破工人怎么会有那么大的本事。"

"这么说,你是受王同信指使的?"

师傅还没有回答,马大姐就果断地中止了我们之间的谈话。她把记录本合上,说:"今天就到这里吧。"

那次约谈,很明显没有向处长所要求的正确的方向前行,按照白帆处长的说法,它步入了一潭泥泞。白帆处长凝重的表情是对我工作的否定,他告诫我,一个纪委干部,感情用事是大忌,是大敌。我没有做任何的解释,事实是不容辩驳的,我心情郁闷,明明知道私下去见师傅违背职业道德,仍然无法抵制住内心的情感。我约师傅在生活区北边的麦田旁见面。毕竟这有违我的良心,所以,我特别挑选了那么偏僻的地方。是一个阴沉的夜晚,夜色浓重得像是无法推开的山,没有一丝的星光,黑暗中我看到了一束微弱的手电筒的光亮,那光亮艰难地推开了山一样的夜,畏畏缩缩地向前挪着。走近来,师傅埋怨我不该来这个鬼地方,她说:"前两周机工车间的小余就是在这一带被坏人强奸的。"她手里的手电筒光在路边的麦田里晃来晃去,更增添了恐怖的气氛。我幽怨地说:"师傅,再害怕也抵挡不住我的担心。"

"你担心什么?"她抓住了我的手,很显然,她也被周围森然的气氛吓住了。

茫茫的夜色仿佛是一块坚硬的地板,我们的脚步声被放大了,它比平日里更加响亮。那越来越大的声音不仅敲击着我的耳膜,还敲击着我的心。我的手也用上了力,我能感觉到师傅的手心里凉凉的。我说:"你知道我担心什么。"

师傅叹了口气,"你不用为我担心。我做的事绝不反悔,也不会后悔。我知道这一天会到来的,只是晚了一点。"

那个夜晚,我的劝说基本上是无效的,我希望她不要被王总牵着鼻子走,不要把责任往自己身上揽。师傅却轻描淡写,她用手电筒的光指着暗黑无界的夜空,"你看看这夜,你再怎么去描绘它,去形容它,它都是黑的,它不可能是白天,这一点是不会改变的。"

我的师傅,再次遵从了她内心的安排,她没有像王总那样,把责任全部推开,她说出了她所有参与的倒卖油票的事情,她对我和马大姐说:"我为以前的我感到羞耻。"她说的是肺腑之言,如今的师傅冯茎衣脱胎换骨,一身正气,装置哪里出了问题她都会出现在哪里。她在全厂的表彰大会上慷慨激昂;她在区人大,市人大的会议上激情澎湃。

王总进了监狱,而师傅背上了一个党内严重警告的处分,她的梦想就此断送了,我不知道她还做不做当车间主任的梦,我只知道,这件事给她的打击是巨大的,她付出了沉重的代价,相继丢失了厂、区、市、省、中石化劳模,被区人大和市人大罢免了资格,副主任也成了天上自由的云朵。在那段难熬的岁月里,师傅有她自己独特的方式打发她的绝望与落宽。有时候她会拉上我,两个人漫无目的地骑着自行车,大部分时间都是在炼油厂厂区附近的乡间公路上,我们一言不发地就那么骑着,仿佛我们的世界就是那些四通八达的乡间公路。但偶尔我会随着她不知怎么就骑到了市区,她熟练地穿过裕华路,拐上建华大街,我们汇入了中山路滚滚的车流之中。我留意到,在我们骑行的路线中,我们先后经过了长安区人大、市人大的办公地点。到了门口时,师傅都本能地停下来,向里张望片刻。她的脸上露出怅然若失的表情。返回的途中,一直一言不发的师傅突然张口道:"你知道我今年的提案是什么吗?"

"不知道。"我回答,其实那个提案是我帮她写的。

师傅沉默了一会儿说:"我想呼吁一下,让全社会都重视一下技术工人,大力开展技术工人的培养。你想想看,社会不就靠技术在推动着吗?你再看看像我们这样的技术工人,厂里重视吗?国家重视吗?没有。你觉得这个提案可行吗?"

我说:"可行。我支持你。"

失意的师傅开始和我探讨她的提案,怎么合理,怎么搞调查,怎么写。尽管这已经是重复在做的一件事,我仍然随声附和着她,我觉得她完全沉浸在她辉煌的日子里,我又何必打搅她呢?

最后,在我们看到炼油厂的火炬时,师傅发出绵软无力的叹息,那声音在乡间公路上如尘土样细弱,"可惜了。只差半个月,我就能把提案提出来了。"

她还会突然把我叫到她的家里,像以前那样铺上稿纸,准备好钢笔,这是要写发言稿的架势。我看了一眼桌子上的一切,心里发酸,我叫了声师傅,便不知道再说什么。师傅却淡然一笑,"我都习惯了,你让我一下子改变不可能。你知道我当初从那样一种放任自流的姿态变成这样有多难,付出的代价有多大,我的丈夫走了,我和我丈夫的家人成了仇人。这一次,我的代价更大,因为我的心死了。"

我把师傅揽在怀里,在我的怀抱中,她的身体竟然那么娇弱。我能感觉到她的眼泪流到我的肩膀上,钻透衣服,渗到了皮肤上,凉凉的。我安慰她:"师傅,生活总是要继续下去的。"

师傅突然推开我的怀抱,她抹去脸上的泪水,粲然一笑说:"你放心吧,我想了一夜,已经想通了我的人生,它就是海上的一个小船,想漂到哪儿就漂到哪儿吧。不过,你看看我,为了写发言稿,买了那么多的稿纸,不能就这样浪费掉。我想好了,我给你誊写小说吧。你就在我家里写作,你写完一章我给你誊写一章。"

于是,在无数个夜晚,我的长篇原稿就放在师傅家里的梳妆台上,她仔细地辨认着我歪七扭八的字体,认真地抄写着。对于十几年都很少拿笔的师傅,其实这不是一个省心省力的活,相比她遇到的那些检修、抢修,这更难。我坐在她的书房里,侧身看着卧室中的师傅,几次不忍心,想让她放弃,但是我还是重新理清了思路,回到我的故事中,我觉得,那个与我同处一室,逐字逐句阅读并抄写的师傅,何尝不是活在我虚构的故事中的人物呢?

跌落到人生最低谷的师傅,已经彻底无法改变她工人的身份,她像是没事人一样,甘心做着她的工作,做好一个铆工工人,一个班长,一个好师傅。按马大姐的说法,你师傅是一个胸大无脑的人。我虽然不喜欢她用的那个词,但是师傅这样的心态也让我放心许多,因为我非常担心她会想不开,会钻牛角尖。在那一年,有两个从技校毕业的学生成了她的新徒弟,一男一女,男的姓童,女的姓黄。按照惯例,师傅又自掏腰包让他们请客,并特地叫上我。两个小徒弟有着与我当时一样的青涩与拘束。那天晚上师傅喝醉了,她趴在桌子上不省人事,把两个小徒弟吓得脸色发白,张皇失措。第二天一上班,小黄就在办公大楼门口堵住我,向我请教如何当好一个徒弟,我想了想说:"你会种茉莉花吗?"

她摇摇头,"什么花我都不会种。"

我说:"那你好好学学吧。"

在师傅的阳台花房里,茉莉花已经被冷落,它在日渐凋零和枯萎,开花的季节早就过了,但它们仍旧固执而孤独地想念着花团锦簇的日子。

师傅纷繁生活的谢幕远比那些茉莉花要悲凄。

一个冬天的夜晚,这让我想起师傅丈夫出车祸的那个夜晚。不过,这次师傅的语气显然比上一次更加令人不安,她说:"你快点过来。出大事了。"已经是夜里九点,我知道她回了市区,快下班时她让我在办公大楼下等着她,她把她家里的钥匙交给我,嘱我好好写作,她回市区给母亲做寿。她笑着说:"我妈今年六十了。不知道我活到她这个年龄会是什么样。"她轻松的样子不像是要发生什么大事的前奏。

我赶到她家里时她并没在家,家里只有她的小外甥,正抱着小猫,瑟瑟发抖,我问了半天,他才断断续续地说出他们已经去了医院,他姥爷摔了一跤。去往医院的路上,我也没有意识到问题的严重性,开车的小张以前也是师傅的徒弟,他还埋怨师傅小题大做。

医院里哭成一团,师傅的酒鬼父亲,已经告别了人世。我没有看到他躺在那里的情景,我只看到了蹲在走廊墙角的师傅,她蜷缩着身体,比一只受伤的小猫还可怜。她看到我,眼泪才流下来,只说了一句话:"我害怕。"

她父亲死了。送到医院的那一刻停止了呼吸,喝得烂醉如泥的他顺着楼梯滚了下去,脸都变了形。他不是自己摔下去的,"我也是疯了,我就那么轻轻一推,谁知道他的身体像是一个空壳,像是空气似的,那么轻,那么没有重量,就像是一个板凳。"具体的细节是在她母亲多次的言谈之中拼凑出来的,她自己始终不肯去回忆当时的情景,她说她宁愿那个摔下去的人是她自己。在记忆中还原的事实是这样的,最先疯狂的是她的父亲,为母亲祝寿的酒宴还未结束,父亲就开始殴打母亲,他不知道哪里来的那么大的劲,他把师傅母亲的头上打出了血,可是仍旧没有停止下来的意思。父亲向外拉扯母亲,拽出了门,仍然挥舞着拳头击打着母亲的头部和脸部。愤怒的师傅追出来,轻轻一推,就像她形容的那样,父亲就像一只板凳一样滚落而下。最让师傅感到痛心的是母亲的反应,满脸是血的母亲第一反应是狠狠地推了她一把,大声吼道:"谁让你多管闲事!"

师傅,她三十七岁的生命到此画了一个大大的句号。因为过失杀人,她获刑五年六个月。怨恨像是夏天的野草,师傅的母亲一直不愿意去见她,当我去劝说她时,我看到她和那个被师傅叫作杨叔叔的老头在一起,他们俨然是一对和睦的老夫妻,她的头发明显地白了许多。"她的心理负担很重,不吃不喝。她需要你哪怕去见她一面,什么都不说。"我这样劝解她。杨叔叔也在一旁帮腔,她心动了,答应了我。我兴高采烈地给师傅拍了一个电报,告诉她,下个月的十三号我和她母亲一起去看她。不知道师傅看到电报的心情如何,我是感到宽慰的,我甚至在设想着她们相见时感人的场景。和我在小说里写的一模一样。

那个月的十三号,坐在去省女子监狱的长途公车上的只有我一个人。车窗外的风景灰秃秃的。师傅的母亲临阵变了卦,不管我说什么,她都紧绷着脸一言不发。后来还是杨叔叔无奈地对我说:"算了,也许时间能改变一切。"

师傅看到我时,脸上惊讶的表情一闪即逝。她没有问母亲的事,我也没再提,仿佛我没有给她拍过那样一封报喜的电报一样。

我把刚刚写完的长篇小说《全家福》递给她,师傅问我带稿纸了吗。我一时没明白过来,问师傅要稿纸做什么。师傅说:"我在这里面也是闲得无事,我一边看,一边替你抄写,你不是说我的字好看吗?"我鼻子酸了,我有心劝她别再替我做这些事了,可是看着她期待的目光,我说出口的是"好吧,我回去给你寄过来"。

在随后的两个月时间里,她几乎每两天就会给我写一封信,信里什么都写,写监狱里的女犯人,写院子里那棵杨树,写抬头看到的不完整的天空。她就是不写自己,在她的信里,我想找到她的影子,我发现,她不过是两只眼睛,而她的思想,她的灵魂,都在那不完整的天空中飘荡。两个月后,她抄写好的稿子清清爽爽地摆到我面前时,我脑海里一下子就想到了我初次见她时的情形,那个长发披肩、手拿火红而明亮的安全帽的师傅,那个风姿绰约的师傅。

后来我调离了炼油厂,多半是因为我不想再看到那些装置、那些检修的场面,一看到它们我就会心痛地想到监狱中的师傅。十几年过去了,我仍然不知道,我是不是懂得师傅,是不是懂得师傅这样一个女人。她的风花雪月,她的劳模风采,她的监狱人生,在我的梦里,始终搅和在一起,无法分清。

在师傅刑满即将释放的那年,我意外地碰到了杨卫宁,师傅曾经的小姑子,她来申请加入省作家协会,她是个诗歌爱好者。她看到是我,先是愣了一下,继而笑容可掬,"你在这里工作呀。"她急迫想成为作协会员的心情使她对我畅所欲言,她甚至提到了我的师傅,她以前的嫂子,"我听说了她的事,唉,真是可惜。其实她心眼不错的,就是太水性杨花,你说一个女人如果太随意了,那还能有什么好下场?"看来这么多年过去了,对于师傅固执的看法仍然没有改变。

我苦笑了一下。

她继而神秘地向我透露了另外一个令我震惊的信息,"这件事,我本来想烂在肚子里,一辈子都不说的。但是谁让我遇到你了,谁让我有文人的悲悯情怀呢?你知道吗,其实这么多年她都背着一个沉重的黑锅。她自己看不到,我看着呢。当年我弟弟出车祸的事情你还记得吧?我们全家都把责任推到了她的身上。因为她的名声不好我们早就知道,那天晚上,我弟弟是和她吵了一架负气离家的,然后他出了车祸。所以顺水推舟,让她穿上道德的审判衣,没有什么可指责的。她四处拈花惹草是个公开的秘密,但是有另外一个秘密,除了你师傅,我们全家都在小心谨慎地保护着。那个秘密是有关我弟弟的,他们两人的婚姻早就名存实亡了。我弟弟在外面有一个女人,姓袁,女人还给他生了一个儿子。那个胖儿子当时已经七岁了,我和妈妈去看过,他和我弟弟小时候一模一样。我妈特别喜欢他,私下里给了那孩子不少钱。再说那天夜里,杨卫民和你师傅大吵一架,然后出了门,他和小袁母子去国际大厦吃了饭,杨卫民还喝了点酒,然后开车回我弟弟给小袁买的房子,就是在路上出了车祸。最先赶到医院的是我,杨卫民还有一口气,他吃力地拉着我的手,嘱我一定要把他的儿子带大,他没有提你师傅。小袁也在车祸中去世了,只剩下那个孩子。他此后一直跟着我生活,现在已经上了初中。"

我疑虑重重,"为什么不告诉我师傅真相?"

杨卫宁叹了口气,"告诉她又有什么意义呢?活下来的孩子才是最重要的。"

"那你知道从那以后,我师傅一直就被赎罪感压得喘不过气来,它比一座大山还重,这件事改变了她的性情,连生活轨迹都因此而改变了。你们不觉得这对她不公平吗?"

杨卫宁说:"我觉得生活对谁都是一视同仁的。你觉得那之前的冯茎衣的生活是正常的吗?虽然炼油厂离市区那么远,可是她的那些风流韵事我都知道。如果说那件事给她带来了什么影响,那也是正面的,我就不用说了,她成了劳模,上了报纸、电视,到处去演讲。有一次,她还给我寄了两张门票,让我带着我妈去大会堂听她演讲。你说这样的改变对她不是更好吗?"

我无言以对。我没有权力指责任何人。

我一直承受着巨大的压力,拿不定主意,是不是要把杨卫宁所说的真相告诉她。一直等到她要出狱的那天,我借了辆车,很早就出发去女子监狱,平时只需两个小时的路程,我走了六个多小时,到达时已近黄昏了,夕阳挂在山尖处,就要被刺破。黑暗就躲藏在它的身体之中,它一整天的美丽、光彩夺目,似乎都在酝酿着一个阴谋,让无尽的黑暗如魔鬼般汹涌而出。

师傅肯定已经在那里等了许久,因为我说过要来接她。在夕阳中,她的眼睛是红的,多出来的皱纹是红的,连她的笑容都是红色的,她笑着说:"我已经等了五年,你还要让我等多久?"

她的笑容一下子让我释然了,那一刻我决定把往事放下,我突然感觉到黄昏中天地是那么宽,我手里拿着师傅最后戴过的那顶红色、鲜亮的安全帽,把安全帽端端正正戴到她头上,我说:"师傅,不用等了,就现在,检修开始了。"

(原载《人民文学》2015年第3期)